# 달콤하지 않아도 괜찮아

# 달콤하지 않아도 괜찮아

1판 1쇄 찍음 2015년 2월 13일
1판 1쇄 펴냄 2015년 2월 24일

지은이 | 언재호야, 윤난
펴낸이 | 정 필
펴낸곳 | 도서출판 **뿔미디어**

편집장 | 이재권
기획 · 편집 | 주종숙

출판등록 | 2002년 9월 11일 (제1081-1-132호)
주소 | 경기도 부천시 원미구 소향로 17, 303(두성프라자)
전화 | 032)651-6513 / 팩스 032)651-6094
E-mail | scarlets2012@hanmail.net
블로그 | http://blog.naver.com/dahyangs
홈페이지 | http://bbulmedia.com

**값 11,000원**

ISBN 979-11-315-6270-3 03810

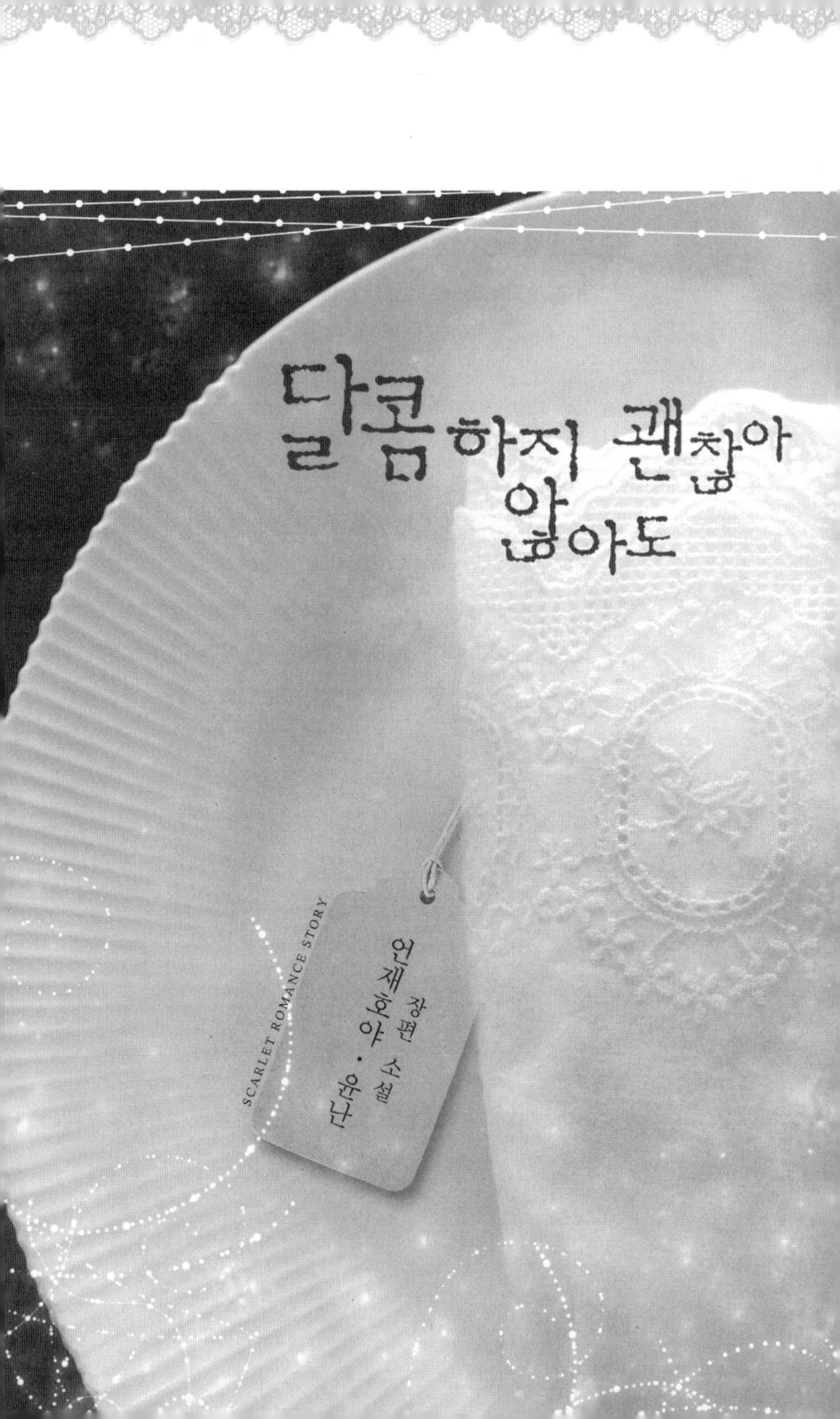
달콤하지 않아도 괜찮아
SCARLET ROMANCE STORY
언재호야 · 윤단
장편 소설

*c o n t e n t s*

prologue –계륵 …7

1. 오뚜기 진라면 순한 맛 …13

2. 마카롱 …24

3. 둥근 햇반 현미밥 …41

4. 휘낭시에 & 금성식품 소라과자 …52

5. 칼소타다 …76

6. CU자이언트 떡볶이 …94

7. 아티초크 …103

8. 미스 전의 둘둘셋 다방커피 & 그린 스무디 …124

9. (7ELEVEN/바이더웨이)농심 짜파게티 큰사발 …157

10. 프아송 …177

11. 아딸 칠리 탕수육 세트 …192

12. 클라푸티(clafoutis) …204

13. 스니커즈 펀 사이즈 …219

14. Domaine de la Romanee Conti, La Tache

도멘 드 라 로마네 꽁띠, 라 따슈 …233

15. 중외제약 5% 포도당주사액 500ml

(Dextrose Injection 5% 500ml Choongwae) …253

16. Consomme 콩소메 …274

17. 롯데 핫식스 후르츠 에너지 & 오페라 …308

18. 전국 5대 짬뽕, 교동 짬뽕 …335

19. 크램당쥬 …358

20. 동원 마일드 참치 210g …393

21. 쁘띠 데주네 Petit Dejeuner …410

22. 김밥 천국 스페셜 세트 …434

23. pot-au-feu 포토푸 …452

24. 김치 참치죽 …468

epilogue-카사바 라면 …502

작가 후기 …511

※이 작품은 실제 인물 · 단체 · 사건 · 기업 · 나라 등과는 아무런 관련이 없습니다.
※“ ”한국말, 「 」는 프랑스어입니다.

prologue

## 계륵

“내가 계륵 하나 보내려고.”

어제부터 잠을 못 잔 구정수 편집장의 목소리가 갈라졌다. 전화기 저편에서 피식 웃는 소리가 들렸다. 목소리만 들으면 아직도 얼떨떨한 수습기자 그대로인데…….

〈계륵이라뇨. 어디 그쪽에서 보낸다고 덥석 받을 수 있는 것도 아닌데. 정치부에서 리빙으로라니 말이 안 되죠.〉

“되게 만들어 봐.”

버릇처럼 턱을 쓰다듬자 수염 자국이 까칠하게 제 손바닥을 찔러 댔다.

〈혹시 이번에 그 조 이사 사위 사건 때문에?〉

“눈치 백단일세. 거기 임파서블한 거 있어? 그런 거 하나 떠넘겨. 거기에 콱 기가 죽어서 나자빠지게.”

〈계륵이라면서요. 뭐, 조조는 버리지도 먹지도 못했다지만, 요즘 닭갈비가 얼마나 인기가 있는데.〉

전화기 저쪽에서 까르르 웃는 소리가 들렸다.

“능력은 있어. 아마 뭘 따 오라고 해도 다 따 올 수 있을 거야. 그러니까 웬만한 거 말고 진짜 불가능한 거 알지? 그런 거 하나 줘. 한 일 년 푹 썩게. 그쪽 파트에는 그런 기획 많잖아?”

〈많죠. 그런데 누구요? 구정수 편집장님이 조무래기 신참들 조자룡 한칼 쓰듯 하시는 거 유명한데, 누굴 그렇게 가드를 하려 하시는 걸까? 괜히 궁금해지는데요.〉

10년 전 한창 혈기 왕성한 수습기자로 들어왔다가 정치부를 버티지 못하고 같은 계열사 내 리빙 파트로 옮기더니, 편집장까지 고속 승진을 한 후배 영선이었다. 그런 그녀에게 구정수는 숨겨서 뭣할까 싶었다. 어차피 돌아가는 사정을 다 알 텐데. 아마 알고 있으면서도 저를 떠보는 걸지도 모른다 싶었다.

"이은수."

〈네?〉

전화기 저편의 표정이 눈에 보이는 듯했다.

〈아니, 그…… 이은수 기자를 여기에 보낸다고요?〉

"내가 어떻게 이문용 편집장의 딸내미를 그냥 내칠 수 있겠어? 그러니까 부탁해. 이사회에서 손발 다 들 만한 엄청난 걸로."

밖에 비가 내리는 모양이었다. 가을을 재촉하는. 그는 손가락으로 흐물거리는 플라스틱 블라인드 사이를 벌렸다. 먼지가 뿌연 창으로 아래 주차장이 그대로 보였다. 그리고 막 들어선 익숙한 하얀 지프차도.

"안 그럼, 내가 어떻게 지하에 가서 그분 얼굴을 뵙겠어. 부탁해, 저 웬수를."

차에서 내리는 사람을 보면서 그가 혀를 찼다.

◈

아까부터 꾸물거리던 하늘이 제 속 같다 싶었는데 재수가 없으려는지 주차를 하고 문을 열자마자 후드득거리면서 뭔가가 쏟아져 내렸다. 먼지가 잔뜩 섞였을 것이라 생각하니 그녀는 반사적으로 손에 들고 있던 시커먼 핸드백을 머리에 이고는 입구를 향해 뛰기 시작했다.

"이 기자님, 비 와요? 으엑!"

문을 들어서자마자 별로 반갑지 않은 얼굴이 와서 인사를 하더니 괴성을 지르는 것을 보고 그녀는 인상을 찌푸렸다.

"왜?"

저번 달에 들어온 수습기자 중 하나인데 전혀 기자답지 않은 차림새에 볼 때마다 짜증이 나는 여자를 보고 그녀는 퉁명스럽게 물었다. 국회도 출입해야 하고, 경찰서와 검찰을 제집 드나들듯 하려면 정치부 기자란 무채색 정장이 기본이었다.

그러나 입사 때부터 화사한 명품 브랜드의 정장이니, 무릎 위에 간질간질한 스커트와 블라우스니, 팔랑거리는 귀걸이에 반지 목걸이를 보여 주는 이 잘난 신입은 주변 남자들이 다들 이게 웬 떡이니 헤벌레하게 만들었다.

하지만 그녀는 그 신입이 기사에 난 오타보다는 요란한 칠을 한 손톱이 깨졌다고 우울해하는 심리를 도무지 이해할 수 없었다.

한마디로 재수 없는 이 후배님이 얼른 제 발로 나가 주기만을 기다리고 있었기에 이 가증스러운 비명 소리에 또 뭔가 싶어 목소리가 곱게 나가지 않았다.

"뭐 잘못됐어?"

"그…… 그 백 말이에요!"

"이게 뭐?"

그녀는 손에 든, 가뿐하고 가죽이 부들거리는 커다랗고 시커먼 가방을 내보였다. 그러자 윤주는 어이없다는 표정으로 선배 기자가 이런 곳에 들고 다니는 게 이해가 안 가는 백을 다시 한 번 보았다. C자 두 개가 등을 대고 있는 게 선명하게 보였다.

면세점에서도 분명 제 월급 두 달 치는 고스란히 줘야 할 가격의 가방을, 단지 머리에 쏟아지는 비를 막기 위해 뒤집어쓰고 뛰어 들어오다니. 저 가방을 위해 계를 들고, 적금을 붓고, 몇 년 치의 소소한 행복을 마다하고 돈을 모아야 하는 평범한 직장녀들의 꿈을 짓밟아도 유분수지!

"아니, 어떻게 그렇게 엄청난 백에 비를 맞힐 수가 있단 말이에요! 이 중금속 가득한 흙비를!"

"그럼 이 중금속 가득한 흙비를 내가 맞아야 한다는 거야? 당연히 가방 따위보다는 내 머리카락이 소중하거든."

아무렇지도 않은 듯 가방을 툭툭 턴 여자는 분명히 바닥에 떡 들러붙은 굽도 안 보이는 펌프스를 신고 회색빛의 정장 바지와 셔츠형 블라우스, 재킷 차림을 한 전형적인 커리어 우먼의 모습이었다.

물론 그 낮은 신발을 신어도 킬 힐을 신은 윤주보다는 훨씬 큰 키의 여자는 당당하고 자신감이 넘쳐 있었다. 게다가 뚜렷한 이목구비, 별로 손을 대지 않은 기초적인 화장에도 불구하고 세련된 느낌을 풍기는 여자의 손에 들린 가방은 오히려 수수해 보일 지경이었다.

"어떻게 샤넬 서프백을!"

"가방 이름 외울 시간 있으면 기사 한 꼭지 더 써 보지 그래?"

싸늘한 목소리로 대꾸한 그녀는 아직도 얼굴이 굳어 있는 윤주의 옆으로 스쳐 지나갔다.

막 그녀가 제 자리에 앉았을 때였다. 등 뒤로 굵직한 목소리가 울렸다.

"이은수, 자리 치워."

"네?"

"내일부터 7층으로 출근해."

"편집장님!"

여자의 목에서 이제야 비명이 울렸다.

"그럼 그냥 집에서 쉴래? 영원히?"

"위에서, 이사장 새끼가 개소리합니까?"

"이은수, 그 말본새 고치기 싫음 그냥 집에서 신부 수업이나 해라."

"편집장님!"

여자의 목소리가 커졌다.

"짐 싸!"

"이건 말이 안 되는 거라고요!"

"돼."

"뭐가 문젠데요? 제가 없는 말을 썼어요? 사실 그대로라고요. 이건 명백한 범법이고 그걸 밝혀낸 것뿐이잖아요!"

두 눈을 똑바로 뜨고 저를 쳐다보는 얼굴을 보면 가끔 말문이 막히곤 했다. 이미지야 전혀 다르긴 하지만, 가끔 방송국 앞에서 마주치기라도 하면 숨이 멎을 것 같았던 주은영 아나운서의 세련되면서 눈부신 미소가 어딘지 모르게 남아 있었다.

그걸 깨달아서는 안 되는 걸 알지만, 제 머릿속 저 밑바닥은 아직도 기억하고 있는 듯했다. 그러니까, 그러니까 더더욱 안 되는 거였다.

"최 검사가 이사장 사위라서 그런 거라면……."

"알면 됐어."

금방이라도 폭발할 것 같던 얼굴 위에 잔뜩 찌푸려졌던 눈썹이 확 풀어져 버렸다. 바로 어이없다는 듯 동공이 커지는 것 같더니 곧 여자의 얼굴에는 갑자기 미소가 퍼졌다.

"정말 그래요? 그거 때문이에요? 기가 막혀라. 이거 진짜 특종감이네."

"아버지 데스크 물려받는 게 꿈이라며, 그게 꿈속의 악몽이 되기 싫으면 가. 가서 거기 편집장이 시키는 거 따 와. 말 다 끝났어. 내가 다 결정된 거에 토 다는 인간 질색하는 거 알면 알아서 해."

"기사 내 줘요. 그럼 갈 테니까. 거기가 마 메종이든 남극지사든, 어디든 갈 테니까 그거 기사 내 줘요."

전혀 굴하는 모습이 없었다. 아니, 두 눈을 똑바로 뜨고 네가 그걸 하지 않으면 넌 비겁한 놈이야, 라고 말하는 듯 이문용 기자의 딸은 저를 내려다보고 있었다.

"어디서 눈을 똑바로 뜨고 큰소리야. 기사를 내고 안 내고는 내가 결정해. 그러니까 얼른 사라져!"

구정수는 편집장의 내공을 발휘해 얼굴색 하나 변하지 않고 이은수의 말을 단칼에 잘라 버렸다. 그래야 널 살릴 수 있으니까, 그렇게 해야 했다.

"내 달라고요. 전혀 하자 없는 기사예요. 그리고 우리가 단독 최초 보도구요.

그걸로 인해서 제가 좌천된다고 해도, 그 썩을 놈의 이사장 따위가 뭐라 토 단다 해도 내 주세요. 그래야 하는 거예요. 그렇죠?"

정말로 1990년대의 망령을 보는 것 같은, 이 뼛골까지 정의 모드인 이 녀석을 어찌해야 할까. 진짜 어디 눈에 콩깍지라도 씌어서 확 결혼이라도 해 버리면 차라리 보는 사람 속이라도 편할 텐데…….

"토 달지 말고 10초 내로 사라져!"

"감사해요! 전 구 편집장님만 믿습니다!"

고단수였다. 화사하게 웃으면서 사라지는 동그란 뒤통수를 보고 있자니 구정수는 미안함만 앞섰다.

"꺼져! 너 같은 사고뭉치는 꼴도 보기 싫어!"

1.

## 오뚜기 진라면 순한 맛

“리본 다시 매요. 스타우브의 생명은 리본이란 거 몰라요? 그리고 돼지 어디 있죠? 내가 닭 아니고 돼지로 하라고 했죠. 시각적으로 가장 안정감 있게 보이는 게 돼지라고요!”

분명히 눈앞에 있는 것은 칙칙한 색깔의 터무니없이 작아 빠진 냄비들이었다. 다만 광택이 조금 비싸 보인다는 특징 외에는 한 사람 공기 그릇만 한 냄비를 대체 왜 만들었는지 이해가 안 가는 기가 막히게 작은 사이즈들이었다.

무슨 소꿉놀이용으로 보이는데 그걸 가지고 저렇게 심각하게 히스테리를 부리는 여자와 그것에 쩔쩔매는 스텝들을 이해할 수 없었다. 게다가 냄비 뚜껑에 왜 리본을 묶는 건지. 그리고 웬 돼지? 돼지는 대체 어디 있단 말인가?

그녀의 의문은 금방 풀렸다. 욕을 바가지로 먹던 다른 여자가 손잡이 부분에 있던 닭 모양 금속을 빼더니 곧 오동통한 은색의 돼지로 바꿔 끼우고 있었다. 냄비는 대접만큼 작은데 손잡이는 또 뭐 저리 언밸런스하게 큰 건지!

저딴 냄비 뚜껑에 달린 손잡이 때문에 난리라니. 지휘하는 여자가 원하는 대로 됐는지 셔터는 다시 터지기 시작했다. 그러다 곧 또 밑에 깔린 테이블보의 주름을 다시 잡네, 옆에 장식으로 놓인 양파의 껍질이 남아 있네, 꽃이 시들하네, 난리가 이어졌다.

원체 그딴 것들과는 거리가 먼 은수인지라 편집장에게 기사만 올려 주면 어디든 가서 뭐든 하겠다는 말이 갑자기 울컥 후회로 밀려오고 있었다.

이제 당분간 이런 냄비나 쫓아다녀야 하는 건가?

"이은수 기자?"

누군가 그런 상념을 깨고 그녀를 불렀다.

"아, 네. 구 편집장님이 보내서 왔는데요."

영선은 제 앞에 빳빳하게 서 있는 여자를 위아래로 훑어보았다. 얼굴에 기가 막힌다는 표정이 척 발라져 있는 그녀는 신문사에 떠돌고 있는 소문대로 정말 한 미모 하는 완전 자연 미인이었다.

리빙 파트의 고급스러운 월간지의 기자들은 다들 보는 눈이 있어서 아무리 철야에 밤샘에 외근을 밥 먹듯이 한다 해도 차릴 건 차리고 다니는 축이었다. 그러나 이 여자는 딱 봐도 저는 정치부 소속입니다, 라고 쓰여 있는 듯 그나마 겨우 구색 갖추어 입은 브랜드 정장 차림이었다.

드라이클리닝을 한 뒤에 비닐 포장을 벗기자마자 입고 나온 게 분명해 보이는 회색 정장에 큰 키에 어울리는 굽 낮은 플랫슈즈와 힐끗 시선이 가게 만드는 샤넬 백을 든 여자는 인상을 잔뜩 찌푸리고 있었다.

"이번에 표지 촬영하는 거야. 예쁘지?"

슬쩍 떠보는 듯 영선이 다정함을 가장해서 물었다. 코딱지만 한 냄비들이 옹기종기 탁자에 모여서 조명발과 플래시발을 받고 있는 걸 보고 대체 어디서 이분이 추구하는 예쁨을 찾아야 하는지 몰라 난감했지만 은수는 대답을 해야 했다.

"냄비는 우선 큼지막해야 쓸데가 있는 거 아닌지 모르겠네요."

냄비란 모름지기 그 안에 내용물이 중요한 거라 생각해 온 그녀의 소신이었다.

"사고 쳤다면서?"

정치부의 난잡하고 수컷 냄새 물씬 풍기는 편집실과는 전혀 다른 우아함이 철철 넘치는 것들로 가득한, 볕마저 나른하게 드는 편집장실에는 은은한 올드 팝이 흐르고 있었다. 하지만 그 사이에서 그에 못지않은 우아함을 척 걸친 편집장이라 불리는, 도무지 나이를 알 수 없는 여자는 미소까지 띠면서 동시에 은수의 미간에 칼을 꽂듯 밑도 끝도 없이 물었다.

사고? 그게 사고라고나 할 수 있는 걸까.

은수 또한 화사한 미소를 지으면서 대답했다.

"저는 기자로서 할 일을 했고, 국민이 알아야 할 권리를 위해 노력했을 뿐입니다. 단지 사건에 연루된 사람이 제 사위 새끼라서 기사를 사고로 둔갑시키는 덜떨어진 사람이 신문사의 지분을 많이 가진 게 진짜 사고라고 할 수 있는 거겠죠."

영선의 입술이 삐죽삐죽 경련을 일으키려 했지만, 근엄한 편집장의 아우라로 간신히 막을 수 있었다.

"그거야 말단 기자들의 생각이고. 모든 걸 다 알아야 하고 모든 걸 다 알려야 한다는 건 요즘같이 복잡한 세상에는 어울리지 않는 원리야. 취사선택을 제대로 하라는 거지."

제 눈앞에서 불만이 가득한 얼굴로 저를 쳐다보고 있는 이 아름다운 말단 기자에게 구 선배가 어떤 마음을 가지고 있는지 조금이나마 알 것 같았다. 그러나 이 풋내기는 전혀 그걸 알지 못하는 듯했다.

"그럼 알아야 할 것만 알리고 알지 못해야 할 것은 묻어 버려야 한다는 건가요? 누가 그 기준을 정하는 거죠? 일어난 일은 뭐든지 알려야 하는 거예요. 그리고 그걸 버리고 말고 할 것은 그다음 일이에요. 딱 독재자나 위정자들이 하는 말씀을 하시네요."

위험해……. 위험한 발상이었다. 그러나 피 끓고, 기자라는 사명감이 불타던 저도 저 나이 때는 그렇지 않았던가?

"독재자 위정자라니, 참 구시대적이야. 지금은 정보의 홍수라고, 그냥 경찰이나 검찰에 넘겨줘야 할 것들을 좁아터진 화면 위에 올릴 필요가 없다는 거지. 게다가 대주주의 프라이버시 정도는 지켜 줄 수 있는 것도 미덕이라 생각하는데 말이지. 하지만 지금 중요한 건 그게 아니니까 나랑 논쟁할 생각은 하지 마.

자기주장을 관철시키기 위해서 나랑 토론 같은 걸 할 수 있는 입장이 아니라는 걸 깨달으라는 거야. 구 편집장님한테 이야기 들었지? 살아남으려면 뭘 해야 하는지 말이지."

어이가 없어진 은수는 할 말을 잃어버렸다. 아니, 청원 마쉐린 사건 같은 건 경찰서에나 넘기고 저런 냄비의 리본 따위에 목숨을 거는 게 다인, 이런 사람도 편집장이란 미명하에 저렇게 근엄한 척하고 있다니……. 정말 세상이 어떻게 돌아가는 건지.

그러나 지금은 우선 구 편집장님의 말을 잘 들어야 했다. 하지만 그럼에도 한마디 덧붙이지 않을 수는 없었다.

"설마 저한테 저런 냄비 사진을 찍어 오라는 건 아니겠죠? 저 이쪽에 문외한입니다."

그나마 고분고분하게 여기서 더 설전을 벌이지 않는 게 다행이었다. 잔뜩 찌푸려서 불만이 가득한 얼굴이긴 하지만 그나마 눈치라는 게 있고 짬밥이라는 게 있어서 더 이상 대화를 해 봤자 이득이 될 게 없다는 걸 깨달은 모양이었다.

하긴 그러니 옷을 벗니 때려치우니 하고 난리를 치지 않고 여기까지 와 제 앞에 곱게 앉아 있는 거겠지.

"사진을 찍어 오라고 시키면 처음 보는 거라도 해 와야지. 그게 기자의 본분이자 사명 아니겠어?"

과도한 업무 덕에 관리한다고 관리했지만 슬슬 나타나기 시작한 주름을 접으면서 차영선은 삐죽 입술 끝을 올렸다. 그녀가 뭔가 재미있는 일을 꾸밀 때나 슬쩍 나타나는 미묘한 버릇이었다.

"비쥬 블랑쉐의 수석 쉐프이자 사장인 데이비드 류의 인터뷰를 따 오는 거야."

한참이나 뜸을 들이다가 말을 꺼낸 이 우아하게 생긴 마 메종의 편집장의 심각한 표정 때문에 은수는 웃음을 터뜨릴 뻔했다.

"네? 식당 주방장의 인터뷰가 그렇게 어려운 미션인가요?"

그녀의 대답에 영선의 표정은 엉망이 돼 버리고 말았다.

이거 웃어야 하는 건가 울어야 하는 건가. 데이비드 류를 식당 주방장이라니. 그의 수만 팬클럽 회원에게 테러를 당할 엄청난 발언임이 분명했다. 그러나 본인은 전혀 그걸 눈치채지 못한 듯 한층 더 심드렁하게 말을 잇고 있었다.

"요즘 다들 기사를 내 달라고 웃돈도 얹어 주던데, 엄청 콧대가 높은가 봐요. 그거 말고 더 어려운 건 없나요?"

이 세상 물정 전혀 모르는 정치부 기자의 답변에 기가 막힌 영선이 말했다.

"아니 어디서 오는 자신감이야? 그렇게 자신이 있나 보지?"

은수는 헤죽 웃음까지 지었다.

"김정일 장남 김정남보다야 쉽겠죠. 전에 보라카이에 이 주 동안 잠입해서 김정남 인터뷰 따낸 적도 있었거든요."

김정남? 아…… 그 인터뷰를 얘가?

저희 신문사에서 특종으로 내보낸 그 기사의 주인공이 요 예쁘장한 신참이라니, 이제야 조금 다시 보이는 듯 은영은 슬쩍 감탄을 하지 않을 수 없었다.

"그래?"

"그쪽 측근에게 취약 좀 먹이느라 애 좀 썼었죠."

예쁘장한 미소는 조금 거만하게까지 변했다. 김정남의 인터뷰까지 따냈다면 정말 데이비드 류 정도는 해낼지도 모른다는 생각에 은영이 방긋 웃으면서 말했다.

"내가 우리 이 기자의 능력을 몰라봤네. 인터뷰 정도로는 너무 만만했군. 그럼 어때 고정 칼럼을 따내는 건? 그 정도 해 온다면 구 편집장님 일 년 잡고 있는 유배 생활 반으로 줄여 줄게. 우리는 월간 잡지니까 한꺼번에 몰아서라도 최소 칼럼 6꼭지 정도만 가져오면 내 이사장단 회의에 가서 건의해 주지. 그건 그럴 가치가 있거든. 그 남자의 라이프든, 요리든, 인생이든 간에 6꼭지만 들고 와. 그거만 들고 오면 6개월 동안 내내 놀아도 월급이고 뭐고 다 챙겨 줄 테니까. 어때?"

"녹음 안 해도 되는 거죠."

"당연하지."

은영은 정말 6개월 치의 고정 칼럼이라면 프로방스나 쿠켄, 에쎈은 물론 일본의 디자인 나인스까지(모두 요리 리빙 잡지) 한꺼번에 잡을 만큼 대단한 성과라는 걸 알고 있었다. 정말 이 아이가 따 온다면 이사회에 나가서 복권운동을 해 줄 만큼의 가치가 있는 일이었다.

데이비드 류의 고정 칼럼이라니!

그러나 영선은 생각을 고쳐먹었다. 인터뷰라도 따 온다면 정말이지 다행이라고.

◈

쇠뿔도 단김에 빼라고 했다. 무슨 보디가드가 철통 보안을 할 것도 아니고, 금방 검색하면 탁 나오는 레스토랑의 주인인데 뭐가 그리 어려울까 싶은 은수는 바로 달려 나왔다.

"비……쥬 블랑쉐(bijou blanche)? 하얀 보석이라……. 다이아 미부착이면 퇴장인가? 3.3제곱미터당 일억은 호가하겠군."

눈앞에 위풍당당하게 있는 눈부신 하얀 대리석 외장으로 된 3층짜리 건물에 터무니없이 작게 쓰인 불어 간판을 보던 은수는 저도 모르게 쳇 하고 혀를 차며 데쉬보드에 올려놓았던 출력물을 꺼내 들었다.

주유소에서 기름 넣으면 주는 쿠폰으로 하는 자동세차 외에는 좀처럼 차에 신경을 써 본 적이 없는 그녀의 차는 겉껍질은 멀쩡해 뵈도 속은 그야말로 정신이 하나도 없었다. 여자들은 집은 잘 정리 정돈해도 차는 그렇게 안 되는 게 인지상정인지, 그녀의 차는 분명히 5명이 탈 수 있는 4도어 지프차이지만 사람이 탈 수 있는 자리는 단 한 군데 운전석밖에는 없었다.

조수석은 수습기자인 윤주가 기절해 마지않는 샤넬 가방의 자리였다. 물론 가방은 아주 가끔 바뀌긴 했다. 그러나 사이즈가 넉넉하다는 것은 변함없는 공통점이었다.

태어나면서부터 취재 수첩을 옆에 끼고 언제 어디에서 무엇이든 적을 준비가 되어 있는 아버지를 보고 자라 온 덕에 그녀의 가방에는 항상 너덜거리는 노트와—분명히 새로 산 것임에도 이틀 만에 넝마가 되어서 수명이 다할 때까지 그 상태인 것은 신기할 지경이었다.—본인은 변장 도구라 부르는 화장품과 세면 도구까지 들어가야 하기 때문에 사이즈는 늘 그만그만해야만 했다.

그 가방이 차지한 조수석 뒤의 뒷좌석은, 언제든지 기사를 써서 날릴 수 있는 노트북과 여분의 배터리, 그리고 2박 3일쯤은 어디서든 숙식을 해결할 수 있을 만큼의 취사도구와 취침도구가 어지럽게 쌓여 있었다.

류승제(데이비드 류). 35살. 현재 정통 프랑스 요리 레스토랑 비쥬 블랑쉐 운영 중. 보스턴 대학 정치학과를 중퇴하고 쉐프의 길로 들어섰다. Culinary Institutue of America(CIA) 졸업 후에 프랑스 파리의 Le Cordon Bleu에 입학, Le Grand Diplôme Le Cordon Bleu를 획득하며 수석 졸업했다. 그 뒤 미슐랭 가이드 3스타에 선정된 파리의 Alain Sendrens에서 수석 쉐프까지 오른 뒤 한국으로 돌아와 본인 소유의 레스토랑을 열었다.

"쳇! 금숟가락이 아니라 비쥬(보석) 숟가락을 물고 나온 거군. 게다가 번드레한 외모라."

마치 배우처럼 잘생긴 외모가 돋보이게 찍힌 드라마틱한 화보와 그에 못지않게 로맨틱한 프로필이 적힌 파일을 거칠게 닫으면서 은수는 퉁명스럽게 혼자 내뱉었다.

그리고는 차를 몰아 고급스러운 3층 건물 앞으로 갔다. 근처에 가자마자 땅에서 솟은 듯, 어디서 나온지 전혀 알 수 없는 멀끔하게 생긴 남자가 역시 럭셔리해 보이는 하얀색 셔츠와 타이 조끼를 입고서 제 차 옆에 다가왔다.

식당 앞에 차들이 없으니 어딘가 구석에 주차장이 있을 거고, 이 정도 규모나 가격이면 발렛 파킹을 하는 직원이 뛰어나오는 거야 당연했다.

"어서 오십시오."

정확하게 45도의 각도로 정성스럽게 인사하는 직원의 모습을 보고 인상을 찌푸린 그녀가 차에서 내렸다. 요란스러운 맛 집이 아니라서인지 주차 요원조차 우아한 태도로 인사를 전했지만, 살짝 스쳐 가는 젊은 청년의 미묘한 시선을 깨달았기 때문이었다. 그건 아마 제 차 때문이리라.

'흥, 주차 요원조차 하이 레벨이군. 이런 똥차는 차로 안 보이는 분위기다 이거지.'

그러나 그녀는 우아하게 차에서 가방을 끌어당겨 어깨에 걸치고는 내려섰다. 알아본 바에 의하면 식대가 한 끼에 십만 원 대가 넘어간다니 기자다운 우아함을 위해서 잘 입지 않는 스커트 정장까지 차려입고 나온 터였다. 물론 치마가 전혀 자신의 취향이 아니라는 것은 잘 알지만 그녀는 똑똑한 여자였다.

거울에 비치는, 제 어머니에게는 못 미치지만 그래도 평균 이상을 웃돈다고 스스로 생각하고 있는 외모는 외모지상주의가 팽배한 현대에 중요한 무기가 될 수 있다는 것 정도는 잘 알고 있었다. 겨우 식당 주인을 하고 있는 기생오라비 같은 젊은 남자 때문에 차리고 나온 것 자체가 우습긴 했지만 이 일에는 뭔가 난이도가 있다는 것은 분명했다.

"회원제요? 장난해요? 무슨 식당에서 회원제 따위를 해요?"

참 내, 일개 밥이나 먹는 식당이 무슨 골프장이나 스포츠 센터처럼 회원제라니, 금시초문이었다.

뉴욕의 사라베스(섹스 앤 더 시티에 나온 브런치 식당)니 뉴욕 최고의 레스토랑이라는 Eleven Madison Park NYC(일레븐 메디슨 파크) 따위에서도- 물론, 예약은 미리 어머니가 해 놓으셨지만-그런 말은 들어 본 적 없었다. 겨우 양식이란 걸 먹게 된 지 오육십 년밖에 안 된 곳에서 회원제 식당이라니 어이가 없었다.

"손님, 여기는 그냥 식당이 아닙니다."

얼굴에 우아함이란 걸 떡칠한 듯한 근엄한 표정의 중년 남자가 깔보는 게 분명하지만 전혀 그렇지 않다는 듯 시치미를 떼며 나긋나긋 대답하는 게 더 기분이 나빴다. 이럴 땐 기가 죽지 말아야 했다. 그녀에겐 분명히 좋은 카드가 있었다.

"공짜로 먹으려는 것도 아니고, 유명하다기에 일부러 찾아온 손님을 이렇게 괄시해도 되는 거예요?"

"죄송합니다만, 회원이 아니시면 들어오실 수 없습니다."

이제 슬슬 승부욕이 발동한 그녀는 우아하게 웃으면서 말했다.

"이봐요. 나 기자라니까요. 요즘 이런 매체에 일부러 돈을 주고서라도 광고를 하는 시대예요. 이 그럴듯한 레스토랑을 국내 판매부수 1위의 잡지 첫 장에 홍보해 주겠다고요. 그러니 먼저 뭘 파는지는 알아야……."

"나가시는 문은 이쪽입니다."

옆에서 문을 열고 떠밀어 주겠다는 듯 건장한 웨이터 둘이 등장했다.

"이봐요……."

"그럼 안녕히 가십시오."

"이래 봤자 좋은 일 없을 텐데."

정말로 저를 끌고 나갈 것 같은 분위기에 그녀는 싸늘하게 내뱉으면서 제게 다가오려는 남자들을 제치면서 뒤로 물러섰다. 뭐 무작정 쳐들어갔다가 끌려 나오는 거야 다반사지만 이런 경우는 처음이라 황당했을 뿐이었다.

'좋다, 두고 보자.'

가래가 끓는 듯한 소리에 얼른 뛰어온 그녀가 막 스위치가 넘어간 전기 주전자를 들고 뜯어진 알루미늄박 뚜껑을 젖힌 뒤에 김이 무럭무럭 나는 물을 부었다. 면 사이에 뜨거운 물이 스며들어 가면서 어디선가 샤아악 하는 소리가 나는 것만 같았다.

"알아, 안다고……."

그녀는 전기 주전자를 갖다 놓고는 면이 뜨거운 물에 잘 잠기게 나무젓가락으로 꾹꾹 눌러 준 뒤에 뚜껑을 닫고는 자꾸만 말려 열리려는 뚜껑 위에 젓가락을 걸쳐 놓았다.

"잘 수배해 봐. 비쥬 블랑쉐라고…… 블랑, 부랑 아니고! 내가 좀 알아보니까 욕 나오더라. 참 내, 이놈의 나라가 이제 어디까지 가려고 밥 먹는데도 회원제를 해야 하는지 기가 막힌다니까. 회원권도 무슨 골프 회원권만큼 비싸댄다. 그런다고 밥값도 공짜가 아니야. 완전 허영심을 채워 주는 퍼펙트한 돈지랄이지."

30초도 지나지 않았지만 그녀는 뚜껑을 열었다. 역시 예상대로 생면이 둥둥 떠 있기에 다시 젓가락으로 면을 꾹 눌러 잠기게 하고는 뚜껑을 다시 닫았다.

"중앙지법 박 검사 어때? 그 인간 정도면 그런 거 있지 않을까? 아님 청우건설 둘째 아들 완식이 말이야. 너 걔랑 친하잖아. 걔 찔러봐. 걔 더러운 성격에 그딴 거 있다고 흘리면 없어도 존심에 당장 회원권 하나 파 놓을지도 모르잖아. 좀 잘 훑어봐. 회원권 있는 사람만 수배해 주면 내가 똥집에 닭발도 쏜다. 알았지? 나 이거만 뚫으면 6개월 그냥 놀아도 된다고 했거든!"

그녀는 다시 뚜껑을 열었다. 좀 부실해 보이기는 했지만 그래도 물기는 젖어 들어 보이니 젓가락으로 아직도 제 모양을 갖추고 있는 뻣뻣한 면을 풀기 시작했다.

"……알지, 알아. 진짜 내가 이거 파면 앞으로 잠입이나 미인계 필요할 때 바로 꽃 달고 출동해 준다니까……. 진짜지. 내가 언제 헛말하든? 알았어. 하여튼 빨리 부탁해. 그거 자료 내 메일로 보내. 기사 오늘……."

시계를 흘끗 보던 그녀는 참지 못하고 아직도 꾸덕꾸덕한 면발을 재빨리 후루룩 입에 넣었다. 딱딱한 심이 느껴졌지만 역시 맛이 있었다.

"11시, 아니지 넉넉하게 11시 반까지 써 보내 줄게. 알았지, 오케이? 오케이!"

전화 통화가 끝나자마자 그녀는 전화기를 내려놓고 뜨거운 컵라면을 집어 들었다. 그리고 이제 막 풀어진 면발을 정신없이 삼켰다. 딱 흡입이라는 말이 어울릴 정도였다.

라면을 익히는 데 걸리는 시간의 반도 안 지나서 국물만 남은 컵라면을 내려다본 여자가 혼자 중얼거렸다.

"아, 큰 거 살걸."

그리고는 곧 훌쩍거리면서 뜨거운 라면 국물을 마시기 시작했다. 밑에 찌꺼기가 보일 때가 돼서야 컵라면을 내려놓은 그녀가 혼자 중얼거렸다.

"역시 컵라면은 진라면이 최고야."

미련 없이 컵라면의 남은 찌꺼기를 개수대에 부은 그녀는 소파 위에 널브러진 검은 정장을 걸어 놓을까 하다가 딸랑 하는 메일 도착음을 듣고서 컴퓨터로 향했다. 집 안 정리도 해야 하고, 옷도 정리해야 했고, 그 썩을 놈의 미션에 대한 대책도 다시 세워야 했지만, 우선은 도착한 자료들을 보고 기사를 써야 했다.

물론 당분간 정치부 기사를 쓸 일은 없었다. 제가 쓰는 기사가 제 이름으로 나가지 않는다는 걸 알지만 그래도 그녀는 기사를 쓸 때가 가장 행복했다. 그리고 허기진 배를 따끈한 MSG 맛이 그득한 컵라면으로 간편하게 때우고 돌아설 때가 두 번째로 행복했다.

## 2.

## 마카롱

얼굴이 비칠 듯 윤이 나는 커다란 스테인리스 들통을 들여다보는 두 남자의 얼굴이 꽤 심각했다.

"이 정도면 될까요?"

들통 안에 가득한 것은 송아지 뼈와 각종 야채들로 만들어 낸 육수였다. 민우와 재원이 5시간이나 끓여 낸 육수는 향신료인 bouquet garni까지 더해져 냄새만으로도 황홀할 지경이었다.

"괜찮은 거 같은데? 일단 체에 걸러서 국물만 따로 둬."

민우가 커다란 들통의 육수를 거르는 것을 힐끔 쳐다본 재원이 마지막 점검을 시작했다. 아직 수업 시작까지 한 시간 넘게 남았지만 수강생들이 오기 전에 실장에게 확인을 받아야만 했다.

백 평에 가까운 고급 아파트를 개조한 이 작업실은 일주일에 2번만 소수를 위한 쿠킹 클래스가 진행되고 있었다. 그것도 난다 긴다 하는 집안의 딸과 며느리들이 몇 달씩 대기하며 이 수업을 받고 싶어 했다.

하긴, 수업을 받는 쪽만이 그런 것은 아니었다. 이 쿠킹 클래스의 스텝으로 일하고 싶어 하는 요리사들도 많았다. 풍족한 월급에 자신의 책상까지 있는 이런 우아한 직장은 흔한 게 아니었으니까.

"준비 다 끝났나?"

어느새 체크 리스트를 들고 나타난 실장, 석진의 말에 재원이 고개를 끄덕였다.

"네. 육수까지 다 준비 끝났습니다."

"좋아."

티 하나 없는 조리복을 입은 석진이 안경을 쓱 밀어 올리며 테이블의 요리 재료를 점검했다. 오늘 수업 메뉴는 부르고뉴풍의 참치 스튜였다. 최상급의 참치는 가격이 비쌌지만 수강생들은 그걸 더 좋아했다. 한정된 것, 특별한 것, 더 비싸고 더 고급이고 쉽게 구하기 힘든 것들이야말로 그들이 원하는 것이었다.

그런 그들을 위해 이 스튜디오에는 어마어마한 조리 도구들과 그릇들, 그리고 줄줄이 걸려 있는 번쩍이는 구리냄비까지, 고가의 주방용품들이 가득 채워져 있었다.

음식 재료 점검을 마친 석진이 이번에는 테이블 세팅을 살펴보았다. 맞닿은 양쪽 창으로 보이는 전망이 최고인 이 작업실의 거실에는 커다란 12인용 식탁이 자리 잡고 있었다. 그 위에 하얀 린넨 천과 시선을 방해하지 않게 낮게 장식된 테이블 센터피스의 천일홍이 밋밋한 식탁 위에 색감을 더해 주고 있었다.

"대표님이 식기는 wedgwood Amherst로 하고 커트러리는 Michelangelo oneida로 하는 게 좋다고 하셨어."

석진이 쏟아 놓는 암호 같은 말에 재원은 재빨리 머리를 굴리며 방 하나를 가득 채운 그릇들을 뒤적이고 커트러리 서랍을 여러 번 열고 닫아야만 했다. 레스토랑보다 쿠킹 클래스가 더 힘든 것 중에 하나가 이것이었다.

대표의 수집벽에 맞춰 어마어마한 종류의 식기들과 도구들의 이름들을 다 외워야만 했다. 예전에는 주방용품의 세계가 이렇게 무궁무진한지 전혀 몰랐던 재원은 식재료의 이름과 요리법이 아닌 주방용품의 브랜드와 각각의 제품 이름을 외우느라 한참을 고생해야만 했다.

"네, 준비하겠습니다."

"참, 주문한 마카롱은 제대로 왔겠지?"

그저 요리 수업이라고 부르기엔 이 모임은 사교의 목적도 강했다. 늘 수업 후에 만든 음식으로 점심을 먹고 차를 마시며 친분을 다지는 시간이 수업 시간 만큼 중요한 비중을 차지했다.

"네. 식사 후에 세팅해 놓으려고 티 테이블에 따로 준비해놨습니다."

상자에 담긴 화사한 색감의 마카롱을 확인한 실장의 체크 리스트에는 V표시가 하나 더해졌다. 수업 중에 착용할 앞치마와 수강생들이 신을 슬리퍼까지 확인한 석진은 그제야 안쪽에 있는 제 사무실로 들어섰다.

오늘 제 일정과 대표의 일정을 확인하고 처리할 몇 가지를 전화로 해결한 뒤에 커피를 한 잔 마셨다. 레스토랑과 이 클래스의 관리를 같이 해야 하는 그에게 일주일 중에서 화요일과 목요일이 가장 바쁜 날이었다.

겨우 한숨 돌릴 시간이란 이 잠깐의 커피 타임뿐, 그러나 그는 그것도 다 마시지 못한 채 대표에게 준비 상황을 문자로 연락하고 제 차림새를 점검하고서 수강생들을 맞이하기 위해 현관문을 열고 대기했다.

아름답고 화려한 차림새의 수강생들이 자리를 채우자 가장 마지막으로 이 클래스의 셰프인 승제가 나타났다. 언제나 그렇듯 완벽한 슈트 차림에 이마를 드러내며 깔끔하게 넘긴 머리는 그의 성격을 보여 주고 있었다.

하지만 무엇 하나 흐트러지지 않는 차림새보다 더 완벽한 것은 그의 외모였다. 반듯한 이마와 오만할 정도로 쭉 뻗은 콧대, 그리고 서늘한 눈매와 다르게 아주 가끔이지만, 퇴폐적일 정도로 근사한 미소를 머금는 입술은 은밀한 상상을 부추기고는 했다.

소란스럽게 수업 준비를 하던 여자들이 약속이라도 한 듯 승제가 나타나자 숨을 죽이고 그의 깍듯한 인사를 수줍게 받아 주었다.

쿠킹 클래스를 진행하는 승제가 당연히 먼저 도착해 그들을 맞이해야 하는 게 정석이었으나, 오히려 그 반대로 수강생들이 그를 맞이하는 이 뒤집힌 상황이 그녀들을 더 안달 나게 만들었다.

"선생님, 오늘 더 멋지시네요."

대진의 안주인인 정미가 넉넉한 몸매처럼 푸근한 인사를 건네자 승제가 입술을 끌어당겨 매끄러운 미소를 지어 보였다.

"사모님도 오늘 더 고우십니다. 바꾸신 헤어스타일이 잘 어울리시는걸요."

의례적이 인사 끝에 덧붙인 칭찬에 정미가 슬쩍 얼굴을 붉혔다. 그게 아무 의미가 없다는 것을 알고 있었지만, 그래서 더 이 쿠킹 클래스를 기를 쓰고 다니게 만드는 이유이기도 했다.

정미와 승제의 인사가 끝나자 기다렸다는 듯 나머지 여자들이 앞다투어 승제에게 인사를 건넸다. 다소 번잡스러운 인사에도 그는 능숙하고 깍듯하게, 정미에게 건넨 인사보다 더하지도 덜하지도 않게 나머지 다섯 여자와 인사를 나누었다.

승제가 슈트를 벗고 조리복으로 갈아입는 사이, 수강생들도 전부 앞치마를 매고 손을 씻고 제 조리대 앞에 서 있었다.

그리고 당연히 그들의 시선은 승제에게 향했다. 쓱쓱 걷어 올리는 하얀 셔츠 아래로 섬세한 근육을 지닌 팔이 드러나자 가장 어린 시온은행 이사장의 막내딸이 작게 탄성을 뱉었다. 중년부인 두엇이 나무라듯 눈짓을 주었지만 그들이라고 딱히 속마음이 다른 것은 아니었다. 그저 능숙하게 감추는 능력이 뛰어날 뿐.

승제가 꼼꼼히 손을 씻고 특유의 서늘한 표정으로 조리대 앞에 섰다.

"수업을 시작하죠."

승제의 말에 한쪽 벽에 걸린 커다란 모니터에 오늘의 메뉴와 재료가 나타났다.

수강생들의 시선이 아직도 반쯤은 제게 쏠린 것을 알고 있었지만 그런 시선은 익숙해진 지 오래였다. 이 쿠킹 클래스는 그가 운영하는 레스토랑을 위한 일종의 광고 같은 것이었다. 레스토랑의 회원이 아닌 한 이 쿠킹 클래스에는 아예 참여조차 할 수 없었다.

아무나 쉽게 참여할 수 없다는 점과 수업료가 고가라는 점은 오히려 장점으로 작용했다. 그 덕분에 이 수업은 새로운 사교모임의 하나가 되었다. 더불어 레스토랑 또한 그들만의 특별한 장소가 되었다.

어마어마한 회원 가입비에도 다른 프랑스 레스토랑의 몇 배가 넘는 가격의

식대를 지불해야 하는 곳이 그의 레스토랑이었다.

하지만 그 가격에 걸맞는 뛰어난 서비스, 신선하고 고급스러운 식재료, 그리고 그가 직접 데리고 온 미슐랭 2스타를 받은 프랑스인 쉐프까지. 소위 상류층이라 자부하는 이들의 만족을 충족시키고도 남을 만한 곳이었다.

승제는 비스듬히 고개를 기울이며 미소를 지었다. 그는 사람들의 과시욕과 교만을 그들의 탐욕과 적절히 섞어서 토해 내게 만드는 법을 잘 알았다. 그걸 바탕으로 돈을 벌어들이고, 또 그 돈으로 제 세속적인 욕망을 해결했다. 좋아하는 자동차를 사고, 희귀한 그릇을 사고 비싼 조리도구와 냄비를 샀다.

이 공간은 그런 의미에서 재미있는 곳이었다. 그의 욕망과 그녀들의 욕망이 덕지덕지 점철된 이 아파트는 화려하다 못해 어지러울 정도로 현란했다.

제가 원하는 그 어떤 것도 손에 넣지 못할 게 없었다. 그래서 그는 이 현실에 지극히 만족하고 있었다. 하지만 이상하게도 가끔 의문이 들고는 했다.

아무리 차고에 전 세계에 몇 대 없는 스포츠카를 채우고 ebay 경매에 나온 귀한 그릇을 낙찰 받고, 번쩍이는 구리냄비를 주방 가득 걸어 놓아도 그 순간뿐, 문득문득 채워지지 않는 무언가가 그를 공허하게 만들었다.

"어머!"

하이 톤의 비명 소리에 승제를 따라 야채를 다지던 모두의 시선이 한곳을 향했다. 화려한 꽃과 큐빅이 장식된 부러진 손톱을 들고 태성의 고명딸 지은이 울상을 지었다.

"난 몰라!"

꽤나 속이 상한지 발을 구르는 그녀의 얼굴이 잔뜩 일그러졌다. 그리고 그런 그녀의 마음을 이해한다는 듯 모인 여자들의 고운 손톱은 샹들리에 불빛 아래 경쟁이라도 하듯 반짝이고 있었다.

"조심하지 그랬어?"

"아직 칼질에 익숙하지 않아서 그래. 자기도 두 번이나 부러뜨렸잖아."

정미의 핀잔에 수민이 민망해졌는지 뾰루퉁한 표정을 지었다. 소란에 잠시 멈춘 승제를 의식했는지 수강생들이 자기 자리로 돌아가기 시작하자 그도 다시 요리를 시작했다.

이런 일은 흔한 일이었다. 일주일에 한 번은 누군가가 손톱이 부러졌고, 또 다른 일주일의 한 번은 누군가의 한정판 옷에 음식물이 튀었다. 그리고 그럴 때마다 비슷비슷한 비명이 뒤를 따르고는 했다.

미끈한 외모에 완벽한 화장에 화려한 차림새. 젊든 나이가 들었든 그녀들은 모두 아름다웠다. 현대 의학이 일으킨 기적은 주름을 없애고 시간을 거꾸로 돌리고 단점을 지워 버렸다. 그녀들 모두를 이런 요리 강습이 아니라 당장 디너파티에 옮겨 놓아도 손색이 없을 정도였다.

그에게 그들은 화려하고 다디단 저 마카롱 같기만 했다. 하지만 그게 문제였다. 그 지독한 단맛에 문득문득 허무와 염증이 스며들었다.

그러나 그렇다고 해서 이곳을 도망갈 생각 따위는 없었다. 여기는 그가 만든 최고의 공간이었다. 이게 그의 일상이고 그의 자리였다.

승제는 그린 듯한 미소를 지으며 그녀들을 내려다보았다. 그의 미소에 화답하듯 화려한 꽃들이 넋을 잃고 미소를 지었다.

어차피 이건 쇼였다. 멋진 남자가 요리해 내는 맛있는 음식을 보여 주는 멋진 쇼. 승제는 제 역할에 맞는 현란한 칼질을 보여 주었다. 그들이 원하는 것을 주고 저도 그들에게 원하는 것을 얻어 냈다. 완벽한 교환의 법칙. 불만이란 걸 가질 필요도 이유도 없었다.

쓸데없는 생각이 스며드는 것을 털어 내고 승제는 당근과 양파, 샐러리와 리크를 잘게 썰어 버터와 함께 냄비에 볶기 시작했다. 치직거리는 소리와 함께 버터향이 공기 중으로 퍼지자 여자들의 시선이 그가 아니라 냄비 속의 내용물로 향했다.

그리고 승제 또한 그제야 제가 만드는 요리에 제대로 집중하기 시작했다. 그가 진짜 좋아하는 요리를 마주하는 순간은, 그의 속 어딘가에 찌꺼기처럼 가라앉은 허무와 염증을 희미하게 만들곤 했다.

"적당히 볶다가 bouquet garni, tomato paste, 그리고 박력분을 넣어 주세요."

나직한 목소리로 설명하는 그를 따라 요리하는 여자들 사이를 민우와 재원이 오가며 도와주고 있었지만 승제는 묵묵히 제 요리만 내려다보며 냄비 안에 레드와인을 쏟아 넣었다.

송아지 육수를 넣어 소스를 만들고 참치를 썰어 프라이팬에 익히고 곁들일 채소 등을 준비해 그것들을 모두 번쩍이는 구리 오발 팬에 담자 요리가 끝났다.

아직 그의 속도를 따라오지 못한 수강생들이 참치를 뒤집고 미니 양파를 볶느라 정신없었지만, 곧 다들 그럴싸하게 완성품을 만들어 내었다. 물론 그것이 오롯이 그녀들만의 작품이 아니라 제 조수들이 수업 내내 정신없이 뛰어다닌 결과라는 걸 알았지만 어차피 상관없는 일이었다.

적당한 칭찬과 인사치레를 하며 완성된 요리의 품평을 하고서야 그가 맡은 역할이 끝났다. 레스토랑에서 차출된 웨이터들이 서빙을 시작하자 승제는 뒤로 물러나 정중히 고개를 숙여 인사한 뒤 그 자리를 빠져나올 수 있었다.

"좀 달리다가 레스토랑에 가 있을게. 정리하고 와."

석진이 그의 뒤를 따르자 승제가 손을 저어 그를 돌려보내려 했다.

"식사는요?"

"알아서 할게."

딱 자른 대답에 석진이 더 묻지 않고 뒤로 물러났다.

"적당히 달리세요."

안경 뒤의 석진의 눈을 노려보며 승제가 잔소리를 막는 듯 집게손가락을 들어 올렸다.

"이따 봐."

석진이 못마땅하게 코를 찡그리며 안경을 들어 올렸지만 벌써 승제는 엘리베이터 안으로 사라진 뒤였다.

지하 주차장으로 내려간 승제는 화려한 외제차들이 즐비한 널찍한 주차장 공간에서도 유독 시선을 끄는 차 앞으로 다가섰다. 국내에 딱 한 대 들어온 포르쉐 50주년 기념 911 스파이더 한정판이었고, 항공 배송되면서 바닥에 타이어를 댄 지 딱 일주일 된 차였다.

언제부터인지 잘 기억도 나지 않지만, 참치 스튜에 환호하고 마카롱에 익숙한 저 위층의 여자들처럼 자신도 아무것도 아닐 수도 있는 이런 쓸데없는 끔찍스러운 사치품에 익숙해진 지 오래였다.

문득 그런 자신이 당혹스러울 때도 있지만, 아직 이탈리아의 공기가 채 날아가지 않은 듯한 고급스러운 무광 블랙의 차가 제 손끝에 달린 스마트키에 미미하게 인사하듯 기척을 낼 때는 아까와는 다른 짜릿한 무언가를 잠깐 느끼기도 했다.

지하 주차장을 빠져나온 차를 향한 맹목적인 시선에 무디어져 갈 때쯤 그는 핸들을 감싸고 있는 부드러운 고급 수제 가죽의 느낌에 익숙해졌다. 지끈거리는 머리를 창틀에 올린 팔에 기대고 그는 으르렁거리는 차의 울음을 즐겼다. 한낮 도심의 거리는 답답한 속을 털어낼 만큼 적당히 한가했다.

그러나 그에게는 벌어들이는 수입만큼 해야 할 일도 많았다. 그래서 전 세계에 몇 대 밖에 없다는 고성능의 스포츠카를 몰아도 그는 도심을 빠져나가지 못했다.

그는 아직도 더 달리고 싶어서 움찔거리는 차를 적당히 달래어 제 레스토랑으로 돌아갔다. 주차 요원이 따로 있었지만 그의 차를 직접 몰 강심장은 없었기에 스파이더를 끌고 나올 때면 직접 주차를 해야 했다.

금방 비라도 쏟아 낼 듯 흐린 하늘을 잠시 올려다본 승제는 걸음을 옮겼다.

평범한 날이었다. 눈을 뜨고 새 메뉴를 체크하고 쿠킹 클래스를 다녀와서 레스토랑에 출근해 지출장부를 살피는. 그 평범한 날의 한가운데를 걷는 승제의 발길을 날카로운 항의가 붙잡았다.

"회원제요? 장난해요? 무슨 식당에서 회원제 따위를 해요?"

입구의 직원이 열어 주는 문을 지나치던 승제가 눈썹을 찡그리며 고개를 돌렸다. 센스 없이 질끈 묶은 머리와 그저 까만 치마정장을 입은 여자가 중년의 홀 지배인 조 실장을 붙잡고 목소리를 높이고 있었다.

"죄송합니다만, 회원이 아니시면 들어오실 수 없습니다."

머리카락 한 올도 흐트러짐 없는 중후한 조 실장의 태도는 공손하나 여자의 항의에 눈 하나 깜짝하지 않고 있었다.

사실 레스토랑 개업 초기에는 매일 일어나던 일이었다. 내가 누군지 알고 이러느냐며 목소리를 높이던 사람들이 한둘이 아니었다. 국회의원부터 시의원 심지어 어디어디 경찰 소장이나 대학교수들까지 종류는 다양했다.

승제는 입술을 비틀었다. 오랜만에 보는 실랑이는 지루하기만 했다.

"이봐요, 나 기자라니까요. 요즘 이런 매체에 일부러 돈을 주고서라도 광고를 하는 시대예요. 이 그럴듯한 레스토랑을 국내 판매부수 1위의 잡지 첫 장에 홍보해 주겠다고요. 그러니 먼저 뭘 파는지는 알아야……."

시끄러운 여자가 눈치채지 않게 지배인에게 눈짓을 한 승제는 3층에 있는 제 사무실로 걸음을 옮겼다. 건장한 웨이터 두어 명에게 밀려 밖으로 나가는 여자의 예쁘장한 얼굴이 잠시 동공을 스쳤으나 그는 무심히 등을 돌렸다.

점심시간에 제 애마를 끌고 도심을 돌아다닌 대가로 그를 기다린 것은 샌드위치 한 조각과 책상 가득 쌓인 서류 뭉치였다. 이마를 살짝 구긴 채 그 둘을 바라보던 그는 샌드위치 대신 책상에 앉아 서류들을 해치우기 시작했다.

지루한 하루였었다. 그리고 그 길고 지루한 하루에 그에게 남은 즐거움이란 하나뿐이었다.

표준 시간에 맞춰 놓은 시계의 초침이 움직이는 것을 바라보는 그의 눈빛에는 초조함이 흘렀다. 얇고 부드러운 곡선의 은색 노트북 화면을 노려보며 남자는 마우스를 결제 버튼에 올려놓고 마지막 순간을 기다렸다.

그리고 초침이 정각을 지나기 전, 마지막 경매 참여자의 가격보다 높은 가격으로 경매에 뛰어들었다. 바뀐 노트북의 화면에 그처럼 마지막에 낙찰가를 적어 넣은 사람이 몇 있었지만 최종 낙찰자는 자신이었다. 그걸 확인하자 벌떡 일어선 남자가 두 주먹을 불끈 쥐었다.

Ebay에서 2주 전에 발견한 이 경매의 seller는 그도 익히 알고 있는 사람이었다. 지금은 단종된 Royalcopenhagen의 Burgundy를 한꺼번에 내놓아 승제의 장식장 한쪽을 그득 채워 준 판매자였다.

그리고 그 덕에 오늘 그가 낙찰 받은 접시는 무려 Burgundy double lace 접시였다. 서둘러 paypal 결제까지 마친 승제는 후련한 기분으로 두 팔을 들어 길게 몸을 늘였다.

미국 시간으로 아침인 경매 마감을 위해 그는 일부러 새벽까지 깨어 있던 중이었다. 잠을 쫓으려 마신 커피가 남아 있는 머그잔을 들고 승제는 자리에서 일어섰다.

커다란 서재방의 양쪽 벽에는 절반은 요리 관련 책자가, 그리고 절반은 그가 애써 모은 귀한 그릇들이 자리를 차지하고 있었다. 거실과 주방의 벽들을 채운 장식장 안의 물건들도 그다지 다르지 않았다. 넓디넓은 집을 가득 채운 것은 사람이 아닌 그저 구하기 힘든 물건이었다.

그리고 그 안에서 움직이는 존재는 승제 하나뿐이었다. 어두컴컴한 거실 창가에 서서 그는 밖을 바라보았다. 아무도 없을 것 같은 도로에도 불빛들이 나타났다 사라지기를 반복했다.

불을 모두 껐는데도 도시의 밤은 완벽한 어둠을 주지 못했다. 잠을 깨려 마신 커피가 이제 수면을 방해하는 걸림돌이 되어 그는 침대에 누워서도 한참을 어른거리는 그림자를 노려보아야만 했다.

희미한 불빛에 어른거리는 그림자가 완벽한 어둠이 되었을 때 요란하게 휴대전화가 울리기 시작했다. 꿈과 현실의 경계선에서 한참을 헤매고 나서야 그는 겨우 몸을 일으킬 수 있었다.

이 밤, 그에게 잠은 허락되지 않은 모양이었다.

"어딥니까?"

그리고 그를 깨운 휴대전화 너머의 사람도 예상대로였다.

호텔 바에 술에 취해 정신을 잃고 쓰러진 여자는 혼자였다. 이미 마감을 위해 정리를 하고 있는 직원들 사이에 남은 손님은 아무도 없었다. 그나마 나쁜 손길을 타지 않은 것은 그녀가 누군지 아는 직원들의 배려였다.

"오셨습니까?"

벌써 여러 번 마주친 덕택으로 낯이 익은 바텐더가 인사를 건네 왔다.

"얼마나 마셨나?"

"로얄살루트 한 병 다 드셨습니다."

조심스런 대답에 승제는 별 대꾸 없이 카드를 내밀었다.

정중한 태도로 카드를 받아 든 바텐더는 여자를 흔들고 있는 남자를 힐끗 바라보았다.

금색의 라벨을 가진 까만 병의 술값은 백만 원이 넘었다. 어지간한 사람들은 잘 시키지도 않는 38년산 로얄살루트를 주기적으로 주문하는 여자는 늘 혼자 와서 저렇게 취할 때까지 술을 마시곤 했다.

저 비싼 술을 턱턱 시켜도 두말없이 내놓을 수 있는 이유는 그녀가 손에 꼽는 대기업의 사모님이기 때문이었다. 하지만 늘 저렇게 취한 그녀를 데리러 오는 사람은 저 남자 하나였다. 이상하게도 다른 번호는 아무리 전화를 걸어도 그 누구도 받지 않았다.

늘 그녀를 데리러 오는 저 눈이 멀도록 매끈하게 생긴 남자는 누구인지 궁금했지만 이곳에 근무하는 누구도 드러내 놓고 그 호기심을 내보일 정도의 바보는 아니었다.

"결제 끝났습니다. 대리운전을 부를까요?"

공손히 내미는 카드를 받아 든 승제가 고개를 저었다. 이런 모습으로 집에 돌아가 이런저런 소리를 들을 바에는 차라리 가지 않는 게 나았다.

승제의 아파트보다 몇 배는 더 큰 저택에서 여자는 허깨비처럼 집을 지켰다. 그녀의 남편은 대부분의 시간은 일에 할애하고 남는 자투리 시간은 제 정부에게 썼다.

그러니 이 여자에게 할애할 시간 따위는 없었다. 이 불쌍한 여자의 부재 따위는 아무도 신경 쓰지 않았다. 귀찮음을 이기고 새벽에 울리는 전화를 받아 대꾸해 줄 가치조차도 인정해 주지 않는 그녀가 안쓰러워서 그는 매번 어둠을 헤치고 달려오고는 했다.

"일어나, 가자."

한 팔에 여자의 백을 들고 축 늘어진 몸을 끌어안듯이 일으켰다. 식사를 거의 거르고 있는 모양인지 저번보다 앙상해진 몸은 갈비뼈가 만져질 정도였다.

만취한 여자는 스위트룸의 침대에 눕힐 때까지도 정신을 차릴 기미가 없었다. 하지만 그녀가 잠든 게 아니라는 걸 그는 알고 있었다. 몸을 작게 웅크린 여자가 흐느끼는 것을 들으며 그는 한숨을 내쉬었다.

매번 질리지도 않는지 반복되는 이 일이 승제는 지겨웠다. 그럼에도 아무도 돌아보지 않는 여자를 그마저도 모른 척할 수는 없었다. 그마저도 달려오지 않는다면 여자가 정말 세상에 미련 하나 두지 않고 떠날 것 같았다. 지친 듯 손을 들어 얼굴을 쓸어내린 그가 냉장고에서 생수를 꺼내 침대 옆에 내려놓았다.

시트를 들어 몸에 덮어 준 승제는 씁쓸한 표정으로 그녀를 내려다보았다. 생기 없이 창백한 피부에 화장이 얼룩진 여자는 그럼에도 또렷한 이목구비가 아름다웠다. 승제는 헝클어진 여자의 머리카락을 쓸어 넘겼다.

사람이 시들어 가는 것을 보는 것은 유쾌하지 않은 일이었다. 특히나 그 사람이 빛나던 때를 기억하는 사람에게는 슬프고 또 아픈 일이었다. 묵직해진 머리를 짚으며 승제는 무거운 한숨을 내쉬었다. 어느 누구의 인생이든 멀리서 바라보는 것과는 달리 가까이 들여다보면 달콤하지만은 않는 법이었다.

잠 못 드는 고민은 누구에게나 있었다. 오늘따라 밤은 쓸데없이 길기만 했다. 여자가 잠이 들고도 한참 동안 그는 창밖이 밝아오는 것을 기다리며 그 자리에 앉아 있었다.

수석 쉐프인 레너드는 느긋한 성격의 사람이었다. 꼼꼼하지만 다정하고 섬세한 레너드 덕에 비쥬 블랑쉐의 주방 분위기는 화기애애했다.

하지만 그건 대표가 나타나지 않았을 때의 이야기였다. 그저 나타나는 것만으로도 숨이 턱 막히게 긴장감을 불러일으키는 남자는 게다가 독설가이기까지 했다.

"내 레스토랑에 이런 쓰레기를 내놓고 싶지는 않아. 쓰레기는 쓰레기통에 넣어야지. 여러분 연봉을 회원비로 내는 손님들에게 이딴 쓰레기를 내놓을 건가?"

우아한 손길로 뒤적이는 요리는 해물 담당 쉐프가 만든 신 메뉴였다. 물론 이미 그 독설에 당한 그릴 담당과 육류 담당 쉐프들이 만든 요리들이 대표가 쥔 포크의 움직임 몇 번에 엉망진창이 된 채 늘어서 있었다.

"불만이 이쓰면 얘기해!"

승제의 사무실까지 쫓아온 레너드가 프랑스 억양이 섞인 어눌한 발음으로 화를 냈다.

하지만 펄펄 뛰는 그의 기세에도 동업자이자 원수 같은 친구 승제는 고개조차 들지 않았다. 그저 아무것도 들리지 않는 것처럼 실장인 석진이 하나하나 내미는 서류를 뒤적이고만 있었다.

"어뒤가 어또케 이상한지 말해!"

화가 많이 날 때는 레너드는 일부러 한국말을 썼다. 그게 이상하게 들린다는 것은 알지만 정말 자신이 화났다는 것을 승제에게 보여 주기엔 딱 알맞았다.

오늘은 한 달에 한 번 있는 신 메뉴 테스트가 있는 날이었다. 제 밑에서 일하는 요리사들의 실력도 향상시키고 의욕도 고취시키기 위해 레너드가 만든 특별한 이벤트였다.

난다 긴다 하는 요리사들을 제치고 이 레스토랑에 취직한 것만으로도 그들에게는 자랑스러울 일이었으나, 메뉴판에 제가 만든 요리가 올라간다는 것은 또 다른 이야기였다.

그런데 레너드에게 후한 점수를 받은 요리들을, 새벽부터 나타나 주방을 뒤지며 잔소리를 하던 승제가 전부 퇴짜를 놓았다. 일찍 나타날 때부터 심기가 나빠 보였지만 아무리 그래도 제가 고심해서 골라 뽑아 놓은 요리들을 전부 쓰레기라고 폄하한 것은 주방 요리사들을 무시한 처사였다.

물론 최종 결정권자는 이 레스토랑의 대표이자 쉐프인 승제였지만 수석 쉐프인 레너드, 그도 자존심이 구겨진 건 마찬가지였다.

"너 일부로 그러는 고지!"

한국말을 묘하게 프랑스어화시키는 레너드를 힐끔 올려다본 승제가 마지막 서류에 사인을 하고 석진에게 넘겨주었다.

"홍합 한 번만 더 상태가 그러면 거래 끊는다고 전해. 그리고 새우 사이즈가 애매하게 달라졌던데 다시는 그딴 장난 못 치도록 해."

"안 그래도 그때 물량 전부 결제대금에서 제외하기로 했습니다."

어쩌면 자신보다 더 꼼꼼한 성격의 석진이 처리한 결과에 그가 고개를 끄덕여 칭찬을 했다.

"잘했군. 그리고 파티쉐에게 견과류 너무 오래 묵히지 말고 냄새나기 전에 바로바로 폐기하라고 해. 우리 레스토랑에서 돈 아낀다고 재료 질 떨어뜨리는 일은 없어야 해."

"네."

태블릿에 몇 가지 메모를 마친 석진이 인사를 하고 나가자 그제야 승제는 레너드를 바라보았다. 분을 못 참겠는지 중얼거리며 승제의 사무실 안을 서성이는 레너드는 승제보다 머리 하나는 더 큰 거구의 남자였다.

그런 그가 제 앞을 버티고 서 있으니 넓은 사무실이 비좁게 느껴질 정도였다. 승제는 등받이가 긴 제 의자에 삐딱하게 머리를 기대고 레너드를 신랄하게 쳐다보았다.

「너야말로 뭐가 불만이야?」

어눌한 한국말을 하는 레너드와는 달리 유려한 프랑스어로 묻는 승제를 향해 레너드가 기가 막히다는 듯 두 팔을 들어 올렸다.

레너드가 한국말로 화를 낼 때 승제가 프랑스어로 대꾸하는 건 그 또한 심기가 불편하다는 이야기였다. 누가 누구한테 화를 내는 거야? 레너드가 목소리를 높였다.

"그걸 지큼 말이라고 하는 고야? 어또케 그 요리들을 다 쑤레기라고 부르는 고야?"

심드렁한 표정으로 승제가 대답했다.

「너도 늘 하는 말이야. 내 말이 틀려?」

그의 대답에 레너드가 희극적으로 팔을 휘둘러 댔다.

"쿠건 진촤 쑤레기니까 하는 말인뒈 넌 쿠냥 트집이잖아! 대최 아침부터 왜 쿠러는 고야!”

천둥 같은 고함을 지르는 레너드의 벌게진 얼굴을 보며 승제가 이마를 슬쩍 구겼다.

“안 그래도 머리 아픈데 그만해.”

뻑뻑해진 눈을 쓸어내리며 승제가 눈을 감았다가 떴다.

“아페리티프는 왜 그렇게 단걸 내놨어? 아무리 여자들이 달콤한 와인을 좋아한다 하더라도 너무 과하잖아. 스프는 크림 비율이 높았고 마늘향도 너무 많이 났어. 프아송에 홍합은 좀 질겼고 소르베는 신맛이 뒤에 강해. 그리고 비앙드에 가니쉬는 왜 그따위야?”

조목조목 따지는 승제의 말에 레너드는 입을 다물고 이마를 긁적였다. 그 미묘한 맛을 전부 짚어 내는 녀석의 미각에 매번 놀랍기도 했지만 짜증스럽기도 했다.

솔직히 그 정도까지 나쁜 요리는 아니었다. 손님들 누구도 승제처럼 짚어 내지도 못할 맛이었다. 넉넉한 풍채처럼 적당히 융통성을 부리는 자신과는 달리 비가 오나 눈이 오나 한결 같은 승제의 자로 잰 듯한 냉정함과 차가운 성격은 도무지 적응이 되지 않았다.

어쨌거나 그만 싸우고 싶다는 듯 한국말로 대꾸하는 승제에게 레너드가 항복을 했다.

「그 정도는 아무도 눈치 못 챌 차이야.」

“그 차이도 구별 못 하는 레스토랑을 하려고 여길 연 게 아니야.”

「알아. 그래도 파이팅하자고 연 이벤트에 도리어 기를 죽이면 어쩌자는 거야?」

“네가 늘 기를 살려 주니 나라도 현실을 깨닫게 해 줘야지.”

귀찮다는 것처럼 던지는 말에 레너드가 얼굴을 찌푸렸다.

「대체 왜 그러는 거야?」

동업자가 아니라 친구로서 묻는 레너드의 얼굴을 승제가 물끄러미 바라보았다.

"……어제 한숨도 못 잤어."

툭 던지는 그의 말에 레너드가 알겠다는 듯 한숨을 내쉬며 앞에 놓인 의자에 앉았다. 새벽부터 신경이 곤두선 녀석을 보고 진작 알아채야 했었다.

「대충 일 끝났으면 들어가서 좀 쉬다 나와. 런치는 내가 알아서 할 테니까 브레이크 타임 안에만 돌아와.」

끙 소리를 내며 일어서는 레너드를 향해 승제가 조용히 중얼거렸다.

"고마워."

그의 감사 인사에 응수라도 하듯 레너드가 배를 두드렸다.

"걱정 마. 네가 후회할 만큼 회식 비싼 거 먹어 줄 거니까."

제 배를 툭툭 두드리며 나가는 레너드에게 승제가 경고하듯 손가락을 하나 들어 올렸다. 하지만 승제의 경고에도 레너드는 손가락을 입술에 댔다가 공중에 사선으로 긋는 시늉을 했다. 그리고 승제가 뭐라 더 말을 꺼내기 전에 잽싸게 문을 닫고 도망을 쳤다.

저 녀석에게 법인 카드를 주는 게 아니었어.

돈은 제 주머니에서 나가는데 생색은 늘 레너드가 냈다. 책상 위를 톡톡 두드리며 이마를 찡그린 승제가 의자를 돌려 창밖을 바라보았다. 조경까지 완벽하게 꾸민 비쥬 블랑쉐의 바깥은 초록빛으로 가득했다.

하루쯤 안 잔 것쯤이야 아무것도 아니었다. 그저 제가 해결할 수 없는 문제가 늘 눈앞에서 어른거리는 것이 짜증스러울 뿐이었다.

그가 쉽게 풀 수 없는 매듭. 그리고 그 매듭 사이에서 목이 졸리고 있는 여자. 잠보다 그게 문제였다. 그 문제가 그의 머리 한쪽에 자리를 잡고 신경을 닥닥 긁어 대고 있었다.

물론 그렇다고 해서 훌륭한 음식에 괜한 트집을 잡은 건 아니었다. 약간의 문제들이 있었고, 또 제가 했던 말처럼 레너드는 당근을 너무 주는 타입이라 가끔씩 제동을 걸어 줄 필요가 있었다. 오늘따라 제 분위기가 날카로웠던 것은 어쩔 수 없는 일이었다.

어쨌거나 새로운 메뉴로 삼을 요리가 없었다는 건 애석한 일이었다. 늘 무언가 새로운 것을 내보이지 않는다면 레스토랑이 도태되는 건 순식간이 될 것이었다.

관자놀이를 스치는 기분 나쁜 두통에 승제는 작게 신음을 뱉었다. 그런 꼴은 절대 보고 싶지 않았다.

아무래도 레너드의 말처럼 좀 쉬고 나와 새로운 메뉴를 만드는 게 나을 듯했다. 아픈 머리를 매만지며 그는 자리에서 일어섰다. 뜨거운 샤워와 와인 한 잔 그리고 이 날카로워진 신경을 잠재울 휴식이 필요했다.

사무실을 나온 승제는 제집으로 가기 위해 레스토랑의 홀로 걸음을 옮겼다.

3.

## 둥근 햇반 현미밥

땡!

경쾌한 소리가 반짝이 풀을 흘린 것 같은 카드에 박혀 있던 그녀의 시선을 빼앗았다. 이 아무것도 아닌 것 같은 하얀 플라스틱 카드를 만드는 데 그런 과한 돈이 든다는 경악스러운 사실보다, 지금 제 뒤의 전자레인지 안에 있는 게 더 소중했다.

구수한 냄새가 섞인 연기가 폴폴 나는, 제 든든한 아침을 대신해 줄 양식을 꺼내 든 그녀는 저도 모르게 급한 소리를 치며 식탁 겸 책상 위에 내려놓아야 했다.

"앗, 뜨거."

뭘 사 달라는 건 불가능하지만, 빌려 오는 건 조용필 팬티도 가능하다는 지훈의 호언장담은 거짓이 아니었다.

"멋진 놈!"

옆에 있으면 당장 뽀뽀라도 해 주고 싶은 심정으로 그녀는 새로 골라 본 즉석밥의 반쯤 열린 뚜껑을 뜯어 냈다. 흑미나 백미는 먹어 봤어도 현미가 섞인 건 처음이었다. 한입 떠 넣자 역시나 하고 엄지가 척 올라올 만했다.

"한국 사람한테는 밥이 최고지. 흥!"

점심은 헉 소리 나는 프렌치 식당에 강제로 가야 한다는 것에 대한 반발심인지, 그녀는 허공에 대고 혼자 중얼거렸다.

커다랗게 보이는 외부와는 달리 레스토랑의 안쪽은 그다지 광활한 느낌이 아니었다. 당연히 높은 층고를 보고 삼층 건물일 거라 생각했었지만 내부는 이 층 밖에 없었다. 대신 천장이 이층 높이만큼 높았다.

"몇 분이신지……."

확인을 하고 회원 카드를 돌려받은 은수는 우아하게 대답했다.

"혼자예요. 예약한 분이 바쁘다고 펑크를 내 버렸네요. 기분이 좋은 건 아니지만, 그래도 비쥬 블랑쉐에서 식사하는 게 보통 일이겠어요? 혼자라도 와야지."

길게 웨이브 진 머리를 비싼 스타일링제로 우아하게 손질한 그녀는 비꼬고 있었지만 목소리는 전혀 그렇게 들리지 않았다.

날씬한 몸매를 잘 드러내 주는 부드러운 하얀색의 실크 블라우스는 의도적으로 단추를 세 개나 풀었고, 그 안에는 새언니가 생일 선물로 손수 골라 준-그녀가 이걸 목에 걸고 아카데미 시상식이라도 가라고요? 하고 대놓고 웃었던-옐로우 골드와 핑크 골드가 잘 매치된 커다란 넥크리스로 포인트를 줬다.

그리고 하이웨스트의 검은색 인어 라인의 타이트스커트는 보는 사람의 시선이 미안할 정도로 슬릿이 있어서 앉을 때 특히나 조심해야 했다. 게다가 웬만해서는 잘 신지 않는, 뉴욕에 계신 엄마가 정말 비싼 신발이니까 관리를 잘하라고 지금도 전화를 하면 딸의 안부보다 먼저 상태를 묻는 어마어마한 높이의 지미추 뱀피 스트립 슈즈까지, 그야말로 제 옷장 속에 있던 값비싼 모든 것을 다 걸고 차고 나온 터였다.

하지만 그녀의 유난 떤 몸차림도 휘황한 실내의 분위기에 비하면 차분할 지경이었다. 대낮이고, 어마어마한 회원 가입비 외에도 눈 돌아갈 만큼의 값을 치러야 하는 레스토랑의 실내는 빈자리가 없어 보였다.

그 정도 가격이면 나오는 음식이 으리으리할 테니 테이블이라도 좀 널찍해야 할 텐데, 뭐 서로 비밀 이야기라도 있는지 아니면 서로 얼굴을 대면하면 안 되는지 이리저리 놓인 파티션들 사이로 놓인 테이블들은 네 명이서 앉으면 서로 무릎이 닿을 듯 좁아 보였다. 게다가 줄지어 테이블 위를 가득 채운 잔들과 외과 수술실이라도 되는지 좌르르 놓인 포크와 나이프라니!

그러나 그녀 또한 포크와 나이프가 일렬로 좌르르 누워 있는 좁은 구석 테이블에 안내 되자 마음이 급해졌다. 이왕이면 한가운데 앉아야 들고 나가는 사람들을 살피고 그 얼굴만 번드레한 수석 쉐프인지 주방장인지를 찾을 텐데 그렇기는 틀린 듯한 구석 자리였다.

그럼, 첫 번째 작전은 실패니 두 번째로 넘어가야 하나?

"안녕하십니까, 오늘은 정말 완연한 가을 날씨 같네요. 메뉴 선택 도와드리려고 합니다. 괜찮으시겠습니까?"

교정을 잘 받은 듯, 가지런하고 하얀 이를 드러내며 보기 좋은 얼굴로 미소를 짓는 남자는 명동에서 본다면 한 번쯤 뒤를 돌아볼 만큼 매력적이었다. 저런 남자들은 다 어디 갔나 했더니 이런 데서 일하는 게 분명했다. 그러니 제가 일하는 곳은 물이 그 모양이지.

은수는 화사하게, 미리 연습이라도 하듯 미소를 지었다.

"글쎄요, 차 안에만 있어서 완연한 가을 날씨인지는 잘 모르겠네요."

특이하게 말려 있는 냅킨을 펴 무릎에 올리며 보니 참으로 별나게도 생긴 포크와 나이프가 각각 네 개씩이나 좌우로 포진해 있었다. 손잡이 쪽에 세로로 구멍이 있다니, 아니 구멍이라기보다는 길고 굵은 철사를 우그려 고리를 만들고 끝 부분에 칼날이나 포크를 달아 놓은 거 같았다.

고급스러워 보이기야 했지만, 왠지 마트 푸트코트의 잔뜩 흠집이 간 묵직한 포크, 나이프가 그리워질 정도로 반짝거리는 연장들조차 거만함을 온몸으로 보여 주는 듯했다. 어디 네깟 게 한번 날 잡아 볼 테야? 라고 말하는 것처럼.

"아…… 네, 그러신가요? 그럼, 오늘 런치 메뉴를 보실까요?"

제 딴에는 매너와 위트로 던진 인사를 퉁명스럽게 받아친 손님을 보고는 살짝 당황한 웨이터가 메뉴판을 내밀자, 남자의 하얗고 날 선 셔츠에서 미세한 섬유 유연제의 향기가 묻어났다.

"오늘의 프아송(Piossons-생선 요리)으로는 신선한 콩소메 게살 젤리와 광어 세빗이 있고, 비앙뜨(Viandes-메인 육류 요리)로는 양갈비 구이와 어린 송아지 안심 요리가 있습니다. 런치는 프와송과 비앙뜨만 선택하실 수 있습니다."

그녀는 어제 제가 세세하게 검색했던 것을 기억해 냈다. 전에도 물론 프랑스 식당에 간 적이야 있었지만 언제나 일행이 있었고, 세세한 것을 귀찮아하는 그녀의 성격상 '나도!' 를 연발했을 뿐 메뉴를 골라 본 적이 없었다.

어딜 가나 기십만 원씩 하는 이런 정통 프렌치 식당이네 하면서 거들먹거리는 것들은 혀만 요란하게 굴린 메뉴를 나열해 놓고는 가져오는 것이라곤 숟가락 하나에 한 개씩 소꿉놀이하듯 담아내 오거나 터무니없이 커다란 그릇에 그림만 요란하게 그린 뒤에 먹을 것이라곤 갈빗대 하나 놓여 있을 뿐이었다.

설마 이곳이라고 달리 나올까. 메뉴판을 찡그리면서 뒤적여 봤지만 역시 가격 같은 것은 없었다. 중요한 건 그거 아닌가?

"둘 다 가격 같아요?"

평소부터 물어보고 싶은 거였다. 나열하는 요리들 중에 선택하면 값이 달라지나. 그러나 늘 그녀가 계산해 본 적이 없으므로 물어볼 일이 없었다.

"네, 네? 아닙니다."

오늘 이 총각 여러 번 당황한다 싶은 은수는 괜히 재밌어졌다.

"아페리티프(식전주) 하시겠습니까?"

이 총각도 그녀가 당황하는 게 보고 싶은 모양인지 금세 평온을 되찾으면서 100% 토종 한국인이 분명하지만 혀만은 프랑스산 에비앙 생수만 먹은 듯 혀를 굴려 물었다. 그거 모를 줄 알고? 어제 밤새 공부했네.

"대낮에 혼자 밥 먹는 것도 처량한데 낮술까지 하긴 그렇네요. 그건 그렇고, 이거 풀 세트 부가세랑 봉사료 포함 얼마죠? 식사 값 내기로 한 물주가 오늘 도망가 버렸네요. 아무래도 마음의 준비를 해야 할 거 같아서요."

역시 자신의 생각이 옳았다. 남자는 당황하고 있었다. 수천만 원짜리 회원권을 들고 와야만 하는 이 고급 레스토랑에서 누구 하나 음식에 대해서나 딴죽을 걸지, 가격 따위는 메뉴판에 0이 한두 개 더 붙어도 신경 쓰지 않는 사람이나 여기 앉아 있을 테니까.

"손님, 가격은 나중에 식사 후에 나가실 때 계산하시면 됩니다."

은수가 그 대답에 화사하게 웃었다. 남자가 또 다른 의미로 당황하도록.

"선불로 하면 다이어트에도 도움 될 텐데……. 좋아요. 뭐가 맛있죠?"

"아뮤즈 부시입니다. 프랑스어로는 입을 즐겁게 한다는 뜻이죠. 이쪽은 베이컨으로 감싼 바나나 퓨레입니다. 중간에 이 징검다리 같은 작은 막대는 페스츄리 반죽을 겹쳐 구운 뒤에 피스타치오 가루를 묻힌 겁니다. 그 옆에 작은 빵은 올리브를 꽂은 뒤에 구운 것으로 위에 있는 보라색 부분은 구운 가지입니다."

무슨 맛을 느껴야 할까. 고민스러워졌다. 아뮤즈 부시라는 게 입을 즐겁게 하려면 적어도 기미가 갈 정도는 나와야 하는 걸 텐데, 딱 티스푼으로 한 스푼씩 나오는 양은 정말이지 제 성미에 맞지 않았다. 푸짐하게 양푼째로 나오는 비빔밥이 오히려 딱인데…….

제 삐딱한 태도 때문인지, 아니면 혼자 와서인지 그것도 아니라면 아까 메뉴판을 주던 녀석이 프론트에 가서 저기 경고등 들어오는 여자예요, 라고 찌르기라도 했는지 처음 빵을 가져와 직접 잘라 주면서 서빙을 하던 나이 지긋한 정장 차림의 남자가 저를 담당하기로 한 모양이었다.

음식을 가져오면서 청하지도 않은 설명을 하는데, 하도 친절하기가 도를 더한 데다 눈에 불을 켜고 흠집을 잡으려 해도 잡힐 구석이 없는 세련된 매너와 깔끔한 목소리 때문에 그녀는 슬슬 걱정이 되기 시작했다.

원래 두 시간은 잡아야 되는 게 프렌치식 정통 디너였다. 그러나 지금은 디너도 아니었고, 컵라면은 1분, 백반은 5분이면 해치워야 하는 게 정치부 기자의 숙명이자 스킬이었다. 한 끼 밥 먹는 데 두 시간을 소비한다는 건 사치를 넘어서 방종이었다. 그러니 방종을 떨어야 하는 제 운명이 슬슬 짜증을 불러오고 있었다.

"이거 원래 이렇게 딱딱한가요?"

원래 더럽게 비싼 프렌치 요리는 욕을 하기도 전에 입에서 스르르 녹는 게 정석이라고 누군가 우스갯소리로 했던 게 기억났다. 그러니 지금 제 입에 딱딱하게 느껴지면 잘못된 거 아닌가?

정통 프랑스 정찬에는 생뚱맞게 중간중간 셔빗이라고 아이스크림이 나오는 경우가 있었다. 뭐, 전에 있던 음식 맛을 지우고 새 음식을 먹기 위해서라는데 여기도 그런가 보다 하고 있었을 뿐이었다.

아보카도 크림을 곁들인 성게 리조또라고 살아 꿈틀거리는 성게알과 이태리식 리조또가 든 비릿한 음식이 나온 뒤에 그 맛을 가시라고, 아이스크림이 둥근 스푼 위에 딸랑 한 입 있었고 은색 그릇에는 딱 질색하는 민트 잎이 꽂혀 있는 셔빗이 나왔다.

이거 하나 값이 만만치 않을 거라 생각하고 생각에 잠긴 채, 작지만 역시 묵직한 스푼으로 누른 순간 딱 걸리는 느낌이 나자 반사적으로 제 입에서 나온 말이었다. 막 돌아서던 남자가 고개를 돌렸다. 민트 잎을 손으로 빼 버리고 입에 넣은 순간 제 딴지는 틀린 게 아니라고 느껴졌다.

"무엇이 불편하십니까?"

"딱딱해요. 셔빗이라면 스르르륵 녹아야 할 텐데 말이죠. 너무 얼렸나 봐요?"

"아, 그렇군요. 딱딱해 보입니다. 정말 죄송합니다. 저희 이런 실수가 거의 없는데 말입니다. 바꿔 드릴까요?"

"됐어요. 이미 먹은걸요."

이미 기분이 상했어요, 라고 이야기하고 싶지만 진심 어린 목소리에 대고 그럴 수는 없었다. 단지 셔빗이 딱딱하다고 해서 딴지를 걸기는 너무 약했다.

조바심이 나는 그녀의 마음을 모르는 것처럼 계속해서 음식들이 나오고 있었다. 꾸역꾸역 먹으면서 실마리가 될 무언가를 찾으려 애를 썼으나, 그게 잘 생각이 나지 않아 머릿속이 복잡한 그때였다.

쉴 새 없이 두리번거리던 제 촉에 찌릿 하는 느낌이 들었다. 그녀는 제 촉을 거의 99% 믿는 편이었다. 그리고 그건 이번에도 틀리지 않았다. 제 자리가 구석이기에 입구가 안 보인다는 게 은수를 낙담하게 만들었는데 이건 오히려 행운이었다.

바로 제 자리 정면으로 스텝 온리, 라고 적혀진 문이 있었기 때문이고, 그 문에서 누군가 나왔으며, 그 사람이 나오자마자 문 쪽에 있던 중년의 여인이 환호성을 질렀기 때문이었다. 삼척동자, 아니 지나가던 멍멍이도 유추할 수 있는 상황이었다.

게다가 뒷모습밖에 보이지 않았지만 정장 하의와 드레스 셔츠만 입은 남자의 탄탄한 뒷모습만 봐도 눈이 휘둥그레지는데, 명품으로 둘둘 감은 아줌마가 일어나서 마치 디너쇼에서 조용필 오라버니가 무대에 내려와 마이크라도 내민 듯 광적으로 반응을 보내는 거 보니 뻔한 거였다.

기회는 이때였다. 아까까지만 해도 머릿속이 멍하던데 인생은 실전이라고, 그녀는 크지는 않지만 낭랑한 목소리로 제게 딱 요리 접시를 건네고 돌아서려는 중년 남자에게 말했다.

"콩소메 게살 젤리에 올라와야 하는 건 캐비어 아닌가요? 왜 제 건 캐비어가 없죠?"

아까 복잡한 메뉴판 사진에서 언뜻 본 기억이 났다. 제가 프랑스 요리에서 아는 거라곤 달팽이 요리가 맛없다는 것과, 비싼 음식 위에 올라간 시커먼 알갱이는 무조건 캐비어라는 거였다. 물론 그것도 제 입맛에 맞지는 않지만.

"네? 손님?"

한마디 더 해야 했다. 그녀는 재빨리 옆에 놓인 무거운 포크로 마치 성당에 장식된 스테인드글라스의 한 조각인 듯 노란색으로 물든 커다란 네모 모양의 유리 접시에 딸랑 애기 주먹만 하게 두 개 올라온 정체불명의 요리 중 하나를 급하게 입에 넣었다가 뱉듯이 꺼냈다.

"보기에도 너무 익힌 것 같더라니. 전복이 이렇게 질겨서 어디 먹겠어요?"

묵직한 포크를 던지듯 내려놓으면서 그녀는 웃음이 날 것만 같았다. 아까 대충 휘리릭 본 메뉴가 이렇게 또렷이 기억나다니, 역시 제게 기자는 천직이고 뿌리 속까지 정치부에 묻어야 했다. 그 순간 제 목소리에 반응하며 돌아선 남자를 보면서 그녀는 제 표정을 관리해야 했다.

데이비드 류.

짜식, 진짜 잘생기긴 했네!

아까 메뉴판을 가져왔던 잘난 놈이 순식간에 오징어로 변신할 만했다. 그리고 기생오라비같이 잘도 나왔네, 사진 제대로 포샵을 했구나 싶었던 제 차 안의 남자의 프로필 사진이 정말 안 나온 사진이구나 싶을 정도였다.

영화 시사회에도 사심으로 문화부 동기들 따라가 본 적도 있었는데, 이 잠깐 5초 동안의 스캔만으로도 왜 저 남자가 저런 얼굴로 배우를 안 하는 걸까 싶을 정도였다. 그런데 그 남자가 저를 보고 있는 게 보였다. 나이스!

"무슨 일이십니까?"

목소리도 딱이었다. 비주얼에 딱 어울리는. 그러나 공은 공이고 사는 사, 자신은 저 뒤에서 얼굴이 창백해지는 아줌마 팬이 아니었다. 설마 저 남자가 저 입술에 버터를 바르고 쥬뗌뮤를 외쳐도 정신이 나갈 리 없을 테니까.

"전복이 질기다고요. 여기 쉐프신가요?"

그녀는 힐끗 제 탁자 위를 보았다. 아까부터 손목이 나가도록 무거운 고급 커트러리는 모양만 예쁜 게 아니었다. 남자는 은수에게 시선을 주더니 제 옆에서 있는 남자에게 시선을 옮겼다.

은수는 보지 않아도 옆에 서 있는 남자의 얼굴에서 핏기가 싹 사라지는 걸 알 수 있었다. 나쁜 놈, 새파란 게 저보다 나이 많은 사람에게! 두고 보자.

"죄송합니다. 바꿔 드리겠습니다. 조 실장님?"

"네, 대표님."

물 흐르듯 부드럽던 조 실장의 굳은 목소리를 들은 남자가 짧게 한마디를 하고 돌아서려 했다. 이제 보니 남자의 하얗고 창백한 얼굴에는 피곤이 가득 내려앉아 있어 보였다. 뭐, 밤새 송아지 고기 두드리느라 그런 건 아닐 테지. 그러나 남자가 멀리 가 버리면 안 되는 거였다.

"이봐요."

은수가 다급함을 감추려고 애쓰면서 말했다. 돌아선 남자가 멈칫했다.

"……?"

"그저 잘못된 음식 바꿔만 준다면 다예요?"

이제, 제 앞으로 6개월, 아니 일 년의 운명이 달린 일만 아니라면, 저렇게 생긴 남자가 죄송하다는데, 괜찮다고 실실 나사 빠진 여자처럼 웃었을지도 모를 일이었다. 그러나 이렇게 끝나면 절대 안 되는 거였다.

어떻게 하면 저 남자의 창백한 얼굴을 확 달아오르게 만들 수 있을까. 그녀는 살짝 넓은 유리 접시를 끌어 테이블 끝에 당겨놓았다.

"와서 보시라고요. 대표시라면서요? 여기 엄청난 식당 아닌가요? 들어오는 데도 그렇게 사람 괄시하더니 겨우 바꿔 준다면 다예요?"

휙 바람 소리가 나듯이 남자가 돌아섰다. 그러나 제 염원대로 얼굴이 달아오르지는 않았다. 낯빛 하나 변하지 않았지만, 마치 그린 것 같은 드라마틱한 입술 양쪽이 딱딱하게 굳은 게 보였다. 이대로 한 대 치겠다 싶을 정도였지만 그녀는 눈 하나 깜짝하지 않았다.

이미 주변에서는 무슨 일인가 하고 교양을 가장해 힐긋거리는 게 느껴졌고, 저쪽에서 또 다른 누군가가 급하게 다가오는 게 보였다.

"무슨…… 말씀을 하고 싶으신 건지……."

"그게……."

하나, 둘, 셋! 남자의 굳은 미성이 채 끝나기도 전에 그녀는 힐끗 제가 걸쳐놓은 무거운 육류용 포크를 쳐다보고는 남자가 다가오자 벌떡 일어나면서 탁자 모퉁이를 툭 건드렸다.

"아얏!"

쨍그랑!

"손님!"

"꺄악!"

거의 같은 순간에 요란한 소리가 났다.

"괜찮습니까?"

순식간에 계산한 거였다. 그리고 잘 안 될 수도 있었다. 그러나 하늘은 제 편이 틀림없었다. 온몸에 느껴지는 통증의 강도로 보아 제가 의도한 것보다 훨씬 더 큰일이 일어났음을 알았지만 아무렴 어떠랴. 나이스인걸!

"아악!"

순간적으로 감았던 눈을 뜨자, 그 잘생긴 얼굴이 바로 제 앞에 있었다. 그리고 제 무릎 앞에는 커다란 유리 접시가 산산조각이 나 있었다. 제가 '증오' 해서 내던진 '너무 익힌' 질긴 전복이 제 새까만 타이트스커트의 무릎 위에 곱게 놓여 있었고, 무엇보다 놀라게 만든 건 제 오른 손목에 꽂혀 있는 고급진 에르메스의 육류용 커트러리였다!

"꺄아악!"

아니 저 아줌마는 왜 나 대신 기절이래?

"보호자 되십니까?"

"네?"

당장 고정을 시켜야 한다면서 제 가느다란 손목에 석고를 바르고 깁스를 하는 사이에 그녀의 귓가에 남자의 목소리가 들렸다. 군중 속에 있어도 단박에 알아볼 것 같은 외모였고, 그 목소리 또한 응급실의 난리 속에서도 또렷하게 제 귀에 구분될 만한 목소리였다.

"아프세요?"

인턴인지 젊은 남자가 저보다 더 쩔쩔매면서 물었다.

"아뇨."

아플 리가 있나. 아니, 실제로는 꽤 극심한 통증일지도 몰랐다. 그러나 이렇게 좋은 기회를 얻었는데 통증 따위가 대수이랴. 그녀는 제 손보다는 의사 가운을 입은 덩치가 산만 한 남자 등 뒤로 들리는 소리에 온 신경을 다 쏟았다.

"이은수 환자는 손목에 있는 삼각섬유 연골 부분에…… 손상을 입어서 일부분이 파열됐습니다. 저기, 칼에 찔렸다고 했나요?"

"포크요. 디너 포크가 떨어졌습니다."

남자가 인상을 찡그리면서 대답했다.

"아, 어쨌든. 상당히 날카로웠나 봅니다. 삼각섬유 연골은 손목에서 새끼손가락 방향으로 손목을 이루는 큰 뼈와 요골, 척골, 작은 뼈인 수근골 사이에 있는 인대로…….”

“그래서, 어떻게 되는 겁니까?”

극심한 피로와 함께 왜 자신이 여기 있는지 이해할 수 없는 남자는 친절한 의사의 말을 잘랐다. 남자의 신경질적인 반응에 의사는 컥 하고 헛기침을 하더니 말을 이었다.

“아…… 음. 크게 파열되면 당장 수술을 해야 하는데 그 정도는 아니고 살짝 상처가 났기 때문에 깁스를 한 달 정도 해서 고정을 하고 약을 복용하면 될 거 같습니다. 환자가 젊으니까요. 다만 문제는 오른 손목이라, 생활하는 데 많이 불편하겠습니다. 글씨는커녕 요즘 젊은 사람들이 쓰는 컴퓨터나 휴대폰 같은 것도 쓰기 힘들 거 같고…….”

“안 돼요! 전 기자라구요! 한 달 동안 손을 못 쓴다면 전 그냥 실업자가 되는 거라고요!”

은수가 급하게 소리를 질러 댔다. 그리고 그 소리에 지나가는 간호사의 발길이 멎을 만큼 매력적으로 생긴 남자의 이마가 심하게 구겨지고 있었다.

4.

## 휘낭시에 & 금성식품 소라과자

어디선가 통곡 소리가 들렸다. 구름 한 점 없을 정도로 화창한 평일 한낮, 가장이 급작스럽게 생을 달리한 것이 믿기지 않는지 바닥에 주저앉아 울부짖는 어느 집 아내의 모습에도 응급실은 제각기 움직이고 있었다.

그 통곡 사이로 제 소리가 들리지 않을까 봐 목소리를 높이는 여자는 거의 의사의 목을 조를 태세로 달려들었다.

"지금 한 달이나 팔을 못 쓰면 어쩌란 거예요? 의사잖아요? 그냥 깁스나 해주고 한 달이나 기다리라니! 그게 말이나 됩니까?"

여자가 날카롭게 내지르는 말에 승제는 지끈거리는 제 머리를 짚으며 한숨을 내쉬었다.

홀을 지나 막 레스토랑을 빠져나가려던 때였다. 조금이라도 목소리의 톤이 올라가거나 큰 목소리로 말을 하면 자신의 우아함에 흠집이 날 걸 두려워하는 손님들 사이로 당당하게 제 목소리를 높이는 여자가 있었다.

"……왜 제 건 캐비어가 없죠? ……전복이 이렇게 질겨서 어디 먹겠어요?"

하이톤의 목소리가 사람들의 이목을 끌었다. 다른 레스토랑이라면 평범한 항의였겠지만 이곳 비쥬 블랑쉐에서는 특이한 일이었다.

비쥬 블랑쉐의 손님들은 까다로웠다. 요리의 재료, 굽기, 그리고 곁들이는 음식들에 대한 호불호가 강했고, 그것들을 세세히 신경 써 주길 원했다. 그들이 가진 회원카드의 대부분은 자신이 얼마나 까다롭고 미각이 예민한 사람인지 알아주길 원하는 사람들의 요구 사항으로 꼼꼼히 채워져 있었다.

그 내용이 길면 길수록 그들은 자신들이 특별한 손님이라 생각했다. 그러니 캐비어가 빠져 있고 전복이 조금 더 구워진 것은 실수가 아니었다.

어쩐지 쉽게 마무리될 것 같지 않은 항의에 승제는 걸음을 멈추고 소란의 원인에게 다가갔다. 완벽한 화장에 화려한 목걸이, 온몸을 명품으로 도배한 여자는 눈이 혹할 정도의 미인이었다. 그리고 승제가 본 적 없는 얼굴이었다.

조 실장이 직접 상대를 하고 있다는 건 그녀가 까다로운 손님이라는 것. 그리고 메뉴가 다르게 나간 것에 대한 항의가 이어졌다면 그녀가 회원카드의 주인이 아니라는 이야기였다. 물론 그 사실이 주방에 제대로 전달되지 않아 그녀가 지닌 회원카드의 본래 주인 입맛대로 서빙이 된 것은 실수였다.

"무슨 일이십니까?"

그가 나서자 조 실장이 사색이 되었다. 오늘 그의 심기가 불편하다는 것은 딱히 비밀도 아니었다. 하지만 그렇다고 해서 조 실장을 이 일로 괴롭히고 싶은 생각은 없었다.

"전복이 질기다고요. 여기 쉐프신가요?"

전복이 조금 더 익혀 나온 게 천지개벽할 일이라도 된 듯 여자는 전투적이었다. 이런 요란스러운 항의는 흔하지 않지만 손님들의 그런 태도는 늘 그가 겪는 일이었다. 승제는 정중히 사과를 한 뒤 조 실장에게 눈짓을 했다.

"죄송합니다, 바꿔 드리겠습니다. 조 실장님?"

"네, 대표님."

뒤는 조 실장에게 맡기고 돌아서려는 그를 여자가 다시 불렀다.

"이봐요? 그저 잘못된 음식 바꿔 준다면 다예요?"

승제는 눈매를 좁히며 여자를 내려다보았다. 귀걸이부터 목걸이, 가슴골이 아슬아슬하게 보이는 옷과 위태로울 정도로 높은 하이힐.

메뉴에 대한 항의가 아니라 그의 관심을 끌고 싶었던 건가? 피곤이 염증을 불러왔다. 지겹도록 흔하게 보는, 명품으로 온몸을 휘감고 자기가 예쁜 줄 알아 그걸 무기로 삼는 여자는 딱 질색이었다.

"……겨우 바꿔 준다면 다예요?"

지끈거리는 머리에 두통을 더해 주는 여자의 카랑카랑한 목소리가 더 높아졌다. 아닌 척하고 있지만 손님들의 귀가 이곳을 향한 것을 아는 승제는 그녀의 입을 얼른 막아야만 했다.

"무슨 말씀을 하고 싶으신 건지."

다음 순간 여자가 제게 보라고 테이블 가장자리로 끌어온 접시가 뒤집어지면서 요란한 소리를 내며 떨어졌다.

쨍그랑!

"꺄악!"

평범한 날이 호러로 변한 것은 순식간이었다.

승제는 낮은 신음을 뱉었다.

주방은 위험한 곳이었다. 날카로운 칼과 뜨거운 소스나 육수, 그리고 요리를 익히는 불마저도 자칫 잘못하면 흉기가 되는 공간이었다. 처음 요리를 배우기 시작할 때도 안전이 가장 최우선이라는 걸 배웠을 정도로 주방은 사고가 많이 일어났다.

조금이라도 방심하면 칼에 베여 인대가 끊어지고 주방 바닥이 피로 물들고 손이나 팔, 심지어 다리에도 화상을 입기 쉬웠다. 실제로 승제 자신이 다치기도 했고 다친 동료들도 자주 봐 왔다.

하지만 디너 포크가 손목에 박힌 손님이라니. 비쥬 블랑쉐에서는커녕 제가 일했던 어느 레스토랑에서도 그런 일은 없었다. 이 일이 얼마나 많은 소문을 만들어 내고 그 소문에 제 레스토랑이 얼마나 타격을 입을지는 굳이 계산기를 두들겨 보지 않아도 뻔한 일이었다.

의사 가운이 안 어울릴 정도로 거대한 몸을 가진 의사가 제 덩치의 반도 안 되는 여자의 기세에 뒤로 주춤주춤 물러나며 말을 더듬었다.

"다…… 당연히 상처니까 시간이 지나야 낫는 거죠. 의사가 마법사도 아닌데 당장 어떻게 고쳐 줍니까?"

"그럼 어쩌란 거예요? 이 손 가지고는 기사 한 줄을 제대로 쓰기 전에 다른 녀석이 내 기사가 들어갈 자리를 채 가고 말 건데!"

여자의 원망에 의사가 어깨를 움츠리며 웅얼거렸다.

"그…… 그러니까 조심하셨어야죠."

여자가 눈을 번뜩이자 의사는 자신을 다시 먹잇감으로 삼기 전에 간호사를 부르며 후다닥 사라졌다. 믿어지지 않는다는 듯 제 팔을 내려다보던 여자는 그제야 생각났는지 승제를 향해 몸을 돌렸다.

"어떻게 하실 거죠?"

굳이 따지자면 여자가 다친 것은 본인 탓이었다. 접시를 뒤집은 것은 그녀였지 승제도, 그리고 그의 직원들도 아니었다. 하지만 승제는 정중히 대답했다.

"전부 다 보상해 드리겠습니다. 그 옷까지도 말입니다."

"옷이요?"

작게 눈썹을 찡그리고 있던 여자가 그의 말에 자신의 블라우스를 내려다보았다. 실크 블라우스에 기괴한 무늬를 만들어 놓은 소스들은 아무리 능력 좋은 세탁소라도 깨끗하게 지워 내긴 힘들어 보였다.

하지만 여자는 그게 뭐 대수냐는 듯 힐끔 내려다보더니 제 팔을 승제에게 불쑥 내밀었다.

"옷은 됐고, 이거 어떻게 하실 거예요?"

여자의 의도가 얼핏 짐작도 되었지만 그는 굳이 입 밖으로 내뱉지 않았다.

"치료비도 그 외 금전적인 보상도 충분히 해 드리죠."

응급실의 좁디좁은 침대에 걸터앉은 여자가 고개를 기울이며 웃었다.

"제가 지금 돈 달라는 걸로 보이세요? 저 기자예요. 당장 기사 못 쓰면 책상 치워야 한다고요. 그 자리 눈독 들이고 있는 사람이 몇이나 되는 줄 아세요?"

여자의 직설적인 말에 승제는 공손하고 매너 좋은 비쥬 블랑쉐의 대표란 가면을 버렸다. 싸늘하게 얼굴을 굳힌 채 가늘게 뜬 눈으로 여자를 내려다보는데도 그녀는 기 하나 죽지 않은 채 그의 눈빛을 받아 내고 있었다.

"원하는 게 뭡니까?"

마침내 툭 떨어진 그의 물음에 여자가 달콤하게 미소 지었다.

"제 목숨 줄을 보장해 줄 기사요."

승제가 한쪽 눈썹을 들어 올리며 여자를 노려보았다.

"정확히 말해요."

"데이비드 류가 직접 만든 요리 칼럼 10꼭지요."

대뜸 내놓은 말을 예상이라도 한 듯 승제는 표정 하나 변하지 않고 여자를 바라보고 있었다.

"못 들은 걸로 하죠. 내가 인터뷰하지 않는다는 거 알고 왔을 텐데요. 다른 보상은 충분히, 넘칠 만큼 해 드리죠."

여자야말로 승제의 말에 실망한 표정 하나 없이 다친 제 팔을 우울하게 쓰다듬었다.

"뭐, 싫으시다면 강요야 할 수 있나요. 대신 안 잘리려면 다른 기사라도 대필해서 써야겠네요. 이를테면 '비쥬 블랑쉐의 식기는 식기인가 흉기인가! 식사하던 손님 팔목에 포크가 꽂히다!' 뭐, 이런 제목이면 편집장님이 제 책상을 들어내라고는 하지 않으시겠죠?"

커다란 눈을 애처롭게 깜빡이는 여자는 그저 가증스러울 뿐, 하나도 안쓰럽지 않았다. 하지만 승제는 백기를 들 수밖에 없었다.

"4개."

여자는 눈썹을 팔랑이며 애처로운 표정을 지은 게 언제냐는 듯 희색이 만면해서 대답을 했다.

"8꼭지요!"

"넷."

"일곱!"

"넷."

"여섯요! 이 이상은 절대 저도 못 물러나요!"

애초에 여자가 의사에게 기자라고 제 직업을 밝혔을 때부터 쉽지 않으리라 생각했다. 그저 돈을 주고 입막음을 하기엔 다친 당사자가 기자였으니 말이다.

하지만 이대로 가만두기엔 비쥬 블랑쉐가 감당해야 할 데미지는 컸다. 회원제 레스토랑의 특성상 신뢰가 떨어지면 그걸로 끝이었다. 이미 오늘 벌어진 사건으로 평판에 흠집이 생긴 건 확실했다. 문제를 더 키울 수는 없는 일이었다.

가만히 여자를 노려보던 승제가 한숨을 내쉬었다.

"Done!"

히죽 웃은 여자가 그를 향해 손을 내밀었다.

"정식으로 인사하죠. 마 메종 이은수 기자예요."

승제는 여자가 내민 손을 빤히 내려다보았다. 이상한 일이었다. 아무것도 칠하지 않은 속살을 훤히 드러낸 손톱이라. 입고 걸치고 있는 소위 명품이라는 것들과 어울리지 않는 그 괴리감에 그는 잠깐 의아함에 사로잡혔다.

하지만…… 그뿐이었다. 손톱을 칠하든 칠하지 않든 그녀는 그가 싫어하고 피하고 싶은 기자 따위였다. 그는 냉랭하게 얼굴을 굳혔다.

"기사는 요리만입니다. 내 사생활은 건드리지 않는 조건으로 하죠. 그게 싫다면 원래 쓰려던 기사 써도 됩니다. 대신 고소당할 준비는 하는 게 좋을 겁니다. 문장 하나, 단어 하나도 그냥 넘어가지 않을 테니 말입니다."

내민 손이 무안하게 쏟아지는 그의 말에도 침대에 걸터앉은 여자는 기사를 따낸 것이 그저 즐거운지 발을 달랑거리며 흔쾌히 고개를 끄덕였다.

"좋아요. 다른 조건은 없나요?"

그의 협박에도 상처 하나 입지 않은 듯 여자의 답은 발랄하기만 했다. 승제는 그 발랄함에 입매를 비틀며 쓰게 웃었다. 정말 마음에 들지 않는 여자였다.

"촬영 작업은 내 스튜디오에서, 그리고 방문자는 이은수 기자 한 명만 가능합니다."

쨍하니 빛나던 여자의 얼굴에 갑작스레 그늘이 졌다.

"잠깐만요! 사진기자도 동행해야 해요. 전 사진 찍을 줄 모른단 말이에요."

"내 공간에 외부인은 하나로 족합니다. 싫다면 그만둬도 좋아요."

기 싸움이라도 하듯 승제를 노려보던 여자가 별수 없다는 듯 이를 갈며 대답했다.

"알았어요. 혼자 가죠. 조건은 그게 다인가요?"

"하나 더. 치료비와 칼럼을 약속하는 대신 그쪽도 내 변호사를 만나서 이 일을 기사화하거나 다시 문제 삼지 않는다는 합의서에 사인해야 합니다."

변호사와 합의서란 단어에 고민이 되는지 매끈한 눈썹을 찡그린 여자가 결국엔 어깨를 들썩였다.

"뭐, 두 가지만 확실히 약속하신다면 그러죠. 그럼 일은 언제부터 시작하면 좋을까요?"

도전적으로 턱을 치켜든 여자에게 승제 또한 냉소로 대답했다.

"스케줄 확인하고 연락하겠습니다."

고개를 슬쩍 기울이는 것으로 인사를 대신하고 아직도 통곡 소리가 사라지지 않은 응급실을 빠져나가려던 승제는 몇 발자국 가지 않아 몸을 돌렸다.

"하나만 묻죠."

얼굴을 찡그리고 팔목을 쓰다듬던 여자가 그의 질문에 고개를 들었다.

"네?"

"일부러 그런 겁니까?"

그의 대답에 여자가 입술을 길게 늘여 웃었다.

"설마요. 제가 자해공갈단도 아니고."

그녀의 대답에 승제는 입술을 비틀었다. 설마라니. 저 여자가 일부러 그랬다는 것에 제 손목을 걸어도 좋았다.

"과연…… 그렇겠군요."

여자의 어색한 미소에 조소를 날려 주고 승제는 몸을 돌렸다.

◈

"약속 유효하신 거죠?"

"팔이 왜 그 모양이야?"

차영선 편집장의 말이 아니었으면, 그녀는 아마 제 팔인데도 몰랐을 것이었다. 물론 치료를 위해서 마취 주사를 맞은 탓도 있었지만, 심리적인 성취감이란 진통제가 톡톡히 제 역할을 하고 있었기 때문이었다.

"아, 이건 뭐 영광의 상처구요. 기사 6꼭지면 6개월 유급휴가 주신다고 하셨죠?"

난데없이 휘황찬란한, 그리고 거지꼴을 동시에 했다는 말이 어울리는 여자가 바람을 휘날리면서 들어와 당당하게 제 앞에 선 것도 잠시였다.

깊숙이 파여서 슬쩍 들여다보고 싶을 정도로 아찔한 블라우스에는 마치 모델처럼 과감한 네크리스 장식을 했지만, 그것은 앞섶에 묻어 있는 정체불명의 얼룩과 한쪽 팔을 둘둘 싸고 있는 초록색의 깁스 때문에 더 기괴하게 보였다.

늘씬한 각선미를 잘 보여 주는 타이트한 스커트의 아찔한 슬릿마저도 그 광택 만땅의 스커트 위에 묻은 얼룩 덕에 시선을 분산시키고 있었다.

"음…… 그 꼴을 하고 어딜 간 거지?"

"꼴요? 어디가 어때서요?"

그녀는 흘끗 돌아보았다. 그러나 뭐 별다른 것을 찾지 못했다는 듯 다시 시선을 돌려 말했다.

"전에 하신 그 말씀, 유효하신 거죠?"

"그거야 데이비드 류의 기사에 한정된 말이지."

"그러니까요. 그 데이비드 류 말이죠. 그 사람 기사 6꼭지면 되는 거죠?"

"따 오기만 한다면야…… 딴 거야?"

혹시나 하던 차영선의 눈이 커졌다.

"당연하죠. 6꼭지!"

당당하다 못해 거만해 보이는 은수의 대답에 차영선은 벌떡 일어났다. 아니, 그럴 수밖에 없었다.

"진짜야?"

"평생 속고만 사셨나? 리빙 파트에는 기사 땄다고 편집장님 속이는 사람 있나요?"

절대 그럴 리는 없었다.

그러나 나간 지 삼 일 만이었다. 아니, 모든 리빙 잡지는 물론이려니와 방송국 기자, 심지어 일간지 기자들도 그 콧대 높은 남자의 비위를 거슬렀다가 제대로 된 꼴을 본 적이 없는, 그야말로 악명이 자자한 그 쉐프의 기사를 여섯 꼭지나?

옆에서도 술렁이고 있었다. 다들 차영선이 그의 기사를 따내려고 온갖 수단을 다 쓴 걸 알고 있었으니까.

"들어와. 들어와서 이야기하자고!"

그녀는 다급해졌다.

"그러니까…… 그 팔을 주고 얻은 전리품이다 이거지?"

"뭐, 그렇게까지는 아니고요. 우연찮게……."

"알았어. 당장 최고의 팀을 구성해 주지. 언제야 날짜가? 카메라 기자하고 코디네이터 최고로 뽑아 줄 테니까. 다른 스케줄 다 미뤄야겠군."

차영선은 모든 팀의 스케줄이 빼곡하게 적혀져 있는 달력을 들추더니 컴퓨터 프로그램을 뒤적거리기 시작했다. 그것을 보고 은수는 소리쳤다.

"잠시만! 잠시만요……."

"왜? 정 작가 스케줄 빼려면 미리 준비해야 해. 아무리 정 작가가 유명해도 데이비드 류의 사진이라면 만사 제쳐 놓고 달려들겠지만, 그래도 스케줄은 정리를 해 줘야지. 뭐, 푸드스타일리스트 저리 가라 하는 감각이라 그쪽에는 도가 텄거든."

"저기요…… 편집장님……."

은수가 달려 나갈 듯한 영선을 보고 다시 브레이크를 걸었다. 물론, 소심하게.

"왜? 정 작가가 맘에 안 드나? 누구 뭐 아는 사람이라도 있어?"

"그게…… 저기 그 쉐프라는 사람이 조건을 걸었는데, 무조건 음식 이야기만, 그리고 저만 오래요."

"뭐?"

영선이 저도 모르게 소리를 빽 지르고 말았다.

"그게 무슨 헛소리야?"

"그렇게 하지 않으면 절대 취재에 응하지 않겠다고……."

"뭐?"

은수가 웃으면서 말했다.

"요즘 주방장은 돈 잘 버나 봐요. 변호사도 있대요. 변호사가 계약서까지 주더라고요. 리빙 파트는 그렇게도 기사 나가나 봐요?"

올해는 운이 풀리는 모양이었다. 뭐든 술술 잘 풀리고 있었다.

"좋아…… 좋다고. 난 무조건 오케이야. 내일 아침에는 내가 나갈게. 새벽 네 시라고 했지? 좋아. 박 여사님 섭외했어. 아, 물론 오케이지. 근데, 난 너 이렇게 멋진 놈인지 정말 몰랐다. 나 경비실에서 바보처럼 울 뻔했잖아."

짧은 반바지에 머리를 질끈 묶은 은수가 사랑스럽다는 듯 제 키의 반만 한 커다랗고 길쭉한 봉지에 든 것을 꼭 껴안으면서 전화기에 대고 말했다. 마치 살아 있는 것이라도 되는 듯 볼까지 비비면서 말했다.

"내 사랑은 너뿐이야."

〈진짜냐?〉

저쪽에서 심드렁하게 말했다.

"그럼, 너뿐이지. 와, 내가 이거 얼마나 사랑하는지 아니까 그런 거잖아!"

〈니 사랑은 소라과자지 내가 아니잖아.〉

"아, 포대에 쓰여진 이름도 사랑스러워. 인간 사료라니……. 아우, 요즘 이 머천다이저들의 전두엽은 막 불꽃이 튀나 봐. 어쩜 이렇게 사랑스러운 제목을 붙일 수가 있는 거야? 인간 사료 벌크형. 완전 감동이라니까. 나 전에 이거 이십 분의 일도 안 되는 거 이천 원이나 주고 편의점에서 샀다니까."

〈네가 감동받은 건 소라과자냐 아님 관리팀 문서 절단기냐?〉

소라과자를 한 주먹 퍼 든 은수가 그걸 입에 넣으면서 말했다.

"둘 다지. 소라는 지금 날 행복하게 하고, 문서 절단기는 내 미래를 행복하게 하겠지."

〈작작 하자. 끊어. 나 또 국회 가 봐야 해. 오늘 밤에 일 난다더라. 전원 대기 명령 떨어졌어.〉

"와, 좋겠다! 나도 진짜 몸 쌈은 잘하는데……. 아깝다."

〈끊어.〉

매정하게 끊긴 전화를 획 던져버린 은수는 다시 소라 과자를 한 주먹 퍼 들었다. 끈적끈적함이 느껴졌지만, 그래도 이건 유쾌한 기분이었다. 게다가 이 소라들은 분명히 건장한 수놈들임에 틀림없었다. 편의점의 찌질한 영양실조에 걸린 소라들과는 비교도 안 되게 우람한 사이즈였다.

그녀는 여전히 한 주먹 소라과자를 집어 든 채 한쪽에 있는 서류를 펼쳤다. 잔뜩 쌓인 서류 뭉치는 모두 제가 보듬고 다듬어야 할 것들이었다.

열심히 보고 있던 그녀가 컴퓨터를 켰다. 막 하던 문서를 클릭하려다가 잘못해서 밑에 깔려 있던 사진이 확대되었다. 그건 굳은 인상으로 저를 쏘아보고 있는 잘생긴 남자였다. 절대 그녀의 컴퓨터에는 있을 리 없는.

"음……. 실물이 100배는 낫다."

저절로 제 입에서 튀어나왔다. 그리고 떠오르는 그 낮은 목소리도……. 그녀는 다시 소라과자 한 주먹을 꺼내 입에 넣으면서 중얼 거렸다.

"그래 봤자, 주방장이지."

◈

"……손님들에게 사과 연락은 전부 마쳤습니다. 지시하신 대로 커트러리는 다음 주 안에 전부 교체하기로 했습니다. 사장님께서 고르신 라인은 재고 부족이라 전체 교환은 당장 어렵고 시간이 좀 걸릴 것 같습니다."

석진의 보고를 들으며 서류에 사인하던 승제는 이마를 설핏 찡그렸다. 생각 같아서는 당장 레스토랑의 커트러리를 바꾸면 좋겠지만 그런 고가 라인의 재고를 한꺼번에 가지고 있는 업체가 있을 리 만무했다.

게다가 해외에서 들여오는 것이니, 비행기로 들여온다 해도 일주일은 예상하는 게 당연했다. 레너드는 반대했지만 그는 이번에 아예 커트러리를 100프로 실버인 퓌포카의 로얄 시리즈로 바꾸기로 결정했다.

"되도록 빨리 교체하도록 업체에 재촉해 놔."

"알겠습니다."

고개를 끄덕인 석진이 비용 문제에 대해 사인 몇 가지를 받는 사이, 누군가가 노크를 하고 문을 열었다.

"바빠?"

레너드가 고개를 내밀고 석진과 승제를 번갈아 바라보았다.

"다 끝났습니다. 들어오세요."

석진이 서류를 챙겨서 나가자 레너드가 승제의 책상 모서리에 작은 봉지 하나를 올려놓았다.

"이건 뭐야?"

핑크색 리본 장식까지 매단 봉지를 내려다보는 승제의 한쪽 눈썹이 치켜 올라갔다.

"Cadeau."

레너드의 대답에 승제가 못 볼 거라도 되는 듯 봉지를 손가락 끝으로 툭 건드렸다.

"선물이라니. 사랑고백이라도 하겠다는 거야?"

그의 농담에 레너드가 양팔을 엇갈려 제 몸을 보호하듯 감싸 안았다.

"오우! Non merci."

끔찍한 말을 들은 것처럼 진저리를 친 레너드가 봉투를 가리키며 말했다.

"그거 네꼬 아니야. 히가 부탁한 휘낭시에니까 히한테 줘."

'히' 가 아니라 '희' 겠지. 이름 두 글자 중에서 겨우 하나 부르면서도 레너드는 늘 그녀의 이름을 발음하기 힘들어했다.

"언제 연락한 거야?"

"어제. 파리 간다코 부탁해써."

레너드의 대답에 승제의 이마에 금이 갔다.

"어딜 가?"

어깨를 으쓱하며 두 손을 들어 올린 레너드가 뭐가 문제냐는 듯 승제를 바라보았다.

"Paris. 지큼 가면 안 늦을 코야."

천연덕스러운 레너드의 대답에 승제는 당장 자동차 열쇠를 들고 자리에서 일어났다.

"어, 어? 이거 가지코 가야지."

레너드가 뒤를 졸졸 따라오며 내미는 봉지를 낚아챈 승제가 경고하듯 손가락을 하나 들어 올렸다.

"다녀와서 얘기 좀 하자."

꽤나 싸늘한 그 말에 레너드가 코웃음을 치며 팔을 빙글빙글 돌리며 절을 했다.

"Oui, Votre Majesté."

아직은 이른 아침, 오픈 준비를 위해 부산스럽게 움직이는 스태프들 사이를 승제는 빠른 걸음으로 스쳐 지나갔다.

아무도 그녀의 출국을 허락하지 않았을 게 분명했다. 그녀의 남편도, 그녀의 집안도.

언제부터인가 여자는 불안하기 짝이 없게 행동했다. 그저 제가 할 일은 그것뿐이라는 것처럼 조신하고 또 단아하게 그 넓고도 답답한 저택의 정물화처럼 집을 지키던 여자였다. 어쩌면 술로 무너지는 것이 시작인지도 몰랐다. 그녀의 영혼도 그렇게 무너져 내리고 있는 건 아닌지 승제는 걱정스러웠다.

주차장을 빠져나가며 전화를 걸어 봤지만 그녀의 휴대전화는 꺼진 채였다. 단지 술을 마시는 것으로 현실을 잊어 보려 애를 쓰던 그녀가 무슨 생각을 하는 건지 승제는 알 수가 없었다.

불안감은 차가 더 빠르게 달릴수록 증폭되기만 했다. 그리고 그것이 터져 버릴 것처럼 부풀었을 때, 그는 겨우 공항에 도착할 수 있었다. 하지만 넓은 공항 어디를 둘러보아도 그녀는 보이지 않았다.

출국장 앞을 한참을 헤매고 다니는 사이 전화가 울렸다. 액정에 뜬 이름을 보고 서둘러 전화를 받은 그는 화부터 낼 수밖에 없었다.

"대체 어디야?"

싸늘한 그의 목소리에 주춤한 상대가 잠시 침묵을 지켰다.

〈……화내지 마.〉

"희수야!"

거칠게 머리를 쓸어 올리며 그가 그녀의 이름을 불렀다.

〈나 여기 출국장 안이야.〉

"나와, 어서."

〈그냥 어디까지 갈 수 있나 궁금한 것뿐이야. 알잖아, 멀리 가지 못할 거라는 거. 그러니까 걱정하지 마.〉

승제는 지친 듯 눈을 길게 감았다 떴다. 차라리 이대로 떠나 버리는 거라면 나을지도 모른다. 그가 걱정하는 건 그녀의 일탈 뒤에 벌어질 일들이었다.

"차라리 이대로 떠나. 도와준다고 했잖아."

〈그럴 수 없다는 건 네가 더 잘 알잖아.〉

그녀의 말이 맞았다. 그래도 할 수만 있다면 그녀를 괴롭히는 손길을 피해 멀리 보내 주고 싶었다.

〈그러니까 웃으면서 보내 줘.〉

전화기 너머의 그녀는 애써 웃고 있을 게 분명했다. 하지만 그게 진짜 웃음이 아니라는 걸 그는 알고 있었다.

"레너드가 휘낭시에를 만들었어."

그의 말에 희수가 작게 웃음을 터트렸다.

〈알아. 못 먹고 가서 섭섭하네. 레너드에게 고맙고 미안하다고 전해 줘.〉

"무슨 일 있으면 전화해."

무뚝뚝한 대꾸에 그녀의 웃음이 깊어졌다.

〈설마 파리까지 올 거야?〉

"필요하다면."

〈고마워.〉

고맙다는 말이 이 모든 상황에 어울리지 않아 더 씁쓸하기만 했다.

"……그래. 잘 다녀와."

〈응.〉

분명 희수가 보이지 않는데도 그는 그 자리에 한참을 서 있을 수밖에 없었다. 해 줄 수 있는 게 그것뿐이었으니까. 출국장 앞이 한산해지고 나서야 승제는 겨우 뒤돌아설 수 있었다. 그 순간, 정신없이 달려오던 남자가 그에게 부딪치고 말았다.

"으악, 죄송해요."

뭔가를 손에 잔뜩 끌어안은 남자가 그의 손과 팔에 묻은 음료수를 닦아 내려고 부산을 떨었다.

"됐습니다. 늦으셨나 본데 가 보세요."

끈적끈적하게 묻은 정체불명의 액체에 눈살이 찌푸려졌지만 승제는 몸을 돌렸다. 자꾸만 출국장을 힐끔거리며 어쩔 줄 몰라 하는 남자를 붙잡고 세탁비 운운할 마음은 들지 않았다.

"죄송해요!"

그의 등 뒤에서 목소리를 높여 사과하는 남자에게 대꾸도 없이 승제는 화장실을 찾아 걸음을 옮겼다.

새벽 6시 공항은 잠들지 않는 곳이긴 하지만, 그래도 행정 업무를 보는 쪽은 대부분 정시에 출근하고 퇴근을 했다.

대신 청소 요원들은 숫자가 줄어들긴 하지만, 밤낮이 없는 비행기의 이착륙 덕에 늘 돌아다니고 있었다. 다만 그 덕에 사무실 청소는 주로 새벽에 하고 있었고, 박 여사는 그 담당이었다. 그녀는 비닐봉지에 든 것을 내밀었다.

"이런 쓰레길 뭘 하러……."

"다 이게 밥줄이지요. 감사합니다. 오늘 화장실은 제가 처리합죠."

"그거야 좋지만, 걸리면 큰일이야. 저기…… 이거, 뭐 있는 거지?"

전형적인 50대의 푸근한 얼굴이지만 굳은 얼굴을 한 박 여사가 긴장된 표정으로 물었다.

"뭐가 있긴 있죠."

새벽조이지만, 곱게 화장을 한 박 여사와 똑같이 허연색의 파운데이션과 김칫국물 색깔의 밝은 빨간색 립스틱을 흉측하게 칠하고 청소 직원용 옷을 차려입은 은수가 종이봉투를 내밀었다.

"이거 돈 받아도 되는 거야? 우리한테…… 뭐 문제 있는 건 아니지?"

"박 여사님은 아무 문제가 없으셔요. 정 안 되면 돈 안 받고 협박받았다고 하심 돼요. 대신 그런 일 없어야겠지만, 이건 위에서 하는 일이라……. 하여튼 그냥 모르시는 척 입 닦으시면 돼요. 화장실 제가 남자 것도 다 할게요."

"그래 주면 고맙지."

"어디 가서 커피나 한잔하세요. 아님 뭐 간식이라도……."

"그래 부탁해!"

수다 떨 일이 산더미 같은 박 여사는 그깟 쓰레기에 돈까지 얹어 주고 넓디넓은 화장실 청소까지 대신 해 준다는데 마다할 일이 아니었다. 발걸음마저 가볍게 대걸레를 건네주고 자기들 영역으로 사라졌다.

은수는 이제부터 고난도의 퍼즐 맞추기를 해야 하겠지만 대충 보이는 글자 몇 개만으로도 심장이 두근거릴 지경이었다. 게다가 옆에 잔뜩 쌓여 있는 이면지 사이에서 골라낸 알맹이 들을 귀하게 챙긴 뒤에 씩씩하게 화장실로 향했다.

공항 화장실이야, 운동장이나 식당에 비하면 파라다이스 급이니까, 후딱 쓰레기통만 비우면 되는 일이었다. 이런 중요한 정보를 얻게 됐는데 뭐 가끔 막힌 변기가 있다고 해도 신나게 웃으며 뚫을 기분이라 문제없었다. 그러나 그놈의 성격이 문제였다.

다 처리를 하고 집에 가서 보면 되는 건데, 한 조각이라도 잊어버리면 큰일인데 기어이 화투장을 본 도박꾼의 심정이 돼 버린 은수는 맨 끝에 있는 남자 화장실에 있는 도구함에 청소 도구를 넣고 나서는 저도 모르게 봉투를 열고 말았다.

최신형의 문서 절단기지만, 딱 두 장이라면 이건 뭐 퍼즐도 아니었다. 서너 조각만 들어 보아도 보이는 글씨는 그녀를 절로 웃게 만들고 있었다.

"하, 이런…… 빌어먹을 놈들……."

새벽이라 밤을 새다시피 했기에 은근이 다리가 저린 그녀는 쪼그리고 앉아서 입으로는 욕을 하고 있지만, 얼굴은 흉측스러운 미소를 짓고 있었다. 향기가 좋은 데다 워낙에 청결해서 이곳이 남자 화장실이라는 것도 잊고 있었다.

누군가 등 뒤를 쉴 새 없이 드나들었지만, 그 사람들이 보내는 의아한 시선 따위가 느껴질 겨를이 없었다.

"하, 이거 일이천으로 끝나는 게 아니네. 대체 어디까지 보낸 거야."

혼자 중얼거리다가 그녀는 일어섰다. 어디 평평한 곳에 싹 펼쳐 놓고 맞춰 봐야 숫자들과 쓰인 것들을 다 알아볼 거 같았다. 그러니 얼른 집으로 가야 했다.

막 일어서는데 손을 씻던 누군가가 제게 물었다.

"직업을 바꾼 겁니까?"

잉? 어디서 듣던 목소리인데…… 원수는 외나무다리에서 만난다고 했나.

이 근사한 목소리는…… 누군가 제 분장을 알아보면 안 되는 거였지만, 순식간에 휘리릭 돌아간 머릿속은 우선은 초록 불을 켰다. 게다가 앞으로 만날 사람이라 관리도 필요했다. 그녀는 최대한 작은 소리로 말했다.

"취재 중인데요."

누가 들을세라 작게 속삭이는 은수의 대답에 승제는 코웃음을 쳤다.

손을 씻는데, 화장실 구석에 쪼그리고 앉아 종이뭉치를 끌어안은 청소부가 히죽거리며 웃고 있었다. 가부키 화장만큼 하얀 파우더를 뒤집어쓴 얼굴에 새까만 눈썹과 새빨간 립스틱을 바른, 과하다 못해 이상한 화장에 히죽대며 흘리는 묘한 웃음은 그뿐 아니라 간간이 들락거리는 다른 남자들의 시선도 끌었다.

승제는 다시 여자를 유심히 살폈다. 그녀의 한쪽 손과 손목은 꽤나 두툼한 붕대가 칭칭 감겨 있었다. 그의 한쪽 눈썹이 미심쩍다는 듯 치켜 올라갔다.

"그렇군요. 못 알아볼 뻔했습니다."

그의 말에 은수가 코를 찡그렸다.

"그게 목적인데 틀렸네요."

"어쨌거나 다행입니다. 충격적인 모습이긴 하지만 생각보다 괜찮은 모양입니다."

그의 말에 몸을 일으킨 그녀가 도전적으로 턱을 들어 올렸다.

"다리는 멀쩡하거든요."

"안타까운 일이군요. 다리도, 괜찮은 거였다면 좋았을 텐데. 어쨌거나 취재 때문에 다른 곳이 더 다쳐야 하는 건 아니면 좋겠군요."

"류 쉐프님 취재가 걸려 있는데 더 다치면 안 되죠. 걱정해 주셔서 감사해요."

이를 악물며 대답한 은수가 억지웃음을 지어 보였다.

"별말씀을. 그럼 전 일이 있어서 이만."

고개를 슬쩍 숙여 인사한 그에게 그녀 또한 고개를 까딱이는 걸로 인사를 대신했다. 다시 한 번 기가 질릴 정도로 대단한 여자의 화장에 승제는 눈살을 찌푸리며 몸을 돌렸다.

"아, 젠장……."

그녀는 잔뜩 비누 거품을 내서 세수를 했다. 어푸어푸 소리가 날 정도로 열심히 얼굴에 잔뜩 떡칠을 했던 아줌마표 파운데이션을 다 지우고 나니 피곤이 가득 든 제 얼굴이 드러났다.

차를 가져올 걸 그랬나? 피곤하기도 했거니와 출국하는 조 차장의 차를 얻어 타고 오느라 통행료니 주차료 안 내도 된다고 좋아했던 게 후회스러웠다.

그래도 제 가방 안에는 중요한 것이 들어 있었다. 그러니 그게 다행이다 생각하고 나가야 했다. 게다가 제 차가 괜히 공항 주차 시설에 찍히는 것도 좋지 않았다. 증거를 남기지 않는 게 중요하니까.

한 손으로 세수를 하는 건 여전히 불편했다. 그나마 제가 왼손잡이라는 사실은 이때 도움이 됐다. 그리고 솔직히 팔목 인대이기 때문에 초록색의 고정대를 빼면 손가락 끝으로는 살짝살짝 움직일 수도 있었다.

아까 그 남자를 봤을 때도 다행스럽게 고정대를 끼고 있었다. 청소를 할 때는 물론 빼고 있었지만, 의사는 고정대는 일주일 동안은 꼭 해야 한다고 했기 때문에 얼른 끼운 게 다행이었다. 적어도 그 남자 앞에서는 중환자여야 하니까.

겨우 화장실에서 청바지와 셔츠로 갈아입은 은수는 으스스한 아침 날씨에 몸서리를 치면서 가방을 들고 화장실을 나섰다.

늘 바쁘고 붐비는 공항이지만 아침 시간은 더욱더 벅적거리는 게 느껴졌다. 어디론가 떠나려고 바리바리 캐리어를 든, 희망에 찬 사람들과 어디선가 와서 피곤한 얼굴로 집에 돌아가길 원하는 사람들이 바쁘게 어디론가 가고 있었다.

그런데…… 그 사람은 왜 여기 왔었을까? 설마 어디 딴 데로 가 버린 거 아냐? 분명히 수요일에 미팅하기로 약속했는데…… 아까는 너무 경황이 없어서 그걸 물어보지 못했다. 어디로 가 버렸으면 큰일인데…….

은수는 주변을 두리번거리다가 버스를 타는 곳으로 나섰다. 제가 타야 할 버스는 오지 않고 있었다.

희수는 웃으며 떠났다. 그 웃음이 울음과 구별되지 않을 정도로 애달프기만 해서 떠나보내는 그의 마음도 가볍지는 않았다. 그녀에게 이젠 그의 존재도 위로가 되지 않는 듯했다.

주차장으로 향하는 그의 머리 위로 비행기가 굉음을 내며 날아올랐다. 그녀의 돌발 행동이 어떤 결과를 부를지 결과는 뻔했다.

일단 그녀가 제 자리를 지키고 있지 않는 게 밝혀진다면 양쪽 집안이 시끄러워질 게 분명했다. 돈과 권력의 조합으로 이루어진 결혼의 희생자인 그녀가 제 위치를 벗어나는 걸 바라는 사람은 아무도 없었으니까.

승재는 쓴웃음을 지으며 제 차의 문을 열었다. 사실은 그녀조차도 모든 것을 벗어나는 것을 두려워한다는 걸 알고 있었다. 조수석의 갈색 봉투를 집어 든 그는 그녀에게 전해 주지 못한 것을 잠시 후회했다. 애초에 그녀가 그를 불러내기 위한 핑계로 삼은 것이었지만 그래도 마음이 쓰이는 건 어쩔 수 없었다.

들었던 봉투를 다시 조수석에 던진 그는 핸들을 틀어 주차장을 빠져나왔다. 평일인데도 적잖은 차량들이 줄을 지어 달리고 있었다. 느리게 움직이는 차들을 따라 달리다 그는 버스 정류장에 서 있는 여자, 이은수를 발견했다.

청바지에 점퍼 차림의 여자는 아까의 요란한 화장을 지우고 맨얼굴로 서 있었다. 깁스 팔걸이까지 하고 버스를 기다리며 서 있는 그녀는 명품과 화려한 화장으로 치장했던 때나 청소부 옷을 입고 기괴한 화장을 하고 있던 때와는 또 다른 사람처럼 보였다.

질끈 올려 묶은 긴 머리에 햇살에 눈을 찡그리는 말간 얼굴의 이은수가 가까워졌다가 또 순식간에 그의 차 뒤로 멀어져 갔다. 달리는 차 안의 룸미러 안에 작아지던 은수가 아예 사라지고 갈림길이 나오기까지 그는 그저 달리고 있었다.

하지만 갈림길에서 그는 원래 가야 할 길이 아닌 곳으로 핸들을 돌렸다. 공항 주변의 둥글게 이어진 길을 돌아 다시 가까워진 은수의 앞에 차를 세운 그는 창문을 내리고 그녀를 불렀다.

"이은수 씨."

그녀는 일부러 두리번거리는 척했다. 자신이 결코 머리가 나쁘다고 생각해 본 적은 없었다. 그리고 아무리 머리가 나쁘더라도 헷갈릴 리 없는 목소리가 아닌가.

차를 가져오지 않아서 제 묵직한 가방 안에 들어 있던 비비크림 따위를 가져오지 않은 걸 후회하다니…… 별……. 순간적으로 제 머릿속의 혼란을 떨쳐 버리고 은수는 가장 바보스럽고 호들갑스럽게 다가갔다.

"와! 차 좋네요. 이런 건 얼마나 해요?"

고개를 숙여 차 안을 본 여자가 감탄사를 내뱉었다. 그녀의 질문에 승제는 잠시 제가 쓸데없는 짓을 한 건 아닌지 후회를 했다.

"질문은 그만하고 타요. 딱지 끊고 싶지 않으니까."

뒤에 달려오는 버스를 본 은수가 어깨를 으쓱이더니 별말 없이 차에 올라탔다. 급하게 핸들을 돌려 버스차로를 벗어나는 사이, 조수석에 앉은 여자가 부스럭거리며 제 엉덩이 아래에서 무언가를 꺼내 들었다.

"어…… 이거 중요한 건가요?"

승제의 눈가가 일그러지는 걸 본 은수가 조심스레 구겨진 봉투를 만져 모양을 다시 잡아 보려 애쓰며 그의 눈치를 봤다.

"음, 죄송해요. 일부러 그런 건 아니에요."

어차피 주인도 멀리 떠나 버려 쓸모없어진 물건이었다.

"그 정도는 압니다. 괜찮으니 신경 쓰지 말아요. 어차피 주인도 없는 물건이니까."

힐끔 승제를 바라본 은수가 제 무릎 위에 놓인 봉투에서 나는 달콤한 냄새에 그것을 들어 올렸다.

"냄새 좋은데요? 빵인가 본데 주인 없으면 먹어도 돼요?"

넉살 좋은 질문에 승제는 잠시 은수의 얼굴을 바라보았다. 인공적인 덧칠도 명품이라 불리는 화려한 치장도 뺀 여자는 처음보다 어려 보였다.

"마음대로 해요."

그의 대답에 '오호!' 라고 작게 환호성을 지른 은수가 신이 나서 봉투를 풀고 그 안에 담긴 휘낭시에를 꺼내 들었다. 천연덕스럽게 손에 든 네모난 휘낭시에를 한입에 집어넣은 그녀가 오물거리며 감탄사를 쏟아 냈다.

"우와, 이거 진짜 맛있네요. 이름이 뭐예요? 직접 만드신 거예요? 이런 건 비쥬 블랑쉐에서는 얼마에 팔아요?"

여자가 쏟아 내는 질문에 승제는 차근차근 대답했다.

"휘낭시에. 수석 쉐프인 레너드가 직접 만든 겁니다. 레스토랑 디저트 메뉴에 포함된 거라 개별 판매는 안 합니다. 그래서 어디까지 갑니까?"

그가 해 준 대답을 머리에 담아 두려 열심히 듣던 여자가 입안에 있던 것을 급히 삼키고 대답했다.

"어디로 가시는데요?"

이 여자는 묻는 말에 대답하는 것보다 묻는 걸 더 좋아하는 듯했다.

"레스토랑으로 갑니다."

"그럼 가시다가 전철역 나오면 내려 주시면 돼요."

"그러죠."

한동안 부스럭대는 은수의 움직임 외에는 차 안은 조용했다.

"컨셉 잡아 봐야 하니까 미리 어떤 스토리로 진행할지 상의하는 게 좋을 것 같기도 한데 어떠세요?"

"생각해 보죠."

승제의 대답이 만족스럽지 않은지 은수가 이마를 긁적이다가 다시 입을 열었다.

"그러니까 저도 데스크에 결재를 받아야 하거든요."

곤란하다는 듯한 그녀의 말에 남자는 상관없다는 태도로 일관했다.

"그 데스크가 실망하지 않을 겁니다. 무슨 기사를 가져가든."

자만 가득한 대답이 마음에 들지 않은 듯 여자가 이의를 제기했다.

"그걸 어떻게 아세요?"

"그렇지 않다면 이은수 씨가 팔을 안 다쳐도 되었을 것 같은데, 아닙니까?"

"일부러 그런 것 아니라니까요."

"그럼 그렇다고 하죠."

딱 자르는 승제의 말에 입술을 삐죽거린 여자가 분풀이를 하듯 휘낭시에를 마구 입에 집어넣었다. 그리고 얼마 지나지 않아 승제의 팔을 두드리며 그를 불렀다.

"저…… 저기! 무…… 물 없어요?"

제 가슴을 두드리며 빨개진 얼굴로 헐떡이는 여자를 보고 승제는 다급히 갓길에 차를 세우고 차 안을 뒤져 물병을 꺼내 건네주었다. 벌컥벌컥 물을 들이켜고도 한참을 가슴을 두들기던 여자가 조수석 의자에 늘어져 한숨을 쉬었다.

"휴! 죽는지 알았네."

그런 여자를 승제가 한심스럽게 바라보았다.

"원래 그렇게 다른 사람 혼을 빼놓는 게 취미입니까?"

"일부러 그런 거 아니라니까요!"

은수의 항변에 승제는 미심쩍은 듯 눈썹을 치켜 올리더니 다시 핸들을 돌려 갓길을 벗어났다. 이 여자와 함께 할 몇 주가 쉽지 않을 게 눈에 훤히 보였다.

◈

해야 할 일이 있었다. 제가 가장 좋아하는 퍼즐 맞추기.

난이도는 플러스 13쯤. 요즘 신형 문서 절단기에서 납작한 칼국수보다 가늘게 썰어진 에이포지 두 장을 잘 맞춰야 했다. 이걸 즐기는 게 선천적인 그녀의 성격이었고, 그리고 즐기지 않더라도 기꺼이 즐겁게 할 수 있을 만한 내용이었다.

그런데 저는 왜 멍하니 앉아 있는 걸까. 이거 뭐예요, 라니…….

그녀는 제 소파 위에 올려져 있는, 레이스로 된 제가 모르고 깔고 앉아 눌려진 포장지를 내려다보고 있었다.

모를 리가 없었다. 디저트라곤 티라미스와 마카롱밖에는 모르지만, 제가 본의 아니게 이름을 알고 있는 휘낭시에. 바로 엄마가 좋아하는 디저트였다.

저는 죽어도 마들렌과 휘낭시에의 차이를 모르겠지만, 미묘한 차이가 있다면서 꼭 휘낭시에를 사 오라고 했던 엄마의 신신당부 덕에 그나마 구분하게 된. 프랑스에 잠시 취재차 갔을 때도 엄마의 성화에 저걸 찾아다니느라 애썼으니까 더욱더 잘 알게 되었다.

물론, 최고급 레스토랑의 수석 쉐프가 만들었다니 고급지긴 했다. 사르르 녹아 없어지는 폼이 가격 따위 두 눈을 딱 감아야 드실 수 있는 겁니다, 라고 이야기하고 있었다.

그러나 문제는…… 그런 고급진 빵하고는 비교도 안 되는 고급진 남자 때문이었고, 제가 한 일을 리와인드해 보건데…… 참, 한심했다.

잘생긴 남자한테 뭔가 끌리는 건가? 아니면 제 나이가 이제 저런 거에 저절로 반응을 하는 건가?

"아, 머리 아프다."

이건 수면 부족이고, 여자로서 정비를 잘 하지 않은 데 대한 자격지심일 것이었다.

제가 그다지 외모에 신경을 쓰지 않았지만, 그래도 일 때문에 만나야 하는 대단한 사람 앞에 제 무장 해제된 모습을 보였기 때문에 머릿속의 회로가 잠깐 엉킨 거라고…… 대답해야 했다.

뭐 취재를 하러 가서 며칠 동안 씻지도 못하고 보초를 서는 경우도 허다했다. 그렇다고 해서 제 스스로 뭔가 찔린다 싶은 적은 없었다. 남자 여자를 떠나서 다 동료니까.

"아, 젠장."

그러나 아무리 제 스스로 대답을 해 보아도 뭔가가 제 목구멍에 걸려 있는 거 같았다.

은수는 철푸덕 주저앉아서 어젯밤에 꼭 안고 자려고까지 마음먹었던 사랑스런 소라과자의 주둥이를 열었다. 한 주먹 퍼서 입안에 털어 넣었다. 들척지근한 맛이 빠작빠작 소리를 내면서 제 입안에 흩어졌다. 왜 이렇게 달고, 왜 이렇게 뻑뻑하고…… 이제는 밀가루 맛까지 나네.

입이 간사하다는 걸 알고 있었지만, 이건 좀 심했다. 은수는 제 손에 남아 있던 왕 소라를 다시 봉지에 넣고는 눅지 않게 꼭 묶었다.

일이나 해야지…….

그녀는 비싸서 혀가 문드러질 것 같은 휘낭시에 따위에 팔렸던 정신을 추스르고는 바닥에 흰 종이를 깔고 오늘 득템한 종이 쪼가리들을 살살 꺼냈다. 그리고 그것들을 하나하나 들어 글자와 종이 모양을 맞춰 나가기 시작했다. 언제 끝날지는 모르겠지만, 잡생각을 없애는 데는 단 1분도 걸리지 않았다.

5.

## 칼소타다

"제가 주중에 한 번씩 쿠킹 클래스를 여는 곳입니다. 바쁘니까, 금요일 날 열한시까지 그 주소로 오세요. 전 세상에서 가장 싫어하는 게 시간 약속을 지키지 않는 겁니다. 더도 덜도 말고 딱 열한 시에 와야 중간 과정 사진을 제대로 찍을 테니까 그런 줄 아십시오. 조명도 괜찮고, 도구도 갖춰져 있고 사람도 없으니까, 그곳으로 오시길 바랍니다."

외모는 근사하고 목소리도 금상첨화인데, 말투는 여전히 재수 없었다. 그러나 아무렴, 6개월의 유급휴가를 위한 '하찮은' 취재인데, 그 정도는 해 줄 수 있었다.

시간 맞추는 거야 제 장기 아닌가? 기자에게는 하루 종일 기나긴, 기약 없는 기다림도 필수 옵션이었다. 아니, 하루가 아니라 열흘이라도 기다릴 수 있어야 했다. 그러니 뭐, 순간적인 시간이야.

그러나 뭘 하는 곳인지, 단어는 알겠는데 내용을 알 수가 없었다. 그러니 물어라도 봐야지.

"쿠킹 클래스가 뭐 하는 데예요? 뭐, 모여서 요리라도 배우나요?"

하도 궁금해서 그때 돼지 손잡이를 잘못 가져왔다고 괜히 혼나던 기자에게 슬쩍 물었다. 아무래도 리빙팀이니 적어도 그런 건 좀 알까 싶어서였다. 그때는 딱, 혼이 나간 말단 기자 상이었는데, 제 자리에 앉아서 말끔한 옷을 입고 새초

룸한 표정을 짓고 이야기를 하는 태를 보니 또 달라 보이기도 했다.

"그런 셈이죠. 자격증을 따서 취업이나 창업을 할 사람들이야 요리 학원을 다니는 거고, 쿠킹 클래스는 주로 취미로 다니는 거죠. 새댁이라든지 요리를 배우고 싶어 하는 사람들 말이에요. 다만 뭐, 레벨이 높아질수록 친목이나 그런 분위기가 될 수도 있는 거구요. 재벌집 마나님들은 골프 모임처럼 다도 모임이나 쿠킹 클래스 같은 걸 다니기도 해요. 대충 한마디로 친목 겸 시간 때우는 호사스러운 취미인 거죠."

"아……."

호사가 극에 달하면 저런가 보다 싶었다. 맨하탄의 고급 아파트에 사시는 유명 칼럼리스트인 엄마의 아파트 한 달 월세가 얼마인 줄 알고 입이 떡 벌어졌는데, 이건 무슨 궁전의 렌트비가 아닌가 싶었다.

한강 조망의 초절정 울트라 비싼 아파트의 로얄층을 일주일에 딱 한 번 있는 쿠킹 클래스 교실로나 쓰다니! 주소 검색하다 심심해서 매매가 따위를 검색해 본 건 정말 괜한 일이었다.

입구부터 무슨 국정원이나 청와대 들어가는 것보다 더한 감시와 검열을 받고, 마치 칠성호텔의 로비 같은 곳을 지나 참으로 화려 번쩍한 엘리베이터를 타고 무려 42층까지 올라가 내려 보니 복도 창밖의 전망마저도 어마어마했다.

은수는 제 어깨에 멘 커다란 카메라의 무게를 실감하면서 두리번거리지 않으려고 애썼다. 이건 개인 아파트가 아니라 돈이 썩어 문드러지는 대기업의 본사 건물 같은 이미지였으니…….

전에 타워펠리스 같은 데도 가 봤었지만, 이미 그런 정도는 구닥다리가 되어버린 지 오래인 분위기였다. 그 잘나가는 연예인, 정치가가 득실한 궁전 같은 아파트라니!

그러나 아무렴 어떠랴, 사진만 잘 찍고 기사만 잘 쓰면 그만이지. 지금 이게 문제가 아니었다. 6개월이란 시간이 공으로 생긴 셈이었다. 그녀와 그녀의 베프인 지훈과 공동으로 취재 중인 이 건만 제대로 터뜨리면 대박이 날 수도 있었다.

긴급 르포 식으로 간단한 취재를 하다가 뭔가 촉에 걸린 그녀가 잡아낸 것은 거대한 공항공사의 내부, 외부 비리의 실마리였다. 한 달 내내 아는 인맥을 다 동원하면서 하나만 걸리면 터뜨리려고 했으나 점점 나오는 것은 스케일이 커지고 있었다.

그러니 아예 장기 취재를 하는 게 나을 것이다 싶어 편집장의 좌천을 그대로 받아들인 것이었다. 이 사건이 아니라면 편집장의 좌천 명령 따위에 굴복할 그녀가 아니었다. 얼마든지 터뜨릴 것들이 제 하드 안에 들어 있었으니까. 이 건은 정말 컸다.

대충 리빙 파트에 있으려 해도 그쪽은 원래 제게 맞지도 않을뿐더러, 앉아 있는 기자들도 하나같이 마음에 들지 않았다. 기자답지 않게 박봉으로 차려입은 명품들도 영 밥맛이었고, 화기 애매한 분위기도 적응하기 힘들었다.

그런 곳에 매일 출근해서 어이없게 냄비 뚜껑이 돼지냐 닭이냐를 놓고 아옹다옹하느니, 이렇게 큰 기사 하나 터뜨리고 시간을 버는 게 중요했다. 그러니까, 눈앞에 아방궁이 나타나든 샹그릴라가 보이든 취재만 하면 그만이었다. 물론 그 샹그릴라에 천하의 미남이 서 있다 한들 그림의 떡이니까 그것도 목석처럼 견디리라 다시 다짐했다.

암, 그동안 인간적인 정 아니면 도저히 참아낼 수 없는 외모를 지닌 데다 가꿀 시간도 없는 불쌍한 중생들과 함께 일을 해 온 부작용임에 틀림없었다. 어차피 다른 세상의 사람이니까 외모에 혹하는 것은 이제 끝내야 할 것 같았다.

은수는 마음을 다잡고 제 손에 들고 있는 메모지의 숫자를 확인하고는 벨을 눌렀다. 그러자 막 기다렸다는 듯 누군가 문을 열었다.

"마 메종의 이은수 기자님이십니까?"

단둘만 있어야 한다고 하니까, 당연히 제 눈앞에는 그 잘난 남자가 있을 줄 알았다. 그러나 문 안에서 나온 남자는 분명히 그 사람이 아니었다. 다만, 아파트의 화려 번쩍한 외관과 딱 맞는, 그런 귀티가 좔좔 흐르는 젊은 남자가 심각한 표정으로 문을 열고 제 이름을 되묻고 있었다.

외모에 혹하는 건 그만두려고 했으나, 아, 이 극강의 샤방함은 또 뭔지. 대체 누굴까.

그러나 은수는 당황하지 않고, 마치 친구라도 찾아온 듯 제 최강의 무기인 상큼 발랄한 이를 살짝 드러낸 백치미스러운 미소를 지으면서 말했다.

"네, 안녕하세요. 이은수 기자입니다!"

버릇처럼 손을 내밀다 푸르딩딩한 제 손목의 깁스를 보고 멈춰야 했다.

"어머, 죄송해요. 손이 이 모양이란 걸 깜빡 잊어서요. 반갑습니다."

당황스런 호출에 새벽부터 칼솟을 찾아 헤매야 했던 민우는 눈앞에 있는 매력적인 외모와 어울리지 않는 여자의 씩씩한 목소리에 잠시 머뭇거렸다. 비쥬 블랑쉐에서 사고가 있었다는 것은 다 알고 있었다.

그럼 그 때문에 돌게 된 소문이 사실이란 말인가. 기자가 여기에 오게 되다니. 그러나 민우는 아무렇지도 않은 듯 안쪽을 가리켰다.

"아…… 네. 들어오십시오."

'나무아미타불 관세음보살…… 아멘!'

은수는 고개를 두리번거리지 않으려고 했다. 그러나 돌아가는 고개는 어쩔 수가 없었다. 아니, 이게 무슨 아파트란 말인가. 인사를 하면서 중아일보 정치부 기자 이은수입니다, 하고 통성명을 하려는 걸 겨우 잘난 남자의 얼굴을 보고 막을 수 있었다.

아, 역시 여기는 어마어마한 곳이니 채용 조건에 외모도 한몫할 것이 분명했다. 물론 그 데이비드 류의 샤프함이 지나쳐 살 떨리는 싸늘한 조각 같은 외모에는 비할 수 없지만, 큼직한 이목구비와 단정한 외모, 역시 헌칠하고 길쭉길쭉한 사이즈는 이곳이 대갓집 마나님들만이 찾는 은밀한(?) 쿠킹 클래스가 아니라 하더라도 뭔가 부귀영화를 누리지 않으면 올 수 없는 곳이라는 걸 확실하게 보여 주고 있었다.

온통 대리석으로 된 벽체와 바닥, 그리고 푹신한 고급스러운 슬리퍼부터 시작해서 사방이 뻥 뚫려 있는 시원한 조망을 두고 들어선 곳에는 거실인지, 혹은 로비인지 모를 넓은 공간이 있었고 고급스러운 앤틱풍의 목제로 된 하부장과 커다란 대리석 상판으로 된 생전 처음 보는 사이즈의 어마어마하게 큰 탁자가 놓여 있었다.

그리고 역시 고급지고 우아한 샹들리에, 삼면의 창을 제외한 한쪽 벽은 바닥부터 천정까지 역시 같은 색상의 우아한 목재로 된 장식장이 있었는데, 거기에는 온통 화려한 접시와 그릇들로 채워져 있었다. 게다가 어디서 본 듯 한쪽에는 긴 막대기가 있었고, 구리 색깔의 냄비와 프라이팬이 주렁주렁 걸려 있었다.

아, 이런 보기부터 취미 안 맞는 분위기라니. 저 고급진 책장에 책이 가득 들어 있으면 모를까……. 한숨을 내쉬려는 은수를 막는 건 아까부터 풍겨 오는 희한한 향기였다. 아, 사진을 찍어야지!

"저기 류…… 쉐프님은 어디 있죠?"

쉐프에 님을 붙여야 하는 더러운 세상, 이라고 속으로 한마디 해 준 뒤에 그녀는 또다시 급방긋 미소를 지으면서 잘생긴 청년에게 물었다.

"저쪽 주방에 계십니다. 가시죠."

이 정체불명의 냄새는…… 음, 그녀는 머릿속을 헤집었다. 분명히 한 60% 정도는 익숙한 향기였다. 우선 참나무 향기 같은 나무의 직화에서 나오는 숯 냄새와 함께 뭔가를 굽고 있었는데…… 아, 생각났다.

야채빵, 딱 타들어 가는 야채빵 냄새였다. 아니, 무슨 쉐프가 야채빵 따위를……. 게다가 태우고 있나?

그녀는 카메라의 전원을 켜고 축복받은 사지를 지닌 총각의 뒤를 따라 들어갔다. 한 모퉁이 돌자 야채빵이 타들어 가는 향기는 완전 진해져 있었고, 연기까지 차 있었다. 게다가 숯불의 향기까지…….

모퉁이를 돌자마자 그녀는 카메라의 셔터를 사정없이 눌렀다. 뭐라도 찍힐 테니까. 카메라부에서 렌탈한 어마어마한 카메라는 눈감고 밧줄 끝에 매달고 돌려도 작품 사진이 나온다는 명품이었다. 그러니 아무거나 누르라고, 대신 부수지만 말라고 신신당부를 받은 터였다. 그러니 뭐라도 찍힐 것이었다.

"난 찍지 말아요."

남자의 사나운 목소리가 들렸다. 그러나…… 은수는 그 목소리를 흘리고 말았다. 카메라의 뷰 파인더 화면만 보고 있다가 저도 모르게 놀라서 고개를 들었다.

제 앞에 펼쳐진…… 이 참사는 대체 뭔가?

"저기, 이거 다 타는데…… 대체……."

살면서 나이는 어리지만, 참으로 산전수전, 공중전까지 안 겪은 게 없다 자부하는 은수로서도 이건 신세계였다. 아니, 이 눈앞의 대참사를 찍어야 하나?

"찍어요. 첫 번째 요리 칼소타다니까."

뭐……? 칼 뭐?

그러나 은수는 제 앞에 펼쳐진…… 커다란 바비큐용 불판의 이글거리는 숯 위에서 처참하게 타들어 가고 있는 대파 한 보따리를 보고 어이가 없어 말을 잊어버리고 있었다.

불에 익히고 있는 칼숏을 보는 여자의 표정은 잔뜩 일그러져 있었다. 아니, 그건 정확한 표현은 아닌지도 몰랐다. 황당함을 넘어서 경악스러운 여자의 얼굴은 굳이 말로 하지 않아도 그에게 '너 제정신이니?' 라고 말하고 있었으니까.

"칼? 뭐라고요?"

되묻는 여자에게 옆에 서 있던 민우가 속삭였다.

"칼소타다요."

입을 열었다 닫으며 뻐끔대던 여자가 다시 되물었다.

"뭐가 타요?"

"칼소타다."

인내심 있게 옆에서 다시 말해 주던 민우에게 승제가 손을 까딱였다.

"환풍기 더 올려."

"네!"

기합이 바짝 든 태도로 민우가 환기 시스템을 작동하러 뒤쪽으로 사라졌다. 애초에 이런 주상복합 아파트는 요리에 적합한 곳은 아니었다. 열 수 있는 창이라고 해 봐야 작은 쪽창이 전부였으니까.

그래서 승제는 이 집 전체에 강제 환기 시설을 설치했다. 그리고 지금 그 덕을 톡톡히 보고 있었다. 연기가 천장으로 빨려 들어가는 걸 바라보며 그는 숯불 위의 칼숏을 뒤적거렸다.

"사진, 안 찍을 겁니까?"

거대한 환풍기가 도는 시끄러운 소음 사이에서도 그의 말이 들렸던지 여자는 일그러진 표정을 채 풀지 못하고 카메라를 들어 올렸다. 골고루 익힌 칼숏을 내려놓고 다시 한 더미의 칼숏을 숯불 위에 올려놓은 그는 오븐에 넣어 둔 토마토와 마늘, 그리고 햇아몬드와 생코코넛들을 꺼내 들었다.

"이건 소스 재료예요. 오븐에 10분간 구워서 사용하죠."

"잠깐만요."

승제의 설명에 손을 들어 말을 멈추게 한 은수가 서둘러 주머니를 뒤져 녹음기를 꺼내 들었다.

"설명은 나중에 다시 할 테니 사진 먼저 찍어요."

삐딱하게 서서 역시나 삐딱한 태도로 그를 올려다본 여자가 고개를 치켜들었다.

"그러죠."

어설픈 폼으로 은수가 사진 몇 장을 찍자 승제는 재빨리 토마토의 껍질을 벗긴 뒤 나머지 재료와 함께 믹서에 갈아 냄비에 담아냈다.

"이제 나가서 기다려요."

그의 말이 떨어지자마자 뒤에 대기하고 있던 민우가 은수를, 불을 켜지 않았음에도 번쩍이는 커다란 샹들리에 아래의 식탁으로 안내했다. 그녀가 하얀 식탁보를 씌운 식탁과 그 위의 색색의 화려한 꽃이 가득 꽂힌 화병을 찍는 사이 승제는 숯불에 구운 칼숏과 로메스쿠 소스를 테이블 위에 내려놓았다.

"녹음기 이리 줘요. 사진은 필요한 만큼 찍고."

그의 말이 그녀의 모국어와는 전혀 다른 말이라도 되는 것처럼 은수가 고개를 갸웃거리더니 손을 들어 올렸다.

"저기, 지금 제가 이해가 안 돼서 그러는데요. 저게 오늘 제가 찍어야 할 '요리'는 아니겠죠."

여자의 눈에 뭐가 보이는지 그도 잘 알았다. 그녀의 눈에는 저게 단지 시커멓게 그을린 대파. 그 이상은 아닐 테니까.

처음부터 칼소타다를 생각한 건 아니었다. 그저 흔한 프랑스 요리 몇 개를 내놓는 게 더 편할지도 몰랐다. 하지만 그렇게 하기엔 이 괘씸한 여자와 또 데스크에 앉아 그녀를 조종한 그 위의 누군가가 못마땅했다.

칼소타다는 나름 전통 있는 요리였다. 매년 이 단 하나의 아이템으로 커다란 축제가 열릴 만큼 재미있는 요리이기도 했다. 다만 소스 외에 별다른 차림을 할 필요가 없었고, 커다란 접시에 구운 칼숏을 잔뜩 쌓아 놓는 비주얼만큼은 꽝인 요리였다.

요리 칼럼이고 제 이름이 걸린 것이니 아마 저 여자의 상관이나 그 외 사람들이 대단한 기대를 하고 있을 것이 틀림없었다. 요리 자체는 전통 있고 풍미 있는 요리였는데, 이걸 저 여자가 어떻게 살려 놓을까가 궁금해졌다.

제 나름대로 그런 대단한 차림새로 포크에 찔리는 중상을 마다 않는 열혈 기자라면 이런 비주얼을 가지고도 기가 막힌 기사를 써야 할 테니까. 기사가 마음에 안 들면 그것을 핑계로 판을 엎어 버릴 심술을 부릴 저의도 약간은 깔려 있었다.

한 방 맞았으니 돌려줘야 공평한 것 아닌가?

"일부러 이런 거죠?"

"설마, 그럴 리가 있겠습니까?"

금방이라도 그의 멱살을 잡아 흔들 것처럼 구는 여자를, 그 또한 고요하지만 차가운 눈으로 내려다보았다. 팽팽하게 서로를 바라보던 두 사람 중에 먼저 여자가 백기를 들었다.

"좋아요. 어디 한번 해 봐요."

주머니에서 꺼낸 녹음기를 그의 손 위에 탁 하고 올려놓은 여자가 전투적인 태도로 카메라를 들어 올렸다.

손안에 놓인 막대 형식의 녹음기를 보며 승제는 저도 모르게 슬쩍 입술 끝이 올라갔다. 조금, 재밌는 여자였다.

찰칵거리는 카메라의 셔터 소리를 뒤로하고 녹음기를 살피던 그의 눈에 민우가 보였다. 뭔지 모를 상황에 긴장한 막내가 뻣뻣하게 굳어 있는 걸 보고 그냥 내버려 둘 수는 없었다.

"뒷정리는 내가 할 테니까 퇴근해. 고생했어."

"아닙니다. 제가 할 일인데요."

직접 그를 상대할 일이 별로 없는 주방 막내 민우는 칭찬답지 않은 칭찬에 머리를 긁적이며 쑥스러워했다. 뭐가 뭔지는 잘 모르겠지만 제가 해야 할 몫은 다 끝난 듯싶으니 승제의 말대로 자리를 비켜 줘야 할 듯했다.

민우는 고개를 푹 숙여 인사를 하고 황송하지만 불편한 그 자리를 재빨리 빠져나왔다.

카메라 조작이 서툰 게 분명한 여자는 심오한 작품 사진이라도 찍는 듯 사진을 찍고 또 찍었다. 그는 한편으로 비켜서서 의자 등받이에 팔을 걸치고 녹음기를 켰다.

"칼소타다. 칼솟이라는 양파의 한 종류인 식물을 불에 익혀 만드는 음식입니다. 스페인 카탈루냐 지방의 전통 음식이죠. 함께 먹는 로메스쿠 소스는 토마토와 통마늘, 아몬드와 코코넛을 오븐에 10분 정도 구운 뒤에 만듭니다. 토마토는 껍질을 벗기고 재료들과 함께 믹서에 갈아 차게 식힌 뒤에 칼소타다의 소스로 씁니다."

사진을 찍으면서도 귀는 그를 향해 있었던지 여자가 셔터를 누르며 물었다.

"그러니까 이걸 스페인 사람들이 먹는다는 거죠? 와! 프랑스 요리 쉐프시라해서 프렌치 요리가 나올 줄 알았더니 스페인 요리에 거기다 대파구이라니 생각도 못 했네요. 편.집.장.님.이. 아.주. 좋.아.하.시.겠.어.요."

마지막 문장을 한 자 한 자 힘주어 말하며 여자는 당장이라도 그의 목을 물어뜯을 듯 이를 드러내고 웃었다. 승제는 녹음기를 조용히 내려놓고 칼소타다를 카메라로 닳아 없애기라도 하려는 듯 찍고 또 찍는 여자의 팔을 잡았다.

"왜요?"

턱을 슬쩍 치켜드는 것은 여자의 도전적인 성격 탓인지도 몰랐다. 그 조그만 턱을 손끝으로 내려 주고 싶은 충동을 참으며 그는 의자를 당겼다.

"똑같은 사진 그만 찍고 앉아 봐요."

"어머? 누가 똑같은 사진을 찍었다고 그러세요?"

노출 하나도 조절 못 해 셔터만 죽어라 누르던 여자가 자존심을 세웠다. 분명 제 입으로 사진 찍을 줄 모른다던 게 며칠 전이었는데 잊은 모양이었다.

승제는 은수가 들고 있는 카메라를 확 당겨 그녀에게 보여 주었다.

"여긴 밝아서 노출을 줄여 줘야 사진이 잘 나와요. 셔터만 누르라고 가르쳐 줬나 보군요."

버튼 몇 개를 눌러 노출을 조정한 그가, 은수가 카메라를 목에 걸고 있는 채로 사진 몇 장을 찰칵거리며 찍고 다시 그녀에게 건네주었다.

여자의 표정이 영 시원치 않았다. 그러나 그걸 보고 있는 승제는 막 웃음이 터질 것 같았으나 꾹 참아야 했다. 칼솟구이는 더없이 훌륭했다. 적당하고 숙련된 솜씨로 완벽하게 불 조절을 했으니까.

그러나 막상 하얀색의 접시에 가득 쌓인, 연기마저 모락모락 올라오는 칼솟은 그다지 훌륭한 비주얼이 아니었다. 새파란 겉잎은 화기에 누렇게 되어 버렸고, 하얀 뿌리 부분은 익어서 누리끼리한 빛을 띠고 있었다. 먹을 줄 아는 사람이야 군침을 흘리겠지만, 처음 보는 사람은 상하기 직전의 누렇고 물컹한 식감을 떠올리게 할 만한 비주얼이었다.

은수의 표정을 살피던 그가 말했다.

"이제 앉아 봐요. 식기 전에 먹어야 맛있으니까."

그의 말에 그녀가 세차게 머리를 흔들었다.

"지금 저보고 저걸 먹으란 거예요? 아니요. 사양할게요. 대파구이라니. 우엑."

손까지 저어 가며 사양한 여자가 고개를 돌려 작게 토하는 시늉을 했다. 그의 요리에 대한 여자의 극악한 평에 승제의 눈이 가늘어졌다. 감히 제 요리에 토하는 시늉을 해?

그가 샬롯을 다져 버터에 볶은 뒤 내놓기만 해도 사람들이 찬사를 쏟아 내는 것이 당연한 세상에서 그는 살았다. 그리고 그 세상을 만들기 위해 그가 걸어온 길은 쉬운 길이 아니었다. 그런 그의 자존심을 쉽게, 아주 쉽게 상처를 내는 여자를 승제는 그냥 둘 수 없었다.

"그런 평가는 먹기 전에 하는 게 아닙니다."

단호한 태도로 여자를 의자에 앉힌 그는 카메라도 빼앗아 식탁의 한쪽에 내려놓았다.

"됐거든요. 저는요, 파 안 좋아해요. 파무침도 안 먹고 파김치도 안 먹어요. 당연히 파구이도 안 먹을 거예요."

두 손을 저으며 격한 사양을 하는 은수를 무시한 채 승제는 입술을 비틀며 그녀의 목에 망토처럼 몸을 푹 둘러싸는 커다란 냅킨까지 둘러 주었다. 이것도 칼숏을 먹는 데 꼭 필요한 도구였다. 이걸 준비하느라 민우가 한참이나 부산스럽게 냅킨함을 뒤진 것도 알고 있었다.

"또 옷을 다 버리고 싶은 게 아니라면 가만있어요."

"안 먹을 거라니까요. 그리고 내가 애도 아니고 턱받이는 왜 해 주는 거예요?"

투덜대는 여자의 시끄러운 항의에도 그는 아랑곳하지 않고 여자가 굳이 대파라고 칭하고 있는 칼숏을 들어 올려 새카맣게 탄 겉껍질을 쑥 당겼다. 그러자 누렇게 시든 것 같기도 하고 시커멓게 탄 것 같은 겉껍질이 벗겨지고 안에 있던 진떡한 진액이 풀처럼 늘어나면서 누리끼리하게 익은 속이 드러났다.

그는 그것을 소스에 푹 찍어 떠드는 여자의 앞에 내밀었다.

"먹어 봐요."

"싫어요."

입을 크게 벌리면 그가 칼숏을 밀어 넣기라도 할까 봐 여자는 입을 작게 다물고 중얼거렸다.

"내 요리를 무시할 거라면 적어도 맛은 봐야 하지 않습니까?"

"어머? 저는 무시한 적 없는걸요?"

깜찍하게 눈을 깜빡이는 여자를 보며 승제는 눈을 가늘게 내리떴다.

"카메라 메모리를 뺄까요?"

어느새 카메라를 손아래에 두고 있는 그의 협박에 은수가 황당한 듯 승제를 노려보았다.

"……정말 치사하시네요."

승제는 아무렇지도 않게 어깨를 으쓱였다.

"글쎄, 이은수 씨만큼은 아닌 것 같군요."

제법 매섭게 눈초리를 세우던 그녀가 결국은 그의 손에서 칼솟을 받아 들었다. 울상을 하고 소스가 묻은 끝을 약간 베어 문 그녀가 잔뜩 일그러진 표정을 한 채로 그것을 씹기 시작했다. 찡그린 얼굴로 씹고 또 씹던 그녀가 눈가를 구긴 채로 그에게 물었다.

"여기다 뭘 한 거예요?"

"보시다시피 불에 구웠습니다."

"거짓말. 대파를 그냥 구웠는데 이런 맛이 난다고요? 말도 안 돼."

"대파가 아니라 칼솟입니다. 이름은 칼소타다고."

그의 지적에 어깨를 으쓱인 여자가 대답했다.

"그래요. 그 칼솥인지 뭔지 말이에요."

믿어지지 않는다는 듯 손에 든 칼솟을 바라본 여자가 소스를 듬뿍 찍어 입에 넣었다. 특이하게도 새 한 마리가 그릇에 삼각형 모양으로 붙어 있는 묘한 소스 그릇에 담긴 쌈장 색깔의 소스였다.

"이거 많이 찍어도 되는 거죠? 양 정해져 있어요?"

"먹는 사람 취향이죠."

그가 한심하다는 듯 대답했다. 그러나 은수는 그것을 관찰할 사이도 없이 누르스름한 소스를 푹 찍어 베어 물더니 말했다.

"꼭 쌈장같이 생겼는데 어떻게 이런 맛이 나지?"

아직도 미심쩍다는 듯 이마를 찡그린 은수가 오물오물 칼소타다를 음미하며 고개를 갸웃거렸다. 오물오물 움직이는 작은 입술 사이로 칼솟 하나가 금방 사라졌다. 그리고 그의 협박이 없음에도 은수는 자연스럽게 칼솟 하나를 집어 들었다.

"이거……."

"손에 들고 쭉 빼요. 한 번에."

"한 번에!"

그녀는 제 손에 시커멓게 묻는 재를 아랑곳하지 않고 쑥 빼 들었다.

칼솟이 굳이 그냥 파구이가 아니라 요리에 속하는 것은 적당히 잘 구어야 하기 때문이었다. 겉껍질은 타고 안에 속이, 시쳇말로 썩은 것처럼 누렇게 익어야 단맛이 더해졌다. 물론 소스도 까다롭긴 했지만, 굽는 속도와 시간이 문제였다. 저렇게 손에 들었을 때 힘들이지 않고 쏙 알맹이만 빠져나오도록.

덕분에 쉽게 빼 든 칼솟을 또다시 열심히 소스에 찍어 맛있게 먹는 것을 보고 그는 아까까지만 해도 별로 좋지 않던 기분이 좀 나아진 듯했다. 쉐프란 우선 자기 요리를 가장 맛있게 먹는 사람 앞에서 관대해지는 법이니까.

"그래서 소감은?"

맛나게 먹어 놓고는 승제의 요리를 인정하면 제 자존심이 상하는 상황이 마음에 들지 않는지 여자는 볼을 긁적이더니 마지못해 대답했다.

"뭐, 나쁘지 않네요."

"그게 답니까?"

부족한 대답에 승제가 카메라로 손을 뻗었다.

"아, 진짜 치사하게! 맛있어요. 맛있다니까요. 그러니까 걔는 딱 그 자리에 놓아요!"

그에게 손가락질을 하며 일어선 여자가 카메라를 구출하려 승제의 팔에 매달렸다. 여자의 시커먼 손을 피해 뒤로 물러선 그가 말했다.

"솔직하게 대답해요. 인질 때문에 하는 거짓말은 싫으니까."

카메라를 머리 위로 들어 올린 그에게 여자가 항복을 하듯 양쪽 머리 옆으로 두 손을 들어 올렸다.

"진짜예요. 맛있어요. 맛없으면 내가 이걸 계속 먹을 것 같아요?"

결백을 주장하는 여자가 아직도 손에 들고 있는 칼솟을 그에게 보란 듯이 내밀었다. 그리고 고개를 갸웃거리며 중얼거렸다.

"그냥 구웠는데 어떻게 이런 단맛이 나요? 신기하네."

신기한 것은 칼소타다가 아니라 여자였다. 그가 사약이라도 내민 것처럼 격하게 사양하던 것이 거짓말처럼 은수는 다시 자리에 앉아 보란 듯이 칼소타다

한 접시를 금세 해치웠다. 그리고 그 뒤에 이어 내놓은 송아지 안심구이와 디저트까지 하나도 남김없이, 가니쉬의 마지막 한 조각까지 싹 비워 냈다.

보기 드문, 내숭 없이 잘 먹는 여자였다. 첫 인터뷰는 그렇게 끝이 났다.

"그 여자는 어때? 더 시끄럽지는 않지?"

그의 빈 잔에 술을 채우며 태준이 말을 걸었다.

"누구 말이야?"

승제가 알아듣지 못하자 태준이 이마를 긁적이며 고개를 갸웃거리더니 이름 하나를 기억해 냈다.

"그 이은수라는 기자 말이야."

"아."

승제는 그제야 도전적인 하얀 얼굴과 이름 석 자를 떠올렸다. 그 여자가 뭐라고 했더라?

'다음에도 이런 식이면 그 계약서 무효예요.'

검지를 들어 올려 다짐이라도 하라는 듯 그에게 깜찍하게 경고를 날린 여자가 씩씩하게 걸어 현관을 빠져나간 것이 불과 몇 시간 전이었다. 은수가 떠난 뒤에 그는 문에 기대어 조금 웃었다. 꽤나 엉뚱한 여자였다.

하긴 기사를 따내기 위해 손목에 포크도 꽂았던 여자였다. 게다가 기괴한 화장을 하고 청소부로 변장해 남자 화장실까지 침투하는 그녀가 하는 말이니 건성으로 들으면 안 될 일이었다. 또 어떤 일을 벌여 저를 황당하게 만들지 그는 상상도 되지 않았다.

그러니 그답지 않은 장난은 한 번으로 족했다. 여기서 더 골치 아파지는 건 그도 사양하고 싶었으니까. 모레가 다시 만날 날이던가?

"무슨 생각 하냐? 같이 좀 웃자?"

태준이 그의 어깨를 툭 치며 물었다.

"그래서 그 각서는 잘 쓴 거야?"

승제가 화제를 돌리며 잔을 빙글빙글 돌리자 얼음들이 달그락거렸다.

"너 그거 이 술 한잔으로 안 돼. 너 때문에 법원 스케줄 하나 내 대신 아래 변호사 보내서 망칠 뻔했잖아."

"그럼, 수임료를 더 올리든지."

농담기 하나 없는 승제의 말에 태준이 혀를 찼다.

"짜식, 거기서 어떻게 더 올려 받아. 나도 양심이 있는데."

"양심 없이 친구에게 수임료 최고로 책정한 게 누구더라."

모르는 척 묻는 승제의 태도에 태준 또한 천연덕스럽게 천장을 올려다보며 되물었다.

"그런 놈이 있었어? 그게 누군데?"

능청스럽게 구는 태준에게 승제가 눈썹을 치켜 올리며 무심한 표정으로 쐐기를 박았다.

"너도 모르는 놈이면 진짜 형편없는 놈인데 해고해야겠군."

농담인지 진담인지 모를 진지한 태도에 태준이 항복을 했다.

"이 자식은 하여간 무슨 말을 못 하겠어. 알았다, 알았어. 고객에게 까분 내가 잘못했다. 수임료도 잘 받는데 당연히 내가 가야지. 자, 마셔 마셔."

시답지 않은 말장난 끝에 두 사람은 건배를 하고 술을 마셨다.

"그런데 그 여자 꽤 예쁘던데 기자 하긴 아깝지 않아?"

그랬던가? 은수를 떠올리며 승제는 눈가를 찡그렸다.

담백한 하얀 피부에 질끈 묶은 머리카락은 염색조차 하지 않은 듯 건강한 윤기가 흘렀다. 그리고 그 당돌한 눈빛, 거칠 것도 두려운 것도 없는 자긍심 강한 여자의 성격을 말해 주는 것처럼 당당했다.

하지만 전체적으로 이지적인 분위기를 풍기는 이목구비와는 달리 도톰한 입술은 다른 기분을 들게 했다. 붉은 기가 도는 분홍 입술은 자꾸만 궁금하게 했다. 어떤 감촉을 가지고 있는지…… 무슨 맛이 날지…….

거기까지 생각이 뻗어 나가자 승제는 이마를 찌푸리며 잔에 담긴 술을 쭉 들이켰다.

"그 정도 여자는 많아."

그의 박한 평에 태준이 못 말리겠다는 듯 고개를 저었다.

"너의 미적 기준은 대체 어느 하늘에 매달린 거냐. 제대로 눈을 뜨고 좀 보란 말이다. 그 기자 정도면 눈이 확 떠질 만큼 미인이지. 네가 몰라주는 미녀가 얼마나 많은지 알긴 아냐?"

너스레라면 레너드 못지않은 태준이 미인론을 내세우자 승제는 피식 웃을 수밖에 없었다.

고등학교 때 알게 된 태준은 부동산 재벌의 아들이었다. 두 사람이 친구가 된 건 승제를 비위에 거슬려 하던 태준과 한바탕 주먹을 주고받은 뒤였다. 때린 것보다 더 많이 맞아 놓고도 태준은 그와 친구가 되었다.

넉살이 좋은 건지 생각이 없는 건지 모르겠지만, 머리는 좋았던 태준은 법대를 가고 제법 유명한 로펌에 들어가 돈독이 오른 변호사가 되었다. 그리고 승제의 주머니에서도 꽤 두둑하게 수임료를 챙기고 있었다.

"얼마나 좋은 명언이냐! 세상은 넓고 미인은 많다. 그 미녀들을 외롭게 놔두는 건 죄악이야. 봐, 여기만 해도 아름다운 아가씨들이 눈을 빛내며 우릴 보고 있는……."

입이 아프지도 않는지 쉬지 않고 떠들던 태준이 갑자기 말을 흐렸다.

"왜?"

고개를 돌리려는 승제의 팔을 툭 치며 태준이 속삭였다.

"희수 남편이야."

그다지 반갑지 않은 인물의 등장을 승제는 굳이 알은척하고 싶지 않았다.

"그게 뭐?"

"여자랑 같이 오는데?"

그러나 이어지는 태준의 말에 저도 모르게 고개를 돌릴 수밖에 없었다. 은은한 바 안의 조명도 막 들어서는 남녀의 노골적인 모습을 가리지 못했다.

디자이너가 옷을 만들면서 옷감이 많이 부족한 게 분명한 듯한 천 조각을 걸친 여자가 정환의 몸에 거의 매달리듯 몸을 기대고 있었다. 제법 풍만한 가슴을 밀착시키며 과하게 웃고 있는 여자가 보내는 신호는 뻔한 것이었다.

그것을 즐기듯 능글맞은 웃음을 지은 정환은 여자의 귀에 입을 맞추듯 무언가를 속삭였다. 그리고 그 말이 뭐가 그리 우스운지 여자는 깔깔대며 정환의 팔에 제 가슴을 문지르며 흔들고 있었다.

두 사람이 어디서 온 건지는 알 수 없지만 어디로 갈 건지는 자명해 보였다. 하지만 승제와는 상관없는 일이었다. 잠시 차가운 눈빛으로 그 둘을 바라보던 승제는 몸을 돌려 잔을 비우고 또 채웠다.

"전에 본 살림 차려 줬다는 그 여자는 아닌 것 같은데?"

힐끔 승제의 눈치를 본 태준이 묻는 말에 그는 대답도 하지 않고 벽을 노려보았다.

사람이 사람을 상처 주는 방법은 많았다. 그럼에도 불구하고 정략결혼에 희망을 찾았던 희수가 무너진 것은 바로 저것 때문이었다. 보란 듯이 바람을 피우는 정환의 뻔뻔한 태도는 그 상대녀들도 찍어 낸 듯 닮아 있었다. 불륜은 가십으로 아주 좋은 소재였고 소문은 승제의 귀에도 들어왔다.

순식간에 술맛이 없어졌다. 그는 빙글빙글 돌리던 잔을 탁 소리가 나게 내려놓았다.

"간다."

술은 시늉으로 마시면서 정환을 곁눈질하던 태준이 '뭐?' 라고 물었지만 승제는 이미 바텐더에게 카드를 내밀고 있었다.

"계산할 테니 네가 좋아하는 미녀들과 한잔해. 난…… 가야겠다."

"야, 임마!"

저를 부르는 태준의 목소리를 외면하고 승제는 카드를 받아 걸음을 옮겼다. 그저, 정환과 같은 공간에 있는 것이 견딜 수 없을 만큼 싫었다. 하지만 꼭 알고 그런 것처럼 홀을 가로질러 온 정환이 승제에게 어깨를 부딪쳤다.

"어? 이게 누구야? 류승제 씨 아니야?"

승제는 무심한 눈빛으로 정환을 내려다보았다. 막 희수랑 결혼할 때만 해도 준수한 얼굴에 조금은 소심하게 보이던 남자였다. 하지만 희수에게 수줍은 미소를 짓던 남자는 제 형이 교통사고로 병원에 오래 머물면서 지금의 과시욕과 여자에 빠진 비열한 남자로 변했다.

"내 와이프랑 밀월여행이라도 떠난지 알았더니 아니었나 봐? 아니면 여기 어디에 숨겨 놨나?"

이죽대는 얼굴로 비꼬는 말에 승제는 잠시 서 있다가 대답 없이 출입구로 향했다.

"이거 봐! 사람이 말을 하는데 왜 무시를……."

기어이 자신을 쫓아와 제게 손을 뻗으려는 정환의 팔을 승제는 신경질적으로 쳐 냈다.

"밀회는 네가 즐기는 것 같은데? 미친 게 아니라면 이런 공개적인 장소는 피해야 하는 거 아닌가? 신문에 실리면 꽤 시끄러울 텐데. 그 정도 머리도 없는 건 실망스럽군."

비틀린 입술에서 나온 차분하지만 가시 돋친 충고에 정환이 얼굴을 붉혔다.

"누가 누구에게 충고를 하는 거야! 너야말로 신문에 안 실리게 조심하는 게 좋을 걸?"

말이 끝나기를 기다린 것처럼 승제는 바로 정환의 목덜미를 잡아챘다.

"그렇게 되면 누가 손해일까? 희수? 나? 너? 까불지 말고 네 지저분한 놀음은 네 지저분한 굴속에서나 해. 이혼하면 네 집안에서 그나마 한자리 하는 것도 끝일 테니까."

더러운 것을 털어 내듯 그는 정환을 밀어내고 바를 빠져나왔다. 늦은 밤 호텔 로비는 조용하기만 했다. 대리석 바닥에 울리는 제 발소리와 거대한 샹들리에, 그리고 정돈된 인테리어에 갑자기 숨이 막혀 왔다. 단정히 매고 있던 넥타이를 잡아당기며 그는 서둘러 호텔을 빠져나갔다.

화려한 호텔의 불빛 위의 하늘은 길고 어두웠다. 희수의 하늘은 늘 그랬을 거라는 생각이 들자 그는 쓴웃음이 나왔다. 이 얽히고설킨 긴 터널의 끝은 있는 건지 승제는 하늘을 올려다보며 한숨을 내쉬었다.

6.

## CU자이언트 떡볶이

불어 가는 면을 내려다보면서 은수는 사진을 다시 보았다. 아무리 봐도 비주얼은 그다지 좋지 않았다. 아니, 좋지 않은 게 아니라 처참했다. 저도 먹어 보고서야 알았으니까.

프랑스 요리라고 하면 맛은 내버려 두고 비주얼 아닌가. 이 정통 프랑스 쉐프라는 남자가 자기 비주얼의 백분지 일도 못 따라가게 시커멓고 누리끼리한 대파 한 단을 내놓다니…….

"한번 해 보겠다는 건가? 생각해 보니 이 남자 귀엽네."

그러나 정작 요리에 중요한 건 맛 아닌가? 맛이야, 신기했다. 그 쌈장 모양의 소스도 그렇고 파에서 나는 무지막지한 단맛도 그렇고. 게다가 채소니까 여자들이 죽고 못 사는 다이어트에도 짱일 테고, 쭉쭉 늘어나는 그 점액질 또한 폭풍 검색을 해 보면 분명이 항암에, 항산화에, 해독에 온갖 만병통치를 할 수 있는 기능이 잔뜩 들어 있을 터였다.

"그래, 해 보자. 6개월 날로 먹으려면 잘난 남자 비위도 맞춰 주고, 잘난 편집장님 비위도 맞춰 줘야지."

은수는 재빨리 면에 물을 붓고는 같이 사 온 스트링 치즈를 찢어 넣기 시작했다.

"아, 김이 있으면 금상첨화인데 세상에 완벽한 건 없는 거니까."

마지막 한 방울까지 꾹꾹 짠 소스를 넣고 통을 전자레인지에 넣었다. 윙 하고 돌아가는 소리가 나자 매콤한 냄새가 퍼지기 시작했다. 그리고 제 침 넘어가는 소리를 들으면서 30초가 지나자 땡 하는 소리가 났고, 그 소리가 끝나기도 전에 그녀는 얼른 통을 꺼내 들었다. 김이 모락모락 나고 치즈가 적당히 녹아들어 있었다.

"아자! 뭐 자이언트가 없으면 불닭이라도. 아우, 역시 한국 사람은 고추장 맛이 최고지."

후루룩후루룩 새빨간 면을 순식간에 먹어 버리고 나서야 정신을 차린 그녀는 그제야 제 옷을 급하게 내려다보았다. 취재를 가기 위해서 차려입은 정장 차림이었다. 다행히 옷에 국물이 안 튄 걸 확인하고서 중얼거렸다.

"불닭 국물 한 방울 안 튀기고 먹는 나도 참 대단하지만, 그 시커먼 대파를 구우면서도 하얀 옷에 재 하나 안 묻히는 거 보면, 그 남자도 난 남자긴 해."

어느새 텅 빈 종이 용기를 보고 있던 그녀는 또다시 중얼거렸다.

"이렇게 물 붓고 렌지에 돌리기만 하면 신나게 배를 채울 수 있는데, 뭐 그거 하나 하면서 갈고 찌고 굽고 참 요리사란 직업은……."

저는 다시 태어나도 절대 그건 못 할 일이었다. 다른 것도 아니고 먹는 데 그렇게 시간과 노력을 허비하다니. 어차피 배를 채우는 건 다 똑같은데.

텅 빈 종이용기를 쓰레기봉투에 넣으면서 그녀는 말했다.

"좋다. 한번 해 보자고요. 데이비드 류 씨! 내 당신의 대파 요릴 기가 막히게 살려 드릴 테니까!"

그녀는 씩씩하게 편의점 문을 나섰다.

"이게 뭐야?"

"특급 요리 칼소타다라네요."

"사진이 이게 다야?"

영선의 눈에서 레이저라도 나올 듯했다. 그리고 그게 당연했다. 주변에서 몰려든 다른 사람들까지.

"나가, 다들."

모여든 기자들이 그녀의 신경질적인 반응에 전설의 데이비드 류의 요리를 보러 왔다가 기겁을 하고 사라져야 했다. 그들이 무슨 죄가 있단 말인가.

"이은수."

제 이름에 하나하나 스타카토가 붙는 느낌이었다. 그러나 그녀는 천연덕스럽게 웃을 수 있었다.

"네, 차영선 편집장님."

똘망똘망하게 대답하는 이 잘난 새내기한테 뭐라 말을 해야 할지 도무지 생각이 나질 않았다. 제 밑에 직속으로 있는 놈도 아니고, 정치부의 에이스라는 것도 그렇고. 제가 이름 석 자를 부르면 상대의 눈에서 눈물이 솟지 않더라도 적어도 안면에 핏기는 가셔야 하는 거였다.

"데이비드 류는?"

"사진 찍지 말라고 난리를 쳐서……. 자기 사진 들어가면 들어엎을 기세예요. 그리고 그쪽의 그 잘난 변호사가 내민 계약서에도 그렇고요."

"아니, 그럼 이게 그 사람 요리라는 걸 어떻게 증명해!"

"여기 있잖아요. 요기 사진, 여기 어깨만 나온 거. 그리고 오늘은 첫 편이라고요. 그 남자가 뭐 멋지게 제 요리 앞에서 포즈라도 취해 줄 거라고 생각하셨어요? 그렇게 호락호락한 남자면 제가 가지도 않았겠죠."

이건 뭐, 대단한 똥배짱이었다. 이 정도 배짱이니까 그 대단한 쉐프 앞에서 제 할 말 하고 오는 건지.

"그리고 이게 뭐야? 이거 대파잖아."

커다란 사진들은 메인 요리만 빼고 다 훌륭했다. 소스가 담긴 새가 붙어 있는 소스볼과 대파가 담긴 우아한 테이블 웨어는 리가드였다. 게다가 분명히 데이비드 류 정도의 쉐프라면 리가드 중에서도 최고급일 게 확실했다. 새 조각이 있는 소스볼은 저도 사진에서나 봤었으니까. 물론 저 의기양양한 신참내기가 그걸 알 리가 있을까 싶었지만.

"칼솟이래요. 양파과에 속하는 채소로, 스페인 까딸로냐 지방에는 칼소타다를 위한 축제도 있대요. 그 사진도 우선은 첨부했고요. 출처 확인하시고, 기사 여기 있습니다. 본인이 프랑스 요리 쉐프지만 다양한 요리의 세계를 보여 주고 싶어서 첫 스타트를 간단하지만 특이하고 프랑스 요리가 가지고 있는 미적 감각보다는 요리가 가지고 있는 원초적인 의미를 보여 주기 위해서 준비한 요리라고 말이죠. 그리고 간단한 듯하지만 채소구이가 가지고 있는 교묘한 기교와 함께 단순한 재료지만 완전히 다른 맛을 낼 수 있는 소스의 미학을 보여 줬다라고요. 보세요."

기사를 뒤적거리는 영선의 얼굴은 굳어 있었다.

"먹어는 봤어? 이게 사람이 선뜻 먹고 싶겠냐고."

그러자 은수는 의기양양하게 대답했다.

"그게 바로 반전이죠. 대박이었거든요."

"정말?"

영선이 눈을 치켜뜨며 물었다.

"전 파 싫어하거든요. 파김치랑 파절이도 안 먹는데, 와, 거기 있는 거 한 단 제가 다 먹은 거예요. 정말 판따쓰틱한 맛이더라니까요."

"그으래?"

"제가 할 수 있는 모든 수식어를 다 붙였다니까요. 보세요."

영선은 눈을 찡그리면서 잔뜩 써 놓은 글을 읽기 시작했다. 정치부의 빛나는 샛별이, 그릇의 'ㄱ'도 모르는 이 새내기가 데이비드 류의 사진이나 찍고, 녹음이나 해 오면 알아서 기사를 쓰라고 할 사람까지 미리 다 골라 놓은 상태였다. 그리고 제가 보기에도 이 이은수라는 기자는 기자일 뿐, 정말 요리에 'ㅇ'도 모르는 게 분명했다.

아마 조금이라도 알았다면 저 백색의 오리지널 리가드와 깔려 있는 저 고가의 테이블 매트며 장식으로 놓은 티세트까지, 테이블 세팅에 대해서 한마디 안 하고 넘어갈 수 없었을 테니까.

그러나 그녀의 눈은 정직했다. 제가 실망한 비주얼과 그것에 대한 반전, 요리를 하고 있는 천재 쉐프의 자세까지…….

글은 잘 쓰네.

"이은수 기자 공부 좀 해야겠어."

"네? 뭣 때문에요."

"이거 이 그릇 이름 알아?"

그녀가 소스가 담겨 있는 우아한 새 한 마리가 붙어 있는 소스 쿠프를 가리켰다.

"하얀, 아, 생각해 보니까 하얗지는 않았어요. 슬쩍 옆에 벗겨진 거 같던데. 뭐, 그 정도 쉐프니까 낡은 걸 놓았을 리는 없고, 그것도 나름 빈티지한 거라 생각하긴 했어요. 늘어진 대파하고 잘 어울리기도 했고. 그런데 뭐 그릇에 이름이 있어요? 그냥 접시 아닌가? 그건 소스 그릇이고."

"그러니까 공부를 하라는 거야. 이 라인은 리가드야. 이거 한 세트면 차 한 대 값이야."

"네?"

지금 은수의 웃음은 비웃음이 분명했다.

"그러니까 공부하라고. 나가서 저기 박 부장한테 자료 달라고 해. 공부 좀 해."

"뭐, 그릇 따위를……."

"하라면 해. 기사 검토하고 다시 메일로 보낼 테니까. 데이비드 류한테 검수 받아."

"아니, 그런 것도 해야 해요?"

어이가 없다는 표정에 대고 영선은 싸늘하게 대답했다.

"여긴 정치부 르포를 쓰는 데가 아니야. 기사를 써서 어떻냐고 물어보는 게 예의라고. 그 사람 비위 절대 거스르지 마. 알았어? 다음은 언제야?"

"금요일인가?"

"정신 차려! 이 기자한테 당장 가장 중요한 건 이 기사라구!"

영선은 소리를 안 지르려야 안 지를 수 없었다. 물론, 뱃속 한구석은 근질근질해서 넘어질 지경이었다. 이게 꿈인가 생시인가. 정말로 데이비드 류의 목소리란 말이지. 그녀는 은수가 나가자마자 받은 usb를 꽂고 녹음 파일을 플레이했다.

"칼소타다. 칼솟이라는 양파의 한 종류인 식물을 불에 익혀 만드는 음식입니다. 스페인 카탈루냐 지방의 전통음식이죠."

정말 목소리도 다르네. 영선은 속으로 외칠 수밖에 없었다. 저거 물건일세!

"참, 내 원 이게 무슨. 그냥 그릇에다 놓고 먹으면 되지. 뭐, 백만 원짜리 그릇에 먹으면 단무지가 피클로 변신하나?"

파일철을 받아 든 은수는 열어 보자마자 밑에 써 있는 숫자들을 보고 기가 막히고 코가 막힐 지경이었다.

"아니, 이거 전체가 아니라 이거 접시 하나 가격이라고? 장난하나."

열을 내고 있는데 전화기가 울렸다. 액정의 글자를 읽자마자 그녀는 전화기를 들고 복도로 나섰다. 제 일거수일투족을 신기한 듯 바라보는 그릇 세상의 기자들의 시기와 신기함 따위의 눈빛을 받는 건 익숙했지만 전화 내용은 극비였다.

"어, 말해."

〈왜? 볼륨은 죽이고 난리야?〉

"아까 리빙 파트 사무실이었거든. 죽을 거 같아. 나 저기 한 달만 있으면 내 머리가 사기그릇이 돼 버릴 지경이거든. 아, 그런데 어떻게 됐어?"

기둥 뒤에 숨어 소리까지 낮춘 상태였다. 그녀는 누가 지나가나 유심히 살펴보고 있었다.

〈천안 공장에 있는 건 확인했어. 그런데 금액도 크고 해서 우리 쪽에 응해 줄지는. 게다가 내가 요즘 바빠서 말이지.〉

"아우, 됐어. 내가 있잖아. 한가한 내가."

〈그래도. 니가 되겠어? 나이 지긋한 아저씨인데.〉

"아저씨 전문이지."

전화기 저쪽에서 망설이는 듯하다가 다시 말이 이어졌다.

〈아니, 우선 내가 해 보고. 또 어디까지 아는지는 순전히 내 촉이니까. 내 촉이 믿을 만하긴 하지만 좀 더 정황 보고 확실하면 그때 찌르자고, 괜히 설레발쳐서 망치지 말자. 하여튼 그렇다고.〉

"자세한 거 문자 보내. 아니면 메일로 보내든지. 어딘지는 알아 놓자."

〈됐다. 더 알면 보낼게. 너한테 서투른 짓했다 니가 천안에 죽치고 있는 꼴 보고 싶지는 않다.〉

“아냐, 아니라니까.”

〈됐어. 하는 일은 잘 되고?〉

“그럼, 대박이지. 엄청난 미남 하나 꼬시는 중이다. 1단계는 성공했어.”

은수의 얼굴에 드디어 웃음이 퍼졌다.

〈그 식당 주인?〉

아마 편집장이 들으면 기절할 멘트였다. 식당 주인이라니. 하지만 맞는 말 아닌가. 식당 주인 겸 주방장.

〈야, 잘난 놈들 얼굴값 한다. 절대 가까이하지 마.〉

의외로 질색을 하는 목소리가 더 재밌어진 은수가 말을 이었다.

“아냐. 이번에는 레벨이 달라. 꼬시고 싶은 마음이 막 솟는다니까. 돈도 대박 많더라.”

〈아서라, 아서. 정신 차려. 야, 나 가야 돼. 하여튼 조심해. 그런 놈들 다 속은 시커멓다니까.〉

“아이고, 알았다. 난 너밖에 없지. 아무렴! 나야 지훈 씨밖에 없지!”

〈끊는다. 조심!〉

신신당부를 하는 게 더 우스웠다. 전화를 끊고 나서 은수는 열심히 검색을 시작했다. 중요 부품 공장 중에 천안에 있는 것이라.

“강지훈, 너만 아는 방법이 있냐? 그 정도면 이 누나가 다 뚫을 수 있거든.”

히죽거리면서 그녀는 다시 사무실로 향했다.

혹시나…… 그녀는 저도 모르게 뛰어 들어갔다.

“자이언트 떡볶이 있어요?”

“하나 있을걸요.”

소리를 듣자마자 뒤듯이 뒤져서 드디어 찾아냈다. 은수는 주섬주섬 캔 맥주와 육포도 하나 챙겼다. 그리고 필수인 스트링 치즈까지.

그럭저럭 만족스러운 하루였다. 이따가 폭풍 검색과 연줄을 이용하여 천안에 있는 공장까지만 알아내면 아마 더욱더 만족스러울 것이었다. 그러나 문제는 불닭 볶음면으로 차지 않는 성이었다. 우연히 처음 보는 편의점에서 드디어 그녀가 오매불망하던 자이언트 떡볶이를 쟁취하고 나서야 기분이 좋아졌다.

하루 종일 갑갑했던 옷을 갈아입고 샤워를 하고 제 좁지만 편안한 소굴에서 오늘 쓴 기사를 컴퓨터 화면에 걸어 놓고 즐기는 떡볶이 만찬이란!

"이상하다……."

분명히 제가 즐겨 쓰는 방법으로 성심껏 요리를 했다. 물론 요리라는 게 물을 넣고 전자렌지에 돌린 후에 다시 치즈를 넣고 돌린 것뿐이지만 제가 꿈에서 그리던 그 자이언트한 맛이 아니었다. 불닭 볶음면이야 아침부터 먹은 달착지근한 대파 속과 고소함이 지나친 소스의 맛을 중화시키기 위해 드링킹 해 준 것이라 맛있었지만, 이상하게 거슬리는 것 같은 단맛과 전형적인 인스턴트 맛이라니.

"이상하다……."

그래도 배도 고프고, 또 먹고 싶어 했던 거니까 꾸역꾸역 다 먹긴 먹어야 했다. 먹고 나서 화끈거리는 입안을 시원한 맥주로 마무리를 했으나 영 제가 꿈꾸던 그 맛이 아닌 듯싶었다. 이상하다……. 아무리 이상하다를 외쳐 봐도 역시 이상했다.

은수는 메일을 확인했나 보니 확인은 진작 한 듯 보였다. 뭐라 말이 없긴 한데. 그녀는 제 컴퓨터에 든 사진들을 다시 펼쳐 보았다. 절대 허락 없이 제 사진을 올리면 안 된다는 조항이 있기에 마구 찍어 대면서 슬쩍슬쩍 나온 인물 사진은 모두 킵 해 놓은 상태였다.

요리사들이 입는 그런 하얀 제복이나 왜 쓰는지 모를 해발 십 미터쯤 되는 요란한 요리사용 모자가 아니라, 남자는 깨끗하고 단정한 드레스 셔츠에 간단한 앞치마를 두른 채였다. 단추가 두 개 정도 풀어져 있고 소매는 단정하게 걷어 올린 모습은 마치 학교에서 강의를 하는 젊은 대학 강사라고 해도 괜찮을 만한 차림새였다.

그리고 능숙하게 불꽃이 너울거리는 커다란 화덕에서 대파를 굽고, 휘리릭 몇 가지를 갈더니 금방 소스를 만들어 내밀었다. 그때야 파의 처참한 비주얼에 놀라 정신이 없었지만, 사진으로 보니 그냥 척척 담은 것 같은데도 저 하얀, 아니 하얗지는 않고 희끄무레한, 편집장이 기절할 만큼 비싼 접시에 재 하나 묻히지 않고 담은 것도 이제야 눈에 들어왔다.

전문가는 전문가군.

프로필상 나이는 겨우 서른다섯이었다. 태어나서부터 요리를 했을까? 제 나이 스물아홉이라지만 솔직히 할 줄 아는 거라곤 라면 끓이는 것밖에 없었다. 간단한 김치볶음밥 따위조차 요즘 말하는 요리고자라는 말이 어울릴 정도로 처참한 비주얼을 보여 주기에 요리라는 건 일찌감치 제 능력 밖이라고 몰아 버렸었다.

사람이 먹는 것을 만드는 데 돈도 받지 않는다면 시간과 정성을 들여 무엇하는가. 그건 낭비다, 라고 정의를 내린 후에는 사 먹거나 간단하게 때우는 게 일상이었다. 그 시간과 정성이면 차라리 뭔가 남는 일을 하는 게 낫지, 어차피 배만 채우면 그만인 음식 따위에 그렇게 난리를 떠는 건 여전히 이해할 수 없었다.

아무렴 여자는 꼭 요리를 해야 하고 결혼을 해야 하고, 그럴 필요는 없는 세상이었다. 당장 제 어머니만 봐도 할 줄 아는 요리가 있을까 싶으니까. 이게 흉이 된다고 생각하진 않았다.

그렇지만, 음식 만드는 것에 대해 대단한 능력을 가진 사람이 옆에 있다면 어떤 기분일까. 사진 속의 남자는 정말 잘난 게 틀림없었다. 그러나 그건 제 팔자 밖의 일이었다.

"다음엔, 또 뭘 만들어 주려나."

그새 김이 빠지고 온도가 올라가 밍밍해져 버린 캔 맥주를 홀짝거리면서 다시 중얼거렸다. 결코 그 유명한 쉐프가 저를 위해 요리를 하는 건 아니었다. 그래도 결국 기사를 쓰려면 제가 맛봐야 하는 거니까. 다시 생각하면 저를 위해 요리를 하는 것 같은 느낌이었다.

그렇게 생각하니 갑자기 흐뭇해졌다. 게다가 뭐 남의 것이든, 어쨌든 간에 잘생긴 남자를 보는 건 눈이 호강하는 일이니까.

## 7. 아티초크

약간은 신경질적인 걸음으로 승제는 그랜드 호텔의 레스토랑 Chapter1에 들어섰다. 우습게도 입구에 서서 손님들을 안내하던 매니저가 그를 알아보고 주춤하며 크게 놀라더니 말을 제대로 못 하고 버벅거리기 시작했다.

"어, 어…… 여기는 대체 무, 무슨 일로 오신 겁니까?"

고급 레스토랑의 매니저답지 않은 대응에 그가 얼굴을 냉랭하게 굳히고 되물었다.

"이 레스토랑은 손님에게 왜 왔냐고 묻는 게 인사입니까?"

차가운 어조로 제게 묻는 손님의 말에 매니저는 도리어 어이가 없었다. 당당하다 못해 오만할 정도의 태도로 저를 내려다보는 남자는 그녀도 아는 사람이었다.

한때는 예약을 다 받지 못할 정도로 인기가 좋던 Chapter1이 이쪽 계통에서 2순위로 밀려나게 된 것은 다 저 남자가 운영하는 비쥬 블랑쉐 때문이었다. 그러니 그녀가 그를 모를 수가 없었다. 게다가 지배인님이 언뜻 보여 주었던 작은 사진과는 비교도 안 될 정도로 실물이 몇 배는 더 잘생긴 남자는 존재감마저 강렬했다.

제 모습이 프로답지 못한 모습이라는 건 알지만 평소 Chapter1의 경쟁 상대며 뛰어넘어야 할 존재로 늘 거론되는 곳의 주인을 막상 마주하니 당황스러운 게 사실이었다. 그리고 오늘은 일주일 중 가장 바쁜 금요일 디너 시간이었다. 그런데 경쟁 레스토랑에 등장하다니, 대체 여긴 왜 온 걸까?

그녀가 반쯤은 남자의 외모에 홀리고 반쯤은 그의 황당한 등장에 홀려 정신을 차리지 못하고 있을 때, 어디선가 지배인이 달려왔다.

"아, 오셨습니까? 오랜만에 뵙습니다."

정중하게 허리를 숙이는 지배인에게 승제는 불쾌한 표정을 풀고 마주 고개를 숙여 인사를 했다.

"건강하시죠?"

승제의 물음에 머리가 희끗한 지배인이 황송해하며 고개를 끄덕였다.

"네, 염려해 주셔서 감사합니다. 가족분들 먼저 와 계십니다. 안내해 드리겠습니다."

지배인이 안내해 준 문 앞에서 그는 치밀어 오르는 염증을 애써 삼켰다. 저 안에서 아무렇지도 않게 가식과 위선으로 가득한 연극을 하고 있을 사람들을 마주해야 하는 것이 달갑지 않았다.

하지만 살다 보면 싫어도 해야 할 일들은 많았다. 게다가 슬프게도 저들은 그의 가족이었다.

"늦었구나."

막 들어서는 승제를 곁눈질도 하지 않고 잘못을 지적하는 사람은 그의 아버지였다. 보좌관을 옆에 세우고 테이블에 한가득 서류를 놓고 뒤적이고 있는 태석은 이제 중년을 지나 노년에 가까워져 있었다. 하지만 그럼에도 아직 권력의 한쪽 저울을 좌지우지할 정도로 음모와 권모술수에 능한 남자였다.

"일찍 좀 다니렴. 온 가족이 널 기다려야겠니?"

아버지의 옆에서 그 무엇에도 관심 없다는 듯, 그러나 또한 우아한 태도로 식전주를 홀짝이고 있는 어머니 윤정은 권태롭고 아름다워 보였다. 이른 나이에 결혼해 그의 형을 낳기도 했지만 현대의술의 도움으로 그녀는 40대 중반으로까지 보일 정도였다. 안타까운 것은 그럼에도 와인잔을 잡고 있는 손은 나이를 속이지 못한다는 점이었다.

"사무실 다시 들어가 봐야 하니까 늦지 말라고 했잖아?"

그의 형 승수가 불쾌함을 감추지 않고 기어이 한마디를 뱉었다.

"미안하군. 갑작스런 호출에 바로 달려올 만큼 한가하지 못해서."

손톱만큼도 미안해하지 않는 어조로 미안하다 말하는 승제의 태도에 형 승수가 참지 못하고 이죽거리기 시작했다.

"네가 직접 서빙을 하는 것도 아닐 텐데 뭐가 바쁘다는 거야?"

고개를 까딱이는 것으로 문 옆에 장식처럼 서 있던 웨이터에게 식사를 시작하라 지시한 승수가 제 말에 동의를 구하듯 옆에 앉은 부인에게 물었다.

"안 그래?"

"그럼요. 하지만 아랫사람들을 그냥 내버려 두면 일을 얼마나 엉망으로 만드는지 당신도 알잖아요."

더 이상 시끄럽지 않도록 남편을 다독인 민아가 승제를 보고 인사를 건넸다.

"오랜만이에요, 도련님."

매끄러운 태도로 웨이터에게 손짓을 해 물을 따르게 하는 형수 민아는 이름 있는 기업의 막내딸로 평생 곱게 자란 사람이었다. 또한 사람을 부리고 또 제 아래에 두는 것이 익숙한 사람이었다.

"네. 안녕하세요?"

승제는 깍듯하게, 그러나 무미건조한 어조로 인사를 하고 제 자리에 앉았다.

식사는 물 흐르듯이 그리고 조용히 이어졌다. 제 레스토랑이 한창 바쁠 시간에 경쟁 상대인 레스토랑에 앉아 식사를 하는 자신의 모습이 우스웠지만 그건 승제 혼자만의 생각인 듯했다. 하긴, 그를 제외하고는 가족들 전부 직업에 귀천 정도가 아니라 사람에 귀천이 있다고 생각하는 사람들이었다.

승제가 그의 레스토랑에서 남들에게 허리를 숙이는 모습 자체가 그들에게 수치일 게 분명했다. 그러니 제가 참석하겠다고 한 가족 모임 자리를 굳이 이런 날 이런 곳으로 정한 것임이 분명했다.

승제는 삐뚜름하게 입매를 비틀며 웃었다. 하긴, 무슨 상관이랴? 제가 굳이 이런 자리에 참석하고 가족들과 연을 끊지 않는 것은 아직 남은 것이 있기 때문이었다.

"소장파 모임 발언 수위 조절하도록 해. 당내 여론과 너무 다르게 튀어 봤자 좋을 것 없어."

"젊은 유권자들에게 어필할 필요가 있어요. 언제까지 노년층에 표를 기대할 순 없잖아요."

아버지와 형이 서로의 일에 대해 이야기할 때 시어머니와 며느리는 다정을 가장한 가식으로 서로를 챙겼다.

"오늘 샵에 신상이 들어온다기에 색상별로 네 거 챙겨 두라 일렀다. 가서 맘에 들면 다 하든지, 아니면 네 맘에 드는 색으로만 고르든지 알아서 하렴."

"감사해요, 어머님. 안 비서 시켜서 차에 뭘 좀 실어 놨어요. 친정어머니가 여행 다녀오시면서 선물을 사 오셨는데 마음에 드실지 모르겠어요."

선물이라는 말에 윤정이 부드러운 미소를 지었다.

"안사돈 안목이야 워낙 뛰어나신데 무슨 걱정이니?"

겉으로 보기엔 더없이 사이좋은 고부간이었지만 이 두 사람이 서로를 싫어하는 건 승제도 아는 일이었다. 윤정은 공주처럼 곱게 자라 뭐 하나 제 스스로 할 줄 아는 것 없는 민아를, 그리고 민아는 그저 돈을 쓰는 낙에 사는 윤정을 서로 경멸했다.

재미있었다. 식사를 하면서 한편의 연극을 감상하는 기분은.

"아 참, 희수 씨 파리에 갔다면서요? 도련님도 같이 가신 줄 알았더니 아니었나 봐요."

그러나 승제가 잠시 잊고 있는 것이 있었다. 민아가 그도 그다지 좋아하지 않는다는 사실을.

승제는 와인잔을 들어 쓸데없는 사실을 굳이 밝혀 준 형수에게 건배를 보냈다.

차분하게 대화가 이어지던 식사 자리에 누가 stop 버튼을 눌러 놓은 것처럼 정적이 흘렀다. 막상 폭탄을 던진 당사자는 아무것도 모른다는 것처럼 천진하게 식사를 이어 갔지만 윤정의 눈빛이 사납게 변한 것은 굳이 확인하지 않아도 아는 일이었다.

"너, 나 좀 보자."

아버지가 식사 후 모임이 또 있다며 자리를 뜨자 가족 모두 제각기 헤어지려 일어서던 그때, 윤정이 승제를 불러 세웠다. 뭐라 말할지 뻔히 알고 있는 승수와 민아가 인사를 하고 떠나자 승제는 심드렁한 태도로 다시 자리에 앉았다.

"말씀하세요."

하지만 윤정은 신중하게 뒤에 대기하고 있던 웨이터 둘을 손짓으로 내보내고서야 겨우 입을 열었다.

"대체 언제까지 이럴 생각이니? 언제까지 내가 이런 일에 신경을 써야 해? 언제쯤 제정신을 차릴 거야!"

히스테릭하게 윤정이 그를 다그치자 승제는 실소를 지었다.

"글쎄, 제가 늘 제정신이었다고 말하면 믿으실 거예요?"

느릿하게, 그러나 위압적인 태도로 자리에 일어선 그는 윤정에게 몸을 숙여 얼굴을 마주 보았다.

"안 믿으실 거잖아요. 그러니까 아무렇지도 않게 남의 인생을 그렇게 엉망으로 만드신 거겠죠. 그러니까 자꾸 상기시키지 마세요. 진짜 무슨 일을 벌이는 걸 보고 싶지 않다면."

안심하라는 듯 윤정의 어깨를 도닥인 승제가 잊은 듯 한마디를 덧붙였다. 곱게 한 화장 아래의 얼굴이 분노로 인해 붉게 변하는 걸 보면서 그는 차갑게 돌아섰다. 기대 같은 것도 없었지만 역시나 예상대로 끝난 식사 자리의 뒤끝이 씁쓸한 건 어쩔 수 없었다.

승제는 단호한 걸음으로 제 어머니에게서 멀어졌다.

◈

그녀가 찾아온 것은 그가 메일을 돌려보낸 지 정확히 두 시간 뒤였다.

"쉐프님, 누가 찾아오셨는데요?"

"누가?"

"이은수 기자라고 하면 알 거라고 하셨습니다."

승제는 이마를 슬쩍 찡그렸다.

오늘은 레너드가 디너에 출근하는 날이었다. 그래서 점심 준비를 하는 주방은 그가 맡고 있었다. 그녀가 찾아온 용건이 무엇인지 알고 있었지만 그는 무작정 쳐들어온 이은수를 당장 만나야 할 이유도, 시간도 없었다. 그 용건이 급한 거라고 해도 그건 그녀의 사정이었지 그의 사정은 아니었다. 게다가 그녀와 약속된 시간은 저녁이었고, 장소 또한 이곳은 아니었다.

"기다리든지 아니면 원래 약속한 시간과 장소로 다시 오라고 해."

툭 하고 떨어진 말에 젊은 매니저는 두 번 묻지도 않고 고개를 끄덕이며 돌아갔다. 그리고 그는 바로 은수를 잊었다. 주방 막내가 미끄러져 넘어지면서 기껏 준비한 트러플 소스를 손님이 아니라 주방 바닥에게 선사한 때문이었다.

"너, 나가!"

당장에 분노한 승제의 목소리가 내리꽂혔다. 서둘러 다들 바닥을 치우고 눈치를 보는 살벌한 분위기에서도 주문은 쏟아졌다.

"첫 주문이다. 코스 A 둘, 코스 B 하나. A코스 하나는 프아그라 겉을 바싹하게 익혀 줄 것. B 코스 금태구이 하나는 피스타치오 퓨레 대신 오렌지 소스로 바꿀 것. 견과류 알레르기 있는 손님이니 다른 메뉴에도 견과류는 빼고 준비한다."

"네!"

"옙!"

모두들 일사불란하게 움직이며 주문을 소화했지만 그 뒤 마지막 주문이 나갈 때까지 그들은 전부 지옥을 맛봐야만 했다.

"수고하셨습니다."

마지막 디저트가 나가자 일제히 승제를 향해 인사를 했다. 하지만 그렇다고 일이 다 끝난 건 아니었다. 마지막 손님이 자리를 뜰 때까지 모두들 대기 상태로 있어야만 했다.

"사장님."

홀의 여자 매니저가 잰걸음으로 주방으로 들어와 승제를 불렀다. 긴장한 표정에 심상치 않은 기운을 느낀 승제가 대뜸 질문을 했다.

"무슨 일입니까?"

곤란하다는 듯 승제의 뒤를 힐끔 바라본 매니저가 입을 열었다.

"그게 최 의원님이……."

뒷말을 흐렸지만 승제는 굳이 말을 하지 않아도 알 수 있었다.

"가죠."

쓰고 있던 쉐프 모자를 벗고 승제는 매니저를 따라 홀로 나왔다. 식전주가 과했는지 얼굴이 벌겋게 달아오른 최 의원은 홀에서 서빙을 담당하는 여직원 하나를 잡고 화를 내고 있었다.

"이거 어떻게 할 거야! 회원제 레스토랑이라고 큰소리치더니 직원 교육 하나도 제대로 못 하나!"

대부분의 손님이 빠져나가고 남아 있는 손님이 얼마 없었지만 그 몇몇 남은 손님에게 들으란 듯 최 의원은 손녀뻘인 웨이트리스에게 목소리를 높이고 있었다.

"죄송합니다, 죄송합니다."

연신 고개를 숙이며 사과를 하는 여직원은 금방이라도 울 것 같은 얼굴이었다. 지배인이 옆에 서 있었지만 역시나 별 소용이 없는 듯했다. 승제는 여직원과 최 의원 사이로 걸어가 고개를 숙였다.

"죄송합니다. 저희 직원이 무슨 실수를 한 모양인데 주의시키도록 하겠습니다."

그가 나타나자 최 의원이 기다렸다는 듯 역정을 냈다.

"류 사장, 정말 실망이야. 자네 아버님과의 연도 있어서 내가 일부러 여길 오는데 이게 대접하는 건가?"

서둘러 수습하려 애쓴 듯했지만 테이블에 얼룩진 갈색 물이 확연히 보였다.

"죄송합니다. 테이블 옮겨서 후식을 새로 드리겠습니다."

깍듯한 승제의 대응에도 뭔가 못마땅한 듯 입맛을 다시던 최 의원의 손가락이 애써 진정하려는 여직원을 향했다.

"큼. 저런 직원을 이렇게 품격 있는 식당에서 쓰면 되겠나? 커피 하나도 제대로 못 나르고 메뉴 설명도 똑똑하게 하지 못하는 직원을 말일세. 영…… 격에 맞지 않아서 사람들이 오겠나 말일세."

제게 직원을 자르라고 대놓고 요구하는 몰상식에 승제의 눈가가 미세하게 일그러졌다. 최 의원이 이렇게 나오는 이유를 그는 알고 있었다. 하지만 못마땅한 손님이라도 최대한 예의를 갖추어야 했다.

"의원님의 충고도 있었으니 다신 이런 실수는 없도록……."

그는 뭔가를 더 말하려고 했다. 하지만 어디선가 튀어나온 발랄한 목소리 때문에 제가 무엇을 말하려고 했는지조차 잊고 말았다.

"어머, 의원님 안녕하세요?"

어디서 나타났는지 인사와 함께 목에 걸고 있는 커다란 카메라를 들어 보인 은수가 과하게 활짝 웃었다.

"이은수 기자예요. 기억하시죠? 저번에 저한테 '싸가지 없다.' 고 화내셨잖아요."

예쁜 얼굴에서 튀어나오는 거침없는 단어에 승제의 옆에 서 있던 여자 매니저가 웃음인지 울음인지 모를 이상한 신음 소리를 냈다.

"흠흠. 글쎄, 기억이 안 나네만."

"아, 그러시구나. 저는 참 기억에 남아서 그때 녹음 파일도 소장하고 있거든요. 뭐, 어쨌거나 그건 상관없죠. 저만의 추억으로 간직할게요."

종알종알 쉴 새 없이 떠들던 은수가 방긋방긋 웃던 웃음을 싹 지우고 최 의원에게 고개를 숙였다.

"그런데 오늘 국회 예산안 심의하는 날 아닌가요?"

그녀의 지적에 최 의원이 약점을 찔린 듯 움찔하며 변명을 했다.

"그게…… 점심 먹고 가려고 하던 참일세."

"물론 그러셔야죠. 어제도 빠지셨던데 말이죠. 의원님 지역구 주민들이 국회 회기 절반도 출석 안 한 걸 알면 얼마나 속상하겠어요. 거기다 중요한 지역 예산 결정을 팽개치고 고급 레스토랑에서 여직원 희롱한 걸 알면 얼마나 배신감을 느끼겠어요."

안타깝다는 듯 두 손을 맞잡고 고개를 끄덕끄덕하는 은수의 말에 최 의원이 펄쩍 뛰며 부인을 했다.

"무슨 말인가! 내가 누굴 희롱했다는 거야?"

재선까지 성공해 어깨에 힘이 들어갈 만큼 들어간 의원의 호통에도 은수는 능청스럽게 카메라를 만지작거리며 대꾸했다.

"그게 요즘 카메라가 사진만 찍는 게 아니고 동영상도 찍고 그걸 바로 SNS에 올릴 수도 있더라고요. 게다가 참 운이 좋게도 제가 의원님이 아주 잘 보이는 저 자리에 앉아 있었거든요."

은수의 말에 당황도 할 법한데 최 의원이 헛기침을 몇 번 하더니 애써 점잖게 대답했다.

"에, 흠흠. 뭔가 오해한 것 같은데 나는 그냥 손녀딸 같은 아가씨가 고생하는 것 같아 다독여 준 것뿐이야.

뻔한 변명에 그녀가 턱을 쓰다듬으며 중얼거렸다.

"글쎄, 꼭 엉덩이를 쓰다듬으면서 격려할 필요는 없어 보이던데 말이죠. 그 격려에 감동 받을 사람들이 많을 것 같은데, 그럼 의원님의 독특한 '격려'에 대해 기사 한번 써 볼까요?"

어지간한 일에 눈 하나 깜빡하지 않을 최 의원도 이건 아니다 싶었는지 순식간에 사색이 되었다. 반대로 여유 넘치는 모습의 그녀는 뭔가 고민하는 듯 갸웃거리더니 곧 활짝 웃으며 한 가지 제안을 했다.

"그렇지만 뭐, 좋은 게 좋은 거라고 다음에 제가 신세질 일 있을 때 도움 한번 주시면 굳이 이걸 올릴 필요는 없을 것 같은데요."

카메라를 흔들어 보이는 은수에게 최 의원이 곧 죽어도 못쓸 거드름을 피우며 큰소리를 쳤다.

"거…… 그런 거 아니라는데, 참. 괜히 오해 사게 그런 거 올려 봐야 자네나 나나 좋을 게 뭐 있나. 그러니 나중에 어려운 일 있으면 내 도와줄 테니 찾아오게. 흠흠."

어물쩍 넘어가며 여전히 거만하게 굴던 최 의원이 자리를 털고 일어섰다.

"이만 가지. 나도 국회에 들어가 봐야 하고, 자네도 회의 있다고 안 했나?"

앞에 앉은 지인을 다그치며 자리를 피하려던 최 의원을 승제가 막아섰다.

"의원님, 조금만 기다려 주시면 후식 다시 준비해 드리겠습니다."

공손하지만 뭔지 모를 위압감에 최 의원이 흠칫 놀라 몸을 움츠렸다.

"아닐세. 내가 좀 급해서 말이지."

승제를 피해 주춤주춤 뒤로 물러선 최 의원이 꽁지가 빠져라 레스토랑을 나가는 모습은 꽤 볼만했다. 그리고 그 뒤에 대고 안녕히 가시라고 손을 흔들고 있는 이은수는 천진난만하기만 했다.

승제는 신나게 팔을 흔드는 은수의 앞에 다가섰다.

"대체 여긴 왜 있는 겁니까?"

"저기요, 먼저 고맙다고 해야 하는 거 아니에요?"

불만 가득한 얼굴로 툴툴대는 은수의 목소리가 제법 컸다. 하지만 은수가 화를 내거나 말거나 상관없이 승제는 아직 남아 있는 몇몇의 손님들에게 정중히 사과의 목례를 건넸다.

"내 사무실에 가서 기다려요."

매니저를 불러 그녀를 떠넘긴 그는 즉시 웨이터들을 불러 테이블을 정리하게 하고 지배인과 주방으로 자리를 옮겼다.

"최 의원은 여직원에게 서빙을 맡기면 안 된다고 했지 않습니까?"

다들 쉬쉬했지만 최 의원은 손버릇 나쁘기로 유명한 사람이었다.

"그게 제가 잠깐 다른 손님 응대를 하는 사이에 굳이 지영 씨를 지목해서 얘기하셔서 그런 모양입니다."

지배인의 설명에 승제가 언짢은 표정을 지었다.

"이런 일 없도록 직원 모두에게 얘기해 두시고, 특히 여직원들은 그런 자리는 미리 피하도록 다시 당부해 두세요."

"네, 알겠습니다."

지배인이 고개를 끄덕이며 대답하자 승제는 saute 라인인 기문을 불렀다.

"레너드 출근 전까지는 사무실에 있을 테니 혹시라도 무슨 일 있으면 연락해."

"네, 걱정 마세요."

기문이 싹싹하게 대답했지만 승제는 못 믿겠다는 듯 싸한 눈초리로 스텝들을 바라보며 주방을 나섰다. 레너드는 즐거운 마음에서 만드는 요리가 맛도 있다고 하지만 승제는 그렇게 생각하지 않았다. 늘 주방에서는 긴장을 하고 있어야 한다.

긴장을 풀고 즐기는 건 집에 가서 가족을 위해 요리할 때나 맞는 이야기였다. 그들이 있는 곳이 놀이공원이 아니라 일터이며 온갖 위험한 도구들이 넘쳐나는 곳이라는 걸 주지시켜 주지 않으면 사고는 잊지 않고 찾아오기 때문이었다.

오늘도 뜨거운 소스가 바닥이 아니라 주방 막내의 몸 어딘가에 쏟아졌다면 대형 사고가 되었을지도 몰랐다. 레너드에게 다시 한 번 주의를 시키도록 해야겠다고 생각하며 승제는 제 사무실의 문을 벌컥 열었다.

찰칵!

플러시까지 터뜨리며 승제의 정면에서 카메라가 번쩍였다.

"뭡니까?"

"촬영 연습요?"

능청스러운 대답에 승제가 카메라를 가리키며 싸늘하게 명령했다.

"당장 지워요."

입술을 삐죽거린 은수가 카메라 버튼 몇 개를 만지는 사이 승제가 제 자리에 앉아 서류를 뒤적거렸다.

"여긴 대체 왜 온 겁니까?"

쳐다보지도 않고 묻는 말에 은수가 입술을 삐죽였다.

"인사할 줄 모르세요? 안녕하세요? 잘 지냈어요? 아까는 고마웠어요. 뭐, 이런 거 말이죠."

"아까 그 일은 고맙지만 앞으로는 사양하죠. 우리 레스토랑에서 손님들 뒤를 캐는 기자가 상주한다고 소문나는 건 반갑지 않으니까요."

잠시 말을 멈춘 그가 고개를 들었다.

"그래서 잘 지냈습니까?"

과장된 몸짓으로 그녀가 두 손을 맞잡았다.

"어머, 물어봐 줘서 감사해요. 어때 보이세요?"

그녀의 질문에 승제가 의자에 기대며 들고 있던 펜을 책상에 툭 하고 던졌다.

"수수께끼입니까?"

눈가를 찡그린 그가 고개를 기울이더니 대답했다.

"난 잘 지냈습니다만, 이은수 씨는 별로 안녕하지 못한가 보군요."

"글쎄, 칼소타다인가 칼소 다 타 버려인가를 본 편집장님 반응이 제 반응의 한 3배쯤이었다고만 하죠."

심히 시비조인 그녀의 말투에 승제 또한 삐딱해졌다.

"그래서 여긴 왜 온 겁니까? 약속은 저녁 아닙니까?"

그의 물음에 그녀가 가방을 뒤적거리더니 종이 뭉치를 꺼내 놓았다.

"잊으셨어요? 메일 보내셨잖아요. 우리 편집장님이 당장 가서 위대한 류 셰프님의 기사가 뭐가 문제인지 물어보고 죄다 고쳐 놓으라고 명령을 하시니 별 수 없잖아요? 정확히 어디가 어떻게 이상하다는 거예요?"

그녀의 대답에 그가 은수가 내민 종이 뭉치를 집어 들었다.

"지금 이 기사 때문에 왔다는 겁니까?"

겨우 이런 것 때문에라는 말이 빠져 있었지만 눈치 빠른 여자는 바로 알아들었다.

"네, 그 기사 때문에요. 류 쉐프님이 '마음에 들지 않으니 다시 써요.' 라고 보내셨잖아요."

승제는 등받이가 높은 제 의자에 등을 기대고 은수를 빤히 바라보았다. 솔직히 말해서 아까 그녀가 '싸가지' 라는 단어를 꺼냈을 때부터 그는 웃음을 터트리고 싶었다. 황당한 여자였다. 첫 등장이 그랬던 것처럼.

승제는 일어서서 장식장에 있는 접시 하나를 꺼내 들었다.

"말해 봐요. 이게 뭔지."

그가 내민 접시를 바라보며 여자가 미간에 주름을 잡았다.

"음…… 꽃 접시요?"

헤렌드 퀸 빅토리아 접시를 보고 꽃 접시라니. 담백한 기사에 맞지 않게 끼워 넣은 그릇과 커트러리에 대한 장황한 설명이 단박에 이해가 되었다.

"이은수 씨, 이쪽 일한 지 얼마나 됐습니까?"

그의 질문에 눈동자를 또르르 굴린 여자가 시침을 떼고 대답했다.

"몇 년 됐는데요."

그의 눈이 가늘어졌지만 그렇다고 물러설 여자는 아니었다.

"그렇다고 하죠."

뻔히 드러난 상황을 태연한 얼굴로 버티는 여자가 우스워 그는 더 추궁하는 건 그만두기로 했다.

"그래서 어딜 고치란 건데요?"

장식장에 접시를 고이 돌려주고 나자 은수가 그에게 기사를 출력한 종이 뭉치를 다시 내밀었다.

"됐어요. 고칠 필요 없으니 그대로 써요."

그의 대답에 당장 여자의 표정이 오묘하게 변했다.

"농담하세요?"

승제가 내가 농담 따윌 할 것 같냐는 무표정한 얼굴로 은수를 바라보자 그녀가 눈꼬리를 사납게 치켜세웠다.

"아니, 안 고쳐도 될 기사를 왜 고쳐야 한다고 해서 절 몇 시간이나 기다리게 하신 거예요?"

그는 은수가 흔들고 있는 종이 뭉치를 그녀의 두 손에 꼭 안겨 주었다.

"약속한 요리를 내가 다 완성하고 이은수 씨가 마지막 기사를 작성할 때쯤에는 알게 될 겁니다."

무슨 뚱딴지 같은 소리냐고 여자가 눈을 부라리는 사이, 그가 입고 있던 조리복을 벗어 옷걸이에 걸었다.

“그리고 일찍 온 만큼 일찍 가면 되는 거 아닙니까? 다른 약속 있는 겁니까?”

그의 물음에 여자가 어깨를 으쓱하며 어물어물 대답했다.

“뭐, 딱히 약속이 있는 건 아니……”

“그럼 갑시다.”

더 들을 것도 없다는 듯 그가 앞서 나가자 그녀가 서둘러 그를 따라 나왔다.

“이게 뭐예요? 저번엔 대파구이더니 오늘은 공룡알 찜이에요?”

민우가 미리 준비해 둔 요리 재료를 본 여자의 감상에 승제는 저도 모르게 피식 새어 나오는 웃음을 애써 삼켰다. 커다란 업소용 화구 위의 웍 안에서 뚜껑이 덜거덕거릴 정도로 김을 가득 내뿜으며 익고 있는 것은 그녀의 말처럼 공룡알 같기도 했다. 물론 보통의 알과는 다르게 진한 초록색이었지만 말이다.

“창의적인 표현력이군요. 비슷한 별명이 있긴 합니다. 용의 비늘이라고도 불리니까.”

“그래서 이게 뭔데요?”

미심쩍은 표정으로 여자가 ‘초록색 공룡알’을 가리켰다.

“아티초크라고 합니다. 이름은 들어 보셨을 텐데 실물은 처음인 모양이군요.”

그의 설명에 그녀가 이마를 작게 접었다.

“설마 오늘도 제가 편집장한테 폭탄을 맞아야 하는 건 아니겠죠?”

“원하는 대로 프렌치 요리로 준비했으니 안심해요. 안 찍습니까?”

그의 지적에 은수가 눈을 날카롭게 치켜뜨며 카메라를 들었다.

“찍어야죠. 그걸 하러 왔는데.”

사진을 몇 장 찍던 은수가 냄비에서 나오는 김을 손짓으로 끌어당겨 냄새를 맡더니 고개를 갸웃거렸다.

“한약 냄새 비슷하네요?”

“끓일 때 냄새는 그렇지만 맛은 다를 겁니다. 녹음기 어디 있죠?”

은수가 주머니를 뒤져 작은 녹음기를 꺼내 주자 승제는 녹음 버튼을 누르고 제 셔츠 상의 주머니에 집어넣었다.

"오늘은 조리하면서 설명하기로 하죠. 아티초크는 먼저 로즈마리랑 드라이 어니언 플레이크 넣고 치킨 부이용 넣어 30~40분 삶습니다. 그냥 먹으면 떫은맛이 강합니다. 익히면 약간 달짝지근하면서 특유의 향이 은은하게 입안을 감돌죠."

국자로 소스를 끼얹으며 그는 설명을 이어 갔다.

"질감은 섬유질이 많아 죽순을 먹을 때와 비슷할 겁니다. 다른 음식의 단맛을 돋궈 주는 특징이 있어요."

"그래서 오늘의 요리 제목은 뭐예요?"

카메라를 얼굴에서 떼어 놓지 않은 채 찰칵이며 은수가 물었다.

"아티초크 코스."

원래 한 가지 재료만으로 코스를 만들지는 않았지만 독특한 재료를 활용한 요리를 보여 주고 싶었다. 다른 요리 재료를 손질하는 사이 아티초크가 익자 도마에 올려놓고 손질을 시작했다. 커다란 스푼 두 개로 잎 사이를 벌리고 윗부분을 통째로 들어내 싱크대에 던져 넣자 열심히 사진을 찍던 은수가 눈을 동그랗게 떴다.

"저걸 왜 버려요?"

당연한 걸 묻는 말에 승제가 무뚝뚝하게 대답했다.

"못 먹으니까요."

"왜요? 그걸 버리면 남는 것도 별로 없잖아요."

은수의 질문에 승제는 싱크대 안에 던진 아티초크의 윗부분을 집어 올렸다.

"이 부분은 옥수수수염 같은 겁니다."

그가 슬쩍 손으로 누르자 윗부분이 으스러지며 실을 촘촘하게 뭉쳐 놓은 듯한 모습이 드러났다.

"그럼 대체 뭘 먹는 건데요?"

"이 밑 부분하고 잎의 아랫부분을 먹는 거죠."

"정말 효율 꽝인 요리네요. 저 큰 공룡알에서 먹는 건 겨우 이 밑동이라니."

은수의 혹평에 승제가 비스듬히 웃었다. 정말이지 표현력 한번 적나라한 여자였다. 그는 적당히 두툼한 잎 하나를 떼어 그녀에게 내밀고 자신도 하나 떼어 손에 들었다.

"먹어 봐요."

뭔가 꺼림칙한 표정으로 손에 든 잎을 바라보던 은수가 승제가 하듯 이로 아래쪽 부분을 긁어 입안에 넣고 오물거렸다.

"약간 고구마 같기도 한데 향이 특이하네요."

"종종 생각나게 될 겁니다."

그의 장담에 그녀가 잠시 눈가를 찡그리더니 코웃음을 쳤다.

"별로 그럴 것 같지 않은데요."

"과연…… 그럴까요? 두고 보면 알겠죠."

승제가 대수롭지 않게 넘기며 다시 아티초크를 손질하기 시작했다.

식전주로 화려한 와인잔을 적당히 채운 것은 노란빛이 약간 도는 화이트 와인이었다. 색처럼 가볍고 적당한 단맛이 입맛을 돋우기 좋은 샤또 몽페라였다.

사진을 찍던 은수가 멀뚱멀뚱 테이블을 바라보고 서 있자 승제가 그녀를 재촉했다.

"안 마십니까?"

"이걸요?"

뜨악한 표정으로 와인잔을 가리키는 은수를 보며 승제가 당연하다는 듯 고개를 끄덕였다.

"기사를 쓰려면 먹어 봐야죠."

"그래도 일하는 중인데 술을, 거기다 저 혼자는 좀……."

난감한 표정으로 은수가 말끝을 흐리자 승제가 와인잔 하나를 더 가져와 잔을 채웠다.

"그럼 같이 한잔합시다."

건배라도 하자는 듯 그가 잔을 내밀자 답지 않게 머뭇거린 은수가 잔을 들어 올렸다.

"이은수 기자의 특종을 위해."

은수의 잔에 가볍게 제 잔을 부딪치며 승제가 건배를 했다.

"Santé!"

충동적인 행동이었다. 굳이 같이 마실 이유도 필요도 없었다. 하지만…… 무슨 상관이랴?

힘든 하루였다. 남들이야 그가 레너드에게 주방을 맡기고 사장 노릇이나 하며 가끔 주방에 기웃거리는 줄 알지만, 비쥬 블랑쉐처럼 규모가 큰 레스토랑에 쿠킹 클래스까지 운영하는 것은 보기만큼 그렇게 한가한 일은 아니었다.

승제는 잔을 들어 와인 한 모금을 머금었다. 산뜻하고 발랄한 느낌의 와인이 부드럽게 혀끝을 감싸고 목을 타고 넘어갔다.

"와! 이거 맛있네요. 와인은 고급이면 무조건 떫은맛이 나서 별로였는데 좋은데요?"

마음에 들었는지 달갑지 않아하던 태도를 확 바꾼 은수는 잔을 들어 남은 와인을 맛있다는 듯 홀짝였다.

"조심해요. 와인도 많이 마시면 취해요."

"걱정 마세요. 이 정도로 안 취해요."

입술을 삐죽인 그녀가 잔을 내려놓았다.

"이제 음식 사진은 필요한 만큼 찍고 그 뒤에는 편하게 먹도록 해요."

"좋죠."

크게 고개를 끄덕인 은수가 기대가 된다는 듯 짝 하고 박수를 쳤다.

그가 준비한 코스의 처음은 원뿔형으로 모양을 낸 가염버터와 프랑스인이 직접 운영하는 빵집에서 주문한 올리브를 넣은 하드 롤이었다. 겉은 바삭하고 안은 촉촉하고 부드러우며 올리브의 향이 은은하게 스며든 담백한 빵이었다.

여기에 크림치즈와 사워크림 레이아노 치즈를 섞어 아티초크를 다져 넣은 딥소스를 곁들이고, 전채 요리로는 간단하게 패스츄리 반죽에 피스타치오 가루를 묻힌 스틱과 참치슈와 사과젤리를 내놓았다.

그다음은 감자와 시금치를 갈아 넣고 아티초크를 다져 넣은 스프였다. 베이컨을 바삭하게 구워 장식으로 꽂고 크림으로 꽃무늬를 만든 초록색 스프는 부드러운 질감과 아티초크의 은은한 향이 특징이었다.

메인 생선 요리는 시금치와 아티초크를 밀가루와 반죽해 다진 관자와 새우를 넣고 동그랗게 만든 뒤 익혀서 당근 퓨레 위에 얹고 역시나 당근으로 만든 소스를 뿌렸다. 그다음 요리는 어린 송아지의 허벅지를 와인에 일주일간 숙성시켜 두었다가 구워 트러플과 아티초크를 섞어 만든 소스를 뿌린 고기요리였다.

"오! 이게 아까 그 공룡알?"

아티초크 샐러드는 아티초크의 밑동을 작게 잘라 토마토와 양파피클 약간 그리고 바삭하게 구운 빵조각을 흩뿌렸다. 특유의 오묘한 향과 바삭바삭한 빵, 그리고 상큼한 피클의 맛이 제법 잘 어울리는 이 샐러드는 꽤나 호불호가 갈렸지만 쉽게 만나기 힘든 요리였다.

"비주얼만큼은 최고군요. 그런 무시무시한 공룡알로 이런 예쁜 모양을 내다니. 이런 면에서 보면 요리하는 사람들은 예술가적인 기질이 있어요. 게다가 이런 신기한 맛을 만드니까요."

늘 듣던 칭찬이었지만 조금은 색다른 기분이었다. 게다가 칭찬 사이사이에 그 모든 요리를 은수는 사흘은 굶은 것처럼 싹싹 먹어 치웠다. 각 코스의 양은 그다지 많지 않지만 전체 코스를 따지면 성인 남자도 버거운 양이었다.

얌전을 떠느라 코스의 반도 먹지 않는 여자나, 또는 희수처럼 타고나길 적게 먹는 여자들만 주로 보아 온 그에게는 신기한 일이었다.

"잘…… 먹는군요."

미간을 좁히며 중얼거리는 승제의 말에 아티초크 잎을 물고 있던 은수가 꽤 진지하게 대답했다.

"솔직히 대파구이도 비주얼에 비해 맛은 있었지만 이쪽이 더 마음에 드는데요? 편집장님에게 내밀 사진도 많이 건졌고요."

"대파구이가 아니라 칼소타다예요."

"네, 네."

그의 지적에 관심 없다는 듯 대충 대답한 여자가 아티초크 샐러드를 마저 해치우고 만족스러운 한숨을 내뱉었다.

"진짜 좋네요."

"칭찬 고마워요."

저번에 버티다 겨우 뱉은 칭찬과는 달리 쉽게 나온 호평에 승제가 냉큼 인사로 받아치자 그녀가 코를 찡그렸다.

"이걸로 요리는 끝인가요?"

"커피가 남았습니다만."

그의 대답에 그녀가 고개를 저었다.

"사양할게요. 빈자리를 찾아보고 싶지만 무리예요."

제 배를 툭 하니 두드리며 하는 말에 그가 동의한다는 듯 고개를 끄덕였다.

"그렇겠군요."

"그럼 끝이죠?"

"끝이에요."

뭔가 할 말이 있는 것처럼 눈가를 손가락으로 쓸던 은수가 의자를 밀고 일어섰다.

"감사해요. 솔직히 저번처럼 경악스러운 요리로 절 놀라게 하실까 걱정했지만 아티초크가 공룡알이 아니란 것도 배웠고, 그게 또 꽤 맛있다는 것도 배워서 기뻐요. 편집장님도 마음에 들어 하실 거예요."

"다행이군요."

의자 등받이에 팔을 기대고 비스듬히 서 있던 승제가 제 셔츠 주머니에서 녹음기를 꺼내 은수에게 건넸다.

"그렇다면 저번 기사보다 이번 요리 기사가 좀 더 낫겠군요."

"당연하죠. 요리가 더 나아졌으니 기사도 나아질 거예요."

지지 않는 대답은 여전했다. 이상한 것은 이 여자랑 이런 말씨름 하는 게 그다지 기분 나쁘지 않다는 것이었다. 아니, 오히려 어디로 튈지 모르는 그 점 때문에 재미있기까지 했다.

그때였다. 갑자기 은수의 전화가 울렸다.

"아, 저 죄송하지만 전화 좀……."

이런 때 전화라니 어쩐지 확 상해지는 기분에 얼굴이 굳어지는 승제와는 달리 은수는 오히려 화사하게 웃으면서 전화기를 들고 일어섰다.

"아, 지훈아."

게다가 흘러나오는 남자 목소리와 이름이 제 기분을 망치는 데 일조하고 있는 게 이상했다. 여자는 돌아서기만 하면 전화 소리가 안 들린다고 생각했는지 돌아서서 통화를 하기 시작했다.

"아니, 그럴 리 없어. 나 꼬리 자르는 데 선수야, 그럴 리가. 알았어, 알았다고. 조심할게. 너 무슨 일 있었던 건 아니지? 알았다니까. 나 바빠, 끊어. 이따 다시 전화할게."

그제야 뒤에서 인상을 쓰고 있는 그를 생각해 냈는지 여자는 전화를 끊고서 다시 화사하게 웃으면서 몸을 돌렸다.

"죄송해요. 하지만 기자란 직업이 아무 때나 오는 전화를 막을 수가 없어서 말이죠. 특종이 제게 떨어질지도 모르니까요. 이해해 주실 수 있죠?"

거기에 대고 뭐라 할 말이 없어진 승제가 무뚝뚝하게 고개를 끄덕였다. 그는 제 설명하기 힘든 불쾌함을 접기로 했다. 적어도 오늘 그 망나니 같던 최 의원의 당황한 모습을 보게 해 준 여자니까.

굳이 여자의 행동을 불쾌해하며 일을 망칠 필요는 없었다. 은수의 맞은편에 앉아 있던 승제는 의자를 뒤로 밀며 자리에서 일어섰다.

"기다려요. 윤 실장한테 준비해 놓으라는 자료가 좀 있으니 요리 설명에 사용하도록 해요."

"진짜요?"

눈을 동그랗게 뜬 여자가 고개를 갸웃거리며 의심스럽다는 듯 그를 바라보았다.

"갑자기 친절해지시니까 무서운데요?"

"녹음기만을 믿기엔 복잡한 요리들이니까요. 게다가 이은수 씨는 아티초크를 공룡알이라고 부르는 사람이니 내 요리에 대해 쓰려면 도움이 필요하겠죠. 틀렸습니까?"

농담처럼 건넨 말에 정색하고 대답하는 승제에게 제법 경건한 태도로 은수가 고개를 가로저었다.

"아뇨, 아뇨. 맞아요. 저야 그렇게 해 주시면 아주아주 감사하죠."

과장된 태도로 벙긋 웃는 여자를 뒤에 두고 승제는 서재에 들어갔다. 문제는 제 서재에 있어야 할 자료가 보이지 않는다는 점이었다. 분명 소파에 앉아서 뒤적거린 기억은 있는데 그 자리에 파일은 사라지고 없었다. 이상한 일이었다.

승제는 한참을 제 책상을 살핀 뒤에 석진이 쓰는 서재로 향했다.

우습게도 제 방 소파에 두었던 파일이 석진의 책상에 얌전히 놓여 있었다. 아무래도 민우가 청소를 하다가 석진의 이름이 적인 파일 케이스를 보고 가져다 놓은 모양이었다. 이미 확인한 뒤였지만 그는 빠진 것이 없나 파일을 뒤적이며 서재를 걸어 나왔다.

그러다 문득 묘하게 기분 나쁜 정적이 가득한 것을 깨달았다. 야경이 가득한 테이블 앞, 여자가 있어야 할 자리는 텅 비어 있고 집 안은 조용하기만 했다. 승제는 어쩐지 설명할 수 없는 불길한 기분을 느끼며 주방으로 걸음을 옮겼다. 싱크대 앞, 바닥에 쪼그리고 앉은 은수가 고개를 숙이고 무언가를 하고 있었다.

"뭐 하는 겁니까?"

흠칫 놀란 여자의 어깨가 잠시 고민을 하듯 굳어 있더니, 큰 결심이라도 한 듯 당차게 몸을 일으켰다.

"그게……. 음, 죄송해요."

여자가 울상을 지으며 두 손을 내밀었다. 그녀의 손에 있는 것은 오늘 요리에 사용한 로얄 코펜하겐 풀레이스 버건디 접시였다. 단지 그가 알던 모습과 다른 점이라면 두 조각이 나 있다는 것이었다.

8.

## 미스 전의 둘둘셋 다방커피 & 그린 스무디

"아, 저기…… 내가 도와 드리려고……."

라고 말해 봤지만, 더 이상 말을 하는 게 무의미하다는 게 남자의 표정에서 적나라하게 느껴졌다. 그냥 좀 돕고 싶은 마음이었다. 설거지까지는 아니더라도 접시 정도 옮겨서 치우는 것 정도야 저도 할 수 있다 싶었으니까.

깨진 그릇 테두리에는 진짜 레이스 두른 것처럼 구멍까지 몇 겹으로 송송 나 있었다. 저보고 쓰라면 할머니풍이라 싫다 했겠지만, 분명히 편집장이 교육 차원에서 준 카탈로그에 비슷한 파란색 레이스 모양의 접시 가격을 보고 국회에서 의사봉 던질 때나 쓰던 욕이 나왔던 게 기억났다.

"가만히 있어요. 다친 데는 없습니까?"

순간적으로 납빛이 되었던 승제가 겨우 입을 열었다.

"차라리 다쳤으면 나을 뻔했겠어요."

"오른쪽 손목 하나면 족합니다. 비키세요."

정성껏 깨진 접시의 잔해를 들어 올려 쳐다보는 것을 보니 은수는 이게 보통 일이 아니다 싶었다. 이 강습실로 쓰는 아파트만 해도 검색을 하면서 절레절레 고개를 젓던 금액이었는데, 그런 걸 가지고 있는 사람이 저런 표정으로 내려다보는 접시라니.

"제 실수니까, 배상할게요. 똑같은 거 사 드리면 되잖아요. 그죠?"

얼마가 될지는 모르겠지만, 설마 뭐 접시가 차 한 대 값이야 하려나 싶은 은수가 호기롭게 말했다. 명백하게 제 실수니까.

"됐습니다."

남자는 접시 조각을 조리대 위에 올려놓고는 다시 앉아 남은 잔해를 찾기 시작했다.

"아니, 뭐. 저기 류 셰프님이 비싼 접시만 쓰는 거 소문에 듣긴 했는데 사 드리면 되잖아요. 뭘 그렇게……."

"됐다고 말하지 않았습니까?"

승제는 저도 모르게 싸늘하게 화를 내고 말았다. 비싼 접시야 널리고 널린 거였다. 이 아파트에 있는 장식장이나, 보이지는 않지만 안쪽에 있는 정리대에 든 테이블 웨어의 가격이야 이루 다 계산하기도 힘들 정도였다. 한때는 그런 걸 모으는 데 취미를 갖기도 했으니까.

그러나 이건 좀 달랐다. 이제는 단종되어 아예 정상적인 경로로는 구입이 불가능했고, 가끔 경매에 나오기는 했지만 그것을 마냥 기다리는 것도 어렵고 나왔다 하더라도 낙찰 받기가 힘든 물건이었다. 어렵게 손에 넣은 그걸 우연히 찾은 네잎 클로버처럼 제 삶의 행운의 마스코트가 되었으면 하는 어이없는 의미를 부여했던 테이블 웨어였다.

이걸 왜 꺼냈을까. 단지 아티초크의 색감에 어울릴 거라 생각했나, 아니면 제 무의식이 갑자기 툭 튀어나온 저 여자한테 뭔가 특별한 걸 내어 놓으라 한 걸까, 아니면 그냥 저 여자의 무식한 카메라에 귀한 그릇을 선보이고 싶었던 걸까. 그는 입을 다물고 말았다.

"정말, 죄송해요. 하지만……."

"됐습니다. 다만 세상에는 돈으로 할 수 없는 것도 있습니다. 그러니 신경 쓰지 않으셔도 됩니다. 그럼, 이제 용건 끝났으면 가시죠."

미안함이 가득하긴 했지만 여전히 한구석에는 제 기분을 전혀 이해 못 하는 게 분명한 여자의 표정에 더 기분 나빠진 그는 떨어진 조각들을 주워 올려놓고 핸디 청소기를 가지러 돌아섰다.

"정말 죄송해요. 그래도 저 명색이 기자예요. 기자들이 못 알아내는 건 없어요. 그 접시 똑같은 걸로 구해 드릴게요. 그리고 오늘 저녁 정말 맛있었어요. 기사 잘 쓰도록 할게요."

제 등 뒤에 대고 말하는 여자의 목소리를 들으면서 승제는 잠시 눈앞에 반쪽이 난 접시를 보면서 요 며칠 제가 좀 이상했다고 스스로 느끼고 있을 뿐이었다.

"아, 젠장. 정말, 제기랄. 비싼 거 알긴 아는데……."

그 넓은 아파트를 나오는데도 한 마디 말이 없는 승제를 보고 은수는 어이가 없었다. 젠장, 이 저주받은 손모가지.

"이름이 뭐랬지? 아, 맞아. 그거하고 비슷하데 그 촌스런 꽃 접시. 맞아, 코펜하겐! 내가 머리는 좋다니까."

휴대폰에서 열심히 검색을 하니 이놈의 코펜하겐도 웬 종류가 그리 많은지.

"제길……."

모양이 비슷한 걸 찾자니 아무래도 제일 복잡하고 요란스런 무늬 같았다.

"맞아, 주변에 레이스처럼 구멍이 뻥뻥 나 있고 금테도 둘렀었지. 말로만 듣던 금테 두른 접시네. 어떤 거지? 요거네! 로얄 코펜하겐 풀레이스. 레이스가 반쪽짜리도 있군. 대체 얼마야? 이 쬐끄만 접시 하나에 38만 원? 참 내, 어이없어서. 그 정도면 내가 사 준다, 사 줘. 겨우 삼십만 원 가지고 그러냐."

40층을 쾌속으로 내려와 주차장에 도착한 은수는 계속 휴대폰에 시선을 꽂은 채였다.

"그런데 다 파란색이네. 아까 그거 심히 촌스러운 자주색이던데. 자주색은 안 파나?"

코펜하겐 풀레이스 자주색. 아무리 검색을 해도 없었다.

"그럼 보라색인가? 퍼플? 아, 맞아 버건디라고 했었지. 코펜하겐 풀레이스…… 버……건……디……."

열심히 검색창에 글자들을 써 내려갈 때였다. 그녀의 전화기가 울렸다.

“헉!”

전화기에 뜬 이름은 바로 그 버건디 접시의 주인공, 류승제였다. 마치 저승에서 연락이라도 온 듯 사색이 된 은수는 급하게 전화를 받았다.

“아, 네, 죄송해요. 그런데…….”

〈이은수 씨?〉

“네…….”

의외로 차분한 목소리에 은수는 한숨을 내쉬면서 대답했다.

〈기자 맞습니까?〉

“맞아요, 기자. 왜요? 접시 깨면 기자 안 시켜 준답니까?”

오로지 그 비싼 접시에 정신이 가 있는 은수가 퉁명스럽게 말했다.

〈카메라 두고 갔더군요.〉

한심스럽다는 남자의 목소리를 듣자마자 은수는 어쩐지 어딘가 허전하다 싶었다. 취재기자인 그녀는 원래 카메라 같은 것은 들고 다닌 적이 없었고, 괜찮긴 하지만 그래도 찔리는 구석이 있어서 승제 앞에 나설 때는 늘 오른팔에 보호대까지 끼고 나서느라 거추장스런 대포렌즈를 단 카메라가 없어졌는데도 그걸 모르고 있었다.

“으악! 내 정신 좀 봐. 그게 얼마짜린데!”

카메라 기자가 빌려주면서 신신당부를 한 건 망가지는 걸 조심하라는 의미였지, 이렇게 통째로 잃어버리리라 생각한 건 아닐 터였다.

“당장 올라갈게요.”

〈아닙니다. 나도 나갈 거니까. 내려가는 김에 갖다 드리죠. 어딥니까?〉

의외로 남자의 목소리가 차분했다. 아니, 차분하다 못해 냉기가 서려 있었다. 하긴 40층을 다시 올라가는 것도 그랬다. 걸어 올라가는 건 아니지만, 아무래도 무시무시하고 깐깐한 경비실을 통과해야 하니까.

“여기 지상 주차장이에요. 제가 지하 주차장을 싫어해서 좀 먼 거 아시죠?”

〈알겠습니다.〉

냉장고와 중요한 식자재가 든 저장실 등을 다시 한 번 확인하고 그는 여자가 두고 간 커다란 망원렌즈가 든 카메라를 들었다. 카메라의 묵직한 무게가 느껴지자 그는 정리가 덜 된 주방을 보고는 돌아섰다. 그답지 않은 일이었지만, 왠지 이걸 먼저 갖다 줘야겠다는 생각이 들었다.

그저 예민해진 건지도 모른다. 꽤 길고 긴 하루였고, 그 하루 내내 기분이 썩 좋지 못했다. 적어도 오늘 제가 기분 전환이라도 할 수 있었던 건, 그가 한 음식을 맛있게 싹싹 먹어 준 여자의 가식 없는 찬사 덕분이었다.

엘리베이터 밖으로 한강의 야경이 쉴 새 없이 낙하하고 있었다.

많은 사람들이 그의 요리를 먹을 때 제 이름 앞에 붙은 유명 쉐프라는 꼬리표에 반응하곤 했었다. 음식의 맛을 제대로 느끼기보다 무조건 칭찬부터 하는 사람들이 대부분이었다. 교양과 가식 가득한, 세세함을 가장한 온갖 미묘한 맛에 대한 형이상학적인 찬사들에 신물이 났다. 그냥 맛있게 잘 먹으면 그만인 것을.

다시 구할 수 있을지 기약도 없는 풀레이스 버건디가 눈앞에 아른거리긴 했지만, 그는 엘리베이터 문이 열리자마자 생각을 떨쳐 버렸다.

앞으로 네 번이나 더 봐야 하는 여자니 그냥 좋은 게 좋은 거였다. 어차피 언론과 계속 숨바꼭질을 할 것도 아니었고, 이왕이면 그녀 같은 담백한 초짜한테 맡기는 게 오히려 나았는지도 몰랐다. 가식이니 그런 것은 없어 보이니까.

그런 생각을 하며 그는 오랜만에 아파트의 지상 주차장으로 향하는 길로 나섰다.

늘 지하 주차장으로만 다녔기에 지상에 이런 넓은 공간이 있다는 걸 잊고 있었던 그는 잠시 머뭇거리다가 이정표에 나타난 방향대로 걷기 시작했다. 지하에 거대한 주차 공간이 있었고 지상에는 공원과 부대시설, 산책로 등이 있었다. 지상 주차장은 한참 끝에 있었고 방문객들을 위한 공간이었지만 대부분 비어 있었다.

어디까지 가야 하나 싶은 승제는 다시 전화를 하려고 하던 그때, 어디선가 여자의 큰 목소리가 들렸다.

"관둬, 내가 한다니까. 너 바쁘잖아. 나 한가해. 천안 공장, 이구산업 아니야? 맞지? 내가 그것도 모를 줄 알았어?"

그리 큰 목소리가 아닌데 주변이 조용해서인지 여자의 목소리가 낭랑하게 들렸다. 하얀색의 지프차 옆에 선 여자는 전화기를 들고 왔다 갔다 하면서 통화 중이었다. 외모는 정말 어디 사무실의 데스크에 앉아 있어야 할 만큼 도도함이 가득 찬 전형적인 도회적인 마스크였다. 그러나 성격은 전혀 딴판인 여자였다.

그가 막 은수를 부를 수 있을 만큼의 거리에 다가갔을 때였다. 갑자기 어디선가 자동차의 굉음이 들렸다. 그리고는 그 굉음을 내는 자동차는 순식간에 넓은 주차장을 질주하기 시작했다.

"뭐야, 저거!"

저도 모르게 소리를 치면서 걸음을 빨리했을 때, 갑자기 눈이 부셔서 그는 눈을 가릴 수밖에 없었다. 그리고는 갑자기 꽝 하는 소리와 함께 여자의 날카로운 비명 소리가 들렸다.

"아악!"

"이은수 씨!"

그 소리를 듣자마자 그는 카메라를 내팽개치고 뛰었다. 은수가 서 있던 자리에 흉측하게 반파된 하얀색의 지프차가 연기를 내고 있었고, 그 차를 들이받은 검은 차가 요란한 소리를 내면서 후진하기 시작했다.

"이은수 씨!"

그리고 눈앞에 있던 여자가 사라졌다. 그가 막 뛰어가 쓰러진 여자를 안아 올리자마자 검은 차는 요란한 소리를 내면서 뒤로 빠지더니 엉망이 된 앞 범퍼와 떨어져 튀어나올 것 같은 헤드라이트가 덜렁거리는 채로 쏜살같이 주차장을 가로질러 사라졌다.

"거기 서!"

소리를 쳤지만 넘어진 여자의 머리에서 뭔가 찐득한 게 묻어나는 것 같아 그는 재빨리 차의 번호판을 외우려 애쓰면서 여자의 코에 손가락을 갖다 댔다. 숨은 쉬는 것 같았다. 우선 경찰에 전화부터 해야만 했다.

"네? 대포차라고요?"

승제가 되물었다.

"네, 일부러 그랬나 본데. 아가씨, 원한 관계 있습니까?"

"아니요. 그럴 리가요."

이마에 붙인 커다란 거즈에는 피인지 소독약인지가 배어 나와 있었다. 경찰관 두 명과 함께 응급실에 서 있는 승제는 인상을 찌푸렸다.

"아가씨, 아무래도 서에 가야겠는데. 상태는 괜찮습니까?"

"괜찮아요. 그 차 주인 아무래도 미쳤나 봐요. 음주운전이겠죠. 원한 관계 같은 게 있을 리가 없어요. 아무렴요."

"아닙니다. 그 차 작정하고 달려들었어요. 거긴 길도 아니고 주차장입니다. 거기 주차된 차도 몇 대 있었는데 일부러……."

"아니에요! 제가 차를 잘못 댄 거예요. 아니라니까요. 그냥 단순 뺑소니예요."

은수가 승제의 옷자락을 잡아당겼다. 승제가 뒤를 돌아보자 은수가 살짝 고개를 젓는 게 보였다. 이건 또 무슨 일인지.

"전 단순하게 넘어진 거뿐이니까 나중에 다시 연락할게요."

"아이고, 아가씨 차가 그렇게 뿌샤졌는데 우짤라고 그랴요?"

나이가 지긋한 경찰관이 되물었다.

"잘됐죠, 뭐. 어차피 차 바꾸려고 했는데. 자차 보험 들었어요. 범인이나 좀 잘 찾아 주세요. 제가 워낙에 바빠서 말이죠. 의사 선생님이 단순 찰과상이라는데 저 집에 가려고 하거든요? 가도 되죠?"

"아, 뭐, 다친 데 없다면야 괜찮긴 하지만 나중에 전화 드릴 테니 서에 한번 오십시오. 이거 단순 사고 아닙니다. 저기 선생님, 성함이 뭐라 하셨죠?"

"류승제라고 합니다."

"목격자시니까, 연락처 좀 주시죠."

"네."

아무래도 이상했다. 분명히 그 차는 일부러 주차장까지 들어와서 사고를 낸 게 분명했다. 옆에 다른 차들도 있었고, 여자의 차는 주차 선에 똑바로 주차되어 있었다. 차에 있었더라면 더 많이 다쳤을 거고, 차 밖에 있었다 해도 잘못했다면 차 사이에 끼어 목숨에 지장이 있을 뻔한 아찔한 사고였다.

그러나 여자는 아무렇지도 않은 듯 경찰을 돌려보내려 하고 있었다. 게다가 차는 범죄영화에나 나오는 대포차라고 했다. 뉴스에서 듣기만 했지 정말 이런 일은 처음이었다.

남자인 자신도 얼떨떨해질 지경인데 그걸 당한 당사자는 머리에 커다란 거즈까지 붙이고 있으면서도 아무렇지도 않은 표정이었다.

"진짜 연락하면 오셔야 해요?"

"네, 네, 갈 테니까요. 전 갈게요. 와 주셔서 고맙습니다."

은수는 그 와중에도 카메라를 들고 있었다. 잠시 혼절했던 그녀가 도착한 구급차에 올라타기 전에 챙긴 카메라였다. 승제가 던져 버려 잔디밭에 뒹굴었던 그 카메라를 들고는 여자는 겉에 흠집이 생겼네, 풀물이 들었네 하며 걱정하고 있었다.

그러더니 멀쩡하게 일어나서 응급 수납창구에서 수납까지 하더니 절뚝거리면서 걸어 나갔다. 승제는 그런 그녀를 따라가다 그녀의 손목을 잡아끌었다.

"이봐요."

"네?"

은수가 놀란 듯 되물었다.

"이거 어떻게 된 일입니까? 설명해 봐요. 대체 당신 뭐 하는 사람입니까?"

"저기, 팔 아픈데요."

그제야 승제는 제가 여자의 팔을 잡아챘다는 것을 알고 손을 놓았다.

"말 좀 해 보시죠. 대체 뭐 하는 겁니까?"

은수는 갑자기 주변을 둘러보더니 목소리를 낮추고 승제의 귓가에 속삭이듯 말했다.

"음…… 전, 기자예요. 그 사람들 대충 누군지 알 거 같아요. 하지만 아직 이

거 노출되면 안 되는 거라서요."

실은 은수도 놀라긴 마찬가지였다. 아마 카메라를 가지고 온 저 남자가 아니었다면 그 검은 차는 다시 핸들을 돌려 자신에게 달려들었을지도 몰랐다. 누굴까? 공항 쪽 인사일까? 아니면 부품 검사를 눈감아 준 쪽일까? 아니면 부품을 공급한 쪽인가? 그도 저도 아니라면 대체 누굴까. 아무래도 머리가 복잡했다.

그러나 그걸 경찰에 알릴 수는 없었다. 두 달 동안 한 취재를 이렇게 날릴 수는 없었다. 저쪽에서 눈치를 챘다는 게 무섭긴 했지만, 그래도 부품 공급한 쪽의 결정적인 증거가 있어야 이 기사는 완벽해지는 거였다. 대체 어느 쪽인지는 차차 알아내야 했다.

"죽을 뻔했다는 거 몰라요? 그 차 뒤에 서 있었으면 어쩔 뻔했습니까? 아니 내가 안 왔으면……."

"와! 그러고 보니 진짜 생명의 은인이시네요. 두 번씩이나!"

"두 번이라니요?"

"기사도 그렇고요. 하여튼 진짜 생명의 은인님 맞으시네요. 후, 집에 가야겠어요. 아까 저 잠깐 기절한 거 맞죠? 아, 기절이 그런 거였구나. 기절에 대한 동경 같은 거 있었는데 하필 앞으로 넘어지다니."

"얼굴 안 다친 거 다행으로 여겨요. 정말이지……."

분명 희수하고 비슷한 나이일 것이었다. 그녀는 항상 노심초사하고, 말 하나하나 눈치를 봐야 했고, 하고 싶은 말은 술김에나 할 수 밖에 없었다.

그러나 이 여자는 가냘픈 몸과는 달리 온몸에서 무언가 꿈틀거리면서 나올 것같이 역동적인 사람이었다. 게다가 자신감마저 넘쳐흐르고 있었다. 천방지축 제 위험 따위도 인지하지 않고.

"앞으로 어쩔 겁니까?"

"어쩌긴요, 조심해야죠."

여자는 이마에 흉측한 상처를 가린 거즈가 있었지만, 천진난만하게 웃고 있었다. 그것을 보고 그는 체념한 듯 말했다.

"데려다줄 테니 갑시다."

그녀는 119 구급차에 실려 왔지만, 승제는 망가진 차 때문에 견인차와 경찰이 올 때까지 있다가 제 차를 끌고 병원에 온 터였다.

"저기, 잠깐만요."

은수는 갑자기 주머니를 뒤지기 시작했다.

"뭐 하는 겁니까?"

"당분이 필요해서요."

의아해하는 그를 두고 은수는 주머니에서 동전을 꺼내 들더니 냉큼 응급실 입구 옆에 있는 자판기로 갔다.

"이놈의 병원은 병원비도 바가지더니 커피값도 바가지네. 다방커피가 오백 원이나 하다니!"

아무리 병원이라 할지라도 하루 종일 사람 손을 타는 자판기였다. 그 안에 쌓인 먼지나 청소 수준을 어찌 알고.

"지금 그걸 먹으려는 겁니까?"

"당연하죠. 세상에서 제일 맛있는 게 전 언니가 타 주는 다방커피라고요."

"전, 언니?"

"미스 전이라고도 하죠. 전기 자판기. 커피 둘, 설탕 둘, 프림 셋! 우리나라 최고의 맛, 자판기 커피요. 물론 커피믹스도 맛있지만. 지금은 카페인이 절대 부족해요. 아니, 카페인보다 당분 부족이죠."

달짝지근한 설탕향이 저한테까지 느껴지는 다방커피를 마치 무슨 감로수 마시듯 마시는 건, 철저하게 개인 취향이었다. 그걸 가지고 뭐라 할 것까지는 없었다.

그러나 건강에 좋을 리 없는 저런 걸 119 구급차를 타고 응급실까지 실려 왔던 환자가 마시는 걸 말려야 하는지 말아야 하는지 고민하는 사이에 여자는 이미 커피를 홀짝거리면서 맛나게 마시고 있었다.

"아, 맞다. 차에 노트북 있는데 견인소에서 차 안에 있는 물건 손대진 않겠죠?"

"멀쩡하다면 그럴 겁니다만."

차는 무시무시한 속도로 달려온 세단에 받혀서 거의 뒷좌석의 형태를 알아볼 수 없을 만큼 찌그러졌었다. 견인해 가는 사람도 절레절레 고개를 저을 정도였다. 그런데 노트북 걱정이라니.

"이은수 씨, 정말 둔한 겁니까, 아니면……."

"아니면 뭐요? 뭐, 긍정적이랄까. 그런 거죠?"

실은 무릎이 덜덜 떨릴 것 같지만 이 남자 앞에서 그런 걸 이야기하고 싶지는 않았다. 얼른 집에 가서 지훈이와 통화라도 해야 할 거 같았으니까.

집까지 데려다주겠다는 말에 달리 거절할 이유도, 또 다른 차편을 이용할 만한 여유도 없는 은수는 그의 차를 타야만 했다. 이 대단한 쉐프의 엄청난 차는 '차라는 건 그저 운송수단일 뿐이다.'라고 생각하고 있는 은수의 지론을 흔들 만큼 근사하긴 했다. 하지만 지금은 그걸 느낄 사이가 없었다.

대체 어디서 그런 짓을 했는지 알아내야만 했다. 게다가 어디서 제 정체를 알았을까, 어디서 제가 정체를 흘린 걸까 하고 생각해 봐야 했다.

"……내 말 듣고 있는 겁니까?"

"네?"

승제가 한 말을 듣지 못한 은수가 지레 놀라 되물었다.

"집이 어디냐고 물었습니다."

"아, 신림동이에요."

"정말……."

구제 불능이라고 말하고 싶었다. 대체 뭘 하는 여자인가. 게다가 카메라를 꼭 쥐고 있는 손은 멀쩡해 보였다. 아까 요리를 할 때만 해도 거북스럽게 끼고 있던 팔목 보호대는 아마 그 반파된 차에 내던졌을 것이 분명했다.

의사가 말하길, 한 달은 있어야 한다던데. 예상했던 대로 이 예쁘장한 여자는 분명히 제게 기사를 따내기 위해 가증스럽게도 포크로 자해하는 것 따위 불사한 게 확실했다.

그러나 생각해 보니 공항에서의 요란한 화장과 남자 화장실을 멀쩡하게 돌아다니는 걸 보니 뭔가 큰일을 하고 있는 것 같았다. 기자란 직업이 참 어이없구나, 하고 넘겼었는데, 그때 무슨 종잇조각 같은 걸 보고 있었다. 그걸 왜 화장실에 숨어서, 그것도 남자 화장실에서 몰래 보고 있었을까.

그리고 또 아무 일도 없다는 듯 분장을 지우고 다시 길에 서 있지 않았던가. 그때는 아무 생각 없이 차에 태워 줬지만 다시 생각해 보니 뭔가 일이 있는 게 분명했다. 게다가 아까처럼 사고까지 날 뻔한 일이라니.

"대체 뭘 하고 다니는 겁니까?"

"대체 뭘 하다니요?"

승제의 목소리가 험악했기 때문에 은수는 정신을 차릴 수 있었다. 내가 대체 뭘 하는 걸까.

"그냥 두고 보시면 알 거예요."

"애초에 리빙 파트 기자는 맞는 겁니까? 아닌 거죠?"

"네."

은수는 순순히 대답했다. 솔직히 리빙 파트 따위 자존심이 상했다. 기자의 꽃은 정치부니까.

그러나 엄밀히 따지면 이 일은 정치부 소속은 아니었다. 처음 취재를 시작한 게 경제부 차관에 대한 기사를 준비하다가 우연히 알게 된 공항공사와의 비리를 캐게 된 거니까. 이런 일은 사회부 기자들 전문이었다. 하지만 특종이란 건 확실했다.

"그럼 사회부 기잡니까?"

"아뇨, 정치부요."

의외였다. 어쩐지 아까 최 의원을 멋지게 해치우는 걸 보고 알아봤어야 했다.

"그럼 내 기사는 왜 쓰는 겁니까?"

"어떤 의미에서 이것도 특종이니까요. 난 특종을 쫓아다니는 사냥꾼이거든요."

"거창하군요."

"칭찬으로 듣겠어요."

선문답 같은 이야기일 뿐이었다. 이 여자가 어디 소속이든 알 게 뭐인가. 아니, 오히려 리빙 파트 전문 기자가 아닌 게 다행이었다.

이리저리 머리가 아픈 하루였다. 그리고 그 모든 일을 확 다 날려 줄 만큼 어마어마한 사고를 눈앞에서 목격하고 나니 피로가 몰려오는 느낌이었다. 얼른 여자를 데려다주고 집으로 가 쉬고 싶을 뿐이었다.

"이쪽 골목으로 들어가면 돼요. 저기요, 저기 원룸 앞에 세워 주세요."

바로 길 옆에 하얀색 대리석 외관으로 된 5층 건물을 가리키는 것을 보고 그는 한숨을 내쉬었다. 적어도 오피스텔쯤은 될 줄 알았는데 원룸이라니. 그러나 원룸이면 어떻고 반지하면 어떤가. 그는 서둘러 빈 공간에 차를 댔다.

"오늘 진짜 고마웠어요. 접시는 제가 기자의 명예를 걸고 꼭 구해 놓을게요. 알았죠?"

"괜찮습니다. 들어가기나 해요. 혹 이상 있으면 병원에 다시 가는 걸 권하겠습니다."

체념한 듯 그가 말했다.

"번거롭게 해 드려서 죄송해요."

여자가 방긋 웃으면서 차에서 내리더니 손까지 흔들고는 나풀나풀 원룸 건물로 사라졌다. 이 지경에도 저렇게 해맑게 웃을 수 있는 대단한 멘탈을 지닌 여자가 이제는 신기할 지경이었다. 그는 막 차를 빼려다가 자기도 모르게 욕지거리를 하고 말았다.

"제기랄."

여전히 여자의 자리 옆에는 커다란 대포 같은 망원렌즈가 달린 카메라가 놓여 있었다.

"대체 정신을 어디다 두고 있는 건지."

그러나 곧 저렇게 머리를 부딪치고 기절까지 한 여자가 정신이 멀쩡할 리 없다고 생각하고는 카메라를 집어 들고 차에서 내렸다. 하지만 그는 곧 후회하고 말았다. 5층 건물에서 도대체 여자의 집을 어떻게 찾겠는가.

그는 입구 계단에 올라서면서 전화를 꺼내 들었다. 막 전화 통화 버튼을 누르려는데 날카로운 목소리가 그를 본능적으로 뛰게 만들었다.

"꺄아아아악!"

2층일까? 여기저기서 뭐야, 하는 소리가 들리는 것도 같았다. 그는 급히 소리가 나는 곳으로 갔다. 비명 소리는 딱 한 번밖에 없었다.

막 2층 계단을 올라가 보니 복도에 서 있는 은수가 보였다.

"무슨 일입니까?"

멀쩡하게 여자가 자기 집인 듯한 철문을 열고 서 있는 걸 보니 이거 괜한 일인가 싶어 다가갔을 때 그는 멈칫하고 말았다. 문이 열린 채 불을 밝힌 집 안은 그야말로 난장판이었다.

물론 이 여자가 지저분하고 정신없는 사람일 수도 있었다. 나와 있는 옷가지, 그리고 물건. 물론 그런 건 그럴 수도 있었다. 하지만 넘어져 있는 책장이나 뒤집어진 소파 따위는 절대 외부 침입자가 아닌 집 주인이 그럴 리가 없다는 게 확실했다.

"이게…… 뭡니까?"

기가 막힌 그가 물었다.

"글쎄요. 뭘까요."

은수가 겨우 대답했다. 은수의 멍한 얼굴을 보고 있다 승제가 말했다.

"가요."

"네?"

"여기서 잘 순 없잖습니까."

"음. 아무래도 모텔로 가는 게 낫겠어요."

문이 닫히면서 삐리릭 하는 소리가 긴 복도를 앞에 둔 현관에 울리자 여자가 갑자기 꿈에서 깬 것처럼 뒤에 선 그를 향해 몸을 홱 돌렸다.

난장판인 집 안에서 필요한 몇 가지를 겨우 담아 온 가방을 든 여자는 내내 뭔가 다른 곳에 정신이 팔려 있었다. 그것이 뭔지는 모르겠지만 자신을 해치려 했던 누군가에 대한 두려움이나 안전 따위는 그다지 관심이 없어 보였다.

"호텔은 안전하다고 확신합니까?"

그의 질문에 여자가 선뜻 대답을 못 했다.

"당장 어디 다른 데 갈 곳도 없다고 한 건 그쪽이니 같은 얘기 반복하지 맙시다."

그녀의 손에서 가방을 빼어 든 남자가 앞서 복도를 걸어 들어갔다. 그의 말대로 이미 한 번 언쟁을 끝낸 이야기였다.

은수는 잠시 이마를 긁적거렸다. 엄마가 있는 뉴욕은 갈 수 없었고, 둘이나 있는 오빠들에게도 당연히 갈 수는 없었다. 정말 이게 위협이라면 오빠들은 당장에 저를 방에 가둬 두고도 남을 사람이었다.

그리고 만에 하나 그 위협이 제 가족들에게까지 미치는 것은 보고 싶지 않았다. 게다가 자기가 이야기한 건 취재차 며칠씩 죽치고 있는 모텔이었다. 그러나 워낙에 럭셔리한 남자는 자체 필터로 호텔로 바꿔 듣고 있었다.

난 대체 왜 저 사람을 따라온 걸까? 그녀의 생각이 채 정리가 되기도 전에 남자가 재촉하듯 은수를 돌아보았다.

"고민할 시간이 더 필요해요?"

그의 질문에 은수는 고개를 저었다.

"아뇨."

모르겠다. 어떻게든 되겠지. 은수는 어깨를 으쓱하며 남자를 따라 안으로 걸어 들어갔다. 긴 복도를 지나자 커다란 통유리 창으로 보이는 야경이 근사한 거실이 나왔다.

하지만 그것보다 더 눈길을 끄는 것은 곳곳에 놓인 투박하고도 커다란 장식장 안을 빼곡히 채우고 있는 화려한 무늬와 색의 그릇들이었다. 클래스 룸에서도 벽마다 놓은 장식장에 그릇들이 진열되어 있는 것을 보았지만 저 남자가 사는 집까지 저 우아하기 짝이 없는 그릇들이 한자리를 차지하고 있으리라고는 생각하지 못했었다.

무드 등이 켜진 집 안은 먼지 하나 없이 깔끔했다. 아니, 깔끔하다 못해 살고 있는 사람이 만들어 놓은 흔적 같은 것은 보이지 않았다. 벗어 놓은 겉옷이랄지

먹다 마신 물컵이라든지 아니면 보던 책이라든지, 아니면 온기를 더해 줄 장식이나 화초 같은 것도 없었다. 누군가가 사는 집이라기보다는 그냥 근사하게 차려 놓은 쇼룸에 구경 온 기분이었다.

거실에 어정쩡하게 서 있는 그녀를 두고 승제가 커다란 미닫이문을 열고 주방의 불을 켰다. 두 개의 공간으로 분리된 주방은 그 한쪽 공간만 해도 그녀의 원룸만 한 크기였다.

"이쪽이 주방이니 물이나 음료나 필요하면 편하게 마셔요."

은수는 홀린 것처럼 멍한 표정으로 주방 안으로 들어섰다. 편하게라고 했지만 전혀 편할 것 같지 않은 주방이었다. 세상에 이게 밥 해 먹는 부엌이라니.

하긴 거실이 쇼룸 같은데 주방이라고 다를 리가 없었다. 수납장들은 왁스를 발라 광이라도 낸 듯 샹들리에 불빛에 번쩍거렸고, 밥그릇 하나 나와 있지 않은 싱크대는 물기 하나 없이 보송보송하기까지 했다. 게다가 한쪽 벽에 줄지어 서 있는 스테인리스 문을 가진 냉장고는 모두 넷이나 되었다.

어디서 뭘 편하게 찾으라고? 은수가 황당한 얼굴로 바라보았지만 남자는 벌써 다른 곳으로 움직이고 있었다. 방향조차 가늠하기 힘든 이 커다란 집에서 그를 놓칠까 봐 은수는 서둘러 승제를 따라갔다.

"이 방을 쓰면 돼요. 안쪽에 욕실도 있고 필요한 것도 수납장 안에 다 있을 겁니다."

그가 열어 둔 방문 안쪽의 침대와 화장대를 힐끔 바라 본 은수가 가방을 받아 들었다.

"어, 음. 흠, 감사해요."

무뚝뚝하게 고개를 끄덕여 인사를 받는 승제를 보며 그녀는 속으로 혀를 찼다. 하지만 천만에요, 라는 대답을 듣기에는 오늘 저녁 그에게 민폐를 끼친 게 한두 가지가 아니었다.

"피곤할 텐데 씻고 쉬어요."

"네, 감사해요."

고개를 푹 숙여 인사하는 은수를 두고 승제가 등을 돌렸다. 멍하니 그의 뒷모습을 바라보던 은수가 목소리를 높였다.

"어디, 가세요?"

길을 잃겠다 싶을 정도로 큰 집이었지만 승제가 가는 방향이 현관인 것 정도는 그녀도 알 수 있었다.

"아직 일이 남았어요. 신경 쓰지 말고 자요."

"네, 걱정 마세요."

씩씩하게 손을 들어 맹세하듯 답하는 그녀를 그가 못 미덥게 바라보았다. 그러거나 말거나 과한 미소로 배웅하던 은수는 남자가 사라지고서야 축 처진 어깨로 방문을 열고 안으로 들어갔다. 한쪽 끝에서 다른 쪽 끝까지 굴러도 한참은 걸릴 듯이 커다란 침대는 눕기만 해도 잠이 올 것처럼 포근한 침구로 덮여 있었다.

그녀는 가방을 손에 든 채로 침대에 쓰러지듯 누웠다. 쿠션감 좋은 침대와 푹신한 이불이 구름처럼 그녀의 몸을 받아 주었다.

"와! 집 좋네. 혼자서 이렇게 넓은 집이라니. 돈이 썩어 나는구나."

정말이지 엄청난 공간의 낭비였다. 하지만 뭐 이 포근포근한 침대는 정말 마음에 들었다. 흐뭇한 기분으로 나뭇가지처럼 엮인 구조물 끝에 마술봉의 불빛처럼 반짝이는 전구를 바라보던 은수는 제가 늘 메고 다니는 가방의 안쪽을 뒤적였다.

제집을 뒤진 사람이 뭘 찾고 있었는지 알고 있었다. 하지만 그녀는 애써 찾은 보물을 제 몸과 떼어 놓을 사람이 아니었다.

까만색의 메모리 스틱을 불빛을 향해 들어 올린 은수는 고개를 비스듬히 기울였다.

뭘 하는지 지훈은 연락도 되지 않았고, 이걸 그냥 제가 들고 다니기엔 위험했다. 메모리 스틱을 빙글빙글 돌리며 고민에 잠긴 은수가 한참 뒤에야 무언가를 결정할 수 있었다.

은수를 집에 놔두고 승제는 제 클래스 룸이 있는 아파트에 다시 다녀와야 했다. 밤이 늦었지만 잔뜩 벌여 놓은 주방을 클래스 스텝들이 치우도록 내일 아침까지 두는 건 그의 성격에 맞지 않았다. 그나마 다행이라면 거리가 가깝다는 것이었다.

주방을 정리하고 또 남은 재료들을 체크하고 석진이 제 책상 위에 쌓아 둔 서류에 사인까지 하고서야 일이 끝났다.

다시 돌아온 집의 문이 텅 하는 소리를 내며 닫히자 승제는 손을 들어 피곤이 잔뜩 묻은 제 얼굴을 쓸어내렸다. 너무도 긴 하루였다.

늦은 그의 귀가를 맞이해 주는 것은 흙이 잔뜩 묻은 여자의 구두였다. 은수를 혼자 뒀지만 제 빌라에 있는 한 걱정은 없었다. 24시간 철저한 보안과 경비로 귀찮을 정도였으니까.

하지만 정작 거슬리는 것은 그게 아니었다. 꼭 저 여자를 데리고 왔어야 했나? 호텔을 가거나 아니면 다른 누군가에게 연락하게 놔둘 수도 있었다. 하지만 그는 그렇게 하지 않았다. 어디에서 사고를 칠지 모르는 폭탄 같은 여자를 그냥 보내 줬다가 후회하고 싶지 않았다.

후회? 뭘? 그는 뚜벅뚜벅 걷다 제 무의식에서 튀어나온 생각에 멈칫하고 말았다.

집 안은 언제나 그랬듯 괴괴할 정도로 고요했다. 워낙 집 자체가 컸고 입주 세대 또한 열 몇 세대뿐이라 층간소음을 느낄 수 없을 정도로 조용한 곳이긴 했다. 여자 또한 자는 모양인지 부스럭대는 소리조차 없었다.

승제는 잠시 얼굴을 찡그리며 제 심연을 헤집던 생각을 멈췄다. 그리고 무의식이 만든 부비트랩을 조심스레 비켜 지나갔다. 피곤했다. 머리가 제대로 돌지 않을 때는 이상한 생각에 빠지기 쉬었다. 그는 거칠게 고개를 저었다. 다른 게 있을 리가 없잖은가. 그저 위험에 빠진 여자를 모른 척할 정도로 제가 나쁜 놈이 아닐 뿐이었다.

우선은 제 어깨에 매달린 피로를 털어 내기 위해 뜨거운 샤워와 잠이 필요했다. 승제는 시끄러운 여자를 깨우지 않기 위해 조심스레 걸었다. 제 휴식을 여자가 방해하게 만들고 싶지는 않았다. 하루는 되감고 싶지 않을 정도로 길었고 그는 더 쓸 만한 에너지도 없었다.

모든 것은 내일로 미루기로 했다. 그래, 내일 조금 더 맑아진 정신에 생각하는 게 나았다. 그래야 쓸데없는 감상이 끼어들지 않고 깔끔하게 저 여자를 해결할 수 있을 터였다. 번잡한 생각을 끊듯 승제는 뒤도 돌아보지 않고 문을 굳게 닫았다.

은수를 깨운 것은 무언가 웅웅거리는 진동 섞인 소음이었다. 원룸은 애초에 층간소음 따위를 전혀 고려하지 않는 건축물이었기 때문에 익숙한 일이었다. 그녀는 베개에 얼굴을 파묻으며 떠나려는 잠을 부여잡았다. 하지만 볼에 닿는 사각사각한 천의 감촉이 주는 이질감이 그녀의 눈꺼풀을 끌어 올리고야 말았다.

흘러내린 머리카락을 쓸어 올리며 은수는 눈을 깜빡였다. 푸른빛의 벽지와 둥근 아치형의 창문, 그리고 제 좁은 원룸의 좁은 싱글 침대와는 전혀 다른 커다란 투매트리스의 앤틱 침대까지 돌아보고 나서야 제정신이 들었다.

"어휴."

은수는 엎드렸던 몸을 돌려 천장을 보고 누웠다. 침대 헤드의 양끝으로 커다란 기둥이 천장에 닿을 듯 길게 뻗어 있었다. 그리고 그 천장의 한가운데는 우아한 샹들리에 등이 차지하고 있었다.

"와, 무슨 공주님 방도 아니고."

입을 삐죽이며 투덜대던 은수가 팔을 쭉 펴서 기지개를 켰다. 하지만 뭐 그래도 나쁘진 않네.

구름처럼 폭신한 이불을 끌어 올려 그 포근함에 감탄한 은수가 히죽 웃었다. 하루 종일 침대에 뒹굴어도 좋을 만큼 침대 매트리스도 침구도 너무나 마음에 들었다. 하지만 바깥의 소음은 네가 그럴 처지가 아니라고 말하고 있었다.

"좋은 아침이에요!"

주방 입구에 머리를 쑥 내민 여자가 건넨 인사에 그는 대답 없이 눈썹을 치켜 올렸다. 그리고 무늬가 화려한 프랑스산 고블렛 잔에 막 갈아 낸 초록색 주스를 가득 부었다.

"이마는 괜찮습니까?"

잊고 있었다는 듯 여자가 제 이마의 거즈에 손을 올렸다.

"아, 이거요. 음, 좀 멍하긴 하지만 괜찮아요."

여자가 아무렇지도 않다는 듯 씩씩하게 고개를 끄덕이자 승제는 음식을 담던 손을 닦고 다가가 직접 그녀의 동그란 이마를 살펴보았다. 반창고로 붙여 둔 거즈 때문에 잘 보이진 않았지만 상태가 그다지 좋아 보이지는 않았다.

"어제보다 오늘 더 안 좋을 거라고 하더니 좀 부었군요. 냉찜질을 좀 하는 게 좋을 겁니다."

냉동고에서 얼음을 꺼낸 승제는 수건으로 감싼 얼음 팩을 만들어 은수에게 건넸다.

"눈은 괜찮아요?"

그의 물음에 얼음 팩을 이마로 가져가던 은수가 고개를 갸웃거리며 되물었다.

"눈이 왜요?"

"멍이 좀 내려온 것 같은데……."

동그랗게 뜬 눈가를 유심히 바라보며 중얼거리는 그의 말에 은수가 퍼뜩 놀라 제 눈을 더듬었다.

"눈에 멍이 들었어요?"

벌떡 일어나 거실로 뛰어간 여자가 거울을 찾아 두리번거리더니 냅다 소리를 질렀다.

"아니, 무슨 집에 거울도 없어요?"

그녀의 말에 승제가 입술을 비틀며 대꾸했다.

"글쎄요, 미안하지만 내가 집 안을 거울로 채울 정도로 나르시즘은 아니라서."

비꼬는 그의 말에 기막혀하는 여자를 보며 승제가 말을 이었다.

"그리고 잊은 모양인데 어제 이은수 씨가 잤던 방에 만족할 만큼 큰 거울이 있을 텐데요."

그제야 생각났는지 방으로 달려가는 여자를 보며 승제는 고개를 저었다. 이마를 다쳤을 때도 괜찮다며 씩씩하게 병원을 나서던 여자라 멍 정도는 신경 안 쓸 거라고 생각했더니 그건 또 다른 모양이었다.

마침 맞춰 놓은 요리의 알람이 삑삑거리며 울리자 승제는 오븐 장갑을 끼고 김이 모락모락 올라오는 무쇠 디쉬를 오븐에서 꺼냈다.

오늘은 그도 꽤 바쁜 날이었다. 쿠킹 클래스도 있었고 레스토랑의 월말 결산 보고서도 체크해야 했으며, 주말 전에 시답잖은 초대장들을 중요도에 따라 분리해 두어야 했다. 그리고 그러기 위해서는 저 여자를 먼저 해결해야 했다.

오지 않는 은수를 데리러 손님방에 가자 열린 문으로 휴대전화를 붙들고 신경질적으로 이마를 문지르는 여자가 보였다.

"얘는 왜 전화를 안 받는 거야! 젠장! 이마 정도야 어떻게 해 보겠지만 이 눈을 어떻게 하지?"

여자가 호들갑 떨 만큼 대단하지는 않았다. 이마야 머리카락으로 가린 부분이고, 멍이라고 해 봤자 그냥 언뜻 봤을 때 약간 푸르스름한 기가 있는 것뿐이었다. 그런데도 거울을 들여다보면서 저리 난리인 것은 저 여자가 외모에 관심이 있어서가 아니라 어디선가 또다시 화장실 청소부 분장 같은 것을 해야 해서인지도 몰랐다.

문질러 봐야 지워질 것도 아닌 눈을 만지작거리는 여자를 보며 그는 문을 두드렸다.

"확인 끝났으면 아침 식사나 하죠. 자세히 보지 않으면 괜찮아요. 게다가 여자들은 그 정도쯤은 화장으로 얼마든지 가릴 수 있을 거 같아 보이는데요. 아직 시간 더 필요합니까?"

그의 말에 거울 속의 제 모습을 한 번 더 쳐다본 여자가 시무룩하게 대답했다.

"이 와중에 밥이 문제냐고 하고 싶지만 제 배는 참 정직하네요."

기운 없이 자조하던 여자가 갑자기 건전지라도 끼운 듯 고개를 번쩍 들더니 씩씩하게 주먹을 움켜쥐었다.

"그래요, 먹어야죠! 먹어야 기운도 차리고! 특종도 잡고!"

문 앞까지 전투적으로 걸어온 여자가 그를 재촉했다.

"가요, 어서."

씩씩하지만 삐걱대며 걷는 여자를 따라 승제는 주방으로 향했다. 어제 그 난리를 겪었으니 걸음걸이가 시원치 않은 게 당연했다. 아니나 다를까 성큼성큼 걷던 여자가 걸음을 멈추더니 얼굴을 찡그리며 무릎을 매만졌다.

"어디 불편합니까?"

뒤에 선 그의 물음에 은수가 과한 웃음을 지으며 엉거주춤하던 자세를 얼른 고치며 섰다.

"아니요. 와, 그런데 이게 뭐예요."

어색하기 짝이 없게 화제를 바꾸는 여자의 물음에 승제는 순순히 대답했다.

"에시 파망티에, 그리고 양파 스프와 샐러드예요. 앉아요."

여자의 앞에 방금 오븐에서 꺼낸 스프가 담긴 볼을 놔주고 승제도 제 자리에 앉았다. 원래도 잘 먹던 여자였지만 그가 채 스프를 반도 비우기 전에 그녀는 스프 한 그릇을 다 해치우고 말았다.

"이거 그라탕이랑 비슷하게 생겼네요."

그녀의 솔직한 감상에 그도 고개를 끄덕였다.

"비슷해요."

그가 접시에 담아 준 파망티에를 이리저리 둘러보다 한입 맛본 여자가 과장된 표정을 지으며 웃었다.

"감자네요. 와우! 완전 부드럽고 고소하고 또 치즈는 적당히 짭조름하고 이 버섯 소스도 아주 맛있어요."

그가 요구하지도 않은 과찬을 마구 쏟아 내는 은수를 보며 승제는 스푼을 내려 두고 의자에 기대었다.

"칭찬은 그만 됐으니 말해 봐요."

입에 가득 담고 있던 파망티에를 꿀꺽 삼킨 은수가 되물었다.

"음…… 뭘요?"

"앞으로 어떻게 할 겁니까?"

눈동자를 데구루루 굴린 은수가 어깨를 들어 올렸다 내렸다.

"딱히 계획은 없는데요."

승제가 미간을 찡그리며 그녀를 향해 몸을 숙였다.

"이은수 씨가 뭘 하는지는 모르겠지만, 당분간 그 원룸은 가지 않는 게 좋을 겁니다. 그 사람들이 뭘 찾는지는 모르지만 쉽게 포기할 것 같지 않으니 말입니다. 대체 그 사람들이 찾는 게 뭡니까?"

딴청을 피우듯 제 앞에 놓인 감자요리를 잘게 부숴 먹던 여자가 헉 하고 이상한 소리를 내더니 사레가 들렸는지 기침을 해 댔다.

"콜록, 콜록. 흠. 흠. 그런 거 아니에요."

잘도 아니겠군. 뻔히 보이는 거짓말에 그는 대답 없이 제 앞에 놓인 초록색 주스를 마셨다.

"그래서 갈 데는 있는 겁니까?"

아직도 잔기침을 하던 여자가 크게 고개를 끄덕였다.

"네."

어젯밤 갈 곳이 없어 고민하던 모습과는 달리 너무나 쉽게 나오는 대답에 승제가 미심쩍은 듯 되물었다.

"다행이군요. 어딥니까? 출근하면서 태워다 드리죠."

달콤한 양파 스프를 막 입에 넣으려던 그에게 은수가 손을 저었다.

"안 그러셔도 돼요. 어제 신세진 것만으로도 충분해요. 감사했어요."

어디라도 갈 데가 있으니 다행이었다.

"병원, 잊지 말고 가봐요."

그의 말에 은수가 제 이마를 더듬으며 멋쩍게 웃었다.

"제 꼴이 웃기긴 하죠?"

자조 섞인 농담에 승제가 삐딱하게 대답했다.

"그냥 처참하다고 해 두죠."

"아하하. 하긴, 그쪽이 더 맞긴 하겠네요."

애써 밝게 웃은 여자가 씩씩하게 파망티에 한 접시를 마저 비웠다. 그리고 화려한 무늬의 잔에 담긴 초록색 주스를 가리키며 물었다.

"이건 녹즙인가 봐요? 윽, 죄송한 얘기지만 전 이거 안 먹을게요. 녹즙에 안 좋은 추억이 있어서요. 학생 때 엄마가 아침밥 대신 녹즙으로 고문을 하셨거든요."

묻지도 않은 추억을 줄줄이 쏟아 내는 여자를 가만히 바라보고 있던 승제가 은수가 거절하듯 옆으로 밀어 둔 고블렛 잔을 다시 그녀 앞에 놓았다.

"녹즙은 아니고 그린 스무디라고 해요. 먹어 봐요. 맛있으니까."

그가 끔찍한 것을 권한 듯 잔뜩 얼굴을 구긴 여자가 초록색 주스가 가득한 잔을 노려보았다.

"내가 언제 이은수 씨한테 못 먹을 걸 권했습니까?"

승제의 말에도 의심스럽게 눈을 찡그린 은수를 위해 그가 잔을 들고 그녀에게 내밀었다.

"먹어 봐요."

"으음. 싫어요."

입을 가리고 고개를 절레절레 흔드는 은수에게 승제가 심술궂게 입술을 비틀었다.

"내 집에 왔으면 내가 만든 음식은 다 먹어야죠. 어서 먹어 봐요, 어서요."

기 싸움을 하듯 서로를 바라보던 둘 중에 백기를 든 사람은 이번에도 은수였다.

"부디 제 좋지 않은 추억에 쐐기를 박으려는 건 아니길 빌겠어요."

그녀의 경고에 승제가 한쪽 눈썹을 치켜 올렸다.

"설마, 내게 그런 고약한 취미가 있을 것 같습니까?"

"이런 풀 주스를 마시는 취미도 그다지 좋은 건 아닌 거 같은데요."

투덜투덜거린 은수가 사약이라도 마시듯 얼굴을 잔뜩 구기고 코를 막은 채 생생한 초록색 음료를 한 모금 입에 담았다.

"손 떼요."

그가 코를 막은 손을 지적하자 그녀가 실눈을 뜨고 고개를 저었다.

"숨 막힐 텐데요."

승제의 말대로 오래 버틸 수는 없었다. 그의 말이 떨어지자마자 은수가 코를 쥐고 있던 손을 놓고 입안의 주스를 꿀꺽 삼켰다.

"으헉!"

괴상한 소리를 내며 은수가 숨을 헐떡거리더니 생각난 듯 제 입안에 남은 주스의 맛을 다시 음미했다.

"제가 장금이 미각은 아니지만 사과랑 바나나 맛인데요?"

"맛있다고 했잖아요."

은수의 반응에 좋아할 만도 하건만 승제는 표정 하나 변하지 않고 아침 식사를 계속했다. 무뚝뚝한 승제의 태도에 그녀가 고블렛 안의 초록색 주스를 들여다보며 물었다.

"대체 재료가 뭐예요?"

신기하다는 듯 묻는 은수에게 그가 역시나 무표정한 얼굴로 대답했다.

"케일. 로메인. 코코넛 밀크. 사과. 바나나."

은수가 복권 번호라도 맞춘 듯 박수를 쳤다.

"와! 두 개나 맞췄네요! 다음번 요리는 정하셨어요?"

"아직 안 정했습니다."

"그럼 이 감자요리랑 풀 주스는 어때요? 완전 좋을 것 같아요."

흐뭇한 표정으로 묻는 그녀와는 달리 그는 눈가를 찡그렸다.

"파망티에와 그린 스무디. 일부러 안 외우는 겁니까? 아니면 외워지지 않는 겁니까?"

진짜 궁금한 듯 진지한 그의 질문에 은수가 볼을 긁적이며 느릿느릿 대답했다.

"아마…… 전자일걸요?"

천연덕스러운 대답에 승제가 한숨을 쉬었다.

"재밌지도 않는 작명 센스는 집어치워요. 그러다 기사에도 이은수 씨가 멋대로 지은 요리 이름을 적는 건 보고 싶지 않으니까."

그의 염려에 은수가 제 볼을 양손으로 짝 하고 쳤다. 그러더니 팔을 휘저으며 이상한 소리를 냈다.

"훠이! 훠이!"

"뭐 하는 겁니까?"

입을 삐죽거린 그녀가 투덜대며 토스트 하나를 손으로 잘라 스프에 찍었다.

"부정 탄단 말이에요. 쉐프님 요리 이름도 조리법도 다 외우고 있으니 걱정 마세요. 이래 봬도 저 머리 나쁘다는 소리 한 번도 들은 적 없으니까요."

은수의 장담에 못 믿겠다는 듯 고개를 기울여 바라보던 승제가 어깨를 으쓱했다.

"썩 믿어지지 않는 얘기지만 그럼에도 불구하고 믿어 보죠."

"그 어정쩡한 대답은 뭐죠?"

손가락으로 그를 가리키며 은수가 따져 물었다. 하지만 그런다고 눈썹 하나 까딱할 남자는 아니었다.

"솔직한 대답 아닙니까?"

"후회하실걸요."

그녀의 으름장에 그가 비스듬히 웃었다.

"부디, 기대하죠."

매끈하게 웃는 남자의 얼굴에 갑자기 심장이 엇박자를 내며 두근거렸다. 어쩐지 제 상태가 이상한 은수는 멍하니 넋을 놓았다.

"왜 어디 안 좋습니까?"

종알대던 은수가 묘한 표정으로 멍하니 있자 승제가 걱정스럽게 자리에서 일어섰다. 금방이라도 제 상태를 확인할 것만 같은 남자에게 은수는 손을 저었다.

"아니에요! 괜찮아요. 그냥 좀 머리가 아프네요."

"속은 어때요? 울렁거리거나 토할 것 같지는 않아요?"

어젯밤 응급실 의사가 말한 주의사항을 떠올려 묻는 그의 말에 그녀는 고개를 저었다.

"진짜, 괜찮아요. 이마가 부어서 그런가 봐요."

안심시키듯 씨익 웃어 보이는 은수의 말을 못 믿겠는지 승제가 마음대로 그녀의 일정을 결정했다.

"내가 병원 다시 가는 게 좋겠다고 했잖습니까. 출근하면서 데려다줄 테니 병원에 꼭 가요."

"어? 저 정말 괜찮은데요? 제가 오후에 가면 돼요."

"고집 피우지 마요. 어차피 가는 길이니까 걱정하지 않아도 돼요. 그러니 어서 식사나 해요."

류승제는 매우 무뚝뚝하고 신경질적인 남자였다. 그렇지만 뭐랄까, 저런 월권은 나쁘지 않은 기분이었다. 이상하게도 그 생각을 하자 머리가 다시 어질어질해졌다.

진짜 어디가 안 좋은 건가? 설마? 땡땡하니 부어오른 이마를 짚으며 은수는 남은 토스트를 오물거렸다. 하지만 무심결에 남자와 다시 눈이 마주치자 귀까지 열이 오르는 게 느껴졌다.

역시 병원을 가야겠어. 은수는 스프 그릇에 얼굴을 박고 남은 식사를 끝냈다.

"여기 내려 주세요."

은수의 말대로 그는 응급실 가까운 주차장에 차를 세웠다.

"다시 한 번 감사드려요. 재워 주신 것도 아침 식사도요."

제법 사분사분한 그녀의 인사에 승제가 무뚝뚝하게 대꾸했다.

"인사는 됐으니 몸조심하고 모레 봅시다."

"아, 네."

승제가 다시 확인한 다음 취재 날짜에 고개를 주억거린 은수가 내리자 차는 조금의 머뭇거림도 없이 쌩하고 주차장을 빠져나갔다.

마치 귀찮은 존재를 털어 버린 듯 뒤도 돌아보지 않고 멀어지는 차를 보자 은수는 조금 섭섭해졌다. 주인에게 버림받은 강아지 같은 기분이랄까?

어깨를 늘어뜨리고 서 있던 그녀는 제 생각에 머리를 툭 치며 헛웃음을 웃었다.

"무슨 생각이야, 이은수?"

제 자신을 비웃어 준 그녀는 휴대전화를 꺼내 단축키를 눌렀다. 병원을 향해 터덜거리며 걷는 도중에 계속 단축키를 반복해 누른 그녀에게 항복이라도 하듯 상대편에서 전화를 받았다.

"야! 너 어떻게 된 거야?"

그녀의 사자후에 병원 앞을 지나는 사람들이 돌아보았기에 은수는 목소리를 낮춰 다시 상대에게 화를 냈다.

"너 왜 어제 전화 안 받아?"

룸미러 안에서 멀어지는 여자의 모습을 보며 승제는 약간의 미안함을 느꼈다. 적어도 병원 안까지는 같이 갔어야 맞는지도 몰랐다. 이상하게도 절뚝대는 여자의 걸음걸이가 묘하게 죄책감을 불러일으켰다.

하지만 굳이 따지자면 그에게 그럴 의무도 책임도 없었다. 그저 일로 관계된 사이에서 해 줄 수 있는 배려는 차고 넘치게 해 주었다. 게다가 아침부터 레스토랑에는 일이 터졌고 석진과 레너드가 그가 오길 기다리고 있었다.

승제는 자꾸만 제 시선을 잡아당기는 여자에게서 관심을 돌리고 액셀을 밟아 속도를 높였다. 벌써 시간은 한참이나 지체되어 있었다.

레스토랑에 도착하자마자 승제는 입구에 차를 세우고 주차 요원에게 키를 던졌다. 문을 열고 들어서자 기다렸다는 듯 레너드가 달려와 화가 잔뜩 난 얼굴로 속사포 같은 프랑스어를 쏟아 냈다.

「어떻게 이런 일이 일어나는 거야! 냉장고 하나가 통째로 날아갔단 말이야.」

금방이라도 누구를 한 대 칠 듯 히스테릭하게 팔을 휘두르던 그가 머리를 쥐어뜬으며 탄식하자 승제가 걸음을 멈추고 레너드를 향해 돌아섰다.

"그만 진정해. 이 정도 일에 흥분할 정도로 너, 별로인 요리사였어?"

제 어깨를 잡고 흔들어 멀리 사라지려던 정신을 잡아 온 승제에게 레너드가 단호한 표정으로 고개를 끄덕였다.

「그래. 이까짓 것 아무것도 아니지. 너랑 나랑 서비스 15분 전에 피에르 쉐프가 냉장고에 기름통 엎은 것도 치웠는데. 그렇지?」

제법 기운이 난 듯 씩씩하게 앞장서는 레너드를 따라 승제는 주방에 들어갔다. 하지만 상황은 그다지 좋지 못했다.

"해물 워크 인이 어제부터 제대로 돌지 않은 모양입니다. 런치에 나가기로 한 부야베스 재료가 다 상했습니다."

사람이 들어갈 만큼 커다란 냉장고, 워크 인을 둘러본 승제가 싸늘한 목소리로 물었다.

"이유가 뭐야?"

"냉매가 다 빠져 있었답니다. 제품 자체 결함인 것 같습니다."

"거래처에서는 뭐라고 해?"

이미 비린내가 나기 시작한 해물들을 요리 재료로 쓸 수는 없었다.

"워낙 종류도 많고 양도 적지 않아서 시간이 좀 걸린답니다. 런치에는 아무래도 시간을 맞출 수 없을 것 같습니다."

"육류 워크 인은?"

"그쪽은 괜찮습니다."

석진의 대답에 테이블에 기대어 턱을 쓸던 승제가 가볍게 해결책을 내놨다.

"그럼 메인을 바꾸지."

"가능하지만 코스를 다 고기로 채울 수는 업자나."

난감해하는 레너드의 말에 석진이 고개를 저었다.

"거래처에 당장 가져올 수 있는 해물만이라도 우선 가져오라고 했습니다. 그것도 혹시 부족할까 봐 아래 스텝들 몇을 수산시장에 직접 보냈습니다."

"그래. 그럼 그렇게 하고 제일 큰 문제는 뭐야?"

"메뉴 예약한 손님들이 몇 테이블 있습니다."

"그럼 그 수량 먼저 확보해서 시간 맞추도록 해. 메뉴 변경된 것 홀 스텝들에게도 전달하고. 일단 바꾼 메뉴는 레너드에게 알려 줄 테니 메뉴판도 수정하는 것 잊지 말아."

"네."

석진이 당장 전화를 들고 통화를 하면서 몇몇의 요리사에게 손짓을 했다. 그들이 프렙 주방을 빠져나가는 걸 보던 레너드가 승제에게 물었다.

"메인을 뭐로 할까?"

"가장 기본."

"Boeuf Bourguignon?"

승제가 고개를 끄덕이자 레너드가 두 손을 비비며 은근한 웃음을 지었다.

「하긴 우리가 고객들 입맛을 너무 높여 놨으니 기본적인 요리 맛을 보여 줘도 좋을 때지.」

흐뭇한 그의 표정에 승제가 입술을 비틀며 삐딱하게 물었다.

"지금 그렇게 한가할 시간 없을 텐데?"

"앗차차."

깜짝 놀란 레너드가 제 밑의 요리사들을 불러 일을 지시하는 사이 프렙쿡 둘을 손짓해 불렀다.

"한 시간 내로 이 안에 물건 싹 다 치워 놓도록 해. 그리고 냉장고 체크 매일매일 제대로 하도록 해. 어젯밤에 멀쩡했다는 얘기를 내가 믿을 것 같나?"

낮지만 냉랭한 질책의 목소리에 스텝 둘이 벌게진 얼굴로 식은땀을 흘렸다.

"죄송합니다. 상대방이 한 줄 알고 둘 다 체크를 못 했습니다."

그나마 좀 용기가 있는 한 명이 머리를 숙였다.

"동료를 믿는 건 좋지만 일을 미루지는 말도록 해. 다음에 이 주방에서 쫓겨나는 건 고장 난 냉장고가 아니라 자네들일 테니까."

"적당히 해. 착한 애들이라니까."

어느새 다가온 레너드가 실수한 스텝들의 변명을 대신했다.

"착한 게 유능하다는 뜻은 아니야."

냉정한 대답에 레너드가 혀를 찼다.

"독칸 놈."

"배워 봐."

"싫다."

"네가 그러니 밑에 애들이 자꾸 나태해지는 거야."

"크래도 싫어. 너가티 독해서 어디 사람이 남게써?"

"너처럼 말랑말랑하게 굴다가는 망하기 십상이지."

"그거 아주 나쁜 말이야. 그런데 어디 가는 커야?"

승제와 어깨를 나란히 하고 걷던 레너드가 주방을 나서게 되자 걸음을 멈추고 물었다.

"오늘 수업 있는 날이야. 윤 실장이 여기 일 해결하고 있으니 난 그쪽에 가 봐야지."

그의 대답에 레너드가 생각났다는 듯 제 머리를 툭 쳤다.

"맞다. 그렇치. 여긴 내카 석진하고 해결하께. 어서 가 봐."

"너야말로 늦지 않게 서둘러."

"미췬놈, 잔소리 좀 코만해!"

손사래를 치며 레너드가 주방으로 쏙 들어가 버리자 승제도 홀 매니저에게 몇 가지 당부를 하고 레스토랑을 빠져나왔다.

클래스의 스텝들은 다행히 별 문제가 없었다. 아니, 정확히 말하면 문제가 생기기 전에 그가 딱 맞춰 도착했다. 안 그랬으면 졸이다 못해 타 버린 소스가 그를 기다리고 있었을지도 몰랐다. 민우와 재원 두 사람이 머리를 맞대고 소스를 더 끓이느냐 마느냐 고심 중이었으니까.

"수고하셨습니다."

"음."

석진이 레스토랑에서 거래처를 닦달해 재료를 공수하는 동안 클래스의 호스트는 그가 대신해야 했다. 마지막 수강생이 현관문을 나서자 그의 뒤에 서 있던 민우와 재원이 큰 소리로 인사를 했다.

3시간이 넘는 시간을 버틴 뒤에야 그는 겨우 과장된 웃음소리와 가시를 숨긴 대화로부터 벗어날 수 있었다. 금방이라도 숨기고 있는 발톱을 드러내고 상대를 할퀼 준비가 된 여자들 사이에서 그녀들 모두의 비위를 상하지 않고 대화를 하기란 쉽지 않은 일이었다.

"윤 실장도 없는데 두 사람이 고생했어. 정리하고 퇴근해. 그리고 이거, 가면서 저녁이라도 먹어."

승제가 내미는 카드에 두 사람이 손을 저었으나 검은색에 금박이 장식된 카드는 이미 재원의 조리복에 들어간 뒤였다.

뒷정리를 맡기고 제 사무실로 들어와 옷을 갈아입는 사이 책상 위에 올려 둔 휴대 전화가 울렸다.

〈거기도 비 오냐?〉

대뜸 날씨부터 물어보는 실없는 녀석은 태준이었다.

승제는 두꺼운 창문을 줄줄 흐르고 있는 빗물을 힐끔 쳐다보았다. 정오부터 흐리기 시작한 날씨는 곧바로 굵은 빗줄기로 변해 버렸다.

창문을 때릴 듯 쾅쾅거리는 천둥소리에 과한 비명 소리를 수강생들이 지르며 걱정스런 대화를 나눴지만 사실은 그녀들이 비를 맞을 일은 별로 없었다. 지상이든 지하든 연결된 주차장에서 또 주차장으로 이동하면 끝이었으니까.

"날씨는 왜? 기상청에 자문이라도 하는 거냐?"

그의 질문에 태준이 어색한 헛기침을 했다.

〈흠흠. 그냥 비가 하도 많이 오기에 네 생각도 나고.〉

승제는 입으려고 손에 들던 정장 상의를 책상에 두고 의자에 앉았다.

"말해."

〈뭘?〉

"술이 고픈 거냐? 아니면 할 얘기가 있는 거냐? 어느 쪽이든 빨리해. 바쁘니까."

뭔가 곤란한 듯 헛기침을 두 번 더 한 태준이 말을 꺼냈다.

〈그 있잖냐. 내 여동생이 모임에서 들었는데 그 시어머니가 좀 난리를 피웠나 봐.〉

태준이 이 말을 하고 싶어 전화를 했다는 걸 승제는 깨달았다.

"뭘 어떻게 했는데?"

〈그게 희수 여행 간 것 때문에 시끄러웠던 모양이더라구. 집안 망신시켰다고.〉

예상한 답 중에 하나였다. 하지만 그 집안에서 망신을 찾다니 웃긴 노릇이었다. 시어머니 본인이 후처였으니까 말이다.

"그래서?"

〈뺨을 좀 맞았나 봐. 그 시누이가 자랑이라고 떠벌리고 다니더란다. 너 괜찮겠냐?〉

걱정스런 물음에 승제는 의자를 돌려 새까만 하늘을 올려다보았다.

"안 괜찮으면?"

〈아니, 난 그냥 걱정돼서.〉

"쓸데없는 소리 그만하고 끊어. 바빠."

〈야! 야!〉

저를 부르는 소리에도 승제는 전화를 끊어 버렸다. 번개가 꽤 가까이에서 번쩍였다. 천둥이 그 뒤를 따르고 미친 듯이 내리는 폭우가 또 그 뒤를 따랐다.

희수도 울고 있을까? 희수의 눈물을 보고 있으면 늘 예전으로 돌아가는 기분이었다. 아무것도 할 수 없는 무기력한 시절로 말이다.

승제는 눈가를 매만지며 지친 한숨을 쉬었다. 하긴 그때도 지금도 제가 할 수 있는 일은 별로 없었다. 여전히 희수는 희수의 몫을, 그는 그의 몫을 감당해야 했다.

다만 그 시간들이 희수를 망칠 만큼 무겁지 않기만을 바랄 뿐이었다. 그게 제 이기적인 바람이라 해도 말이다.

9.

(7ELEVEN/바이더웨이)

## 농심 짜파게티 큰사발

중간중간 보고 받은 레스토랑의 상황도 별 탈 없었기 때문에 그는 바로 집으로 향했다.

고급 빌라가 줄지어 있는 그의 동네는 가구 수가 얼마 되지 않았고 대형 평수의 집들이 많았기 때문에 꽤 한가하고 조용한 편이었다. 또한 당연히 각 빌라마다 보안이 꽤 철저했기 때문에 외부인이나 잡상인이 출입하는 경우도 볼 수 없었다.

게다가 이런 장대비까지 내리는 날에는 그나마 몇 안 되는 입주민들의 차도 오가지 않아 길은 한적했다. 그래서 그는 제 빌라 입구의 커다란 문을 지탱하는 기둥에 서 있는 은수를 지나치지 않고 발견할 수 있었다. 여자는 내린 비를 혼자서 다 맞은 듯 처참하게 젖어 있었다.

승제는 차를 멈추고 폭우 속을 지나쳐 그녀에게 걸어갔다. 그사이 커다란 우산을 든 경비업체 직원이 은수에게 무언가 큰소리를 치고 있었다.

"아, 그만 가라니까 왜 이렇게 말을 안 들어요! 여기 입주민들이 보면 시끄러워진단 말이에요!"

비를 맞고 덜덜 떨고 있는 여자가 불쌍할 만도 하건만 언뜻 어려 보이는 직원은 제 바짓단에 물이 튀는 것만 신경 쓰고 있었다.

"내 손님입니다."

뒤에서 들리는 목소리에 화들짝 놀란 직원이 비를 맞고 있는 승제에게 얼른 우산을 씌웠다.

"사장님 오셨습니까? 이분이 몇 호인지 말씀을 안 하셔서 죄송합니다."

쩔쩔매는 직원에게 승제는 고개를 저었다.

"됐습니다. 우산 좀 빌리죠. 가 보세요."

힐끔대는 직원이 등을 돌리자 승제는 은수에게 우산을 씌워 줬다.

"여긴 무슨 일입니까? 왜 이 비를 다 맞고……."

얼굴에 흐른 빗물을 닦으며 은수가 애써 미소를 지어 보였다.

"그게, 제가 좀 덜렁거려서 말이죠."

"무슨 말입니까?"

영문을 모르겠다는 그의 표정에 은수가 나오지 않는 미소를 애써 다시 지었다.

"지훈이가 아직 안 와서, 그 모텔, 아니 호텔에 가려고 했었죠. 딱 체크인하려는 순간 가방이 빈 걸 알았지 뭐예요. 지갑을 여기 떨어뜨렸나 보더라고요. 아, 이놈의 건망증이란. 잠깐 들어가서 찾아 가지고 나올게요. 오늘 하루만 버티면 내일부터 지훈이 원룸에 있으면 되니까."

보라색으로 변한 입술을 떨며 주절주절 쏟아 내는 말들에 승제는 얼굴을 찌푸렸다.

"지훈이면 지금 남자 원룸에 간다는 겁니까?"

그의 질문에 은수가 멍한 눈으로 올려다보았다.

"네. 근데 뭐 걔는 그냥 남자 사람이에요. 일주일씩 같이 뒹굴며 취재도 다니는걸요."

추운지 몸을 떠는 은수에게 승제는 제 정장 재킷을 벗어 덮어 주었다.

"우선 들어갑시다. 비에 젖은 생쥐 꼴인데, 들어가서 찾든지 해요."

"아, 물론 그래야죠. 에에취!"

새파란 입술로 덜덜 떨던 은수가 기침을 했다.

이게 무슨 꼴인가. 한숨만 내쉬던 그가 내키지 않는 손을 내밀어 여자의 어깨를 감쌌다. 키도 크고 늘 당당해 보이던 여자는 의외로 가냘픈 어깨를 지닌 데다 부들부들 떨기까지 하고 있었다. 그는 성큼성큼 여자를 끌고 집으로 들어갔다.

집에 들어와 불이란 불을 모조리 켰더니 여자는 어디론가 쪼로로 사라졌다. 힘든 하루였다. 아니, 늘 힘든 하루였다. 단 하루도 만만한 날이 없었다. 사람들은 이래서 휴가가 필요한지 모르겠다 싶었다. 이 넓고 휑한 집조차 제게 휴식을 주지는 못했다.

승제는 피곤한 눈가를 손으로 쓸어내렸다. 그때 쪼로로 사라졌던 여자가 나타났다.

"찾았어요. 침대 옆에 떨어져 있더라고요. 지훈이 녀석이 선물 줄 때부터 느꼈다니까요. 이렇게 무거우니 언젠간 빠질 줄 알았어요. 찾았으니까 갈게요. 엄청 죄송해요."

마치 물에 빠진 생쥐 같은 꼴의 여자가 제 재킷을 어깨에 걸친 채 하얗게 질린 얼굴로 웃으면서 새빨간 가죽 지갑을 들고 있었다.

"그래서 어쩔 겁니까?"

승제가 되물었다.

"음. 모텔, 아니 호텔에 가야죠. 하여튼 감사합니다. 난 길가에서 잃어버린 줄 알았거든요. 전에도 그랬었는데, 와, 카드 정지하랴, 신분증 재발급하랴 정말 힘들었거든요. 이렇게 있는 게 어디예요. 하여튼 정말 죄송했어요."

"거울 한번 보는 게 어떻습니까? 대체 그 몰골로 어딜 가려는 겁니까."

그제야 은수는 제 머리에서부터 뚝뚝 떨어지는 물을 인식할 수 있었다. 힐끗 돌아보니 새하얀 대리석 블록으로 쫙 깔린 남자의 아파트 바닥에 제 발자국을 따라 물 자국이 뚝뚝뚝 또렷하게도 떨어져 있었다. 비를 피한다고 하긴 했는데.

"뭐, 떨어진 물 자국이야…… 도우미 아줌마가 싹 해결해 주시겠죠?"

멋쩍은 마음에 중얼거리는 은수의 말을 승제가 끊었다.

"온수 잘 나오니까 씻어요."

"네?"

"그 방에 욕실 있잖습니까?"

"아, 그게……."

승제가 일어나 곧 자신의 구역으로 사라졌다. 은수는 제게 뚝뚝 떨어지는 물소리가 들리는 것 같았다. 비가 와도 엄청나게 왔으니까. 그 경비 아저씨만 아니어도 구석에서 비는 피할 수 있었을 텐데.

지훈이 녀석은 왜 하필 제주도까지 내려가느라. 하지만 야당 대표의 스캔들은 크긴 컸다. 나라도 당장 날아갔을 테니까. 그걸 부러워해야 하는 걸까.

그렇게 디지털 도어록으로 바꾸라고 이야기를 했건만 자기는 아날로그가 좋다고 열쇠를 들고 다니더니 이런 중요한 때에 그 아지트를 이용하지 못하게 되다니, 이제 오기만 하면 헤드 락을 걸어 질식사를 시켜 줘야 할 것만 같았다.

은수가 막 돌아서려는데 남자가 눈앞에 다시 나타났다.

"옷은 저기 메인 욕실 옆에 세탁기와 건조기가 있으니까 금방 건조될 겁니다. 맞을진 모르겠는데 그동안 이거 입고 있어요. 저녁은 먹었습니까?"

저녁? 여기서 기다린 게 몇 시간인데…….

그러나 적어도 양심은 있었다. 이 남자의 직업이 요리사라는 거, 아니 엄밀하고 정확하게 말하면 쉐프라는 거. 도저히 두 낱말의 차이를 모르겠지만, 제가 아무것도 안 먹었다고 하면 또 무언가 뚝딱뚝딱 만드는 수고를 할 게 명약관화했다.

"먹었어요."

은수는 남자가 내민 옷가지를 받아 들었다.

"다행이군요. 오늘은 그냥 여기서 자요. 이 시간에 호텔을 찾아 나서는 것도 힘들 테니까."

"그러지 않아도 되는데……."

"괜찮습니다."

남자의 말은 괜찮다고 했는데, 그러지 않으면 혼날 것 같은 말투였다.

"씻어요. 그쪽, 완전히 젖었으니까."

사라진 남자의 뒷모습을 보고 있다가 은수는 마치 바람이 푸루르르 빠진 풍선같이 주저앉았다.

밥이라니……. 하루 종일 이 빗속을 헤매고 다니면서 먹은 거라곤 짜파게티 사발면뿐이었다. 그것도 머리를 쓴다고 휴대폰 카톡에 든 선물하기에서 찾아낸 편의점표 먹거리였고, 저번에 괜히 실수로 소액결제 사기를 당한 후에 잔뜩 한도를 내려놔서 딸랑 컵라면과 캔 커피 하나로 때워야 했다.

그나마 짜파게티 큰사발이라 다행이라 여겼지만 아무리 제 낙천적인 성격이 강점이라 해도 이런 비 오는 날 청승은 제대로 된 청승이었다. 그나마 엔딩이 이러니 해피엔딩이라고 해 줘야 하는 건가.

은수는 아직도 느글거리는 속을 가지고 욕실로 향했다.

자신은 착각을 하고 있는지도 몰랐다. 낯선 여자를 제집에 들여놓다니, 제 성격에 어림도 없는 일이었다.

희수가 맞았다고 했다. 아무렇지도 않은 듯 대답했지만 제 속마음은 그러지 못했다. 희수, 은수. 나이도 이름도 비슷했지만 두 사람은 전혀 다른 사람이었다. 늘 연약하기만 한 희수와는 달리 저 여자는 아무리 집어 눌러도 꿈틀꿈틀 생명력이 기어 나올 것 같은 엄청난 여자였다. 물론 아까 제가 끌고 올 때는 달랐지만, 핵폭탄이 떨어져도 툭툭 털며 나올 것 같은 그런 여자였다.

단지 이름이 비슷하니까, 제가 희수에게 그래 줄 수 없으니까. 그러니까 그런 것뿐이었다. 게다가 어제 그렇게 사고를 당했고, 아직까지 이마에 멍 자국과 커다란 밴드까지 붙이고 있었고, 그렇게 가냘픈 어깨를 하고 비를 맞고 있었다.

하루를 재워 줬는데 이틀이라고 뭔가 달라질 건 없었다. 저러다 크게 병이라도 들면 그것도 또 못 볼 일 같으니까, 그뿐이었다.

그리고 저 여자에게 신경을 쓰는 게, 제가 이 빗속을 뚫고 희수의 집 앞으로 달려가지 않을 수 있기 때문인지도 몰랐다. 그러니 이 넓디넓은 집에 몇 개나 되는 빈방 중 한 개쯤은 저 뻔뻔스러운 여자에게 제공할 수 있었다. 그리고 제 옷가지 몇 개 정도도.

다시 신세를 지게 된 욕실은 샤워기에서 떨어지는 물소리조차 우아했다.

제 스스로는 절대 사회의 저소득층은 아니었다. 제가 받는 연봉도 통계청에서 발표한 제 연령대에 평균적인 임금보다야 많았다. 모친은 뉴요커고 유명한 칼럼리스트인 데다 오빠들도 다들 사회적으로 존경받는 상류층에 속했다.

자신이 사는 집이나 혹은 사는 환경이 극악하다고 느껴 본 적은 전혀 없었다. 워낙에 불우한 계층들을 늘 보고 부대끼며 살았으니까.

그러나 저보다 몇 살 더 많은 미혼 남자의 이 끝이 보이지 않는 어마어마한 집이며, 손님용 방에 달린 이 거대한 욕실에 대해서는 할 말이 없어졌다. 물질주의 사회에서 부르주아란 그다지 나쁜 선택은 아니구나, 아니 그 반대로군 하는 생각이 절로 날 것 같았다.

그놈의 화장실은 생각날 때마다 독한 락스 스프레이를 해 주지 않으면 어김없이 스믈스믈 검은색 곰팡이를 끌고 나왔었다. 그러나 이 거대한 욕실은…… 절대 곰팡이 따위가 낄 만한 여지가 없이 럭셔리하지 않은가. 게다가 남자가 챙겨다 준 남자용 셔츠와 반바지까지도 럭셔리했다.

그런데…… 아, 이런 젠장.

"저기요."

처음 듣는 여자의 꼬리 내린 듯한 목소리에 그는 저도 모르게 고개를 돌렸다. 막 샤워를 하고 편한 옷으로 갈아입은 뒤에 빈속을 생각하고 주방으로 나서려는데 어디선가 여자의 목소리가 들렸다. 그러나 그녀답지 않은 조신한 목소리와 함께 보여야 할 모습이 보이지 않았다.

고개만 두리번거리는데 다시 모기 소리만 한 목소리가 들렸다.

"저기…… 류승제 씨."

"거기 숨어서 뭐 하는 겁니까?"

그제야 달리 문이라고는 없는 중간 거실의 구석 모퉁이에서 고개만 빼꼼 내민 여자의 얼굴이 보였다. 아니, 뭐 하자는 노릇인지. 저 여자는 제가 한 짓을 열두 번도 더 후회하도록 만드는 재주를 지닌 듯했다.

왜 저 여자를 집에 들였을까 싶은 그가 신경질적으로 대답했다. 그러나 여자는 구석에 숨어서 여전히 얼굴의 반쪽만 내민 채로 지지 않고 대답했다.

"저기, 음…… 있잖아요."

"뭐요?"

"그게, 이왕이면 위에 입는 셔츠 같은 거 하나 더 주시면 안 될까요?"

"춥습니까?"

절대 추울 만한 실내는 아니었다. 저절로 온도는 딱딱 조절되고 있으니까. 바깥도 비만 아니라면 그다지 추위를 걱정할 날씨는 아니었다.

"음, 그게 구체적으로 설명을 하고 싶지만 그럴 사이는 아닌 거 같고, 그냥 묻지도 따지지도 말고 옷 하나 더 주시면 안 되겠어요?"

잠시 여자를 바라보며 미간을 찌푸렸던 그는 성큼성큼 제 방으로 가 손에 잡히는 대로 그녀가 원하는 셔츠 하나를 집어 내밀었다. 마치 먹이를 채 가는 굶주린 하이에나같이 휙 셔츠를 들고 사라진 여자를 보고 잠시 생각해 봤지만 도무지 이해를 할 수 없었다.

저 여자, 왜 그러는 걸까…….

셔츠의 상표를 보지 않으려 애썼다. 그냥 집에서 입는 옷이……. 나오는 한숨을 삼키고 은수는 얼른 셔츠를 입고 거울을 보았다. 승제가 준 옷은 집에서 입을 만한 스트링이 든 남자용 반바지와 반팔 면 티셔츠였다.

파란만장한 하루를 보내고 결국 이 빌라인지 맨션인지까지 걸어오면서 쫄딱 젖어 버린 옷을, 뜨거운 물로 샤워한 후에 후련하게 세탁기에 넣어 버리고 고급스런 남자의 옷을 입은 후에 언뜻 거울을 보고 경악하고 말았다.

속옷까지 홀랑 다 젖은 뒤라 전부 벗어 넣고 보니 이 부드럽고 얇은 면 티는 적나라하게 제 온몸의 곡선을 다 보여 주고 있었다. 다행히 반바지는 짙은 색이라 허한 안이 비칠 리는 없었지만, 상의는 도저히…….

그가 묻지도 따지지도 않고 던져 준 셔츠를 하나 더 입은 뒤에도 허하고 불안한 제 속은 도무지 안정이 되진 않았지만 그래도 아까보단 나았다. 불쑥 이 집주인이 튀어나오더라도 서로 안색을 붉히지는 않을 것 같았다. 그러나 옷의 세탁과 건조까지는 적어도 한 시간은 걸릴 것이었다.

"에휴……."

그나마 건조기가 있는 세탁기가 어디인가. 한 시간만 조용히 있으면 될 거라고 생각한 은수는 젖은 머리카락을 보송보송한 커다란 타월로 닦으면서 파란만장한 오늘 하루를 되짚을 수 있었다.

면허를 따고 차를 마련한 뒤로 늘 모든 생필품들이 차에 있었다. 차만 있었다면 그녀는 오늘 어디 한적한 구석에서 야영을 했을 수도 있었을 것이었다.

그러나 그런 제 애마가 반파되어 버렸고, 병원에 가서 상처 소독을 하고 엑스레이상 별 이상이 없다는 돌팔이 같은 의사의 말을 듣고 나온 은수는 그제야 제가 중요한 걸 놔두고 왔다는 걸 깨달았다. 병원비야 가방 안을 굴러다니던 돈을 긁어모아 해결을 했지만, 그때부터가 문제였다.

비는 시작되고, 제집에는 갈 수 없고. 결국 지갑을 찾으러 여기까지 와야만 했다. 이럴 줄 알았으면 티머니라도 휴대폰에 넣어 두는 건데, 지하철도 별로 타 본 적이 없는지라 걸어서 여기까지 오는 길은 정말이지 눈물 없이는 들을 수 없을 만큼 비참했다. 솔직히 이 집주인이 지갑을 내던지면서 가라고 해도 갈 기운이 없을 정도였다.

꼬르르르르르륵…….

추위와 비가 문제였는데 그걸 해결하고 나니 2차적인 문제가 다가오고 있었다. 물론 이 집에 문이 네 짝이나 되는 대형 냉장고가 포진해 있다지만 그 주인의 얼굴을 볼 낯짝이 없으니.

혹시나 하는 생각에 은수는 허한 제 의상을 다시 한 번 훽 둘러보고는 셔츠의 단추가 잘 채워졌는지 그 셔츠가 제 몸에 딱 들러붙지 않는지를 확인한 후에 천천히 주방 쪽으로 걸어갔다. 다행히 아무도 없는 듯 보였다. 어디 양배추나 당근이라도 있으면 하나 들고 와야겠다는 생각뿐이었다.

그때였다.

"세탁실 찾습니까?"

"흐억!"

마치 어디서 천둥 번개라도 친 듯 은수의 입에서는 숨 넘어가는 소리가 났다.

"아, 아뇨. 세탁실은 어디 있는지 잘 알거든요."

"그럼요?"

승제의 목소리는 잔뜩 가라앉아 있었다. 하긴 혼자 사는 남자 집에 뻔뻔스럽게 와서 돌아다니고 있다면 저라도 기분 좋지는 않을 듯했다. 그러면 쫓아내든지!

"그게…… 저기 산책요! 집이 워낙에 망망대해 같아서. 그런데 산책할 날씨는 아니네요. 조용히 돌아갈게요. 옷 마르면 집에, 아니 모텔, 아니 호텔이라도 갈 테니까."

승제의 사나운 목소리에 저도 모르게 나온 말이었다. 그러나 말을 잘못한 것 같았다. 제 앞에 선 잘생긴 남자의 인상이 더욱더 굳어졌다.

"여기까진 어떻게 온 겁니까?"

"아, 물론 좀 걷기도 하고."

"발이 그렇게 되도록 말입니까? 안 아파요?"

"네? 아뇨."

라고 말하고 내려다본 순간 이 남자의 굳은 얼굴을 이해할 수 있을 것만 같았다. 분명히 샤워할 때는 그냥 따끔거리기에 물집이라도 잡혔나 보다 하고 말았는데, 하얀 인조 대리석으로 된 바닥에는 핏자국이 떨어져 있었고 그 피는 분명히 제 발뒤꿈치며 엄지발가락 근처에서 나오고 있었다.

"하, 이런, 죄송해요. 닦을게요."

"대체. 정말 둔한 겁니까? 아님……."

아니면 뭘까?

"됐습니다. 거기 앉아요."

마침 앉기에도 미안스러울 만큼 보드라운 가죽으로 된 고풍스러운 카우치가 복도에 인테리어 소품처럼 놓여 있었다.

"거기 그대로 앉아서 꼼짝 말고 있어요."

어디로 도망이라도 가려는 듯 움찔거리는 제 몸을 힐끗 쳐다보던 남자가 싸한 기운을 실어 한마디 하고는 돌아섰다. 그 덕에 마치 포승줄에라도 묶여 있는 듯 은수는 카우치에 앉아 있어야만 했다.

"아니, 어쩌다 이렇게까지 됐지?"

스스로도 당혹스러웠다. 물집이 잡히다 못해 터져 옆으로 밀려 살갗이 드러난 곳에서는 피가 새어 나오고 있었고, 엄지발가락 옆도 마찬가지였다. 늘 신던 신발이긴 했는데 맨발로 빗속을 그리 오래 다닌 게 문제였다. 물론 많이 걷긴 했지만 이럴 때를 대비한 두꺼운 여분의 양말도 물론 차 안에 있었다.

"차가 없으니 세상에 되는 일이 없구나."

그녀가 중얼거릴 때 승제가 눈앞에 나타났다. 손에는 딱 이 남자하고 어울리는 고급스러운 구급상자가 들려 있었다.

"저기, 제가 할게요."

"됐습니다."

남자는 일언지하에 은수의 말을 거절했다. 내 발인데. 그러나 그와는 상관없이 남자의 하얗고 긴 손이 제 발에 닿았다. 따뜻한 남자의 손이 늘 차가운 제 발에 닿자 움찔하는 느낌이었다.

"저기…… 아얏!"

따가운 소독약을 듬뿍 묻힌 탈지면이 닿자 은수는 저도 모르게 소리를 지르고 말았다.

"참아요."

남자의 말은 소독약보다 더욱더 싸했다.

요리란 건 나름 위험한 일이었다. 두꺼운 고기도 순식간에 익혀 버릴 만큼 뜨거운 열기, 뼈도 가를 만큼 날카로운 칼들.

아무리 조심하려고 해도 늘 위험한 일이 일어나곤 했다. 물론 그 일에 능숙해지는 만큼 그 빈도는 줄어들었지만. 그래서 구급약품은 늘 주방에서 손이 닿는 곳에 있었다. 그러나 이 구급상자를 엉뚱한 데 쓸 줄이야.

그는 아무 생각 없이 구급상자를 가져왔을 뿐이었다. 제 눈앞에 피가 보이니까. 그러나 상처를 소독하기 위해서 여자의 싸늘한 발을 잡은 순간 후회가 되기 시작했다. 그냥 알아서 잘 소독하고 약 바르라고 할 수도 있었는데.

"아야야……."

손목에 그렇게 육중한 커트러리를 꽂아도, 아스팔트에 기절한 채 넘어져도 아무렇지도 않게 보이던 그냥 여자 사람인 줄 알았더니 이런 상처 따위에……. 흔들리는 여자의 발을 고정시키려고 발목을 잡은 순간 하도 차가워서 그는 저도 모르게 깜짝 놀랐다. 게다가 상대도 제 손길에 놀란 모양이었다.

그러나 그는 아무렇지도 않은 듯 거즈를 뭉쳐 피를 닦아 내기 시작했다. 뭐라고 한마디 할 타이밍인데 여자는 조용했다. 아파서겠지. 상처용 밴드 중에서 큰 사이즈를 고르기 위해서 뒤적거리다 알맞은 사이즈를 찾아낸 그가 막 고개를 돌리자 여자가 발만을 내려다본 채 앉아 있는 게 보였다.

젖은 머리카락 밑, 하얀 얼굴에는 새로 붙였는지 붕 떠 있는 거즈와 푸르스름하게 변한 멍이 있었다. 생각해 보니 어제는 교통사고까지 당한 여자였다. 그런데 이 빗속을 걸어 다니다 발까지 이 모양이 되었다.

헐렁한 제 반바지와 셔츠 밑으로 드러난 의외로 가느다란 팔다리는 약을 바르는 제 손을 더욱더 조심스럽게 만들었다. 게다가 이렇게 매끈한 여자의 맨다리라니. 산란해지는 마음에 그는 곧 상처에 하이드로 밴드를 붙이는 데 열중했다.

"신발도 건조기에 넣어요. 젖었을 테니까."

"아, 그래야겠네요."

적막한 공기를 휘젓는 듯 그가 한마디 하자, 은수도 얼른 대답했다. 그러나 다시 적막이 내려앉았다.

은수는 제 침 삼키는 소리가 들리는 것 같았다. 다시 작은 밴드를 엄지발가락 옆에 붙이는 순간 그 적막을 깨는 요란한 소리가 났다.

꼬르르르르륵…….

"아…… 이게."

작은 여자의 배 속에서 난 소리치고 너무 엄청났기에 늘 얼굴에 철판을 깔고 다니는 은수조차 당황해서 얼굴이 붉어질 만했다. 피식 새어 나오는 웃음을 참지 못한 승제가 한마디 했다.

"손 씻고 머리 말리고 주방으로 와요."

그리고는 구급상자를 챙겨서 나섰다.

"아. 이런, 뭐야. 왜 이런 타이밍에."

일어서려는데 갑자기 발목이 욱신거렸다. 삐끗하거나 한 게 아니라, 발목 언저리에 저 남자의 체온이 남아 있다가 급격하게 사라진 느낌 때문이란 걸 채 생각하기도 전에 은수는 절뚝거리면서 현관으로 향했다.

"류승제 씨 직업은 쉐프가 아니라 마술사 같네요."

실은 요리사라는 단어를 쓰려고 했다. 그러나 이 반팔 면 티셔츠에 허리에 두르는 앞치마만 둘러도 간지가 좔좔 흐르는 남자에게는 쉐프라는 단어가 훨씬 어울렸다.

"나름 마술하고 비슷하기도 하죠."

분명히 제가 들어올 때, 이 기가 막힌 커다란 냉장고가 있는 주방은 단 한 알의 향기를 유발할 수 있는 인자 같은 것도 없었다. 그러나 망망대해 같은 넓은 집의 현관에서 제 엉망이 된 단화를 들고 욕실까지 가서 흙을 씻어 내고 그걸 건조기 안에 넣고 주방을 찾아온 사이에 그곳은 완전히 달라져 있었다.

물론 절대 가정집의 주방은 아니었다. 스테인레스로 된 커다란 아일랜드식 탁자인지 선반인지에는 전기렌지와 개수대가 다 달려 있었다. 전에 이것과 비슷한 걸 본 건 시체안치소 옆에 붙은 스테인레스 부검대였고, 크기는 시체 서넛은 일렬로 놓아도 될 만한 정도였다. 절대로 이 유명한 쉐프님한테는 절대 말 못 할 비유지만.

그런데 그런 곳이 완전히 근사한 주방으로 바뀌어 있었다. 매끈한 선반 위에는 그릇이 세팅되어 있었고, 시각적으로는 멋진 쉐프가 포진한 채 후각적으로는 배가 고프지 않더라도 당장에 침샘이 움찔거릴 만큼 매콤하면서도 식욕을 돋우는 낯선 향기가 가득 차 있었기 때문이다.

"음, 이 향기는 청양 고추를 넣은…… 맑은 매운탕 향기인데, 설마 집에서는 한식을 드시는 건가요?"

저도 모르게 코를 벌름거릴 수밖에 없는 매콤한 향기에 은수는 반색을 하면서 말했다.

"실망시켜서 미안하군요. 이탈리아 가정식입니다. 거기 앉아요. 집에선 별로 이 주방을 사용하는 편이 아니라서 있는 걸로만 만든 거니까 별 기대는 하지 마세요."

"저기 아무거나 주셔도 되는데, 제발 좀 저렴한 접시에 담아 주세요. 일회용 스티로폼 접시도 대환영이에요."

은수의 재빠른 대답에 그는 또다시 피식 웃고 말았다.

"그러죠."

어느 사이에 거대한 식탁에는 보기에도 럭셔리 해 보이는 음식들이 채워져 있었다.

"와, 진짜 맛있네요. 저 솔직히 이거, 이거 뭐죠? 이 바퀴 모양. 이거도 파스타 일종인거죠? 저는 그 토마토소스 들어간 거랑 까르보나라 파스타 밖에 모르거든요. 둘 다 영 느끼해서 파스타 먹자고 하면 슬슬 피했어요. 이건 진짜 제 취향에 딱 맞네요. 청양 고추 맛이라니! 딱 소주 한 잔이……. 아하하, 제가 좀 분위기 파악을 못 하죠?"

"엄밀히 말해서 파스타는 아닙니다. 해물 스튜에 로텔레를 넣은 것뿐이에요. 하지만 이름이 중요한 건 아니니까요. 입맛에 맞다니 다행이군요. 소주는 없지만, 와인은 있으니까. 한잔합시다."

늘 제가 무언가를 만들면 다들 입에 오일을 바른 듯 형이상학적 언어와 난해한 문장의 칭찬에 극찬을 줄줄 늘어놓는 것이 일상이었다. 그러나 이 여자가 하는 말은 늘 진심이라는 걸 느낄 만했다. 요리의 원론적인 목적은 바로 맛있게 먹어 주는 사람을 위한 거니까.

오늘도 정말 긴 하루였다. 그 긴 하루를 그냥 이 텅 빈 집에 들어와서 르 샤핀 같은 치즈 한 조각에 와인이나 한잔하고 쓰러지는 걸로 마무리했을지도 몰랐다. 하루 종일 주방에서 전쟁을 치르는 게 제 일이라 거기서 극심한 스트레스를 받기도 하지만, 또 한편으로는 이렇게 맛있게 먹어 주는 사람을 위해서 음식을 한다는 것 자체는 다른 면에서 스스로에게 위로가 되기도 했다.

제 곁에 누군가 익숙한 사람이 또 생긴다는 것은 분명 불편한 일이었다. 감정의 교류 같은 것 없이, 그냥 가식적인 웃음으로 서로에게 안부를 묻고 돌아서면 서로의 존재 자체를 잊는 그런 인간관계가 가장 편안하고 익숙했다.

제게 이렇게 아무 대가 없이 음식을 만들어 주고 그걸 아무 대가 없이 먹는 사람이 생긴 건 매우 오랜만이었다. 그리고 아주 우연이기도 했고.

승제가 화이트 와인 한 병과 와인 글라스를 들고 오는 것을 보고 은수가 말했다.

"내가 맞춰 볼까요? 그거 엄청 비싼 거죠? 이름도 엄청 길고."

"왜 그렇게 생각합니까?"

젖은 긴 머리를 늘어뜨린 말간 얼굴의 여자는 눈가에 멍이 들어 있음에도 불구하고 균형 잡힌 이목구비와 또렷한 눈매 때문에 무슨 뉴스에나 나오는 아나운서처럼 보였다. 하지만 이마의 상처는 와인잔을 든 손을 잠시 머뭇거리게 만들었다. 그러나 그런 그의 생각을 아는지 은수는 또다시 물었다.

"음, 유명한 쉐프의 이 엄청난 주방에 있는 와인 저장고라면 분명히 밖에 내놓기도 힘든 그런 어마어마한 물건이겠죠. 너무 귀한 거라 밖에 내놓지 않고 막 가보로 간직해야 하는 그런 것들 말이에요. 맞죠?"

"이름이 긴 건 맞습니다. 풀 네임이 Ostertag RIESLING Vignoble d'E 2007 이니까요. 하지만 그다지 비싼 건 아니죠. 그냥 해산물 요리에 어울리는 거니까."

남자의 목소리는 처음 봤을 때부터 근사하다고 느꼈었다. 그 외모에 견주어 부족함이 없을 만큼. 그런데 남자의 입에서 나오는 부드럽고 유창한 프랑스어

발음은 또 다른 매력이 있었다.

잠깐 프랑스에 가 본 적은 있으나, 프랑스어라곤 인사밖에 할 줄 모르는 그녀로서는 이 남자의 묘한 억양의 발음은 괜히 속을 울렁이게 만들었다.

비 오는 밤. 보기에도 환상 같은, 그런 외모의 쉐프가 와인을 들고 근사한 목소리로 제게 말을 하고 있었다. 와인을 따지도 않았는데 벌써부터 취한 것같이 정신이 어른거리는 느낌이었다.

이게 꿈 아닌가? 얼른 이 묘한 기분을 떨쳐 버리려고 은수는 일부러 씩씩하게 말했다.

"대충 감사하면서 마실게요! 감사합니다."

마치 소주잔이라도 받듯 은수는 날름 잔을 받아 들었다.

"건배? 하실 거죠?"

"못 할 것도 없죠."

그가 잔을 내밀었다. 땡 하고 잔이 부딪치는 소리조차 어딘가 고급스러웠다. 그리고 화이트 와인의 화한 향기도.

"거금 내고 고급 레스토랑에 가야만 먹을 수 있는 음식을 이렇게 야밤에 집에서 먹을 수 있다니 승제 씨 애인은 좋겠어요."

분명히 은수는 기분에 취해 이야기한 것이 분명했다. 그러나 그의 얼굴은 다시 어두워졌다. 애인이라…….

그러나 그걸 눈치채지 못했는지 은수는 맛있게 스튜를 먹고 와인을 홀짝거렸다. 그러다 시선을 둘 데가 없었기에 밖을 내다보더니 말했다.

"비가 그치나 봐요. 옷도 뭐 다 말랐겠죠. 배가 든든하니까 이제 어디든지 가도 안 서럽겠어요."

"그냥 여기 있어요."

승제가 말했다.

"아우, 아니에요. 이런 민폐가 어디 있겠어요. 게다가 남자 혼자 사는 집에 외간 여자가 있으면 안 되죠. 게다가 류승제 씨가 얼마나 유명 인사인데. 그래도 여기 보안은 철저하나 보네요. 숨어서 셔터를 터뜨리는 주간지 기자들은 없는 걸로 봐서."

"그럼 어디로 갈 겁니까? 집에는 못 갈 거 아니에요. 이사라도 가야 하는 거 아닙니까?"

생각해 보니 그랬다. 저야 집으로 가는 게 제일 좋긴 하지만 온통 엉망이 된 집을 당장 경찰에 신고할 수도 없는 노릇이니까.

"취재가 거의 막바지예요. 중요한 인터뷰 하나만 있으면 바로 터뜨릴 거고, 그러면 경찰의 도움을 받을 수 있어요. 그때까진 뭐 지훈이 집에 얹혀서 신세를 져야죠."

"어제부터 얘기하던데 친구라곤 그 사람 밖에 없는 겁니까?"

승제의 딱딱한 목소리에 은수는 지금껏 한 번도 그런 생각을 해 본 적이 없다는 걸 깨달았다. 친구 하면 그냥 자동으로 강지훈 아니었던가? 머릿속을 굴려 봐도 다른 친구는 생각나지 않았다. 물론 친구란 이름은 많았지만 밤에 불쑥 들어가 '야, 나 하룻밤 자고 간다.' 라고 말할 사람은 지훈이밖에 없었다.

은수가 생각에 잠겨 있자 승제가 다시 물었다.

"남자 친구입니까?"

"아, 그럼요. 우린 목욕탕만 같이 안 갔지 알 거 다 아는 사이예요."

그의 인상이 찌푸려졌다. 그가 물은 요지는 달랐지만 이 여자는 동문서답을 하고 있었다. 과연 그게 가능한 일일까?

지금 제 앞에 있는 여자는 그의 옷을 입었다지만, 말간 맨얼굴에 헐렁한 반바지 밑으로 매끈한 종아리를 드러낸 채 화사하게 웃고 있었다. 아무리 친한 친구라 할지라도 이런 여자가 여자로 안 보인다면 그건 뭔가 문제가 있는 사람임에 틀림없었다.

"그 친구 게이예요?"

"네? 푸하하하!"

정말로 웃겨 죽겠다는 듯 교양 따위는 무시한 여자가 요란하게 웃기 시작했다. 그런데 문제는, 그 웃음조차 경박스럽거나 과하게 보이지 않을 정도로 여자의 맨얼굴은 완벽하다는 점이었다.

"드라마 많이 보시나 봐요? 지훈이가 게이라니! 걔한테 이야기해 주면 아마 억울해서 죽으려고 할 거예요. 걘 지나가다 치마 두른 여자만 봐도 돌아보는 애라고요."

이거야말로 완벽한 모순 아닌가. 목석같은 남자도 돌아보게 할 만한 외모를 가진 여자가 그런 남자 친구가 있다는 게.

"사생활에 대해서 자꾸 묻는 건 실례 같지만, 분명히 원룸이라고 하지 않았습니까? 아니면……."

말이 끊어진 것을 보고 은수가 눈치도 없이 되물었다.

"아니면 뭐요?"

"그게 아니라면, 애인은 아니지만 침대를 같이 쓰는 사이입니까?"

이 잘난 남자의 단도직입적인 물음에 은수는 또다시 웃음을 터뜨릴 수밖에 없었다.

"우린 절대 그런 사이도 아니지만, 지훈이와 저는 서로 여자 사람 친구, 남자 사람 친구 사이예요. 뭐, 같이 취재를 하고 있으니까……."

"그게 아니라면, 그냥 여기 있어요. 이은수 씨가 말한 대로 여긴 보안이 철저하니까. 그리고 경찰에도 연락해요. 그런 쓸데없는 고집 피우지 말고. 그건 분명히 범죄고 이은수 씨는 위협을 받고 있는 거니까."

그가 딱 잘라 말했다.

경찰이라니. 다 된 밥에 코를 빠뜨릴 수는 없는 거였다. 혹시나 이 남자가 저를 위한다고 경찰에 연락을 할까 봐 그녀는 더럭 겁이 났다. 협력 업체 직원의 결정적인 인터뷰만 있으면 올해의 기자상을 넘봐도 될 만큼 대단한 기사거리인데!

"알았어요. 알았다고요. 여기서 안전하게 있을게요. 그러니까 제발 경찰을 동원하는 거 조금만 늦춰 주세요. 네? 저한테 이건 사활을 건 기사라고요!"

배도 부르고, 적당히 맛난 와인이 몸을 따뜻하게 만들고 있었다. 게다가 고급스러운 향기의 착착 감기는 침구는 분명 어제와 다른 것이었다. 하루 손님이 잠든 침대 시트도 깔끔하게 갈아 두는 도우미가 있는 집의 방은 제 파란만장한 하루를 노곤하게 끝내려고 하고 있었다.

그러나 가물거리는 정신을 놓지 않으려고 은수는 몸을 뒤척였다. 다시 비가 시작되었는지 훤한 창문에 비 얼룩이 그림자를 만들었다. 그리고 문득 제 발목을 잡았던 남자의 따뜻한 체온이 느껴졌다. 능숙하게 칼질을 하고 단 한 번의 손길로 드라마틱하게 음식을 담아내는 천재 쉐프의 손길치곤…… 참 부드러웠다.

"헛생각하지 말고 자자."

혼자 중얼거렸지만 제 머릿속은 늘 드레스 셔츠 차림이었던 남자의 면 티셔츠 밑에 드러나 있던 매끈한 잔근육 따위를 자꾸만 되새기고 있었다.

어제는 별로 느끼지 못했던 것 같았다. 누군가 타인이 이 넓은 집의 어딘가에 있다는 거. 솔직히 사 놓고도 별로 들어오지도 않는 집이었다. 외국에 오가는 경우도 많았고, 비쥬 블랑쉐의 초창기에는 레스토랑에 마련된 숙소에서 지낸 시간이 많았으니까.

늘 내 집이라고 생각하긴 했지만 지나치게 넓고 괴괴한 집 안에 들어오는 이유는 문득 스쳐 지나간 새 요리의 아이디어를 혼자 실험해 보기 위해서가 대부분이었다. 어쩌면 이 집에 들어오자마자 잠드는 게 더 나았는지도 몰랐다. 뭔가 다른 생각을 시작하면 더욱더 제 뇌는 헛된 생각을 하며 스스로를 괴롭히고 있었으니까.

비가 다시 오는 것 같았다. 내일도 해야 할 일이 잔뜩 산재해 있었다. 그러나 지금 이 기분은 뭘까. 뭔가 해야 할 것을 했다는 묘한 안도감 이었다.

하루 종일 잊고 있었다고 생각했지만 아침에 저 여자를 병원에 내려 주고 난 뒤에 목구멍 끝에 뭔가가 걸린 것 같은 그런 기분이었다. 그러나 지금 빗속에서 떨던 여자를 거둬 뭐라도 먹여 재웠다는 그런, 다행스러운 느낌이 든다는 게 오히려 당혹스러웠다.

그는 뒤척이면서 제 머릿속을 헤집고 들어오려는 말간 여자의 얼굴 따위를 밀어내기 위해 잠들려 애썼다.

"건조기 정말 좋구나."

칭찬이 절로 나올 만했다. 다행히 꺼내 놓아 구겨지지 않은 제 스키니 진과 면 티, 체크 셔츠는 보송보송하니 기분 좋은 감촉으로 감겨들었다. 은수는 얼른 제가 입고 있었던 그의 옷을 잘 개켜 놓고는 얼굴에 비비크림도 바르고 살짝 립글로스도 발랐다.

제 맨얼굴을 창피해하는 건 아니었지만, 매번 테러처럼 저렇게 잘난 남자에게 불쑥불쑥 보여 주는 것도 실은 좀 미안스러웠다. 게다가 이 작은 수고로 인해 거뭇한 눈가의 멍 자국도 지울 수 있었다. 제 생명과도 같은 지갑을 잘 챙겨 들고 역시 건조기에서 꺼낸 제 운동화까지 들고 막 방을 나서는데 저쪽에 남자가 보였다.

한숨이 절로 나올 만큼, 여전히 과하게 잘난 남자는 매끈한 드레스 셔츠에 슈트 재킷까지 걸친 상태였다. 정말 완벽한 모델 핏이라는 말이 어울릴 정도였다. 저 얼굴과 몸으로 쉐프를 하다니, 정말 신이 불공평하다는 말은 사실인 듯했다.

"좋은 아침이에요!"

그런 멋진 남자의 모습을 보자 저절로 제 입에서 나오는 말이었다.

"일어났군요. 주방에 파니니 샌드위치 있으니 먹고 가요. 커피는 커피 머신에 있는 캡슐이니까 너무 기대하지는 말아요."

"헉, 정말 부지런하시네요. 와, 그런데 오늘 어디 가세요? 정말 멋진데요."

"늘 하는 출근을 하는 겁니다. 이은수 씨는 일 안 합니까?"

승제의 대꾸에 은수는 입을 삐죽거렸다. 칭찬도 안 먹히는 남자 같으니라고.

"해요. 해야지 안 짤리죠."

막 나가려는 승제가 걸음을 멈췄다. 마침 주방에서 보기에도 예쁘게 그릴 자국이 나 있는 파니니 샌드위치에 손을 뻗던 은수가 움찔하면서 멈추자 그가 마침 생각났다는 듯 말했다.

"차 어떻게 됐습니까?"

"폐차해야 한다는 거 같아요. 그렇지 않아도 가 보려고요. 너무 견적이 많이 나오면 새로 알아봐야죠."

남자가 갑자기 시야에서 사라졌다. 아니, 말을 물어 놓고 어디로 가나 하고 있는데 금세 다시 눈앞에 나타나 그녀에게 다가왔다.

"운전 경력 몇 년입니까?"

"9년째예요. 대학 입학하기도 전에 면허 땄으니까!"

왠지 기분이 상한 은수가 대답했다.

"당분간 써요."

남자가 무언가를 제게 던졌다. 물론 제 손에 닿을 만큼 조심스럽게. 저도 모르게 본능적으로 그것을 받자 딱딱한 금속 뭉치가 손에 느껴졌다.

"지하에 가서 눌러 보면 불 켜질 겁니다. 그리고 이것도 받아요."

하나 더 제 손에 착륙한 것을 들고 은수가 뭐라 대답하기도 전에 그가 말을 이었다.

"그건 집 열쇠예요. 갖다 대면 그냥 열리니까 잃어버리지 말아요. 먹고, 그릇은 치우지 말고 놔둬요."

남자는 은수의 대답 따위는 들을 시간도 없다는 듯 빠른 걸음으로 나가 버렸다.

"엑! 이게 뭐야!"

하나는 남자의 말대로 그냥 길쭉한 도어록의 키였다. 하지만 나머지 하나는……. 아무리 관심이 없더라도 원이 네 개 겹쳐진 금속 장식이 박힌 이 뭉치가 비싼 외제차의 키라는 것쯤은 알 수 있었다.

## 10.

## 프아송

지하 주차장에서 얌전히 기다리는 제 차의 문을 열려던 승제는 문득 몸을 돌려 그 옆에 주차해 둔 하얀색의 세단을 바라보았다.

굳이 여자에게 차를 빌려줄 필요 따위는 없었다. 하지만 절뚝거리는 다리에 엉망이 된 발로 걸어 다닐 게 뻔한 걸 두고 보고 싶지 않았다. 왜 두고 볼 수 없냐고 묻는다면 그도 그 이유는 알 수 없었다.

그냥 늘 빈 주머니인 게 보이는데도 큰소리치며 당당하게 굴던 여자가 비에 흠뻑 젖어 파랗게 질려 떨고 있는 모습이 보기 싫었을 뿐이었다. 그래, 그것뿐이었다.

그는 쓸데없는 생각을 정리하듯 차 문을 열고 시동을 걸었다. 매끄럽게 시동이 걸린 차는 곧바로 주차장을 빠져나갔다.

일상은 늘 같았다. 엉뚱한 곳에서 불쑥 튀어나오는 못처럼 구는 이은수만 아니면 그의 일상은 늘 같았다. 하지만 그것도 나름 즐거웠다. 쳇바퀴 같은 일상에 조금은 염증이 나고 있었으니까.

어쩌면 레스토랑 주방 바닥에 쉐프가 그를 괴롭히기 위해 쏟아 놓은 기름을 닦아 내던 때가 더 행복했을지도 몰랐다. 그때는 어디로 가야 할지 분명했었으니까.

그러나 지금은 잘 가고 있는 걸까? 희수에게 그 어떤 것도 해 주지 못하는 지금은 어느 방향이 맞는 길인지 혼란스러울 때가 있었다.

어쩌면 희수에게 해 주지 못한 것을 은수에게 해 주고 있는 지금처럼 말이다. 그리고 예기치 못한 방문자가 그 혼란스러움에 기름을 부었다.

한창 바쁜 시간이 지나고 break time에 매니저가 제 방을 노크하고 들어섰다.

"왜?"

서류를 뒤적이는 그에게 매니저가 뒤를 슬쩍 돌아보더니 대답했다.

"대표님, 손님 오셨습니다."

"누군데?"

그의 물음에 매니저가 미처 대답도 하기 전에 주인공이 승제의 사무실 안으로 들어섰다.

"사무실이 멋진데요?"

예상치 못한 손님에 승제가 인사도 없이 상대를 빤히 바라보았다.

"놀라셨나 봐요?"

그는 서류에 사인하던 만년필의 뚜껑을 닫고 자리에서 일어섰다.

"그걸 바라신 거였다면 성공이신데요, 형수님."

뒤에서 대기하고 있는 매니저에게 승제는 차를 부탁하고 민아에게 자리를 권했다.

"앉으세요. 여긴 어쩐 일이십니까? 설마 식사하러 오신 건 아니실 텐데요."

승제의 맞은편에 앉은 민아는 들고 있던 가방을 제 옆에 소중하게 내려놓고 난 뒤에야 그를 바라보며 산뜻하게 웃었다.

"식사는 Chapter1에서 모임이 있어서 하고 왔어요."

그럴 거라 생각했다. 민아의 관점에서는 승제의 직업도 이 레스토랑 사업도 하위인간들이나 하는 일이었으니까. 그녀가 제 레스토랑에 와서 그 하위인간과 가족이라는 걸 사람들에게 내보이는 짓을 할 리가 없었다. 아마도 그를 집안에서 가장 뽑아내 버리고 싶은 사람은 제 부모도 형도 아닌 형수일지도 몰랐다.

"그럼 무슨 일이십니까?"

그의 질문에 민아가 눈가를 슬쩍 찌푸리더니 고개를 저었다.

"도련님 성격이 급하신 거 아세요? 안 닮은 것 같으면서도 그럴 때 보면 그이랑 참 비슷해요. 물론 그다지 좋은 면은 아니지만 말이죠. 차부터 마시고 얘기하면 어때요?"

"글쎄, 저랑 형수님이 담소를 나눌 만큼 다정한 사이도 아니잖습니까? 용건 있으시면 그냥 얘기하시죠."

직설적인 그의 말에 민아가 묘한 미소를 지었다.

"도련님은 어떤 면에서는 참 신기해요. 어떻게 승수 씨 집안에 도련님 같은 사람이 있을까요?"

"생태계가 균형을 맞춰 보려는 나름의 시도였나 보죠."

퍽 신선한 대답이었는지 민아가 작게 웃음을 터뜨렸다.

"재미있네요, 재미있어요."

웃던 것이 거짓말처럼 정색한 얼굴로 민아가 말을 이었다.

"도련님 말이 맞아요. 우리가 다정하게 얘기를 나눌 만큼 친근한 사이는 아니죠. 솔직히 말하면 누가 우리 얘길 엿듣는 것도, 또 중간에 말이 끊기는 것도 싫을 뿐이에요. 그러니 차가 오면 얘기하는 게 좋겠어요."

승제가 선선히 고개를 끄덕였다.

"좋습니다. 뭐, 그럼 형수님이 원하시는 대로 담소라도 나누죠. 그래서 형은 잘 지냅니까?"

매끄럽게 미소 지은 민아가 심각한 어조로 대답했다.

"요즘 공천 때문에 좀 바빠요. 전략 공천에 대해 반대하는 당내 여론이 좀 많거든요. 아무래도 그이 지역구가 공천만 되면 당선은 확실하니까 다들 탐을 내는 것 같아요. 하긴, 승수 씨도 그래서 초선에 쉽게 당선되었으니까 더 난리들이겠죠. 선거보다 공천이 더 골치 아파 걱정이에요."

"걱정할 게 뭐 있습니까? 당대표 아들을 밀어내고 그 자리를 차지할 만큼 간이 큰 사람이 있을 리가요."

직설적인 지적에도 민아는 만족스러운 얼굴이었다.

"맞아요. 누가 뭐래도 승수 씨가 공천 받겠죠. 저도 그걸 걱정하지 않아요. 하지만 주변에서 시끄러운 잡음이 많으면 그 사실 자체가 그이의 이미지에 흠집을 낼 테니까요. 내가 걱정스러운 건 공천이 아니라 앞으로 쭉 이어질 승수 씨의 정치 인생의 이미지예요. 갈 길이 먼데 시작부터 진흙을 묻힐 필요는 없잖아요? 설마 그이가 고작 의원 자리에 계속 머물 거라 생각한 건 아니시죠?"

승제는 민아가 말하는 의미를 알아듣고 헛웃음을 지었다.

욕심이 많다고 생각했지만 대통령 자리까지 생각하다니, 기가 막힐 노릇이었다. 제 형은 자신의 배를 불리는 데에나 관심 있지 국가의 안녕 같은 것에는 관심도 없는 사람이었다. 하긴, 그렇게 따지면 승수가 국회의원이 된 것부터가 우스운 일이었다.

"배포가 크시군요."

"사람은 앞을 내다볼 줄 알아야죠."

자신만만한 태도에 승제는 어쩌면 민아라면 승수를 그 자리에 올려놓을지도 모른다는 생각이 들었다. 승제가 쓴웃음을 짓는 사이 매니저가 차를 가지고 들어왔다.

캄포나무를 깎아 만든 커다란 쟁반에 담긴 푸른색 격자무늬에 금으로 테두리를 장식한 로마노소프의 코발트 넷 티세트를 보고 민아가 반색을 했다.

"어머, 로마노소프네요."

"아시는군요."

"친정어머니가 좋아하시거든요."

매니저가 휘낭시에와 사브레 튀일 등, 작은 티푸드가 담긴 접시를 내려놓고 나가자 승제가 티팟을 들어 잔에 홍차를 따랐다.

"아무리 도련님이 별스럽게 구셔도 타고난 취향은 어쩔 수 없나 봐요. 입고 먹고 쓰는 것 어느 하나도 고급스럽지 않은 게 없으니까요."

찻잔에 담긴 차의 향을 음미하는 민아의 흡족한 표정에 승제가 소파에 등을 기대며 눈썹을 찡그렸다.

"그렇습니까?"

"그럼요. 그런데 왜 여자 취향만은 그렇지 않은지 모르겠네요."

홍차를 한 모금 마신 민아가 생긋 미소를 머금으며 그를 바라보았다.

"무슨 말씀입니까?"

찻잔을 들어 올리던 승제가 손을 멈추고 싸늘한 얼굴로 물었다. 하지만 그녀는 대수롭지 않은 어투로 대답했다.

"제가 오늘 모임에 나갔다가 재미있는 이야기를 들었거든요. 물론 저는 이미 알고 있는 얘기였지만요. 하지만 내가 알고 있다고 해서 남들 입에서 듣고 싶은 이야기는 아니잖아요? 그게 굳이 자랑하고 싶지 않은 이야기라면 더 그렇겠죠."

민아가 찻잔을 내려놓더니 말을 이었다.

"게다가 오늘 이야기는 정도가 지나치더라고요. 어느 때건 별로 남의 입에서 듣고 싶지 않은 이야기지만 특히나 지금은 승수 씨에게 중요한 시기잖아요?"

"대체 그 얘기란 게 뭡니까?"

그의 질문에 민아가 우아하게 그린 눈썹을 찌푸렸다.

"입 밖에 내기도 부끄러운 이야기네요. 흠, 희수 씨하고 도련님이 호텔을…… 드나든다는 이야기였어요."

민아가 끔찍한 말이라도 되는 듯 겨우 뱉어 놓은 말에 승제가 비틀린 미소를 지었다.

"그래서 희수랑 제가 불륜이라도 저지르는 걸 누가 직접 봤다던가요?"

민아가 누가 듣기라도 하는 듯 주변을 둘러보더니 낮게 속삭였다.

"도련님!"

"형수님 말대로 다 알고 계신 이야기에 너무 과잉 반응하시는군요. 그래서요? 뭘 어쩌자는 겁니까?"

민아가 금세 냉정을 되찾고 우아한 태도로 차를 다시 마셨다. 승제가 지루하리만큼 오래 기다린 뒤에 그녀가 본론을 꺼내놓았다.

"솔직히 두 사람이 뭘 하든 난 상관없어요. 그게 불륜이든 뭐든 승수 씨 앞날에 걸림돌만 되지 않는다면 말이죠. 하지만 도련님도 희수 씨가 불륜녀가 되는 걸 원하지 않잖아요? 희수 씨 위치에서 그런 오명을 뒤집어쓰고 한국 사회에서 매장되길 원하세요? 그게 싫어서 도련님도 참고 있던 거 아니었어요? 더 상황이 복잡해지는 건 도련님도 원치 않는 거 아닌가요?"

승제가 나른한 태도로 소파에 기대에 비스듬히 미소를 지었다.

"누가 그러던가요? 내가 원하지 않는 상황이라고. 사람들은 남의 일은 쉽게 잊습니다. 차라리 희수가 그렇게라도 그 집안에서 탈출하면 좋겠군요."

그의 무심한 대답을 예상한 듯 민아가 온화한 미소를 지었다.

"물론 사람들은 남의 일은 잘 잊죠. 하지만 희수 씨 시댁도 그럴까요? 절대 그 집안에서 희수 씨를 곱게 놔주지 않을걸요. 물론 지금도 꽤 괴로운 상황이라고 들었지만 말이에요. 게다가 아버님과 어머님도 잊지 않으실 거예요. 또 저도 제가 피해를 본 일은 절대 잊지 않는 사람이랍니다. 그러니 도련님이 그 소문을 정리하셔야 할 거예요. 그렇지 않다면 그 화살은 전부 희수 씨가 맞아야 할 테니까요."

산뜻한 미소를 지은 얼굴로 민아가 내뱉은 협박은 가벼운 것은 아니었다.

"결정은 도련님이 하세요. 저는 경고했으니까요."

민아가 승제의 대답도 기다리지 않고 자리에서 일어섰다.

"차 잘 마셨어요. 또 모임이 있어서 가 봐야겠네요."

승제가 자리에서 일어나 가볍게 인사를 했다.

"배웅은 안 하겠습니다."

"저도 그게 좋아요. 그럼."

고상한 태도로 머리를 까딱인 민아가 제 사무실을 빠져나가자 승제는 지끈거리는 머리를 누르며 창문 앞으로 다가섰다. 비쥬 블랑쉐의 입구가 훤히 보이는 창 아래로 잠시 뒤에 민아가 걸어 나오는 것이 보였다. 그리고 곧바로 기다렸다는 듯 잘빠진 세단이 그녀의 앞에 섰다. 서둘러 차에서 내린 비서가 뒷문을 열어 주자 차에 타려던 민아가 문득 생각났다는 듯 그가 서 있는 창문을 올려다보았다. 마치 자신이 한 경고에 쐐기라도 박는 듯 말이다.

사라지는 차를 바라보며 승제는 쓴웃음을 삼켰다. 제 부모에게 했던 협박이

저 여자에게는 통할 리가 없었다. 애초에 민아가 저런 식으로 나올 거라는 걸 예상 못 한 게 잘못이었다. 어쩌면 그 누구보다 민아가 그들에게 위험한 존재일 수도 있었다. 그저 곱게 자란, 적당히 권력 가진 남편의 뒤에서 그 덕으로 편히 사는 여자로 생각했던 게 완전한 오판이었음을 그는 이제야 깨달았다.

승제는 해가 기울어지도록 창가를 떠나지 못하고 서 있었다.

희수에게서는 연락이 없었다. 그 또한 그녀에게 연락할 수 없었다. 제가 아무리 이 바닥에서 성공했다고 하더라도 기업이 휘두르는 힘을 다 막기에는 힘든 일이었다.

게다가 희수의 결혼으로 인해 생긴 이득에 연관된 사람들도 많았다. 그리고 그 많은 사람들이 전부 다 희수를 놔주지 않을 게 분명했다.

이럴 때 그가 할 수 있는 일이라고는 별로 없었다. 몸을 더 낮추고 기다리는 것뿐이었다. 기회가 올 때까지. 그래서 희수를 자유롭게 만들어 줄 수 있을 때까지.

승제는 생각에 잠겨 집 문을 열었다. 어두운 집 안은 평소와 같았다. 현관의 센서 등이 켜지고 꺼지고 그는 어둠에 잠긴 거실을 지나 제 방에 들어가 씻고 차를 마시고 잠이 들곤 했다. 오늘처럼 속에서 쓴물이 올라올 때는 더욱더 따뜻한 차가 필요했다.

습관적으로 거실을 지나던 승제는 그제야 이 집 안에 저 말고 다른 존재가 있다는 것을 인지했다. 반쯤 열린 다이닝 룸 문 뒤의 8인용 식탁 위는 뭔지 모를 종이와 노트북, 그리고 이은수가 차지하고 있었다.

이 큰 집에 맞게 집어넣은 식탁이었지만 한 번도 그 위를 가득 채울 일이 없었던 그였다. 이 집에 누군가를 부르는 일 따위는 없었으니까.

그가 온지도 모르고 자판을 치는 데 집중하고 있는 여자는 혼자만의 세계에 빠져 있었다.

승제는 열린 문에 기대어 여자를 물끄러미 바라보았다. 평소의 늘 전투적인 모습과는 달리 느슨하게 풀어진 모습으로 앉은 여자의 얼굴에 노르스름한 다이닝 룸 불빛이 부드러운 음영을 드리우고 있었다.

짐을 더 가져온 모양인지 그녀가 입고 있는 헐렁한 티셔츠는 둥근 어깨 한쪽으로 흘러내려 있었다. 편한 옷차림에 맞게 동그랗게 말아 올려 질끈 묶은 머리 덕에 여자의 목덜미가 온전히 제 모습을 드러내고 있었다. 불빛 아래 하얗게 빛나는 목덜미는 한 손에 쥐어질 것처럼 가냘프기만 했다.

가냘프다……. 우습게도 이은수와는 전혀 어울리지 않는 단어였다. 조금은 심각한 표정으로 찡그린 이마를 문지르는 여자를 승제가 조용히 불렀다.

"거기서 뭘 하는 겁니까?"

"어? 일찍…… 오셨네요?"

그가 온지도 모르고 무릎을 세우고 열심히 자판을 치고 있던 여자가 당황한 표정으로 자리에서 벌떡 일어섰다.

"일찍이라고 하기엔 9시는 늦은 시간 아닌가요?"

"아하하…… 그러네요. 죄송해요. 오시기 전에 치우려고 했는데 시간이 이렇게 된지 몰랐어요."

벽에 걸린 시계를 힐끔 쳐다본 여자가 변명을 쏟아 내며 잔뜩 늘어놓은 종이들을 주섬주섬 챙기기 시작했다. 승제는 들고 있던 가방을 내려놓고 여자가 정신없이 챙기느라 바닥에 떨어뜨린 종이 몇 장을 주웠다.

"……부품 실험 확인서와 물품 구매 확인서……. 그리고 이건 문서 절단기에서 나온 종이들 아닙니까? 이게 다 뭡니까?"

"그게…… 이번 기사 자료들이에요. 증거를 찾는 과정이죠. 퍼즐 맞추기랄까? 물론 늘 문제는 마지막 한 조각이지만요. 아주, 아주 결정적인 한 조각 말이죠. 원래 제 원룸에서는 바닥에 놓고 자료를 정리했는데 식탁이 아주 넓어서 시간 가는 줄도 몰랐어요. 주세요, 금방 치울게요."

종이 뭉치를 향해 내미는 여자의 손을 피해 승제는 그것을 식탁 위에 내려놓았다.

"치우지 않아도 돼요. 괜찮으니까 그냥 일해요."

몰딩이 화려한 하얀 문 뒤로 남자가 사라지자 은수는 의자에 털썩 주저앉았다. 시간이 이렇게까지 지난 것을 모르고 있다니 바보 같았다. 물론 늦은 오후가 되자 불을 켜 두긴 했지만 9시라니. 왜 저 남자에게는 매번 칠칠치 못한 모습만 보이게 되는지 모를 일이었다.

은수는 무릎을 껴안고 노트북 옆에 둔 차 키를 집어 들었다. 승제가 빌려준 차는…… 꼭 주인처럼 세련된 모습에 티끌 하나 없이 말끔했다. 제 차와는 정반대로.

그 고급진 차를 몰고 은수는 제 원룸으로 가 짐을 더 가져왔다. 얼렁뚱땅 챙겨 온 짐은 그야말로 엉망이었기 때문에 필요한 것들을 다시 가져와야 했다. 그래 봤자 집에서 입을 편한 옷이나 속옷, 화장품 가방이 다였고, 그 외에는 전부 서류 뭉치들이었다. 심지어 빗조차 없다는 걸 알고 당황했을 정도였다.

바리바리 챙겨 든 짐을 들고 승제가 빌려준 차 앞에 섰을 때 은수는 묘한 기분에 사로잡혔다. 고만고만한 원룸이 줄지어 있는 골목과 매끈한 차체를 햇살 아래 빛내고 있는 차는 정말이지 어울리지 않는 모습이었다. 그리고 그 앞에 서 있는 그녀 또한 차와 어울리지 않는 모습이었다.

은수는 차 키를 책상 위에 내려놓고 쓸데없는 자괴감을 털어냈다. 남자는 그녀에게 행운이었다. 사고에서 저를 구해 주고 이런 근사한 집에 묵게도 해 줬다. 단지 동정이나 측은함의 결과였겠지만 그녀는 그냥 다시없을 행운을 즐기면 그만이었다. 감사한 마음으로.

그러나 제 마음 밑바닥에 앙금처럼 가라앉은 그것은 한 번씩 쓸데없는 감상이 휘저어 대서 뿌옇게 머릿속을 어지럽히고는 했다.

"식사는 했습니까?"

그녀가 생각에 잠겨 있는 사이 남자가 사라졌던 문 앞에 불쑥 다시 나타났다.

"아……. 네, 네, 먹었어요."

급하게 고개를 끄덕이는 그녀의 대답에 남자의 매끈한 눈썹이 비스듬히 기울어졌다.

"어쩐지 믿기 힘든 대답이군요."

"진짜예요!"

은수의 항변에 승제가 삐뚜름한 미소를 지었다.

"시간이 이렇게 지난 것도 몰랐으면서 저녁은 먹었다는 겁니까?"

"음, 그러니까 그게 먹긴 먹었는데 어두워져서는 안 먹었다는 거죠."

큰소리치던 것과는 달리 금세 거짓말임을 고백하는 은수의 고개는 힘없이 바닥을 향했다.

"대체 그런 거짓말은 왜 하는 겁니까?"

민망한지 식탁의 테두리를 만지작거리던 은수가 작게 중얼거렸다.

"그야 벼룩도 낯짝이 있으니까 그런 거죠. 신세지면서 밥까지 얻어먹을 정도로 뻔뻔하지는 않으니까."

"딱히 이은수 씨가 뻔뻔하지 않았던 적은 없었으니까 새삼스럽게 신경 쓰지 않아도 됩니다."

그의 대꾸에 찔린 은수가 입술을 삐죽이며 볼멘소리를 했다.

"제가 뭘 그렇게 뻔뻔하게 굴었다고 그러세요?"

"이쪽이 더 이은수답군요."

"뭐가요?"

뜬금없는 남자의 고백에 은수가 되물었다.

"체면 차리느라 거짓말하는 이은수보다 뻔뻔해도 당당한 쪽이 더 잘 어울려요. 그러니까 쓸데없는 거짓말은 이제 그만둬요."

어깨를 움츠린 은수가 맹세하듯 한 손을 들더니 고개를 끄덕였다.

"거짓말은 관둘게요. 그렇지만 솔직히 그쪽이 이런 으리으리한 주방에 어울리는 쉐프니까. 그냥 지훈이처럼 대충 후루룩 라면이라도 끓여 냄비째 놓고 먹자고 할 사람이면 빨리 시작하라고 닦달했을걸요? 하지만 그쪽은 요리가 직업이잖아요. 굳이 퇴근해서까지 저 때문에 수고로운 일을 하는 것 같아서 미안할 뿐이었어요."

"제 직업이 요리를 하는 게 맞지만 그게 늘 수고스러운 건 아니에요. 이은수 씨도 지금 집에서 일을 하고 있었잖습니까, 꼴도 보기 싫은 일이라면 여기까지 가져와서 할 필요는 없는 거 아닙니까?"

"그건…… 그렇네요."

"그러니까 30분 정도만 기다려요. 같이 저녁 먹읍시다."

주방으로 들어가는 승제의 뒤를 은수가 쪼르르 따라 들어갔다.

"뭐 도와 드릴 거 없어요?"

"진심입니까?"

승제의 눈썹이 믿을 수 없다는 듯 치켜 올라가자 은수가 투덜거렸다.

"알아요, 알아. 그릇은 나도 손 안 댈 거예요. 대신 그런 거 있잖아요. 양파 껍질을 벗긴다든지 아니면 뭐 파를 다듬는다든지 그런 거요."

"미안하지만 내 냉장고 속에 재료들은 그런 손질은 이미 다 끝나 있을 텐데요."

보란 듯이 승제가 연 냉장고 안에는 도우미가 채워 넣은 야채들이 종류별로 손질되어 들어 있었다.

"가사도우미 못 만났습니까?"

"그게…… 제가 들어왔더니 인사만 하고 바로 퇴근하셔서요."

승제는 은수의 대답에 알겠다는 듯 고개를 끄덕였다. 손님이 있을 테니 불편하지 않도록 해 달란 당부에 아마도 은수가 들어오자 자리를 피해 준 모양이었다.

"괜찮으니까 가서 일해요. 바쁜 것 같던데."

"그다지 바쁘지는 않아요. 그러니 그냥 옆에 있기라도 할게요. 가만히 있으려니 마음이 영 불편해서요."

은수가 볼을 긁적이며 하는 말에 그가 마음대로 하라는 듯 고개를 끄덕였다. 승제가 고구마와 단호박, 버섯 등 야채들을 잔뜩 꺼내 큼직큼직하게 써는 동안 옆에 선 은수가 궁금하다는 듯 물었다.

"그래서 오늘 메뉴는 뭐예요?"

딱히 메뉴를 생각하고 냉장고를 채워 달라 부탁한 건 아니었다. 일단 재료가 냉장고에 가득 차 있으면 그 안에서 무언가를 만들어 내는 건 쉬운 일이었다.

"늦은 저녁이니 샐러드는 구운 채소로 대신하고 야채스튜와 생선 요리인 프아송 하나 정도로 하죠."

"와! 그걸 오늘 밤 안에 다 하신다는 거예요?"

"밑준비만 완벽하면 시간은 얼마 안 걸리니까요."

오븐의 온도를 올린 승제가 썰어 둔 야채를 올리브 오일에 소금과 후추, 마늘을 넣어 섞기 시작했다.

"그래서 일은 잘되고 있는 겁니까?"

그의 물음에 은수가 미간을 찡그렸다.

"늘 그렇지만 언제나 결정적 한 방이 문제죠."

이번에는 감자를 얇게 썰어 낸 그가 접시를 꺼내 그 안을 채우기 시작했다.

"위험한 일인데도 계속하는 이유를 모르겠군요."

그의 질문에 은수가 어깨를 으쓱이며 가볍게 대꾸했다.

"기자잖아요. 기사를 그렇게 쉽게 포기하면 기자가 아니겠죠."

이해가 가지 않는다는 듯 그가 다시 물었다.

"그 일이 그렇게 좋습니까?"

승제의 말에 은수가 기대고 있던 아일랜드 식탁에서 몸을 일으켜 주방 안을 서성였다.

"거창하게 신념이나 명예를 위한 건 아니에요. 그냥 내 우상은 아버지였어요. 불의에 굴복해 그 진실을 변질시키지 않고 거짓된 기사로 사람들의 눈과 귀를 현혹시키지 않는, 진실을 밝힌다는 그 단순한 원칙에 철두철미하던 아버지 말이에요. 나는 그저 아버지처럼 되고 싶었어요. 지금도 그렇고 앞으로도 그럴 거고요."

그녀의 이야기에 생선을 꺼내 손질하던 승제가 손을 멈추고 고개를 돌려 은수를 바라보았다.

우상이 아버지라. 한 번이라도 제게 그런 적이 있었던가. 아니, 존경스러운 적도, 닮고 싶었던 적도, 아버지처럼 살고 싶었던 적도 없었다. 그건 예전에도 지금도 마찬가지였다. 오히려 제 아버지란 사람 때문에 못 견디게 고통스러운 적이 더 많았다. 자랑스럽게 아버지를 닮고 싶다는 그녀가 그는 그래서 신기하기만 했다.

"아버지가 기자셨습니까?"

승제의 질문에 은수가 헛웃음을 웃었다.

"기자였냐고요? 그냥 기자도 아니고 아주, 아주 유명한 기자셨죠. 아, 누구냐고 묻지 마세요. 비교되는 건 달갑지 않으니까요."

"그렇게 유명하셨습니까?"

"음. 유명한 것보다 기자란 얼마나 대단한 일을 할 수 있는지를 보여 주셨거든요."

"네?"

그가 이해할 수 없다는 듯 되물었다.

"음, 억울한 누명을 쓰고 죽은 여자가 있었어요. 그 누구도 진실 따위는 믿지 않았죠. 그렇지만 그걸 목숨을 걸고 캐내셨어요. 몇 년을……. 그래서 그 억울함을 풀게 됐죠. 물론 죽은 사람은 모르겠지만, 그래도 세상에 진실을 알렸거든요. 솔직히 그것에 비하면 제가 지금 하는 건 새 발의 피예요. 그 사건하고는 비교도 안 되거든요. 하지만 언젠간 저도 그런 일을 할 수 있을 거라 생각하고 있어요. 그게 제 삶의 원동력이죠. 아버지는 제게 그런 분이에요."

"좋은 분이시군요."

그의 말에 은수가 고개를 기울여 천장을 올려다보았다.

"좋은 분이셨죠. 쉬는 날이면 엄마 대신 된장찌개며 계란말이도 해 주셨는걸요. 우리 모두 아빠가 쉬는 날만 손꼽아 기다렸죠. 엄마는 요리 솜씨가 꽝이었거든요. 흔히 하는 말 중에 엄마가 해 준 맛이에요, 라는 게 있잖아요. 저는 그 말이 가장 우스워요. 우리는 절대 그런 말은 할 수 없거든요. 게다가 불행하게도 전 그 엄마의 솜씨를 그대로 물려받았고요"

그녀의 신랄한 평가에 승제가 작게 웃음을 터뜨렸다.

"우리 모두라니 형제가 많았습니까?"

"많다면 많죠. 잔소리쟁이 오빠가 둘이나 있거든요."

납작하게 썬 감자를 오븐 그릇에 깔고 손질한 생선과 샬롯, 버섯 등을 올린 뒤 올리브 오일과 소금과 후추를 뿌리자 은수가 감탄사를 쏟아 냈다.

"이게 생선 요리예요?"

"간단한 프아송이에요."

"프아송. 생선 요리란 말보다 예쁜 이름이네요."

오븐에 생선이 담긴 그릇을 넣고 수건에 손을 닦은 그는 조금 망설이다가 은수에게 질문을 던졌다.

"왜 가족들에게는 가지 않는 겁니까?"

"말했잖아요. 오빠 둘이 잔소리쟁이라고. 그 인간들이 사실을 알게 되면 날 방에 가두고 못질을 하고도 남을 거예요. 그리고 엄마는 뉴욕에 계시거든요."

"그럼 아버지는요?"

수순처럼 물어본 질문에 은수가 눈썹을 만지작거리며 대답했다.

"더 멀리 계셔서 말이죠. 저기 계시거든요."

은수의 손가락이 하늘을 향했다.

"……미안해요."

"괜찮아요. 오래전 일인걸요."

그의 사과에 그녀가 아무렇지도 않다는 듯 웃어 보였다.

"류 쉐프님은 그럼 형제가 어떻게 되세요?"

"취재하는 겁니까?"

"그럴 리가요. 계약서에 사인한 거 잊으셨어요?"

"그럴 리가요. 이은수 씨가 잊었을까 봐 그럽니다."

저를 따라 한 대답에 은수가 눈꼬리를 세웠다.

"가진 것도 없는데 고소당해서 탈탈 털리고 싶은 마음은 없어요."

"형이 하나 있습니다."

그 말을 끝으로 정적이 한참을 흘렀다.

"그게 끝이에요?"

"뭐가 더 필요합니까?"

끙 하고 한숨을 쉰 은수가 답답한 듯 양손을 들어 올렸다.

"와, 뭔가 손해 보는 기분인데요."

"분명 냉장고를 털리는 쪽은 내 쪽일 텐데요."

야채를 넣고 볶은 냄비에 육수를 붓고 소금과 후추를 넣은 승제가 뚜껑을 닫고 돌아서자 은수가 멋쩍게 웃었다.

"그거야 그렇죠."

"앉아요. 식사하죠."

깜짝 놀란 얼굴로 은수가 두리번거렸다.

"벌써요?"

"채소구이부터 먹다 보면 다른 요리들도 차례로 끝날 겁니다. 그러니까 테이블 좀 정리해 주겠어요?"

"금방 치울게요!"

그녀가 경례를 하듯 이마 옆에 손을 붙이더니 금세 다이닝 룸으로 달려 나갔다.

승제는 은수의 뒷모습을 물끄러미 바라보았다. 언제 어느 상황이던 씩씩하고 밝은 여자였다. 그리고 그 기운을 주변에 전염시키는 묘한 재주가 있었다. 은수가 있어서 다행이었다. 그녀가 없었다면 그는 이 밤 희수에게 아무것도 해줄 수 없었다는 자괴감에 빠져 어두운 밤하늘을 노려보고만 있었을지도 몰랐다.

누군가가 옆에 있다는 사실만으로도 위로가 된다는 사실을 그는 오늘 처음 깨달았다. 그리고 그 깨달음은 그다지 나쁜 기분은 아니었다.

## 11.

## 아딸 칠리 탕수육 세트

원래 집에서 거의 끼니를 위해 음식을 하진 않는 주의라 차리고, 먹고 또 뒷정리를 하니 시간이 꽤 늦어 있었다.

"전 솔직히 요즘 이거 아니면 완전 백수라. 마저 좀 할게요."

설거지할 때까지 옆에서 이것저것 참견을 하던 은수가 해야 할 일이 있다고 커피를, 그것도 크림 대신 우유와 설탕을 잔뜩 넣은 채로 커다란 머그로 들고 들어가기에 그냥 하던 일 마저 하라고 해 놓고 제 침실로 왔었다.

그리고 그것을 신경 쓰다 언제 잠들었는지 모를 만큼 까무룩 잠이 들었다 눈을 뜨니 제 기상 시간이었다. 푹 잔 뒤라 컨디션도 괜찮았다.

샤워를 하고 옷을 갈아입으면서 아침은 뭐가 적당할까 하고 생각하는 것마저도 낯설긴 했지만, 나쁜 기분은 아니었다. 어떤 것을 만들어서 또 저 통통 튀는 여자의 먹성 좋은 찬사를 들어야 하나 하는 고민은 나름 새롭기도 했다.

그가 막 다이닝 룸으로 갔을 때였다. 승제는 저도 모르게 피식 하고 웃음을 날릴 수밖에 없었다. 분명히 제가 뒷정리를 할 때는 아무것도 없던 넓은 테이블 위에는 퇴근하면서 보았던 것과 똑같이 종이들이 잔뜩 널브러져 있었다.

켜져 있는 노트북과 메모리스틱이나 외장 하드 뭉치, 여기저기 배를 가른 채 누워 있는 파일 뭉치, 그리고 작은 프린터기에서 나온 듯한 종이 몇 장. 밤에 자랑스럽게 들고 나갔던 바닥에 말라붙은 커피 흔적뿐인 머그 옆엔 싹 비워진 과자 봉지까지 있었다.

그리고 그 한가운덴 푹 엎어져 잠든 여자가 화룡점정을 찍은 듯 떡하니 자리하고 있었다. 적당한 온도가 잘 맞춰져 있긴 했지만 아침저녁으로는 포근한 이불이 기분 좋을 만한 날씨였다. 잠시 인상을 찡그리던 승제는 제 침실로 가 가벼운 담요 하나를 들고 와서는 조용히 여자의 등에 덮어 주었다.

여전히 어제처럼 동그란 한쪽 어깨가 과하게 드러난 얇은 면티와 짧은 반바지 차림으로 잠들기엔 다이닝 룸은 너무 넓었다. 물론 조금 더 매너를 더한다면 번쩍 들어 침대에 눕혀 줄 수도 있는 일이었지만, 거기까지 하기엔 주제넘은 일이었다. 그냥 제집에 잠깐 머무는 사람일 뿐이니까.

제 손길이 조심스러웠는지 여자는 여전히 꿈나라였다. 모니터 한가득 'ㅁ' 자만 잔뜩 찍혀 있는 걸 보고 웃음이 나올 뻔했지만 그는 꾹 참고 주방으로 향했다.

띠리리링, 띠리리링.

"아……. 아, 아!"

귓가를 울리는 따가운 소리에 눈을 번쩍 든 은수는 잠시 멈칫했다. 여긴 어디? 차가운 대리석 탁자 위에 잔뜩 눌린 제 팔이 저려 왔다.

"이런……."

또 컴퓨터 앞에서 잠들었나? 잠깐 눈을 붙인다는 게 훤한 대낮이었다. 두리번거리고 있는데 어깨에서 무언가 흘러내려 바닥에 떨어졌다. 낯선 색깔의 그것을 집어 들려는데 또다시 요란한 소리가 났다.

"앗!"

그녀는 재빨리 전화기를 집어 들었다.

"야! 너 어디야!"

〈이제 올라왔어. 넌 어디야?〉

"나? 나, 아는 사람 집."

〈데스크에 가서 보고해야 하니까, 집에 가 있어.〉

"열쇠는!"

〈화분 밑에.〉

"야! 이 멍멍이 자식 같은 놈아! 진작에 이야기를 해 주든지!"

은수는 저도 모르게 소리를 빽 질렀다.

〈그러게 거기에 놓고 다니는 걸 깜빡 잊었어. 하여튼 가 있어. 끊어!〉

"야! 이 강아지 발바닥 같은 놈."

그러나 전화는 뚝 끊겼다. 아니, 열쇠를 화분 밑에 넣어 두고 다닌다는 걸 이야기해 줬으면 여기에서…….

그제야 은수는 주변을 두리번거렸다. 거대한 집은 적막에 싸여 있었다. 저도 모르게 입 언저리를 쓱쓱 닦으면서 저린 팔다리를 펴다가 바닥에 떨어진 고급스러운 담요를 발견했다.

"아, 젠장."

그리고 눈을 돌렸을 때 'ㅁ' 자만 가득 찍힌-분명히 또 자판을 깔고 잤을 테니.-노트북 모니터 위에 노란 포스트잇이 붙어 있는 게 보였다.

〈식기 전에 깨났으면 좋겠군요. 침대가 불편하던가요?〉

딱 그 남자의 매끈한 얼굴선이 어울릴 만큼 매끈하고 정갈한 글씨였다. 밤새우는 건 자신 있었는데, 잠깐 정신줄을 놓는다는 게 잠깐이 아니었는가 보다 싶었다. 이렇게 칠칠맞지 않은 모습을 보였다니.

남자의 자취가 없는 집은 더욱더 썰렁하게 느껴졌다. 그러나 어디선가 한 줄기 이 집 주인의 흔적이 느껴졌다. 은수는 저도 모르게 뛰듯이 주방으로 갔다. 주방에 있는 스테인리스 조리대 위에 영화에서나 봄직한, 역시 반짝거리는 스테인리스로 된 둥근 덮개가 그녀의 호기심을 100배 자극하면서 아름다운 자태로 포진하고 있었다.

그러나 제 손길을 막는 덮개 위의 노란 종이엔 또다시 반듯한 남자의 글씨가 남아 있었다.

〈팬케이크입니다. 위에 있는 수란을 터뜨려서 소스로 먹는 건데, 수란이 굳기 전에 일어났기를 빕니다.〉

"정말이지."

은수는 저도 모르게 중얼거리면서 덮개를 열었다.

"우와!!"

기가 막힌 냄새는 그렇다 치고, 아니 이게 팬케이크라니!

새빨간 토마토와 볶은 버섯, 색감을 맞추듯 생생한 초록색이 살아 있는 시금치, 그리고 기가 막힌 향을 풍기는 바삭한 베이컨이 풍성하게 쌓여 있고, 위에는 대체 어떻게 저렇게 만드는지 알 길이 없는 예술적인 하얀 수란이 화룡에 정점을 찍듯 올려 있었다. 그리고 자세히 봐야 보일 듯한 베이컨 아래에 노릇한 팬케이크 몇 장이 살짝 보였다.

"진짜, 누군지 이 남자의 짝이 된다면 전생에 인류를 구했을 거야. 어쩜!"

옆에 가지런히 놓인 포크와 나이프를 대기도 아까울 만큼 예쁜 요리는, 그 맛도 그에 못지않았다.

◈

"그래서 그 대박 잘난 남자가 저 차도 빌려준 거라고?"

고생을 했다는 걸 여실하게 보여 주는, 피로가 가득 쌓인 모습으로 지훈이 험악하게 물었지만 은수는 신경도 쓰지 않고 아무렇지도 않은 듯 대답했다.

"그래! 내가 저걸 사겠어? 나한텐 차란 그냥 이동 수단일 뿐이야. 내가 돈이 썩어 문드러진다고 저런 걸 사겠니?"

말은 그렇게 했지만, 차는 정말 괜찮았다. 왜 돈을 펴 들여 가면서 비싼 외제차를 사는지 살짝 이해할 만큼.

"미친놈 아냐? 처음 보는 여자한테 아우디를 빌려준다고? 그것도 A7을?"

은수는 제 앞에 놓인 떡볶이의 비닐을 뜯느라 정신이 없었다.

"아딸이구나. 역시 내 맘을 아는 사람은 내 베프, 강지훈밖에 없구나. 고급 불란서 산해진미보다 나에겐 아딸이 최고였어."

지훈은 은수가 뜯던 떡볶이를 확 뺏어 들었다. 그러다가 국물이 쏟아질 뻔하자 은수가 빽 소리를 질렀다.

"야! 뭐 하는 짓이야. 쏟아질 뻔했잖아!"

"사람 말에 대답을 해야지. 진짜 저 차를 빌려줬다고?"

"그래. 그럼 내가 저걸 렌트라도 했겠어? 그리고 그 사람 지하 차고엔 저런 비싼 차가 수두룩해. 저건 아예 처박아 놨는지 먼지가 수북하더라."

그렇게 말했지만, 차는 마치 매장에서 전시하던 차처럼 깨끗하고 심지어 연료까지 가득 채워져 있었다.

"너 그 남자 집에도 갔냐?"

지훈의 목소리가 갑자기 심각해졌다. 그도 이름을 날리고 있는 신세대 정치부 기자 중 하나였다. 그러니 그 정도는 금방 유추할 수 있었을 것이다.

은수는 마치 제 오빠 같은 표정으로 저를 보는 지훈을 보고는 갑자기 입을 다물었다. 켕길 건 전혀 없었지만, 그래도 외간 남녀가 같은 집에서 벌써 이틀이나 자고 먹었다는 건 아무리 그 당시에 그러고도 남았다 치더라도 정상은 아니었다.

"그, 그게. 취재. 취재차! 엄청 유명한 쉐프잖아. 집에 그릇들이 어마어마해. 리빙 파트 편집장이 기절을 하더라. 너 로얄 코펜하겐 버건디 알아? 접시 하나가 몇 백이야. 그런 거 쫙 집에 쌓아 두고 있더라니까! 그러니까 가서 그걸 찍어야지. 리빙 파트 편집장은 그릇 사진에 경기를 하더라. 내가 보니 뭐 다 그냥 그릇이더만."

긴가민가한 듯 인상을 잔뜩 찌푸린 지훈이 떡볶이를 내밀었다. 은수는 냉큼 빼앗아 팩 포장을 뜯었다.

"일 이야기하자. 응? 일."

"그래."

아무래도 뭔가 껄끄러운 듯 대답하는 지훈이 미덥지 않은지 은수는 장황하게 떠들기 시작했다.

"저번에 문서 절단기에서 나온 건, 어디 있냐. 아, 여기 있다. 그러니까 밑에 있는 하청 업자에게 노골적으로 기프트 카드를 선물하라고 했던 명단이었어.

진짜 머리 좋다니까. 상품권도 아니고 기프트 카드니까 말이야."

"아니, 그거나 그거나 똑같잖아? 무슨 차인데?"

은수는 떡볶이를 먹더니 옆에 있는 비닐에서 물방울이 송글송글 매달린 새파란 소주병을 꺼냈다. 그리고 따닥 소리를 내며 뚜껑을 따고 종이컵에 따르기 시작했다.

"상품권은 액면가 80% 이상을 써야 돈을 거슬러 주잖아. 게다가 액면가도 정해져 있고 꼭 거기 가서만 써야 하고. 뭐, 내가 주유소에서 기름을 넣으려고 해도 상품권으로는 안 된단 말이지. 그런데 이 기프트 카드라는 게 그냥 신용카드인 거야. 무기명 선불카드. 그러니까 카드를 쓸 수 있는 곳은 충전된 금액만큼 얼마든지 그냥 신용카드처럼 쓴다는 거지. 그러니 받는 사람이 편하거든! 게다가 누가 충전했는지는 상관없어. 어느 누가 쓰는지도 추적하기도 힘들고. 그래서 요즘은 뇌물로 기프트 카드를 쓴다는 거지. 받는 사람도 아주 좋잖아. 사악하게도 그걸 어디에 얼마짜리 줄 건지를 미리 정해서 서면으로 보낸 거야. 대놓고! 이런 개 나쁜 종자들 같으니라고!"

"그래?"

지훈이 문서 절단기에서 갈가리 잘라진 종이를 하나하나 정성껏 이어 붙인 것을 보고 눈이 커졌다. 드디어 아까의 화제를 넘긴 듯 은수는 종이컵을 내밀었다.

"마실 만하지?"

"그래! 원샷!"

반쯤 채워진 종이컵을 들어 두 사람은 원샷을 했다.

"오늘 내 오카에(丘– 언덕)만 해도 소주 두 병은 먹어야 한다!"

은수가 자랑스럽게 이야기했다. 이건 두 사람 사이에 있는, 아니 굳이 두 사람이 아니라 같은 학교 같은 과 출신인 두 사람의 신문 방송학부 동아리 코야마(子山–작은 산)에서 나온 전통이었다.

일본어로 야마는 산을 가리키는 말이지만, 기자계의 은어로 절정 클라이맥스라는 의미가 있었고, 언론계에서는 기사의 주제나 핵심을 뜻하는 단어였다.

그 사건의 야마가 뭐냐? 하는 물음이 보편적인 것이었다.

그러나 거기서 한발 더 가서 은수의 그 동아리에서 쓰는 용어로 오카에는 언덕을 뜻하는 단어로 절정, 즉 산-야마는 안 되지만, 그 절정의 기사인 야마를 구성하는 언덕인 오카에는 기사를 이루는 핵심 단어를 뜻하는 것이었다.

그들 사이의 전통이란 건 하나의 기사를 완성하기 위해서 핵심 단서 서너 개가 필요하다 할 때, 그걸 각자 취재해서 그게 오카에다우면 소주를 원샷하는 아주 무식한 전통이었다.

“캬! 달다!”

바로 집어 든 순대로 소주의 뒷맛을 지우면서 은수가 말했다.

“자, 니 건?”

“내 거도 대박이지. 봐 봐. 이거 교통안전부 장관실에서 나온 건데 말이야.”

지훈이 팩스 문서를 꺼내 들었다.

“그런데…….”

은수가 마지막 남은 떡볶이를 입에 넣으면서 말했다.

“아딸 망해 가냐?”

“왜에?”

지훈이 빈 떡볶이 팩을 보더니 옆에 하나 남은 순대를 집어 들며 새빨개진 얼굴로 되물었다.

“야, 왜 이렇게 맛이 없어? 완전 밀가루 맛 대박이다.”

“너 원래 밀떡 좋아하잖아! 그래서 밀떡으로 가져왔는데. 와! 네가 음식이 맛이 없다니 취했나 보다. 딸꾹!”

지훈이 다시 그녀의 빈 종이컵에 콸콸콸 소주를 붓기 시작했다.

“안주도 없잖아.”

은수가 볼멘소리로 말하자 지훈이 대답했다.

“거기 쥐포 있잖아. 옛날 같음 아딸 탕슉 셋트면 소주 한 짝은 마신다. 딸꾹.”

“그거야 그렇지만, 우리가 뭐 빈털터리 학부생이니? 아, 진짜 좀 넉넉히 사오지.”

"아주 부르주아 파트로 옮기더니 헝그리정신 다 갖다 버렸어?"

아까부터 까칠해진 지훈이 말끝마다 트집을 잡았다.

"부르주아는 아니더라도 헝그리도 옛말 아니야? 짜식, 너 월급 빵빵하게 잘 받는 거 알고 있거든!"

은수는 평소에 아무리 술을 먹어도 얼굴색 하나 변하지 않는 걸 지훈은 잘 알고 있었다. 그러나 특유의 술버릇은 발음이 꼬인다는 것이었다. 말간 얼굴로 저를 향해 질책하는 은수를 보면서 지훈은 혀를 찼다. 저도 어제 철야만 안 했으면 이 정도 가지고 이렇진 않았을 텐데.

"너? 아티초크 알아? 아티초크?"

뜬금없는 은수가 물었다.

"초크? 이제는 뭐 분필도 먹으려고?"

쥐포를 뜯으면서 지훈이 말했다.

"무식한 녀석, 그거 공룡알 같은 건데 완전히 희한한 맛이 나더라."

"왜 그 기생오라비같이 생긴 주방장이 해 주던?"

이상하게 기분이 나빠진 지훈이 소주를 마시면서 되물었다. 소주가 오늘따라 썼다.

"야, 말은 솔직히 하자. 기생오라비라니, 그건 잘생긴 거야. 난 그 사람이 왜 그 얼굴 가지고 영화배우를 안 하는지 모르겠더라."

"영화배우는 아무나 하냐? 다 금숟가락을 입에 물고 나와서 그런 거야. 그런 것들이 고생을 알겠냐, 뭘 알겠냐. 어렸을 적부터 5대 영양소 칼로리 맞춰 딱딱 먹어 주니 성장이 쑥쑥 잘되는 거고, 온갖 보약에 트레이너 붙여서 운동하니 얼굴에 여드름 날 일이 없는 거고."

"그건 원판 불변의 법칙이야. 그냥 원판이 잘난 거라니까."

갑자기 지훈이 버럭 화를 냈다.

"그래서? 너도 얼굴 뜯어 먹고 살기로 했냐?"

"내가 그걸 어떻게 뜯어 먹어. 그럴 수만 있다면 좋겠다."

이미 소주 여섯 병째였다. 넉넉하게 일곱 병을 사 왔지만 이미 여섯 병은 바닥을 뒹굴고 있었다. 마지막 소주를 컵에 따르면서 은수는 제 앞에 있는 베프가 잔뜩 성이 난 것도 모르고 중얼거렸다.

"솔직히 정말 멋지긴 멋져. 그런 남자 애인이라면 안 먹어도 배부를 거 같아. 은근 엄청 잘 챙겨 줄 거 같거든. 게다가 목소리도 근사해. 불어 발음이 그냥 거의 성우 같더라니까. 그리고 까칠한 듯하면서도 은근히 센스가 있더라고. 난 그냥 식객인데도 아침마다……."

"야! 이은수!"

지훈이 또다시 버럭 소릴 질렀다.

"왜? 난 뭐 멋진 남자한테 침 흘리면 안 되는 거야?"

은수가 새초롬한 표정으로 삐친 듯 지훈을 쳐다봤다.

"야! 너, 너한테는 내가…… 내가 있잖아!"

멍하니 그걸 보고 있던 은수는 갑자기 웃음이 터트렸다. 터진 웃음을 주체를 못 하겠다는 듯 웃다가 이인용 접이식 의자에서 넘어질 뻔까지 했다.

"푸하하. 장난 그만해! 네가 무슨 남자야. 넌 그냥 남자 사람 친구지. 요즘 유행하는 거 몰라? 남사친!"

"나 장난 아니라니까!"

"장난 아니면? 뭐? 아서라, 아서. 난 너 남자로 생각해 본 적 없다. 너 키워서 얼른 좋은 배필 찾아 주는 게 내 소원…… 읍!"

갑자기 웃고 있던 은수의 눈에 뭔가 어른거리더니 뭔가가 제 입을 막았다. 이게 무엇인 줄 아는 데는 얼마 걸리지 않았다. 그것의 정체가 저 남사친의 입술이라는 걸 지독한 소주 냄새와 쥐포 맛으로 금방 알 수 있었으니까.

빼리릭 소리가 나고 문이 열렸다. 환하게 센서등이 켜진 것을 보고 그는 잠시 멈칫하면서 현관에 서 있었다. 그럴 만한 하등의 이유가 없었지만 그는 무의식적으로 잠시 서 있다가 정신을 차린 듯 집으로 들어섰다.

먼지 하나 없이 깨끗한 화이트의 대리석으로 된 현관에서 뭘 기대한 것일까. 한 짝은 뒤집어져 있던 헝겊 운동화를 기대하고 있었을까.

그는 아무렇지도 않은 듯 불을 켜고 긴 복도를 지나 광활한 거실을 가로질러 갔다.

힐끗 쳐다본 불 꺼진 캄캄한 다이닝 룸에서 무언가를 바란 건 아니었다. 그러나 저도 모르게 일을 부지런히 접고 굳이 일찍 올 필요 없는 집에 오느라 서둘렀던 제 무의식을 누군가 들여다본 것 같은 느낌이었다.

재킷을 벗고 와이셔츠의 단추를 푸는 손길이 느릿느릿해졌다.

'들어오는 줄도 몰랐어요.'

밝은 톤을 가진 낭랑한 목소리가 잠시 환청으로 들린 듯했다.

처음에는 왜 그런 짓을 했을까 하고 후회했지만, 미운 사람도 자꾸 보면 정이 드는 법이었다. 처음엔 성가시고 귀찮은 존재였지만 어느 순간 그걸 참아 줄 만큼 익숙해져 버렸다. 게다가 언제 어느 때나 말갛게 웃는 얼굴도 그것에 일조를 했다.

샤워를 하고 가벼운 차 한잔을 하려고 주방 쪽으로 간 그는 어두운 다이닝 룸을 보고는 손을 내밀어 불을 켰다. 그리고는 저도 모르게 약간 안도의 한숨을 내쉬곤 오히려 그게 당혹스러워졌다.

커다란 탁자 위에는 그녀의 노트북과 서류 뭉치, 그리고 휴대용 프린터기도 그대로 놓여 있었다. 다만 그녀가 펼쳐 놓은 것처럼 요란하게 널려 있는 것이 아니라 나름 차곡차곡 쌓아 놨다는 게 달랐을 뿐이었다.

막 물이 끓고 있는데 그의 전화기가 울렸다. 왜 제 손길이 빨라졌는지는 이해할 수 없지만, 전화기 속의 글자를 보고 그는 잠시 인상을 찌푸렸다가 누가 보고 있기라도 하듯 아무렇지도 않게 전화를 받았다.

"이렇게 늦은 시간에 무슨 일이야? 레스토랑에 문제라도 생긴 거야?"

〈노노. 이거 비즈니스 아니야. 나한테 온 거지만 너도 궁금해할 거니카 알려주께.〉

"뭘?"

그의 물음에 레너드가 뭔가 부스럭대는 소리가 들렸다.

〈히가 연락해써. 음…… 뭐라코 해썼냐면…… 저눈 건캉히 잘 지내요. 다음

에 연낙드리게쑵니다. 이래써. 이거 모야?〉

승제는 피곤한 듯 눈가를 쓸어내리며 천장을 올려다보았다. 제게 직접 연락하지 못한 걸 보면 아직 편한 상황은 아닌 모양이었다. 그래도 걱정할 그를 위해 보낸 두 문장에 안심이 되는 건 글자 그대로를 믿고 싶은 제 이기적인 마음의 모순이었다.

"안부 인사."

〈무쑨 인사? 히 무쑨 일 이써?〉

"음…… 조금."

〈뭘 쿠렇게 복짭하게 살아? One is young only once. 말도 있자나.〉

인생이 두 번이 아니기 때문에 참고 있는 거였다. 이미 희수의 인생은 타인에 의해 엉망으로 헝클어졌다. 더 일을 어렵고 복잡하게 만들고 싶지는 않았다.

"잔소리는 그만둬."

〈오케이. 어쨌커나 나눈 알려 줘써. 이걸로 용컨은 끝이야. À demain!〉

"그래."

통화가 끝난 전화기를 테이블에 올려 두고 그는 이마를 찡그렸다. 주전자에 물은 끓고 있었지만 차를 마실 생각이 들지 않았다. 제집의 현관을 들어선 뒤로 레너드에게 연락이 오기까지 희수를 잊고 있다는 것을 깨달았기 때문이었다.

"으……."

학부 시절엔 분명히 제 주량은 딱 떨어지는 다섯 병이었다. 그러나 제 눈앞에 쓰러진 술병은 일곱 개뿐이었고, 그중에 한 개는 아직도 반 이상 차 있었다.

"목말라."

많이 보던 광경이었다. 흐트러진 책상 위에는 어제 먹은 것들의 잔해가 널려 있었고, 정면에 보이는 옷걸이에는 사내자식답지 않게 깔끔하게 걸어 놓은 정장과 점퍼 등이 보였다.

지끈거리는 머리를 꾹꾹 누르면서도 간신히 일어난 은수는 제 휴대폰부터 찾았다. 그러다가 제 다리를 누르는 무언가를 보고는 갑자기 무언가 머리를 맞은 느낌이 들어 벌떡 일어나 버리고 말았다.

"뭐야……."

옆에는 인사불성이 된 지훈이 마치 죽은 듯 엎어져 있었다.

"이…… 이런, 같이 잔 거야?"

혼잣말을 해 봤지만 솔직히 자주 있는 일이었다. 다만, 지훈이 바닥에서 이불을 깔고 잤지 같은 침대에 누운 적은 없었다.

"아, 이런……."

그리고 일어나자마자 생각난 건 바로 제가 필름이 뚝 끊기기 전 장면이었다.

'너 몰랐냐? 내가 너 학부 시절부터 쭉 좋아했다는 거…….'

은수는 소리라도 지르고 싶었지만, 제 입을 틀어막았다. 그리고 본능적으로 제 옷매무새를 살핀 건-그동안 이 강지훈이라는 베프와의 막역한 사이를 보건대-100% 저답지 않은 일이었다. 제 옷은커녕 양말조차 그대로 제 자리에 있는 것을 보고는 그녀는 최대한 조심조심 욕실로 갔다.

적어도 양치질은 해야 차를 끌고 집으로 갈 수 있을 거 같았으니까. 게다가 휴대폰을 보고는 다시 경악을 하지 않을 수 없었다. 금요일이라는 글자가 선명했기 때문이었다.

## 12.
## 클라푸티(clafoutis)

무심히 지나치려다 열어 본 문의 안쪽은 예상처럼 텅 비어 있었다. 식탁 위에 쌓아 둔 자료와 노트북이 어젯밤 본 그대로인 것도 마찬가지였다. 꽤 늦은 밤까지 승제를 잠 못 들게 하던 여자는 결국 아침까지 돌아오지 않았다.

문틀에 기대어 침대를 노려보던 그는 묘한 기분에 씁쓸하게 입매를 비틀었다.

우습게도 제 감정과 이성은 상반되는 주장을 계속 펼치고 있었다. 연락 없이 오지 않는 여자에게 화가 났다가…… 화를 낼 이유가 없음에 또 화가 났다.

저에게 여자가 아무 존재도 아니듯 여자에게도 자신은 아무런 존재도 아니었다. 그저 자신에게 그녀는 아는 사이에 모른 척할 수 없는 객이었고 그녀에게 자신은 취재 대상이자 피치 못하게 신세를 지게 된 사람일 뿐이었다.

그러니 연락 한 통 없이 오지 않는다고 해서 늦은 밤까지 온 신경이 무겁게 닫혀 있는 문을 향해 있을 필요도, 아침까지 비어 있는 침실에 화가 나지도 않아야 했다. 하지만 그럼에도 그는 화가 났다.

승제는 신경질적으로 방문을 쾅 닫았다.

금요일은 늦은 출근을 하는 날이었다. 주말에도 바쁜 레스토랑 일의 특성상 그에게 하루를 통째로 쉴 수 있는 날은 드물었다. 레스토랑의 문을 연 뒤로 매끄럽게 운영되기까지 그와 레너드는 쉬는 날은커녕 밤늦게까지 일을 하고 새벽같이 또 출근을 해야만 했다.

애초에 두 사람이 가진 돈만으로 비쥬 블랑쉐를 여는 일은 불가능했다. 하지만 투자를 받고 그 투자를 되돌려 주기에 승제와 레너드가 밑바닥부터 일궈 낸 명성은 충분하고도 넘쳤다. 남들은 그가 부유한 부모 밑에서 고생 따위는 모르고 자라 그 덕에 고급 레스토랑을 운영하고 사는지 알지만 실상은 그게 아니었다.

한창 수험 준비로 바빴어야 할 때, 그는 부모 몰래 요리학원을 다니고 조리사 시험에 합격했다. 문제는 힘들게 딴 그 자격증을 들켰다는 것이었다. 머리도 좋은 편에 전국 석차도 늘 좋았기 때문에 어쩌면 형인 승수보다 부모는 그에게 기대가 더 컸을지도 몰랐다.

그리고 그 기대가 깨지자 화살은 엉뚱한 곳으로 향했다. 희수가 안 좋은 영향을 끼쳤다고 생각한 탓에 그는 당장에 미국으로 유학을 명분으로 한 귀양을 가고 말았다.

문제는 그가 부모 말에 고분고분 따르는 삶은 그만두기로 결정했다는 것이었다. 미국에서 얌전히 공부나 하라는 부모의 말을 거역하고 그는 Culinary Institutue of America에 입학했다.

그때부터 그가 했던 고생은 평생 상상도 못 해 보던 것이었다. 학비는 그동안 모은 돈과 대학 생활을 정리하면서 어떻게든 해결을 봤지만 생활비가 문제였다.

그가 할 수 있는 건 단 하나였다. 잠을 줄이고 그 시간에 그릇을 닦고 청소를 하고 짐을 날랐다. 그래도 뉴욕의 비싼 렌트 비용 탓에 제대로 된 식사 한 끼 하기 어려웠다. 그나마 다행인 건 실습한 요리들을 먹을 수 있다는 것이었다.

하지만 그럼에도 고된 노동은 그를 늘 배고프게 했다. 그때야말로 평생 돈 없고 배고프고 서러운 게 뭔지 몰랐던 류승제에게 인생의 쓴맛을 제대로 알려 준 시기였다.

제 자신을 오롯이 혼자 책임져야 하는 생활은 빡빡하기만 했다. 친구를 사귈 시간도, 여유도 그에게는 없었다. 하지만 실습과 실습 뒤에 이어진 유급 인턴십이 시작되자 형편은 더 나아졌다.

그리고 그 돈을 또 모아 파리의 Le Cordon Bleu로 향했다. 그 뒤는 처음과 비슷했다. 학교를 다니고 일을 하고 돈을 아껴야 하는 날들이 이어지던 어느 날, 불쑥 말을 거는 녀석이 있었다.

「네 요리 맛 좀 봐도 돼?」

그게 바로 레너드였다.

무뚝뚝한 승제와는 달리 과하게 친화력이 좋은 녀석 덕에 둘은 금세 친해졌고, 그 덕에 저렴한 쉐어 하우스에서 생활비 또한 아낄 수 있었다.

졸업 후에는 두 사람은 나란히 정식으로 피에르 코프만의 레스토랑에 취직을 했다. 물론 그 악명 높은 카리스마 밑에서 구르면서 석 달 동안 청소만 계속할 정도로 고생도 계속되긴 했다.

바닥이 미끄럽다고 청소도 제대로 못 하냐고 기름통을 통째로 부어 그걸 전부 다시 닦게 하거나 재료 정리를 제 시간에 못 맞췄다고 몽땅 뒤집어엎어 버리거나 네 음식은 쓰레기라며 힘들게 만든 음식이 그대로 휴지통에 직행하는 일들이 그와 레너드에게 번갈아 가며, 또는 함께 일어났다.

그리고 그 고생을 이를 악물고 참아 낸 결과가 지금이었다. 정성껏 만든 음식이 쓰레기가 되어 버렸을 때의 실망감이나 절망감, 그리고 억울함과 분노가 섞인 그 쓰디쓴 감정은 느껴 보지 못한 사람이라면 그 자괴감을 이해할 수 없을 것이다.

그것들을 수십 번 씹어 삼키고 난 뒤에야 승제는 그 어떤 감정도 쉽게 터트리지 않는 사람이 되었다. 그가 레스토랑에서 독설을 퍼붓는 것은 의도된 분노였을 뿐, 실상 제대로 화를 낸 적은 없었다. 하긴 그에게 제 가면 뒤의 진짜 얼굴을 드러내고 화를 낼 만큼 중요한 사람은 한 손에 꼽을 만큼 적었다.

그러나 이상하게도, 아직 다 풀리지 않는 숙취로 볼이 붉어져서 나타난 이은수의 얼굴을 마주하고 제 화를 숨기기는 쉽지 않았다.

"늦었군요."

들어오란 말도 없이 문에 기대어 자신을 내려다보고 있는 남자에게 은수는 멋쩍게 웃어보였다.

"아하하. 길이 좀 막히더라고요."

표정 하나 변하지 않고 싸늘하게 바라만 보던 남자의 그 잘난 얼굴이 불쑥 그녀의 코앞으로 다가왔다.

"술, 마신 겁니까?"

가까이 다가온 그의 얼굴을 피하듯 고개를 흠칫 뒤로 물린 은수가 제 입을 후다닥 가렸다.

"냄새……나요?"

웅얼거리는 여자의 말에 승제는 무표정하게 고개를 끄덕였다.

"얼마 안 먹었는데……."

은수는 술기운에 아직도 뜨끈한 볼에 열이 더 오르는 느낌이었다. 무언가 엄청나게 큰 잘못을 한 것 같은 기분에 자꾸만 말이 목 안으로 숨어들어 그녀는 평소처럼 큰소리를 치지도 못했다.

고개를 비틀어 뭔가 못마땅한 듯 어딘가를 쏘아보던 남자가 작게 한숨을 쉬더니 어깨를 움츠린 은수를 다시 바라보았다.

"들어와요."

금요일. 오전에 비는 시간을 이용해 클래스 스튜디오에서 촬영을 약속한 날이었다. 일주일에 두어 번 있을까 말까 한 개인 시간이고 휴식 시간이었다. 여자가 늦은 것이 화가 난 건지 아니면 지난밤 집에 오지 않은 것이 더 화가 나는지 모르겠지만, 어쨌거나 승제는 불쾌한 기분을 감추지 않았다.

"저기, 그…… 물 좀 주시면 안 될까요?"

쭈뼛대며 주방에 따라온 여자가 한참을 고민하다 꺼내 놓은 말에 그는 얼음을 채운 커다란 잔에 찬물을 가득 담아 주었다. 사막에서 물을 찾던 사람마냥 눈을 빛내며 컵을 받아 든 여자가 벌컥대며 물을 마시고 만족스럽게 감탄사를 뱉었다.

"어우, 이제야 살 것 같네."

"대체 얼마나 마신 겁니까?"

한심스럽게 생각해 묻는 것이 분명한 말에 은수는 목소리를 높여 대꾸했다.

"얼마 안 마셨어요!"

승제의 눈썹이 의심스럽다는 듯 비스듬히 기울어졌다.

"원래는 다섯 병이 주량인데 3병 밖에…… 안 먹었단…… 말이에요."

큰소리를 치던 은수의 목소리가 3병이라는 말을 뱉고서야 이건 아니다 싶었는지 점점 꼬리를 말고 작아졌다.

"아, 그렇군요. 그 3병이 맥주가 아니라는 건 확실히 알겠습니다."

어쩐지 비틀린 것처럼 들리는 남자의 말에 은수는 주섬주섬 변명을 챙겨 늘어놓았다.

"어제는 취재한 기사 자료를 모아서……. 그래요, 회의! 회의를 했거든요. 그게 다 대박감이라 한 잔 한다는 게 기분 좋다 보니 그만. 그래도 평소 주량도 못 마신 거라니까요."

팔짱을 낀 채 그녀의 말을 듣고 있던 남자의 싸늘한 얼굴에 뭐라 표한할 수 없는 묘한 표정이 순식간에 스쳐 갔다.

"……그래서 잠은 어디서 잔 겁니까?"

"그거야 당연히 지……."

지훈의 이름을 꺼내려던 은수는 금방 말을 삼켰다. 승제에게 지훈과는 남녀관계를 떠나 그저 단순한 친구 사이일 뿐이라고 큰소리를 쳐 놨는데 이제 그냥 친구라고 말하기는 애매한 관계가 되어 버렸기 때문이었다.

그 망할 키스. 소주와 쥐포 맛이 나는 녀석의 두툼한 혀가 제 입안으로 들어온 이상 어느 누구에게도 떳떳하게 '그냥' 친구라고는 말할 수 없는 노릇이었다. 물론 제 의사와는 상관없는 일이었지만 지훈의 마음을 안 이상 예전과 같은 사이는 힘들었다.

그랬거나 말거나 어차피 이 남자와는 상관없는 일인데도 은수는 승제에게 지훈의 이름을 말하기 왠지 껄끄럽게 느껴졌다. 그게 지훈이 때문인지 이 남자의 존재 때문인지 모르겠지만 어쨌든 그랬다.

"지……긋지긋한 기자실이요! 다, 당연히 거기 소파에서 쪼그리고 잤죠. 아하하."

어색한 웃음으로 분위기를 바꿔 보려 과장되게 웃어 보이던 은수가 금세 풀 죽은 표정으로 고개를 숙였다.

"다른 취재도 취재지만 이것도 중요한 취재고 약속인데 늦어서 죄송해요."

그녀의 말에 뭔가 마음에 들지 않는 듯 이마를 구긴 남자가 몸을 기대고 있던 테이블을 톡톡 두드리며 뜸을 들이더니 한참 뒤에야 입을 열었다.

"촬영이나 합시다."

미리 준비한 빵에 과일 치즈를 바르고 올리브와 토마토, 허브로 장식을 올리면서 승제는 설명되지 않는 제 감정에 당혹스러움을 느꼈다. 여자가 어디서 잠을 자건 자신과는 아무 상관 없는 일이었다. 하지만 기어이 그것을 확인하고 그럼에도 기분이 풀리지 않는 건 뭔가?

미국으로 떠난 뒤에 집안과 소식을 끊고 지내면서 꽤 오랫동안 희수를 잊고 지낸 적이 있었다. 희수의 인생을 저로 인해 헤집어 놓는 건 그만두고 싶기 때문이었다.

요리사로 여유가 생기면서 일부러 제 부모에게 보란 듯이 여자들을 사귀기도 했다. 하지만 한국으로 돌아오기 전 희수에게 먼저 연락을 한 것이 화근이었다. 그가 돌아오자마자 희수는 정략결혼을 했고, 그는 그녀를 그렇게 보내 줄 수밖에 없었다. 제법 유명해진 이름 석 자 외에는 그가 가진 것이라고는 없었으니까.

그리고 그 뒤로는 그에게 아무도 없었다. 희수를 불행하게 만들고 제가 행복해지고 싶은 마음 따위는 없었으니까. 그러나 저 여자는 뭘까? 아무렇지도 않게 다가와 자꾸만 거슬리고 신경이 쓰였다. 그게 그녀가 의도한 것이든 아니든 이미 한번 파고든 감정은 빠져나갈 생각을 하지 않았다.

"오늘은 프랑스 가정식으로 간단한 코스를 준비했습니다."

그나마 최근엔 간간이 웃어 주던 남자가 싸늘하게 굳은 얼굴로 설명을 시작했다. 은수는 이제 제법 조작이 익숙해진 카메라로 남자가 내놓은 식전주와 과일 치즈를 올린 빵을 찍기 시작했다.

제가 좀 늦긴 했지만 남자의 냉기 가득한 얼굴을 마주하니 억울한 기분이 드는 것도 사실이었다. 물론 그냥 늦은 것도 아니고 술 냄새를 풍기며 늦긴 했지만. 나름 해장도 하겠다고 편의점에서 애정하는 컵라면도 들이켜고 구강 청결제까지 사용하고 온 길이었다.

어제 말도 없이 외박한 것이 좀 걸리기도 했지만 솔직히 그런 걸 보고할 사이도 아니었다. 그냥 자신은 귀찮은 손님이니까 얼른 나가 주면 고마운 존재 아닌가. 번거롭게 아침을 차릴 필요도 없을 테니 말이다.

처음의 미안했던 마음은 사라지고 냉랭한 남자의 태도에 은수는 불만스레 볼을 부풀렸다.

"Lyonese Salad입니다. 보통은 리옹 스타일 샐러드라고들 하죠. 각종 채소에 베이컨과 토마토, 그리고 크루통을 섞은 다음 수란을 올려 소스를 뿌려 주면 됩니다."

그녀가 불만 가득한 얼굴로 바라보거나 말거나 승제는 요리에 대한 설명만 계속하며 음식을 꺼내 놓았다.

"간단한 홍합 요리입니다. 에스까르고 팬에 홍합을 채우고 그 위에 버터와 허브, 그리고 약간의 치즈를 올려 오븐에 굽는 요리입니다."

은수가 바삭하게 구운 베이컨이 길게 장식처럼 수란을 가로질러 놓인 샐러드를 찍고 계란 판처럼 동그란 홈이 있는 오븐 팬에 지글지글 소리를 내는 홍합 요리를 찍는 걸 묵묵히 기다리던 승제가 입을 열었다.

"다음 요리는 과정 샷을 찍는 게 좋을 테니 주방으로 가죠."

무뚝뚝하게 한마디 하고 돌아서는 남자를 은수가 작게 심호흡을 하고 불렀다.

"저기요."

"뭡니까?"

찬바람 부는 얼굴로 내려다보는 남자를 보고 은수는 턱을 치켜들었다.

"지금 화난 거 맞죠?"

"무슨 말입니까?"

표정 하나 바뀌지 않고 저를 바라보는 무표정한 남자의 가면 같은 얼굴을 깨버리고 싶은 충동이 불쑥 은수를 사로잡았다.

"지금 화내는 거잖아요. 늦은 건 사과했잖아요. 아니면 제가 또 뭘 잘못한 거예요?"

"왜 내가 화났다고 생각하는 겁니까?"

"그거야……."

웃지 않잖아요. 은수는 나오려던 말을 삼키고 말끝을 흐렸다. 물론 남자가 웃었다고 해 봐야 다른 사람의 희미한 미소 정도지만 분명 그젯밤만 해도 부드럽게 풀린 그의 입술 끝에 걸린 것은 웃음이었다. 조금쯤은 친해지고 가까워졌다고 생각했다.

저렇게 잘난 남자와 뭔가가 되리라고 기대조차 하지 않았다. 하지만 그저 마주 보고 웃을 수 있는 정도라면 과한 바람은 아니지 않은가? 그런데 제 생각이 착각이라는 듯 냉랭한 남자의 태도에 은수는 서운하고 섭섭하고 억울해졌다. 갑자기 왜 그러는 건데?

"그게 설명하긴 좀 그런데…… 어쨌거나 화났잖아요!"

"……술이 덜 깬 겁니까?"

여전히 딱딱한 표정으로 대답하는 남자는 무슨 헛소리를 하냐는 듯 그녀를 내려다보고 있었다.

"술은 아침에 눈뜨자마자 깼거든요! 대체 뭐가 문제예요?"

무슨 말인지 모르겠다는 듯 무심히 바라보던 남자의 시선이 약간 아래로 내려가더니 고개가 비스듬히 기울어졌다.

"그건 왜 그러는 겁니까?"

질문의 의미를 이해하지 못한 은수가 남자를 따라 고개를 숙였다. 그의 시선은 무의식적으로 쓰린 배를 누르고 있는 그녀의 왼손에 박혀 있었다. 갑작스러운 화제 전환을 따라가지 못한 은수가 어버버거리는 사이 남자가 빨리 대답하라는 듯 눈썹을 치켜 올리고 그녀를 빤히 바라보았다.

"어, 그게…… 아침에 해장한다고 컵라면도 먹었는데 속이 좀 안 좋아서요. 어쨌거나…… 지금 그 얘기가 아니잖아요? 왜 화내는 거냐구요!"

뭔가 말리는 기분에 더듬대며 대답하던 은수가 원래의 화제로 돌아가 목소리를 높였다.

"화 안 났습니다. 그래서 술 마신 다음 날, 그것도 아침으로 컵라면을 먹었다는 겁니까?"

제가 묻는 질문 따위는 일축한 남자가 은수가 엄청난 범죄라도 저질렀다는 듯 싸늘한 목소리로 추궁을 했다.

"그, 그게 뭘요? 온 국민의 간편식, 라면이 어떻다는 건데요?"

큰소리를 치면서도 은수는 이상하게 쓰린 속을 어쩌지 못하고 미간을 찡그렸다. 술 마시고 컵라면으로 해장하는 게 새삼스러운 일도 아니었다.

그런데 제 속이 갑작스레 라면을 거부하고 속을 닥닥 긁어 대며 요동을 치는 건 다 저 남자가 만들어 주는 음식들 때문인 게 분명했다. 고급 음식들로 호강한 위가 이제는 싸구려 컵라면 따위는 거부하겠다고 항의 중인 모양이었다.

"이은수 씨하고 라면의 위대함에 대해 토론하고 싶은 생각 없습니다. 라면보다 이은수 씨 엉망인 식생활이 문제인 것 같으니까."

"저 하루 세 끼 꼬박꼬박 먹거든요."

지지 않고 답하는 은수의 대꾸를 승제가 말 한마디로 가볍게 막아 버렸다.

"뭘 먹느냐가 중요하겠죠."

뭔가 거슬리는 듯 눈가를 찌푸린 남자가 작게 한숨을 쉬더니 말을 이었다.

"그러니까 카메라 내려놓고 거기 앉아서 기다려요."

"왜요?"

이해할 수 없는 명령에 은수가 당장에 이의를 제기했다가 남자의 싸한 눈빛에 움찔하고 말았다.

"정말 내가 화가 나서 오늘 촬영 집어치우는 걸 보고 싶지 않으면 앉아서 기다려요."

힉! 저 남자는 주변 온도를 조절하는 자체 센서라도 달고 있는 것 같았다. 등골이 오싹한 느낌에 은수는 저도 모르게 어깨를 움츠렸다. 냉랭한 목소리와 차가운 눈빛은 지금 뱉은 말이 그냥 해 보는 농담이 아니라는 걸 보여 주고 있었다.

"그러죠, 뭐."

그녀는 엉거주춤한 자세로 의자를 끌어당겨 엉덩이를 밀어 넣었다. 남자는 그녀가 자리에 앉는 것을 보고 나서야 주방으로 사라졌다. 한참을 그가 사라진 주방을 물끄러미 바라보고 있었지만 뭔가 자잘한 소음만 들려올 뿐 남자는 쉽게 돌아오지 않았다.

은수는 하릴없이 테이블 위에 놓인 음식을 바라보았다. 평소 같으면 맛있게 먹었을 음식들이었지만 쓰리고 울렁이는 속에 버터를 잔뜩 넣은 홍합구이는 전혀 반갑지 않은 음식이었다. 게다가 평소와는 달리 아직 먹어 보란 허락도 떨어지지 않았었다.

그건 참 다행이라고 생각하며 은수는 카메라를 들어 제가 찍은 사진을 확인해 보았다. 처음 그녀가 찍었던 사진의 수준을 생각하면 이 정도면 완전히 작품사진이라고 봐도 좋았다. 초반엔 사진 팀에서 그녀의 사진을 포토샵으로 새로 탄생시킬 정도였으니까.

은수는 시험 삼아 카메라를 들고 오전 햇살이 쏟아져 들어오는 창가와 그 햇살에 반짝이는 휘황찬란한 샹들리에, 그리고 테이블을 장식한 물결무늬의 화병을 찍었다. 그리고는 제가 앉은 의자를 축으로 몸을 천천히 옆으로 돌리며 사진을 찍기 시작했다.

우아한 곡선을 그리는 그릇장과 작은 서랍이 잔뜩 달린 수납장, 대리석으로 장식된 하얀 벽, 그 벽에 달린 푸른색 장식 접시, 그리고 나무쟁반을 들고 있는 멋진 남자.

찰칵. 못마땅한 게 분명한 남자가 이마를 구기며 입을 열었다.

"당장 지워요."

"네, 네."

입술을 삐죽이며 은수가 카메라의 삭제 버튼을 눌러 댔다. 좀 찍으면 어디가 닳나?

차마 입 밖에 내지 못하고 속으로 투덜대는 은수의 앞에 쟁반이 탁 하고 내려앉았다. 연한 파스텔 톤의 하늘색 그릇에 색색의 야채를 다져 만든 죽과 큼직큼직하게 자른 야채와 고기 조림, 그리고 야채 피클이 각각 담겨 있었다.

"이게 뭐예요?"

제 앞에 있는 음식과 남자를 번갈아 바라본 은수가 떨떠름한 얼굴로 물었다.

"야채 죽입니다. 먹어요. 속 아픈 데 도움이 될 겁니다."

"그러니까 이걸 왜 해 주시는 건데요?"

은수의 추궁에 승제가 시답지 않은 질문이라는 듯 무뚝뚝하게 답했다.

"아픈 사람 지켜보며 일하는 취미는 없습니다. 먹고 일해도 늦지 않으니 일단은 먹어요. 컨디션이 그렇게 엉망인데 일은 제대로 되겠습니까."

그거야 그렇지만……. 은수는 쌩하니 등을 돌려 또 주방으로 들어가 버리는 남자의 뒷모습을 멍하니 바라보았다. 그래도 이건 너무 다정하잖아. 분명 화난 것처럼 보였는데.

뭔가 종잡을 수 없는 기분에 은수는 볼을 긁적거리다가 근사한 냄새를 풍기는 그릇에 관심을 돌렸다.

어쨌거나 해 준 거니까 먹어야지. 히죽 웃은 은수가 숟가락을 들고 아직도 뜨끈한 김이 올라오는 죽을 후후 불어 한입 삼켰다. 담백한 야채 맛이 진한 죽이 쓰린 위장을 달래며 부드럽게 감싸 주는 기분이었다. 게다가 그냥 물이 아니라 육수로 끓인 죽의 국물은 간이 딱 맞아 감칠맛까지 돌았다.

"으아, 이거 맛있잖아!"

감탄하는 눈빛으로 죽을 바라본 은수가 쳇 하고 혀를 찼다. 제 위가 이렇게 버르장머리가 없어진 건 다 저 남자 탓이었다. 제 배를 툭툭 두드린 은수가 작게 중얼거렸다.

"너 말이야, 너무 익숙해지면 안 돼! 이런 호강도 얼마 안 남았으니까."

오늘이 3번째니 3번 남았나? 남자는 괜찮다고 했지만 그 집에서도 어서 나와야 했으니까. 어쩐지 울적해지는 기분을 은수는 큼지막하게 뜬 죽을 삼키는 걸로 어딘가로 밀어 넣었다. 그릇이 비워지는 만큼 속이 든든해지자 쓸데없는 생각도 어느 순간 멀리 사라졌다.

은수는 그릇에 고개를 박고 남은 죽을 싹싹 비워 냈다.

"Blanquette de veau는 프랑스 부활절 요리입니다. 소고기를 야채와 함께 화이트 소스에 끓이는 음식이죠."

평소처럼 녹음기를 조리복 앞주머니에 넣고 기본 설명을 하는 남자는 여전히 무표정하게 냄비를 뒤적이고 있었다. 이상했다. 아까와 똑같은 얼굴인데 지금은 화난 것처럼 보이지 않았다.

은수는 고개를 갸웃거렸다. 그건 그냥 이것저것 찔리는 게 많은 제가 만든 과대망상이었나?

"이렇게 볶은 재료를 육수를 넣고 2시간 정도 끓인 다음 계란 노른자가 든 화이트 소스를 부어 끓여 주면 됩니다. 완성된 사진은 미리 끓여 둔 이쪽 냄비를 찍으세요."

시키는 대로 사진을 찍는 여자의 얼굴은 아까와는 달리 편해 보였다. 숙취를 컵라면으로 풀다니. 제 기준에서는 상상을 초월하는 여자였다.

그렇지만 그게 신경 쓰이는 건 뭔가? 저 여자도 정상이 아니었지만 자신도 거기에 전염된 모양이었다.

식탁 위에 후식인 체리 클라푸티까지 올려 전체 음식의 사진까지 찍고 나서야 사진 촬영은 끝이 났다. 죽 한 그릇을 다 비운 탓인지, 아니면 어젯밤 그렇게 많이 안 마셨다는 소주 3병의 영향인지 다른 때는 싹싹 비우던 그릇들은 그저 맛만 보는 정도로 끝이 났다.

하지만 그것도 예외는 있는 모양이었다.

"한 조각 더 먹어도 돼요?"

"좋으실 대로."

승제는 클라푸티 한 조각을 더 잘라 은수의 접시에 놓아주었다.

"푸딩 같은데 좀 더 씹는 맛도 있고 과일 씹는 맛도 좋네요. 약간 폭신하고 부드러운 팬케이크 같기도 하고요."

"기본 재료가 비슷하니 그럴 겁니다. 마음에 드나 보군요?"

체리가 박힌 면을 잘라 입에 쏙 집어넣은 은수가 배시시 웃어 보였다.

"이상하게 다른 건 느끼하던데 이건 적당히 달달하고 상큼하고 또 보들보들

해서 자꾸 손이 가요."

그다지 크지 않은 클라푸티 한 접시를 뚝딱 해치울 것처럼 굴던 여자는 신기하게도 아쉬운 표정으로 포크를 내려놓았다.

"더 안 먹습니까?"

"그게 아침도 먹은 데다 죽도 먹고, 또 이것저것 맛도 보고 그랬더니 더는 힘들겠어요."

미련이 뚝뚝 떨어지는 눈으로 클라푸티를 잠시 바라본 여자가 애써 고개를 돌려 카메라 가방을 정리하기 시작했다.

"오늘 촬영은 이걸로 끝이니까 이만 가 볼게요."

주방에서 승제가 뒷정리를 하는 사이 그가 준 자료를 확인한 은수가 인사를 하러 들어왔다.

"어디로 갑니까?"

"일단은 취재 보고해야 하니까 출근했다가 바로 집에 아, 물론 류 쉐프님 집이죠. 거기 가서 기사 초안을 쓸 거예요. 물론 사고 안 치고 얌전히 있을게요."

맹세하듯 손을 들어 올려 엄숙하게 고개를 끄덕이는 여자에게 승제가 작은 상자를 내밀었다.

"가지고 가요."

"이게 뭔데요?"

의아한 목소리로 상자를 받아 드는 은수에게 그가 딱딱하게 대답했다.

"클라푸티. 남은 거니까 가지고 가서 먹어요."

"어…… 고마워요."

상자를 든 채로 멍하니 대답한 여자가 뭔가에 홀린 것처럼 그 자리에 서서 움직이지 않았다.

"이은수 씨, 출근한다더니 안 가는 겁니까?"

"아, 가야죠."

어딘가 다른 곳에 정신을 뺏긴 듯 부산스럽게 짐을 다시 한 번 챙겨 든 여자가 클라푸티 상자를 품에 꼭 껴안고 떨떠름하게 대답했다.

"음……이거 맛있게 잘 먹을게요. 그럼 안녕히 계세요."

귀찮고 손이 많이 가는 여자였다. 그렇지만 그걸 또 모른 척하기가 쉽지 않았다. 대체 제게 그 귀찮고 번거로움을 감수하게 하는 이유가 뭔가? 몇 가지 이유를 떠올렸지만 이런 제 행동에 붙일 만큼 정확한 것들은 아니었다.

승제는 조금 더 깊어진 한숨을 뱉으며 고개를 저었다.

골치 아프게 고민할 필요도 없었다. 그저 늘 부족했던 이타심이 엉뚱한 곳으로 발휘되는 건지도 몰랐다. 쓸데없는 생각에 빠져 있을 시간도 사실 없었다. 오후에는 새로 뽑는 홀 직원 면접도 있었고 메뉴 변경에 대한 회의도 잡혀 있었다.

은수를 보내고 서둘러 주방을 정리하기 위해 들어서자마자 조리대 위에 올려놓았던 그의 전화가 울리기 시작했다. 하지만 액정에 뜬 이름을 보고 승제는 얼굴을 찌푸리며 전화를 받았다.

"이 시간에 웬일이야? 한창 바쁠 시간 아니야?"

〈인사 한번 다정하다. 내가 불쌍한 봉급쟁이란 걸 지적해야 속이 시원하냐?〉

유명 로펌의 번듯한 변호사를 불쌍한 봉급쟁이 따위의 단어와 연결시키는 건 어불성설이었지만, 그는 그런 걸 따지고 싶진 않았다.

"그래서 무슨 일인데?"

〈엄청난 자영업자는 무얼 하시나 하고.〉

"한가하구나? 그럴 시간 있으면 낮잠이나 자든지, 아니면 네가 그렇게 애정하는 미인들한테나 전화해. 끊는다."

〈잠깐만, 잠깐만! 나 할 말 있어!〉

분명히 이 시간에 전화를 했으면 제 이마를 구길 만한 화젯거리가 있는 게 분명했다.

"뭔데?"

〈이번에 EJ에서 한불 경제인 협력 초대의 밤 행사 있는 거 알지?〉

"네 말대로 난 바쁜 자영업자야. 내가 그런 거 알아서 뭐 해."

그렇게 말은 했지만, EJ란 말에 그는 또다시 제 이마가 뻣뻣하게 굳는 걸 느꼈다. 그걸 왜 모르겠는가. 그곳의의 하나뿐인 며느리가 바로 희수인걸.

〈모르는 척하지 마. 네가 프랑스 대사관에서 손에 꼽는 중요한 초대 손님인 거 이미 유명하더라. 우리 집 소식통인 여동생께서 그 파티의 제일 클라이맥스가 네가 오냐, 안 오냐라고 하던데 어떻게 할 거야? 사업도 중요하겠지만 괜히 구설수에 얽힐 필요는 없잖아. 그냥 레너드나 보내든지.〉

"그거야……."

네가 상관할 바 없지 않느냐고 하려던 순간 초인종이 울리기 시작했다. 이 시간에 클래스에 올 사람이 없었는데 이상한 일이었다. 의아하게 인터폰을 바라보자 아니나 다를까 은수가 어색한 표정으로 손을 흔들고 있는 게 보였다.

문을 열자 현관으로 들어선 여자가 멋쩍게 이마를 문지르며 편지 봉투 하나를 내밀었다.

"이걸 깜빡해서요. 무슨 파티 초대장인가 본데 우편함에 있기에 갖다 드린다는 게 가방에 넣고 잊고 있었어요."

〈너 내 말 듣고는 있는 거야? 대체 어떻게 하려고 그래?〉

귀에 대고 있는 전화기에서 태준이 떠드는 소리가 머리를 아프게 했다. 승제는 아무 말 없이 은수가 내민 직사각형의 작은 봉투를 받아 들었다. 발신인은 프랑스 대사관. 연락은 미리 받았지만 그게 EJ 주관인 것은 모르고 있었다.

〈그럼 차라리 내가 파트너라도 알아봐 주면 어때? 그럼 좀 낫지 않겠냐?〉

"어…… 통화 중이신가 봐요. 저는 그럼 가 볼게요."

승제의 심각한 표정에 은수가 작게 속삭이며 가 보겠다는 손짓을 했다.

"내 일은 내가 알아서 할게."

〈승제야!〉

태준이 부르는 소리가 들렸지만 승제는 매정하게 전화의 종료 버튼을 눌렀다. 그리고 조용히 몸을 돌려 문을 열고 나가려는 은수를 불렀다.

"이은수 씨."

막 도어록의 오픈 버튼을 누르려던 여자가 그를 올려다보았다.

"모레 저녁에 시간 있습니까?"

13.

## 스니커즈 편 사이즈

“저기 자꾸 뭐 드시면 실루엣에…….”

“아니, 뭐 초코바 하나 먹었다고 배가 나오겠어요? 적당한 당분 섭취는 기분 전환과 두뇌 회전에 도움이 되는 거라구요.”

“손님, 죄송하지만 하나가 아니잖아요. 그냥 사탕도 이만큼 먹으면 배가 나올 거 같은데요. 바닥 좀 보시고 이야기하세요.”

헤어디자이너의 볼멘소리에 그제야 은수는 바닥을 내려다보았다. 티끌 하나 보이지 않는 말끔한 바닥에는 초코바 껍데기가 수북했다. 그제야 수긍을 할 수밖에 없었다. 그녀는 적어도 잘못된 주장을 그냥 하는 주의는 아니었으니까.

“아, 좀 많긴 많네요. 작은 건 정말 한입 거리밖에 안 돼서. 네, 그만 먹을게요. 뭐, 그래도 저거 먹는다고 배가 나오는 그런 체질은 아니니까 걱정 마세요. 저기 그런데 머리 너무 부풀리지 마세요. 나 미스코리아 스타일 딱 질색이니까.”

“요즘 누가 그렇게 해요?”

일명 헤어디자이너라는 여자의 웃음이 영 미덥지는 않았지만 은수는 꾹 참았다. 괜히 기분 건드려 봤자 제 손해일 테니까.

거울 속의 여자는 아직까지는 정체불명이었다. 경험으로 보건대 이런 류의 분장은 터무니없이 긴 시간이 걸리지만, 그에 비해 결과물은 그 수고가 왜 드는

지 이해할 수 없을 정도라는 게 정석이었다. 물론 거기에 더해서 터무니없는 가격까지. 대신 비용이야 해결했으니까.

은수는 제 가방에 고이 모셔 온 금빛과 검은색이 뒤섞인 카드를 떠올리며 흐뭇한 미소를 지었다.

"저야, 스케줄은 만들기 나름이라서요. 왜 그러신데요?"

솔직하게 말하면, 이 멋진 남자의 야채 죽에 살짝 감동까지 받은 상태였다. 스케줄이 있냐고 묻는 건 모레 뭔가 일이 있다는 거고, 기꺼이 제가 할 수 있는 일이라면 해야겠다는 생각이 불끈불끈 일어나고 있었다.

"그게……."

지금까지 이 남자답지 않은 그런 모습이었다. 늘 완벽하던 남자의 머뭇거리는 모습이라니. 오히려 그게 마음에 든 은수는 최대한 표정 관리를 하면서 상냥한 목소리로 물었다.

"혹시 미인계가 필요한 건가요?"

제가 전해 준, 남자가 힐끗 쳐다본 편지 봉투를 가리켰다. 프랑스 대사관에서 온 봉투이고 봉투의 모양이 딱 청첩장 스타일이라 40층까지 오르락내리락하는 엘리베이터 속에서 할 일이 없는 정치부 기자가 손가락만의 촉감으로도 맞출 수 있는 난이도 0의 퀴즈였다.

"빙고."

의외로 이 잘나고 근엄하게 생긴 남자의 입에서 나온 말은 친근하다 못해 귀엽기까지 했다.

"어떻게 알았습니까?"

은수는 아무렇지도 않게 어깨를 으쓱였다.

"어떤 스타일 원하세요?"

"무슨 말입니까?"

최대한 이 남자의 '은혜'에 보답하고픈 은수의 발랄한 질문에 흥미롭다는 듯 승제가 되물었다.

"섹시한 스타일인가요? 아니면 이지적인 스타일인가요? 혹시 백치미 줄줄 흐르는 마른 인형이 필요하신 건 아니겠죠?"

"그게 다 가능하다는 겁니까?"

그제야 이 남자의 얼굴에 어젯밤에 느꼈던 약간은 장난스러워 보이는, 살짝 부드러워진 입매가 드러났다.

"노력하면 안 되는 건 없죠."

은수가 화사하게 웃었다.

"메이크업은 뭐 생각하신 것이라도 있으신지……."

드디어 뭘 했는지 모를 헤어를 끝내고 나서 나타난 메이크업 담당자가 당신의 의견 따위는 잠깐 생각만 해 보겠다는 듯한 태도로 물었다.

"섹시하고 지적이면서 마른 인형같이 해 주세요."

"네?"

메이크업 담당자가 당황한 듯 되묻자 은수가 씨익 웃으면서 그 잘난 남자가 잠깐 고민하는 듯하다가 대답한 걸 고대로 옮겨 줘야 했다. 뭐라 말했더라? '셋 다도 됩니까?' 라고 했던가?

"말했잖아요. 섹시하고 지적이면서도 인형같이!"

그러다 곧 생각난 듯 말했다.

"여기 이마의 상처랑 눈가의 멍 자국, 특히 잘 커버해 주세요. 꼭요!"

거울 속의 제 모습을 보니 얼추 셋 다 맞춘 거 같기도 했다. 게다가 뭔가 열심히 바르고 문지르고 하는 느낌이더니 멍 자국이나 이마의 상처 자국까지 매끈하게 만들어 놓은 거 보면 확실히 거금을 들여 유명한 곳으로 오길 잘했다는 생각이 들기까지 했다.

다만 두 번째 조건은 외모로 되는 게 아니니까. 열심히 본연의 직업 정신을 발휘해 오늘 저녁의 모임에 대한 자료를 열심히 들여다보는 수고로 대신해야 했다.

◈

"아니, 괜찮아. 걱정하지 마. 내가 잘 알아서 한다니까."

〈차라리 내가 가는 게 낫지 않았겠어? 마드무아젤 샹바르가 원하는 사람이야 뭐 너겠지만.〉

"준비 다 했어. 바로 호텔로 갈 거야. 걱정하지 마. 끊어."

〈히도 올 꺼자나!〉

레너드의 급한 목소리를 무시하듯 전화를 끊어 버렸다. 차라리 레너드가 가는 게 나았을지도 모르겠지만 굳이 피하고 싶지 않았다. 그게 더 오해를 살 테니까.

그리고 어젯밤에도 그렇게 자신만만해하던 여자를 믿어 보기로 했다. 다만 이 여자를 일간지의 정치부 기자로 소개해야 할까 하다가 지금은 리빙 파트로 옮겼으니까 그쪽이 나을 거라 나름 머리를 굴려야 했다.

이게 잘한 짓일까? 고민이 채 끝나기도 전에 만나기로 한 샵 앞에서 누군가 서서 자신을 향해 손을 흔들고 있는 것을 보고 그는 저도 모르게 차를 멈춰야 했다.

"와, 오늘 진짜 멋지시네요."

당황스럽게 차에서 내린 그는 목소리를 듣고서야 긴가민가했던 마음을 다잡을 수 있었다.

"이은수 씨도 마찬가지입니다."

"마음에 드시나요?"

"안 든다고 말할 수 없겠는데요."

얼른 제 표정 관리를 해야 했다. 어젯밤에 일처리가 늦어 거의 새벽에 들어가서 다시 아침 일찍 나오느라 보지도 못했지만, 전에도 여자는 맨얼굴로 머리를 질끈 동여맨 채 목이 다 늘어난 낡은 티셔츠에 반바지를 입고 열심히 컴퓨터만 들여다보고 있었다.

늘 제 쿠킹 클래스나 레스토랑에서 외모에 터무니없는 돈들을 쏟아 붓는 여자들을 허다하게 봐 왔기 때문에 '예쁜 외모'에 대한 기대치는 별로 없었다. 게다가 이은수라는 여자는 처음부터 맨얼굴도 괜찮은 축에 속했으니 부스터를 받으면 더 나아질 거라고 막연하게 예상은 했었다.

그러나 여자의 변신은 무죄라더니, 그 결과는 상상 이상이었다. 뭘 했는지 세세하게 알 방법은 없었다. 그러나 원래 키가 늘씬했던 여자는 킬 힐 덕에 더욱더 그 각선미를 뽐내고 있었다.

*"어느 정도 야해야 하죠?"*

*"야할 필요는 없습니다만."*

*"섹시한 것도 조건에 들어갔잖아요."*

*"섹시한 거하고 야한 건 다르죠."*

제가 말해 놓고도 참 추상적이다 했었는데 이 여자가 보기보다 똑똑하다는 걸 알 수 있을 것 같았다.

그런 정신없는 자리에서 가장 많은 여자들이 무난하게 입는, 몸매를 잘 드러내 주는 검은색의 딱 붙는 짧은 미니 드레스는 팔까지 완전히 가리는 디자인이었다. 게다가 보트 라인의 목선까지 본다면 완벽한 몸매의 라인만을 드러내기 위한 옷이라고 볼 수 있었다.

거기에 포인트로 가슴선 위에 시선을 확 모으기 좋을 슬릿이 가늘게 파여 살짝 가슴골 사이가 드러나 있었다. 결코 야하다고 말할 수는 없지만 섹시함을 슬며시 보여 줄 수 있는 디자인이었다.

목선과 가슴 위의 슬릿을 강조하기 위해 액세서리는 붉은색 산호로 된 귀걸이뿐이었고, 반짝거리는 클러치와 비슷한 계열의 킬 힐, 그리고 자연스럽게 올려 묶은 듯한 헤어스타일은 지나치게 꾸민 것 같지도, 그렇다고 해서 무심하지도 않은 듯 자연스러웠다.

누드 계열의 화장과 오로지 깊은 눈매만 강조한 화장도 여자의 지적인 페이스를 잘 드러내 주는 듯했다. 그리고 분명히 어제 촬영에서도 신경 쓰이던 거뭇한 멍 자국 따위도 흔적도 보이지 않았다.

그런데 그게 다가 아니었다. 막 차로 향하는 여자의 뒤태가 아찔했다. 아무래도 이 옷의 하이라이트는 뒤태였던 모양이다. 가녀린 팔에서 목까지 다 가린 타이트한 검정드레스는 뒷부분이 훤히 드러난 백리스 디자인이었다. 여자의 매끈한 등줄기가 훤히 드러날 만큼 뒷부분은 깊이 파여 있었다.

"어깨가 으쓱해질 만한데요."

얼마나 오랜 시간 동안을 이 치장을 위해 애썼는데 찬사는커녕 말 한마디 없이 조수석의 문을 열어 주는 승제를 보고 오히려 은수가 한마디 했다.

"왜 그렇습니까?"

새까만 턱시도를 입은 그를 보고 은수가 대답했다.

"여자들은 명품 백을 들었을 때 어깨가 으쓱하고, 남자는 예쁜 여자가 팔짱을 끼고 있을 때 으쓱하다고 하잖아요. 오늘 옆에 있으면 제 어깨가 으쓱할 만큼 멋지시거든요. 전 남자가 그 나비넥타이 맨 것만큼 웃기는 게 없다고 생각했는데, 그게 누구 목에 있느냐에 따라서 다르다는 걸 오늘 깨달았어요."

이건 사실이었다. 제가 온갖 치장을 했지만, 남자는 매끈한 턱시도 하나 입는 것만으로도 제 속을 울렁이게 했으니까. 잠자코 듣고 있던 승제가 대답했다.

"칭찬이라고 생각해야겠죠?"

"극찬이죠."

그녀가 화사하게 웃었다. 여자의 목덜미에서 샤이니 파우더가 반짝거렸지만, 그는 이상하게도 컴퓨터 앞에 엎어져 잠들어 있던 은수의 맨얼굴이 생각났다. 그리고 제 명치 끝 어딘가가 싸해지는 느낌이 들었다.

「monsieur 류! 반가워요! 꼭 와 주길 바랐는데!」

「저도 뵙게 돼서 반갑습니다. 파리에서 뵙고 처음인데 그동안 잘 지내셨습니까?」

정신을 차려야겠다 마음을 먹었지만, 정신줄이 슬슬 풀려 가는 기분이었다. 샵의 거울 속의 이은수는 정말이지 완벽한 여신이었다. 섹시하면서 지적이고 늘씬한.

그러나 막상 이 정신없이 화려한 호텔의 리셉션장에 들어서자 자신이 너무 수수한 게 아닐까 싶을 정도였다. 청룡 영화제인지, 대종상 시상식장인지 모를 휘황찬란한 옷과 메이크업이 끝내주는 여자들이 득시글한 자리에는 음악 소리와 함께 사람들의 가식에 찬 목소리들이 가득 차 있었다.

뉴욕에서도 몇 번 호기심에 칵테일 파티나 신년 파티를 가 봤지만, 오히려 이쪽이 훨씬 더 정신이 없었다. 여긴 모두 작정을 하고 온 분위기였다. 아마 다들 아침도 굶은 채 휘황찬란한 샵에서 종일 치장으로 분주한 하루를 보냈음이 분명해 보였다.

그나마 가장 자연스러운 사람은 제 옆에 저를 으쓱하게 만드는 남자와 가볍게 포옹까지 하면서 인사를 나누는 프랑스인 노여사뿐이었다. 눈이 아플 정도의 파란색 드레스에 무거워 보이는 에메랄드 목걸이와 팔찌를 했지만, 그래도 그 누구보다 자연스러워 보였다.

「……정말 내가 그때를 생각하면 아직도 웃음이 나요.」

「그러십니까?」

전에도 남자의 입에서 나오는 프랑스어가 멋지다고 생각했었지만, 그건 단순히 와인이나 요리의 이름이었다. 프랑스 대사의 안주인이 분명한 노부인과 자연스럽게 대화를 나누는 새까만 턱시도를 차려입은 류승제라는 남자는 빛이 나는 듯 보였다.

정말…… 멋지네. 제 속으로 혼자 중얼거리고도 남을 정도였다.

「저번 가족 모임에 신경 써 줘서 고마워요. 오랜만에 만난 손녀 생일을 덕분에 행복하게 보냈어요. 한국에 와서 데이비드를 계속 볼 수 있어서 항상 기쁘고 행운이라고 생각해요.」

한참을 류승제의 손을 잡고 반가움을 쏟아 내던 노부인이 문득 그의 옆에 다소곳이 서 있는 그녀에게 시선을 돌렸다.

「……그런데 이 아름다운 아가씨는?」

막 저를 가리키면서 말을 하려는데 누군가 노부인에게 말을 걸었고, 어쩔 수 없이 고개를 까닥이던 그녀는 자리를 뜨면서 아쉽다는 표정을 떠올렸다.

대충 무슨 한불 경제인의 밤 행사인지 뭔지라고 했다. 이미 한참 시작 시간이 지난 뒤에 도착한 것 같은데 느지막이 시작된 식은 거창하고 지루했다. 끝없이 가식적인 찬사가 쏟아지는 연설들이 난무했고, 긴 소개 시간에는 대단한 사람들인지 끊임없이 자만심에 찬 사람들이 일어나 찬사를 받으면서 거만스럽게 고개를 끄덕이고 있었다.

물론 그녀도 알 만한 사람도 몇 있긴 있었다. 그러나 식이 길어짐에 따라 좌석이 지정된 자리가 아니라 스탠딩 파티 형식이어서 잘 신지 않는 무리한 킬 힐이 슬슬 종아리에 신호를 줄 정도였다.

손에 든 샴페인에서 모락모락 솟아나는 이산화탄소의 알갱이를 세다가 흘끗 은수는 옆에 선 남자를 보았다. 조명이 무대에만 집중되고 있어서 어두컴컴한 덕에 남을 훔쳐보기 딱 좋을 만큼의 조도가 그런 그녀의 행동을 잘 감춰 줄 듯했다.

음영이 더해져 잘 넘긴 머리카락 밑으로 반듯한 이마와 보기 좋게 뻗은 콧대, 그리고 꾹 다문 입술이 가히 조각미남이라는 찬사가 딱 어울릴 만큼 완벽했다. 그러나 그런 남자의 얼굴은 잔뜩 굳어 있었다. 아마 언론에 오르내리는 걸 싫어하는 남자의 성격이 이런 곳과 맞지 않을 거라고 나름대로 추측하던 은수는 약간 이상함을 느꼈다.

뭘까. 남자의 시선이 딱 한 군데를 향하고 있었다. 슬쩍 다리에 무게중심을 옮기면서 은수도 남자의 어깨 너머로 시선이 닿는 곳이 어딜까 하고 찾기 시작했다.

뭘 저렇게 눈도 깜짝 하지 않고 쳐다보는 걸까.

그의 시선이 향한 곳은 한창 연설이 이루어지고 있는 단상 쪽이었다. 그러나 굳은 표정은 오르내리는 여러 연사들 따위는 거들떠도 보지 않고 있었기 때문에 연설 같은 것에 집중하고 있지는 않다는 걸 알 수 있었다. 가끔 농담이 오가기도 했고, 그때마다 청중들은 가식적인 웃음을 보내고 박수를 치기도 했다.

그러나 그는 움직임도 없이 샴페인 잔을 든 채 시선을 고정하고 있었다. 얼추 다시 반 발자국쯤 움직여 보았다. 단상 밑에는 한눈에 봐도 졸부이거나 부모의 후광으로 한자리 하는 게 분명해 보이는 비쩍 마르고 시시덕거리는 걸 멈추지 않는 남자와 우아하게 올림머리를 한 여자가 서 있었다.

무척이나 야위어서 날씬하다 못해 말라 보이는 여자는 회색빛의 레이스로 된 고상한 드레스를 입고 있었다. 그녀는 어쩐지 촐싹거리는 것 같은 남자하고는 어울리지 않게 우울해 보였다. 하지만 반짝거리는 다이아몬드 목걸이와 귀걸이, 그리고 비싸 보이는 클러치 백 같은 것도 여자의 타고난 기품이나 우아함을 가리지는 못할 만큼, 작고 가냘픈 얼굴을 한 여자는 아름다웠다.

저 여자를 보고 있는 걸까? 은수는 다시 고개를 돌려 승제를 쳐다보았다. 여전히 굳은 얼굴로 시선을 고정한 채였다. 평소에도 그는 여자 같은 건 관심 없어 보였다. 은수도 나름대로 촉이란 게 있었으니까.

그의 집에 어떤 여자의 사진이나 물건 같은 것도 없었고, 전화를 하거나 연락을 하는 것도 본 적이 없었다. 누군가 있다면 벌써 이 주나 이 남자를 알고 지냈는데 단 한 번도 그 증거를 보지 못했을 리가 없었다. 게다가 누군가 만나는 여자가 있다면 제가 이 자리에 있을 필요도 없었다.

그럼 왜 저 여자를 보고 있는 걸까? 옆에 있는 볼품없는 남자가 마치 자기 것이라는 듯 가끔 척 하고 어깨에 손을 올리거나 귓가에 대고 뭐라 속닥거리는 저 여자를?

갑자기 환호성이 들리고 박수 소리가 커졌다.

"이 자리를 위해 건배를 청합니다."

그 소리에 다들 지루하게 마시지도 못하고 들고 있던 샴페인 잔들을 여기저기서 들어 올렸다. 아마 모두들 이 지루한 연설이 끝나고 긴 테이블에 그럴듯하게 세팅된 요란한 음식들을 음미하면서 비즈니스를 펼치고 싶은 마음이었는지 호응은 대단했다.

은수와 마치 꿈에서 깨어난 듯한 승제, 그의 시선이 멈추어져 있던 여자와 그 여자의 옆에 선 남자까지 모두들 잔을 들었다. 그리고 요란한 소리와 함께 잔을 들어 건배를 외치고 옆에 선 사람들과 이리저리 쨍그랑 소리를 내면서 잔을 부딪쳤다.

은수도 승제와 제 옆에서 그녀의 몸매를 흘끗거리는 듯한 남자들과 아무렇지도 않게 웃음을 머금고 잔을 맞부딪쳤다.

이제 시작이었다.

"실례하지만 옆에 계신 이 아름다운 여자분은?"

누구였지. 아마 전에 프랑스 대사관에서 본 듯한 사람이었다. 사람의 얼굴을 잘 기억하는 그녀는 이 사람이 저번에 주불 한국대사 전보에서 낙마한 전 칠레 대사였다는 걸 깨달았다. 아마 개인 비리 때문이었던 것 같았다.

희수는 괜찮아 보였다. 어두운 조명과 왁자지껄한 소란이 제 시선을 가려 줄 거라 생각하고 정신없이 시선을 꽂고 있었다는 걸 조명이 들어오자 깨달은 그는 수많은 시선이 저와 제 옆에 있는 우아한 은수에게 쏟아지는 것을 보고 살짝 당황한 상태였다.

이 정도일 줄은 몰랐었다. 그걸 노리고 이런 어이없는 연출을 한 거지만 뭐라 말을 꺼내야 할지 약간 머뭇거리고 있었다.

"에밀리아 주라고 해요."

옆에서 또렷한 목소리가 났다. 그 덕에 승제는 은수를 돌아보아야 했다.

"아, 처음 뵙는 분 같은데……."

"뉴욕 데일리 뉴스와 이브닝 타임즈 등에서 에밀리아 타일리라는 이름으로 활동 중인 저널리스트예요."

"오, 그러신가요?"

은수가 내민 손을 가볍게 잡고 악수를 하는 남자의 눈에 의아함과 놀란 표정이 가득했다.

"문국현 대사님이시죠? 반갑습니다."

은수의 대답에 더욱더 놀란 상대는 잠시 할 말을 잊은 듯했다.

"아. 전에 만난 적이 있던가요?"

"전에 남미 문화전에서 인상 깊은 연설을 하셨던 게 기억나서요."

"아…… 그랬군요."

갑자기 의기양양해진 표정을 보면서 은수가 입술 끝을 살짝 올린 채 미소 지으면서 말했다.

"그 문화전에서 하신 한국 칠레간 FTA 협상에 대한 연설은 누구나 다 기억할 만하죠. 우리나라의 자동차 산업과 전자 산업에 지대한 영향을 끼치셨으니까요. 아마 우리나라 재벌들은 대사님한테 절을 해야 할 거예요. 다만 농산물 쪽이 너무 심한 양보를 한 게 옥의 티라고 할 수 있죠. 뭐, 그거야 다 아는 이야기니까 그만두더라도 9,000개가 넘는 공산품의 관세 철폐의 대가로 관세 바로 철폐 수입 물품에 사료를 넣어 국내 농가를 안정시킨다고 해 놓고는 실제로 농산물보다 훨씬 중요한 지하자원에 대한 관세 철폐 이야기는 쏙 빼셨더라구요."

승제는 그 짧은 시간에 느끼한 표정이 굳어져 완전히 다른 인상이 되어 가는 상대를 흥미롭게 쳐다보고 있었다. 옆에 선 여자의 말은 여전히 낭랑하게 이어졌다.

"그 덕에 우리나라 무역적자의 대표적인 원인이 된 구리나 동원석 때문에 국제 가격까지 들썩한 것도 사람들이 모른다는 이유로 이슈가 되지도 않았고요. 그쪽에 좀 신경을 써 주셨으면 좋았으련만. 대 칠레 수입 적자가 확 늘어난 걸 다들 포도나 와인 탓인 줄 아는 거야 언론이 보도를 안 한 죄겠죠. 뭐, 물론 그런 FTA야 대사님이 하시는 일도 아니지만 그래도 아쉽다는 거죠."

결국엔 상대의 얼굴이 벌겋게 물들었다. FTA 체결 당시에는 이미 대사직에서 물러나 그쪽에 밝다는 이유로 협상단 측에 속해 있었다는 건 세상이 다 아는 사실이었으니까.

"흠. 흠. 뭐, 한쪽에서 이익을 보면 손해 보는 쪽도 있는 거니까. 아, 그럼 즐거운 시간 되시길 바랍니다. 그럼."

허겁지겁 자리를 뜨는 것을 보고 은수는 금방 표정이 바뀌었다.

"흥, 나라 팔아서 호의호식하니 얼굴은 좋아 보이네요."

은수의 조목조목 따지는 말에 승제는 저도 모르게 고개를 끄덕이고 있었다.

"이 자리, 보기보다 무서운 자립니다."

승제의 말이 뜻하는 게 뭔지는 금방 알 수 있었다. 그러나 은수는 오히려 방긋 웃었다.

"에밀리아 타일리는 실존 인물이에요. 물론 제 취향과 전혀 안 맞는 시시한 연애 상담이나 웃기지 않는 성애에 대한 저널만 주구장창 발표해서 그렇지. 걱정 말아요. 엄마가 가지고 있는 7개의 필명 중 하나니까. 본인도 창피한지 본명은 절대 안 쓰시더라고요. 나중에 누군가 따지고 들어도 얼마든지 제 선에서 해결할 수 있으니까요."

"정말입니까?"

"전화 연결해 드려요?"

은수의 화사한 웃음을 보느라 승제는 잠시 제 무거운 마음을 잊어버릴 수 있었다.

"류 쉐프가 이렇게 아름다운 분을 모시고 오다니. 오래 살고 볼 일입니다."

대화를 거는 인간들을 차단해 주는 건 고마웠다. 그러나 역시나 썩 마음에 들지는 않는 놈이었다. 변호사인 태준이 이 자리에 왜 있는지는 알 수 없었지만, 끊임없이 은수의 정체를 캐려는 수많은 사람들이 승제의 평소 차가운 성격 덕에 기웃거리지 못하고 눈으로 관찰만 하고 있는 걸 온몸으로 막아 주고 있다는 쪽에 무게를 두어야 했다.

물론 계약서에 사인까지 받은 은수를 못 알아보는 눈썰미는 한심스러웠지만 말이다.

"데이빗이 뉴욕에서 CIA(Culiuary Institute of America)에 다닐 때 알던 사이예요. 이번에 제가 귀국하면서 연락이 됐거든요. 유명한 쉐프가 될 줄은 짐작했지만, 기대 이상이어서 기쁘네요."

승제는 저도 모르게 제 입매가 풀리는 느낌이었다.

이 똘똘한 여기자가 제 프로필까지 연구해서 이렇게 완벽한 알리바이를 만들었다는 게 신기할 지경이었다. 게다가 학부 시절에 알던 사이지만 지금 연락이 됐다고 하면 아주 가까운 사이도, 그렇다고 먼 사이도 아닌 적당한 거리까지 만들어 줄 수 있으니까.

"미국 가서 요리 공부만 한 줄 알았더니, 이런 미인 친구까지 만들 시간이 있었나 보네요."

"제가 쫓아다녔죠. 데이빗은 어디에 가도 눈에 띄는 사람이니까요."

"얼굴 간지러우니, 그만하죠."

이건 진심이었다. 여자는 완벽한 발음과 말투까지 딱 미국식으로 구사하고 있었다. 오히려 새로운 의혹을 가져야 할 만큼.

"정말 미국에 살다 왔습니까?"

"한 네 달 정도요? 그리고 몇 번 갔었어요. 거의 해마다 한 번씩 갔었으니까. 요즘에야 바빠서 안 간 지 한 2년 됐나? 가족들이 다 그쪽에 산 적도 있거든요. 그런데 저 사람 정말 변호사 맞아요? 와, 진짜 시선 기분 나쁘네."

"악의는 없으니까 너무 기분 나빠 하지 말아요."

승제의 얼굴이 좀 가벼워진 듯해 은수는 나름 다행이다 싶었다. 물론 묻고 싶은 게 굴뚝같았지만, 그건 이 남자의 사생활일 뿐이었다. 그걸 따질 만한 사이는 아니었으니까.

은수가 막 앞에 있는 연어 샐러드를 집으려는데 승제가 말했다.

"그거 손대지 말아요. 연어 상태가 안 좋은 거 같군요."

"직업병인가요?"

"그런 셈이죠."

"말은 듣겠는데 저도 직업병이 있어요."

"뭡니까?"

"먹을 수 있는 건 다 먹는다는 거죠. 심지어 살짝 맛이 가도. 기자란 어디서든 잡초같이 서식해야 하거든요."

승제가 다시 빙그레 웃었다.

"지금 제 앞에 있는 사람은 디너 포크가 날아와도 손을 들어 막는 억척 기자가 아니라 뉴욕커 저널리스트 같은데, 연기도 공부했습니까?"

"저번에 공항에서 보셨잖아요. 대걸레를 든 제 모습이 그럴듯하지 않아요?"

순간 그 공항 남자 화장실에서 본 가부키 배우 같은 분장을 하고 화장실 청소부로 완벽 분장했던 은수의 모습을 생각해 낸 승제는 정말 웃을 수밖에 없었다.

"이제 갑시다."

"네?"

은수가 승제를 보고 의아하다는 듯 되물었다.

"이런 파티 이제부터 시작 아니에요?"

"얼굴만 비췄으면 되는 겁니다."

"아, 저거 먹지도 못했잖아요. 게다가 나 이 옷이랑 메이크업하는 데 몇 시간 걸린 줄 아세요? 그런데 딸랑 한 시간 만에 가자구요?"

이제야 이 우아한 여자가 얼굴에 철판을 댄 열혈 억척 기자라는 본성을 드러내는 걸 보고 승제가 말했다.

"여기 있는 음식 전부 먼지투성이에다 낮에 만든 거라 이미 다 쓰레기가 된 겁니다. 옷이 아까우면 다른 데 가서 2차 하죠. 가요, 뉴욕커 에밀리아 타일러한테 어울리는 와인이 있는 곳으로."

"진짜죠?"

은수가 화사하게 웃으면서 대답하는 걸 보고 그는 저도 모르게 또다시 입가가 근질거렸다. 그 덕에 저를 보고 있는 우울한 모습의 한 여자를 미처 보지 못했다.

## 14.

## Domaine de la Romanee Conti, La Tache

## 도멘 드 라 로마네 꽁띠, 라 따슈

조용한 주차장에 여자의 힐이 또각또각 소리를 퍼뜨리고 있었다. 부러질 듯 가는 발목 위로 쭉 뻗은 각선미를 뽐내는 여자는 그를 바라보며 뒤로 걷고 있었다.

"……에밀리아 타일리의 시시한 연애 상담 중 제일 웃겼던 게 뭐냐면, 어떤 여자가 자기는 싫은데 애인이 자꾸 쓰리썸을 원한다고 고민을 보낸 거예요. 거기에 해결책이라고 내놓은 게 뭔지 아세요? 그렇게 그 남자가 원한다면 한번 해 보라는 거였어요."

그의 눈썹이 진짜냐는 듯 치켜 올라가자 은수가 키득대며 웃었다.

"그런데 마지막 문구가 압권이었죠. 여자 둘, 남자 하나의 쓰리썸이 아니라 남자 둘, 여자 하나의 쓰리썸이라고 사족에 붙인 거예요. 그럼 그 자식이 뭐라고 할까? 뭐, 그런 얘기 아니겠어요? 완전 여성 독자들이 열광을 하는 에밀리아 타일리가 그렇게 탄생한 거죠. 진짜 그 칼럼을 쓴 게 엄마라는 걸 알게 되고 얼마나 황당했는지 모르실 걸요. 보통은 엄마에 대한 이미지가 있잖아요. 물론 우리 엄마는 보통의 '엄마' 이미지에서 한참은 벗어나 있지만 자식 입장에서 엄마가 쓴 적나라한 성상담 칼럼을 보는 건 뭔가 불편한 기분이거든요. 그래서 이 비밀을 오빠들은 몰라요. 아버지 닮아 완고한 오빠들이 보면 기절을 했을 테니까요. 그런데 어떻게 하다가 이야기가 여기까지 왔죠?"

깔깔대며 웃었다가 또 뭔가 마음에 들지 않는 듯 이마를 찡그린 여자가 그에게 문득 질문을 던졌다. 나비 타이를 손에 든 채로 느긋하게 걷고 있던 그는 새삼스레 여자의 이목구비를 조목조목 뜯어보느라 갑작스런 질문에 다시 지나간 이야기를 떠올려야 했다.

"아마…… 어떻게 해서 에밀리아 타일리가 될 생각을 했냐고 물어봤던 게 시작인 것 같네요."

"아하! 그랬죠. 맞아요, 맞아. 그러다가 류승제 씨 프로필 이야기가 나오고 제가 에밀리아 타일리의 정체를 발견한 사건에 칼럼 얘기까지 갔네요?"

자신이 정신없이 떠든 이야기들을 다시 기억해 낸 여자가 자조하듯 작게 투덜거렸다.

"제가 원래 한번 수다가 터지면 정신을 못 차리고 떠들어 대긴 하지만, 그렇다고 쓰리썸 얘기까지 가다니. 너무 멀리 갔죠?"

이제야 민망해진 모양인지 멋쩍은 표정의 여자가 붉은 산호 귀걸이가 달린 제 도톰한 귓불을 만지작거렸다. 빨라도 너무 빠른 후회에 승제는 피식 웃음을 터뜨릴 수밖에 없었다.

"아무래도 이은수 씨는 어머니를 많이 닮은 것 같군요."

"어? 그거 어째 칭찬 같지 않은데요?"

미심쩍은 표정으로 손가락으로 그를 가리키던 은수가 새침한 표정으로 마침 도착한 엘리베이터에 올라탔다. 아찔할 정도로 높은 하이힐과 몸매를 드러내는 타이트한 원피스를 입은 은수가 도도한 표정으로 그를 바라보자 그녀의 옆에 선 승제가 몸을 기울여 낮게 속삭였다.

"칭찬 맞습니다. 오늘, 더 할 수 없이 잘해 줬어요. 고마워요."

"음, 이거 기분 이상하네요. 늘 사고만 치는 말썽꾸러기였다가 선생님한테 처음 칭찬받는 기분이랄까?"

묘한 표정으로 고개를 갸웃거리는 은수가 어쩐지 귀여워 그는 입술 끝이 슬쩍 올라갔다.

"본인이 사고뭉치라는 자각은 하고 있어 다행이군요."

"어? 이거 병 주고 약 주고 뭐, 그런 거 같은데요?"

농담 섞인 그의 말에 은수가 미심쩍은 얼굴로 제 옆에 선 승제를 홱 돌아보았다.

"사실을 말한 건데 그게 그렇게 되는 겁니까?"

무심한 표정으로 눈살을 찌푸리는 승제의 말에 은수가 지난 제 행동들이 떠올랐는지 치켜들었던 턱을 힘없이 떨어뜨렸다.

"하긴 생각해 보니, 제가 좀, 사고를 많이 치긴, 쳤네요."

풀 죽은 여자의 정수리가 동글동글하니 그의 손을 불렀다. 승제는 저도 모르게 손을 들어 그런 그녀의 머리를 아이처럼 쓰다듬어 주었다.

"오늘 일로 다 갚은 거나 마찬가지니 걱정 말아요."

그의 말에 은수가 숙이고 있던 고개를 천천히 들었다. 의문이 가득한 여자의 시선에 승제는 그제야 제 손이 무슨 짓을 하고 있는지 깨달았다.

"아……."

제멋대로 구는 손을 천천히 여자의 머리에서 뗀 승제는 주머니에 서둘러 밀어 넣으며 제 당황을 감췄다.

"평소처럼 해요. 이제 와서 기가 죽다니 이은수 씨답지 않은데요?"

슬쩍 비꼬는 말을 던지자 물음표 가득하던 은수의 눈빛이 금세 불만으로 가득 찼다. 마침 엘리베이터의 문이 땡 하며 열리자 그녀는 그의 행동을 대수롭지 않게 넘긴 듯 투덜대며 걸음을 옮겼다.

"사고뭉치에 이젠 애 취급까지 하시네요. 칫."

매끈한 등줄기가 훤히 드러난 여자의 늘씬한 뒷모습을 보며 승제는 제 주머니에서 밀어 넣었던 손을 슬그머니 꺼내 내려다보았다. 그건 뭐였지? 여자의 해맑은, 허물없는 태도에 저 자신도 전염이 되는 것 같았다. 그래, 그게 아니면 뭐겠는가?

"문 안 여세요?"

저를 부르는 은수의 목소리에 그는 의문 따위는 한구석에 던져두고 걸음을 옮겼다. 문이 열리자 서둘러 안으로 들어간 은수가 아슬아슬한 높이의 굽을 가진 하이힐을 벗으며 진저리를 쳤다.

"에구구구. 힐을 벗으니 살 것 같네요. 하이힐은 정말 훌륭한 고문 도구임에 틀림없어요. 원래는 오물을 피하기 위해 만든 신발이 여자들의 섹시함을 부각시키기 위한 필수 조건이 되다니, 아이러니하지 않아요?"

어딘지 불편해 보이는 여자의 걸음걸이에 승제는 유심히 그녀의 발을 바라보았다. 거실을 가로질러 소파에 털썩 주저앉은 여자는 인상을 찌푸리며 발을 주무르고 있었다.

"그 생각을 못 했군요. 저번에 다친 발, 아직 낫지 않았을 텐데 괜찮습니까?"

그의 걱정스러운 얼굴에 은수가 히죽 웃어 보였다.

"괜찮다라고 큰소리를 치고 싶은데, 음, 유감스럽게도 좀 아파요. 그렇지만 이따가 씻고 약 바르면 돼요. 저 그런데 발에 약 바르는 것보다 배가 더 고픈데요?"

두 손을 맞잡고 턱밑에 가져다 댄 여자가 기대에 가득 찬 눈을 반짝반짝 빛내며 말을 이었다.

"아까 말씀하셨죠? 이 옷과 화장에 어울리는 자리로 가겠다고 하셨던 거. 솔직히 전 뭐 다른 근사한 곳으로 갈 줄 알았는데, 생각해 보니 우리나라에서 어딜 가더라도 승제 씨보다 나은 쉐프가 없을 거 같네요."

"칭찬입니까, 아니면 뭐 더 맛난 것을 대접하라는 무언의 압력입니까?"

"굳이 묻는다면 둘 다죠. 그래서 오늘 메뉴는 뭐예요?"

아픈 것보다 먹는 것이 더 우선순위에 있는 여자라니. 승제는 저도 모르게 헛웃음이 나왔다.

"어? 그 웃음은 뭐죠?"

저도 모르게 새어 나온 실소를 삼키며 승제는 무뚝뚝하게 고개를 저었다.

"아무것도 아닙니다."

"그거 나보고 먹을 것만 밝힌다고 비웃은 거죠?"

딱히 그런 건 아니었다. 먹을 것을 밝히기 때문에 웃었지만 비웃은 건 아니었으니까. 하지만 꼬투리를 잡은 여자는 사냥개도 아니건만 먹이를 발견한 것처럼 그의 뒤를 졸졸 따라오며 떨어지지 않았다.

"그런 거 아닙니다."

그렇지만 이은수가 그런 말에 떨어질 여자가 아니었다.

"내가 분명히 봤거든요!"

차라리 다른 방법이 나았다. 주방에 들어간 승제는 미리 준비해 둔 pate en croute richelieu(파테 앙 크루트)를 꺼내 놓았다. 아니나 다를까 그녀는 금세 관심을 음식으로 돌렸다.

"우와! 이건 뭐예요?"

"크루트라고 해요. 파이 빵 안에 돼지고기와 푸아그라를 넣어 만든 거죠. 앉아요, 와인부터 한잔합시다."

붙박이장을 열자 숨어 있던 와인 셀러가 모습을 드러냈다.

"가볍게 로제 와인이 좋겠군요."

천장까지 닿을 만큼 커다란 와인 냉장고를 살펴보던 그가 마실 와인을 정하자 은수가 쪼르르 식탁에 자리를 잡았다. 조금이라도 세게 부딪히면 깨질 듯 얇은 와인잔 두 개를 집어 든 승제는 그중 하나를 그녀에게 건넸다. 가는 와인 다리에 보석이 박힌 듯 반짝이는 장식이 있는 잔을 받아 든 은수가 어깨를 움츠리며 엄살을 부렸다.

"으…… 이거 조심해야겠어요. 또 깰까 봐 무서운데요?"

"괜찮습니다. 말하지 않았나요? 차림새에 어울리는 접대를 하겠다고. 뭐, 가벼운 가격은 아니겠지만, 그래도 이 정도는 돼야 이은수 씨한테 어울릴 거 같은데요. 아닙니까?"

그제야 은수는 다시 와인잔을 들어 조명에 이리저리 비춰 보았다. 보석 장식은 빛을 받아 반짝거렸다.

"예쁘네요. 대접 받는다니 기분은 좋은데, 그래도 전적이 있어서 무서워요."

은수가 웃으면서 조심스럽게 와인잔을 내려놓자 그가 대답했다.

"오늘 밤 내가 신세진 것도 있으니 그 잔 하나 깨는 실수 정도는 이해하는 게 맞지 않겠습니까? 그러니 마음 편히 즐겨요."

펑 소리를 내며 코르크 마개가 열린 와인의 입구에서 거품이 보글보글 뿜어 나왔다.

"와아! 와인이라더니 샴페인이었어요?"

제 잔을 채우는 액체에서 기포가 예쁘게 피어오르자 은수가 신이 난 목소리로 물었다.

"샴페인도 와인의 한 종류니까요."

승제의 말에 은수가 불퉁한 목소리로 대답했다.

"그건 나도 알아요. 스파클링 와인이잖아요."

"맞지만 모든 스파클링 와인을 샴페인이라고 부르지는 않아요. 프랑스의 샹파뉴 지역에서 생산된 것만 샴페인이라고 부를 수 있죠. 보통 그렇게 구분하지 않는 경우가 더 많지만 말입니다."

"오호. 그건 또 몰랐네요. 색도 예쁘고 향도……. 음, 달콤하네요."

은수가 잔을 들어 불빛에 비춰 보고 향을 감상하는 사이 승제가 제 잔을 내밀었다.

"마음에 들 겁니다. 건배하죠."

턱을 괴고 와인잔을 이리저리 옮기며 감상하고 있던 은수가 서 있는 승제를 따라 잔을 들고 일어섰다. 가볍게 그녀의 잔에 제 잔을 부딪치며 승제가 건배를 했다. 스왈로브스키로 장식된 잔이 가늘게 떨면서 청명한 소리를 퍼뜨렸다.

"에밀리아 타일리를 위해 건배!"

은수가 키득대며 건배사를 추가했다.

"그녀의 아찔한 칼럼에 건배!"

한 모금 마신 와인이 마음에 들었는지 은수가 곧 잔을 비우고 다시 그에게 내밀었다.

"이거 완전 마음에 들어요. 이 은은한 사과 향에 달콤함까지. 완벽해요."

가득 찬 잔을 순식간에 또 비우는 은수를 보며 승제가 눈매를 좁혔다.

"조심해요. 샴페인이라지만 도수가 좀 있어서 그렇게 마시다간 금방 취합니다."

그의 경고에도 은수는 또다시 와인 한 모금을 크게 삼키고 배시시 웃어 보였다.

"어머나, 제 주량을 과소평가하시는 거 아니에요? 소주 5병까지는 거뜬하다니까요."

그다지 미덥지 못한 장담이었지만 승제는 샴페인을 홀짝인다기보다 꿀꺽대며 마시고 있는 은수를 두고 주방에 들어갔다. 그리고 토마토와 생 모짜렐라 치즈로 간단한 샐러드를 만들고 리옹식 소세지와 크루트, 파티장에서 그가 은수에게 먹지 말라고 막았던 연어도 꺼내 놓았다.

"이걸 다 미리 준비하신 거예요?"

테이블 위에 차례로 놓이는 접시들을 보며 계속 박수와 함께 감탄사를 뱉던 은수가 문득 생각난 듯 그에게 물었다.

"그 파티가 식사를 할 만한 곳도 아니고, 이은수 씨는 배가 고플 게 분명하니까요."

미간을 작게 찡그린 그녀가 고개를 슬쩍 기울였다. 그거 참, 기분이 좋기도 하고 나쁘기도 한 말이었다. 제가 그렇게 먹을 걸 밝혔던…… 밝혔구나!

은수의 어깨가 축 처졌다. 저 남자 앞에서 음식을 남겨 본 적은 딱 한 번뿐이었던가? 그마저도 남은 걸 싸 주니 반색하며 좋아했었다.

갑작스런 자괴감 같은 게 파고들었다. 생각해 보면 그다지 여자다운 모습은 아니었다. 하지만 맛있는 걸 어떻하란 말인가! 상큼한 샐러드와 살살 녹는 크루트, 그리고 훈제연어를 차례차례 맛보던 은수는 불퉁하게 볼을 부풀렸다.

제가 이렇게 소스까지 싹싹 긁어먹게 되는 건 다 저 남자 탓이었다. 이렇게 맛있는 음식을 남기는 건 죄악이었으니까. 아니, 애초에 이렇게 맛있는 음식 앞에서 태연할 수 있는 게 이상한 거 아닌가?

내숭 같은 건 처음부터 키울 생각도 없었다. 이은수 사전에 남자 앞이라고 먹을 것을 남기며 얌전을 떠는 일은 전무했다.

게다가 이런 제대로 된 요리를 맛볼 기회도 드물었다. 배가 고프면 그저 간단한 편의점 음식이나 인스턴트로 배를 채우는 게 은수에게는 최고의 미덕이었다. 그러니 이 남자가 해 주는 근사한 음식들을 먹어 둘 수 있을 때 먹는 게 좋았다.

새삼스레 저 남자 앞에서 내숭 떨 일이 뭐가 있겠는가? 오늘 파티에 파트너로 간 건 그냥 도움이 필요한 것이었지 정말 그의 무언가가 된 건 아니었으니까.

은수는 씁쓸한 미소가 밴 입술에 샴페인을 부어 그 달콤함으로 괜한 상념을 지우려 애를 썼다.

"갑자기 말이 없으니 이상한데요? 맛이 별로입니까?"

우울한 표정을 순식간에 지운 은수가 씩 웃으며 고개를 저었다.

"그럴 리가요. 너무 맛있어서 할 말을 잃은 것뿐이에요. 그렇게 유명한 데이비드 류의 음식인데 맛이 별로일 리가 없죠. 이 자리에 제 대신 앉을 행운을 준다면 당장이라도 주머니를 털어 거금을 낼 사람도 많을걸요. 그러니 저는 행운인 거죠."

그 행운에 쓸데없는 생각은 덧붙이지 말고 그냥 즐기면 그만이었다. 그러니까 이제 그만 닥치고 먹기나 해. 은수는 제 자신을 향해 독설을 퍼부었다.

그녀는 천천히, 묵묵히, 그리고 평소처럼 싹싹 접시를 비워 냈다. 다만 평소와 다른 점은 뭔지 모를 침울한 분위기였다. 그건 이은수에게 그다지 보고 싶지도, 어울리지도 않는 모습이었다. 그런 모습은 희수 하나에게서 보는 것만으로도 충분했다. 이 여자는 그저 밝다 못해 과하게 발랄한 모습이 잘 어울렸다.

처음엔 그 과함이 불편했지만 지금은 옆에 있는 것만으로도 골치 아픈 일들을 잊고 웃을 수 있었다. 그리고 그건 승제에게 내내 필요했던 위안 같은 거였다.

희수나 제 집안이나, 또 늘 빡빡한 스케줄로 돌아가는 레스토랑과 클래스의 일들 사이에서 그가 웃을 일이란 그다지 없었다. 그저 가끔 레너드가 새로 배운 한국말이라며 황당한 신조어를 선보일 때나 특유의 너스레를 떨 때 겨우 희미한 실소를 지을까 말까 한 게 다였던 날들이었다.

맛있는 음식을 같이 먹고 대화하며 웃는, 별것 아닌 그 일들이 즐겁게 느껴진 건 한참 전이었다. 아니, 아마 그녀가 제 음식을 말끔히 먹어치웠던 걸 황당하게 바라보던 처음 그날부터 그는 이미 이 여자 때문에 즐거웠던 건지도 몰랐다.

그윽한 눈매를 강조한 메이크업을 한 은수가 쉴 새 없이 떠들던 입을 다물자, 노란색의 조명 밑에 가느다란 와인잔을 들고 앉아 있는 그녀의 모습이 눈에 들어왔다. 새까만 블랙 드레스와 산호 귀걸이, 마치 잘 익은 향기 맡아질 것만 같은 복숭앗빛 입술에 지금까지 보던 덜렁거리고 사고뭉치의 여기자 이은수는 어디로 가 버리고 낯선 사람이 눈앞에 있는 것만 같았다.

물론 지금 제 앞에 있는 여자가 낯설게 아름답긴 했지만 그는 오히려 목이 늘어난 티셔츠를 입고 제게 투덜거리는 여자가 더 마음에 들었다. 그러니 이런 모습보다 평소와 같은 그녀를 보고 싶었다.

게다가 그는 어떻게 하면 이은수가 저 침울함을 벗어 던지고 톡톡 튀는 평소로 돌아갈지 정도는 알고 있었다. 그는 언뜻 스쳐 간 제 마음을 다잡고 아무렇지도 않은 듯 말을 꺼냈다.

"정치부 기자가 왜 내 기사를 쓰는 겁니까?"

"그거야 당연 특종이니까요."

뻔한 답을 다시 내놓는 은수를 승제가 손을 들어 막았다.

"아니, 애초에 정치부 기자가 날 알아보고 기사를 요구했다는 것 자체가 이상한 일이니 핑계대지 말고 솔직히 말해 봐요."

접시에 구멍이라도 낼 듯 포크로 소스를 긁어 대고 있던 여자가 고개를 들었다.

"음. 그게 실은…… 좌천이에요."

망설이며 그녀가 내놓은 예상외의 대답에 승제는 마시려던 와인을 내려놓았다.

"내 기사가 좌천된 기자용이라는 거군요. 흐음. 어쩐지 실망스러운데요?"

"말이 그렇게 되나요? 아하하. 흠. 흠."

어색한 웃음을 지은 은수가 헛기침을 하더니 사실대로 털어놓았다.

"사실은 쉬운 기사가 아니니까 정치부에서 쫓겨난 저한테 떨어진 거예요. 그게 정말 쉽고 별거 아닌 거면 저한테 맡겼을 리가 없죠. 전 솔직히 말하면 정치부에서만 쫓겨난 게 아니라 신문사 자체에서 쫓겨난 거니까요. 승제 씨 기사를 따 오지 않으면 중아일보에서는 영원히 정치부로 돌아갈 수 없었거든요. 물론 다른 언론사도 있지만 아버지의 데스크 밖을 벗어나는 건 제게 의미가 없어요. 그러니 제 일생일대의 기회였던 거예요."

그녀의 말에 곰곰이 생각을 정리하던 승제가 입을 열었다.

"그래서 손목에 포크를 박히게 했다?"

질문이었지만 추측을 확신하는 물음에 은수가 목소리를 높였다.

"그거 일부러 그런 거 아니라니까요! 하지만 병원에서 말한 대로 데이비드 류의 기사가 절실하긴 했어요. 진짜 그거 아니면 그나마 쫓겨난 리빙 파트에서도 걷어차일 판이었으니까요. 물론 저는 몇 번을 실패해도 쉽게 포기할 사람은 아니지만요."

고개를 끄덕이며 장담하는 은수를 바라보며 승제는 슬며시 웃었다. 저 여자가 뭐 때문에 풀이 죽었는지는 모르겠지만 평소의 모습으로 돌아온 걸 보니 다행이었다.

"그 일이 그렇게 좋습니까? 골치 아픈 정치부보다는 리빙 쪽이 더 나을 것 같은데요."

그의 말에 은수가 눈가를 찡그리더니 턱을 괴고 한숨을 쉬었다.

"정치부 쪽이 확실히 힘들죠. 그렇다고 리빙 쪽이 우리보다 편하다는 건 아니에요. 둘 다 힘들긴 하지만 종류가 다른 힘듦이랄까? 아무래도 현장이 다르니까요. 그런데 이상한 건 그럼에도 불구하고 이 일이 좋다는 거죠. 쓰레기통을 뒤지고 국회나 검찰 앞에서 몇 날 며칠 밤을 새우고 겨우 올린 기사를 권력 앞에 고개 숙인 데스크에서 휴지로 만들고, 편집장님한테 쌍욕을 먹어도 그만둘 수가 없는 거예요. 진실을 찾는 데 가장 앞장서야 하는 게 기자니까요. 류승제 씨는 그런 적 없으세요?"

그녀의 질문에 승제는 들고 있던 와인잔을 원을 그리며 천천히 흔들었다. 기포가 회오리치며 빙글빙글 도는 것을 보며 그가 천천히 입을 열었다.

"약속해요. 기사화하지 않겠다고."

은수가 엄숙한 표정으로 허리를 꼿꼿이 세우고 오른손을 들었다.

"이미 계약서에 사인도 했지만 추가로 맹세도 할게요. 절대로 기사에 쓰지 않을 테니까 안심하세요."

단단한 약속에 승제가 비죽이 웃었다.

"처음 요리를 시작하겠다고 결심했을 때는 종일 굶어야 할 때도 많았어요. 뉴욕은 학비도 비쌌지만 렌트비도 비쌌으니까요. 그래도 내가 원하던 공부를 하게 된 것, 그것 하나만으로도 행복했어요. 졸업만 하면 뭔가 달라질 거라는 희망도 있었으니까요."

먼 기억을 더듬던 그는 샴페인을 한 모금 삼키고 말을 이었다.

"하지만 파리에 갔을 때 소개받은 레스토랑은 날 받아 주지 않았습니다. 이미 미국에서 Culinary Institute of America New York을 졸업하고 갔지만 그건 아무 도움도 되지 않았죠. 이제 막 요리학교를 졸업한 애송이 동양인 요리사를 쓸 곳은 많지 않았으니까요."

"그래서요?"

흥미진진한 눈빛으로 은수가 그를 재촉했다.

"그러다가 겨우 잡은 일자리에서 성실함을 인정받아 이곳저곳으로 소개를 받아 다닐 수 있었어요. 덕분에 미슐랭 3스타 레스토랑에도 취직할 수 있었죠."

"와! 저도 그건 알아요. 그거 별 하나만 받아도 대단한 거잖아요."

"맞습니다. 그만큼 프라이드도 높죠. 그래서인지 출근한 지 일주일 만에 잘리고 말았습니다."

그의 말에 은수가 황당한 표정으로 물었다.

"아니, 왜요?"

"맵고 짠 자극적인 음식에 길들여진 한국 사람은 요리사로서 부적합하다는 이유였어요. 아무리 기회를 달라고 해도 소용없었습니다. 계속 같은 대답만 돌아왔을 뿐이니까요."

"흐응. 그래도 포기하지 않으셨으니 지금의 데이비드 류가 있는 거겠죠?"

은수의 확신에 승제가 선선히 고개를 끄덕였다.

"쉽지는 않았습니다. 내가 할 수 있는 건 그저 막무가내로 월급도 필요 없으니 일만 하게 해 달라고 우기는 것뿐이었죠. 한 달을 청소만 하는데도 쉐프는 너 아직도 안 나갔냐며 쓰레기통을 걷어차곤 했습니다. 석 달이 지나고 나서야 겨우 월급을 챙겨 주며 일을 시켜 주더군요. 바로 그 쉐프가 바로 미슐랭 3스타 레스토랑을 세 개나 만들어 내고, 그 별을 한 번도 잃지 않은 걸로 유명한 피에르 코프만입니다. 내 요리 인생 중 가장 혹독하고 포악한 스승이었습니다만, 가장 많은 것을 알려 준 스승이기도 하죠."

"와, 생각했던 것과는 많이 다르네요. 보기에 류승제 씨는 태어날 때부터 금숟가락, 아니 다이아몬드 숟가락 정도는 물고 태어난 걸로 생각했는데 말이죠."

그녀가 예상외라는 듯 신기하게 그를 바라보았다. 틀린 말은 아니었다. 부유한 집안에 금배지까지 단 아버지의 아들로 자랐으니, 풍족한 성장기를 보낸 건 사실이었다. 단지 철이 들자마자 그 부유한 생활을 걷어차고 제 스스로 고생길로 들어섰다는 게 달랐을 뿐이었다.

"모든 사람은 다 자기만의 이야기가 있죠. 겉모습만으로는 다 알 수 없는 이야기가."

"저만 알고 있기는 참 아까운 이야기인데요?"

아쉬움이 잔뜩 묻어나는 은수의 말에 승제가 고개를 저었다.

"기사는……."

"알아요, 안 된다는 거. 그래서 아깝다는 거예요."

눈가를 만지작거리며 그녀가 툴툴거렸다.

"그건 왜 그러는 겁니까? 아까부터 계속 그러던데, 눈에 뭐라도 들어갔습니까?"

계속 눈을 깜빡거리며 눈가를 매만지던 은수가 작게 키득거리더니 한숨을 내쉬었다.

"멋 내는 건 저랑 안 맞나 봐요. 괜찮다는데 굳이 속눈썹을 붙여 주더니 눈을 깜빡거릴 때마다 그게 자꾸 피부를 건드려서 불편하네요."
"진작 말하지 그랬습니까? 계속 신경 쓰였을 텐데."
"그게 아직 와인도 남았고……."
미련이 뚝뚝 떨어지는 눈으로 여자가 음식들을 둘러보았다. 식탁 위에는 아직 꽤 많은 음식들이 남아 있었다.
"그리고 이 옷하고 어울리는 자리잖아요."
정말 옷이나 화장 같은 게 마음에 들어서 저러는 건지. 승제는 저도 모르게 새어 나오는 웃음을 삼키며 말했다.
"그럼 씻고 편하게 한잔하죠. 거기에 어울리게 해 줄 테니까."
"어? 그래도 될까요?"
반색하는 여자의 얼굴이 반짝반짝 빛이 났다. 샴페인 덕분에 발그레하게 붉어진 얼굴은 여자의 생기에 색감을 더해 주었다. 인위적인 화장과는 다른 피부의 발색은 꽤 아름다웠다.
"이은수 씨만 괜찮다면요."
격하게 고개를 끄덕인 여자가 자리에서 벌떡 일어섰다.
"저야 무조건 괜찮죠. 저 금방 씻고 나올 수 있어요. 잠깐만 기다리면 돼요."
서둘러 다이닝 룸을 나가는 여자를 보며 피식 웃던 승제는 그녀의 아찔한 뒷모습에 잠시 시선을 빼앗겼다. 그저 얇은 슬릿으로 은근함을 강조한 앞모습과는 달리 허리 라인 아래까지 아슬아슬하게 드러낸 등은 꽤 노골적이었다.
파티에서 그녀의 뒷모습을 본 사람이라면 누구나 그녀의 얼굴을 궁금해했을 것이었다. 승제는 어쩐지 불쾌해지는 기분에 잔에 남은 샴페인을 들이켜야만 했다.

"늦으셨어요."
젖은 머리를 말리고 주방으로 들어서는 그에게 은수가 와인잔을 건배하듯 내밀었다. 의자 위에 무릎을 끌어안은 채 앉아 말간 피부를 빛내는 여자의 얼굴은 진한 화장을 했을 때보다 더 잘 어울렸다.

들고 있던 와인을 꿀꺽 삼킨 여자가 멋쩍은 표정으로 입을 열었다.

"어…… 그런데 어쩌죠? 기다리면서 마신다는 게 제가 다 먹었나 봐요."

그리고 거의 바닥을 드러낸 와인 병을 가리키더니 볼을 긁적이며 배시시 웃었다. 금방이면 된다고 장담을 하긴 했지만 제가 욕실에 있던 시간도 그다지 긴 시간이 아니었는데 그새 나와서 남은 와인을 다 마시다니. 샤워를 초단위로 하는 건가?

이 여자는 정말이지 가끔씩 뭔지 모를 황당함에 말을 잊게 하는 재주가 있었다.

"이은수 씨가 와인 한 병으로 만족할 거라 생각은 안 했으니 걱정 말아요. 게다가 주량이 아무리 세다고 해도 다 바닥내지는 못할 정도로 저 안에 있는 와인이 많기도 하고요. 그러니까 한 병 더 마시기로 하죠."

그의 말에 은수가 뺨을 제 무릎에 기대며 의외라는 듯 감탄을 했다.

"와아, 류승제 씨를 위해 변신 체험하는 것도 괜찮네요. 오늘 꽤 관대하신 거 아세요?"

"글쎄, 내가 딱히 이은수 씨에게 못되게 군 기억은 없습니다만."

눈매를 좁히며 이의를 제기하는 그의 말에 은수 또한 고개를 젖히고 생각을 더듬더니 입을 열었다.

"하긴, 최근에 저한테는 날개 없는 천사셨네요. 방도 빌려주시고 식사도 챙겨 주시고 또 차도 빌려주시고. 그렇지만 오늘은 좀 다른걸요."

두서없는 말에 승제가 테이블에 손을 짚고 몸을 숙였다.

"뭐가 말입니까?"

"그게 딱 짚기는 어려운데 뭔가, 음……."

적당한 단어를 찾는지 동그란 눈을 가늘게 뜨고 애를 쓰던 여자가 가까워진 그의 시선에 어깨를 으쓱거리더니 곧 고개를 저었다.

"아니, 아무것도 아니에요."

그러더니 와인잔을 테이블에 올려놓고 자리에서 일어섰다.

"그래서 두 번째 와인은 뭐예요?"

자신을 지나치는 여자를 따라 승제는 와인 셀러로 걸어가 문을 열었다. 사실 채우는 속도보다 마시는 속도가 훨씬 느렸기 때문에 평범한 와인이 자리를 차지할 여유는 없었다. 그러다 보니 구하기 어렵다거나 꽤 고가인 귀한 와인들만 가득했다.

안을 들여다보며 고민하던 그는 약간은 충동적으로 병을 하나 집어 들었다. 아마 제 가까이에서 풍기는 말간 비누향이 그런 작용을 했을지도 몰랐다.

"이걸로 하죠."

그가 내민 병을 본 은수가 평범한 하얀색의 라벨을 보며 이름을 읽었다.

"라, 타, 쉐? 이름이 짧은 거 보니 비싼 건 아닌가 봐요."

금방 승제를 따라와 와인 셀러 옆에 선 은수의 단순한 생각에 그가 눈썹을 치켜 올렸다. 이 와인 한 병이 얼만지 알면 이 여자의 표정이 어떨지 조금 궁금해졌지만 그는 굳이 가격을 입에 올리지 않았다.

"실제 이름은 Domaine de la Romanee Conti, La Tache 라고 해요."

"이름이 길군요. 그럼 이 와인……."

예상 가능한 뒷말에 그가 고개를 저었다.

"이름이 길다고 꼭……."

"알아요. 꼭 비싸지는 않죠."

그가 해 준 이야기를 잊지 않고 되받는 은수를 보며 승제는 슬며시 입가를 끌어당겼다. 식탁까지 갈 필요도 없이 그는 그 자리에서 코르크를 따서 곁에 있던 새 와인잔을 꺼내 와인을 채웠다.

들뜬 표정으로 잔을 받아들어 얼른 한 모금 마신 여자의 표정이 묘하게 변했다.

"어? 이거 달콤하지 않네요?"

"드라이 와인이니까요."

실망한 표정으로 잔 안을 들여다보던 그녀가 작게 중얼거렸다.

"아까 그게 더 맛있었는데……."

"드라이 와인이라고 꼭 맛이 없는 건 아니에요. 지금은 아마도 샴페인을 먼저 마셨기 때문에 더 그렇게 느껴질 겁니다. 향을 먼저 맡고 조금씩 입안에 굴려서 마셔 봐요."

그가 시범을 보이며 설명하자 은수가 어깨를 으쓱하며 고개를 끄덕였다.

"좋아요. 향을 먼저 맡고, 맛을 본다."

잔 안의 향기를 들이마신 여자가 와인을 한 모금 마시고 입안에 굴리며 맛을 봤다.

"음, 떫은데요."

"천천히 조금 더 마셔 보면 다를 거예요. 그래도 키스를 부르는 와인이라는 별명도 있는 와인이니까요."

그의 설명에 은수가 픽 하고 코웃음을 쳤다.

"그래서 맛이 없나 봐요!"

대단한 발견을 한 것처럼 갑자기 웃음이 터진 여자가 허리를 접어 가며 깔깔거리기 시작했다.

"아니, 왜 하필 키스에 비유를 한 거지? 키스가 달콤하다는 말 누가 만든 건지 너무 웃기지 않아요?"

"그게 웃긴 겁니까?"

뭔가 미심쩍은 기분에 그의 눈이 가늘어졌다.

"웃기죠. 술김에 하는 말이지만 키스가 달콤했던 적은 한 번도 없어요. 그러니까 그런 별명이 붙은 건 애가 맛이 없기 때문이죠."

은수의 손가락이 그가 들고 있는 와인 병을 향했다.

"어떻게 그렇게 확신합니까?"

"제 경험이 그러니까요."

은수의 자신만만한 대답에 승제가 머리를 옆으로 기울였다.

"그 경험이 너무 오래전이라 제대로 기억 못 하는 건 아닙니까?"

"그럴 리가요. 바로 며칠 전이었는데요. 물론 슬프게도 그다지 기억하고 싶지 않은 키스였지만요."

그녀의 단호한 대답에 문득 남자의 눈빛이 어두워졌다.

"그사이 애인이라도 생긴 겁니까?"

그의 질문에 은수가 얼굴을 잔뜩 구긴 채 격하게 고개를 저었다.

"아뇨, 애인은요 무슨. 그냥 그건 불편한 고백이었을 뿐이에요. 그러니까 키스가 달콤하다는 건 그냥 철없는 소녀들의 환상이나 그 환상을 부추기고 싶은 남자들이 지어낸 말일 뿐이에요."

"그렇군요. 그럼 이건 어떻습니까?"

들고 있던 와인을 단숨에 들이켠 남자가 와인렉 옆에 와인잔을 올려놓고는 그녀에게 고개를 기울였다.

"뭐가요?"

"키스가 정말 달콤한지 아닌지 다시 확인해 보는 거죠."

은수에게 가까이 다가간 남자가 그녀의 얼굴을 끌어당겨 곧바로 입술을 삼켜 버렸다. 언젠가부터 내내 궁금하던 여자의 도톰한 입술은 샴페인의 달큰한 향기와 라타쉐의 깊은 맛이 뒤섞여 있었다. 당황한 게 분명한 그녀는 그를 밀어낼 생각도 못하고 제 입술을 내맡긴 채로 가만히 서 있었다.

그는 달래듯 천천히 그녀의 입술을 더듬었다. 늘 자신만만한 미소를 짓고 있던 여자의 입술은 매끄럽고 또 부드러웠다. 그는 당연하다는 듯 제 입술의 향기를 나누고 여자의 숨결을 받아 갔다. 호흡이 부딪히고 타액이 질척한 소리를 내며 뒤섞였다.

미동도 없이 그가 하는 대로 제 입술을 내맡기고 있던 그녀가 어느 순간 팔을 들어 올려 그의 목을 감싸 안았다. 스스로 입술을 열고 그녀가 키스를 되돌리는 순간, 승제는 무언가 제 안에서 툭 하고 끊어지는 느낌을 받았다.

키스가 아찔할 정도로 깊어진 것은 바로 그다음 순간이었다.

이성이 희미하게 사라지는 자리에 격렬한 욕구가 자리를 잡았다. 이 여자를 잡아야만 했다. 제 곁에. 뭔지 모를 절박함이 그를 사로잡았다.

답지 않은 심술로 시작한 짓궂은 장난이었다. 그게 미지의 남자에 대한 질투인지 그저 저 자신만만한 여자의 기를 꺾고 싶었던 건지 구별할 수는 없지만, 그것이 처음의 의미를 잃은 지는 한참 전이었다.

그녀의 숨결과 타액을 다 삼키고도 그는 갈증을 느꼈다. 여자가 걸치고 있던 헐렁한 티셔츠를 벗기자 매끈한 피부가 손끝에 닿았다. 날씬한 등을 더듬으며 그는 거친 숨을 몰아쉬었다. 이상했다. 아직도 뭔가가 부족했다. 아직도 그는 그녀가 더 많이 필요했다. 하지만, 하지만 더 이상은 정말이지 위험했다.

그는 눈을 질끈 감으며 여자의 목덜미에 입술을 묻었다. 매끄러운 피부에서 레몬버베나 향이 묻어 나왔다.

"지금…… 아니면…… 못 멈출 거야."

산소가 모자란 것처럼 숨을 가쁘게 쉬던 여자가 그의 머리를 쓰다듬으며 대답했다.

"지금…… 멈추면…… 죽여 버릴 거예요."

은수다운 대답에 승제는 웃음을 터트리고 말았다. 이 여자는 항상 제 상상을 뛰어넘었다. 하지만 그 웃음도 그녀가 그의 티셔츠를 벗기고 몸을 부딪혀 오자 어디론가 사라지고 말았다.

물어뜯듯 여자의 부푼 입술을 삼키고 속옷을 밀어 올려 가슴을 움켜쥐었다. 제 손 가득 부드러움이 들어차자 그는 참지 못하고 그녀의 입술에 신음을 토해 냈다. 시간도 공간도 어디론가 빨려가 버리고 오로지 그의 감각을 채운 것은 그녀 하나였다.

불편하게 매달린 속옷을 마저 벗겨 낸 그는 아일랜드 식탁 위에 여자를 앉히고 그녀의 둥그스름한 어깨에 진하게 입을 맞췄다. 입술이 지나가는 자리마다 붉은 꽃이 피고 여자의 손이 그의 머리카락을 헤집었다.

여자를 가까이 끌어안자 당연하다는 듯 그녀가 다리로 그의 허리를 끌어안았다. 제 방의 침대까지는 너무 멀었다. 그게 계속된 격렬한 키스 때문인지 머릿속을 몽롱하게 만드는 여자의 부드러운 몸 때문인지 그는 알 수 없었다.

길고 긴 키스 끝에 그의 방문이 열리고 침대가 보이자 두 사람은 누가 먼저랄 것도 없이 서로의 남은 옷가지들을 벗겨 냈다.

"말해 봐요. 이거 내 망상은 아니죠? 나 그렇게 취할 만큼 많이 마시지도 않았는데……."

불안함이 스민 여자의 질문에 그가 고개를 숙여 여자의 가슴 끝을 잘근거렸다.

"그럴 리가."

동그란 가슴 끝을 혀로 문지르자 여자가 바르르 떨며 그를 끌어안았다. 열기 가득한 시선으로 저를 올려다보는 여자를 안고 그는 침대에 누웠다. 감싸 안은 부드러운 몸이 주는 감촉과 체온은 저도 모르게 기분 좋은 신음을 토하게 만들었지만 갈증은 그리 쉽게 가라앉지 않았다.

그는 침대 옆의 서랍을 향해 팔을 뻗어 필요한 것을 꺼내 들었다. 서둘러 준비를 마친 뒤에야 그는 제가 물고 빨아 더 붉고 부푼 입술을 다시 삼키며 욕심껏 여자를 차지했다. 제 아래에 누운 여자가 파드득거리며 팔다리를 움직였지만 기다려 줄 여유 따위는 그에게 없었다.

자제력 따윈 집어치운 그는 침몰하는 배처럼 이은수에게 잠식당해 허우적거렸다. 순식간에 참지 못할 정도로 격렬한 소유욕이 아랫배를 단단하게 만들고 눈가를 흐릿하게 만들었다. 여자의 깊숙한 곳까지 파고든 그는 그녀의 목덜미에 이를 박고 붉어진 자리를 다시 혀로 쓸어 달래 주었다.

그가 움직일 때마다 흐느끼듯 신음하는 여자의 목소리가 더 그를 몰아붙였다. 은수의 입술에 진하게 입을 맞춘 그는 여자의 몸을 돌려 등의 척추를 일일이 입술로 더듬어 제 머리에 지도를 만들고, 보기 좋은 곡선을 그리는 풍만한 가슴을 움켜쥐었다.

여자가 밭은 숨을 쉬고 흐느끼듯 신음을 토할 때마다 이상하게도 제가 더 만족스러웠다. 은수의 무릎을 밀어 올려 다시 제 몸을 묻은 그는 천천히, 그리고 곧 빠르게 움직이기 시작했다. 격렬해지는 움직임 사이에 머리에서는 불꽃이 튀었다.

더 빠르게 달려야 했다. 그녀에게. 더 가까이 더 깊게.

부딪히는 피부가 질척한 마찰음을 만들었다. 예민해진 감각들이 피부에 스치는 뜨겁고 습한 공기를 머금었다가 뱉어 냈다. 닿을 듯 닿지 않는 무언가를 잡으려 그는 여자를, 그리고 저를 몰아붙였다. 뾰족뾰족 날을 세운 감각들이 척추 끝을 찔러 오자 그는 그녀에게 제 몸을 깊게 묻으며 참고 있던 숨을 토해 내었다.

순식간에 머리부터 발끝까지 거친 통증 같은 쾌감이 지나갔다. 그는 여자의 늘씬한 몸을 제 온몸으로 끌어안으며 눈을 감았다. 종잡을 수 없는 이 여자를 보면 화가 나면서도 무시하지 못했던 제 행동의 이유를 찾아낸 건지도 몰랐다. 계속 제 머릿속에 떠다니던 질문에 그는 마침내 결론을 내렸다.

그 무엇으로도 채워지지 않던 가슴 한구석이 더 이상 시리지 않은 기분이었다.

## 15.

## 중외제약 5%포도당주사액 500ml

(Dextrose Injection 5% 500ml Choongwae)

나른함이 온몸을 덮고 있었다. 눈을 뜨기 싫어질 만큼 좋은 감촉들이 문득 제 뇌를 깨우는 게 느껴졌다. 부드러운 섬유가 맨살에 감기는 느낌이라니……. 낯설었다. 그래서 눈을 떠야 했다. 이런 느낌은 처음이었으니까.

그녀는 천천히 몸을 일으키려다가 갑자기 온몸이 굳어지고 말았다.

요 며칠 낯선 곳에서 잠들어 아침마다 놀라긴 했었다. 그런데 오늘은 날이 푸르스름하게 밝아 오는 이런 이른 시간에 눈이 떠진 건, 제 상태가 이전하고 다르다는 걸 몸이 알고 있어서였는지도 몰랐다.

어슴푸레하게 밝아지는 침실은 낯선 곳이었다. 그러나 그게 중요한 게 아니었다. 바로 제 옆에서 규칙적인 남자의 깊은 숨소리가 또렷하게 들렸고, 그다음에는 남자의 체온이 느껴졌다. 제 맨 어깨에 드리워진 남자의 탄탄한 팔이 달콤하도록 매끈하고 따뜻했기 때문에 오히려 그녀는 찬물을 뒤집어쓴 것같이 놀라고 말았다.

그 팔 밑을 빠져나오고 나서 더욱더 놀라 제 입에서 터져 나오려는 비명을 막으려 입을 막았지만, 다행히 남자는 눈치채지 못했는지 엎드린 채로 미끈한 등을 드러내고 잠들어 있었다. 호텔식의 얇은 면 시트는 매끈하게 드러난 등 밑으로 분명히 실오라기 하나도 걸치지 않았을 남자의 잘빠진 뒷모습의 곡선을 적나라하게 보여 주고 있었다.

은수는 숨조차 제대로 내쉬지 못하고 최대한 기척을 내지 않으려고 애썼다. 몸을 일으켰지만 불행하게도 제 맨몸을 가린 면 시트는 남자의 몸까지 연결되어 있었고, 제 속옷 따위는 어디 갔는지 침대 위에서 찾을 수가 없었다.

"아…… 젠장."

은수는 두리번거렸지만 제 몸을 가려 줄 만한 것이 보이지 않았다. 그래서 결국 손에 집히는 대로 커다란 베개를 집어 들어야만 했다.

"미쳤어. 아니, 이게 무슨 날벼락이야……."

십여 년을 철석같이 믿고 있던 죽마고우 강지훈의 그 어설픈 배신을 겪은 게 엊그제였다.

바닥에 어지럽게 떨어져 나뒹굴고 있는 제 속옷들을 수거하고 중간의 와인 렉 앞에 떨어진 제 옷들까지 들고 와 감히 샤워는커녕 이도 닦지 못하고 옷을 챙겨 입고서, 하는 수 없이 그가 내준 차를 타고 정신없이 질주하면서 은수는 혼자 소리쳤다.

"망할 놈의 술!"

커다란 트럭이 요란한 경적 소리를 내면서 스쳐 갔다.

"제기랄! 운전 똑바로 못 해!"

들리지도 않을 게 뻔했지만, 이 차가 얼마짜리인지 알기 때문에 그녀는 버럭 소리를 지르고 말았다.

"아니, 진짜 미친 거 아니야?"

이건 제 스스로에게 한 말이었다. 술 탓을 해 봤지만 필름 따위가 끊긴 건 절대 아니었다. 와인이 아무리 독하다 해도 소주만큼은 못할 테고 분명이 한 병도 채 마시지 않았으니까.

뭐? 라타쉐? 키스를 부르는 와인이라고? 아니, 대체 어찌 된 노릇이지? 정말 그 와인이 짓궂은 마법이라도 부린 걸까?

은수는 신호에 걸리자마자 제 머리를 벅벅 문질러 산발을 만들고 말았다.

너무도 적나라하게-그 단정한, 마치 청룡 영화제의 인기상이라도 거머쥐어야 할 것 같은 대단한 남자가 샤워를 하고 화한 비누 냄새를 풍기면서 제게 와인을 권하더니 갑자기 제 입술을 훔쳤다는 기억이 떠올랐다.

거기까지는 이해할 수 있었다. 뭐, 어제 제가 프로의 손을 빌려 온갖 치장을 하고 앞뒤가 그렇게 난도질된 야한 옷까지 입었으니까. 아무리 단정하고 세상을 초탈한 것 같은 성인군자라도 그럴듯한 여자와 적당한 술기운과 나른한 분위기에 취해 즉흥적으로 그럴 수도 있었다. 그 강지훈이 배신을 때린 것처럼.

그러니까 불행하게도 그가 말한 대로 키스란 게 씁쓸하지만은 않다는 걸 깨닫고 그 달콤함을 잠시 즐겼을 뿐이었다. 정말로…… 달긴 달았으니까. 그러면 곧 어색한 미소를 지으면서 어떻습니까? 생각이 좀 바뀌었습니까? 하고 그만 술자리를 파했어야 그 남자다운 거 아니었나?

"으악……."

신호가 바뀌자마자 은수는 다시 소리를 지르고 말았다.

그 뒤로 이어진, 무슨 19금 에로 사항이 가득한 프랑스 영화의 첫 장면처럼 저도 모르게 탈의를 하고 남자에게 매달리다니……. 불행하게도 남자의 손길 하나, 입술의 감촉, 움직임까지 마치 영화를 떠올리듯 생생하게 기억났다. 그 와중에도 느껴지던 그 완벽한 남자의 섹시한 목소리까지. 게다가 또다시 욕실까지 가서 그리…….

"으아아아악! 앞으로 어쩌려고!"

앞으로 어쩌려고……. 그게 제일 문제였다. 단정하고, 털어도 여자 머리카락은커녕 XX의 DNA 한 조각도 떨어져 있을 것 같지 않은 집을 가진 남자라도 역시 수컷이었을 뿐이다. 절대 이건 정상이 아니었다.

제가 아무리 성에 대해 개방적이고 기발한 에밀리아 타일러의 딸이라 할지라도 남녀 사이의 연애란 건, 호감을 갖고 분위기에 취해 겸연쩍게 첫 키스를 하고 두근거리면서 만날 때마다 타액 교환을 하다 점점 스킨십이 짙어지면 그 다음에…… 그다음에 속속들이 알아야 하는 거였다.

저처럼 이렇게 무방비하게 마이클 잭슨이나 톰 크루즈를 좋아하듯 헤벌쭉한 마음으로 쳐다만 보던 남자와 술김에 얼레리하고 마는 건 절대…… 바람직하지 않은 현상이었다. 경험이 없었던 건 아니지만, 이렇게는 절대 아니었다.

분위기에 취해 이렇게 충동적으로 침대에 뛰어들다니!

게다가 이 남자는 제 또 하나의 특종 대상이었다. 그만큼 대단한 사람이라는 거…… 그런데 그런 남자랑, 뭘 한 거지?

마치 무슨 요리계의 대통령이라도 된 듯 그 대단한 편집장이 맨날 자신이 내민 저 남자의 보이스 레코더 파일을 몰래 돌려 듣고 있다는 것도 알고 있었다. 게다가 다들 이번 호부터 나오는 데이비드 류의 칼럼이 폭발적인 인기를 얻을 거라고, 증판까지 해야 한다고 난리였다. 그런데…… 그런데!

"돌았네, 돌았어."

또다시 중얼거리는 순간, 익숙한 골목길 끝에 익숙한 건물이 보였다.

그제 하루 시간이 나서 그나마 정리를 했다지만, 여전히 방 안은 어수선했다. 무엇보다 바닥을 닦지 않아서 맨발로 들어설 수가 없었다.

그러나 은수는 먼저 속옷을 챙겨 들고 욕실로 향했다. 그러면서도 부질없는 짓인 줄 알지만 디지털 도어록과 수동 잠금장치, 그리고 위에 보조 잠금장치까지 잠그는 걸 잊지 않았다.

오랜만에 제 욕실에 들어오니 버썩 말라 있는 데다 한숨이 나올 정도로 초라하고 좁기까지 했다. 얼른 순간온수기에서 뜨거운 물이 나오길 기다리면서 옷을 벗던 은수는 거울 속에 비치는 제 맨몸을 보고는 얼른 고개를 돌리고 말았다.

마치 온몸에 그 남자의 입술 자국이 잔뜩 찍혀 있는 게 보이는 듯해서…….

물이 채 데워지지 않았는데 미친 듯이 샤워를 하고 머리를 감고 있었다. 그런데 갑자기 전화기가 요란하게 울렸다. 채 물기를 닦지도 못하고 나와서 전화기를 쳐다보면서 은수는 제발 전화기 속의 번호가 제가 생각하는 그 번호가 아니길 바랐다.

천만다행으로 그 번호는 아니었지만 역시 껄끄러운 번호였다. 그러나 받아야 했다.

"응! 강지훈 무슨 일?"

전화기 안에서 웅웅거리는 소리가 들렸다.

"뭐? 그래, 알았어! 이번엔 내가 갈게. 내가 한다고, 알았지? 끊어!"

전화기 안에서 다시 거센 항의의 소리가 들렸지만 은수는 전화를 끊고는 전투적으로 옷을 입기 시작했다. 방금 전까지만 해도 복잡하던, 그녀의 살색이 난무하던 머릿속이 깨끗하게 소거되고 마는 순간이었다.

온몸이 나른한 것 같았지만 그래도 기분은 괜찮았다. 아주 오랜만에 느끼는 만족스러운 나른함이었다. 눈을 뜨자 그는 고개를 돌려 옆을 보았다. 하지만 기대와는 다르게 넓은 침대는 텅 비어 있었다.

"은수 씨?"

제 목에서 낮고 갈라진 목소리가 나왔지만 그는 아랑곳하지 않고 몸을 일으켰다. 늘 혼자 잠이 들고 깨던 잠자리였지만, 오늘따라 침대가 더 커 보이는 건 분명 제 옆에서 잠이 들었던 누군가와 함께 베개가 사라졌기 때문이었다. 그는 벌떡 일어났다.

싸늘한 옆자리는 제가 생각한, 아름다운 사지를 지닌 머리부터 발끝까지 말랑말랑한 여자가 봄볕에 잠든 고양이 같은 표정으로 누워 있을 거라 상상한 것이 터무니없다고 말하고 있었다. 그런 감미로움은 제 몫이 아니었나?

그는 피식 웃음을 내뱉고는 몸을 일으켜 욕실로 향했다. 기분 좋게 샤워를 마치고 간편한 옷으로 갈아입은 그는 이런 기분의 아침에 어울릴 만한 메뉴 몇 가지를 떠올리면서 은수의 사용하는 손님방을 향해 걸어갔다. 혹 아침부터 다이닝 룸에서 저 대신 노트북에 그 말랑말랑한 손길을 보내고 있는 거라면 약간의 심술을 가장한 말투로 그녀의 부재를 지적할 심산이었다.

그러나 그런 그의 생각과는 달리 다이닝 룸은 텅 비어 있었다. 하지만 그는 아랑곳하지 않고 그녀의 방으로 갔다. 그리고는 다시 피식 웃고 말았다. 제 방의 베개가 그 방 한가운데 떨어져 있었기 때문이다.

대체 왜 이걸 가지고 온 걸까. 그는 의아해하면서 베개를 주워 사람이 잔 흔적이 없는 침대 위에 올려놓고는 익숙한 적막함에 잠시 멈칫했다가 욕실로 갔다. 그리고는 조용한 욕실에 노크를 했다.

"은수 씨?"

그러나 제 노크 소리만 공허하게 울릴 뿐 한참을 지나도 아무런 대답이 없었다. 조금 이상한 기분이 든 그가 다시 노크를 하면서 말했다.

"은수 씨, 문 열어도 됩니까?"

조심스럽게 문을 연 그는 갑자기 할 말을 잃고 말았다. 욕실은 아무도 없이 텅 비어 있었다. 다만 옷걸이에 걸려 있는 야릇한 슬릿이 마치 그냥 칼자국처럼 보이는 흐트러진 검은 천 조각 하나뿐.

바싹 마른 물기를 보아 어젯밤 이후로 사람이 들어간 흔적은 없었다. 그는 급한 걸음을 돌려 방을 가로지르면서 늘 그렇듯 괴괴한 고요함만 가득한 제 집 안의 침묵을 어떻게 이해해야 할지 고민해야 했다.

◈

"박 팀장님, 중아일보 이은수 기잡니다. 어려운 결단 내려 주신 거 감사하게 생각합니다."

제 떨리는 심정을 가라앉히면서 은수가 침착하게 말을 꺼냈지만 상대는 굳은 표정이었다. 물론 이해할 수 있었다. 이 한마디가 그와 그의 회사를 단번에 침몰시킬 거라는 걸 아니까. 그러니까 절대로 먼저 설레발을 쳐서는 안 되는 거였다. 이건 거룩한 희생이나 마찬가지였다.

"저희가 성심성의껏……."

막 은수가 원대한 포부를 이야기하려는데, 은수보다도 훨씬 키가 작고 까무잡잡한 안색을 지닌 중년의 남자는 굳은 표정으로 그녀의 어깨 너머를 힐끗 보았다.

"기자 맞습니까?"

마치 쇳소리 같은 목소리가 울렸다.

"네, 당연하죠. 제 신분이 궁금하시다면 제 신분증이라도……."

은수가 막 제 샤넬 가방을 뒤적이고 있는데 더 싸한 쇳소리가 났다.

"됐습니다. 가 보시오."

"네?"

은수가 가방을 뒤지다 말고 큰 눈이 튀어나올 듯 쳐다보면서 되물었다.

"박 팀장님, 어제 분명히 메일 주셨고, 강지훈 기자와 통화도 하셨다면서……."

"내가 경솔했소. 없었던 걸로 하겠소. 가 보시오."

막 돌아서려는 회색 작업복 차림의 아저씨를 다급한 손으로 잡으면서 은수가 말했다.

"아니, 왜 그러시는데요. 절 못 믿으셔서 그런가요? 제가……."

"요즘 기자 월급이 얼마나 되는지 모르겠지만, 저런 비싼 외제차에 그런 가방까지 멘 걸 보니 내가 이렇게 사는 게 어이 없수다. 됐소. 나 하나 살자고 그런 생각을 했다는 게 참 부끄럽소. 얼굴도 예쁘장하니 이딴 거 안 해도 먹고 살 길은 많은가 본데 가 보쇼."

"네?"

은수가 빽 소리를 질렀다. 그리곤 박 팀장의 말을 듣고 힐끗 뒤를 돌아보았다. 우중충한 회색의 공장 건물들이 밀집한 지역의 회색 아스팔트 사이에 생뚱맞게 눈처럼 하얀 값비싼 외제차가 서 있었고, 제 손에는 엄마가 입사 기념으로 주면서 가보로 간직하라던 샤넬 가방이 들려 있었다.

타이밍 참 오지게도 적절했다.

"그런 거 아닙니다, 박 팀장님! 이게 얼마나 중요한지 모르실 거예요! 박 팀장님!"

"됐소. 출근 시간 늦었수다!"

박 팀장이 그녀의 손길을 뿌리치고 급하게 회색의 공장 건물로 들어가 버리자 은수가 서둘러 쫓아갔지만, 그 공장은 항공 부품을 생산하는 보안이 중요한 회사였다. 바로 경비에 의해 그녀의 의지는 꺾이고 말았다.

회색의 건물들 위로 금방이라도 비를 쏟을 듯한 시커먼 구름이 제 마음처럼 내려앉았다. 은수는 휴대폰을 열었다. 거기에 익숙한 이름이 있었지만, 그걸 무시하고 박 팀장이 마음을 돌릴 만한 문구를 떠올리면서 문자를 작성하기 시작했다.

길거리는 순식간에 한산해졌다. 공장이 밀집된 지역이었으므로 일과가 시작되자 길거리에는 자재들을 나르는 트럭들만 분주하게 다닐 뿐 사람이라곤 인적이 끊어져 버릴 정도였다.

은수는 여전히 그 자리에 못 박힌 듯 서 있었다. 가장 중요한 인터뷰였다. 지훈이가 그렇게 다 된 밥에 코 빠뜨리지 말라고 신신당부를 한 건 이 때문이었나 싶었다.

정말 저게 문제일까? 은수는 힐끗 눈부신 하얀 아우디 A7을 쳐다보았다. 그리고 그것에 딸려 나오는 매끈한 슈트를 입은 남자가 던져 주었던 저 차의 열쇠와, 그 매끈한 손이 제 얼굴을 감싸고 다디단 키스를 하던 기억까지…….

"그럴 만도 해!"

저 혼자 중얼거리면서 기억을 잊어버리려는 듯 머리를 좌우로 흔들었다. 박 팀장은 지금 저와 할 인터뷰가 어떤 것인지 잘 알고 있을 것이었다. 평생 가져왔던 직장을 잃을 것이고, 그것뿐만 아니라 사법 처리까지 될 것이 분명했다. 그 어느 누가 그런 것을 원하겠는가. 백 번 이해할 수 있었다. 이해해야 했다. 은수는 스스로 고개를 끄덕였다.

그때 무언가 차가운 것이 이마를 두드리기 시작했다. 잔뜩 찌푸린 날씨는 기어이 제 분을 이기지 못하고 빗방울을 뿌려 대기 시작했다. 은수는 고개를 들어 칠이 벗겨져 가는 2층 건물을 올려다보았다. 그리고 중얼거렸다.

"전 진심입니다, 박 팀장님."

〈……지금 전화를 받을 수 없으니…….〉

그는 전화의 종료 버튼을 눌렀다. 한마디로 이상한 기분이었다. 이상하다고밖에 형용할 수 없었다. 너무 안일했나? 대체…… 어디로 간 걸까.

그는 펼쳐진 서류를 보고 있었지만, 단 한 글자도 눈에 들어오지 않았다.

제 행동이 조금 충동적이고 다급하긴 했었다. 하지만 그게 그냥 분위기 때문에, 혹은 술김이라고 생각한 적은 없었다. 그리고 이은수라는 여자도 절대 본인이 원치 않은 것에 끌려갈 여자가 아니라는 것도 알고 있었다. 성인 남녀가, 서로 원하니까 자연스럽게 밤을 보냈을 뿐이었다.

그리고 그동안 스스로를 혼란스럽게 만들고 있던 무언가에 대해 답을 내렸을 뿐이었다. 물론 그게 처음 시작은 조금 충동적이긴 했지만.

그는 자신의 고민을 스스로 정리했다고 생각했다. 답을 냈으니까, 그 답대로 행동하겠다는 마음도 먹었다. 그런데 그게 조금씩 흔들리고 있었다.

이은수라는 여자는……. 이게 아니었을까?

“모해? 쿠거 다 본 거야? 나와 바. 거래처 가튼데…… 모라 하는지 한마디도 몬 알아드께쏘!”

레너드가 벌컥 문을 열더니 신경질적으로 말했다. 아마 지독한 경상도 사투리를 쓰는 조 사장이 온 모양이었다.

“알았어.”

자리에서 일어나면서도 그는 흘끗 제 전화기를 보고 챙겨 들었다.

마치 미친 것 같은 빗줄기가 요란하게 쏟아져 내렸다.

“입구에 바닥 잘 관리해. 손님 들어오실 때마다 체크하도록.”

막 점심의 번잡한 타임이 지나간 후였다. 마침 미리 약속된 미팅이 있었기에 막 문을 나서는데 요란한 천둥소리가 귓가에 찢어질 듯한 괴성을 쏟아 냈다. 그는 다시 한 번 전화기를 들었다. 제가 열 번쯤 마음먹고서야 한 번 걸었던 전화가 벌써 네 번째. 은수는 의도적으로 제 전화를 받지 않는 게 분명했다.

이유가 뭘까. 정말이지 묻고 싶은 심정이었다. 그러나 그러기엔 너무 바빴다. 한 주가 시작되는 월요일이었다. 외국에서 식재료가 한꺼번에 들어오는 날이었고, 다음 주의 메뉴를 정하고 재료를 정해야 하는 회의가 있었다. 게다가 저번에 들여온 커트러리와 테이블 웨어도 살펴야 했다.

“차 대기시켰습니다, 대표님.”

“알았어.”

그는 짧게 대꾸하고는 차로 향했다. 차가 있을 테니, 저번처럼 물에 빠진 생쥐 꼴로 다니지는 않을 거라 위안 삼으면서.

◈

회사에 흉흉한 소문이 돌고 있었다. 일이 손에 잡힌다면 그건 분명히 거짓말일 것이었다. 그 기자들은 다 알고 있었으니까. 아니, 기자가 아니라도 언젠간 이 일이 잘못으로 귀결될 거라는 것을 누구보다 더 잘 알고 있었다. 가끔 뉴스에 속보로 기사가 뜨는 악몽을 꾸곤 했으니까.

박을용은 속이 좋지 않아 점심도 거른 채 멍하니 앉아 있다가 침침해지는 눈가와 관자놀이를 누르면서 자리에서 일어났다.

"미스 조, 아니 아니야."

커피 한잔을 부탁하려다가 말았다. 냉온수기에 가서 봉지만 까 털어 넣으면 되는 걸. 심란한 마음에 흩어지는 커피믹스 알갱이를 보면서 밖을 내다보았다. 앞이 안 보일 듯 거센 소나기가 쏟아져 내리고 있었다. 아마 저 비가 그치고 나면 나뭇가지들은 더욱더 앙상해질 것이고 날은 더욱 추워질 것이 분명했다.

이런 가을날 같이 늙어 가는 마누라와 어디 산에도 한번 못 가 봤는데…… 하는 마음에 그는 창가에 다가갔다. 그러다가 이상한 것이 눈에 띄었다.

쏟아지는 빗줄기를 맞으면서 이젠 이가 덜덜 떨리고 있는 게 느껴졌다. 그러나 이런 것에 질 제가 아니었다. 아니, 이건 제 안일한 생각에 대한 벌이었다.

입장을 바꿔 놓고 생각해 보면, 답은 나왔다. 제 한마디로 인해 기자 생활을 할 수 없게 된다면 그걸 감당할 수 있을까?

그리고 자신은 혼자이지만, 분명히 저 사람에게는 남편을 자랑스러워하는 살뜰한 아내와 대학생쯤 될 아이들이 있을 것이다. 그들의 생활까지 모두 바뀔 것이었다. 가장으로서 그럴 수 있을까? 쉽지 않은 선택이었다. 그러나 반드시 이건 꼭 밝혀져야 할 일이었다.

그래서 박 팀장의 증언이 필요했다. 모든 게 다 수포로 돌아가더라도 밝혀야 할 진실이기에. 그래야 더 많은 사람들이 다치지 않을 테니까.

그러니 눈앞에 떨어지는 빗줄기가 이마를 타고 내려 제 눈을 가려도 꼿꼿이 서 있어야 했다. 이미 추위는 뼛속을 파고들어 온 지 오래라 별 느낌도 없었다. 온몸이 마비된 듯하니까.

그때였다. 양동이로 쏟아붓는 듯한 빗소리가 조금 잦아들었을 때 전화기 소리가 들렸다. 은수는 한숨을 내쉬면서 전화기를 꺼내 들었다. 또 그일까……? 전화기에 떠 있는 그의 이름만 보면 제 머릿속이 복잡해졌지만, 그때마다 은수는 이 일을 마치고, 라는 이유를 대면서 어젯밤을 머릿속 저편으로 쑤셔 넣어 버렸다.

그러나 횟수가 더해 가면서 그게 점점 힘겨워지고 있었다. 빗속을 서 있는 일 분이 한 시간처럼 여겨지는데, 그 빗속을 비집고 떠오르는 남자는 너무나…… 달콤했다. 남자가 만들어 내는 달콤한 소스가 가득한 칼솟, 달콤한 클라푸티, 달콤한 로제 와인, 그리고…… 그 와인보다 더 달콤한 그의 입술, 그의 손길, 그의 체온…….

제발 더 이상 머릿속이 당분으로 차지 않길 바라면서 그녀는 전화기를 꺼내 들었다. 그리고는 빗속에서 글자를 확인하고서 놀라 전화의 버튼을 눌러야 했다.

"여보세요!"

〈왜 거기 있는 겁니까? 시위라도 하는 거요?〉

한 귀에 들어도 언짢음이 가득했다. 그러나 은수에게는 전혀 그렇게 들리지 않았다. 전화가 왔다는 것만 해도 그녀는 마치 열린 하늘에서 천사들의 찬송가를 듣는 기분이었다.

"시위라뇨. 아니요. 얼마든지 전 기다릴 수 있습니다. 절대 시위 아닙니다."

〈돌아가요. 괜히 감기 걸리지 말고. 끊겠소.〉

"네, 들어가십시오. 생각 바뀌면 또 전화 주세요."

은수는 제 이가 덜덜 떨려 발음이 제대로 안 나왔지만, 그걸 제 스스로 컨트

롤 할 수 없었다. 상대가 전화를 끊을 거라 생각했지만 잠시 머뭇거리고 있는 게 느껴졌다.

〈아가씨는, 왜 그러는 거요? 왜 거기서 그 비를 맞으면서 있는 거요? 내가 양심에 찔리기라도 할 것 같소?〉

"아뇨. 전혀 그렇지 않습니다. 이미 한 번 마음먹어 주신 것만으로도 감사드립니다. 제가 할 수 있는 일이라곤, 이렇게 다시 마음이 바뀌시기만을 기다리는 거니까 제가 할 수 있는 일을 하는 것뿐입니다."

〈왜…….〉

"네?"

저도 모르게 목소리가 커졌다.

〈왜 내가 필요한 겁니까? 당신들 다 알고 있잖소. 공항공사 윗대가리들이 하는 거, 우리가 납품한 거, 그런 거 다 알면서 왜 굳이 나까지 끼워 넣으려는 거요?〉

빗줄기가 세졌지만, 은수는 기뻤다.

"네, 맞습니다. 저희 다 알고 있어요. 증거도 다 있습니다. 그런데 중요한 건, 박 팀장님이 아시는 것보다 이 일의 뿌리는 더 깊습니다. 정비부 팀장이나, 심지어 공항공사 사장도 결코 머리가 아닙니다. 아마 행안부와 국회까지 연결되어 있을 겁니다. 그게 뭘 뜻하는 줄 아십니까?"

〈무슨 소리요?〉

"박 팀장님의 증언이 없이 우리가 이 일을 알린다면, 하루 이틀은 주목을 받을 겁니다. 그러나 뿌리가 너무 깊어요. 너무 윗선까지 닿아 있습니다. 그 사람들 사법권이나 행정권 같은 데 다 종횡으로 연결되어 있어요. 전화 몇 통화면 다 알아서 빠져나갈 수 있다는 거죠. 그러나 박 팀장님의 인터뷰가 언론 공개되면 이야기는 달라집니다. 훨씬 더 큰 파장을 만들어 낼 수 있어요. 우리는 국민들이 이 사건에 주목하게 만들어야 해요."

은수가 빠르게 말했다. 이제야 얼어붙은 입이 돌아오는 것 같았다. 그러나 빗줄기는 더 거세지고 있었다.

〈내가…… 내가 왜 그래야 한단 말입니까! 난 가족이 있어요. 나 하나만을 보고 사는…….〉

은수가 재빨리 대답했다.

"알아요. 아니까 그러는 거예요. 물론 인터뷰 안 하신다 해도 저희는 이 일을 덮을 수 없어요. 수사는 시작될 거고, 맨 밑에 하청 업체인 이수 산업은 통째로 말려 들어갈 게 뻔해요. 밑에서 적당히 꼬리를 자를 거란 말입니다. 하지만 증언을 하시고 수사에 적극 협조한다면 정상참작이 되실 거예요. 그리고 무엇보다 박 팀장님이 잘 아시지 않나요? 만드신 MA-6014가 어떤 물건인지. 공부하러 나가는 학생들, 신혼여행을 가는 신혼부부들, 즐겁게 여행을 가는 사람들이 타는 비행기예요. 애인을 만나러 가는 사람도 있을 거고, 일을 하러 가는 사람도 있을 거고. 그런데 그 부품이 어떤 역할을 할지 잘 아시잖아요. 그러다 잘못되면 어떤 일이 일어나는지 그 누구보다 잘 아시잖아요."

〈…….〉

저편에서 깊은 침묵이 은수를 내리눌렀다. 빗줄기는 거세졌다. 다시 입술이 얼어붙고 있었다.

〈올라와요. 앞에 보이는 회색 2층 건물…….〉

"정말이에요? 감사합니다! 정말 감사합니다!"

은수는 저도 모르게 소리쳤다. 전화를 끊고서 빗속을 뛰어가면서 또다시 전화기가 울리고 있었지만 그녀는 듣지 못했다.

"일을 이따위로 할 거면, 나가. 내 주방에는 필요 없으니까."

"죄송합니다."

앞에 선 고개를 숙인 요리사들은 창백한 낯빛을 하고 있었다.

"아니, 필요 없어. 말이 아니라 행동이 중요하니까. 내 레스토랑에서 쓰레기를 내놓는 꼴은 더 이상 보고 싶지 않아."

"류! 크만하라구. 내가 하께. 가자, 가자. 거기! 모 해! 어서 뒤정리햇!"

레너드가 거의 강제로 그를 끌고 그의 방으로 들어왔다.

"왜 이러는 커야?"

"벌써 몇 번째야, 여기가 요리 실습실이야? 프로면 프로답게 행동해야지!"

"네가 제일 잘 알면서 왜 크러는 거야? 물론 쟝이 실수하긴 했지만, 그건 그…… 부가, 아니…… 불가……."

생각나지 않는 단어에 레너드가 이마를 긁적거렸다.

"불가항력."

승제가 내뱉었다.

"마자. 쿠거 말이야. 좀 진정해. 비 와서 쿠래?"

그런가? 하루 종일 마치 한밤중같이 시커먼 비구름 덕에 우중충하니 잔뜩 내려앉은 날씨였다. 평소에도 날카로웠던 신경은 더 예민해져 있었다. 그러나 승제는 알고 있었다. 왜 자신이 이러는지. 그러나 그걸 인정하고 싶지 않았다.

"쉐프가 되려면 그런 것도 다 염두에 두어야 하는 거잖아. 이제는 알 때가 됐는데도 매번 같은 실수가 한두 번이야? 그런 것도 알아서 하지 못하면 무슨!"

"크러니까 네가 있는 거자나. 모든 걸 그렇게 다 알아서 할 수 있다면…… 네가 왜 Executive Chef 게써? 안 크래? 진정하라쿠……."

"알았어."

제가 생각해도 이건 좀 아니었다. 그는 저도 모르게 관자놀이를 움켜쥐었다.

"좀 쉬어. 무슨 일 인지 모르케찌만……."

레너드는 알고 있었다. 제가 정상이 아니라는 걸.

"미안해."

「괜찮아. 쉬어!」

찬물에 세수를 하고 나니 좀 정신이 드는 것 같았다. 거울 속에 잔뜩 물에 젖은 얼굴이 뻔히 자신을 보고 있었다. 하루 종일 정말 바보가 된 기분이었다.

이은수라는 여자…… 정말 제가 생각했던 것과는 다른 걸까? 이제는 제 자신이 우스워졌다. 한숨을 내쉬고는 얼굴을 닦고 사무실로 가면서 그는 무신경한 그녀와 같아 보이는 제 휴대폰을 내려다보았다. 그리고는 정말이지 이 병신 머저리 같은 제 자신을 비웃으면서 오늘 몇 번이고 했던 말을 되뇌었다.

"마지막이야."

통화 버튼을 눌렀다. 갑갑하게 반복되는 통화음이 울렸다. 허탈함에 전화를 끊으려는데 갑자기 그 소리가 끊어졌다. 사무실로 걸어가고 있던 그의 발길이 멎었다.

"이은수 씨?"

그러나 전화기 저편에서는 전혀 다른 여자의 목소리가 들렸다.

〈여보세요? 이은수 씨 보호자 되십니까?〉

여전히 비가 내리고 있었고, 그 비 덕에 도로는 꽉꽉 막혀 있었다. 귀하게 도착한 한정판의 이 비싼 스포츠카를 이런 식으로 몰아 본 건 처음인 것 같았다. 왜 이러는지 스스로에게 묻고 싶었다. 그냥 그 여자가 아프다니까, 병원에 있다니까, 아니 그것도 아니라 응급실에 있다니까.

화가 났다. 단 한 번도 누군가에게 이런 식으로 마음을 줄 거라 생각하지 않았던 제 속을, 그렇게 사랑스러운 목소리로 휘저어 놓고는 아침부터 흔적도 없이 사라진 후 깜깜무소식이더니 이제는 천안까지 가서 응급실에 있다니.

그러나 화가 나는 동시에 그는 또다시 온갖 생각이 머릿속에 밀려들기 시작했다. 분명히 며칠 전에 교통사고가 났었다. 그건 다분히 악의적인 고의였고, 무슨 영화나 드라마에서나 보듯 목숨의 위협을 느낄 만했다.

왜 그때 경찰에 사실을 말하지 않았던 거지. 후회가 밀려왔다. 잘못됐을지도 모른다는 생각, 그리고 그 잘못은 자신 탓이라는 생각이 밀려왔다.

아니, 그것보다 아까는 될 대로 되라 하고 체념까지 했건만 오로지 이은수란 여자가 잘못됐을까 봐 머릿속이 휙 뒤집어지는 느낌이었다. 대체 무슨 정신으로 차를 몰아 왔는지는 모르겠지만, 그는 내비게이션에서 들리는 소리에 정신을 차려야 했다.

–목적지 근처입니다.

"이은수 환자 보호잡니다! 어디 있습니까?"

비 오는 날의 응급실은 아수라장이었다. 그는 그 와중에도 눈을 돌려 그녀를 찾았지만, 커튼이 쳐진 침상 사이에는 온통 피칠갑을 한 사람들이 비명을 지르고 있을 뿐이었다.

"이은수 환자요? 이쪽으로 오세요."

대부분의 간호사가 힐끗대며 그를 쳐다보고 있었지만, 그는 그런 것을 신경 쓸 정신이 없었다.

"대체 어떻게 된 겁니까? 사고입니까?"

다급하게 묻는 그를 흘끗거리면서 간호사가 차트를 넘기더니 아무 일도 아니라는 듯 대답했다.

"아뇨. 길에서 실신하셨네요. 그래서 응급차에 실려 오셨어요."

"네?"

그의 목소리가 커졌다.

기다란 응급실의 끄트머리쯤의 커튼을 젖히자 낯익은 모습이 나타났다. 아니, 낯이 익긴 했지만 열두 시간도 안 돼서 본 여자의 모습은 완전히 다른 사람 같았다. 한마디로 물에 빠진 생쥐 모양. 철퍽하게 젖은 채 시퍼렇게 얼어붙은 입술을 하고 있었고 링거액을 주렁주렁 꽂고 있었다.

"어떻게 된 겁니까?"

"빗속에서 쓰러져 있어서 저체온증이 왔어요. 상태는 괜찮은 거 같은데 담당 의사 선생님하고 상의하셔서 병실로 올라가셔야겠어요. 잠시만 기다리세요. 의사 선생님이 바쁘셔서……."

간호사는 그렇게 말한 뒤에 바쁘게 어디론가 가버렸다.

승제는 은수에게 다가갔다. 창백한 얼굴로 푹 젖은 머리카락, 옷은 누군가 갈아입혔는지 환자복이었지만 머리카락은 여전히 젖어 있었고 입술은 아직도 푸른 기가 남아 있었다. 게다가 잔뜩 담요로 덮어 놓은 상태였다.

아니, 어떻게 사람이 이렇게 변할 수가 있나. 그는 자신도 모르게 그녀의 손을 잡았다. 아직도 찬기가 남아 있는 손. 어젯밤과 같은 사람의 손이라는 게 믿기지 않을 정도였다.

"이은수 씨…… 괜찮아요?"

하루 종일 이 멋대로인 여자 때문에 화가 나 있었다. 제멋대로이고, 타인에 대해서는 아무런 배려도 없는 잔인한 여자라고. 그러나 눈앞에 모습을 보니 그는 머릿속이 텅 비어 버리는 것 같았다.

정말 괜찮을까. 아직도 이마 위에는 거뭇한 멍 자국이 남아 있었다. 대체 뭘 하고 다니기에……. 당장 눈을 뜨면 그따위 일 다 그만두라 소리 지르고 싶은 심정이었다.

"이은수 씨……."

소란스러운 응급실에 또 누군가 들어왔는지 사이렌 소리가 요란하더니 사람들의 웅성거리는 소리가 커졌다. 그러나 그의 귀에는 오로지 색색거리는 이 여자의 숨소리만 들릴 뿐이었다.

눈을 좀 떠 봐…….

빗물이 뚝뚝 떨어지고 있었지만, 전혀 춥지 않았다. 아니, 몸은 추위를 느끼고 있었을지 몰라도 뇌는 그렇지 않았다. 완전한 흥분 상태였으니까. 아마 감각 중추들이 모조리 마비를 일으켰는지도 몰랐다.

'지훈아, 박 팀장님 인터뷰 땄어. 어, 지금 이수 산업 앞이야. 아니, 괘……찬아……'

말을 끝마쳤던가? 혀가 굳어 가고 있었다. 순간, 갑자기 앞이 깜깜해진 은수는 차가운 바닥에 넘어졌다는 것만 기억이 났었다. 그다음엔 누군가 자신의 옷을 갈아입히고 눈꺼풀을 뒤집으면서 소리를 치고 뺨을 때리고 난리였지만, 왠지 다 귀찮아졌다.

"괜찮아요? 이봐요!"

"괜……찮다……구……요……. 내버……려……둬."

겨우 대답한 뒤에 다시 잠이 든 것 같았다. 여전히 으실으실 춥긴 했지만 푹신한 곳에 누워 있는지라 나른하게 잠에 취해 있었다. 그러다 문득 익숙한 목소리에 힘겹게 눈을 떴다.

"이은수 씨……."

별일이었다. 왜 이 남자가 눈앞에 보이는 걸까. 은수는 다시 눈을 감아 버렸다. 왠지……눈물이 날 것 같아서.

그건 실수였다. 그 완벽한 남자가 어쩌다 저지른 명백한 실수. 그런데, 실수 말고 다르게 만날 수는 없었을까? 매일 저를 보고 날 선 멘트를 날리지 말고, 아주 예전에 아빠가 엄마에게 하듯 그렇게 달콤하게 제 곁에 있으면 안 되는 걸까.

바보 같으니라구. 그건 꿈일 거야. 그런 완벽한 남자가 왜 나같이 칠칠맞지 않은 기자한테, 그것도 가장 귀찮아하는 기자한테 그럴 리가 없었다. 그나마 엄마에게 축복받은 유전자를 물려받아 그 남자가 잠시 그런 착각이라도 하게 된 거겠지.

은수는 몽롱한 가운데서도 제 팔에 느껴지는 이물감을 느끼면서 차차 상황 파악을 하고 있었다. 어디 응급실에라도 실려 온 거구나. 그런데 눈이 떠지지는 않았다. 여전히 춥고, 한기가 뼛속에 스며 덜덜 떨리고 있었다.

추워……. 너무 추워…….

그때였다. 누군가 제 차가운 손을 잡았다. 따뜻하고 커다란 손이. 다시 눈을 떠 보려고 했지만 기운이 없었다. 그래서 은수는 혼자 되뇌었다.

그 사람 손이었으면 좋겠어. 내게 정성이 가득한, 맛있고 아름다운, 그리고 달콤한 요리를 해 주던 그 남자 손이었으면……. 그랬으면 좋겠어.

"이은수 씨 보호자 되십니까?"

그가 고개를 돌렸다. 옷에 피가 튀어 있는 의사와 간호사가 서 있었다. 막 기운이라곤 하나도 없는 차가운 손이 제 손에 의해 미지근해지고 있을 때였다.

"네, 그렇습니다만."

그는 여전히 손을 잡고 있었다.

"이쪽으로 오시겠어요? 병실에 올라가야 할 거 같으니까. 우선 수납을 하시고 상세 설명 드리겠습니다."

"네."

대답은 했지만, 그는 잡고 있는 가느다란 손을 쉬이 놓지 못했다. 의사가 저쪽으로 성큼성큼 가 버린 뒤에야 그는 겨우 손을 놓고 그쪽으로 향했다.

"야! 이게 뭐야! 내가 전화 받고 날아오는 중이었는데!"

"어…… 엉?"

"괜찮은 거야? 그러게 그냥 내버려 두라고 했잖아. 괜찮아? 혹시 그쪽에서 손 쓴 거 아니지?"

귀청이 떠나갈 듯한 목소리가 암흑에서 저를 끌어 올리고 있었다.

그러면 그렇지. 아까는 꿈이 분명했다. 달착지근한, 깨고 나면 서글픈…… 그런 꿈.

은수는 힘겹게 눈을 떴다. 버석해 보이는 지훈이 시뻘건 눈을 하고 저를 내려다보고 있었다.

"너 이제 다시는 하지 마. 내가 다 알아서 할 테니까."

"됐다. 이 누님이 다 했어. 마이크는…… 내 가방, 내 가방 어디 있어?"

"가방? 물어봐야지. 너 쓰러졌다잖아. 공장 앞에서. 난 너 어디 나쁜 놈한테 일 당한 줄 알았잖아. 신호 위반 몇 개 끊은 줄 알아? 내가 너 때문에……."

끊임없는 잔소리를 하면서 병실 옆에 있는 간이 옷장 속을 뒤지고 있는 지훈을 은수는 겨우 고개를 돌려 바라보았다. 그리고는 저도 모르게 피식 웃고 말았다. 그럼 그렇지. 그 와중에도 그 남자 꿈을 꾸다니. 어쩜 제 본능은 이렇게 도망치고 싶지 않았을지도 몰랐다.

"아주 가방도 물에 텀벙 젖었구나. 어찌 된 거야? 우산이 없다고 이 모양이 됐을 리는 없었을 텐데. 또 빗속에서 주구장창 기다린 거야? 그 마닐라에서 써먹은 대로?"

물기가 뚝뚝 떨어지는 제 샤넬 가방이 커다란 비닐 봉지에 들어 있었다. 쉴 새 없이 부스럭거리면서 안을 뒤지는 지훈이 말했다.

"너 진짜 죽고 싶어 그래? 사람 속을 얼마나 뒤집어 놓으려고 그러는 건데!"

"그만해. 귀 따갑다."

은수가 겨우 한마디 했다.

"귀 따가워도 들어. 너 다시는 그런 무모한 짓하지 마. 알았어? 아무리 특종이 중요해도 너보다 소중한 건 없어."

제법…… 심각했다. 은수는 다시 피식 웃고 말았다.

"닭살 돋는다. 그만둬."

"너 내가 진심이 아닐 거라 생각해? 술김이라고 생각 하냐고."

이래서 만나고 싶지 않았었다. 그러나 지훈은 이 특종의 파트너였다.

"나…… 기운 없는데. 이거 하나만 말할게. 난 너 절대 남자로 안 보여. 내가 다시 태어나면 모를까. 됐다고."

"야! 이은수!"

지훈이 침대로 다가왔다. 영 낯선 이 녀석의 진지한 표정. 보기만 해도 웃음이 날 것 같았다.

"왜 그러는데? 그래, 뭐. 아직 해야 할 일이 남아 있으니까. 그렇지만 내가 누군가 하고 결혼한다면 그건 너야."

입안이 버적버적 마르는 것 같았다. 은수는 기운이 하나도 없지만 이 말은 해야 할 것 같았다.

"재수 없게 그런 소리 하지 마. 난 절대 너랑 살기 싫어. 끔찍해."

"너 그 남자 때문에 그래? 그 주방장?"

주방장…… 그 사람, 류승제라는 이름을 지닌 그 남자……. 그래, 그 남자 때문이야. 하지만 강지훈이 이은수와 어울리지 않는 것처럼 류승제와 이은수도 어울리지 않는 딴 세상 사람이잖아.

"그런 소리 하지도 마. 그게 말이 돼?"

입원 수속을 마치고, 저체온증은 일시적이지만 폐렴 증세가 있는 것 같아 하루 이틀 입원을 하면서 봐야겠다는 의사의 말을 듣고 올라오다 레스토랑에서 급한 전화가 와서 한참 동안 비상계단에서 열을 올리며 통화를 하고 오는 길이었다.

당장 올라가 봐야 할 것 같지만 이 여자를 두고 갈 수가 없었다. 서울로 병원을 옮겨야겠다고 생각하며 승제는 그녀가 있는 1인실로 향했다. 마침 문이 활짝 열려 있었기 때문에 그가 막 인기척을 내려 할 때였다.

“내가 누군가와 결혼한다면 그게 너야.”

저도 모르게 발걸음이 멎었다. 그리고 문득 떠오르는 이름이 있었다.

‘지훈이의 원룸으로 가면 돼요.’

그의 눈썹이 찌푸려졌다. 남의 말을 엿들었다는 오해를 받기는 싫었다. 한 발짝 다가서는데 다시 목소리가 들렸다.

“너 그 남자 때문에 그래? 그 주방장?”

“……그런 소리 하지도 마. 그게 말이 돼?”

질색을 하는 여자의 목소리……. 그는 한동안 그 자리에 서 있다 돌아섰다.

16.

## Consomme 콩소메

으르렁대는 스포츠카는 말없는 도로를 가로질러 달리고 있었다. 어둠이 깊게 내려앉은 도로는 그새 교통 체증이 풀린 덕인지 한적하기만 했다. 계속해서 소실점으로 사라지는 길을 바라보며 그는 무표정하게 핸들을 쥐고 있었다.

딱히 기분 상할 일도 아니었다. 그가 제 마음을 계속 휘저어 대던 무언가에 대답을 정했다고 해서 그녀 또한 저와 같은 결정을 해야 할 이유는 없었으니까. 그러나…… 그럼에도 그의 마음은 복잡했다.

그렇다면 그 밤은 무엇이었을까? 달콤한 와인 덕분에 적당히 나른한 기분과 말랑말랑 분위기에 취해 그저 스쳐 갈 여자와 하룻밤을 즐긴 것이라고. 그냥 그렇게 말할 그런 밤이었나.

그는 고개를 저었다. 이은수는 그런 여자는 아니었다. 그녀는 그렇게 쉽게 흘려보낼 여자가 절대 아니었다.

충동으로 시작했지만 그것이 단지 순간의 일탈로 끝나지 않은 것은 분명 그녀의 선택이었다. 대담하게 제게 손을 내밀던 여자에게서 그는 조금의 주저도, 번민도 발견하지 못했었다.

반대편 차선을 지나는 차들의 헤드라이트 불빛이 스치고 지날 때마다 머릿속에서 플래시가 터졌다. 그리고 그 번쩍이는 불빛 사이로 이은수가 나타났다 사라졌다.

그는 아직 그녀의 안에 있었다. 격렬한 관계 덕에 땀에 젖은 두 사람의 피부는 끈적끈적하게 서로 달라붙었지만 그것이 불쾌하지는 않았다. 가릴 것 없이 몸을 마주 대고 깊이 껴안은, 서로의 온기와 감촉은 마지막 순간을 더 진하게 각인시켰다. 잔뜩 긴장한 몸을 가늘게 떨던 여자가 사지를 늘어뜨리자 그는 여자의 동그란 이마에 깊게 입을 맞췄다.

몸 안을 구석구석 데워 준 열기는 아직도 그와 그녀의 주변 어딘가를 떠돌고 있었다. 혈관을 타고 머리끝에서 발끝까지 파고들었던 강렬한 쾌감의 여운이 온몸을 나른하게 만들었다. 그 노곤하지만 만족스러운 피곤을 느긋하게 즐기는 그와는 달리 여자는 금세 버둥거리며 몸을 일으키려고 했다.

"좀 비켜 주세요."

어딘지 온기를 잃은 여자의 태도에 그는 그녀의 얼굴에 손을 뻗어 저를 바라보게 했다.

"왜 그래요?"

저를 바라보고 있었지만 눈을 마주치지 않는 여자는 볼을 붉히며 더듬거렸다.

"음…… 그게…… 어…… 씻어야겠어요."

제법 하얀 피부를 가진 그녀가 답지 않게 목덜미까지 확 붉히며 하는 말에 그는 아직도 깊게 결합한 서로의 몸을 힐끔 내려다보았다.

아직 놓아주고 싶지 않았다. 가능하다면 이대로 다시…… 여자를 괴롭히고 싶을 정도로.

하지만 자신을 외면하듯 고개를 옆으로 돌린 채 어쩔 줄 몰라 하는 여자를 보니 제 욕심은 그저 욕심일 뿐이었다. 그는 짙은 한숨을 뱉으며 몸을 일으켰다. 말랑말랑하고 따스한 여자를 품에서 놓아주자 그 자리를 대신 싸늘한 공기가 차지했다.

바닥에 떨어진 옷가지로 애써 몸을 가리며 욕실로 사라지는 여자를 보며 그는 기이한 상실감을 느꼈다. 그것이 단순히 제 품에서 사라진 여자의 체온 때문이라고 하기엔 그 간격이 너무 컸다.

승제는 숨을 깊게 마시며 느리게 눈을 감았다. 예리한 칼이 제 몸 어딘가를 베어 내고 그곳으로 찬바람이 스치는 것처럼 시려 왔다.

그것이 못 견디게 거슬렸다고 하면 이상한 걸까?

아득하게 느껴지는 공허를 어쩌지 못하고 그는 자리에서 일어섰다. 그는 본능이 속삭여 대는 대로 여자가 있는 욕실로 빠르게 걸음을 옮겼다. 욕실이 가까워질수록 자꾸만 마음이 조급해졌다. 당장 여자를 제 품에 끌어안아야만 할 것 같은 절박함이 그를 사로잡았다.

막 욕실 앞에 다다랐을 때 무언가 요란한 소리가 안에서 들려왔다. 머리가 상황을 판단하기도 전에 그의 몸이 제멋대로 문을 열고 안으로 들어섰다.

"괜찮아요?"

매끈한 몸을 구부린 채 바닥에 잔뜩 쏟아진 것들을 줍던 여자가 그의 목소리에 깜짝 놀라 손에 든 것들을 다시 떨어뜨리며 몸을 웅크렸다.

"아…… 그게 수건을 꺼내려다가……."

다가서는 제 모습을 바라보는 여자의 눈빛이 사정없이 흔들리는 것을 알면서도 그는 걸음을 멈추지 않았다.

"어디 다치지 않았어요?"

"괘…… 괜찮아요."

격하게 여자가 고개를 저었지만 그는 그녀의 몸을 일으켜 제 눈으로 직접 확인을 해야 했다. 늘 덜렁대는 여자는 자기 자신이 다친 것도 모르기 일쑤였기 때문이었다.

"이은수 씨는 도대체 안심이 안 되는군요."

한숨처럼 나온 말에 은수가 입술을 삐죽거렸다.

"그냥 수건만 하나 꺼내려던 것뿐이에요."

그녀의 말대로라면 그럼에도 불구하고 입욕제며 치약, 칫솔을 바닥에 잔뜩 쏟아지게 만든 건 대단한 재주였다.

"글쎄…… 어떤 의미로 보면 대단한 능력이긴 하군요."

신랄한 어조로 대꾸한 그가 바닥의 물건들을 주워 세면대 옆에 대충 쌓아 두었다. 그리고 환한 욕실 불빛에 어쩔 줄 모르고 있는 여자의 손을 잡았다.

"이리 와요."

"어…… 어딜요!"

당황한 여자가 말을 더듬는데도 그는 그녀를 샤워부스 안으로 끌고 들어갔다.

"뭐 하는 거예요?"

샤워기의 물을 트는 그를 보며 하는 말에 승제는 팔을 뻗어 그녀의 허리를 끌어안았다.

"도무지…… 안심이 안 되니까."

그리고는 내내 그러고 싶었던 대로 여자의 입술을 베어 물었다. 로제 와인의 향기도 라타쉐의 맛도 사라진 지 오래였지만 여자의 입술은 여전히 달짝지근했다. 그 달짝지근한 입술을 야금야금 맛보던 그는 여자의 입안을 파고들어 도망치는 혀를 잡아채고 그녀가 뱉는 가쁜 숨마저도 삼켜 버렸다.

숨 쉴 틈도 주지 않고 여자를 몰아붙였지만 이상하게도 타는 듯한 갈증은 도무지 풀릴 생각을 하지 않았다. 거칠게 여자의 입안을 헤집어 놓던 그는 그녀의 하얀 목덜미로 입술을 미끄러뜨렸다. 매끄러운 살결에서 나는 향기가 그를 더 견딜 수 없게 만들었다.

아직 데워지지 않은 차가운 물이 등을 때리고 있었지만 그의 관심은 온통 달뜬 숨을 토해 내는 여자에게 있었다. 쇄골을 더듬던 그의 입술이 가슴에 닿자 헉 하고 숨을 들이켠 여자가 승제의 머리를 감싸 쥐었다.

미지근하게 데워진 물이 여자의 몸을 타고 흘렀다. 그의 입이 닿기도 전에 이미 빳빳하게 곤두선 가슴 끝을 잘근거릴 때마다 여자가 흐느끼듯 신음을 뱉었다. 물이 데워지는 속도보다 몸이 더 빠르게 달아올랐다.

반대편 가슴으로 입술을 옮기자 기대감에 젖은 여자가 바르르 몸을 떨며 한숨을 토해 냈다. 샤워부스 안이 금세 데워진 물의 뜨거운 수증기와 여자가 내뱉은 달콤한 숨으로 가득 찼다. 머릿속이 온통 이 여자 때문에 엉망으로 헝클어지고 흐물흐물 녹아내렸다.

어쩌면 처음, 난장판이나 다름없는 응급실의 한가운데서 소스가 잔뜩 묻은 블라우스를 입고 저를 향해 턱을 치켜 올리며 당당하게 기사를 요구하던 여자를 마주했을 때부터 이렇게 될 걸 알고 있었을지도 모른다.

그래서…… 그래서 이 여자가 그렇게 거슬렸었나…….

다시 매끈한 목을 입술로 더듬어 올라가던 그는 심술궂은 미소를 지으며 여자의 귓불을 세게 깨물었다. 헐떡이는 여자를 괴롭히듯 도톰한 귓불을 깨물고 핥으며 격한 숨을 토해 냈다. 진저리를 치듯 바들거리는 여자가 그의 어깨에 매달리며 늘씬한 다리로 그의 다리를 휘감았다.

쭉 뻗은 여자의 허벅지를 쓰다듬던 그의 손이 그녀의 엉덩이를 잡고 제게 끌어당겼다. 서로 맞닿은 중심이 순식간에 그의 남은 여유를 훔쳐 갔다. 물어뜯듯 입을 맞추는 그를 여자가 열기로 잔뜩 흐려진 눈으로 올려다보았다.

더는…… 참을 수 없었다.

제게 매달리는 여자를 밀어내듯 떼어 낸 그가 그녀의 몸을 돌려 뒤로 껴안았다. 놀란 그녀가 숨을 들이켜는 소리가 들렸지만 그는 무심하게 여자의 목덜미를 핥으며 가슴을 움켜쥐었다. 손을 내려 여자의 다리 사이를 만지작거리자 몸을 활처럼 뒤로 젖힌 그녀가 그의 어깨에 머리를 기대 왔다.

목과 어깨가 맞닿는 경계선에 깊게 입을 맞춘 그는 여자의 엉덩이를 움켜쥐고 경고도 없이 그녀의 안으로 깊게 파고들었다. 갑작스러운 압박에 여자의 억눌린 신음 소리가 물줄기 사이로 흩어졌다.

여자의 등줄기에 입을 맞추며 그는 격렬하게 몸을 움직였다. 질펀하게 살이 부딪히는 소리가 욕실 가득 울렸지만 그것조차 느낄 수가 없었다. 단지 오감을 채운 것은 삼켜도 삼켜도 부족한 이 여자, 하나뿐이었다. 그는 기갈이 난 것처럼 여자를 파고들었다. 달뜬 손으로 가슴을 움켜쥐고 어깨를 물어뜯고 여자의 향기로 폐를 채웠다.

멈출 수가 없었다. 그 끝이 무엇이 존재하듯 그는 이제 이 여자를 놓을 수 없다고 생각했다. 거칠게 맞부딪히던 몸이 움직임을 멈추자 여자가 고개를 돌려 그의 입술에 깊게 입을 맞췄다. 그 달큰한 입술을 삼키며 그는 그녀도 같은 마음이라 생각했었다.

하지만…… 그는 쓴웃음을 지었다. 아무래도 제 생각은 틀린 모양이었다. 귓가에 반복적으로 재생되는 여자의 목소리는 다른 이야기를 하고 있었으니까.

'……그런 소리 하지도 마. 그게 말이 돼?'

지훈이라는 남자 앞에서 저를 부정하는 말을 듣고 그는 더 할 말이 없어지고 말았다. 그 자리에 제가 있어야 할 이유마저도.

제게 무언가를 남긴 그 밤이 여자에게는 어떤 흔적도 남지 않은 밤일 수도 있었다. 그러니 그녀의 바람대로 그냥 그렇게, 그대로 잊어 줘도 좋을 터였다.

무언가에 의미를 두지 않고 산 세월은 길었다. 그런 것 따위 어려운 일도 아니었다.

승제는 피곤한 듯 눈가를 쓸어내렸다.

어려운 일이 아닌데도 그의 머릿속은 온통 그녀였다. 가쁘게 내뱉던 달큰한 숨결도 폐를 가득 채우던 여자의 향기와 엉뚱한 짓을 저질러 놓고 어색하게 웃던 그 웃음까지도 그를 놓아주지 않고 계속 괴롭히기만 했다.

번잡스러운 속을 정리하지 못하고 상념에 빠진 그를 깨우듯 전화가 요란하게 울렸다.

"여보세요."

〈접니다.〉

별생각 없이 핸들의 버튼을 눌러 블루투스로 연결된 전화를 받은 그는 뜻밖인 상대의 목소리에 복잡한 생각에서 벗어날 수 있었다.

"오랜만이군."

〈죄송합니다. 계속 꼬리를 놓쳐서 흔적을 쫓느라 늦었습니다.〉

"그래서 어떻게 됐어?"

〈찾았습니다.〉

남자의 대답에 승제는 잠시 할 말을 잊었다. 제가 계획하고 실행한 일이었지만 한동안 까맣게 잊고 있을 정도로 진척이 없던 일이었다.

"확실한 거야?"

〈또다시 옮겨질 가능성도 있습니다. 저번 강원도 일 이후로 그쪽에서도 조심하고 있으니까요.〉

"거기가 어디지? 나도 가는 게……."

〈아뇨. 안 그러시는 게 좋습니다. 아시잖습니까? 사장님이 나서 봤자 도움이 되지 않습니다. 시간이 좀 걸릴 겁니다. 확실해지면 다시 연락드리겠습니다.〉

그의 말을 자르고 제 할 말만 빠르게 쏟아 낸 상대는 승제의 대답을 기다리지도 않고 전화를 끊었다. 아마 다시 연락한다고 해도 소용없을 가능성이 높았다.

오랜만에 온 연락임에도 그는 큰 기대를 하지 않으려 애를 썼다. 벌써 2년이 넘게 시간과 돈을 투자했지만 손에 쥔 것은 그다지 없는 일이었다.

죽어서 세상에 없어진 것이 아님에도 세상은 쉽게 잊고 쉽게 그 흔적을 지워 버렸다. 그나마 그 긴 세월에도 그 누군가를 잊지 않고 기억하는 건 그를 포함한 딱 두 사람뿐이었다. 그리고 그중 제일 간절하던 한 사람은 이미 포기해 버린 일이었다.

아무리 소중한 사람이라 하더라도 그 의미가 긴 세월에 희미하게 바래기란 얼마나 쉬운가? 잊기는 쉬웠고 기억하기는 어려운 세상이었다. 그래서 스쳐 가는 인연들에 의미도, 미련도 두려하지 않았다. 그에게는 희수의 존재 하나만으로도 이 세상에 갚아 줘야 할 것들이 많았다. 거기에 누군가를 더 할 생각은 조금도 없었다.

그럼 이은수는? 그 여자는……? 꾹, 꾹…… 일부러 제 속에서 튀어나오는 것을 밟아 누르려고 했다.

하지만 이은수를 그저 그렇게 스쳐 가는 여자로 남겨 둘 수는 없었다. 그리고 저 또한 그녀에게 시간이 지나면 희미하게 사라질 그런 존재로 남고 싶지 않았다. 그렇게 하기엔 그녀는 그에게 너무 깊숙이 다가왔었다.

제 속은 선뜻 대답을 하지 못했지만, 제 손은 대답하고 있었다. 눈앞에서 보이는 커다란 이정표를 보고는 저도 모르게 방향지시등을 켜고 말았다.

그리고 굵게 이어지는 길에 가지처럼 뻗은 분기점이 나오자 그는 핸들을 꺾어 차를 돌렸다. 잠시 동안 차를 다시 돌려야 하나 고민 비슷한 걸 하긴 했지만, 그는 돌아가는 길이 있는데도 불구하고 기어를 바꾸어 막 뚫리기 시작한 고속도로를 요란한 소리를 내면서 질주했다.

먼 훗날 이은수를 기억할 때 떠오르는 단어가 후회가 되게 할 수는 없기 때문이었다.

"좀 더 먹어."

응급실에서 병실로 올라간 시간은 이미 저녁때가 한참 지나 있었기 때문에 지훈이 나름 신경을 쓴다고 병원 앞 24시간 죽집에서 전복죽을 사 들고 온 길이었다.

"응."

은수는 성의 없이 고개를 끄덕이며 물기 없이 빡빡해진 죽의 듬성듬성 박힌 전복을 뒤적거리다 겨우 한입을 삼켰다.

"왜 맛이 없어?"

"아니, 아니야. 그냥 좀…… 입맛이 없네."

먹어 보려 애를 썼지만 비린 냄새를 견디지 못한 은수는 결국 뒤적이던 죽의 뚜껑을 닫고 지훈을 바라보았다.

"너 안 가?"

"네가 이 꼴인데 어딜 가?"

제법 애틋한 소리에 은수가 혀를 찼다.

"오버하지 마."

"제발 내 말 흘려듣지 마. 나 진짜 진심이야."

싸울 기운도 없었다. 애는 왜 이렇게 길바닥에 누워 떼를 쓰는 어린애처럼 구는 걸까?

"너야말로 내 말 좀 들어. 시간이 아무리 지나도 나는 너랑 친구 아닌 다른 건 되고 싶지 않아."

"이은수!"

은수는 듣기 싫다는 듯 이불을 끌어당기며 자리에 누웠다.

"너 제발 가라."

답답함을 참지 못한 듯 머리를 벅벅 긁으며 병실 안을 서성이던 지훈이 은수의 침대 맡으로 다가왔다.

"여기 1인실이라 샤워기도 있네, 나 좀 씻고 올게. 너 찾다가 나도 비 쫄딱 다 맞았거든."

"야, 미쳤어?"

은수는 소리를 빽 질렀다. 그러나 그게 과했는지 어찔한 은수는 윗몸을 일으켰다가는 다시 털썩 드러눕고 말았다.

"은수야! 괜찮아?"

"네가 여기 있으면 내가 안 괜찮다. 간호사 부르기 전에 가."

"안 간다니까. 너 데리고 갈 거야."

"넌 어쩜 그렇게 네 생각만 하니. 제발 좀 어디 근처 찜질방이라도 가라. 응? 가서 냄새나는 머리 좀 감고 한잠 자. 환자 괴롭히지 말고."

은수의 목소리는 더욱더 기운이 빠져 있었다. 바락바락 우겨 보려던 지훈이 보기에도 영 시원찮아 보였다.

"나 없어도 되겠어? 너 화장실도 가야 하고……."

"죽고 싶니? 너 없어야 되거든. 가라. 응? 그냥 서울로 가도 되고."

"이은수!"

"가라, 제발. 좀 자자."

은수의 기운 없는 소리에 지훈도 한풀 꺾인 것 같았다. 정말이지 힘들어 보였으니까.

"알았어. 요기 옆에 무슨 사우나인지 있더라. 전화기 옆에 놓고 있을 테니까 무슨 일 있으면 바로 연락해. 알았어?"

입을 열기도 귀찮았다. 절대 연락 따위 할 일이 없을 거 같았지만 그러지 않으면 절대 가지 않을 거 같아 은수는 고개를 끄덕였다. 그럼에도 불구하고 발이 안 떨어지는지 지훈은 한참이나 꾸물거렸다.

아무리 지훈이 저렇게 나와도 그녀는 녀석이 남자로 보이지 않았다. 아니, 그게 아니라 배신감이 들었다. 친구라고 믿었건만 저 녀석은 절 계속 여자로 봤기 때문에 옆에 있었다는 이야기 아닌가? 철석같이 믿고 있던 우정이 휴지통에 처박히는 기분이었다.

지금 캐고 있는 기사만 아니라면 당분간 피하고 싶을 정도로 그녀는 피곤해졌다.

때마침 인터뷰까지 따냈으니 기사를 정리하고 터뜨릴 때만 노리면 되는 일이었다. 그러니 당분간은 녀석이 생각을 정리할 시간을 주어도 좋을 듯했다. 대답 없이 은수가 등을 돌리고 누워 있자 한숨을 푹푹 내쉬던 지훈이 결국 병실을 나가고 말았다. 발소리가 멀어지자 은수는 머리끝까지 덮고 있던 이불을 내리고 창밖을 바라보았다.

경치라고는 볼 것도 없는 낡은 병원 건물의 벽과 그 너머 도심의 불빛만이 멀리 보일 뿐이었다. 손바닥만 한 하늘이 검게 변한 지도 오래였다.

휑한 1인 병실은 지훈마저 나가 버리자 병원 특유의 건조한 냉기만 남았다. 어깨에 스미는 차가운 기운에 이불을 끌어 올리던 은수는 쓸데없이 고요한 1인용 병실 안을 둘러보며 고개를 저었다. 무슨 생각으로 1인실을 잡은 건지. 고백을 하더니 지훈이 녀석이 정신이 나간 모양이었다. 내일 아침에 당장 퇴원을 해야겠다 생각하며 은수는 몸을 뒤척였다.

깊은 밤, 병실 밖 복도의 불빛만이 환한 정적 속에서 생각은 당연히 종일 제게 전화를 걸던 남자에게로 향했다.

무슨 말을 하려고 계속 전화를 한 걸까?

꿈결에 희미하게 스쳐 갔던 남자의 얼굴이 떠올랐다. 싸늘한 남자의 얼굴은 화가 난 듯 잔뜩 굳어 있었다. 하지만…… 이상하게도 차가운 제 손에 느껴지던 온기는 따스하기만 했다.

현실의 그도 그렇게 화가 나 있을까? 아니면 자신이 저지른 실수를 후회하고 있을까? 부재중 전화가 잔뜩 찍혀 있을 그녀의 전화기는 이미 배터리가 바닥나 꺼진 지 오래였다. 충전을 해야 했지만 은수는 그냥 침대 옆의 간이 옷장에 던져두고 말았다.

다시 전화가 울리면 대체 무슨 말을 해야 하나.

제가 저지른 일이었지만 당황스러웠다. 알고 있다. 그 남자가 단지 하룻밤 단꿈의 상대라 할지라도 제게는 과한 존재라는 걸.

하지만 그렇다고 해서 단지 하룻밤의 대가로 저란 존재가 그에게 지우고 싶은 기억이 되고 싶지 않았다. 정말 소중한 존재가 되지 못할 바에야 차라리 그 남자의 기억에 그저 열성 과한 기자로 남아 가끔 마주치게 되면 예의상 웃음이라도 지으며 인사할 수 있는 사람이 되고 싶었다.

그렇지만…… 이제 그녀는 그 남자가 저지른 실수로 남고 말았다.

끙, 은수는 신음을 삼키며 무거운 한숨을 내쉬었다.

남자가 멈추려 할 때 그만뒀어야 맞았다. 그랬다면 적어도 다음 날 아침 어색한 웃음으로 그저 와인이 만든 해프닝이겠거니 했을지도 모른다. 무슨 생각으로 불에 기름을 붓듯 남자를 부추기고 대담하게 굴었던 걸까? 무언가에 단단히 홀린 게 분명했다.

그게 그 키스를 부른다던 와인이든 저나 남자가 속을 털어놓듯 나누던 수다가 만든 달짝지근한 분위기든, 아니면 보고 있는 것만으로도 황홀해지는 그 남자든……. 제가 미쳤던 게 분명했다. 하지만 그 순간에 이성을 찾기란 불가능한 일이었다.

화려한 파티 뒤에 근사한 남자가 만들어 준 맛있는 음식에 이름도 어려운 와인들에, 그 말랑말랑한 분위기는 술이 아니라 제 앞에 앉은 남자에게 취하게 만들었다. 게다가 그 남자는 늘 제 속 어딘가를 울렁이게 만들던 사람이었다. 다시 그때로 돌아간다고 해도 제가 다른 선택을 할 거란 자신은…… 없었다.

이제 와 후회를 해 봐야 소용없는 일이었건만 그래도 은수는 베개에 머리를 박으며 자신을 탓했다.

"어쩌자고……."

벌써 수십 번 중얼거렸던 말을 중얼거리며 은수는 간호사가 침대 위에 깔아 준 방석만 한 전기장판에 몸을 웅크렸다. 빗속에서 차갑게 얼었던 몸이 노근노근 풀리자 금세 잠이 몰려왔다.

몽롱해지는 의식을 비집고 혀가 썩을 정도로 달달한 남자가 파고들었다. 늘 미소조차도 인색한 남자가 싸늘한 모습을 버리고 거칠게 입을 맞추던 순간이 생생하게 재생되었다. 현실에서는 욕심내기도 버거운 남자지만 꿈이니까. 실수라고 후회하지 않아도 괜찮은 꿈이니까.

오늘만, 오늘만은 이 당분 가득한 꿈에 빠져 있고 싶었다.

"어머, 어디 다녀오셨나 봐요?"

그를 알아본 간호사가 복도를 지나는 승제에게 말을 걸었다.

"아, 네."

짧게 대꾸한 그와는 달리 간호사는 뭔가 말을 더 걸어 보고 싶었던지 묻지 않은 말을 친절하게 알려 주었다.

"아까 체온 재러 다녀왔는데 손님은 가셨나 봐요. 이은수 씨는 주무시고 있어요. 체온도 이제 정상이고 걱정 안 하셔도 될 것 같아요."

"감사합니다."

과한 친절이었지만 꼭 필요한 사실을 전해 주었기에 승제는 고개를 슬쩍 기울여 인사를 했다.

흐릿한 취침 등만 켜진 병실은 잠잠했다. 커다란 병실 한쪽에 덩그러니 놓인 침대에는 간호사의 말대로 여자가 잠들어 있었다. 여전히 파리한 안색이 걱정스러웠지만 다행스럽게도 보랏빛이 돌던 입술은 희미하지만 제 색을 찾고 있었다. 침대 옆에 있는 철재 의자를 끌어당겨 앉은 그는 긴 운전으로 피곤해진 눈가를 쓸어내렸다.

아이처럼 웅크리고 잠이 든 여자는 그의 속이 어떤지도 모르고 평온해 보였다. 한참을 그녀를 바라보고 있던 그는 팔을 뻗어 이불 속에서 빠져나와 있던 여자의 손을 잡았다. 파리하던 입술이 제 색을 찾은 것처럼 체온을 되찾은 손은 따스했다.

여자의 손끝을 만지작거리던 그는 침대의 안전 바에 이마를 기댔다. 그녀를 기다린 하루는 길고 감정의 소모는 컸다. 게다가 길가에서 낭비한 시간도 엄청났다. 이미 지친 머릿속은 썰렁한 집으로 돌아가 쉬기를 종용하고 있었지만, 그는 텅 빈 그 커다란 집에 혼자 들어갈 자신이 없었다.

유일하게 그 집에서 제가 여자를 위해 음식을 만들었던 커다란 주방과, 그리고 그 옆에 있는 와인렉, 그리고 제 침실이며 욕실까지……. 도우미가 모든 흔적을 없앴을 거라는 걸 알지만, 그의 머릿속은 그러지 못할 거라는 걸 잘 알고 있었다. 그리고 여기 이 병실에 누워 있는 이 여자를 어쩌지 않고는 그 어떤 것도 제자리로 돌아갈 수 없을 거라는 것도 알고 있었다.

처음 만날 때부터 그의 심장을 널뛰게 만들었던 여자는 그를 자꾸 소박하게 만들었다. 승제는 제 자신을 자조하며 비틀린 웃음을 지었다. 그때 쥐고 있던 손이 꼬물꼬물 움직이며 그의 손에서 빠져나갔다.

고개를 들자 어느새 눈을 뜬 이은수가 그를 바라보고 있었다.

"류승제 씨?"

저를 부르는 여자의 목소리에 의아함이 가득했다.

"좀 괜찮은 겁니까?"

그의 물음에 그녀가 동문서답을 하듯 질문으로 대답했다.

"왜 여기에 있어요?"

여자가 묻는 말에 담긴 달갑지 않은 기운에 그가 눈가를 찡그렸다. 왜냐니? 몰라서 묻는 걸까?

"이번에는 또 뭡니까? 일부러 차도 줬는데 비는 왜 맞고 있었습니까?"

그녀처럼 승제 또한 질문으로 대답하자 몸을 일으킨 여자가 웅얼웅얼 대꾸를 했다.

"취재하다 보니 그랬어요. 차는…… 거기 있으니까 내일 퇴원하면서 가지고 갈게요."

당당함 빼면 아무것도 남지 않는 듯 늘 턱을 치켜들고 한 마디 말도 지지 않던 여자가 제 눈을 슬슬 피하는 모습에 그는 왠지…… 화가 났다.

"자학이 취미도 아닐 텐데 취재할 때마다 이은수 씨는 병원 신세를 지게 되는군요. 취재 방법을 바꿔야 하는 거 아닙니까?"

"그런 거 아니라고 했잖아요. 오늘은 그냥 내 진심을 보여 줘야 했어요. 너무 내가 쉽게 생각해서 실수할 뻔했으니까. 그 실수를 만회하려고 노력한 것뿐이란 말이에요."

그를 향해 고개를 든 은수가 천천히, 그러나 힘주어 대답했다.

"누구에게 말입니까? 그 사람이 꼭 이은수 씨가 그렇게 비를 맞고 길바닥에 쓰러져야만 취재에 응해 준다고 했습니까?"

그는 다분히 화가 났었다. 이런 가냘픈 여기자가 꼭 그렇게 빗속에서 쓰러질 때까지 그놈의 '일'이란 걸 해야 한다는 게 도무지 이해가 가지 않았었다.

기자란 경찰청이니 국회니 하는 데서 마이크든 휴대폰이든 들고 잘못했음에도 불구하고 뻔뻔스러운 사람들에게 그랬냐 안 그랬냐고 무의미한 질문을 하면서 뛰어다니거나, 혹은 거창한 기자회견장에서 손이 안 보이도록 컴퓨터 자판을 두드리는 것밖에는 생각해 본 적이 없었기 때문인지도 몰랐다.

그러나 은수는 오히려 이런 말을 하는 그를 이해할 수 없었다. 제가 잘못한 게 있긴 했지만, 그래도 제 일을 이런 식으로 매도하는 것은 그냥 넘길 수 없었다.

"제가 취재를 해야 하는 그분도 자신의 일생이 걸린 중대한 결정이었어요. 그러니까 제가 빗속에서 마음이 변할 때까지 기다리는 것쯤은 얼마든지 할 수 있었다구요."

은수의 단호한 대답에 그는 어이가 없어졌다. 이 여자는 대체 제 몸 하나 아낄 줄도 모르는 건가?

"얼마나 대단한 인터뷰를 해 줄 사람인지는 모르겠지만, 이은수 씨 같은 여자가 빗속에 하루 종일 서 있어야만 인터뷰를 응해 줘야 하는 사람이었군요. 좋습니다. 그렇지만 적어도 내 전화는 받을 수 있었던 거 아닙니까? 몇 번이나 전화했는데, 설마 몰랐습니까?"

저도 모르게 화가 났다. 제가 하루 종일 아무것도 제대로 하지 못하고 전화기에 연연했었지만, 이 대단한 기자님은 그것 따위 상관없었다는 사실이, 그리고 제가 다시 이 자리에 와 있다는 것까지도.

"그…… 그거야."

은수의 말이 이어지지 못하는 것을 보고 그는 오히려 화가 누그러지는 걸 느꼈다.

"왜 전화 안 받았습니까?"

"안 받은 게 아니라……."

"그럼 못 받은 겁니까?"

대답하지 않는 여자를 싸늘하게 바라보며 그는 제 확신에 못을 박았다.

"그게 아니겠죠. 인터뷰할 사람의 전화는 기다렸을 테니 내 전화는 못 받은 게 아니라 안 받은 거 아닙니까?"

은수는 대답을 못 하고 입술을 깨물었다. 이런 식으로, 이런 식으로 이 남자와 대화를 하고 싶은 게 아니었다. 눈을 떴을 때, 이 남자가 제 눈앞에 있다는 사실 하나만으로도 제 심장은 놀라서 화르륵 녹아 버리는 듯했다. 실수이고, 잘못이었고, 아무것도 아니라고 말해 보아도 적어도 이 사람이 눈앞에 있는 순간은…… 기뻤으니까.

"맞아요. 안 받았어요."

오랜 망설임 끝에 조용히 나온 그녀의 대답에 그는 저도 모르게 얼굴 한구석이 얼어붙는 것 같았다.

"혹시 어젯밤도 오늘 이은수 씨가 했다는 실수처럼 그냥 실수였습니까?"

결정적인 한마디에 은수가 초조하게 제 손을 문지르더니 머뭇머뭇 대답을 했다.

"……모…… 모르겠어요."

그가 원한 답은 이런 게 아니었다. 아니, 이게 예견된 것이라 해도 차마 이 여자의 입에서 이런 말이 나오도록 종용할 생각은 없었다. 그런데 일은 이렇게 되고 말았다.

"그랬군요."

아까 이 병실을 지키고 있던, 이 여자에게 밍밍한 키스 따위를 선사했음이 분명한 그 남자가 떠올랐다. 승제는 천천히 자리에서 일어섰다. 철재 의자가 바닥을 긁는 소리가 요란했다.

"한밤중에 찾아와서…… 미안하군요. 몸조리 잘해요."

건조한 대답을 하면서 그가 돌아섰다. 리놀륨 바닥에 닿는 제 구두 소리가 끔찍하기만 했다. 하지만 여기까지였다. 도망가는 여자를 괴롭히고 싶은 마음은 애초에 없었다. 그녀가 아니라면 그냥 아닌 거니까. 제 마음은 제 마음대로 그녀의 마음은 그녀의 마음대로. 강요하고 싶지는 않았다.

감정을 드러내지 않으려고 애쓴 시간만큼, 그가 체득한 또 다른 삶의 방법은 체념이었다. 제 것이 될 수 없는 것에 대한 빠른 체념. 분명 돌아서면 후회할 것이 뻔하지만, 우겨 봤자 우스워질 뿐이라는 건 쓰라린 경험의 반복된 고찰에서 얻은 결론이었다.

뚜벅뚜벅 구두 소리를 내며 멀어지는 남자를 은수는 멍하니 바라보고 있었다. 이대로 가 버리면 다시 오지 않을 게 분명했다. 그냥 느낌이 그랬다. 이렇게 이 남자를 보내면 아마 죽을 만큼 평생을 두고 후회할 것만 같았다. 그러니까 제가 아침에 느꼈던 그 마음을 조금이라도 설명하고 싶었다.

"승제 씨, 잠시만요."

용기를 내 불렀건만 막 병실을 나서기 위해 문을 열다 뒤돌아서는 남자는 냉랭하기만 했다.

"더 할 말이 남았습니까?"

취침 등만이 켜진, 덜렁 하나만 있는 침대에 비를 맞아 형편없이 엉망이 된 머리카락을 한 채 입술 끝이 바싹 메마른 여자가 해쓱해진 얼굴로 자신을 쳐다보고 있었다. 병원 이름이 주루룩 박힌 헐렁한 환자복 사이로 가냘픈 목을 내밀고, 한쪽 팔에는 덕지덕지 반창고로 붙여진 링거 줄이 이어져 있었다.

어제, 아니 이제 열두 시가 넘었으니 그제만 해도 등이 훤히 드러나는 섹시한 드레스를 입고 긴 속눈썹을 드리운 채 사람 속을 뒤집어 놓을 정도로 매혹적인 미소를 지으면서 와인잔을 내밀던 여자였다. 그리고 그의 품에서 제 속을 녹여 버릴 듯한 소리를 애써 삼키며 파르르 떨던 여자였다.

그는 저도 모르게 입술을 깨물면서 말했다.

"뭐…… 더 할 말 있습니까?"

은수는 멈춰 선 그를 보고 머릿속이 멍해졌다. 이대로 저 남자가 등을 돌리고 가 버리면 어찌 되는 걸까. 난 왜 이 사람의 전화를 받지 않은 거지? 왜?

"여기…… 왜 오셨어요?"

바보 같은 제 입에서는 엉뚱한 소리만 나왔다. 그 순간 남자는 쓰게 웃고 말았다. 아마…… 어이가 없어서겠지.

"당연한 거 아닙니까? 이은수 씨가 아프니까. 그렇지만 그럴 필요가 없었던 거 같군요."

그의 목소리는 어딘가…… 쓸쓸했다. 그래서 은수는 용기를 냈다.

"미안해요."

"뭐가 말입니까?"

그가 되물었다.

"전화 받지 않은 거요. 나는 그게…… 실수라고 생각했어요."

"……."

그는 대답을 하지 않았다. 그게 실수였을까? 이 여자는 그렇게 생각하고 있었을까. 딱 한마디만 하고 싶었다. 여기서 끝이라 할지라도.

"난 아니었습니다. 하지만 그것 때문에 뭔가 부담스러웠다면, 없었던 일로 해도 괜찮습니다."

오히려…… 마음이 편해졌다. 이은수라는 여자에게 그는 늘 진심을 보고 있었다. 실수를 하든, 혹은 제게 술수를 부려서 기사를 따내려 했든 간에 그는 어느샌가 이 여자가 진심이었을 거라 생각하고 용서하고 있었는지도 몰랐다.

그게 제 실수였는지는 모르겠지만 그는 그랬다. 여자의 웃음이, 여자의 맛있게 먹는 모습이, 여자의 말이 모두 진심같이 느껴졌기에 그는 매사에 싸늘하게 굴면서도 여자를 외면하지 않았는지도 몰랐다.

그런데…… 여자에게 그것들이 아무 의미도 없었다니……. 그는 씁쓸해졌다. 그래도 확실한 대답을 들었으니 다행이었다. 갑자기 부글거리던 속이 일시에 가라앉는 느낌이었다.

"아니요! 류승제 씨!"

은수가 소리쳤다. 공허한 병실에 그녀의 목소리가 울렸다. 그의 발걸음이 멎었고, 물끄러미 저도 모르게 열을 낸 은수의 새빨간 볼을 바라보았다.

은수는 제 심장이 바로 귀 옆에서 쿵쾅거리는 듯한 소리를 들었다. 저를 괴롭히던 남자의 달콤한 입술이, 어둠 속에서 느꼈던 이 남자의 달큰한 땀 냄새와 절정에 다다른 남자의 거친 숨소리가 머릿속을 뒤흔들었다. 그리고 저를 다독거리는 따듯한 손길이 떠올랐다.

그건…… 단순한 유희 따위가 아니었다.

"미안해요."

"미안할 거 없습니다."

그가 체념한 듯 천천히 대답했다. 그러나 은수는 격하게 머리를 가로저으며 두서없이 말을 쏟아 냈다.

"아뇨. 미안해요. 난…… 내가 그러면 안 되는 거라 생각했어요. 승제 씨는 대단한 사람이잖아요. 내가 그냥 취재조차 할 수 없는 그런 대단한 쉐프니까. 나랑 류승제란 사람은 다른 세상의 사람이니까. 그냥 술기운에 취해서…… 그래서 그랬을 거라 생각했어요. 내가 류승제란 사람에게 뭔가가 될 수는 없는 거니까, 그러니까 그건 그냥 실수일 뿐이라고…… 그렇게 생각해야 한다고…… 그래서 그런 거예요."

"……무슨 말입니까?"

그가 되물었다. 그러나 은수는 뭐라 대답을 해야 할지 알 수가 없었다. 기자로서 말을 조리 있게 잘한다는 칭찬을 누누이 들었지만, 저를 쳐다보고 있는 저 남자에게 뭐라 말을 해야 할지 알 수가 없었다. 그래서 결국 그녀가 원하는 한마디 말만을 할 수밖에 없었다.

"가지 말아요."

포크에 팔이 찔리고 이마가 다쳐 피를 흘리고도 씩씩하던 여자가 울 것 같은 얼굴을 하고 그를 바라보고 있었다. 잠시 굳은 듯 서 있던 그는 반쯤 열린 문을 닫고 여자를 향해 성큼성큼 걸음을 옮겼다.

◈

수면실의 뜨끈한 바닥에 누워 깜빡 잠이 들었던 지훈은 무엇인가에 놀라 잠을 깨고 말았다. 금방 사라지고 마는 불길한 꿈의 흔적에 뒤숭숭한 얼굴로 뒷머리를 쓸던 그는 벽에 걸린 시계를 보고 서둘러 몸을 일으켰다.

계속 이어지는 출장에 취재에 게다가 은수랑 파고 있는 그 일까지. 피곤은 쌓이기만 하고 풀릴 줄은 몰랐다. 그래서 잠깐만 쉰다는 게 어느새 날이 밝도록 정신없이 자고 말았다. 서둘러 옷을 갈아입고 병원으로 향한 지훈은 은수의 병실 문을 열고 황당해지고 말았다.

"너 뭐 하는 거야?"

링거를 꽂고 환자복 차림으로 누워 있어야 할 그녀가 어느새 옷을 갈아입고 병실 한가운데에 서 있었다.

"집에 가려고."

뚱딴지같은 소리에 지훈은 버럭 소리를 질렀다.

"집? 무슨 소리야? 이제 입원했는데 어딜 간다고……."

화를 내듯 말을 쏟아 내는 도중 은수의 시선이 지훈의 뒤로 향했다.

"왔어요?"

창백한 그녀의 얼굴에 순식간에 환하게 피어오른 미소는 지훈의 속을 쓰리게 했다. 그 미소가 향한 곳이 제가 아니라는 것을 깨달았기 때문이었다.

"인사해. 이쪽은 류승제 쉐프. 이쪽은 제 동료 강지훈이에요."

등을 돌려 승제를 마주한 지훈은 그제야 왜 은수가 이 남자 이야기를 할 때면 사춘기 소녀처럼 흥분했는지를 깨달았다. 위압감이 느껴질 정도로 싸한 분위기의 남자는 그조차도 넋을 잃고 바라볼 만큼 잘생긴 사람이었다.

"류승제라고 합니다."

한쪽 손을 주머니에 꽂은 채 손을 내미는 남자를 보며 지훈은 울컥하고 말았다.

"강지훈입니다."

오기를 부리듯 남자의 손을 억세게 잡자 그가 눈가를 슬쩍 찡그렸지만 그뿐이었다. 건조한 태도로 제 손을 두어 번 흔든 남자는 지훈에게는 관심도 없다는 듯 은수에게 걸어갔다. 그러자 은수가 짐이랄 것도 없는 제 물건을 챙겨 들었다.

"너 어딜 가는 거야?"

"말했잖아. 집에 갈 거야. 병원 불편해."

잘못하는 어린애를 다그치는 듯 구는 지훈과는 달리 은수는 대수롭지 않게 대답했다.

"어느 집?"

지훈이 뒷말을 뱉지 않았지만 은수는 그의 말을 알아들었다.

'저 남자 집?'

팔을 비틀어 저를 잡은 지훈의 손에서 빠져나온 은수가 처음으로 그에게 냉랭한 목소리로 대꾸했다.

"취재에 문제 있으면 연락해. 갈게."

부축하듯 어깨를 감싸 안은 남자를 따라 은수가 사라지자 지훈은 잔뜩 일그러진 얼굴로 중얼거렸다.

"너 정말……."

주먹을 움켜쥐었지만 그렇다고 달라지는 것은 없었다.

잠깐 졸았다 생각했는데 그사이 벌써 차는 주차장에 들어서고 있었다. 능숙한 솜씨로 핸들을 돌리는 남자를 보며 은수는 살짝 볼을 붉혔다.

금방이라도 병실 문을 박차고 나갈 것처럼 서 있던 남자는 그 문을 닫고 제가 걸어와 그녀를 껴안고 입을 맞췄다. 이상하게도 그걸로 다 이해가 되는 기분이었다.

남자의 마음도, 제 마음도. 굳이 더 설명하지 않아도 충분했다.

새삼 다정하게 굴지도, 또 뭔가 확실한 다짐을 받은 것도 아니지만 은수는 만족했다. 제 손을 잡고 있는 남자가 무심한 듯 머리카락을 넘겨 주거나 이마를 짚어 보거나 하는 행동만으로도 다 알 수 있었으니까.

처음에는 터무니없이 커다랗고 값비싼 이 남자의 집이 이제는 왠지 푸근하고 마치 제집같이 느껴진다는 당혹스러운 감정에 은수는 혼자 피식 웃고 말았다.

오는 내내 갑갑하고 창피하기까지 한 제 꼴에서 얼른 벗어나고 싶어 들어서자마자 한참을 부산스럽게 씻고 옷을 갈아입은 후에 버릇처럼 구름 같은 제 침대에 오르려는데, 승제가 문을 두드리고 들어섰다.

그리고 뭐가 뭔지 정신을 차리기도 전에 무릎을 꿇은 자세로 침대 끝에 걸터앉아 있던 그녀를 그대로 안아 들었다.

"엇! 뭐하는 거예요?"

"아직 환자니까 시키는 대로 가만히 있어요. 아니면……."

아니면 뭘까? 눈치도 없는 입이 묻기 전에 은수는 남자의 짙어진 눈동자를 보았다. 위험했다. 침을 꿀꺽 삼킨 은수는 입을 꽉 닫았다. 입을 잘못 놀렸다가는 진짜 밤새 내내 괴롭힘을 당하고도 남을 게 분명했다.

그게 꼭 싫은 건 아니었지만 아니, 솔직히 말하면 상상만으로도 온몸이 저릿하게 좋았지만 오늘은 정말 지칠 대로 지쳐 있었으니까. 그게 몸이든 마음이든 더는 쥐어짤 에너지가 없었다.

한참을 걷던 남자가 마침내 그녀를 침대에 내려놓자 은수는 무릎을 껴안고 물었다.

"이제 이 방으로 옮겨 와야 하는 거예요?"

뜨거운 샤워 덕에 이제 발그레한 얼굴을 한 여자는 보들보들하고 따스해 보였다. 꼭 껴안고 자면 포근할 것처럼.

"거절할 생각입니까?"

눈가를 찡그린 그의 물음에 은수가 애매한 웃음을 지었다.

"글쎄요?"

껴안은 무릎에 볼을 기대어 졸린 눈을 깜빡이는 여자의 뺨을 팔을 뻗어 만지작거린 그가 입을 열었다.

"배고프지 않아요? 저녁도 안 먹었던데?"

"어떻게 알았어요?"

눈꺼풀에 내려앉던 잠이 순식간에 사라진 눈이 동그래졌다.

"병원에 있던 죽…… 거의 손도 안 댔던데 입맛이 없는 겁니까?"

"아…… 그건 아닌데 그냥 안 먹혀서요."

뻑뻑하고 묘하게 거슬리는 냄새 때문에 먹기 힘들었던 죽을 떠올린 은수가 미간을 찡그렸다.

"뭘 좀 먹어야겠죠?"

몸을 돌리려는 그의 손을 은수가 잡아당겼다. 내내 운전을 하느라 피곤해 보였었다. 분명히 저는 어제 약기운에 깜빡깜빡 졸기까지 했지만, 그는 불편한 자리에서 밤새 제대로 눈도 붙이지 못했을 것이었다.

"지금 뭘 하려고요. 피곤할 텐데 그냥 좀 쉬어요."

여자가 뱉은 마지막 말에 그의 눈이 가늘어졌다.

"좋은 제안이군요."

담담하던 눈에 순간적으로 불이 확 붙은 남자를 보고 은수가 헉 하고 숨을 들이켰다. 하지만 그런 은수를 내려다보던 남자는 제가 언제 그랬냐는 듯 표정 하나 바꾸지 않고 말을 이었다.

"농담입니다. 피곤한 건 사실이지만, 그래도 환자를 굶길 수는 없겠죠. 기다려요. 금방 올 테니까."

방문 밖으로 나가는 남자를 보며 은수는 볼을 부풀렸다.

"아니, 무슨 농담을 저렇게 진지하게 하나."

설레게. 혀를 빼문 은수가 헤헤거리며 웃고 말았다. 금방 온다고 한 말이 그냥 한 말이 아닌 듯 바로 돌아온 남자가 양쪽에 손잡이가 달린 둥근 볼이 담긴 쟁반을 그녀의 앞에 내려놓았다.

“그냥 맑은 스프니까 먹어 봐요. 배가 부르지는 않겠지만 속은 좀 따뜻할 겁니다.”

남자가 내민 투명한 갈색 스프를 내려다보며 은수는 뭔가 울컥해졌다.

“언제 이걸 했어요?”

“미리 만들어 둔 콩소메가 있기에 야채랑 리소니 파스타만 조금 넣고 끓인 거예요. 10분밖에 안 걸렸으니까 걱정 말고 먹어요.”

맑은 국물 안에 약간의 다진 야채와 쌀알 모양 파스타만 들어 있는 스프는 적당히 따스했고 속이 불편하지 않게 가벼웠다.

“너무 잘해 주시는 거 아니에요? 제 버릇 나빠지면 어쩌려고 그러세요?”

경고처럼 은수가 떠보는 말에 승제 또한 심각하게 대답했다.

“이은수 씨가 손이 많이 가는 걸 알긴 아는군요.”

틀린 말은 아니었기에 은수는 입술을 비쭉거리며 스프를 먹었다.

“물론 그런 게 신경 쓰였으면 여기 이렇게 함께 있지도 않았겠지만……. 그렇다고 해서 병원 출입을 더 하는 건 사양입니다. 그러니까 약속해요. 위험한 일은 그만하겠다고.”

아무렇지도 않게 심장에 어택을 날리는 남자에게 은수는 멍하니 고개를 끄덕였다.

“입맛이 없을 정도로 아픈 건가 했는데 다행이네요.”

은수가 스프를 다 먹을 때까지 조용히 옆에 앉아 있던 승제가 입을 열었다.

“그냥 따뜻한 국물 같아서 좋아요. 아프면 늘 아빠가 끓여 주던 김치죽이 생각났는데 이렇게 맑은 스프도 속이 편해서 좋네요.”

“그런 것도 해 주셨습니까?”

의아하게 묻는 승제에게 은수가 크게 고개를 끄덕였다.

“엄마가 요리를 못하셨다니까요. 미음을 끓이면 꼭 태우기 일쑤였거든요. 하긴 뭐든 안 태운 적이 없긴 하죠.”

콧등을 찡그린 은수가 스프를 한입 더 먹은 뒤 말을 이었다.

"그래서 아빠가 멸치로 육수를 내거나 그것도 아니면 참치를 넣고 만들었거든요. 콩나물에 김치에 고추장도 풀고 찬밥에 수제비까지 몽땅 넣고 그냥 끓이셨는데, 오빠들부터 저까지 몽땅 그걸 먹고 감기가 나은 거예요. 그때부터 그 엉망진창 죽이 우리 집 특효약이었어요."

보드랍게 웃던 은수의 얼굴이 문득 흐려졌다.

"물론 아빠가 돌아가신 뒤에는 더는 먹을 수 없었지만요. 아무리 오빠들이 노력해도 그 맛이 안 나더라구요. 물론 저나 엄마는 가스레인지만 더럽히기 일쑤였고요."

승제의 손 옆에 제 손을 가져간 은수가 고개를 갸웃거렸다.

"이상하죠? 똑같은 손인데 재능이란 건 참 신기해요. 이렇게 그냥 국물뿐인 스프도 맛있다니."

콩소메를 '그냥 국물' 이라 부르기엔 무리가 있었지만 그는 여자의 무릎에서 쟁반을 받아 들었다. 의사의 당부도 있었듯이 여자는 좀 쉬어야 했다. 하루쯤 더 입원을 하는 것이 좋겠다는 것을 충분히 정양하겠다 이야기하고 데려온 거니까.

"이제 좀 자요."

벌써 졸음 가득한 눈을 하고 은수가 그를 올려다봤다.

"승제 씨는요? 출근해야 하는 거 아니에요? 아마 한숨도 못 주무셨을 거 같은데."

"그건 내가 알아서 하죠. 환자는 푹 쉬기나 해요. 신경 쓰지 말고."

은수는 부드러운 그의 목소리에 저도 모르게 얼굴이 붉어졌다.

"치우고 올 테니까 먼저 자요."

고집스레 턱을 치켜든 그녀가 고개를 저었다.

"아뇨, 기다릴게요."

금방이라도 쓰러져 잠이 들 것 같은 여자의 고집을 그는 굳이 말리지 않았다.

피곤한 건 사실이었다. 하지만 해야 할 일들이 있었다. 그는 빠른 속도로 주방을 치우고는 전화기를 꺼내 들었다. 그녀의 말이 아니더라도 당장 레스토랑에 나가기에는 무리가 있었다. 어젯밤부터 제대로 눈을 붙이지 못한 건 사실이니까.

"……음, 그래. 고마워. 내가 다음 오프는 채워 줄게."

묻지도 따지지도 않고 저를 믿어 주는 레너드가 동업자라는 게 다행이다 생각했다. 그리고 그는 아까 제가 안아 올린 부드럽고 따끈한 여자를 생각해 내고는 제 침실로 향했다. 그저 여자의 옆에 누워 그녀를 안고 있기만 해도 푹 잠이 들 것만 같은 기분이었다.

복도에 쏟아지는 오후의 햇볕조차 나른하게 느껴졌다. 이 시간에 집에 들어온 적이 별로 없어서일까, 낯설기도 하고 또 뭔지 모르게 설레는 느낌도 들었다.

"자는 겁니까?"

일부러 작게 목소리를 내면서 제 방문을 연 승제는 다시 피식 웃고 말았다. 그럼 그렇지……. 침대 위는 텅 비어 있었다. 넓다고 생각해 본 적은 없었지만 그래도 꽤 구석구석 숨을 곳이 많은 집이었다.

그는 지금까지 발소리조차 죽이고 있었다는 사실도 우스워서 일부러 성큼성큼 걸어 여자가 있을 만한 곳으로 갔다. 역시나…….

"거기서 뭐 하는 겁니까?"

화났다는 걸 보여 주려고 일부러 큰 소리를 냈지만 여자의 뒷모습은 조금의 움직임도 없었다.

"이은수 씨!"

일부러 딱딱하게 성까지 붙여 불렀지만 여전히 뒤도 돌아보지 않았다. 가까이 다가간 그는 이유를 알 수 있었다. 이어폰을 낀 그녀는 열심히 노트북에 손가락이 안 보이도록 타자를 치고 있었다.

갑자기 이어폰 한쪽이 쑥 빠져나가는 것을 보고 은수는 깜짝 놀라 뒤를 돌아보았다. 그리고는 저도 모르게 헉 하는 소리를 내고 말았다.

"아…… 이게 말이죠. 내가 이거 때문에…… 이게 얼마나 중요한지……."

입에서 나오는 대로 떠들어 봤지만 차갑게 굳은 남자의 얼굴이 그가 얼마나 화가 나 있는지 여실히 보여 주고 있었다.

"일을 하는 걸 보니 몸이 다 나은 모양입니다?"

묘하게 비틀린 남자의 물음에 은수는 어느 쪽으로 대답을 해야 할지 극심한 갈등을 했다. 변명을 위해 몸이 다 나았다고 하자니, 아직도 멍한 머리 한쪽이 지끈거리는 게 분명했으니까.

정신없이 자판을 두들길 때야 중추신경의 자극으로 미친 듯이 솟아 나오는 아드레날린 덕에 아픈지도 모르고 있었지만, 손가락 하나 움직이기도 힘들 정도로 기운이 없는 게 사실이었다. 게다가 몸이 괜찮다고 하면 저 싸한 남자가 저를 한입에 꿀꺽 삼키고 남을 거라는 걸 잘 알고 있었다.

"그, 그게 승제 씨 기다리다 잠들까 봐 잠깐만…… 진짜 잠깐만 본 거예요."

당황한 얼굴로 주워 담는 변명들이 그저 변명이라는 걸 알았지만 그는 아직도 윤기 없는 여자의 안색에 겨우 제 화를 삼켰다.

"약속해요."

마른침을 꿀꺽 삼킨 은수가 그를 올려다보았다.

"뭘요?"

"지금부터 오후까지 푹 자고 내가 차려 주는 식사를 먹기 전까지 저 노트북에는 손도 대지 않겠다고."

오후까지? 은수는 눈을 돌려 보이스 레코더를 바라보았다. 가장 맛있는 음식을 먹으려던 순간 접시를 뺏긴 기분이 이런 걸까? 자꾸만 미련이 생겨 은수는 노트북을 힐끔거렸다. 어떻게든 졸라 보려던 은수는 남자의 눈썹이 비스듬히 치켜 올라가는 걸 보고 고개를 저었다.

"알았어요. 얌전히 잘게요. 자야죠. 아하하……."

남자의 드레스 룸 구석에 쪼그리고 앉아 인터뷰를 정리하던 은수는 아쉬움에 자꾸만 미적대며 침대로 걸음을 옮겼다.

이렇게 이른 시간부터 잠이 드는 일은 그도 드문 일이었다. 게다가 가리는 것 없는 탁 트인 조망 덕인지 방 안은 밝기만 했다. 이대로라면 침대에 누워 있는다 해도 잠이 올 리가 없었다. 승제는 침대에 눕는 은수를 확인하고 나서야 창가로 다가섰다.

넓은 창으로 눈을 찌를 듯 잔뜩 쏟아져 내리는 햇빛을 두꺼운 커튼으로 가리고 나서야 어둑해진 방은 아늑함을 찾았다. 두 개나 되는 큰 창의 커튼을 닫고 몸을 돌리자 그새 잠이 든 것처럼 여자는 이불을 꼭 덮고 눈을 감고 있었다.

승제는 비스듬히 웃으며 여자의 등 뒤에서 그녀를 끌어안으며 몸을 뉘었다. 그가 껴안자 뻣뻣하게 몸을 굳힌 여자가 잠이 들지 않은 건 분명했다.

"그 인터뷰는 잊고 이제 좀 자요."

여자의 목덜미에 얼굴을 묻자 잠이 아니라 다른 생각이 더 강하게 그를 끌어당겼지만 승제는 애써 눈을 감았다. 정상 체온이라더니 오히려 열이 좀 오른 모양인지 따끈한 여자는 그의 생각처럼 포근했다. 자꾸만 제 손안을 빠져나가던 여자를 품에 안고 있자 이틀간의 고민과 긴장이 눈 녹듯 사라졌다. 그리고 그 자리를 묵직한 피곤이 자리 잡았다.

잠을 부르듯 여자의 향기가 달콤하기만 했다. 쉽게 잠이 들지 못할 거라 생각했지만 늘 번잡스러운 생각에 뒤척이던 것과는 달리 그는 여자의 목덜미에 얼굴을 묻고 곧 잠에 빠져들었다.

긴장으로 숨도 제대로 내쉬지 못하던 은수는 그가 고른 숨소리를 제 목덜미에 내쉬며 미동도 없이 누워 있자 미간을 좁히며 슬쩍 고개를 들었다. 아니, 진짜 자는 거야?

딱히 내숭을 떨 생각은 아니었다. 이 남자와 밤을 보낸 뒤 제가 손 하나 까딱 못 할 정도로 늘어졌던 걸 기억하고 있었으니까. 그러니까 지금은 그러기엔 너무 피곤하니까 자는 척을 했을 뿐이었다. 그런데 정말 잠이 든 남자를 보니 왜 서운해지는 걸까?

칫. 제 자신을 향해 혀를 찬 은수는 베개에 기대 잠든 남자의 얼굴을 바라보았다. 조물주가 자기 재능을 몰빵해 만든 것처럼 잘생긴 남자는 잠든 모습조차도 완벽했다. 은수는 조심조심 손을 뻗어 남자의 얼굴을 만지작거렸다.

이런 아들을 낳은 어머니는 미역국을 안 먹어도 배가 불렀을 게 분명했다. 그리고 그녀도…… 바라보고 있는 것만으로도 흐뭇해졌다. 이런 남자가 제 옆에 있다니 꼭 꿈을 꾸고 있는 것 같았다. 지금 잠이 들었다 깨면 꿈이었을 것처럼.

느리게 눈을 깜빡이던 그녀는 애써 잠을 참아 보려 노력했다. 그렇게 도망을 치고서는 막상 그의 옆에 있는 이 순간이 너무도 아깝게 느껴졌다. 잠 따위로 흘려보내고 싶지 않을 만큼.

하지만 남자의 품은 든든하게 포근했고 두꺼운 커튼으로 감싸인 방은 아늑했다. 쿠션 좋은 침대의 매트리스와 사각거리는 침구의 감촉까지. 어느 순간 은수는 남자의 어깨에 기대어 잠이 들고 말았다.

잠은 깊었다. 걱정하던 인터뷰도 잘 끝냈고 제가 늘 연예인 보듯 하던 남자와의 사고(?)도 잘 풀렸고, 무겁게 가라앉는 몸은 휴식을 요구하며 시간이 얼마나 흘렀는지 구별도 가지 않을 정도로 꿈도 없는 잠을 꽤 오랜 시간을 자게 만들었다.

그런 그녀를 깨운 것은 목덜미를 간질이는 바람이었다. 귀찮아진 그녀는 투정 섞인 신음을 뱉으며 베개에 얼굴을 파묻었다. 하지만 집요한 그 바람은 여전히 그녀의 목덜미에 달라붙어 자꾸만 달달한 잠을 밀어내고 있었다.

"좀…… 저리…… 가아……."

웅얼거린 그녀가 짓궂은 바람을 쫓아내듯 손을 움직였다. 손가락 끝에 닿는 축축한 바람을 밀어내며 간질거리는 목덜미를 쓰다듬던 그녀는 잠과 현실의 경계선에서 고개를 갸웃거렸다. 축축해? 뭐가?

갑자기 잠이 썰물처럼 빠져나갔다. 그 순간 손끝에 말랑한 감촉이 닿았다 떨어졌다. 퍼뜩 놀란 그녀가 몸을 일으키자 침대에 걸터앉아 있던 남자가 웃음기 섞은 목소리로 말을 걸었다.

"이제야 깼습니까?"

반사적으로 푸석한 제 얼굴을 쓸어내린 은수는 두 손으로 양 뺨을 가리듯 덮은 채 겨우 고개를 끄덕였다. 비스듬히 침대에 기댄 남자가 열을 재듯 그녀의 이마에 손을 뻗었다.

"아까는 좀 열이 있어 보이던데 지금은 괜찮군요. 몸은 좀 어때요?"

딱딱한 병원 침대와는 달리 푹신한 침대에서 잘 자고 일어난 몸은 확실히 개운했다. 하지만 제 기분이 개운하지 못한 건 자다 일어나 부스스한 저와는 달리 물에 담갔다 뺀 꽃처럼 생기 있는 남자의 모습 때문이었다.

이건 좀 반칙이잖아. 뭔가 굉장히 억울한 기분에 은수는 뾰로통해졌다.

"음…… 뭐, 괜찮아요."

뚱한 대답에 그가 눈매를 좁히며 그녀에게 몸을 기울였다.

"어디…… 불편합니까?"

"아뇨."

아니라고 했지만 여자는 어딘지 심기가 불편해 보였다. 어쩌면 짓궂은 장난으로 잠을 깨운 자신에게 화가 난 건지도 몰랐다. 아직 이 여자에 대해 다 알지는 못했지만 적어도 저 뚱한 기분을 풀어 줄 방법 정도는 알고 있었다.

"배고프지 않아요?"

승제의 질문에 그녀가 미간을 좁히더니 천천히 고개를 끄덕였다.

"나와요. 식사 준비해 뒀으니까."

긴 다리를 뻗어 성큼성큼 방을 나가는 남자를 바라보던 그녀는 그를 따라가는 대신 욕실로 달려가 푸석푸석해진 얼굴을 찬물로 진정시켰다. 거울에 비친 여자는 여전히 혈색 없는 얼굴로 그녀를 마주 보고 있었지만 그나마 병원에서 막 퇴원했을 때보다는 나아 보였다. 저런 남자한테 그런 꼴을 보여 주었다니 이불 속에서 하이킥을 백만 번을 해도 모자랄 판이었다.

하지만 그녀는 이은수였다. 저 남자가 아무리 잘나 봤자 제가 아프다고 병원까지 달려온다는 건 제 존재가 그만큼 크다는 반증이 아니겠는가? 부스스하고 엉킨 머리를 질끈 묶고서 은수는 바닥에 곤두박질하려는 자신감을 끌어 올리듯 거울에 비치는 제 모습을 향해 씨익 웃었다.

방문을 열자 숨바꼭질을 해도 쉽게 누군가를 찾기 힘들 정도로 넓은 집 안 어디선가 식욕을 자극하는 맛있는 냄새가 새어 나왔다. 지금 요동치는 위의 상태로 봐서는 소 한 마리 정도는 먹을 수 있을 것 같았다. 게다가 평소 남자가 만들어 주는 요리들을 보건대 오늘도 뭔가 끝내주게 맛있는 무언가가 기다리고 있을 게 분명했다.

하지만…….

"이게 뭐예요?"

그녀를 기다린 것은 시든 풀색의 죽 한 그릇이 다였다. 실망한 기색이 역력한 여자의 얼굴에 그는 저도 모르게 비죽 웃고 말았다.

"아직은 입이 껄끄러울 거니까 죽부터 먹는 게 좋을 겁니다."

"이게 무슨 죽인데요?"

비주얼로는 절대로 먹고 싶지 않은 죽이었다. 물론 남자가 제게 준 어떤 요리도 맛이 없었던 적이 없었지만 어제 지훈이 사 온 전복죽의 맛을 기억하는 은수는 색부터 거부감이 드는 이 죽이 영 당기지 않았다.

"그냥 야채 죽이니까 먹어 봐요."

잘게 다진 부추와 당근이 깨와 함께 죽을 장식하고 있었지만 그렇다고 해서 칙칙한 죽의 색을 다 감출 수는 없었다. 불만스러운 얼굴로 은수는 자리에 앉아 숟가락을 들었다.

영 마음에 들지 않는 색이었지만 역시나 저 남자가 만든 음식의 냄새는 근사했다. 냄새에 홀린 위가 시위를 하자 은수는 얼른 죽을 삼킬 수밖에 없었다.

"어라? 이거 무슨 죽이에요?"

지훈이 사 왔던, 정체를 알 수 없는 건더기가 들어 있던 빽빽하고 허여멀건한 죽과는 달리 구수한 고기 맛과 깔끔한 야채 맛이 입맛을 당겼다.

"콩소메에 갈은 시금치와 소고기를 넣은 죽인데 별로인가요?"

승제의 물음에 은수가 고개를 저었다.

"아뇨, 아뇨. 맛있어요. 승제 씨도 먹어야죠?"

"난 먹었으니까 신경 쓰지 말고 먹어요."

팔짱을 끼고 감시하듯 앉은 남자의 말에 은수는 고개를 끄덕였다. 제가 꽤 오래 잔 모양이었다.

"저기 그런데……."

그녀가 잠시 숟가락을 입에 물고 고민하더니 다시 입을 열었다.

"김치는 없나요?"

반찬으로 둔 감자조림과 야채피클을 내려다보며 하는 말에 승제가 난감한 표정을 지었다.

"설마 진짜 없어요?"

"없습니다."

아니, 집에서도 근사한 요리를 척척 해내는 남자의 집에 김치도 없다니!

"에헤…… 요리사 집에 김치도 없다니 그거 좀 이상하네요. 물론 프랑스 요리가 주 종목이지만 말이에요."

그녀의 말에 어깨를 으쓱한 그가 대답했다.

"그게 처음 일을 배울 때 김치 냄새가 다른 요리 재료에 스며든다는 것을 안 뒤로 일부러 피한 게 버릇이 돼서 그렇습니다. 사실 이 집에서는 레스토랑 메뉴를 개발하거나 간단한 식사를 하는 것 외에는 한식은 잘 먹지 않으니까요."

잠시 생각하듯 이마를 찡그린 그가 은수에게 물었다.

"김치가 먹고 싶은 겁니까?"

분명 그녀가 '네.' 라고 대답하면 당장 나가 3년 묵은 김치라도 구해 올 듯한 기세였다. 은수는 얼른 고개를 저었다.

"아뇨. 그냥 죽만 먹어도 맛있어요."

그가 당장 김치를 구하겠다고 뛰어나갈까 봐 은수는 죽 한 그릇을 뚝딱 비워 냈다. 처음의 실망과는 달리 기분 좋은 포만감에 그녀는 만족스러운 웃음을 지었다.

"잘 먹었습니다."

꾸벅 인사한 그녀에게 그릇을 치우던 승제가 컵을 내밀었다.

"감기에 좋으니까 마셔 둬요."

냄새를 맡아 본 은수가 확인하듯 맛을 봤다.

"생강차네요. 꿀도 들어 있나 봐요."

"마음에 들어요?"

"네, 몸이 따뜻해지는 게 좋네요."

"다행이군요."

한참을 턱을 괴고 물끄러미 그녀가 차를 마시는 걸 보고 있던 승제가 침묵을 깨고 입을 열었다.

"바로 일 시작할 겁니까?"

배를 채우자 저를 기다리고 있을 노트북이 생각났지만 숟가락을 놓자마자 일을 시작하는 건 애써 제게 죽을 끓여 준 남자에게 예의가 아닌 것 같아 참고 있던 중이었다.

"아뇨. 꼭 그런 건 아니지만……."

은수가 볼을 긁적이며 애매한 대답을 내놓았다.

"그럼 잠깐만 있다가 시작하는 게 어떻습니까?"

"왜요?"

은수의 질문에 자리에서 일어선 남자가 컵을 빼앗아 가더니 알싸한 생강차의 맛이 가득한 그녀의 입술을 베어 물었다.

속은 기분이었다. 분명 잠깐이라고 했는데…….

남자의 드레스 룸 구석에 제 노트북과 보이스 레코더가 울고 있을 게 뻔했지만 제 온몸에 빈틈없이 맞닿은 남자 때문에 그것들을 떠올리는 것조차 힘들었다. 하지만 그걸로 화를 내기엔 제 몸을 거세게 쓸고 간 쾌락의 여운이 컸다.

겨우 죽 한 그릇 먹여 놓고 이렇게 몰아붙이다니. 은수는 지친 한숨을 내쉬었다. 겨우 죽을 먹여 놓고도 이 정도니 이 남자가 저한테 고기를 먹이면 무슨 사태가 벌어질지 정신이 아득해질 지경이었다.

집요할 정도로 은수의 몸 구석구석을 탐하던 남자는 그녀가 흐느끼듯 매달리자 그제야 색기 어린 미소를 지으며 그녀의 몸 안으로 밀고 들어왔었다. 그 빠듯함에 헐떡이면서도 이 차가운 남자의 얼굴에 스민 열기는 혼자 보기 아까

울 정도로 말초신경을 자극했다.

하지만 곧 그녀는 고개를 저었다. 어느 누구에게도 이 남자의 이런 얼굴을 보여 주고 싶지 않았다. 한 번도 느껴 보지 못했던 묘한 소유욕이 그녀를 사로잡았다. 은수는 남자의 얼굴을 끌어당겨 깊게 입을 맞췄다. 서로 얽히는 가쁜 숨결과 입술, 혀, 그리고 거세게 제게 부딪혀 오는 남자의 몸까지 어느 하나도 누군가에게 내어 주고 싶지 않았다.

은수는 형체도 없는 대상을 향한 질투심에 사로잡혔다. 저도 모르게 그녀는 남자를 유혹하듯 제 다리로 그의 다리를 쓸어 올렸다. 구부린 다리의 허벅지가 그의 엉덩이에 닿자 남자의 비스듬히 기울어지는 눈썹 아래의 눈에서 불꽃이 튀었다.

순간 정신이 나갔었다고 후회도 하기 전에 그가 은수의 무릎을 밀어붙이며 그녀를 잡아먹을 듯 파고들었다. 가늘게 뜬 눈가를 찌푸린 남자가 그녀의 분홍빛 혀를 깊게 빨아들이며 한참을 거칠게 입안을 헤집어 놓자 은수는 허리를 비틀며 신음을 토해 냈다.

늘 건조하면서도 차가운 남자가 침대 위에서 성마르게 굴 때면 평소와 다른 모습의 간극이 더 그녀를 달아오르게 만들었다. 빈틈없이 제 안을 채우는 남자의 진득한 움직임과 거친 입맞춤은 이제 더는 갈 곳이 없다고 생각한 그녀를 끝도 없이 밀어붙이곤 했다.

이젠 그만, 그만. 그녀는 미칠 것 같은 감각에 몸부림치며 그와 함께 절정의 아득함에 몸을 맡겼다. 여운은 길고 열기는 쉽게 사그라지지 않았다.

두툼한 커튼 뒤에 하늘은 서서히 기울어지고 있었다. 붉게 물든 햇살이 커튼 사이를 파고들었지만 방 안은 여전히 아늑할 정도로 어두웠다. 은수는 팔을 들어 제 목덜미에 거친 숨을 내쉬고 있는 남자의 머리를 쓰다듬었다.

결 좋은 머리카락을 가진 남자의 탄탄한 몸이 제 위에서 무너져 내릴 때를 떠올린 그녀는 여성스런 만족감에 나른한 미소를 지었다. 그녀만이 누릴 수 있는 그 은밀함은 절정의 순간을 더 완벽하게 만들어 주고는 했다.

노곤한 잠을 부르듯 머리를 쓰다듬던 여자의 손길이 그의 어깨에 닿았다. 부드럽게 스치는 손끝이 척추를 더듬어 내려가며 자극을 계속하자 그는 심술궂은 미소를 지으며 여자의 깊숙이 제 몸을 세게 밀어 넣었다.

방심하고 있었던 탓인지 갑작스러운 격한 움직임에 헉 하고 신음을 토한 여자가 곧 웃음을 터트렸다. 방울방울 터지는 웃음에 상체를 반쯤 일으켜 머리를 괴고 여자를 내려다보던 그는 가볍게 눈가를 찡그렸다.

그녀가 키득거릴 때마다 예상치 못한 곳에서 그에게 자극이 가해지고 있었다. 그저 슬쩍 웃으며 지나가기엔 이미 시작된 자극은 그를 예민하게 만들고 있었다. 막 한 번의 관계가 끝난 뒤였다. 여운을 즐기며 천천히 두 번째를 즐겨도 좋으련만 이 여자는 사람을 몰아붙이는 재주가 있었다.

그는 기분 좋은 웃음이 고인 여자의 볼우물에 깊게 입을 맞추며 천천히 몸을 움직이기 시작했다. 느리지만 진득한 움직임에 여자가 가는 신음을 뱉자 승제는 그녀의 엉덩이를 움켜잡고 속도를 높이기 시작했다. 잠깐이라고 그녀에게 말했지만 그에게 밤은 이제 시작이었다.

## 17.

## 롯데 핫식스 후르츠 에너지 & 오페라

깜빡 잠이 들었던 거 같았다. 하긴, 잠이 들지 않은 게 이상하지. 그건 지쳐서 잠든 게 맞았다. 도무지…… 한 번으로 끝나지 않다니……. 게다가 입원까지 했던 뒤였다.

일, 이 년 전에는 그런 빗속에서 버텨도 뜨거운 물에 샤워하고 뜨끈한 국물 한 사발 들이켜면 바로 충전이 되더니 이번엔 영 기운을 쓰지 못할 지경이었다. 아니, 그냥 뭐 비를 맞은 것뿐이라면 모를까. 겨우 충전한 에너지를 과하게 방전한 게 눈꺼풀을 올리지도 못하게 만드는 피곤의 이유였다.

"……그래, 갈게. 기다려."

"승제 씨?"

은수가 꿈결 같은 목소리에 잠꼬대처럼 물었다. 가물거리는 눈꺼풀 사이로 이미 옷을 다 차려입은 그가 보였다.

"더 자요. 나 잠깐 나갔다 올 테니까."

"어딜요?"

그제야 눈이 떨어졌다.

"오래는 안 걸려요. 그러니까 한잠 푹 자요. 옆에서 괴롭히는 사람 없으니까 편하게 잘 수 있을 거예요."

그가 웃으면서 이야기하는 것을 듣고 그녀는 다시 이불 속으로 몸을 묻었다.

아마 창을 가린 두터운 커튼이 아니었더라면, 그녀를 방해하지 않기 위한 조도를 낮춘 스탠드 조명이 아니었다면, 그의 굳은 입가를 보았을지도 몰랐다.

"빨리 와요."

은수가 아기처럼 칭얼거렸다.

"그래요. 이따 봐요."

더 잘 것 같았는데, 그가 나가는 기척을 듣고 나니 오히려 정신이 멀쩡하게 맑아지는 것 같았다. 눈가를 문지르며 몸을 일으키던 그녀는 저도 모르게 드러난 맨몸을 가리곤 피식 혼자 웃고 말았다.

씻고 난 은수는 오히려 잘됐다 싶어 하던 일을 마저 하려고 제 방으로 갔다. 한참 동안 기나긴 인터뷰 내용을 전부 기사를 만들고 정리를 마쳤을 무렵이었다. 늘 최고의 쉐프가 챙겨 주는 무지막지한 식단 덕에 버릇이 잘못 든 위장이 슬슬 신호를 보내고 있었다.

그때 전화기가 울렸다. 막 전화기를 집어 들려는데 액정에 보이는 이름에 인상을 구겨야 했다.

전화를 받아 말아? 받는 게 맞는 건데, 이 남자의 집에서, 그리고 몇 시간 전에 그렇고 그랬던 후에 너밖에 없다는 놈의 전화를 받는 건 왠지 껄끄러웠다.

그러나 혹시 다른 일 때문일지도 모르기에 은수는 버튼을 눌렀다.

"나야. 무슨 일?"

〈어디냐?〉

잔뜩 가시가 돋친 목소리가 양심을 찔러 댔다.

"그건 왜?"

대답하기 심히 미안스럽기까지 한지라 그녀 또한 심통 맞게 대답했다.

〈……〉

그녀의 대답에 저쪽에서 말이 없는 걸 보니 또다시 양심의 가책이 느껴졌다.

"왜? 잘 올라왔어?"

〈됐다. 하여튼 너한테 이야기는 해 놓으려고. 나 지금 프레스티뉴 호텔 앞이다.〉

"거긴 왜?"

은수는 갑자기 꽉 뭔가가 오는 것 같았다. 프레스티뉴 호텔이라.

〈첩보 들어왔다.〉

"응? 뭐!"

그제야 공과 사를 구분 못 했던 제 생각이 짧았음을 깨닫고 은수는 되물었다.

〈그냥 내가 보려고 했는데 너한테 알려는 줘야 할 거 같아서. 신국민당 당대표가 공항공사 사장하고 만난단다. 18층 시온에서.〉

"뭐? 우리 때문인가? 아니, 그런데 너 그건 어디서 알아낸 거야?"

〈그건 알 바 없고, 하여튼 그쪽 기사가 이리로 차 몰고 오고 있어. 박 사장은 이미 호텔에 와 있고. 하여튼 그런 줄 알라고.〉

막 전화를 끊을 듯한 분위기였다.

"야! 잠깐! 야, 강지훈! 오빠!"

〈뭐? 넌 주방장하고 잘 놀기나 해.〉

"야, 잠시만. 시온이 맞아? 나 시온에 지배인하고 엄청 친해. 가면 잠입도 할 수 있어. 내가 금방 갈게."

〈됐어. 나도 알아. 알아서 할 테니까.〉

"기다려, 이 썩을 놈아. 너 일부러 나한테 전화한 거잖아. 간다고 지금 바로!"

〈됐다.〉

삐리릭. 전화가 끊어졌지만, 은수는 알고 있었다. 이놈의 남사친이 저 혼자 일을 해결하려면 절대 전화 따위 하지 않고 혼자 처리한 후에 결과만 알려 준다는 걸. 이건 분명히 저를 불러내려는 치사한 심보가 맞았다. 그리고 이건 가 봐야 하는 일이었다. 분명히 이번 일 때문일 테니까.

"간다고…… 가. 그런데 거기까지 얼마나 걸리지?"

생각해 보니 이 남자가 준 차는 천안에 있었다. 그 대박 좋은 외제차라면 쏜살같이 갈 수 있으련만 어쩔 수 없었다. 빨리 일을 해결하고 차도 가져와야 했다. 제발 어디로 견인되지나 않았으면 다행이다 싶었다.

은수는 손에 집히는 대로 겉옷을 꿰어 입었다. 분명히 아까 감았지만 제대로 말리지도 못한 머리는 엉망일 게 뻔했다. 하지만 그녀에게 보일 리 없었다. 부스스한 머리를 질끈 묶고서 젖어서 눅눅한 가방을 들고 나서니 벌써 어깨가 선뜩할 만한 날씨였다.

다다다다 소리를 내며 뛰어 내려간 은수는 지나가지 않는 택시에 애를 태워야 했다. 게다가 휴대폰 충전도 제대로 안 되어 있었고, 보이스 레코더도 배터리가 간당간당해서 영 마음이 불안해졌다.

기자란 언제 어디서든 취재를 나갈 때는 완벽하게 준비가 되어 있어야 하는데……. 머릿속이 온통 헝클어진 듯했다. 당장 차라도 마련해야 할 것 같았다.

막 나타난 택시에 올라타면서도, 은수는 단 한 번도 승제의 외출을 깊이 생각하고 있지 않았다.

"너 왜 왔어?"

퉁명 소리가 날아왔지만, 은수는 은근히 기분이 좋아진 지훈의 속내를 빤히 알 수 있었다. 정말 이 녀석 날 좋아했나? 당황스러웠지만 은수는 그 생각을 우선 접어 두어야 했다.

"어디야? 왔어?"

"조용!"

웬일로 정장으로 쫙 빼입은 녀석이 어설프게 신문까지 들고 있었다. 4성급 호텔의 화려 번쩍한 로비에는 전혀 어울리지 않는 정말이지 100% 자다 일어난 차림의 은수는 지훈을 보고 갸우뚱했다.

"뭐 때문에 이리 차려입었어?"

"나 잘하면 청와대 출입 기자 될지도 몰라."

"뭐?"

은수가 놀라서 꽥 소리를 지르자 지훈이 손을 내밀어 입을 막았다.

"에구! 조용."

"너 그거 자랑하려고 불러낸 거야?"

그런 마음도 없지는 않았지만 지훈은 심각한 목소리로 아무래도 어울리지 않는 차림의 은수를 끌고 구석으로 갔다.

"지금 공항공사 사장 와 있다니까. 아직 대표가 안 와서 그렇지."

"스카이라운지 시온이라고 했지? 나 거기 매니저 잘 알아. 그러니까……."

"잠깐만. 야, 저기……."

힐끗대던 지훈이 갑자기 신문을 펴더니 은수를 잡아끌었다.

"왜!"

짜증을 냈지만 은수는 곧 소리를 죽였다. 워낙에 오래된 파트너라 다 이유가 있을 거라 생각하고 재빨리 프론트 모퉁이로 숨으려던 은수는 저도 모르게 발길을 멈추고 말았다.

"저거 뭐냐?"

답이 돌아오지 않을게 뻔한 물음을 하며 지훈은 은수를 끌어다 모퉁이 뒤에 숨겼다. 그러다 멍한 표정의 은수를 본 지훈은 다시 고개를 내밀어 프론트를 살피더니 말했다.

"저거, 주방장 맞지?"

"……."

은수는 아무런 말을 하지 못하고 있었다. 그저 막 화려한 호텔의 회전문을 밀고 들어와 곧장 프론트로 간 남녀를 몰래 쳐다보고 있을 뿐이었다. 넥타이도 없이 구겨진 와이셔츠와 재킷을 입은 남자가 한밤중인데도 불구하고 모자를 쓰고 얼굴의 반이나 가린 선글라스를 쓴 가냘픈 여자를 남들이 보든 말든 폭 감싸 안은 채 들어섰다.

분명히 눈부시게 환한 호텔의 로비에서는 과해 보이는 애정 행각이었다. 문제는 남자가 입은 구겨진 재킷이 눈에 익는다는 것이고, 그것과 동시에 그 남자의 얼굴도 안다는 사실이었다. 게다가 머플러까지 둘렀지만, 가냘픈 몸매에 푹 파묻힐 듯한 코트를 입고 가느다란 스틸레토 힐을 신은 여자도…… 누군지 알 것만 같았다.

"맞지?"

맞다고 대답을 해야 하는데 제 목구멍에서 아무 소리도 나오지 않았다. 순식간에 말라붙어서 갑자기 거미줄이라도 쳐진 기분이었다.

"기다려."

지훈이 은수를 귀퉁이에 밀어 넣고 휴대폰을 꺼내 들고는 신문을 들더니 아무렇지도 않게 걸어 나가기 시작했다. 지훈이 뭘 하려는지 은수는 잘 알고 있었다. 고개를 내밀어 보고 싶었지만 제 몸이 마치 벼락이라도 맞은 듯 손끝 하나 움직이지 않았다.

이게 무슨 일이지? 지금 이 호텔에서 뭐하는 거야. 방금 전에, 그러니까 몇 시간 전만 해도 같이 있었잖아.

은수는 뭔가 제가 착각을 했다고 생각했다. 그래서 다시 기운을 내 고개를 내밀었다. 지훈이 프론트 쪽에 기대서 신문을 보는 척하고 있는 게 보였다. 물론 신문을 쥔 한쪽 손에는 휴대폰을 든 채.

제가 보려고 했던 남녀는 약간의 실랑이를 하는 듯 보이더니 그대로 직원에게 카드키를 받아 빠른 걸음으로 엘리베이터로 향했다. 굳이 눈을 비비지 않아도 멀쩡한 정상 시력인 은수의 눈에 또렷이 남자의 옆모습이 보였다. 건장한 가슴팍에는 두리번거리는 여자를 품에 안은 듯 감싼 채 걷고 있는…….

손에 들린 카드 키로 보아, 절대 꼭대기 층에 있는 스카이라운지나 레스토랑 같은 곳을 가는 게 아닌 것이 분명했다. 두 사람이 엘리베이터로 사라진 것은 순식간이었다.

이게 무슨 일일까.

재빨리 다가온 지훈이 팔을 잡아채지 않았으면 그녀는 저도 모르게 이 매끄러운 대리석 바닥에 주저앉았을지도 몰랐다.

"이거 들어?"

지훈이 휴대폰의 녹화 버튼을 내밀었다.

"……."

반반이었다. 확인하고 싶은 마음 반, 그리고 그러고 싶지 않은 마음 반. 그러나 지훈은 절대 은수 같은 번민을 할 필요가 없었다. 버튼을 누르자마자 화면은 하얀색 대리석 프론트가 보일 뿐이었지만 대신 또렷한 목소리가 들렸다.

"그냥…… 갈게."

"안 돼. 자고 가. 그냥 못 보내."

"집에 간다니까."

"자고 가라고."

남자의 목소리가 제법 커졌다.

"그래……."

마지못해 대답하는 여자의 목소리.

"이것도 특종 아니야? 너, 네가 취재하는 주방장이 그렇게 유명하다며?"

비아냥거리는 듯한 지훈의 목소리가 잘 들리지 않았다.

"어? 당대표다. 어쭈, 지하로 안 들어가고 멀쩡하게 이리로 가네. 야, 이은수!"

은수가 시선을 돌리자 누군가 보이긴 했지만 눈이 흐릿해지는 느낌이었다. 눈가가 뜨뜻미지근한 것도 불쾌했다.

"이번 특종은 네 거다. 나 갈게."

"야!"

그녀를 부르고 있었지만 본능적으로 지훈의 몸은 저쪽으로 움직이고 있었다.

"부탁한다."

"아이, 젠장. 알았어. 전화해."

지훈이 어디론가 사라졌다. 은수는…… 자신도 어디론가 사라졌으면 싶었다.

공은 공이고 사는 사였다. 팽 하고 돌아서서 바로 와 버린 건 잘못이었다.

〈야? 너 괜찮아?〉

은수는 노기를 누그러뜨리고 물었다.

"그쪽 회동 좀 알아보긴 했어?"

〈하도 비밀리에 해서……. 저기 매니저도 들어오지도 말라고 했다더라. 내가 옆방에 가서 들으려고 했었는데 하나도 안 들려. 그런데 웨이터 캐 보니까 박 사장이 뭘 들고 왔다더라. 하여튼 그쪽에서 눈치를 챈 건 틀림없어.〉

은수는 서류를 챙기고 나서 종이 가방에 제가 바리바리 들고 왔던 옷들을 터지기 직전까지 담기 시작했다. 차가 좋으니 자꾸만 들고 와서 뭔가가 많긴 많았다. 그녀는 일부러 침대 쪽은 보지 않으려 애썼다.

은수는 아무렇지도 않은 듯한 목소리를 내려 애썼다.

"그럼, 그전에 발표하지, 뭐. 기사는 이 녹취록 정리만 하면 얼추 다 되는데……."

〈아니, 좀 기다려 봐. 당대표가 핵심이야. 그 밑에 법사위 의원들이랑 다 내통하고 있어. 이게 거기서 끝나는 게 아니야. 우리야 공항공사만 팠는데 철도니 도로공사니 두루두루 다 엮인 거 같아.〉

"뭐? 그렇게 다? 이거 시간 끌면 위험하다니까. 다 꼬리 자르고 도망간단 말이야. 그리고 증거는?"

제가 그런 봉변까지 당했으니까. 그러나 이 일이 단순한 일이 아니라는 것쯤은 벌써부터 알고 있었다.

하지만 얼마나 큰 특종이 되느냐는 작은 일이었다. 선량한 시민들이 어떻게 될지도 모르는 불안한 교통수단을 이용하고 있다는 거, 거기에 수많은 사람의 목숨이 걸려 있다는 거, 그리고 시민의 세금이 엉뚱한 데로 새고 있다는 것을 알리는 게 더 중요했다.

〈마포 서에 김 반장하고, 중앙지검에 지능범죄 2부인가 송 검사 쪽에서 수사를 하고 있는데, 이게 연결된 거 같아. 사실 이거 이야기해 주려고 했는데…….〉

"그걸 왜 지금 이야기하는데!"

은수가 소리를 빽 질렀다.

〈야, 인마. 이거 오늘 새벽에 안 거야. 추 선배가 전화하면서 너도 이쪽 전에 캐지 않았냐 하고 떠보더라. 그런데 그게 다 신국민 당대표가 접점인 거 같더라구. 이거 잘못하면 희대의 스캔들이 될지도 모른단 말이지. 어설프게 여기저기

서 쬐끄맣게 터뜨렸다가는 슬슬 묻혀. 어쩌면 청와대까지 올라갈지도 모르겠다.〉

"뭐?"

은수는 저도 모르게 손을 멈췄다.

〈하여튼 조심해라. 너 절대 집에 들어가지 말고.〉

갑자기 지훈의 목소리가 흐려졌다.

〈주방장 집에 있는 거냐?〉

은수는 바로 대답했다.

"아니, 거기 아니야. 내가 알아서 할게. 그럼 시간이 얼마나 필요한 거야?"

은수는 저도 모르게 주변을 둘러보았다.

〈금방 끝날 거 같아. 송 검사 완전 엘리트야. 뭐, 기자 개무시해서 그렇지만……. 그런데 그쪽에서도 외압 들어오는 모양이더라. 하여튼 또 소식 있으면 연락할게. 그런데 너 병원 안 가도 되냐?〉

"내일 갈 거야. 하여튼 바로 연락 줘."

〈그래, 몸조심하고.〉

지훈의 전화가 끝나자마자 은수는 충전기를 뽑아 들었다.

차가 없다는 건 참 불편한 일이었다. 생각해 보니 제 가방 구석에 있는 묵직한 키도 돌려줘야만 했다. 내일은 리빙 파트에 출근을 했다가 다시 차를 가지러 천안까지 가야 할 것만 같았다.

그녀는 끙끙거리면서 양손에 서류 더미와 옷가방 등을 들고 언덕을 내려갔다. 워낙에 화려 번쩍한 빌라인지라 주변에는 아무것도 없었다. 지하 주차장마저 무슨 호텔 로비에 있는 명차 전시장같이 화려한 빌라이니 슈퍼 따위 없는 건 당연한 일이었다.

눈이 감기고 온몸에 기운이 빠지는 건…… 병 뒤끝이어서 그렇다고 굳게 믿으면서 은수는 저쪽 길 끝에 보이는 편의점을 보고 더 힘차게 걸었다. 극약 처방이 필요했다. 머릿속이 터져 버리기 전에…….

"고카페인 음료 있어요?"

"저기 음료수 있는 데 있어요."

레드불만 몇 번 마셔 봤는데 불행하게도 이 편의점에는 보이지 않았다. 선뜻 새로운 걸 마시기는 그랬지만 은수는 그래도 핑크색의 캔을 집어 들었다.

"핫식스 후르츠. 이거 맛있어요?"

은수가 핑크색 캔을 흔들면서 말했다.

"뭐, 맛있겠죠."

심드렁한 알바생이 무슨 죄이겠냐마는 갑자기 캔을 던져 저 이마를 맞추면 어떨까 하는 생각이 불끈 치솟았다. 사람이…… 이렇게 어이없는 일을 당하면 폭력적이 되는구나 싶은 은수는 양쪽 입가를 찌그러뜨려 어색한 미소를 지으면서 계산을 하고 나섰다.

밤샘을 며칠 해야 할 일이 아니면 별로 먹지 않은 고카페인 음료였다. 쌀쌀한 날씨였지만 차가운, 그냥 밍밍한 과일 음료 맛을 느끼면서 은수는 입술을 깨물었다.

"에잇! 뭐 이렇게 맛도 없어…… 그냥 더 독한 걸 살걸."

소주가 필요했다. 그것도 수습기자 시절에나 마시던 빨간 뚜껑의 독한 놈으로. 그러나 지금 그럴 순 없었다.

"어…… 나 지금 갈 테니까…… 보일러가 터졌어요. 내가 외간 놈들이랑 끼어서 기자실에서 잤음 좋겠어? 지금 간다고. 택시 탄다니까!"

버럭 소리를 지르며 전화를 끊은 은수는 캔을 쓰레기통에 던져 넣고는 막 나타난 택시에 올라탔다.

다시는…… 이곳에 오지 말아야지 하고 다짐했지만, 문득 그 아우디가 생각났다. 차만 갖다 주고는 다 잊어야지. 애써 다잡은 마음에 갑자기 핑 하고 농축된 카페인이 일시에 쏟아져 내리는 느낌이라 그녀는 신음을 뱉으며 관자놀이를 눌러야 했다.

은수는 손에 자국이 생기도록 무거운 제 짐들을 이고 지고 엘리베이터에서 내리면서 두리번거렸다. 아무래도 서울 시내 한복판이니 집값이야 제가 넘볼 바가 아니지만, 하도 럭셔리한 집에서 기식을 해결하던 그녀인지라 후줄근한 엘리베이터와 내리자마자 잔뜩 쌓여 있는 유모차니 자전거니 이름 모를 박스가 가득한 공간을 보고 잠시 머뭇거려야 했다.

잘한 걸까? 아무래도 위험한데……. 하지만 이 밤에 당장 갈 데가 없지 않은가.

은수는 고개를 푹 숙였다가는 버릇처럼 입가를 끌어 올려 미소를 잔뜩 띠었다. 그리고 벨을 누르려다가 멈칫하고 손을 멈췄다.

'벨 누르면 죽인다.'

아까 전화로 들었던 농담같이 들리지 않는 경고가 퍼뜩 머릿속을 지나갔다. 망가졌나? 은수는 의아해하면서 짐을 바닥에 내려놓고 톡톡 문을 두드렸다.

"오빠…… 작은오빠……."

그러자 안쪽에서 금방 부스럭거리는 소리가 나더니 철컹 하고 문이 열렸다. 잔뜩 전단지가 붙어 있던 자국이 있는 문 사이로 은수가 막 말을 꺼내려 하자마자 조용히 하라는 듯 손가락을 입 앞에 대고 있는 작은오빠가 보였다.

"오빠……."

"조용히…… 들어와."

잔뜩 피곤이 매달린 얼굴을 한 오빠의 가슴에는 통통한 엉덩이를 한 조카가 매달려 있었다.

"조용……."

그제야 은수는 짐을 들고 들어섰고, 그 뒤에 제 오빠보다 열 배는 더 피곤해 보이는 새언니가 역시 또 다른 통통한 엉덩이를 한 조카를 안고 있는 게 보였다. 올해 초 돌잔치에서 보고 못 보았던 쌍둥이 조카들이었다.

"겨우 잠들었어. 문!"

소리라도 지를 듯 눈을 부라렸지만 목소리는 낮았다. 저도 모르게 쿵 하고 닫힐 뻔한 문을 잡은 은수는 조심스럽게 문을 닫았다.

"애들이 지금 자?"

"요즘 밤낮이 바뀌어서 죽겠다."

"아가씨 오셨어요?"

불도 모두 꺼진 상태에서 둘 다 소리 죽여 이야기를 하고 있었다. 현관 잔뜩 쬐끄만 신발들이 그득했고 아기 냄새가 가득한 집 안은 후끈했다.

그게 아주…… 낯설었다.

"딴 애들은?"

갑자기 이름이 헷갈린 은수가 말했다.

"자. 그런데 웬일이야?"

거의 반쯤 가사 상태 같은 은호가 물었다.

"우리 집 보일러가 고장 나서 고친다고 다 뜯었어. 그래서 며칠 좀 나가 있으래."

"그래? 집주인이 착하네?"

"그러게."

엉망진창이 돼서 뒤집혀 있던 제집 꼴을 생각해 내곤 그녀는 대답을 얼버무렸다. 아마 그걸 봤으면 당장 이리로 오라고 난리였을 텐데 이 집도 그리 양호해 보이지는 않았다.

"아가씨, 애들 방에 이불 펴 놨어요."

새언니가 저쪽 어둠 속에서 가느다랗게 말했다.

"아, 네. 피곤해서 어떻게 해요?"

"그러니까, 내일 니가 새언니 좀 도와줘라."

뒤척거리는 아기를 토닥거리면서 거의 반쯤 잠에 잠긴 은호가 다시 한마디 했다.

"그래요."

"늦었다, 자라."

자료를 봐야 하는데…… 이 상태에서 불을 켰다가는 맞아 죽기 십상이었다. 은수는 제 자리라고 만들어진, 조카 1호와 2호가 여기 하나, 저기 하나 나뒹굴고 있는 작은 방에 펴진 요에 누워야 했다. 그 덕에 아까 먹은 에너지 음료가 제 머릿속에서 파도치고 있지 않더라도, 금방 잠들기는 틀려 버렸다.

그는…… 지금, 그 여자와 화려한 호텔의 객실에 있겠지…….

'자고 가.'

익숙한 남자의 완고한 목소리가 제 머릿속을 때렸다. 그냥 잘 수도 있는 거잖아. 꼭 남자, 여자 같은 방에서 잔다고 해도 무슨 일이 일어나는 건 아니잖아. 저 강지훈과 몇 날 며칠을 같이 자도 아무 일도 없었던 것처럼…….

그러나 곧 제 머릿속을 가득 채우는 것은 저를 한시도 가만히 두지 않았던 건장한 남자의 뜨거운…… 사지 육신이었다.

"아! 씨!"

저도 모르게 소리를 질렀는가? 갑자기 뭔가가 날아왔다. 재밌는 꿈이라도 꾸는지…… 달착지근한 땀 냄새 비슷한 향기 속에 달려든 작은 발은 제 머릿속에 드는 나쁜 생각을 멈추게 하고 있었다.

은수는 벽에 잔뜩 붙은, 야광별을 바라보면서 문밖에서 우렁차게 울고 있는 3번인지 혹은 4번인지 모를 울음소리에 다음부터는 어디서 잠자리를 마련해야 할까 고민해야만 했다.

◈

갑작스런 구급대원의 전화라니 놀라지 않을 수가 없었다. 서둘러 도착한 응급실은 한산한 도로와 어둠에 잠든 거리와는 달리 복잡하기만 했다. 한 여자가 쓰러져 응급실에 누워 있는 것을 본 지 만 하루 만에 그는 다른 여자 때문에 다시 응급실에 와 있었다.

이쪽이나 저쪽이나 제 가슴을 놀라게 했지만 역시…… 상태가 심각한 것은 희수였다. 한눈에 보아도 누군가에게 얻어맞은 게 분명한 얼굴을 하고 그녀는 의사의 질문에 고개를 저으며 대답하고 있었다.

"……아니에요. 그냥…… 계단에서 넘어져서 다친 거예요."

연한 노란빛이 도는 블라우스는 머리의 상처에서 피가 흘러 한쪽 어깨가 얼룩져 있었다. 게다가 잔뜩 부어서 어색하게 뜨고 있는 눈과 붉게 터진 입가까지. 일부러 자세히 보지 않으면 희수인지 모를 정도로 그녀의 얼굴은 엉망이었다.

마주 보는 것이 괴로울 정도로 다친 여자가 희수라는 것을 알아본 순간, 주체할 수 없도록 승제는 화가 났다. 바로 눈앞에 정환이 있었다면 죽여 버렸을지도 모를 만큼.

하지만 잔뜩 일그러진 얼굴로 주먹을 움켜쥔 그를 발견한 희수가 흐리게 미소를 짓더니 작게 고개를 저었다.

그녀가 말하고 싶은 게 뭔지 그는 알고 있었다. 하지만…… 이건 정도를 넘어섰다. 더는 참아 줄 이유도, 명분도 없었다. 그러나 희수는 언제나처럼 고집쟁이였다.

"환자분, 그러지 마시고……."

"진짜예요. 제가 맞았으면 맞았다고 말하죠. 왜 거짓말을 해요. 원래 계단에서 구르면 다 이렇게 물어봐요?"

정말 아무렇지도 않은 듯 천진한 목소리로 되묻는 희수의 태도에 의사는 그만 항복하고 말았다.

"알겠습니다. 굳이 아니라고 하시니. 머리 상처는 깊지 않은 것 같고 팔이나 다리뼈도 부러지지는 않은 것 같지만 혹시 모르니까 일단 엑스레이 먼저 찍어 보고 봉합하도록 하죠."

희수에게 간단히 설명한 의사가 간호사에게 지시를 내렸다.

"엑스레이 준비해 줘요."

"네, 선생님."

두 사람이 부산스럽게 다음 환자를 찾아가는 사이 승제가 희수의 앞에 섰다.

"이 꼴이 대체 뭐야?"

"계단에서 넘어졌어."

엉망이 된 얼굴을 하고 아무렇지도 않게 거짓말을 하는 희수를 보며 그는 기가 막혀 할 말을 잃었다.

"내가 그 말을 믿을 거라고 생각해?"

으르렁대듯 뱉는 말에 희수가 지친 표정으로 그를 올려다보았다.

"아니, 아마 저 의사도 안 믿었을 거야. 하지만 안 믿으면…… 응? 안 믿으면 뭘 어떻게 할 수 있는데?"

엉망이 된 얼굴로 속을 뒤집는 소리를 하는 희수 때문에 승제는 더 화가 났다.

"이제 그만하자. 이혼해. 내가 알아서 다 해결할게. 너도 그만두고 싶잖아."

지친 듯 좁은 침대에 기댄 희수가 고개를 저었다.

"나는 동화 속 공주가 아니고 너도 칼 든 기사가 아니잖아. 영웅 흉내는 그만둬. 너까지 괴롭히고 싶은 마음 없으니까."

"너는……!"

승제가 말을 다 끝마치기 전에 간호사가 희수를 불렀다.

"환자분, 엑스레이 찍으셔야 해요. 이쪽으로 오세요."

"네."

순하게 고개를 끄덕인 희수가 간호사를 따라 사라지자 승제는 침대에 기대어 눈가를 쓸어내렸다. 그가 정환을 내내 그냥 무시하고 말았던 건 그가 그저 발정 난 개였기 때문이었다. 그런데 그것도 모자라 폭력까지 휘두르다니…… 쓰레기도 이런 쓰레기가 없었다.

당장 녀석의 목을 움켜잡고 숨통을 틀어막아도 속이 시원해지지 않을 것 같았다. 하지만…… 어디론가 사라졌던 이성이 제 자리를 찾아들자 희수의 말이 전부 틀리지 않다는 것을 수긍할 수밖에 없었다.

이대로 희수를 이혼시킨다면 진흙탕 한가운데 그녀를 집어넣고 사람들에게 돌팔매질을 하라고 하는 거나 마찬가지였다. 그러나 저 얼굴을 보고 앞뒤를 재어 생각하는 건 그에게도 어려운 일이었다.

다행히 머리의 상처는 깊지 않았다. 하지만 엑스레이를 살펴보던 의사가 봉합을 위해 압박해 두었던 상처 부위를 열자 승제는 속으로 욕설을 뱉고 말았다. 피딱지가 엉겨 붙은 머리카락 아래의 상처는 꽤 길었다.

"아!"

흉하게 입을 벌린 상처에 마취를 하자 희수가 입술을 깨물었다. 그런 그녀의 손을 잡으며 승제가 애써 의사에게 농담을 던졌다.

"예쁘게 꿰매 주세요."

눈가를 찡그려 아픔을 참던 희수가 작게 웃음을 터뜨리자 그도 겨우 희미하게나마 웃을 수 있었다. 하지만 애써 노력한 웃음 끝이 마냥 깨끗하지만은 않았다. 예전처럼 아무렇지도 않게 웃기엔 두 사람 다 쌓아 두고 묻어 둔 일들이 너무 많았다.

꽤나 긴 시간이 걸려 봉합을 끝낸 의사가 피곤에 절은 얼굴로 주의 사항을 읊어 댔다.

"물 닿지 않게 조심하시구요. 처방해 준 약도 하루 3번 다 드셔야 합니다. 실은 일주일 뒤에 뽑으러 오시면 돼요. 원무과 가서 수납하고 가시면 됩니다."

터덜터덜 지친 걸음으로 의사가 가 버리자 승제가 희수의 헝클어진 머리를 넘겨 주었다.

"가서 수납하고 올게."

"응."

순하게 고개를 끄덕이는 희수의 얼굴을 차마 더 바라보지 못한 그가 몸을 휙 돌려 걸음을 재촉했다.

난장판인 응급실에서 유일하게 빛나는 존재를 보며 희수는 그제야 제 얼굴을 더듬어 보았다. 거울을 보지 않아도 얼마나 흉측한 모습일지 뻔했다. 절대로 이런 모습을 승제에게 보여 주고 싶지는 않았다.

"으흑."

저도 모르게 새어 나오는 울음을 희수는 억지로 삼켜 냈다. 더 이상 승제를 괴롭히면 안 된다는 건 제가 더 잘 알고 있었다. 하지만 요란한 소리를 울리며 밤거리를 질주하는 앰뷸런스 안에서 연락할 곳은 없냐는 물음에 떠오른 이름은…… 하나뿐이었다.

지친 희수는 침대에 기대 눈을 감았다.

그녀의 남편은 일주일에 반은 집에 들어오지 않았고, 또 그 나머지 날의 대부분은 만취해서 들어오기 일쑤인 남자였다. 초저녁도 되지 않았는데 몸도 제대로 가누지 못해 운전기사에게 부축을 받고 들어오는 정환이 희수에게 새삼 별다를 바도 없었다.

"수고했어어. 가 봐아."

끝을 길게 늘이며 어눌한 말투로 중얼거린 정환이 손을 휘휘 젓더니 비틀거리며 집 안으로 들어섰다. 허리를 숙여 정환에게 인사한 운전기사가 걱정스러운 얼굴로 희수를 바라보았다.

"많이 취하셨습니다."

뻔히 보이는 일임에도 제게 당부를 하는 운전기사의 마음을 그녀는 잘 알고 있었다.

"제가 알아서 할게요. 고생하셨어요."

흐트러진 옷차림에 금방이라도 쓰러질 듯한 걸음으로 너른 거실을 가로질러 걷는 남편을 보며 희수는 작게 한숨을 쉬었다. 정환이 처음부터 나빴던 건 아니었다. 그랬다면 희수도 결혼이라는 선택지를 집어 들지는 않았을 것이었다. 그렇게까지 멍청하지도 그렇게까지 자포자기한 것도 아니었으니까.

떠밀리듯 나간 선 자리에서 만난 그는 가벼운 언행이 거슬렸지만 다정하고 제게 잘하려 애를 쓰던 남자였다. 그리고 그녀를 좋아한다는 사실을 감추기는커녕 자랑스럽게 내보이던 남자였다. 그래서 그녀도 정환을 선택했다.

물론 정환을 사랑한 건 아니었지만……. 하지만 그럼에도 어쩌면 행복할 수 있을 거라 생각했다. 그가 나를 좋아하니까 나도 그를 좋아하고 사랑할 수 있을 거라고. 너무도 쉽게 그렇게 생각했었다.

하지만 삶은 동화처럼 흐르지 않았다. 늘 잔인했던 현실이 새삼 다정하게 굴지 않을 거라는 걸 왜 잊고 있었을까?

정실 자식인 큰아들이 있었기에 후실에게서 얻은 둘째 아들 정환은 집안 내에서 존재감조차 없던 사람이었다. 하긴 그러니 정략결혼의 상대로 그녀가 그와 짝으로 맺어졌을 터였다.

하지만 그 귀한 큰아들이 사고로 식물인간이 되자 상황은 완전히 달라지고 말았다. 딸은 후계자로 생각하지도 않는 완고한 집안의 가풍 덕에 정환이 주목받기 시작했다. 한량처럼 세월을 낚으며 적당히 돈이나 쓰고 살도록 계열사의 한자리를 맡겼던 것과는 달리 본사로 불러 본격적인 후계자 작업에 들어간 것이었다.

그리고 그때를 시작으로 그가 조금씩 변하기 시작했다.

"마음에 들어?"

자잘한 선물을 자주 하던 그가 어느 날 내민 선물에 희수가 평소처럼 작게 웃었을 때였다.

"네, 마음에 들어요."

다소곳한 그녀의 태도에 정환이 고개를 갸웃거렸다.

"그런데 왜 웃지 않지?"

뭔가 알 수 없는 위화감에 희수는 정환을 올려다보았다.

"웃고 있어요."

"웃지 않잖아."

"웃었어요."

"웃지 않잖아!"

제 어깨를 잡고 흔들던 남자에게 희수는 더는 진심으로 웃어 줄 수가 없었다.

누군가가 정환에게 불순한 의도로 심어 놓은 의심의 싹은 그렇게 자라나기 시작했다. 그리고 그 싹은 승제를 마주칠 때마다 열등감과 자격지심을 양분 삼아 자꾸만 커져 갔다. 아무리 아니라고 말을 해도 한번 비틀린 시선과 마음은 바뀌지 않았다. 그리고 어느 순간 희수 또한 모든 것을 포기해 버렸다.

'네가 선택하렴. 내 손을 잡을지 아니면…….'

그 손을 잡지 말았어야 했다. 시간을 되돌린다면 절대 그 손을 잡지 않을 것이었다. 아니, 생각해 보면 애초에 그녀에게 무언가를 선택할 권리는 없었을지도 모른다. 그 손을 잡았던 것마저 그녀의 자의는 아니었다.

인생은 그녀를 막다른 길에 몰았고 선택지는 늘 하나뿐이었다. 그리고 그럼에도 그 선택이 만든 결과는 오롯이 그녀의 몫이었다. 불평을 하고 눈물을 흘리고 술에 취해 세상을 향해 저주를 퍼부어도 달라지는 건…… 없었다.

"술 어디 이써어! 술 좀 가져와아!"

주방 한가운데에 서서 세상에 한풀이라도 하듯 고래고래 소리 지르는 정환은 이미 눈의 초점마저 풀려 있는 상황이었다. 자신에게 맞지 않는 자리를 감당하느라 지친 그는 스트레스를 모두 술과 여자로 풀고 있었다.

언제부터 우리는 이렇게 엉망이 되어 버린 걸까? 복잡한 눈으로 제 남편을 바라보던 희수는 한숨을 쉬면서 정환에게 다가갔다.

"그만 마셔요. 벌써 꽤 많이 마셨잖아요."

풀어진 넥타이는 목에 대롱거리고 상의는 어깨에 겨우 걸친 상태의 그는 제 앞에 선 여자가 누구인지 알아내려는 듯 한참을 눈을 가늘게 뜨고 초점을 맞추려 애를 썼다.

"이게에 누구야? 내 도도한 아내 아니시인가?"

비꼬는 것이 분명한 말에 희수는 대꾸하고 싶은 마음조차 들지 않았다.

"내일 아침에 임원회의 있다고 작은어머님께서 신신당부하셨어요."

"아하, 어쩐쥐 새삼스레 내 걱정을 한다 해찌이."

그녀의 말이 심기에 거슬렸던지 얼굴을 일그러뜨린 정환이 주변을 둘러보더니 휘적휘적 걸어가 장식장 안의 술들을 꺼내기 시작했다. 욕심껏 꺼낸 술들을 식탁 위에 요란하게 내려놓은 그가 이번에는 얌전히 줄지어 서 있는 잔들을 잡아당겼다. 허우적대는 손놀림에 부딪힌 크리스탈 잔들이 요란한 소리를 내며 바닥에 떨어졌다.

"정환 씨!"

놀란 희수가 달려가 깨진 파편에 정환이 다치지 않게 끌어당기기 시작했다.

"이거 놔아! 노으라고오!"

어눌하니 뱉는 말이 취한 게 분명했지만 아무리 취했다 해도 정환의 힘은 희수의 힘으로 이길 만한 게 아니었다.

"비켜어!"

거칠게 휘두른 팔이 그녀를 밀자 속수무책으로 넘어질 수밖에 없었다. 그런 그녀가 보이지도 않는지 정환은 손에 든 잔 하나를 가지고 술병이 널브러진 식탁에 다가갔다. 그리고 의자에 앉지도 않고 선 채로 술을 들이붓기 시작했다.

잔에 따라 벌컥벌컥 마시는 것도 감질이 났는지 병째로 들이붓는 그를 보며 희수는 겨우 몸을 일으켰다. 넘어지면서 의자에 부딪힌 얼굴이 아팠지만 폭주하는 정환을 내버려 둘 수는 없었다.

"정환 씨, 안 돼요. 그만 마셔요!"

고개를 뒤로 꺾은 채 하늘로 쳐올린 술병에서 쏟아지던 술을 마시던 정환이 제 팔에 매달린 희수를 가는 눈으로 내려다보았다.

"……그래, 좋아아."

뭔가 알 수 없는 말을 중얼거린 그가 들고 있던 병을 어디론가 던져 버리더니 희수의 허리를 잡아당겨 끌어안았다. 그리고 곧바로 얼굴을 내려 희수의 입술을 파고들기 시작했다. 그건 다정함도, 사랑도, 배려도 없는 그저 폭력일 뿐인 입맞춤이었다.

버둥거리며 피하고 거부하는 것도 이제는 지친 그녀였다. 제 옷을 어깨에서 끌어 내리고 아프게 가슴을 움켜쥐는 손길과 목덜미에 내뿜는 독한 술 냄새까지도 희수는 눈을 꼭 감은 채 참아 냈다. 이런 것 따위는 아무것도 아니었다. 그저 이 끔찍한 시간이 어서 지나가 버리기를, 제 심장이 딱딱하게 굳어 그 어떤 것도 더는 저를 상처 입히지 않기만을 바랐다.

치마 속을 더듬어 그녀의 팬티를 끌어 내리던 정환이 급한 손길로 슈트를 벗어 던지자 그녀의 시야를 가린 그의 와이셔츠에서 독한 향수 냄새가 확 풍겨 왔다. 목석처럼 가만히 정환이 하는 대로 내버려 두는 희수가 반사적으로 그를 확 밀어내 버렸다.

알고 있었고 직접 눈으로도 확인했던 일이지만 다른 여자 향수를 잔뜩 묻히고, 그 여자와 무슨 짓을 했는지 알 수 없는 남편과 잠자리를 하고 싶지는 않았다. 그를 사랑하지 않았지만 그렇다고 해서 참아 낼 일은 아니었다. 하지만 그녀의 거부에 가차 없이 정환의 손이 날아왔다.

"네까짓 게 날 밀어내?"

아득해진 눈앞에 불이 번쩍이더니 입안에 비린 피 맛이 느껴졌다. 비틀거리는 그녀를 향해 정환의 손이 몇 번이고 인정사정없이 내리꽂혔다. 억센 남자의 폭력을 버티지 못한 희수가 결국은 나뒹굴 듯 바닥에 쓰러지고 말았다.

"뭐가 재미가 있어야 말이지이. 집에 와 봐야 돌덩이 같은 와이프가 죽을상을 하고 있으니 말이야. 너처럼 목석같은 여자, 나도! 나도 안고 싶지 않아!"

바닥에 쓰러진 희수를 향해 삿대질을 하며 주정하듯 고함을 내지른 정환이 비틀비틀 일어나 밖으로 걸어 나갔다. 멀어지는 발소리를 들으며 희수는 감았던 눈을 힘겹게 뜨고 멍하니 천장을 바라보았다. 반짝이는 샹들리에 불빛이 아름다워서 더 눈물이 났다.

그녀는 모든 것에 지쳐 있었다. 그렇다고 해서 삶을 포기해 버릴 용기도 없었다. 제 자신이 시들어 가고 있다는 것도 알고 있었다. 하지만…… 다른 길을 찾을 자신도 없었다.

세상의 매운 맛을 호되게 본 이후로 그녀는 모든 것이 무서웠다. 정환이 그만 저를 놓아주길 바라는 한편, 정작 그렇게 되면 제가 어떻게 될지 두렵기도 했다. 쓸모없어진 장기판의 말은 버려질 게 분명했으니까. 이렇게라도 제가 쓸모가 있음을 기뻐해야 할지도 몰랐다.

눈물이 가득 고인 채 희수는 히스테릭하게 웃음을 터뜨렸다. 어디서부터 제 인생이 꼬인 건지 알 수가 없었다. 아니, 아니, 아니다. 그 모든 건 핑계일지도 몰랐다. 쉽게, 쉬운 길을 선택한 제 잘못이었다. 그 어떤 노력도 진심도 없이 인생의 달콤함을 쉽게 얻길 바랐던 제 탓이었다.

희수는 애써 눈물을 닦고 몸을 일으켰다. 아마도 정환은 서재에서 술을 들이붓다 잠이 들 게 분명했다. 흐트러진 차림새를 추스르며 일어나던 그녀는 그제야 제 머리에서 뜨끈한 무언가가 툭툭 떨어지는 것을 깨달았다.

손을 들어 따끔한 머리를 만져 본 그녀는 제 손을 흥건하게 적신 붉은 피를 바라보았다. 넘어지면서 정환이 내던진 병의 파편에 머리가 다친 모양이었다.

맞은 얼굴과 넘어지면서 부딪힌 몸의 군데군데와 머리까지 둔탁한 고통이 사방에서 희수를 찔러 왔다. 입술을 깨물며 겨우 몸을 일으켜 주방에 있는 핸드 타월로 머리의 상처를 막았다.

정환을 부를 생각은 들지 않았다. 도움을 요청하기에 그는 이미 제정신이 아니었다. 운전기사와 도우미는 퇴근했지만 제 감시용으로 정환의 생모인 작은어머니가 붙여 준 송 비서는 별채에 있었다. 하지만 꼬박꼬박 사모님이라 부르면서도 저를 하찮게 보는 그 여자에게 이런 꼴을 보여 주고 싶지 않았다.

희수는 절뚝거리며 겨우 제 전화와 머플러를 챙겨 들고 부들부들 떨면서 집을 벗어났다. 앰뷸런스를 불러 요란하게 병원을 가기에는 이 동네는 보는 눈이 많았다. 머플러로 얼굴을 절반쯤 가리고 길고 긴 길을 꽤 오랫동안 걸어 대로변에 나와서야 희수는 전화를 들어 도움을 요청할 수 있었다.

"괜찮아?"

이마를 짚는 크고 따스한 손에 희수는 되새김질하던 악몽에서 눈을 떴다.

"응, 괜찮아."

걱정이 듬뿍 담긴 승제의 눈빛을 보며 희수는 힘겹게 미소를 지어 보였다. 잘못하면 부서지기라도 할 듯 조심스럽게 부축하는 그의 손길은 여전히 다정했다. 한때는 그 다정함에 기대고 싶던 적도 있었다. 그런 적이 한 번도 없었다고 하면 거짓말이었다.

어느 누구라도 이 남자의 다정에 무너지지 않기란 쉽지 않은 일이었다. 그리고 희수 또한 그랬었다. 다른 이에게는 차갑던 그가 제게는 늘 다정했으니까. 그 다정은 저만의 것이라고 착각을 했었다.

하지만 현실은 늘 독했다. 얽히고설킨 그 지독한 악연을 알게 되었던 그때 얼마나 절망했던가?

시간은 무정하게 흘렀고 이제 남은 것은 오래전부터 서로 공유했던 외로움의 동질감뿐이었다. 그것이 더 외로움과 서글픔을 부채질했지만 그녀는 그를 놓을 수는 없었다. 언제나 그녀가 손을 내밀면 잡아 주던 사람이었으니까.

그래도 제 전부를 그에게 의지하고 싶지는 않았다. 승제가 늘 말하듯 이혼만으로 모든 게 해결이 된다면 희수도 진작 정환과 헤어졌을 것이다. 하지만 상황은 그리 쉽지 않았다. 정략결혼이라는 제 뜻대로 되는 일도 아니었고, 정환이 제게 가진 애증은 훨씬 더 복잡했다.

어떻게 해야 이 복잡한 실타래를 다 풀어낼 수 있을까? 늘 반복되는, 답도 없는 고민에 희수는 멍하니 창밖을 바라보았다.

"어디로 가는 거야? 여긴 우리 집으로 가는 길 아니잖아?"

굳은 얼굴로 묵묵히 운전대를 잡고 있던 승제가 힐끗 희수를 바라보았다.

"그 꼴을 하고 그 집에 다시 가겠다는 거야? 적어도 날이 밝고 그 자식이 제가 무슨 짓을 저질렀는지 똑똑히 볼 수 있을 때 들어가."

"승제야……."

머플러로 가렸지만 부은 눈과 얼굴은 오래 보기 참혹할 지경이었다. 승제는 더는 아무 말도 듣지 않겠다는 듯 정면만 바라보며 운전을 했다. 적어도 그가 알던 희수는 저런 위태로운 모습은 아니었다. 통통 튀는 생기와 밝음은 없었지만 조용한 미소가 예쁜 얌전한 소녀였었다.

"나 그냥 집에 데려다줘. 그 사람 잠들었을 거야. 그러니까……."

호텔 앞에 멈추는 것을 본 희수가 불안한 눈빛으로 창밖을 두리번거렸다.

"잠들지 않았으면? 다시 또 때리면? 그때는 또 어떻게 할 거야?"

"이런 모습을 하고 너랑 호텔에 들어가는 걸 누군가가 보면 어떻게 할 건데? 지금도 나 충분히 힘들어."

지칠 대로 지친 희수의 모습에 승제는 무거운 한숨을 뱉었다.

"걱정하지 마. 이 새벽에 널 알아볼 사람도 없겠지만."

그는 제 운동 가방에 있던 모자와 콘솔박스 안의 선글라스를 꺼내 들었다. 원래대로라면 희수에게는 좀 컸을 모자가 머리의 상처에 덧댄 거즈 때문에 그럭저럭 봐 줄 만했다. 거기에 부운 얼굴과 눈을 선글라스와 머플러로 가리니 누군지 쉽게 알아보기 힘들 정도였다.

"가자."

그는 희수가 마음을 바꾸기 전에 서둘러 차에서 내려 그녀를 부축했다. 성큼성큼 걷는 그의 걸음에 끌려가다시피 희수가 걸음을 옮겼다. 당장 이혼을 시키지는 못하겠지만 적어도 오늘 밤만은 푹 자게 하고 싶었다. 단지 그게 몇 시간일 뿐이라도.

막 프론트에서 열쇠를 받아 드는데도, 희수는 걱정을 내려놓지 못한 듯 그에게 고개를 저어 댔다.

"아무래도 안 되겠어. 나 그냥…… 갈게."

"안 돼. 자고 가. 그냥 못 보내."

"집에 간다니까."

"자고 가라고!"

화가 나는 걸 애써 참고 있는 듯 승제의 목소리가 커졌다. 새벽 시간이라 로비에 있는 사람은 몇 없었지만 그래도 누군가 저를 알아볼까 봐 희수는 겁을 먹었다. 승제를 말리지 못할 거란 걸 깨달은 그녀는 고개를 끄덕일 수밖에 없었다.

"그래……."

겨우 마음을 바꾼 희수를 데리고 그는 재빨리 엘리베이터에 탔다. 괜찮은 척했지만 승제라고 걱정이 되지 않는 것은 아니었다. 이미 퍼진 소문에 지금 상황이 불을 붙일지도 몰랐다.

하지만 그럼에도 지금 희수를 이런 상태로 집에 돌려보낸다면 한동안 또 묵직한 죄책감이 그를 괴롭힐 게 뻔했다. 물론 그것들까지 눈감아 버릴 수도 있는 문제였다. 하지만 그것도 모든 것을 모를 때의 이야기였다. 희수를 이런 결과로 몰아넣은 것은 그가 아니었지만 무엇으로도 해결되지 않을 미안함이 늘 그녀에게 있었다.

객실에 들어서자마자 희수는 부축하는 승제의 손을 밀어내고 침대에 몸을 기댔다. 지친 것이 역력히 보이는 얼굴은 까칠하기만 했다.

"나 잘게."

"응."

"잠들면…… 가."

"그래."

그의 대답에 그제야 희수가 이불 안으로 몸을 뉘었다. 흐릿한 스탠드 불빛이 부스럭대며 눕는 희수를 비추고 있었다.

"불 꺼 줄까?"

"아니, 그냥 둬."

제게 등을 돌리고 누운 희수를 바라보며 승제는 옆에 놓인 의자에 앉아 어둠 속에 간간이 반짝이는 불빛들을 바라보았다. 그리고 그제야 제 침대에서 자고 있을 다른 여자를 생각했다. 아니, 다친 희수에게 미안하게도 그의 머리 한쪽에는 은수가 계속 맴을 돌고 있었다.

잠깐 전화를 걸까도 싶은 생각이 없지는 않았지만 제게 계속 시달리다 기절하듯 잠든 여자의 단잠을 깨우기가 싫었다. 잘 자고 일어난 그녀를 잘 먹여야 원래의 괄괄한 이은수로 돌아올 테니까.

승제는 저도 모르게 은수를 생각하며 딱딱하게 굳었던 얼굴에 희미한 미소를 떠올렸다. 말간 얼굴에 생각하는 게 훤히 보이는 여자는 그래서 더 그의 속을 간질거리게 만들었다. 그의 침대에 누워 허리를 비틀며 가쁜 숨을 내쉬는 모습도 무엇이 불만인지 불퉁거리는 입술과 찡그린 콧등의 주름까지도 어느 것 하나 마음에 들지 않는 게 없었다.

하루 종일 두고 봐도 질리지 않는 이상한 여자였다. 이은수는.

"있잖아……."

아직 잠이 들지 않았는지 희수가 흐린 불빛 너머에서 입을 열었다.

"응."

"파티에 같이 왔던 여자 예쁘더라."

희수가 말하고 있는 여자는 분명 은수였다. 그가 만나는 누군가에 대해 희수가 직접적으로 말을 꺼낸 건 처음이었다. 뭔가 껄끄러운 칭찬에 승제는 천장을 바라보며 조심스럽게 대답을 골랐다.

"아, 그랬나?"

이마를 작게 찡그린 승제가 은수의 차림새를 떠올렸다. 예뻤다라고 답하기엔 다시 그런 옷을 입고 파티에 나서는 은수를 보고 싶지 않은 마음이 컸다. 입을 맞추지 않고는 못 배길 정도로 매끈하고 아름다운 등을 그렇게 아무에게나 내보이게 하고 싶지 않았다.

그가 못마땅하게 이마를 문지르는 사이, 조용하던 희수가 대수롭지 않게 한마디를 덧붙였다.

"좋은 사람 같아 보였어."

"음, 그래. 좋은 여자야."

가장 불행하고 힘든 시기를 보내는 희수에게 제가 관심 있는 여자에 대해 자세히 이야기하는 게 편한 일은 아니었다. 평이한 대답에 어쩐지 무언가 다른 말을 기다리듯 조용히 있던 희수가 부스럭대며 이불을 더 끌어 올렸다. 설명할 수 없는 불편한 정적이 잠시 스쳐갔지만 그게 제 과한 상상이었던 듯 희수는 곧 고른 숨을 내쉬며 잠이 들었다.

희수가 잠이 든 뒤에도 승제는 한참을 그 자리에 그대로 앉아 있었다. 희수는 그 끔찍한 집으로 다시 돌아가야겠지만, 계획하고 있는 일이 잘된다면 그리 오랜 시간을 견뎌야 하지는 않을 것이었다. 뻑뻑해진 눈가를 쓸어내린 그는 전화를 들어 모닝콜과 희수의 아침 식사를 챙기고서야 자리에서 일어섰다.

호텔을 나서자 새삼 서늘한 새벽 공기가 목덜미를 파고들었다. 제 침대에서 자고 있을 은수의 체온이 더 그리워졌으나 승제는 바로 집으로 가려던 마음을 바꿨다. 날은 아직 밝기 전이었지만 새벽 시장은 곧 시작할 시간이었다.

꽤 긴 시간 동안 혼자 있게 했으니 은수에게 사과의 의미를 담은 무언가를 주고 싶었다. 체력을 회복할 맛있는 음식과 제게 달콤한 그녀를 더 달콤하게 해줄 디저트를 말이다.

승제는 차를 가져온 발렛 직원에게 팁을 건네고 차에 올라탔다. 그리고 이른 시간에 아직 준비도 되지 않을 게 분명한 제 단골 빵집에 전화해 특별한 주문도 넣었다.

간단히 장을 보고 빵집에 도착하자 꼭 지금 필요하다며 닦달해 대는 제 전화에 시달린 마틴이 속사포 같은 프랑스어를 쏟아 냈다. 하지만 승제는 무심하게 감사 인사만 툭 던져 놓고 케이크를 챙겨 나왔다.

마틴이 툴툴대며 챙겨 준 케이크는 오페라였다. 커피에 적신 아몬드 스펀지 케이크에 초콜릿 가나슈, 그리고 커피버터 크림을 층층이 쌓고 맨 위에 다크 초콜릿으로 마무리하고 금박으로 장식까지 한 오페라를 보면 아이처럼 좋아할 은수의 모습이 쉽게 상상이 되어 집으로 향하는 그의 마음은 자꾸만 조급해졌다.

넥타이도 매지 않은 차림새였지만 제게 전혀 어울리지 않는 봉투들을 들고 승제는 집으로 들어섰다. 자고 있을 여자에게 오페라를 한입 먹이고 모닝키스를 할지, 아니면 이 피곤한 새벽을 위로받기 위해 침대를 파고들어야 할지 고민하면서 그는 제 침실의 문을 열었다.

하지만 그의 예상과는 달리 텅 빈 침대는 싸늘하기만 했다. 승제는 피식 웃음을 터트렸다. 또 어딘가에 숨어서 기사를 쓰고 있는 모양이었다. 어젯밤에 그랬던 것처럼 드레스 룸을 먼저 열어 본 그의 얼굴이 설핏 굳어졌다.

그는 곧장 은수에게 내주었던 손님방으로 걸어갔다. 벌컥 열린 문 안쪽은 그대로였다. 이은수와 이은수가 잔뜩 늘어놓았던 짐이 사라졌다는 사실만 빼고는.

"이게 대체……."

황망한 표정으로 방 안을 둘러본 승제는 바로 제 전화를 찾아 은수의 번호를 눌렀다. 하지만 신호음만이 계속될 뿐 제가 듣고 싶어 하는 여자의 목소리는 들을 수가 없었다.

18.

## 전국 5대 짬뽕, 교동 짬뽕

가을비는 겨울을 재촉한다더니 그 말이 딱 맞는 듯싶었다. 갑작스런 날씨 변화에 입을 겉옷이 없어 당황하고 있는데, 새언니가 코트라도 빌려 줘서 다행이었다. 게다가 차가 없는 뚜벅이 생활은 영 은수에게 맞지 않았다. 아무리 날씨가 얼음장 같다 해도 시동을 걸고 액셀을 팍팍 밟아 대면 금방 뜨끈뜨끈해지는, 에어컨은 시원치 않지만 히터 하나는 빵빵했던 자신의 지프가 그리워졌다.

코트 깃 사이로 아침의 찬 공기가 새어 들었다. 그러나 아무리 날씨가 쌀쌀하다 한들, 그리고 작은오빠의 집이 아무리 따뜻하다 해도 얼른 탈출하고 싶었다. 아니, 대체 어떻게 그러고 사는 건지.

그것은 분명히 전쟁터였다. 돌잔치에서도 이미 한바탕 전쟁을 치른 것을 보고 절대 저렇게 아들만 잔뜩 낳아서는 안 되겠다는 것을 깨달았던 은수였다.

초등학교 1학년짜리가 반찬 타박을 하는 동안 4살짜리 작은 놈은 내내 뭐가 서러워서인지 통곡을 하고 있었다. 은수가 제 할 일이다 싶어 얼른 우는 녀석을 안아 들었다. 하지만 녀석이 얼마나 튼실한지 금세 팔이 뻐근해졌다.

막 모터가 달려서 뛰어다니기 시작한 두 살배기 쌍둥이 녀석 중 한 놈은 똥기저귀를 흔들고 있었고, 또 한 놈은 유아용 의자에 이유식을 쏟아 놓고 좋다고 예술 작품을 만들고 있었다. 멍하니 그걸 보고 있자니 은수는 머리가 다 지끈거렸다.

"민준아, 다리 흔들지 마. 똥 다 묻는다!"

밥 먹는데 똥 이야기를 하지 말라는 금기 따위는…… 이 집에선 별로 통하는 일이 아닌 모양이었다.

온통 구리구리한 향기와 함께 밥 냄새, 음식 냄새가 섞인 묘한 공기 속에서 그 깔끔 떨며 결벽증을 보이던 작은오빠는 와이셔츠에 넥타이 차림으로 막 기저귀를 갈아 온통 구린내를 풍기며 우는 3호를 안고 세면대에서 엉덩이를 씻기고 있었다.

당연히 밥맛 따위는 시베리아로 달아나 버렸을 거라 생각했지만, 곧 작은오빠는 아무렇지도 않게 그 통통한 맨 궁둥이를 들고 와 멀쩡한 얼굴로 앉아서 밥을 먹기 시작했다.

"은수, 너 출근 안 늦어? 차는 어디다 댔어? 여기 스티커 안 붙이면 경비들이 난리 나는데……."

"차는 공장에 있어. 망가져서 이참에 새로 사려고."

"그래? 이번에는 세단으로 사. 여자가 그런 지프차 끌고 다니는 거 보기 싫다."

은수는 제 지프를 좋아하지 않던 작은오빠에게 어색하게 웃으면서 울고 있는 둘째를 다시 얼른 들어 올렸다.

"놔둬. 민재는 맨날 울어. 동생들 생겨서 샘내는 게 오래도 간다. 우리도 두 손 두 발 다 들었어. 차 어디서 하려고? 아, 우는 데 신경 쓰지 말고 밥 먹으래도."

아니, 울고불고 온통 난리가 난 이 통에 밥이 어떻게 들어가는지 신기할 정도였다.

"아가씨도 출근하셔야 하잖아요? 식사하세요. 민재, 이리 주고."

당장에라도 이 튼실한 코찔찔이를 넘기고 싶었지만, 새언니가 이미 유아용 의자를 이유식 범벅으로 만든 쌍둥이 녀석의 밥그릇을 뺏어서 이유식을 먹이고 있는 것을 보니 그럴 수도 없었다.

"천천히 가도 돼요……."

은수는 어색한 미소를 지으면서 고개를 저어야만 했다. 그 와중에도 출근하는 남편에게 웃으면서 뽀뽀를 하고 큰아들을 배웅한 뒤에 트윈 유모차를 끌고 둘째를 어린이집에 보내고 와서 태연하게 밥을 먹는 새언니는 정말이지 슈퍼우먼이었다.

"그래도 우리 집 다섯 남자는 다 제 애인인걸요."

은수는 평소에 제가 가장 긍정적으로 사는 인간인 줄 알았지만, 이 대단한 슈퍼우먼 앞에서는 새 발의 피라는 사실을 깨달아야 했다. 초긍정이란 저런 거구나…….

은수는 오랜만에 온 리빙 파트 사무실에 들어서면서 엘리베이터의 금속면을 보고서야 제가 입은 새언니의 코트 한쪽 단이 터진 것을 깨달았다.

"어휴, 그 와중에 옷을 찾아 주는 게 어디야."

은수는 쌍둥이들이 입체 서라운드로 울고 있는데도 불구하고 제게 가장 잘 어울리는 코트를 찾아 주려고 애쓴 새언니를 생각하면서 사무실에 들어섰다.

"어? 이은수 기자? 지금 오는 거야?"

분명히 누군지도 모르는 사람이었다.

"아, 안녕하세요."

늦었나? 솔직히 정치부의 시간으로 보면 한참 늦은 시간이었다. 그러나 분명히 리빙 파트 출근 시간은 아직 넉넉했고, 게다가 마감이 끝나고 책이 나온 뒤라 여유가 있었다.

아래층이긴 하지만 일간 신문기자의 찌든 삶 속에서 월간지 파트를 부러워했었기에 은수는 흘끗 시계를 찾아야 했다.

"오! 전설의 이은수 기자!"

"축하해요!"

"꺄, 좋겠어요!"

대체 무슨 소리일까. 은수는 어색한 미소를 지으며 편집장실로 가야만 했다.

"아이고! 우리 복덩이!"

이 열렬한 환영의 이유를 알 것만 같았다. 두 손을 들고 달려드는 편집장의 포옹을 어색하게 피하면서 은수가 말했다.

"안녕하세요. 책 나왔나 봐요."

"재판 들어갔어."

"네?"

"초판 완판이라고. 난리 났어. 딴 데서는 부록으로 난리가 났는데 우리는 그냥 본문으로 승부를 본 거지. 이번 주 금요일 네 번째지? 어때, 뭘 할지는 계획 잡았어?"

이 복잡한 심정을 어떻게 이야기해야 할까. 그 대단한 주방장이랑 얼레리했는데 절 버리고 딴 여자랑 또다시 호텔방을 가는 것을 보고 결별을 해서 이번 주부터는 취재 따위 어찌 될지 모른다고?

은수는 어색하게 웃으면서 말했다.

"류 쉐프가 워낙에 바빠서……."

"아, 그건 그렇고. 이 기자, 류 쉐프의 사생활에 대해서는 어떻게 취재 못 하나?"

"네? 그건 변호사까지 대동한 계약서에 나와 있잖아요. 자기 사진도 찍지 말라고……."

잔뜩 켕기는 것이 있는 은수는 더듬거리면서 대답했다.

"그래도 남녀가 자주 보면 뭐 좀 정도 들고 그러지 않아? 첩보가 들어와서 말이지. 류 쉐프가 주말에 프랑스 대사관에서 주최한 행사에 웬 여자랑 나타나서 난리가 났었거든. 그 얘기는 좀 없었어?"

은수는 정말이지 어색한 표정이 될 수밖에 없었다.

"이 기자는 류 쉐프가 어떤 영향력이 있는 사람인 줄 모르지?"

편집장님의 저 대단한 표정에 이의를 제기하고 싶은 생각은 없었다.

"지금 강남에는 난리 났어. 칼솟 때문에. 그거 구하기 힘들잖아. 로메스쿠 소스 만드는 법에 대한 문의도 빗발치고 있다니까."

아…… 그 대파구이. 은수는 무표정한 얼굴로 칼솟인지를 태우고 있던 남자가 떠올라서 혼자 고개를 내저어야 했다.

"하여튼 딴 잡지사에서도 난리 났다고. 내가 해낼 줄 알았다니까. 6회 기사 마무리해 오면 내 당장 구명위원회라도 만들어 줄 테니까 힘내! 알았지?"

그 대사관에서 동행한 웬 여자에 대해서 더 묻지 않는 게 다행이다 싶은 은수는 재빨리 이 기회를 틈타 말꼬리를 잘라야 했다.

"저, 그럼 그쪽 스튜디오에 연락 좀 해 볼 테니……."

"아니, 그건 그렇고, 이참에 아예 기사 1년 치는 어떻게 안 될까?"

"네?"

은수의 이마가 찌푸려졌다.

"보니까 이 기자하고 사이좋던데, 그런 식으로 좀 잘해서 말이야. 다음 달 예고 나간 뒤로 난리가 났어. 아예 딱 1년 치 하면 좋잖아."

분명히 녹음 파일에는 제 목소리도 들어가 있었다. 3번째 취재에는 제가 듣기에도 그의 목소리가 꽤 부드러워졌으니 팀장이 그렇게 느낄 만도 했다.

"김정남 따위보다 데이비드 류가 훨씬 더 대단한 사람이라고. 이참에 골 아픈 정치부 청산하고 이쪽으로 자리 잡든지. 다들 매너리즘에 빠져서, 아무것도 모르는 이 기자의 기사가 훨씬 담백하고 순수해서 오히려 먹힌 것도 있거든. 내가 밀어줄게. 정말이지……."

"아뇨. 그것 때문에 계약도 했다고 했잖아요. 계약 사항 어기면 바로 소송하겠다고 했어요."

은수가 정색을 하면서 대답했다.

"그거야 그렇지만, 매일 보면서 좀 미인계 같은 거라도 써 보라고. 자주 보면 달라질 수도 있잖아."

달라져도 너무, 달라져서 문제였다.

"그건, 우선은 너무 기대하지는 마세요."

절대 시도도 할 생각은 없었지만 그렇게 얼버무리고 문을 나섰다. 편집장실을 나온 은수는 휴, 하고 저도 모르게 한숨까지 내쉬고 말았다. 머릿속이 복잡했다. 오해일 수도 있었다. 그런데 그걸 묻고 싶지도 않다는 게 제 심정이었다.

침대 위에 남기고 간 체온이 막 식기도 전에 다른 여자를 데리고 호텔에 '자러' 가다니. 뭐라 변명을 해도 지금 자기 머릿속에 가득 든 시커멓고 불결한 생각들을 싹 씻어 버릴 수는 없을 것만 같았다.

"아서라. 그쪽 세계는 달라. 이쪽과……."

은수는 혼자 중얼거렸다.

그 대사관의 파티에서 보았던 치렁치렁한 보석과 드레스, 턱시도로 장식하고 가면같이 웃는 사람들이 가득한 세계는 제가 열심히 살고 있는 땀내 나는 이쪽하고 다른 세상이었다. 제가 잠시 어마어마한 집과, 무시무시한 차와 혀가 얼얼한 달달구리들에 눈이 멀었을 뿐이었다.

손해는 없지 않은가? 그런 대단한 남자와 해 보기까지 했으니까. 뭐, 피해 본 건 전혀 없으니까.

바로 퇴근하기는 좀 그렇고 해서 은수는 사무실 옆에 사람들이 모여 있는 곳으로 저도 모르게 발걸음을 옮겼다. 근사한 냄새가 풍기고 있었다. 회식이라도 하나? 아직 점심때도 되지 않은 시간이었다. 은수는 제대로 먹지도 못하고 집을 나섰기에 본능처럼 음식 냄새가 나는 곳으로 향했다.

"거기 조명! 그림자 지잖아!"

여자의 앙칼진 목소리가 났다.

"소스 가져와. 말라 보이니까. 자, 거기 윤 좀 나게!"

옆에 탁자에는 뭔지 모를 소스 병이며 음식들이 잔뜩 쌓여 있었다. 물에 젖은 키친타월로 덮인 것들 밑에도 다 음식들인 거 같았다.

"마르지 않게 조심하고, 조 실장! 이거 위에 손 좀 봐!"

그러자 뚱뚱한 여자 하나가 씩씩거리면서 달려들어 마치 물감을 칠하듯 붓으로 소스를 칠하더니, 그 커다란 곰 같은 손끝에 어울리지 않게 붓이며 이쑤시개 따위로 스테이크인지 뭔지 위에 초록색 부스러기들을 올려놓기 시작했다.

"뭐 하는 거예요?"

"아, 이번에 표지에 들어갈 스테이크 촬영요."

누군가 옆에서 대답해 주었다. 어쩐지 이 향기로움은 그것 때문이었다. 그때 옆에서 칙칙거리는 소리와 함께 고기 냄새가 풍기기 시작했다.

"무늬 좀 잘 내 봐. 격자가 희미하잖아. 이거 하루 이틀 하는 것도 아니고…… 그렇게밖에 못 해? 조 실장 됐나?"

"네, 네. 돼 가요."

"저건……?"

은수가 또 묻자 옆에서 다시 친절하게 말했다.

"파슬리요. 데코레이션하는 거죠."

또다시 커다란 소리가 났다.

"자, 자. 우선 찍고!"

펑펑 플래시 터지는 소리가 요란했다. 그러나 뒤에 서 있던 총책임자가 분명해 보이는 사람이 컷을 외치더니 말했다.

"웨어가 영 아니야. 이거 말고, 스테이크답게 철판으로 하자고. 뭐 있어?"

"스타우브 오벌하고 그냥 스테이크용 있구요. 핫플레이트, 스태커블……."

"됐고, 그냥 철판 달궈 봐. 그리고 스테이크 더 두껍게 하고. 겉에만 아주 바삭하게……알았어?"

바로 칙칙거리며 고기 굽는 소리가 요란했고, 옆에 놓을 야채들을 세팅하느라 법석이었다.

"거기 소스 좀 흘리지 말고, 옆에 다 닦아."

여럿이 달려들어 흘린 소스를 닦는다 뭐다 해서 물티슈니 키친타월이니를 들고 난리였다. 정말이지 별꼴을 다 본다 싶었다. 하지만 음식 냄새에 벌써부터 위가 요동을 하고 있는지라 은수는 슬쩍 물어봤다.

"저기 촬영하고 남은 거는 어떻게 해요?"

"버리죠."

미련도 없이 단칼에 나온 말에 은수는 눈이 동그래졌다.

"왜요? 고기 되게 비싸 보이는데……."

"비싸죠. 최고급이니까. 그런데 아우, 못 먹어요. 저거 다 보기 좋게 하느라 겉에만 익힌 거고, 휴지로 닦고 주물럭거리고 난리인 데다가 조명 받아서 다 상해요. 그래서 촬영에 올라갔던 건 하나도 못 먹어요. 이 기자님은 처음 보시나 보다. 그 류 셰프 요리 사진도 다 그렇지 않았어요?"

안 그랬는데……. 은수는 멍하니 제 눈앞에 펼쳐지는 그야말로 생 쇼를 보고 있었다. 소스가 흘렀다고 득달같이 소리를 지르자 또다시 달려드는 사람들을 보고, 아, 프로의 차이란 게 그런 걸까 싶었다.

편집장이 입에 침이 마르도록 데코레이션도 훌륭하고 사진도 완벽하다던 그의 음식들은, 그냥 정말이지 오븐에서 꺼내자마자, 팬에서 내리자마자 척척 옆에 있던 야채를 올려 몇 번 사진을 찍자마자 제게 내밀어졌고, 그만큼 훌륭한 맛을 가지고 있었다.

어디 그릇에 뭐 하나 흘린 적 없이 깔끔하게 요리를 만들어 제 앞에 내밀어 주던 남자는 정말이지 그 명성에 알맞은 솜씨를 가지고 있었던 거였다. 그런데…… 왜.

은수는 고개를 돌렸다.

벌써 오후가 다 되어 있었다. 시커먼 공장 단지에도 낙엽이 떨어지긴 했지만, 절대 가을답지는 않아 보였다. 온통 먼지와 함께 뒹굴고 있는 낙엽은 안쓰러워 보일 정도였다.

그리고 그 곁에 서 있는, 며칠 전에는 눈부시게 하얀색이었던 고급차도…… 흙먼지가 켜켜이 쌓여서 그 아름다운 자태를 잃은 지 오래였다. 그러나 버튼을 누르자 겉모습과는 달리 부드럽게 시동이 걸렸다. 아무리 지저분해지더라도 태생이 다른 차니까.

칙칙한 공장지대를 지나 고속도로에 올라가자 잔뜩 무르익은 가을이 차창 밖으로 스쳐 지나가기 시작했다. 좀처럼 서울에서 보기 힘든 맑고 깨끗하고 높은 가을 하늘과 흘러간 올드 팝이 흐르는 남자의 차. 그 남자의 차니까, 적어도 그도 이 핸들을 잡고 저처럼 운전을 했을 것이었다.

그러지 않으려고 했는데도, 제 손끝은 남자의 손길을 생각해 내고 있었다. 처음 봤을 때도, 그는 그 하얗고 긴 손으로 음식을 만들고 있었다. 능숙한 칼질로 야채를 자르고 휘리릭 소스를 뿌리기만 해도 완벽한 샐러드와 에피타이저를 만들어 냈었다.

그리고 말간 기포가 마치 보석구슬처럼 퐁퐁 떠오르는 와인을 따라 제게 내밀었다. 제 정수리를 톡톡 두드리며 저를 칭찬했었다. 그리고 제 뺨을 잡고 키스했었다…….

“에이…… 씨.”

그냥 끝내면 그만인 거였다. 미성년자도 아니고, 이제 제 생활쯤은 알아서 할 수 있는 성인이었다. 심지어 개방적인 엄마마저도 그건 당연한 거야, 대신 책임질 일만 하지 않는다면이라고 말했다.

그냥 잘난 남자와의 썸씽 정도로 치부하고 아무런 미련도 두지 않으면 그만이었다. 그런데 왜 병원까지 온 거야? 왜 그 한밤중에 그런 피곤한 얼굴로 내가 병원에 누워 있기 때문에 왔다고 이야기한 거야. 그리고 왜…… 절 그렇게 뜨겁게 안으면서 웃어 준 거야…….

은수는 입술을 깨물었다. 명치 한구석이 퍽퍽하게 쓰라렸다. 오해일 거야. 아마 그 여자가 어딘가 아팠는지도 몰라. 그럴 수밖에 없었을지도 몰라.

전에 그 레스토랑 차리기 전에 돈도 없어서 투자자 찾기 힘들었다던데, 그 여자가 돈을 대 주고 그 남자를 움켜잡고 있는 걸지도 몰라. 대기업의 사모님이니까…… 라고 말해 보아도 은수는 마음이 풀리지 않았다.

그녀는 새로 한 전화기를 집어 들었다. 그리고는 가장 익숙한 전화번호를 누르기 시작했다.

“야, 나야. 저녁에 짬뽕 먹자. 속이 문드러지게 매운 데, 거기 어디지?”

“그래서 번호 바꾼 거야?”

“아, 그 썩을 놈의 단통법 때문에. 전화번호를 바꿔야 할인을 해 준다잖아. 이참에 잘 됐지, 뭐. 그동안 괜히 전화번호 받아서 주소록에 떠 있는 번호가 수천이다, 카톡도 아주 차단하다 손가락 지문 없어질 판이야.”

물 텀벙 속에 있던 그녀의 휴대폰이 아예 사달이 난 게 좀 전이었다. 먹통이 돼 버린 휴대폰을 바꾸면서 새로 생긴 단통법이란 거에 혀를 내둘렀고, 대리점 직원의 꼬임에 넘어가 번호를 바꿨을 뿐이었다. 물론 박박 우겼다면 전화번호가 이렇게 완전히 바뀌지는 않았겠지만. 은수는 너스레를 떨었으나, 지훈은 왠지 그 이유를 알 것만 같았다.

"새 번호 알리려면 골 아프겠다."

"요즘 세상이 좋아져서 전화 오면 자동으로 안내해 준대. 그리고 또 연락받기 싫은 번호는 차단도 해 주더라. 내가 그래서 그놈의 대리점에서 한참이나 차단 번호를 지적질하느라 바빴잖니."

걸리는 번호 하나가 떠오르자 은수는 저도 모르게 한 톤 더 큰소리로 외쳤다.

"야, 다음에는 이쪽 알아보자. 이거 분명히 이통사하고 정부기관 쪽에 커넥션이 있는 거야. 이거도 큰 건수 될 거 같지 않냐?"

"아서라. 하던 거나 마저 하자."

"그럴까?"

마치 아무 일도 없었다는 듯 은수는 허기진 배를 단무지로 채우다가 단무지 그릇이 비자, 지훈은 버릇처럼 옆에 죽 늘어서 있는 금속의 네모난 찬 통을 열어 단무지를 수북하게 덜어 놓았다.

"그러니까, 유 대표가 분명히 박 사장한테 뭔가를 받았다. 그런데 그게 뭔지 모른다. 그게 요지지?"

은수가 또다시 단무지를 집으면서 이야기했다.

"그것도 문젠데 너한테는 그 주방장이 더 문제 아니냐?"

지훈이 물음에 은수의 젓가락은 잠시 머뭇했다. 그러나 아무렇지도 않은 듯 다시 단무지를 입에 넣으면서 말했다.

"우리한테 문제 있는 건 그게 아니잖아."

"아니, 정리 좀 하자. 너 그 주방장 집에 있었던 거 아니야? 니네 집 가 보니 장난 아니던데. 그거 어디서 그랬는지는 좀 있으면 나올 거고. 하여튼 며칠 됐지? 그래서 며칠 주방장 집에 있었던 거지?"

정치부에서 물 먹은 지 몇 년 된 놈은 달랐다. 은수는 잠시 생각을 해야 했다.

"맞아. 며칠 있었어. 대신, 너네 원룸처럼 단칸방은 아니야. 아니, 그 반대지. 한남동에 대체 방이 몇 개인지도 모를 집이야. 나라도, 날 취재하는 기자가 집이 그 꼴이 됐다면 하루쯤 문간방 내줄 수 있을 정도더라구. 그래서 며칠 신세를 졌을 뿐이야."

그 말을 듣고 있던 지훈이 한마디 했다.

"이 사건의 야마(요지)는…… 그 주방장은 멀쩡한 남자고 넌 미모의 여기자라는 사실인 거지."

"내가 미모의 여기자라는 거 이제 인정해 주는 거야?"

그 말에 은수가 어색한 폭소를 터뜨리고 말았다. 그리고 그 어색함을 달래주듯 연기가 폴폴 나면서 매콤한 캡사이신의 향내가 작렬하는 짬뽕이 등장했다. 위에 둥둥 뜬 고추기름과 가득 뿌려진 후춧가루만 해도 이 짬뽕을 먹으면 얼마나 속에 부대낄지 짐작하고도 남았다.

"아, 진짜 느글거리는 불란서 요리는 나랑 안 맞아. 짬뽕 보니까 눈물 날라고 한다."

막 젓가락을 들고 있는 은수를 보면서 지훈은 젓가락 드는 것도 잊은 채 심각하게 말했다.

"단 한 번도, 니가 미모의 여기자가 아니었던 적은 없었다. 하여튼 그냥 그 집에서 기숙만 했다는 거냐?"

그건 물론 아니었다. 그러나 그건 제 프라이버시였다. 프라이버시를 지키느냐, 아니면 이놈의 취조에서 실토를 하느냐 하는 것이 문제였다.

"내가 그 남자를 덮쳤든, 아니면 강지훈이처럼 옆에서 끼고 자도 아무 일도 없었든, 그건 니가 알 바가 아니지 않냐? 그리고 내가 명확하게 이야기했다. 난 너와 취재 파트너일 뿐이야. 니가 앞으로도 이렇게 군다면, 난 이 건을 마지막으로 그만두련다. 짬뽕 불어. 난 세상에서 가장 싫은 게 면 불은 거다. 더 이상 말 시키지 마."

은수의 강경한 말에 지훈은 잠시 가만히 있다가 입을 열었다.

"좋다. 그럼 두 번째 야마, 그 주방장 옆에 있던 여자, 그 여자 EJ 손자며느리야. 아주 유명했었다고 그 주방장과 사이에서 말이지."

은수는 말없이 짬뽕에 든 홍합에서 살을 발라냈다.

"그리고 웃기는 게 그 주방장 말이야."

여전히 조개껍데기를 건져 옆에 놓는 은수는 말이 없었다.

"그때 본 당대표, 유태석 당대표…… 성이 버들 류 자더라구. 그리고 그 집 큰아들이야 그 악명 높은 유승수 국회의원인 건 다 아는데, 그 집 작은아들이 류승제, 영어식 이름은 데이비드 류, 현 비쥬 블랑쉐 대표라는 거지."

은수의 젓가락 사이에서 주르르륵 짬뽕의 면이 흘러내렸다.

◈

생각 같아서야 온 도시를 뒤져 숨어 있는 은수를 찾아내고 싶었지만 그는 책임져야 할 일이 많은 사람이었다. 아무렇지도 않게 출근해 아무렇지도 않게 서류에 사인을 하고 주방을 체크하고 납품 받는 식자재들을 확인하고 또 보충되는 직원들의 교육과 스케줄 조정에 대한 보고까지 오전은 숨 가쁘게 지나갔다.

그리고 몇 번이고 신호가 가지 않던 전화는 오후가 되자 다른 말을 뱉기 시작했다.

〈없는 번호이니 다시 확인하시고…….〉

번호를 직접 누른 것도 아니었다. 그냥 저장된 이은수라는 이름을 눌러 전화를 건 거였으니까 제가 잘못 누른 것은 아니었다. 차라리 무정한 신호음을 계속, 반복해 듣는 게 나았다. 없는 번호라니.

승제는 피곤한 얼굴을 문지르며 신경질적으로 전화를 책상 위에 던져 놓았다.

대체 이유가 뭘까? 머릿속에는 엉망이 된 여자의 원룸이 떠올랐다. 하지만 곧 그는 고개를 저었다. 제집의 경비는 확실했고 은수의 물건만 깔끔하게 사라진 것으로 보건대 여자 스스로 짐을 챙겨 나간 게 분명했다.

처음 같이 밤을 보낸 뒤의 여자의 부재는 그래도 이해할 수 있었다. 합의하에 이루어진 관계였지만 그 밤은 갑작스러운 사고나 마찬가지였으니까. 당혹스러운 마음에 자리를 피한 여자의 마음을 그는 조금은 납득하고 있었다.

그러나 이번에는 아니었다. 펜 하나 남기지 않고 사라진 여자를 어떻게 이해해야 하나? 혹시 자세한 설명 없이 급하게 나서야 했던 제 외출이 문제였던 걸까?

하지만 구급대원의 말을 듣고 자초지종을 설명할 여유가 그에게는 없었다. 그래도 이렇게 사라지는 건 너무 과한 행동이었다. 지끈거리는 머리를 짚으며 그는 고개를 숙였다.

그럼 갑자기 왜…… 어디서 뭐가 잘못된 걸까?

그렇게 사라진 여자가 전화번호마저 없애 버리다니. 그는 이 뒤틀린 이야기의 어느 곳을 손봐야 할지 도대체 알 수가 없었다. 여자가 제 스스로는 그에게 연락하지 않을 거라는 예감이 스쳤다.

그 밤이 실수였다면 잊어 주겠다고 한 그를 붙잡은 것은 그녀였다. 갑자기 마음이라도 바뀐 걸까? 그런 게 아니라면 설명이 되지 않는 행동이었다.

제 손을 억세게 잡던 그 친구일 뿐이라던 기자 녀석이 떠올랐다. 설마……? 걱정과 불안은 웃기지도 않는 의심을 불러왔다. 아니, 아니었다. 이은수는 절대 그런 여자는 아니었다.

승제는 책상에 집어 던져 둔 전화기를 다시 들었다. 이유 따위를 고민하는 건 그만두기로 했다. 이유가 뭐든 이은수가 도망간다면 쫓아가면 되는 일이었다. 납득할 만한 이유를 내놓지 못한다면 그가 고민한 시간의 대가를 그녀는 톡톡히 치러야 할 것이었다.

막 은수가 근무하는 리빙 파트의 연락처를 찾아낸 그의 사무실을 석진이 급하게 노크를 하고 들어왔다.

"대표님, 밖을 좀 확인해 보셔야 할 것 같습니다."

"무슨 일인데?"

막 점심시간이 끝나고 브레이크 타임이 시작된 때였다. 석진의 심상치 않은 얼굴을 보고서야 그는 바깥에서 희미하게 들리는 웅성거리는 소음을 깨달았다. 자리에서 일어나 창가로 다가간 그는 한 무리의 사람들과 직원들이 실랑이를 벌이는 것을 발견할 수 있었다.

"저게 다 뭐지?"

손님들이 없는 시간이지만 레스토랑 입구에서 저런 난리라니.

승제의 눈가가 설핏 굳어졌다.

"기자들입니다."

석진의 대답에 승제의 얼굴이 더 불쾌하게 변했다.

"기자가 왜? 아버지한테 문제라도 생겼나?"

아버지에게 그는 집안의 돌연변이이자 사고뭉치였다. 늘 그를 외국에서 공부 중이라며 숨기는 아버지 덕에 기자들에게 그의 존재는 잘 알려져 있지 않았다. 더구나 아버지가 '류'가 아닌 '유'로 성을 바꿔 쓴 덕에 어쩌다 알게 된 정치가들 몇 외에는 그들이 부자지간임을 대부분은 모르고 있었다.

무슨 큰일이라도 터진 건 아닌지 얼굴을 찌푸리는 그에게 석진이 고개를 저었다.

"그게 아니라 대표님 요리 기사가 실린 잡지가 이번 주에 발간된 모양입니다. 알아보니 그게 아주 반응이 좋아서 다른 리빙 관련 잡지사 기자들도 대표님 인터뷰 기사를 자기들도 싣겠다고 몰려와서……. 조 실장님 말로는 레스토랑에 인터뷰 문의 전화도 계속 오는 모양입니다."

늘 딱딱한 얼굴로 칼 같은 일처리를 하는 석진이 답지 않게 말끝을 흐리며 난감한 표정을 지었다.

"아, 그래. 그게 있었지."

골치 아프다는 듯 이마를 문지르며 승제는 한숨을 내쉬었다. 안 그래도 극성인 기자들이 먹잇감이 손을 내민다고 생각했을 게 뻔했다. 이래서 취재 따위는 하고 싶지 않았다.

그녀를 만나지 않았다면 제 평온한 일상은 여전히 아무 일도 없이 무료하고 무미건조하게 흘러갔을 것이다. 그리고 사라진 여자를 걱정하는 일 따위도 없었을지도 모른다. 하지만 그랬다면 '그의' 이은수를 만나지는 못했겠지.

승제는 딱딱한 얼굴로 석진에게 지시를 내리기 시작했다.

"발렛 직원들에게 아예 주차장 입구부터 출입 제한시키도록 지시하고, 윤 실장은 기자들에게 계속 레스토랑 앞에서 소란을 피운다면 영업방해로 신고하겠다고 해. 취재는 더 할 생각 없으니까 다시 귀찮게 하면 다들 고소장 받을 생각하라고 해 두고. 그리고 혹시나 불편 겪는 손님들 없었는지 잘 확인하고 발렛 직원들이 저녁 손님들에게 실수하지 않도록 예약 명단 미리 확인시켜 두고."

"네, 알겠습니다."

냉정을 되찾은 석진이 안경을 끌어 올리며 고개를 끄덕이더니 바깥의 소란을 정리하려 서둘러 밖으로 나갔다. 한참 동안의 소동을 그는 창가에 기대어 물끄러미 바라보았다. 실랑이를 벌이며 레스토랑 앞에서 소란을 피우던 기자들이 석진의 협박에 못 이기고 저 멀리 주차장 바깥까지 쫓겨 갔다.

하지만 그렇다고 포기하면 기자들이 괜히 기자들이겠는가? 근성의 이은수처럼 팔에 포크는 박지 못해도 주차장 입구를 서성이는 몇몇 기자들은 저녁 타임이 지나서까지도 자리를 떠나지 않았다.

"Oh lá lá! 네 사진 한 장이라두 찌거야 갈 거 가튼데?"

승제와 어깨를 나란히 하고 서서 창밖을 바라본 레너드가 안타깝다는 듯 고개를 흔들며 혀를 찼다. 주머니에 손을 꽂은 채 무뚝뚝하게 서 있던 승제는 창가를 떠나 제 책상에 다가섰다. 종일 기다린 전화는 오지 않았다. 아예 사라져 버린 이은수의 연락처 대신 알아낸 마 메종의 번호를 오후 내내 눌렀다 말았다 반복하던 그였다.

"유명해쥐는 건 좋은 커야. 너는 쿠게 심한 게 문제쥐만."

승제가 레너드의 말에 손에 들었던 전화를 책상 위에 놓고 몸을 돌렸다.

"여기서 더 유명해지고 싶은 생각은 없어."

"하긴 히…… 성? 쿠거 모라고 해찌?"

요즘 어려운 단어에 도전 중인 레너드가 다시 머리를 긁적이며 그를 바라보았다.

"희소성."

정확한 단어를 짚어 주자 손을 모아 박수를 짝 친 레너드가 고개를 끄덕였다.

"쿠래, 히소썽! 쿠게 우리 레스토랑의 장점이자 merit인데 조심해야쥐."

"좀 지나면 또 조용해질 거야. 그저 요리사 하나에 계속 관심을 두기엔 요란한 세상이니까."

"글쎄, 네가 쿠냥 요리사는 아니쥐. 쿠게 문제라 저 난리코."

"미안해. 번거롭게 해서."

순순히 나오는 사과에 레너드가 어깨를 으쓱했다.

"네가 모 미안해. 쿠러니까 조금만 못생키지 그래써."

능청스럽게 뱉는 말에 승제는 픽 하고 웃음을 터뜨렸다.

"어제 쉬었눈테 얼굴이 왜 쿠래? 잠 못 자써?"

"아…… 희수가 좀 다쳤어."

그의 말에 느물느물한 태도로 농담을 하던 레너드가 태도를 싹 바꾸고 정색을 했다.

"모! 왜!"

"계단에서 넘어졌다는데 아무래도 남편한테 맞은 것 같아."

다친 희수의 얼굴이 스치자 승제가 뻑뻑한 눈을 매만지며 한숨을 쉬었다.

"merde! Sale mome!"

레너드가 욕설을 쏟아 냈다.

"그 남푠 나쁜 놈이야. 그래, 진이 그래써. 여자 때리면 개좌식! 이라쿠!"

"알아. 나도 그렇게 생각해."

"그래서? 그래서 어떠케 할 건데?"

"조만간 그 집에서 나오게 해야지."

그의 대답에 레너드가 분개한 얼굴로 고개를 끄덕였다.

"그래, 당연히 크래야지. 구래서 히 마니 다쳐써?"

"음."

별다른 말없이 고개를 끄덕이는 승제의 대답에 레너드가 땅이 꺼질 듯 한숨을 쉬었다.

"술 먹꼬 시퍼?"

걱정 가득한 눈빛으로 제 어깨를 두드리는 건장한 남자에게서 그는 위로를 느꼈다. 그가 어렵게 얻게 된 요리사라는 칭호보다 어쩌면 레너드라는 친구가 그의 인생에 더 귀한 것인지도 몰랐다.

"아니, 오늘은 그냥 쉬고 싶어."

"쿠래, 쿠래. 그런데…… 갈 쑤 있게써?"

얼굴을 잔뜩 구긴 레너드가 창밖 멀리 아직도 서성이는 기자들을 바라보았다.

"바빠? 네 차 좀 얻어 타야겠는데."

그의 말에 눈동자를 데구르르 굴린 레너드가 어깨를 움츠렸다.

"차 놓쿠 가려고? 으흠…… 진이 기다릴 커지만 초큼 더 기다리라고 해야쥐, 모."

겨우 30분 정도 돌아가는 것인데도 레너드의 머뭇거림의 사이에 미련이 가득했다. 최근에 만난 진이라는 여자에게 푹 빠진 레너드의 마음을 승제도 충분히 이해했다. 단지 그는 집에 돌아간다 해도 누군가가 기다리고 있지는 않겠지만.

레너드의 차가 지하 주차장을 빠져나가자 입구에 몰려 있던 기자들이 무턱대고 카메라를 들어 찍기 시작했다. 일부러 운전석 뒷자리에 앉은 승제가 찍힐 리는 없겠지만 레너드는 액셀러레이터를 밟아 기자들 사이를 벗어났다.

보란 듯이 창을 열고 가운뎃손가락을 펼쳐 보인 레너드가 호탕하게 웃으며 한국 욕을 중얼거렸다.

"몽충이들!"

악센트까지 붙여 하는 말에 승제가 한마디를 했다.

"그런 것 좀 배우지 마."

그의 잔소리에 레너드가 귀찮다는 듯 팔을 저었다.

"원래 다룬 나라 말 배울 때 욕부터 배우눈 커야."

자랑스러운 그 말에 승제가 심드렁한 태도로 답했다.

"진이 참 좋아할 말이다."

"류! 내리쿠 시퍼?"

유난스러운 레너드의 태도에 승제가 비죽이 웃다가 고개를 기울여 룸미러로 그와 눈을 맞췄다.

"진이 그렇게 좋아?"

꽤 진지한 그의 물음에 레너드가 쑥스럽다는 듯 이마를 긁적였다.

"한국 여자를 조아할찌 몰랐어. 그치만 진은 특별하니카. 나도 진한테 툭별해지코 싶어."

솔직한 친구의 고백에 승제도 공감했다. 진심이란 다른 포장 따위는 거추장스러운 법이니까. 그녀가 내게 특별하니까 나도 그녀에게 특별해지고 싶다는 진심. 그도 그랬다. 하지만…… 사라진 여자는 답이 없었다.

"행운을 빌어 줄게."

특유의 매력적인 눈웃음으로 레너드가 답했다.

"Merci nés."

한참을 달려 빌라 지하 주차장에 승제를 내려 준 레너드가 차를 빙글 돌리더니 길게 후진을 해서 그의 옆에 차를 세웠다.

"내일은 어떠케 할 커야?"

"저거 타야지."

그의 고갯짓에 레너드가 목을 길게 빼고 승제가 가리킨 곳을 바라보았다. 둥근 엠블럼을 자랑하듯 정면에 크게 붙인 검은 차는 여전히 위압적이었다.

"그래, 히는 잊꼬 푹 자. 내일 바."

요란한 소리를 내며 사라지는 레너드의 차를 보며 승제는 쓴웃음을 지었다. 그가 잊고 자야 할 사람은 희수가 아니라 은수였다.

온통 제 머릿속에 물음표만 가득하게 한 그 여자를 찾으러 밤거리를 헤매야 하는 걸까? 그러면 찾을 수는 있을까? 기자들만 아니었다면 그는 제 오후를 실제로 그렇게 보냈을지도 모른다. 마 메종의 사무실을 뒤져 이은수를 찾아내거나, 아니면 이은수의 원룸 앞에서 보초를 섰을지도.

하지만 그는 몸을 돌려 집으로 올라가는 엘리베이터에 탔다. 아직 인터뷰는 3번이나 남아 있었다. 연락처를 바꾸고 전화를 걸지 않는 게 저를 피하고 싶은 여자의 의지라면 다음 인터뷰 때까지는 참아 줄 생각이었다. 그리고 다시 제 앞에 나타난다면 어떤 이유를 내세운다고 해도 놔주지 않을 작정이었다.

제집 앞에 선 승제는 번호 키를 누르기 전에 잠시 머뭇거렸다. 혹시나 그녀가 돌아와 있지 않을까 하는 기대가 스쳤기 때문이다. 그러나 손끝에 닿은 번호가 내뱉는 버튼음은 공허했다. 텅 빈 집에 부딪혀 돌아오는 텅 빈 환대.

신발 끝이 약간 해어진 여자의 운동화 따위는 역시 없었다. 뭉개진 기대에 그는 애써 아무렇지도 않은 듯 현관을 지나고 여자가 자주 앉아 있던 소파가 있는 거실을 지나고, 무릎을 세우고 그녀가 노트북을 두드리던 주방 앞을 지나 겨우 제 방에 도착했다.

하지만 피로를 풀기 위해 뜨거운 물에 샤워를 하러 들어간 샤워부스에서, 그리고 잠이 들기 위해 마주한 하얀 침대 앞에서 그는 망연해질 수밖에 없었다.

꼭 그녀가 부드러운 머리카락을 베개 위에 펼치고 매끄러운 등줄기를 드러낸 채 침대에 누워 있을 것 같았다. 그는 신경질적으로 은수가 베고 자던 베개를 침대 아래로 던져두었다. 하지만 그렇다고 해서 잠이 쉽게 오지도 않았다. 밤이 한참이나 깊어질 때까지 뒤척이던 그는 결국 팔을 뻗어 제가 던진 베개를 주워 들었다.

한숨을 내쉬며 고개를 묻은 그녀의 베개에서 희미한 레몬버베나 향이 묻어났다.

"대체 어디 있는 거야, 이 여자야."

대답하지 않는 여자를 그는 또 부를 수밖에 없었다.

◈

느긋한 미소를 짓고 있었지만 넥타이를 푸는 손길은 그와 걸맞지 않았다. 미소는 철저한 비즈니스 스마일이었고 몇 십 년을 고수하다 보니 혼자 있는 곳에서도 굳어 버린 탓이었다. 하지만 그의 심기는 편치 않았다.

"죄송합니다."

"그래, 항간에 떠도는 말이 있던데. 그게 사실인가?"

미소가 가득한 얼굴이었지만, 그게 진심이 아니란 것쯤이야 금방 알 수 있었다. 술병을 들었지만 상대는 잔을 들 생각도 없어 보였다.

"아무래도 꼬리를 좀 밟힌 모양인데…… 처리 중입니다."

"도대체 정신이 있는 건가 없는 건가?"

여전히 술잔은 바닥에 있었다. 남자는 술병을 내려야 하나 말아야 하나 고민을 하면서 말해야 했다.

"정말 면목 없게 됐습니다. 제가 처리 중입니다."

그제야 상대는 술잔을 들었다. 남자는 겨우 감지덕지한 마음으로 잔을 채우면서 말했다.

"따끔하게 경고를 했으니……."

"경고 따위로 되겠나?"

"네?"

잔이 넘칠 뻔했다. 얼른 병을 거둬들이면서 뭐라 말을 해야 할까 고민 중인데 상대가 먼저 말을 꺼냈다.

"아무래도 뭐, 그런 쪽으로 경험이 없어 그런 거야. 자료, 조 비서한테 보내. 조용히."

찰랑찰랑하게 따른 스트레이트 잔을 들고 한 모금 마시더니 말했다.

"정리는 이쪽에서 하겠네."

"정말 죄송합니다, 유 대표님."

"대신 그런 식으로 하면 다음번엔 기회가 오지 않을 수도 있어."

성가신 일을 맡게 된 그는 한 번쯤 따끔하게 주의를 주는 것을 잊지 않았다.

"머저리 같은 놈. 그딴 일처리 하나 깔끔하게 못 하는 걸 뭐에 써먹겠다고."

그제야 버릇 같은 미소를 치운 유태석은 희끗해진 귀밑머리를 보고 더욱더 심기가 상해 전화기를 들었다.

"장 부장, 아침 일찍 사무실에 나와. 간만에 할 일이 생겼어. 이번엔 아주 당돌한 기자 끄나풀이야."

◈

이번 주 목요일은 새 클래스가 시작하는 날이었다. 클래스는 보통 매주 화요일과 목요일 두 번이었지만 한 달에 수강 횟수가 8번으로 정해져 있어서, 한 달이 5주인 날에는 생각하지 않는 휴일이 생길 때가 종종 있었다. 그 귀한 휴일 하루를 온전히 이은수에게 사용한 덕분에 승제는 오늘이 더 바쁜 날이었다.

하지만 서둘러 내려온 주차장에서 그는 한참을 그대로 서 있었다. 그가 그녀에게 빌려주었던 차가 무슨 일이 있었냐는 듯 멀뚱히 제 자리에 돌아와 있었기 때문이다. 분명 어젯밤에는 없었던 차가 이 자리에 있다는 건 그가 집에 있는 동안 그녀가 차를 두고 갔다는 이야기였다.

역시 마음이 달라진 걸까? 차를 바라보는 그의 얼굴이 쓰게 변했다.

"아, 사장님 나오셨습니까?"

눈에 익은 보안직원이 그에게 다가왔다. 무슨 일이냐는 듯 고개를 돌려 바라보는 그에게 보안직원이 주머니에서 무언가를 꺼내 들었다.

"새벽에 손님이 맡기고 가셨습니다. 연락을 드릴까 하다가 너무 이른 시간이기도 하고 등록되어 있는 차라서 일단 키는 보관해 두었습니다. 사장님 나오시면 전해 드리라더군요."

승제는 제게 내민 차 키를 받아 들었다.

"수고했어요."

허리를 숙여 인사한 보안직원이 주차장을 나가는데도 그는 제 차를 바라보며 계속 서 있었다. 여자는 자신의 흔적을 남기지 않겠다는 듯 티끌 하나도 남겨 놓지 않고 방을 비웠다. 그건 차도 마찬가지였다. 번쩍번쩍 광이 나도록 세차를 한 차는 내부 청소까지 한 모양이었다.

이렇게 모든 곳에서 자신의 흔적을 지운 것처럼 그에게도 그녀 자신을 지우고 싶은 건지도 모른다. 하지만 그는 아니었다. 그녀가 이렇게 나온다고 해서 그도 순순히 그녀의 행동에 동의하고 싶지 않았다.

천안의 그 병원에서 그녀가 저를 잡기 전이었다면 그랬을지도 모른다. 하지만 그게 실수가 아니란 것에 그녀도, 그도 동의한 것이 아니었나? 이런 식으로 이유도 듣지 않고 이은수를 보낼 생각 따위는 조금도 없었다. 그러니 그와 있었던 일들을 없던 일로 치부하고 싶다면 그건 포기하는 게 좋을 터였다.

승제는 차 키를 주머니에 찔러 넣고 몸을 돌렸다.

“야, 은수가 있으니까 좋구나. 아예 우리 집에서 살아. 서재방 너 줄게.”

집에 와서 울고 있는 3호와 4호를 안고 있는 여자들 사이에서 밥을 먹는 작은오빠의 얼굴에는 미소가 흘렀다. 물론 여전히 혼자 울먹이고 있는 2호와 학습지를 풀고 있는 1호가 자지도 않고 저쪽 방에서 씨름 중이었다.

30살의 나이에 센세이션한 논문을 발표해 언론학부에서 이름나는 부교재로 쓰는 유명한 책을 내고, 샤프하고 댄디한 교수가 된 경험을 가지고 있는 은수의 작은오빠 은호는 제가 생각해도 대단한 남자였다.

이상형을 꼽으라고 하면 당연히 그 이름이 튀어나올 만큼 유머감각도 있으면서도 정말이지 싸한 매력을 가진, 그야말로 차도남이었으니까. 그런 오빠가 갑자기 학부생이었던 새언니와 눈이 맞아 결혼을 한 건 9년 전이었고, 덜컥 들어선 1호 민규를 배 속에 가지고 결혼식을 올린 오빠는 그야말로 180도 달라졌다.

물론 신혼살림을 시작할 때는 은수가 들락거리고 있는 마 메종의 표지에도 등장해도 손색없을 만큼 미니멀리즘의 표상이라 할 수 있는 근사한 인테리어가 있는 아파트에서 살았었다. 그런 곳에 무뎌 빠진 제가 봐도 근사할 정도였으니까.

완벽한 블랙과 그레이, 화이트의 조화가 이루어진, 마치 카페나 호텔 같던 오빠의 신혼집은 민규가 태어나면서부터 조금씩 바뀌었다. 살림에 완벽한 취미를 가지고 있는 근래 보기 드문 새언니는 둘째 민재까지는 그나마 괜찮았던 거 같았다. 그러나 그다음에 태어난 아들 쌍둥이까지는 커버하기 힘들었던 모양이다. 그리고 그건 제 오빠 은호도 마찬가지였다.

"편하게 살기로 했어."

그 한마디가 모든 걸 설명해 주고 있었다. 이제는 샤프하고 거리를 둔 후덕한 외모까지 한몫하고 있었다.

"아직도 뭐, 남자 없는 거냐?"

없었으면 좋겠다 싶었다.

"응."

"다들 눈이 삐었나. 너 같은 미녀를 그냥 놔두다니."

"와, 그렇게 말하면 미안하지도 않나?"

"왜?"

천연덕스럽게 묻는 오빠를 보고 은수는 고개를 돌려야 했다.

고개를 돌리자 온통 총천연색으로 알록달록한, 노랗고 빨간 애벌레들이 가득 그려진 매트가 빈틈없이 깔린 바닥과, 아이들의 작품 전시장으로 변한 벽, 책장 가득 꽂힌 아이들의 책, 그리고 보행기와 제가 돌 선물로 보낸 아기 체육관, 플라스틱 피아노 등이 가득한 거실이 눈에 들어왔다. 그리고 달착지근한 아이들의 분유 냄새와 땀 냄새까지.

피곤함이 가득 묻은 새언니는 막 잠든 넷째인지 셋째인지 헷갈리는 아이를 토닥거리면서 저쪽 어두운 데서 자장가를 부르고 있었다. 그러나 아직도 잠들지 않고 꼬물거리는 다른 쌍둥이를 안고 있는 은수는 피로가 구름처럼 몰려와서 일찍 잠들길 바랄 뿐이었다.

날이 밝으면…… 그를 만나러 가야 하니까.

19.

## 크램당쥬

은수가 없는 그의 하루는 여전히 바쁘고 길었다. 그럼에도 느리게 기어가는 시간에 인내심이 바닥났을 때, 마침내 목요일이 되었다.

"안녕하세요?"

아무 일도 없다는 듯 쿠킹 클래스 스튜디오 현관에 나타난 여자는 말갛게 웃기까지 했다. 그녀의 말도 안 되는 인사에 그 또한 무심히 대답할 수밖에 없었다.

"들어와요."

나쁜 남자. 문을 열자마자 한입 베어 물면 다디단 과즙과 독약이 뚝뚝 흘러내릴 것 같은, 신데렐라의 계모가 변신한 마귀할멈이 들고 저를 홀릴 때 썼을 법한 새빨간 사과가 떠오르는, 싸늘하고 완벽한 남자가 저를 보고 있었다.

그래서…… 그래서 밤새, 그리고 40여 층을 올라오는 엘리베이터에서 머릿속이 곤죽이 되도록 떠올린 말들을 하나도 꺼내지 못하고 바보 같은 웃음을 지으며 인사를 하고 말았다.

"별일 없으면 바로 시작하죠."

그런데도 남자는 아무렇지도 않다는 듯 무척이나 사무적인 태도로 일의 시작을 알렸다. 기운이 쭉 빠진 그녀는 애써 아무렇지도 않은 듯 고개를 끄덕였다.

"네, 그래요."

카메라를 준비하고 녹음기를 꺼내자 그가 평소처럼 녹음기를 셔츠 주머니에 넣고 설명을 시작했다.

"오늘 요리는 디저트들입니다. 메인으로 나갈 디저트는 먼저 크램당쥬, 천사의 크림이라고 하죠."

듣기 좋은 목소리로 요리를 설명하는 남자의 얼굴은 티끌만큼의 감정도 보이지 않았다. 사방이 커다란 창으로 된 실내에는 오전의 햇볕이 가득 쏟아져 내리고 있었다. 눈부시게 하얀 셔츠와 앞치마를 걸친, 제 푸석한 얼굴과는 달리 물기를 흠뻑 머금은 싱싱한 매끄러운 난초의 이파리 같은 미끈하고 생기 있는 남자의 하얀 얼굴이 잘 넘긴 새까만 머리카락 밑에 보였다.

벨을 누르기 전에 열 번은 넘게 주저해야만 했다. 아무 일도 없는 척 가증을 떨었지만 그녀는 문이 열리자마자 남자가 저를 뜨겁게 끌어안아 주기를 바랐는지도 몰랐다. 하지만 애써 평온을 가장하는 그녀와 달리 남자는 진짜 담담해 보였다. 그녀가 그렇게 사라진 것도 그녀가 이렇게 나타난 것도 별일이 아니라는 것처럼.

"크램당쥬는 프랑스 북서부 ANJOU 지방의 디저트입니다. 프로마쥬 블랑과 마스카포네 치즈와 생크림, 그리고 이탈리아 머랭을 섞어 만든 디저트죠."

담담하지만 편집장이 애정해 마지않는 매끄러운 목소리로 설명과 함께 꺼내 놓은 재료들을 은수는 기계적으로 찍기 시작했다.

"먼저 과일을 졸여 만든 콤포트를 만들어야 합니다. 보통은 베리 종류로 만들죠."

미리 준비해 둔 냄비 안에는 딸기와 라즈베리와 크린베리 등이 담겨 있었다.

"설탕과 바닐라 빈에 약간의 물을 넣고 끓여서 만듭니다. 뭉근하게 졸여서 주걱으로 들어 이 정도로 흐르면 냉장고에 식혀서 사용하면 됩니다."

달콤한 과즙의 냄새도, 남자의 설명도 귀에 들어오지 않았다. 단지 낮은 목소리의 감촉과 요리를 하는 남자의 우아한 움직임의 궤적만이 자꾸만 그녀를 어지럽혔다. 익히 알고 있는, 부드러운 감촉을 내는 하얗고 섬세한 남자의 손이 반짝거리는 냄비 안에서 우아한 곡선을 그리면서 원래부터 다디단 것들을 더욱 더 달콤하게 만들고 있었다.

찰칵, 찰칵.

셔터를 누르면서도 은수는 제가 무엇을 찍는지 알 수가 없었다. 약해지는 집중력에 머릿속에 떠오르는 것들을 내리누르느라 그녀는 더욱더 신경질적으로 셔터를 누르고 있었다.

"마스카포네 치즈가 부드럽게 풀어지면 프로마쥬 블랑과 생크림, 그리고 이탈리아 머랭을 부드럽게 섞어줍니다. 아래에서 위로 머랭이 꺼지지 않도록 재빠르게요."

그녀와는 달리 남자는 요리에만 집중해 있었다. 어느새 반죽을 완성한 그는 컵 안에 거즈를 넣고 그 안에 크림을 짜 넣기 시작하고 있었다. 마치 기계처럼 일정한 모양과 정확한 양으로 딱딱 맞추는 남자의 손길은 경이로울 정도로 능숙했다.

약간의 동요도 없는 그를 보며 그녀는 지난 며칠 동안이 제가 만들어 낸 상상이거나 꿈은 아니었는지 고민해야만 했다.

"프람보아즈 시럽을 바른 제누아즈를 넣고 다시 크림을 짜서 거즈를 덮어서 냉장고에 넣어 주면 됩니다. 일단 이건 넣어 두죠."

은수는 무감각하게 고개를 끄덕였다. 전 같으면 그게 대체 뭔가요? 왜 그래야 하죠? 따위의 질문을 던졌을지도 몰랐다. 아니면 남자의 긴 손가락에 크림을 묻힌 채 맛을 보았을지도…….

"프랑스는 디저트의 천국이라고 할 수 있습니다. 보통 마카롱은 많이 알지만 칼리송은 잘 모르죠. 칼리송은 프로방스 지방의 디저트입니다."

은수는 입을 꾹 다물고 사진만 찍어 댔다. 뭔지 답답함이 목까지 차올라 입을 열면 하지 말아야 할 말을 꺼낼 것만 같았다. 애써 만들어 낸 제 평온이 깨질까 봐 그녀는 두려웠다.

남자는 재빠른 손길로 아몬드 가루와 설탕을 반죽해 나뭇잎 모양을 만들고, 그 위에 아이싱을 올려 디저트 하나를 뚝딱 완성했다.

그리고 몽블랑 산에서 이름을 따 온 몽블랑 케이크와 커피에 적신 아몬드 스펀지케이크에 초콜릿, 그리고 커피버터 크림을 쌓은 오페라까지, 디저트가 담긴 접시가 테이블에 줄을 지었다. 금박으로 장식한 오페라를 보며 은수는 저도 모르게 중얼거렸다.

"엄청 달겠어요."

"그랬겠죠."

어딘지 어긋난 대답에 은수가 그를 바라보았지만 남자는 벌써 등을 돌려 냉장고에 넣어 둔 크램당쥬를 꺼내고 있었다.

"거즈를 조심스럽게 벗기고 접시 위에 올린 뒤에 남은 시럽과 과일 등으로 장식하면 됩니다."

천사의 크림이라는 이름에 걸맞게, 보기에도 폭신해 보이는 동그란 하얀 크림에 붉은 시럽과 딸기와 라즈베리 등이 뿌려지고 민트 잎으로 마지막 장식을 했다.

디저트에 어울리게 장미 꽃잎으로 장식한 테이블에서 은수는 네 가지 디저트를 따로, 또 같이 촬영했다. 햇살은 적당히 밝았고 아름다운 디저트들은 이 짧은 시간에 금방 뚝딱뚝딱 만들었다는 게 믿기지 않을 정도로 완벽했다.

층층이 쌓인 오페라 위의 반짝이는 금박이 마치 무슨 장치를 한 것처럼 제 카메라 안에서 반짝거렸고, 아름다운 몽블랑과 나뭇잎이 앙증맞은 칼리송까지 있었지만, 그래도 단연 돋보이는 것은 가운에 놓인 여름 하늘의 몽글거리는 뭉게구름 한 조각을 떠 온 듯 무게감도 느껴지지 않을 만큼 폭신한 크램당쥬였다. 금방 제 앞에서 만든 것을 보고도 믿기지 않을 만큼.

은수는 이곳저곳에서 미친 듯이 사진을 찍었다. 마치 사진을 보고 열광할 편집장의 목소리가 들리는 것만 같았다.

"맛봐야죠?"

냅킨에 싼 포크를 내려놓는 남자를 보며 은수는 고개를 저었다.

"음, 그게 오늘은 별로 생각이 없어서요."

감히 저 남자 앞에서, 저 남자의 손으로 만든 저 아름다운 것들을 아무렇지도 않게 먹을 수 있을까. 절대 그럴 수는 없는 일이었다.

"아, 그래요? 그럼 촬영은 이걸로 끝입니까?"

다른 때라면 한입이라도 맛보라고 했을 남자가 별 이의를 제기하지도 않고 순순히 고개를 끄덕였다. 그게 더 은수의 마음 한구석을 싸하게 가라앉게 만들었다. 제가 코를 막고 남자의 그린 스무디 앞에서 도리질을 해도 웃으면서 제게 억지로라도 먹이던 남자 아니었던가.

왜 먹어 보라고 안 하는 건데? 빨리 보내 버리고 그 여자라도 만나러 가고 싶은 거야? 울컥하는 마음에 은수는 퉁명스럽게 대답했다.

"네, 끝이에요."

"잘됐군요. 안 그래도 바빴는데."

주머니에 넣고 있던 녹음기를 끈 뒤에 그가 은수에게 내밀었다.

"그럼 오늘 인터뷰는 이걸로 끝내도록 하죠."

"네, 수고하셨습니다. 바쁘실 테니 저는 이만 가 볼게요."

바쁘다는 말이 어서 나가라는 말처럼 들려 은수는 서둘러 카메라를 챙겼다. 물어볼 말이 많았는데 제가 판 함정에 제가 빠진 것처럼 그녀는 질문을 할 타이밍도, 기회도 다 놓쳐 버렸다.

아니, 이렇게 아무 일도 없었던 것처럼 돌아가길…… 그러길 바란 것 아니었나?

저도 알 수 없는 제 마음에 은수는 서둘러 걸음을 옮겼다. 하지만 채 두 번째 발자국을 떼기도 전에 남자의 싸한 목소리가 그녀를 잡았다.

"이제 일이 끝났으니 물어봅시다. 왜 그런 겁니까?"

달아 빠진, 저 눈에 보기에도 황홀한 디저트들이 뿜어내는 다디단 향기와, 넓고 화려한 아파트 안에 떠돌고 있는 고급스러운 향들 사이로 쏟아지는 햇살 속에 서 있는 남자가 제게 물었다. 마치 죽을죄를 지은 죄인을 취조하듯이.

왜냐고? 그걸 꼭 내 입으로 이야기해야 해?

죄를 지은 건 당신이잖아. 내가 치를 떨고 그 짐들을 바리바리 싸서 정신이 쏙 빠질 만큼 무시무시한 작은오빠 집으로 가게 만든 건 당신이잖아.

은수는 최대한 아무렇지도 않은 듯한 표정으로 말했다.

"뭘요?"

그는 최대한 평정심을 유지하려고 했다. 거기에는 그나마 딱 좋은 구실이 있었다. 까다롭기로 유명한, 그야말로 정신을 통일해야만 제대로 된 모양과 맛을 만들어 낼 수 있는 가장 까다로운 디저트 네 개는 탁월한 선택이었다.

한국에 와서 레스토랑을 연 이후로 쿨 파트가 따로 있기에 직접 이런 것을 만들어 본 적이 없었다. 단지 이 여자를 위해서 만든 가장 까다롭지만 가장 달콤한 디저트들, 이것들은 시시각각 흐트러지려는 제 정신을 가장 완벽하게 모아 줄 수 있었다.

한 층 한 층 일정한 두께와 간격을 가진 요 근래 들어 가장 완벽한 모양을 지닌 촉촉하고 부드러운 고급스러운 케이크와 그리고 입에 넣자마자 사르르 녹아들 크램당쥬까지……. 제 잘못을 있다면 이 달콤한 디저트의 감미로움에 섞어 용서와 추궁을 동시에 하고 싶었는지도 몰랐다.

그러나 제가 알고 있던 이은수는, 지금 눈앞에 있는 이 여자가 아니었던가.

바뀌어 버린 전화번호에 밤새 온갖 억측 속에 선잠을 잔 제 앞에 나타난 여자는 조금 피곤한 기색이 있어 보이긴 했지만, 푸르댕댕한 돌덩이 같은 느낌이었다. 결정적인 여자의 한마디에 그는 제 모든 것이 와르르 무너지는 것 같은 착각에 빠졌다.

그녀가 도로 제게 물었다. 뭐가 문제냐고.

"좋습니다."

잘못은 제가 먼저 했다. 그러니까 인정하는 것은 해야 했다.

"밤에 내가 나간 건 급한 일이 있어서였습니다. 워낙 다급해서 자세히 설명 못 한 건 미안하게 생각합니다. 하지만 금방 들어갈 수 있을 거라고 생각했기 때문이에요."

은수는 입안에 뭔가 껄끄러운 것들이 잔뜩 들어 있는 기분이었다. 아마 준비물을 잊은 민규 때문에 아침부터 요구르트 다섯 개를 원샷했어야 했기 때문인지도 몰랐다. 왜 빈 요구르트 병은 가져오라는 건지. 그놈의 요구르트 때문에 은수는 또다시 말할 타이밍을 놓쳐 버렸다.

아니, 저를 쳐다보고 있는 남자의 눈빛이 아까와는 사뭇 다르게 변했다는 걸 제 무딘 속은 용케 알아차리고 번민하고 있는 건지도 몰랐다.

"화 많이 났습니까?"

흡사 남자의 목소리는 싸늘한 얼음덩이에서 저 솜덩어리 같은 달다구니 위에 소복이 내려앉은 슈가 파우더처럼 변해 있었다.

울컥. 제 속에서 뭔가 튀어나오는 듯한 느낌이었다.

그러나 중요한 건 제가 본 것이었다. 그 늘씬한 유부녀, 그러니까 남의 아내를 안고서 호텔방에 '자러' 간 남자였다. 그 두어 시간 전까지만 해도 자신과 '잤던' 남자가.

"그럼 대체 무슨 일이 있었던 거죠?"

은수는 다시 싸늘함을 되찾으려 애쓰면서 물었다.

그게 그렇게 화날 일이었을까. 승제는 아직까지도 녹지 않는 은수의 쌀쌀함에 그녀가 그렇게 제 연락을 기다리고 있었던 걸 깨닫고 새삼스레 제 잘못의 깊이를 느껴야 했다.

"앉아요. 아침은 먹은 겁니까?"

분명히 어디선가 온전치 못한 것을 먹었을 게 분명했다. 그렇지만 어디서 잤냐고까지 물을 처지는 아직 못 돼서 그는 물을 끓이기 위해 주전자를 찾으러 돌아섰다.

남자의 부드러운 목소리에 제 명치 끝이 다시 흔들거리는 게 느껴졌다. 남자의 목소리는 제가 익숙히 알고 있는 따뜻하고 부드럽지만 저를 밀어붙일 줄 아는 사지육신을 가진 '그 남자'로 돌아가고 있었다. 그러나 이건 중요한 일이었다. 절대 그냥 넘어갈 수 없는.

남자가 돌아서서 그 얼굴을 보지 않아도 되자 은수는 겨우 정신을 차리고 다시 싸늘한 목소리로 물었다.

"제가 뭘 먹었든 상관있는 일은 아니죠. 말씀하시기 싫으면 마세요. 굳이 듣고 싶지 않으니까."

그건 사실이었다. 듣고 싶지 않다는 거. 그가 사실을 말하는 것도, 그렇다고 거짓을 말하는 것도 싫었다. 그냥 돌아서 버리면 그만이니까, 여기까지가 이 사람과의 인연이라고 생각하면 마음이 아프지만 어쩔 수 없었다. 오늘도 아무렇지도 않게 '일'을 했으니까 앞으로 두 번 남은 일도 이렇게 할 수 있을 것이었다.

은수는 카메라를 들춰 메고 돌아섰다. 그러나 은수보다는 그가 빨랐다. 은수는 제 한쪽 팔을 잡아끄는 남자의 힘 덕에 돌아서게 됐다.

"대체 왜 이러는 겁니까? 이렇게 사람 속을 뒤집어도 되는 겁니까?"

"내가 뭘 어쨌다는 거죠?"

눈앞에 있는 남자에게서 달착지근한 향이 피어올랐다. 그러나 그것보다도 제 팔을 잡고 있는 남자의 손길이 은수를 당혹스럽게 하고 있었다.

"구급대원이 전화를 했어요. 내가 아는 사람이 응급실로 가고 있다고……."

저를 빤히 쳐다보는 은수의 눈을 보고 있던 승제는 한숨을 내쉬었다. 희수의 치부까지 이야기하고 싶진 않았지만, 그래도 이 여자의 오해는 풀고 싶었다.

"다쳤는데…… 부를 사람이 나밖에 없는 사람이에요. 그쪽도 연락하고 싶지는 않았겠지만, 어쩔 수 없었습니다. 머리 쪽을 다쳐서 꿰매야 하는 큰 상처였습니다."

은수의 얼굴이 굳어졌다. 이건 또 무슨 소리일까.

"그래서 병원에 있었다는 거예요?"

"네. 그래요."

은수는 이 남자가 차라리 사실을 말해 줬으면 싶었다. 병원이라니……. 제가 본 건 헛것이었을까. 그건 그냥 꿈이었나? 분명히 그곳은 호텔의 로비였다.

"왜 부를 사람이 승제 씨밖에 없다는 거죠?"

은수도 이 남자의 말을 믿고 싶었다. 차라리 제가 아무것도 보지 않고 그냥 쿨쿨 자 버렸으면 이런 마음이 들지 않았을 것이었다. 제 눈앞에, 저를 내려다보고 있는 이 남자가 주는 눈먼 달달함에 그냥 취해 있고 싶었다. 그러나 이미 판도라의 상자는 열려 있었다.

승제는 다시 한숨을 내쉴 수밖에 없었다.

"제 동생입니다. 저 말고는 연락할 사람이 없는. 앉아서 이야기 좀 합시다."

은수는 결코 자기가 해야 할 말을 삼키고만 있는 성격이 못 됐다. 늘 현상에 가려진 진실을 찾으려 애쓰던 아버지를 롤 모델로 삼았었다. 그러니까 중요한 건 사실이고, 진실이었고 그 어느 누구한테도 궁금한 것을 캐물어야 했다. 그런데…… 그게 되지 않았다.

그녀의 앞에는 푸른 격자무늬에 금테가 둘려진 화려한 찻잔이 놓였고, 거기에 무엇인가 향긋한 꽃 냄새가 나는 차가 담겼다. 그리곤 하얗고 긴 손이 마치 구름 한 조각 같은 몽글거리는 것을 내밀었다.

그가 그 솜덩이보다 더 부드러운 목소리로 제게 그것들을 먹으라고 하기 전에 은수는 냉랭한 목소리로 물었다.

"한 가지 더 물어봐도 돼요?"

"그래요."

그가 나른한 햇살같이 부드럽게 대답했다. 그는 맛있게 먹을 줄 아는 여자가 이 달착지근하고 부드러운 디저트를 맛보고 기분이 좋아지길 바랐다.

아무리 생각해도 이 여자의 행동이 과했다는 것에 대해서는 억울함이 있지만, 그래도 제 앞에 앉아 있다는 사실 자체로만으로도 제 부글거리던 머릿속이 가라앉는 것이 느껴졌기 때문이었다. 제 눈앞에 있어 주면…… 그러면 된 거니까.

"동생이라뇨. 진짜 동생 말하는 거예요?"

은수는 그의 프로필을 외우다시피 하고 있었다. 분명히 국회의원직에 있는 형만 있다는 것을 알고 있었다. 그런데 동생이라니…….

그녀의 질문에 남자의 얼굴이 조금 미묘하게 변했다.

"질문의 정확한 뜻이 뭡니까?"

"진짜 친동생인지 그냥 아는 동생인지, 그것도 아니면 사촌……."

그녀의 말을 끊고 남자가 한숨처럼 대답했다.

"질문이 부모님 아래에 이름을 올린 형제가 맞냐는 뜻이냐면. 네, 맞아요. 내

친동생 맞습니다."

뒤통수 어디선가에서 쩡 하는 소리가 들리는 것 같은 느낌이었다.

이건 뭘까. 이 남자가 제게 거짓말을 하는 걸까? 그 밤중에 제가 본 건 뭐였을까. 정말 그 여자는 이 남자의 동생인가? 그새 무슨 입양이라도 했단 말인가? 그게 아니라면 왜 이 남자는 거짓말을 하는 거지?

머릿속에서 우당탕탕 소리를 내면서 뭔가가 넘어지고 있는 기분이었다. 게다가 눈앞에서 피어오르는 꽃향기와 달착지근한 냄새가 더욱더 저를 어지럽게 만들고 있었다.

은수는 자리에서 일어났다. 도저히 여기 있을 수가 없었다.

"저 가야겠어요."

어디든지, 이 쏟아지는 나른한 햇살과 이 다디단 달달구리들의 향기가 없는 곳으로 가서 생각을 좀 해야 할 것만 같았다.

은수가 막 돌아서는데, 더 이상 그녀는 움직일 수가 없었다. 사락 소리와 함께 온갖 달착지근한 향기들보다 더 단, 제 머릿속에 멀미를 일으키던 남자가 팔을 내밀어 저를 뒤에서 안았기 때문이었다.

"차라리."

남자의 뜨거운 숨결이 제 귓가에 스쳤다.

"나한테 화를 내든, 불평을 하든 마음대로 해. 그렇지만 제발 내 눈앞에서 해. 어디론가 사라져 버리지 말고."

머릿속은 분명히 화가 났다. 대체 이 남자 왜 이러는 거야! 사실을 말하라고! 그러나 저 크램당쥬, 그러니까 천사의 크림이라고 불리는 저 말랑거리고 부드러운 덩어리보다 더 부드럽고 따뜻한 남자의 품에 닿은 제 몸은 그렇지 못했다.

남자는 은수를 조심스럽게 돌려 안았다. 화가 난 은수는 두 손으로 남자의 단단한 가슴을 쳐 버리고 돌아서려 했다.

어디서…… 개수작이야…….

상대가 다른 사람이었다면, 절대 그냥 이렇게…… 가만히 있지 못했을 것이었다. 그러나 저를 품에 안은 사람은 이 남자였다. 다른 사람이 아닌 류승제라는 남자는 마치 그 매끄러운 손끝으로 금방이라도 뭉개져 버릴 것 같은 부드러운 크림치즈를 다루듯 저를 무장해제 시키고 있었다.

나른한 가을 햇살보다 더 따뜻한 남자의 품에 안겨 버린 은수는 제 두근거리는 심장 소리를 듣고 당황해야 했다. 단언컨대 나 이은수는 이런 여자가 아니었다.

무슨 할리퀸 소설도 아니고! 남자의 몸 따위에 굴복하다니! 정신을 차려 이은수!

그러나 그 결연한 의지는 여지없이 와장창 소리를 내며 깨지고 말았다. 은수를 안은 남자가 아주 자연스럽고 당연하다는 듯 잠을 설쳐 까칠한 그녀의 얼굴을 감싸 안고 바싹 마른 입술을 찾아 물었기 때문이다.

그는…… 물어봐야 했다. 아니, 따져야 했다.

제가 이틀이나 아무 일도 손에 잡지 못한 채 마음 한구석에 돌덩어리를 매단 듯 매사에 예민해하며 화를 냈던 책임을 묻고 싶었다. 대체 왜 그런 거냐고, 왜 전화번호마저 바꿨냐고……. 그리고도 아무렇지도 않은 듯 나타나 뻔뻔스럽게도 냉랭한 얼굴로 취재를 하고 사진을 찍다니. 이게 말이나 되는 소리냐고.

이은수라는 여자 하나만을 위해서 제가 온갖 정성을 다해 만든 것들을 두고 돌아서는, 이 매정한 여자를 용서하면 안 되는 거였다. 그런데 덜컥 돌아서는 여자가 또다시 제 눈앞에서 사라질까 봐 그는 뛰듯이 다가가 붙잡아야 했다. 모든 건 내 잘못이니까. 당신이 눈앞에서 또다시 사라져 버리면 그다음은 어떻게 될지 알 수가 없으니까.

파닥거리는 여자의 심장 고동이 느껴졌다. 손을 둘러 저를 안지 않았다는 것도 채 느끼지 못했다. 제 품 안에 있는 여자는 이제야 실체 같았다. 방금 전까지만 해도 제 미칠 듯한 근심이 만든 환영일지도 몰랐으니.

따뜻하고 부드러운 몸을 느끼자마자 그는 아무 생각도 없이 본능적으로 여자의 입술을 찾아 물었다. 어젯밤부터 아무것도 목구멍으로 넘기지 못했다는 걸 지금에야 깨달았다. 약간은 퍼석하게 겉이 말라 있었지만, 속은 부드럽고, 따뜻하고, 그리고 매끄럽고 미칠 듯이 단 여자의 입술을 맛보면서.

무엇을 했는지 기억이 나지도 않았다. 그냥 이 여자의 입 속에 고여 있는 단물이란 단물을 모조리 빨아먹어 버리고 싶었는지도 몰랐다. 버둥거리는 여자의 매끄러운 혀, 제 품에서 움찍거리는 여자의 가느다란 사지, 나긋나긋한 허리, 그 어느 하나도 빠짐없이 모조리 갖고 싶었다.

그의 뜨거운 입술이 그녀의 흠뻑 젖은 입술에서 흘러내려 가느다란 목덜미로 내려갔을 때 갑자기 탁 하는 소리가 났다.

"어머!"

은수가 소리를 지르며 뒤로 물러났다. 화르륵 불붙고 있던 열기가 확 가시고 그가 그녀를 내려다보았다. 어깨에 걸려 있다 떨어진 카메라를 주우러 바닥에 주저앉은 여자는 그를 아랑곳하지도 않고 커다란 렌즈가 달린 카메라만 놀라 살피고 있었다.

"어떡해!"

어디가 깨지기라도 했는지 그녀가 소리치는 게 들리자 그는 피식 웃을 수밖에 없었다. 이은수는 이런 여자였다. 그래서 자신이 이렇게 정신없이 빠져드는 것일지도 몰랐다. 카메라에서 눈을 떼지 못하는 그녀를 보고 그는 슬그머니 심술이 났다. 그래서 철퍼덕 주저앉은 그녀 앞에 무릎을 굽히고 앉아 물었다.

"카메라가 나보다 중요합니까?"

내가 원하는 것은 이것이었나? 다른 그 누구에게도 뺏기기 싫어서 그렇게 화가 났나? 물어보면 되는 건데……. 세상 어느 천하의 난봉꾼이라 할지라도 그렇게 벽을 쌓고 있다가 마음을 열었던 사람이라면–다분히 제 혼자 느낀 생각이라 할지라도–불과 몇 시간 만에 다른 여자를 데리고 호텔을 가지 않을 것이었다.

제가 본 이 류승제라는 남자는 그런 사람이었나? 아니니까, 그렇지 않으니까 제가 거절하지 않았던 거 아닐까. 뭔가 다른 일이 있으니까, 다른 사연이 있으니까 그러니까 그랬을지도 모르는 건데…….

그런데 왜 이런 생각이 남자의 뜨거운 입술이 제 속을 헤집으니까 생각이 나는 거지, 아까까지만 해도 용서할 수 없었잖아. 그냥 미웠잖아, 그냥 나쁜 놈이었잖아. 키스를 잘하면 용서되는 거야?

제 목덜미에 뜨거운 화인을 찍듯 남자의 다디단 입술이 내려앉자 제 속 어딘가에서 화르륵 불꽃이 이는 것 같았다. 때맞춰 떨어져 준 비싼 카메라에게 절이라도 해야 할 것만 같았다. 절 그 불구덩이 속에 빠지기 전에 구해줬으니까.

다만 정말로 한쪽 귀퉁이가 부서져 플라스틱 조각이 떨어져 버린 건 큰일이었다. 사진실에서 빌려 온 건데……. 그런데 이 가증스러운 남자가 한마디 했다.

"카메라가 나보다 중요합니까?"

은수는 저도 모르게 고개를 들었다. 아까 문을 들어섰을 때와는 완전히 다른 눈을 한 남자가 한쪽 무릎을 굽힌 채, 눈부시게 하얀 셔츠를 입고서 새빨갛고 물기에 젖은 입술로 저를 보고 물었다.

"네."

은수가 단오하게 대답하자 갑자기 그가 웃기 시작했다. 키득거리던 웃음소리는 점점 커졌다. 싱긋 미소 짓는 것조차 보기 힘들었던 남자가 시원스럽게 웃는 것을 보는 은수는 이 모든 상황이 모조리 제 잘못 같은 느낌이 들었다.

이 남자가, 이렇게 웃는 모습이 아름다운 남자가…… 잘못을 할 리 없다는 바보 같은 생각이 들 정도였다.

"내 앞으로 청구해요. 카메라보다 못난 내가 물어 줄 테니까. 일어나요. 뭣 좀 먹어야죠."

저를 일으키는 손길에 의해 일어날 수밖에 없었다. 단지 뜨거운 키스 한 방으로 모든 것을 해결했다고 생각하는 남자가 미웠다. 그러나 그걸 꼬집어 따지지 못하는 제 속은 더 한심했다.

그가 세세하게 그 '동생'과 호텔에 가서 뭘 했는지 구구절절 이야기하는 걸 듣고 싶지 않았기 때문이라고 스스로에게 이야기해야 했다. 묵직한 카메라가 주는 무게 덕에 은수는 정신을 차리고 말했다.

"점심 약속이 있어요. 편집장님이랑요."

"높은 사람이겠군요. 편집장이라면."

그가 왜 주방으로 가는지 알 수 없는 은수는 그나마 그에게서 나는 디저트들의 달콤한 향이 멀어져서 다행이라 생각했다.

"네, 제 목숨줄을 쥔 높은 사람이죠."

정말로 편집장과 점심이라도 먹어야겠다는 생각이 들었다. 한쪽 끝에 있는 무언가 부러진 카메라를 보고 있어야 하는데 은수의 시선은 저도 모르게 저쪽에서 부산스럽게 움직이는 남자를 좇고 있었다.

"차는 어떻게 된 겁니까? 새로 샀어요? 더 써도 되는데."

목소리가 멀어졌다 가까워졌다. 차를 사야겠다고 생각은 하고 있었지만 행동으로 옮기지는 못했었다. 생각해 보니 여기서 나가면 바로 알아봐야 할 것 같았다.

은수는 채 대답을 하지 못하고 있었다. 그때 그가 눈앞에 나타났다. 박스 같은 것을 들고 나타난 그는 익숙하게 납작한 것들을 펴서 네모난 상자를 만들고 있었다.

"다 빨리 먹어야 하지만, 그래도 이걸 제일 먼저 먹는 게 좋을 겁니다. 전부 크림과 치즈라서……."

솜덩이 같은 크램당쥬와 다른 디저트들을 익숙하게 고급스러운 디자인의 박스에 담기 시작했다. 워낙에 크기가 작기도 했지만 그는 마치 제과점 직원처럼 익숙하게 제가 만든 것들을 상자에 담고 있었다. 평소에 쿠킹 클래스에서 디저트를 포장해 가는 박스였다.

그는 단지 이은수라는 여자를 위해서-그녀가 사진을 찍고, 기사를 쓴 것을 몇 만 명이 보는지 따위는 아랑곳하지 않고-만든 디저트들을 그녀를 위해 포장했다. 네 개의 작은 상자는 다시 하나의 커다란 케이크 상자 안에 들어갔다. 그건 마치 고급스러운 호텔의 달달구리 포장처럼 근사하기만 했다.

그 디저트들을 다 포장한 그는 곧 허리에 두르고 있던 앞치마를 풀었다. 그리고 말했다.

"어디로 갑니까? 차 안 가지고 왔죠? 같이 나갑시다. 가는 데까지 태워 줄 테니까."

엉망이 된 주방이 제 뒤에 있었지만 그는 저답지 않게 그런 것들을 아랑곳하지 않았다. 그에게 중요한 건 오직 제 눈앞에 있는 말랑말랑한 이은수라는 여자뿐이니까.

"혼자 가도 돼요."

분명히 나가면 택시를 부르든지 혹은 지하철을 타야 했다. 그러나 그녀는 또다시 거짓말을 하고 말았다. 도저히…… 이 남자와 더 이상 같이 있어서는 안 될 것만 같았다.

"은수 씨."

그가 제 이름을 불렀다. 딱딱하게 성까지 붙여서 이은수 씨 하고 퉁명스럽게 부르는 게 아니라 말랑말랑하고 매끄럽게 제 이름을 불렀다. 제 속이 뭉클하도록.

"이거 잘 먹을게요. 그럼……."

휙 하고 바람처럼 사라져 버릴 생각으로 그가 내민 상자를 받아 들었지만 남자는 그녀를 보낼 생각이 없어 보였다.

"점심 약속 끝나고 집으로 와요. 기다릴 테니까."

그가 상자를 내밀면서 제 손을 잡지 않았다면 은수는 그냥 가 버리려고 했었다. 그러나 남자의 따뜻하고 기다란 손가락이 제 손을 옭아매고 있었다.

"오후에 기사 써야 하고 집에 가야 해요."

"그 위험한 곳에 간다는 겁니까?"

그 남사친 집으로 가지 않았다는 안도와 걱정이 반반 섞인 그가 급하게 되물었다.

"아뇨. 오빠 집에 있어요. 거기서 생활하고 있어요. 오늘도 일찍 들어오라고 했거든요."

은수는 다행이라고 생각했다. 조카들과 오빠가 성가셔도 갈 데가 있다는 건 다행이었다.

"그냥, 집으로 와요."

그는 자기 집이라고도 하지 않았다. 마치 우리 집이라도 되는 듯. 유혹에 넘어갈 것 같았다. 그 으리으리하고 조용하고 넓은 집에는 대한민국 최고의 쉐프가 저 하나를 위해 혀가 문드러질 만한 먹거리를 줄 것이고, 술 좋아하는 저를 홀릴 최고급 와인에 제 정신을 확 빼놓을 만큼 황홀함을 줄 남자도 대기하고 있을 테니까.

그러나 은수는 아무렇지도 않게 대답했다.

"오빠가 늦게 오면 다리를 분질러 버린다고 했거든요. 갈게요."

그러나 그는 손을 잡은 것도 아닌, 얽힌 손가락을 놓을 생각이 없는 듯 다시 한마디 했다.

"기다릴 테니 와요. 늦게라도."

차마 대답도 하지 못하고 은수는 도망치듯 나와야 했다.

"어머, 이게 다 뭐예요?"

"뭐긴 뭐예요, 먹는 거죠. 맛있을 거예요."

두고 간 물건이 있어서 집에 들어왔을 때 막 애들을 재운 새언니가 보였다. 정말이지 엉망이 됐다는 표현이 딱 맞는 어마어마한 설거지와 온갖 장난감이 널브러진 거실에서 청소기도 못 돌리고 세탁기에서 산더미 같은 빨래를 들고 나오는 것을 보자 은수는 저도 모르게 손에 든 상자를 내밀었다. 아마 새언니가 없었더라도 은수는 이것들을 먹을 생각을 하지 못했을 것이었다.

"어머나! 예뻐라. 이거 엄청 비싸겠어요!"

"그럴걸요. 그렇지만 선물 받은 거라……. 거기 하얀 덩어리 같은 거, 그거부터 먹어야 한데요."

가격이라. 아마 값을 매길 수 없을 것이 분명했다. 그 대단한 쉐프가 직접 하나하나 눈앞에서 만든 것이었으니까. 그녀를 먹이려고 일부러 만든 걸지도 모른다는 생각은 휘휘 머리를 가로저으면서 날려 버려야 했다. 그랬다면…… 그런 거라면 그건 미안했으니까.

"아우. 완전 입안에서 그냥 없어지는 거 같아요. 대체 이건 어떻게 만드는 건지. 아가씨도 좀 드세요. 너무 맛있다."

새언니의 얼굴에 환한 미소가 떠올랐다.

발치에는 빨래 바구니가 터질 듯한 빨래들이 가득하고, 분명히 설거지를 했을 텐데도 물기를 빼려고 엎어 놓은 분유통, 반찬통, 아이들 과자니 비타민제까지 식탁 위는 어지러웠다. 그런 상황에도 어느새 고급스러운 검은색의 케이크 상자에서 꺼낸 크램당쥬는 반쯤 새언니의 입에서 녹아들면서 새빨간 속을 드러내고 있었다.

아마 무슨 베리 종류를 팬 안에서 휘저어 만들었던 거 같은데……. 그의 설명 같은 건 하나도 기억이 나지 않았지만, 은수는 그가 하얗고 그 드라마틱한 손으로 능숙하게 냄비 속을 휘저었던 손의 궤적만을 떠올리고 있었다.

"전 속이 안 좋아서요. 많이 드세요. 전 나가 볼게요."

"어머, 괜찮아요? 병원이라도 가 보세요. 하여튼 이거 너무 고마워요."

"별말을……. 그럼 갈게요."

아파트의 진입로에 선 은행나무의 노란 잎들이 하늘하늘 떨어져 내리고 있었다. 늘 뿌연 하늘이었지만, 왠지 가을이라는 걸 설명하려는 듯 푸른빛이 감돌았다.

싸하지만, 상쾌할 만큼의 날씨였다. 두꺼운 화장을 해도 흘러내리지도 날아가지도 않을 듯했고, 머리를 풀어 헤치고 있어도 목덜미가 후끈거리지 않을 것이었다. 코트에 스카프를 두르는 멋을 내더라도 기꺼이 받아 줄 것만 같은 아름다운 가을이었다.

그러나…… 그녀의 마음 한구석은 바스락거리면서 제 발밑에서 부스러지는 낙엽같이 한 귀퉁이가 부서지고 있는 느낌이었다.

"오늘 예쁘네."

기분 같아서는 등짝을 한 대 후려치면서 헛소리 말라고 하고 싶었지만, 이상하게 이제는 그러지 못할 것만 같았다. 진짜 청와대 출입 기자가 된 건진 몰라도 녀석은 오늘도 역시 잘 빼입고 나와 있었다. 그러나 묻고 싶은 건 그게 아니었다.

"브리핑해 봐."

"무슨 얼굴 보자마자 브리핑은……. 좀 먹자. 배고파 죽겠다. 점심도 못 먹었어. 아까도 도서관 바닥에 앉아서 기사 날리느라 삭신이 다 쑤신다니까. 날 쌀쌀해지니 난방이 잘돼도 대리석 바닥은 얼음장이야."

"국회?"

"요즘 맨날 비상이야. 그놈의 특별법을 하니 마니……."

투덜거리는 지훈이 부러웠다. 얼른 돌아가야 할 텐데 제가 마치 쓸모도 없는 폐물이 된 기분이 들었다.

"조신일보하고 동하일보는 팀 안 바꿨어?"

"반만, 장 팀장은 그대로야. 그 새끼가 나가야 하는 건데. 완전 막무가내야. 요즘은 진짜 완전 막 나간다니까. 탕수육 하나 먹자. 내가 쏠 테니까. 이모! 여기 짜장 둘하고 탕수육. 하나는 곱빼기인 거 알죠? 아, 은수 간짜장 먹을래?"

"요즘 월급 올랐니?"

"년차 올라갔으니까. 이번에 신입 애들도 들어왔거든."

좋겠다……. 은수는 차마 내뱉지 못하고 삼켰다.

"아, 본론으로 들어가야겠네? 그렇지?"

은수는 차마 대꾸할 수 없었다. 듣고 싶은 마음보다 그렇지 않은 마음이 더 컸으니까.

"음…… 어디 있더라. 아, 여기 있구나. 이름은 유희수. 물론 성은 바뀐 거야. 전에는 윤희수였으니까."

"뭐?"

은수는 놀라서 되물었다.

"나이는 34살이고 유태석 의장한테 입양된 건 19살 때네. 음, 하여튼 진짜 호적에도 올라 있는 동생 맞아. 유희수라는 여자는."

"아니, 그런데 왜 류승제 씨 프로필에는 없는 거지?"

은수가 되물었다.

"뭐, 그런 사람들은 자기 알리고 싶은 대로 프로필을 올리나 보지. 입양된 동생이 알려질 필요도 없는 거고. 솔직히 아버지가 신민국당 당대표라는 것도 몰랐었잖아. 그러니 뭐 입양한 여동생 있는 걸 알릴 필요 있겠어? 유 대표 프로필을 보면 아들 둘, 딸 하나 이렇게 올라와 있어. 굳이 숨긴 거 아니더만, 뭐."

진짜였다. 은수는 갑자기 마음 한구석이 콱 막힌 것 같았다. 그냥 제 눈으로 본 것에만 의지해서 그를 믿지 않았던 제 자신이 바보 같았다. 그는 굳이 말을 안 했을 뿐이지 않은가. 가서 사과를 해야 하는 걸까.

갑자기 그가 기다리겠다고 한 말이 떠올랐다. 그리고 제가 먹길 바랐을 그 크램당쥬도. 그러나 지훈의 말은 거기서 끝이 아니었다.

"그런데 웃기는 건 말이지."

"뭐가?"

막 지훈이 말을 하려는데 갑자기 불쑥 김이 모락모락 나는 짜장면과 산더미 같이 탕수육이 눈앞에 나타났다.

"맛있게 드십쇼!"

서비스로 통통한 군만두까지 옆에 포진하고 있는 것이 보였다.

"아우, 뱃가죽 들러붙을 뻔했다. 먹자! 먹고 이야기하자."

자신도 그냥 유야무야 넘긴 점심 덕에 허기가 지긴 했다. 눈앞에서 김이 모락모락 나는 짜장면이 제 위장을 뒤흔드는 건 사실이었다. 그러나 중요한 건 그게 아니지 않은가!

"야! 하던 말 마저 하고 먹어!"

"아, 참 내, 먹어야 하는데……. 팩트는 동생은 동생인데 평범한 동생은 아니라는 거지!"

손 안에 아직 남아 있는 온기를 움켜쥐며 그는 그녀가 늘 앉던 의자에 앉았다. 그의 설명에도 여자의 마음은 다 풀리지 않았다. 그는 그걸 알고 있었다. 몰라서 그녀에게 기다린다고 한 것은 아니었다.

어떻게 해야만 하나? 이은수는 잡아 둔다고 잡힐 여자가 아니었다.

아직 서로에게 믿음이나 신뢰, 단단한 그 어떤 무언가도 없다는 사실을 간과

하고 있었다는 데 제 잘못이 있었다. 불안하지 않게, 제 마음을 의심하지 않게 잘 설명했어야 했다. 하지만 그때는 그저 희수가 머리를 심하게 다쳤다는 구급 대원의 말에 다급해 나중에 설명하면 될 거라고 쉽게 생각했었다.

날이 새도록 오지 않는 자신을 기다리며 여자가 무슨 생각에 사로잡혔을지, 전부 알 수는 없는 노릇이었다. 그러나 제 행동이 제 무심함이 여자에게 상처였다면 얼마든지 사과를 하고 또 조심할 생각이었다. 하지만 애초에 그럴 기회마저 주지 않을 생각이라면, 그렇다면 어떻게 해야 하는 걸까?

꼬리를 무는 고민이 원점으로 돌아가자 그는 피곤한 눈가를 쓸어내리며 두 손에 얼굴을 묻었다.

그녀를 기다렸다. 이른 아침부터. 약속 시간은 한참 뒤였지만 집이나 레스토랑에서 시간을 보낼 수가 없었다. 초조했으니까. 이런 기분을 느낀 적은 별로 없었다.

부모의 뜻대로 그의 인생을 재단했을 때도 그저 화가 났을 뿐 초조하지는 않았다. 레스토랑의 막내로 칼 한번 잡아 보지 못할 때도 이렇게 초조하지는 않았었다. 언젠가 올 기회를 기다리며 이를 악물었을 뿐, 지금 같은 기분은 아니었다.

자꾸만 손가락 사이로 빠져나가며 그의 마음과는 다르게 어긋나는 여자 때문에 그는 마냥 초조했다. 가지 않는 시간에 초조했고, 그의 품을 벗어나려는 여자 때문에 초조했다. 입을 맞추고 있으면서도 품에 안고 있으면서도 자꾸만 뭐가 그리 초조한지도 모르면서도 초조했다.

그는 거칠게 머리를 쓸어 올리며 자리에서 일어섰다. 답이 없는 질문에 매달려 어깨를 늘어뜨리고 있는 것은 그와 맞지 않았다. 그녀가 마냥 이렇게 그에게서 멀어지지는 않을 테니까. 제 키스에 무너지는 여자에게서 그는 애써 위안을 찾았다.

주방을 정리하고 냉장고를 연 그는 남은 크랩당쥬를 챙겨 스튜디오를 빠져나왔다. 기다린다고 했으니까. 기다릴 생각이었다. 기다려도 오지 않는다면…… 그는 고개를 저었다. 복잡하게 생각하는 건 그만두기로 했다. 오늘 일은 오늘, 내일 일은 내일. 이은수가 오지 않는다면 그 일은 그때 가서 생각하면 되는 일이었다.

레스토랑을 가기 전 집에 들른 그는 스튜디오에서 가져온 크램당쥬를 냉장고에 넣었다. 그녀가 온다면 이 디저트와 함께 다시 한 번 사과를 할 생각이었다.

문을 닫으려던 그때, 뭔가 이상한 것이 그의 눈에 보였다. 냉장고 디스펜서 구석에 키친타월에 돌돌 말아 지퍼 백에 넣어 둔 그것은 제 것이 아니었다.

승제는 그 정체불명의 것을 꺼내 들었다. 키친타월을 꽤 두껍게 말았지만 속에 있는 딱딱한 무언가가 들어 있는 게 느껴졌다. 한참을 풀어 꺼낸 그것은 작은 usb였다.

◈

서류들이 한쪽에 잔뜩 쌓인 책상 위에 가득 펼쳐진 것은 사진들이었다. 망원렌즈로 찍은 것이 분명한 사진은 대부분은 한 여자가 주인공이었으나 드물게 남자가 함께 찍힌 사진도 있었다.

"경고가 별로 먹히지 않은 것 같습니다."

연사로 찍힌 남녀의 사진을 유심히 보던 중년의 남자가 눈가를 찌푸리며 물었다.

"쯧쯧. 일처리가 그래서야 쓰나. 이런 것 하나 못 막아 내다니."

비서인 게 분명한 남자가 쩔쩔매며 고개를 숙였다.

"죄송합니다."

"그런 말을 듣고 싶은 게 아니야."

"다행히 시온에서 조심한 덕에 정확한 물증은 잡지 못한 것 같습니다."

비서의 말에 중년의 남자가 버럭 성을 냈다.

"그게 문제가 아니잖나! 지금 기자들이 냄새를 맡았다는 게 문제야! 이러다 검찰 쪽에 제보가 들어가는 건 시간문제라고!"

비서를 향해 삿대질을 한 남자가 붉어진 얼굴로 화를 참지 못해 책상을 내려쳤다.

"꼬리를 잘라야겠어. 저 기자들 윗선에도 연락해 둬."

"알겠습니다. 그런데……."

"왜 또?"

들고 있던 사진을 책상에 툭 던지는 그에게 내내 보고를 하던 비서가 조심스러운 손길로 사진 하나를 더 내려놨다.

"문제가 좀 있습니다."

사진 속에는 차에 타고 있는 남녀가 연사로 찍혀 있었다. 딱히 유심히 살펴보지 않더라도 두 사람의 분위기가 단순하게 보이지는 않았다. 팔을 내밀어 여자를 부축하는 남자의 입가에는 희미하지만 부드러운 미소가 있었고, 초췌한 모습이었지만 오밀조밀한 이목구비를 가진 아름다운 여자는 그런 그를 올려다보며 활짝 웃고 있었다.

"이게 뭔가?"

"일을 맡은 쪽에서 남자가 누군지 못 알아본 탓에 보고에서 빠진 사진입니다. 제가 오늘 오전에서야 확인해서 메모리는 파손하고 파일도 영구 삭제했습니다."

"둘이 무슨 사이인가?"

"……."

대답 없는 비서를 한 번 더 올려다본 남자가 생각을 정리하듯 손가락으로 사진을 툭툭 두드렸다.

"이 녀석에게 사람 붙이고 더 알아봐."

"알겠습니다."

고개를 푹 숙여 인사하고 나가는 비서를 못마땅하게 바라본 남자가 사진 속의 남녀를 보며 혀를 찼다.

"문제가 문제를 만드는군."

눈가를 쓸며 불만스럽게 사진을 바라보던 남자가 전화를 들었다.

"대검 연결해."

〈네.〉

겨우 이 정도 일로 무너질 수는 없는 일이었다. 사진을 내려다보는 그의 눈이 날카롭게 빛났다.

◈

"다음 주 메뉴와 재료 결재 서류입니다. 이건 테이블 플라워 납품 농장 변경 건입니다."

밀린 서류에 사인을 하던 승제가 고개를 들어 석진을 바라보았다.

"이건 왜? 기존 화원이 문제가 있었나?"

"레너드 쉐프께서 이쪽 농장 꽃이 더 다양하고 또 싱싱하다고 추천하셔서 알아보니 단가도 더 저렴하고 플로리스트가 실력도, 경력도 꽤 훌륭한 사람이라 변경하기로 했습니다."

석진의 말에 승제는 첨부한 자료들을 뒤적거렸다. 석진의 꼼꼼한 성격이 잘 드러나는 때였다. 농장의 사진과 단가 차이, 연계된 화원과 또 해당 플로리스트의 포트폴리오와 경력 사항까지 전부 결재 서류 안에 잘 정리되어 있었다.

"꼼꼼히 알아보고 괜찮으니 윤 실장이 결재도 올린 거겠지. 알았으니 바꾸도록 해."

"네."

"그리고 아직 밖에 기자들이 서성거리던데 손님들 불편하지 않도록 주차 직원들에게 다시 한 번 주의시켜 두고."

"알겠습니다. 그런데……."

결재를 마친 서류를 건네주자 받아 든 석진이 잠시 뜸을 들이다 입을 열었다.

"어제부터 인터뷰 요청 전화가 계속 오고 있습니다."

"아, 그렇다고 했지."

골치가 아픈 듯 이마를 짚으며 승제는 인상을 찌푸렸다.

"조 실장님한테도 내가 따로 말하겠지만 시간이 좀 지나야 조용해질 테니 당분간은 좀 귀찮아도 정중하게 거절하도록 해. 또다시 그런 인터뷰 같은 걸 할 일은 없을 테니까."

"네, 알겠습니다. 그럼 업체 변경 건은 다시 보고하도록 하겠습니다."

석진이 나간 뒤에 다음 달 메뉴 스케줄을 살펴보던 승제는 책상 위에 올려 둔 usb를 집어 들었다. 꽁꽁 숨겨 둔 것이 분명한 이 물건을 숨긴 것은 아마도 이은수일 것이다. 아마도 급하게 짐을 싸면서 잊은 모양인데 숨겨 둔 모양새로 보건대 꽤 중요한 물건인 듯했다. 은수를 만나서 전해 주면 될 일이었지만 뭔가 설명할 수 없는 불안이 그의 신경을 계속 긁어 댔다.

은수를 향해 달려들던 차, 엉망이 되었던 그녀의 집. 그리고 그녀가 그의 집에 숨겨놓은 자료. 어쩌면 깜빡 잊은 것이 아니라 일부러 놓고 간 것일 수도 있었다.

책상을 톡톡 두드리며 손에 든 usb를 계속 바라보던 그는 눈가를 찡그리며 고민을 계속했다. 이게 정말 문제가 되는 자료라면 그도 확인해야 했다. 이은수를 위험하게 만드는 게 무엇인지 알아야 했으니까.

결심을 굳힌 그는 옆에 있던 노트북에 usb를 연결시켰다. 안에 저장된 폴더를 열자 사진과 자료가 뒤엉켜 모니터 안을 채웠다. 뭔지 모를 기계의 사진이 가득 차 있었다. 그는 이마를 찌푸렸다. 대체 이게 다 뭘까. 재빠르게 클릭하던 그의 손길이 멎었다.

기프트 카드 사용 내역, 명절 상여금 명목, 접대용 장부. 큰 금액들은 아니었다. 그러나 엄청나게 많았다. 장부 사진이 끝도 없이 보였다. 날짜를 보아하니 꽤 오래전부터 지속된 듯했다. 아마 이 당사자들에겐 밝혀지면 안 될 것이 분명한 비밀 장부들의 사진과 거래 명세표 사진들이 넘쳐나고 있었다.

이것 때문에 그녀는 그런 일을 당한 걸까? 그녀의 그 좁은 집이 엉망이 된 건 이걸 찾으려고 그랬던 걸까? 그는 계속 기계적으로 마우스를 넘기기 시작했다. 기계 덩어리 사진 옆에는 포스트잇에 쓴 명칭이 있었다.

엄청난 분량의 사진과 자료를 뒤적이던 그는 은수가 쫓는 것이 뭔지 희미하게 알 수 있었다. 공항에서 그런 차림으로 있던 그녀를 생각해 내고는 그는 다시 화면으로 시선을 돌렸다. 뭔가 공항이나 기계에 관련된 엄청난 비리임이 분명했다. 하지만 그녀를 위협한 게 단지 업체일 뿐인지 다른 누군가인지 확인하기는 어려웠다.

실마리를 잡기 위해 자료를 계속 클릭하던 그는 은수가 사진으로 남겨 둔 메모지에서 마우스를 클릭하던 손을 멈췄다. 뭔가 복사를 한 종이 위에 이은수의 필체 같은 예쁘장한 여자의 글씨가 쓰여 있는 메모지가 찍힌 사진이 있었다.

윗선 확인. 가장 명확한 증거. 전 현직 국회의원 중 하나. 유력한 후보(유당대표, 장주명 원내 총무, 조희원 국토부 의원. 그리고 미지의 조사 중인 1인)

그러나 그의 시선이 간 곳은 복사를 여러 번 해서 희미한 바탕 종이에 쓰인 글씨였다.

이수 산업 건 미리 처리할 것.

법사위에 압력을 넣어 이번 건을 무마.

조, 박, 이 부장 처리…… 깨끗하게.

아주 익숙한 필체였다. 아주 익숙한.

"평범한 동생이 아니면 뭔데?"

그녀가 듣기에도 지훈이에게 묻는 제 목소리가 영 이상하게 들렸다.

"쉬쉬하긴 하지만 소문이 그래. 윤희수가 류승제와 사랑하던 사이였고, 그래서 류승제가 프랑스에서 쉐프로 유명해지고 귀국하게 되자 서둘러 윤희수를 정략결혼을 시킨 거라고. 뭐, 결과적으로 EJ 그룹이나 유태석 대표나, 양쪽 집안 다 윈윈하는 선택이었지만 그 둘은 이루어질 수 없는 안타까운 사랑, 혹은 입양된 오누이와의 금지된 사랑이라고 아직도 그쪽 사람들 사이에서는 좀 시끄럽더라고."

탕수육을 하나 집어 소스에 푹 찍어 입에 넣은 지훈이 짜장면을 비비기 시작했다.

"아마 그래서 프로필에서도 뺀 모양이지. 굳이 자랑할 얘기는 아니잖아?"

목에 무언가 덩어리가 걸린 것처럼 불편했다. 은수는 애써 그것을 삼키고 지훈이에게 어색한 웃음을 지어 보였다.

"그냥 소문 아냐?"

"아니 땐 굴뚝에 연기 나겠어? 뭐가 있으니 그런 소문도 나는 거지."

짜장면을 비비느라 소스가 묻은 젓가락으로 면을 잔뜩 집어 든 지훈이 빈정거리며 짜장면을 먹기 시작했다.

뭐가 정말 있는 걸까? 그럼 역시 제게 보여 준 것들이 다 진심은 아니었나? 그것도 아니면 지나간 사랑의 그림자가 애처로웠던 걸까?

"야, 안 먹어?"

"먹어, 먹어야지."

은수는 젓가락을 들었다. 달콤 짭짤한 짜장면의 소스가 골고루 비벼진 면이 오늘따라 빽빽하게 목을 틀어막았다.

"너 괜찮아?"

"뭐가?"

퉁명스럽게 대답하며 은수는 내려가지 않는 짜장면을 물로 밀어 넣었다.

"솔직하게 묻자. 너 그 주방장이랑 뭔가 있던 거 아니었어?"

다 알고 있다는 듯 묻는 지훈의 집요한 눈에 비친 제 얼굴이 어떨지 그녀도 알 수는 없었다. 은수는 일부러 더 짜증스럽게 젓가락을 테이블 위에 내려놓았다.

"내가 얘기했잖아. 너 알 바 아니라고."

그녀의 말에 지훈도 들고 있던 젓가락을 그릇에 놓고 은수를 바라보았다.

"그럼 너 그 주방장 호텔 건 터뜨릴 거야?"

지훈의 질문에 은수는 시선을 피하며 젓가락을 다시 집어 들었다.

"아니, 나 사생활은 취재 안 하기로 계약서에 사인했어."

"그럼 뭔데? 어차피 주방장 사생활 터뜨릴 것도 아닌데 이런 뒷조사는 왜 부탁한 건데? 너 그 EJ 며느리가 신경 쓰여서 부탁한 거잖아?"

지훈의 추궁에도 은수는 꿋꿋하게 고개를 저으며 탕수육을 입에 넣었다.

"그냥 누군지 궁금해서 알아본 것뿐이야."

"그렇게 얼렁뚱땅 넘어가려고 하지 마. 그 주방장이나 EJ 며느리 사이가 아무것도 아니라고 해도 우리 기사는 어떻게 할 건데?"

"그게 무슨 상관이야?"

지훈이 답답한 듯 머리를 벅벅 문지르더니 은수를 바라보았다.

"너 지금 그 주방장이 웬 여자랑 호텔에 들어가는 거 보고 혼란스러운 거잖아. 게다가 소문까지도 그 모양이고. 그런데 둘이 그냥 오누이라고 해도 너랑 그 주방장이 말이 될 것 같아? 그 대단한 집안에서 널 받아 줄 것 같냐고?"

지훈의 지적에 은수는 멍하니 면발을 뒤적거렸다. 그런 일은 생각한 적도 없었다. 그냥 그 남자의 달콤함이 좋았을 뿐이었다.

"아니, 아니, 그런 거 다 떠나서 우리가 터트릴 기사가 결국은 유태석 당대표를 공격하게 될 텐데 그 주방장이 그걸 알고도 괜찮다고 할까?"

애써 삼켰던 덩어리가 가슴에 박혀 은수를 답답하게 만들었다.

"아직 확실한 건 아니랬잖아. 박 사장한테 뭘 받은 건지 모른다고 했잖아."

"너 왜 이래? 어차피 뻔한 거잖아. 그리고 송 검사가 자금추적 들어갔어. 시간문제야."

은수는 멍하니 제 앞에 놓인 윤기 흐르는 짜장면을 바라보았다. 그 남자 자체만으로도 대단해서 저와 어울리지 않는다고 생각해서 도망쳤었다. 그래 놓고 돌아서는 남자를 잡은 건, 그래, 제 마음에 솔직하고 싶어서였다.

하지만 그런 게 다 무슨 소용인 걸까? 지훈의 말대로 어차피 처음부터 그와 그녀는 어긋난 인연이었다. 제가 쓰는 기사가 사랑하는 남자의 아버지를 공격하는 일이라고 해도 그만둘 수는 없는 일이었다. 저는 기자니까. 진실을 밝히는 기자니까. 수많은 사람들이 다칠지도 모르는 이 일을 그냥 묻어 둘 수는 없는 일이었다.

"말했잖아. 네가 상관할 일 아니라고. 내 일은 내가 알아서 해."

"은수야."

지훈이 달래듯이 그녀를 부르며 팔을 뻗어 손을 잡았다.

"고집 피우지 말고 그만둬. 내가 꼭 너 좋아한다고 해서 이런 말 하는 거 아니야. 어차피 안 될 사람이잖아. 너 자꾸 아니라고 하지만 내가 그것도 모를 것 같아?"

웃을 일이 아닌데도 웃음이 나왔다. 은수는 실없는 사람처럼 피식거리며 지훈을 바라봤다.

"내 마음을 네가 그렇게 잘 알아?"

신랄한 어조로 말하는 은수의 손을 지훈은 더 꼭 쥐었다. 그녀가 답지 않게 흔들리는 것을 지훈은 진작부터 알고 있었다. 그 기생오라비 같은 주방장과 함께 병실을 빠져나가던 그 순간 제가 느낀 패배감은 그를 자꾸만 치졸하게 만들었다.

소문이…… 그저 소문일 수도 있었다. 그쪽 사람들 사이에서도 흥미로운 가십 거리지 굳이 믿는 사람은 많지 않은 것 같았으니까. 그런데도 시시콜콜 다 은수에게 말한 건 제 치졸함의 방증이었다.

은수가 사귀었던 어느 남자에게도 이런 기분을 느낀 적은 없었다. 그저 묵묵히 그녀의 옆을 지키며 언젠가는 은수가 저를 바라봐 줄 거라는 믿음이 있었다. 그러나 그 주방장은 달랐다.

뭐가 달랐냐고 물으면 딱히 꼬집어 말하지는 못했지만 미묘하게 다른 은수의 행동이 지훈을 다급하게 만들었다. 그래서 꾹꾹 참아 왔던 제 마음을 술에 취해 주사처럼 뱉고 말았다.

그게 실수였다. 조급하게 뱉은 마음은 오랫동안 간직했던 무게를 잃고 가볍게 은수의 비웃음에 부서져 버렸다. 지금이 지훈에게는 기회였다. 그 남자와 은수 사이에 생긴 틈을 비집고 들어가야만 했다. 제 침대에 누워 태평하게 아무런 긴장도 없이 잠든 그녀를 바라보며 상상으로만 삼키던 입술을 마침내 실제로 머금었던 순간을 그는 잊을 수가 없었다.

"내가 널 하루 이틀 봤어? 너 아닌 건 아닌 사람이잖아. 왜 이렇게 알면서도 질척거리는 건데? 잊어. 잊고, 이 기사만 끝나면 우리 어디로 여행이라도 가

자. 응?"

은수는 지훈의 쥐고 있는 제 손을 억지로 빼냈다. 지훈의 말이 맞았다. 이런 일에 질척이는 것은 그녀의 성격이 아니었다.

"인터뷰랑 기사, 마저 정리해서 보내 줄게. 그리고 우리 이 기사 마무리되면 당분간은 보지 말자. 내가 그 사람이랑 어떻게 되든 너랑 친구 말고 다른 건 될 생각 없어. 그리고 너 계속 이러면 나 친구도 그만둘 거야. 나는 너 정말 친구로 생각했어. 네가 날 그런 식으로 보고 있었다는 거 알았으면 그렇게 긴 시간 동안 옆에 있지 않았을 거야. 그러니까 그런 소리 할 거면 연락하지 마."

은수의 단호한 거절에 지훈이 다급하게 그녀를 불렀다.

"이은수!"

"너 먹고 와라. 나 먼저 갈게. 사무실 들어가 봐야 해."

"은수야!"

혹시나 지훈이 저를 붙잡을까 봐 은수는 서둘러 중국집을 빠져나왔다. 제법 쌀쌀해진 바람이 그녀의 코트 자락 사이로 파고들었다. 은수는 옷깃을 여미며 어깨를 움츠렸다. 지훈의 말처럼 그녀는 아닌 일에 힘을 쏟는 사람은 아니었다. 십년지기 친구라 해도 다를 건 없었다.

저에겐 우정이었지만 지훈에게는 사랑이었다면 그녀가 정리해 주는 게 나았다. 희망고문을 할 생각은 없었으니까. 하지만 류승제는…… 어차피 안 될 사람을 놓지 못하는 제 자신은 어떻게 해야만 하는 걸까?

싸늘한 날씨처럼 회색빛 우울한 하늘을 올려다보며 은수는 무거운 한숨을 내쉬었다.

◈

신민국당 당대표인 유태석, 그의 아버지의 사무실은 번화가 한가운데에 있었다. 애초에 지역구도 그 근처의 알아주는 부촌이었기 때문에 그다지 별스런 일도 아니었다.

하지만 건물 외벽에 커다랗게 걸린 현수막 안의 인자한 미소를 짓는 아버지의 얼굴을 보는 승제의 얼굴은 씁쓸하기만 했다. 제 아버지의 실체에 실망한 건 이미 오래전이었다. 그리고 자기 이익을 위해서라면 다른 사람들의 인생 따위는 신경도 쓰지 않는 사람이라는 것도 이미 알고 있는 일이었다. 하지만 그렇다고 해서 아무렇지도 않은 건 아니었다.

새삼 알고 있던 사실에 무게를 더해 제가 그런 사람의 아들이라는 것이 그에게 자괴감으로 다가왔다. 저를 세상에 있게 해 준 존재에 대해 존경심은커녕 실망감, 그리고 그보다 더한 혐오감을 느껴야 하는 것이 한때는 죽을 만큼 힘든 적도 있었다. 그래서 가족과 인연을 끊다시피 살았다.

하지만 부정한다고 해서 제 아버지가, 제 가족이 다른 이들로 바뀌는 것은 아니었다. 차라리 그도 제 가족처럼 그런 사람이었다면 이렇게 힘들지는 않을 것이었다. 그의 형수인 민아의 말처럼 그는 돌연변이인지도 모른다.

승제는 무거운 한숨을 뱉으며 건물 안으로 들어섰다.

"어떻게 오셨어요?"

한 층을 다 사용하는 아버지의 사무실로 들어서자 비서로 보이는 여자가 다가왔다.

"유 대표님 좀 만나러 왔습니다."

"약속하셨습니까?"

"그게……."

말끝을 흐리는 사이 안쪽의 사무실 중 하나에서 누군가가 나왔다.

"김 비서, 이거 복사 좀…… 어? 이게 누구야? 승제구나, 오랜만이다."

과하게 반가워하며 손을 내미는 사람의 얼굴이 낯익었다.

"나 승수 친구, 명우."

"아……."

그제야 기억이 희미하게 떠올랐다. 왜 형과 친구인지 알 수 없던 사람. 그것이 제 아버지가 주는 학비와 생활비 때문임을 알았을 때의 쓴 뒷맛과 학비가 든 돈 봉투를 들고 이를 악물고 울고 있던 그의 모습을 몰래 보았을 때의 기분까지.

"오랜만이에요."

가볍게 악수를 마치자 명우가 곤란하다는 듯 뒤를 돌아보았다.

"어쩌지? 대표님 회의 중인데…… 여기는 좀 불편할 테니 대표님 사무실에 들어가서 기다릴래?"

"고맙습니다."

고개를 숙이는 그에게 쑥스러운 듯 명우가 머리를 긁적였다.

"고맙긴 네 아버지인데."

열어 준 문 안으로 들어서자 명우가 한마디 덧붙였다.

"좀 걸릴 거야. 차 뭐로 할래?"

"마시고 왔습니다. 괜찮아요."

"그래, 그럼 편히 앉아서 기다려."

문이 닫히자 승제는 넓은 사무실 안을 둘러보았다. 세가 만만치 않은 곳에 임대한 사무실임에도 내부의 가구는 평범했다. 아마도 사람들의 눈을 의식한 거겠지. 비틀린 웃음을 지으며 그는 창가에 놓인 책상에 다가섰다. 잔뜩 쌓인 서류들이 빼곡히 책상을 채우고 있었다.

그때였다. 어디선가 드르륵거리는 진동이 울렸다. 전화 진동이 분명한 그 소리에 그는 책상 한쪽에 놓인 전화를 집어 들었다.

– 장 부장

커다란 액정에 번쩍거리는 글씨가 그의 얼굴을 굳게 만들었다. 계속 진동이 울리는 전화가 끊어지기 전 승제는 화면을 움직여 전화를 받았다.

〈장 부장입니다.〉

예상대로 잘 알고 있는 목소리였다. 승제는 눈을 감으며 신음처럼 대답을 뱉었다.

"……음."

〈그 여기자 동선 파악 끝났습니다. 어설픈 협박은 안 하는 게 좋을 것 같습니다. 언제가 좋겠습니까? 지시만 내려 주시면 됩니다.〉

여기자. 동선. 협박. 지시.

단어들이 뒤죽박죽 엉켜서 머릿속을 뒤집었다.

〈의원님?〉

제 아버지를 부르는 게 분명한 목소리에 승제는 더는 참지 못하고 종료 버튼을 눌렀다. 그때 문이 벌컥 열리고 아버지 태석이 들어왔다.

"네가 여긴 웬일이냐?"

말없이 묵묵히 서 있는 승제를 태석이 의아하게 바라보며 사무실 안으로 들어섰다.

"왜 말이 없…… 너 뭘 갖고 있는 게야?"

손에 쥔 전화기를 싸늘하게 바라보는 승제의 얼굴에 태석이 노기 섞인 목소리로 물었다. 당장이라도 전화기 건너편에 있는 상대를 죽일 듯 노려보고 있던 승제가 고개를 돌려 제 아버지를 바라보았다.

"망신당하기 싫으시면 사람들 내보내시는 게 좋을 겁니다."

당장이라도 터져 버릴 듯 나지막이 가라앉은 목소리에 태석 제 아들을 향해 눈을 부라렸다.

"뭐가 어쩌고 어째?"

"아니면, 장 부장을 부를까요?"

보란 듯이 들어 올린 전화는 몸을 떨며 제 존재를 드러내고 있었다. 그리고 그 액정에는 장 부장이라는 세 글자가 선명했다. 아들의 협박에 태석이 뒤에 서 있던 보좌관들에게 몸을 돌렸다.

"다들 나가!"

쾅 하고 문이 닫히자 태석이 성큼성큼 걸어와 승제의 손에 있던 전화기를 빼어 들었다.

"무슨 짓이야!"

"아버지야말로 무슨 일을 꾸미고 계신 겁니까?"

아들의 질문에 태석은 아무렇지도 않은 척 의자에 앉았다. 제 아들이 어디까지 알고 있는지 모르겠지만 얼굴에 드러나는 생각을 감추는 일은 그에게는 쉬운 일이었다.

“무슨 말을 하는 거냐?”

“그 여자 건드리지 마세요. 그 여자 털끝 하나라도 다치는 날에는 후회하실 일 생길 겁니다.”

책상에 손을 짚은 채 상체를 기울여 으르렁대는 아들에게 태석은 노기 가득한 목소리로 호통을 쳤다.

“네가 지금 아비한테 협박을 하는 게야!”

태석의 호통에 찔끔거리며 어깨를 움츠리곤 하는 승수와는 달리 승제는 눈 하나 깜빡하지 않고 도리어 태석에게 비틀린 웃음을 보였다.

“협박요? 그 여자 건드리셨다가는 모든 걸 다 내려놓으실 각오를 하셔야 할 겁니다. 그냥 하는 말이 아니니 뭘 하려고 하셨든 다 그만두세요.”

승제가 끊어 버린 전화가 계속해서 울리고 있었다. 서늘한 표정으로 전화를 바라본 승제가 마지막 충고를 뱉었다.

“그 쓰레기 빨리 버리는 게 좋을 겁니다.”

“건방진 것!”

벌떡 일어서서 한 대 칠 것처럼 손을 들어 올리는 태석에게 승제가 싸한 얼굴로 대답했다.

“새삼스러울 것도 없잖아요?”

“이…… 이…….”

“할 말 다 했으니 가 보겠습니다.”

벌게진 얼굴로 어쩔 줄 모르는 태석을 보며 승제는 몸을 돌렸다. 한때는 아버지를 자랑스러워한 적도 있었다. 하지만 그건 아주 오래전 일이었다. 모든 것을 알지 못했던 아주 오래전 말이다.

오지 않을 게 분명한 여자를 위해 승제는 요리를 했다. 어쩐지 그는 그녀가 왜 제게서 멀어지려 하는지 알 것 같은 기분이었다. 아버지의 비리를 알았다면 제가 유태석의 아들인 것도 알았을 것이다. 아버지처럼 훌륭한 기자가 되고 싶다는 여자에게 저란 존재가 어떻게 보였을지 굳이 묻지 않아도 짐작이 되었다.

큼직하게 자른 송아지 고기를 볶는 승제의 손길이 조금 거칠어졌다. 그런 가족들 때문에 진지한 만남 따위는 생각도 해 본 적이 없었다. 하지만 선택권은 그에게 있는 것이 아니었다.

작게 자른 양파를 넣고 볶던 그는 물과 와인을 부어 주고 당근과 허브, 그리고 양념을 넣고 뚜껑을 덮었다. 부모가 제 인생을 휘저으려고 하는 게 싫어서 정해 준 길을 벗어나 떠났었다. 한국에 돌아올 때는 적어도 이제는 그런 일 따위는 당하지 않으리란 자신이 있었다. 하지만…… 그건 오만이었다.

예약된 손님들이 대부분 빠져나가자 승제는 마감을 레너드와 석진에게 부탁하고 집에 돌아왔다. 혹시나 여자가 돌아왔을 거란 기대는 하지 않았다. 그런데도 요리를 하고 그녀를 기다리는 것은 그녀에 대한 제 마음이었다. 뭉근하게 오래 끓여서 만드는 Blanquette de Veau처럼. 그의 마음도 그런 거라고 그녀에게 이야기하고 싶었다.

하지만 완성된 요리를 식탁에 놓고, 또 그것이 미지근하게 식어 가는데도 현관문은 열리지 않았다.

매캐한 연기를 남기고 요란하게 택시가 사라지자 은수는 우두커니 서서 유럽풍의 고급스러운 건물을 올려다보았다. 나는 왜 여기에 왔을까?

'네, 맞아요. 내 친동생 맞습니다.'

흔들림 없는 목소리로 대답하던 남자의 싸한 얼굴이 떠올랐다.

'쉬쉬하긴 하지만 소문이 그래. 윤희수가 류승제와 사랑하던 사이였고, 그래서 류승제가 프랑스에서 쉐프로 유명해지고 귀국하게 되자 서둘러 윤희수를 정략결혼을 시킨 거라고. 뭐, 결과적으로 EJ 그룹이나 유태석 대표나, 양쪽 집안 다 윈윈하는 선택이었지만 그 둘은 이루어질 수 없는 안타까운 사랑, 혹은 입양된 오누이와의 금지된 사랑이라고 아직도 그쪽 사람들 사이에서는 좀 시끄럽더라고. 아니 땐 굴뚝에 연기 나겠어? 뭐가 있으니 그런 소문도 나는 거지.'

탕수육을 우걱거리며 먹던 지훈의 말이 정신 차리라는 듯 뒤를 따라 들려왔다. 하지만…… 저를 향한 남자의 뜨거운 몸짓과 손길, 그리고 저만을 위해 만들었던 음식들에 담긴 마음까지. 그것들이 전부 거짓말이었다고, 그렇게 쉽게 말할 수 있는 건가?

모르겠다. 그것들이 진심일 거라고 생각이 기울었다가도 그가 소중하다는 듯 감싸 안고 호텔 로비를 지나던 여자의 잔상이 눈앞을 어지럽게 만들었다. 호텔은…… 병원이 아니었으니까. 은수는 무거운 한숨을 뱉었다.

게다가 문제는 그것만이 아니었다. 유태석 당대표가 류승제의 아버지라니. 그녀를 향한 그의 마음이 진심이라고 하더라도 기사가 터지고 난 뒤에도 그 눈빛이 여전할 수는 없는 일이었다. 이 엉켜 버린 이야기들의 끝 어느 쪽이든 해피엔딩은 없었다. 그런데…… 그런데도 왜 그녀는 여기에 서 있는 건가?

기다리겠다고, 기다린다고 말한 남자의 말이 명치끝에 남아서 그녀를 괴롭게 했다. 흔한 연애를 하고 흔한 이별을 하고, 그 모든 만남들에서 이은수가 이은수답지 않은 고민을 했던 적은 없었다. 늘 아닌 건 아니었으니까.

그럼에도 아닌 걸 붙들고 있고 싶은 이 마음은 뭔지 그녀도 설명할 수 없었다. 그냥 그가 보고 싶어졌다. 그냥 그 남자가 주는 달콤함에 조금 더 빠져 있고 싶었다. 그 끝이 쓰디쓴 후회만 남는다고 하더라도.

은수는 승제의 집을 향해 걸음을 옮겼다.

## 20.
## 동원 마일드 참치 210g

제가 보기에도……. 두 사람은 물과 기름이었다. 단 한 번도 의견이 일치하거나 같은 생각을 한 적이 없었다. 좋아하는 것도, 즐기는 것도 심지어 생활 패턴도 완전히 달랐다.

그럼에도 불구하고 두 사람은 사랑했다. 눈꼴이 시릴 정도로.

어린 나이에도 그게 신기했다. 그래서 그녀는 물었다.

"엄만, 아빠랑 왜 결혼한 거야?"

엄마는 아침에 일어나 대충 쓱쓱 머리를 빗어 올리고 립스틱 하나만 발라도 주변 그 어느 누구보다 지적이고 아름다웠다. 항상 BBC나 CNN 방송을 즐겨 봤었고, 시간이 나면 요가를 즐기거나 클래식 음악을 들었다.

그리고 커서 알게 된 건, 방송국 사상 최연소 9시 뉴스 메인 앵커였고, 입사 시 최고점을 받았다는 것, 그리고 다들 그런 미모의 유명 여자 아나운서들이 그래 왔듯이 재벌가에서 눈독을 들이고 있었다는 것들 같은 거였다.

반대로 아빠는 아무리 단정한 옷을 입고 머리를 빗어도 마치 곰이 분장한 것같이 덥수룩했다. 게다가 된장찌개를 좋아하고, 사람들 좋아하고, 술 좋아하고, 일이라면 사족을 못 썼다. 그리고 장대 같은 아들 둘과 뭘 달고 나오지 않은 거 빼고는 그 아들들과 똑같은 딸까지 셋을 데리고 커다란 양푼에 밥을 비벼 먹는 걸 가장 좋아하던 사람이었다.

단 한 번도 거기에 숟가락을 들고 덤비는 걸 본 적 없는 엄마는 아마 거실에서 유유히 클래식을 들으며 진한 아메리카노를 마셨을 것이었다.

"멋있잖아."

어이없는 대답에 은수는 더 이상 묻기를 포기했다. 며칠 만에 취재에서 돌아오면 엄마는 직접 아빠의 땀에 절은 셔츠를 손빨래하고 가끔은 면도를 해 주기도 했었다. 엄마의 그 공주 같고 깔끔한 성격과는 전혀 어울리지 않는 행동이었다. 그러고 나서는 늘 우리들이 가면 안 되는 서재방에는 엄마의 부드러운 웃음소리와 아빠의 쩌렁쩌렁한 광소가 흘러나왔었다.

아빠가 했던 음식 중에 엄마가 유일하게 맛있게 먹었던 건 할머니 집에서 가져온 김치와 마트에서 산, 덩어리도 없는 부서진 살만 잔뜩 든 커다란 참치 캔을 넣고 볶은 참치볶음밥이었다.

엄마가 투표의 개표 방송이니, 혹은 뉴스 특보 따위로 늦으면 아빠는 늘 엄마의 것만 따로 만들곤 했었다. 그리고 한밤중에 곱게 화장을 한 채 들어온 엄마는 그걸 맛있게 먹곤 했었다. 아빠가 원인도 모를 교통사고로 세상을 떠나고, 엄마가 일을 그만두고 외가가 있는 뉴욕으로 떠나면서 제게 마지막으로 한 말도 그거였다.

"아빠가 해 준 참치김치볶음밥. 참 맛있었는데…… 그렇지, 은수야?"

엄마는 그 뒤로 다시는 한국에 돌아오지 않았다. 은수는 어렸었지만, 커 가며 아빠와 같은 일을 하면서 아빠의 사고가 '사고'가 아닐 수도 있다는 생각을 하게 되었다. 엄마도 그걸 알고 있었는지도 몰랐다.

그래서 은수는 기자가 되어야 했다. 그리고 더욱더 크고 유명한 사건들을 파헤쳐서 이름이 높아져야 했다. 그리곤 언젠가 아빠의 데스크를 물려받아야 했다. 그래서 그 데스크 가장 안쪽에 게핑(게이트 키핑)되어 있는 사건들을 찾아야 했다. 누가 그랬는지, 왜 그런 사고가 났는지 알아내야 했다. 그게 이은수 삶의 가장 큰 목표였다.

눈앞에 화려한 빌라가 보였다. 몇몇 불 켜진 창문들이 보이는 누군지도 알 수 없는 사람들이 사는 곳. 그중에 유일하게 아는 사람 하나가 저를 기다린다고 했다. 분명 이름도 알 수 없는 값비싼 재료들이 오묘한 맛을 내는 최고급 요리와 그 근사한 요리보다 더 근사한 남자가 저를 기다리고 있을 것이었다.

마땅히 해야 할 말이 있는데도 불구하고 그 남자는 제 입을 막아 버릴 것이고, 제 오감을 무디게 만들 게 뻔했다. 그리고 그건 분명히 황홀하고 달콤할 것이었다. 그러나 그건 제 몫이 아니었다. 그가 싸 준 그 고급 디저트들을 차마 먹지 못했던 건, 그 때문이었다.

제가 할 일은 불의를 저지르는 사람들이 몰래몰래 하는 짓을 만천하에 까발리는 것이었다. 결코 그들 사이에 비집고 들어가야 하는 게 아니라.

이 대단한 집에 온 건, 그가 기다리겠다고 했던 말 때문이었을까. 은수는 스스로 머리를 가로저었다. 그러면 안 되는 거야. 맞아. 안 돼.

그제야 은수는 제가 이 집에 온 구실을 찾아냈다. 미친 듯 쏘다니다 와 버리고만 이 화려한 집에 들어가야 하는 단 하나의 이유. 자신의 가장 소중한 자료를 이 집 냉장고에 넣어 뒀으니까.

은수는 환히 불이 켜진 곳을 올려다보았다. 그가 저를 기다리길, 혹은 그가 없기를 기대한 마음이 반반이었지만 불은 켜 있었다.

이상하게 제 마음속에 드는 안도를 저버리려는 듯 그녀는 혼자 휘휘 머리를 흔들고는 걸음을 옮겼다. 이미 익숙해진 제 얼굴에 경비 직원은 고개를 숙여 인사할 뿐 전처럼 그녀를 제지하지는 않았다. 그게 더 불편해 그녀는 서둘러 화려한 엘리베이터로 향했다.

집의 열쇠를 반납했기에…… 은수는 벨을 눌러야 했다. 아무도 나오지 않으면 가 버리려고 했다. 그런데 금방, 이 넓은 집의 어마어마한 내부 거리를 감안한다면 정말 문 앞에서 기다린 듯, 바로 문이 열렸다.

"왔어요?"

잠시, 여기가 정말 내 집인가 싶을 정도였다. 아무렇지도 않게 이 울컥할 만큼 잘난 남자가 유난스럽지도 않게 그렇다고 차가운 것도 아닌, 그냥 늘 그렇다는 듯 저를 알은척해 주었다.

은수는 저도 모르게 당황할 수밖에 없었다. 그리고 낮에 제가 새언니에게 아무 가책도 없이 줘 버린 그 디저트들 때문에 이 남자한테 미안한 마음이 들었다. 그래서 저도 아무렇지도 않게 대답했다.

"네."

"들어와요."

은수는 두껍고 커다란 문을 닫고 눈부시게 하얀 현관을 지나 집 안으로 들어섰다. 늘 이 남자답게 하얀 셔츠 차림이었지만, 마치 향수처럼 향긋하고 고소한 냄새가 남자의 뒤에 꼬리처럼 스며 있다 흩어졌다.

"저녁 안 먹었죠?"

그가 만약 어디서 불량식품이라도 먹고 왔다면 바로 혼을 낼 것 같은 목소리로 물었다. 은수는 왠지 제 마음 한구석이 처량해져서 대답했다.

"여긴 무슨 식당인가요? 들어오면 늘 끼니부터 챙기게……."

그냥 이 분위기가 어색해서 한 말이었다. 그러나 그는 그렇지 않았다.

"여기선 오직 이은수 씨 한 사람을 위해서만 음식을 만드니까요."

뭐라 대답을 해야 했다. 그러나 은수는 그러질 못했다. 분명히 농담 따위가 아니었다. 제 눈앞에 선 남자의 얼굴은 더할 나위 없이 진지했으니까.

"손 씻고 와요."

그가 돌아서서 주방으로 갔다. 다행이었다. 그가 저를 더 쳐다보지 않은 게…….

기다림이 길면, 사람은 쉽게 지친다. 어쩌면 오지 않을지도 모른다고 생각했다. 그러면서도 그가 위안 삼은 건 제가 티 나지 않게 조심스럽게 원상 복구해 제자리에 갖다 놓은 usb를 믿고 있었기 때문이다. 적어도 그것은 가지러 올 테니까.

다만 그게 오늘이 아닐지도 모른다는 생각을 저 블랑켓 드 보의 불을 끈 다음에야 했다. 제가 없을 때 와서 가져갈 수도 있는 거니까. 찾아 나서야 하는 걸까? 정신이 없어 그녀의 새 전화번호를 물어보지 못한 걸 후회하면서 그는 초조하게 집 안을 서성이고 있었다.

누구하고 있는 걸까? 그 취재 파트너의 원룸이란 데 같이 있는 걸까? 아니면 그 오빠의 집에서 따뜻한 김치찌개를 먹으면서 웃고 있는 걸까? 차라리 그게 나은 거 아닌가. 혹 이 추위 속에 또다시 위험한 취재를 위해서 그 공항의 화장실이나 혹은 어두침침한 공장의 뒷골목에 있다가 저도 모르게 다급해진 아버지의 지시를 받은 장 부장의 뷰 파인더 속에 있는 거 아닐까 하는 데까지 생각이 미치자 그는 당장이라도 이은수를 찾아 나서야 할 것만 같았다.

아마 5분만 더 있었으면 어디든지 밖으로 나가 버렸을지도 모른다.

제 눈앞에 나타난, 마치 취재를 위해 온 것 같은 그녀의 담담한 얼굴 덕분에 그는 제 북받치는 감정을 주체할 수 없었다. 왜 이렇게 됐을까. 제 마음 같아서는 차가운 바람 속에 돌아다녔을 그녀를 따뜻하게 안고 바싹 마른 것 같은 그녀의 입술이라도 머금었어야 하는 거 아닐까. 그러나 왜 그러지 못한 걸까.

돌아서 익숙한 냉장고가 늘어선 주방에 들어서야 그는 지금 이 시간을 어떻게 이용해야 할지 생각해 볼 여유가 생겼다. 그런데 어떻게 해야 하는 걸까. 그는 렌지에 불부터 켰다. 우선은 그녀가 저녁 끼니를 해결하지 않고 왔다는 게 중요하니까.

은수는 대리석으로 된 둥근 욕조 따위를 쳐다보지 않은 채, 마치 호텔의 파우더 룸 같은 하얀 장식장 위에 얼룩진 호박무늬를 가진 대리석 세면대에 한참이나 손을 씻었다. 그리고 고개를 들어 거울을 보았다.

노란색 은은한 조명이 누구나 예쁘게 보이게 만들 것 같았다. 그러나 거울 저편의 익숙한 여자는 금방이라도 울 것 같은 표정이었다.

"넌…… 왜 그러는데."

공허하게 혼자 물어봤지만, 거울 속의 여자는 대답하지 않았다. 은수는 주변을 돌아보았다. 도우미가 물기 하나 없이 만들어 놓은, 은은한 향기까지 서린 커다란 욕실이었다. 우스꽝스러운 빨갛고 노란 애벌레 무늬가 가득한 치약이나 물놀이 장난감 따위가 마치 딴 세상 물건들같이 보일 듯 비정상적으로 아름다운 공간.

제가 기자라는 직업을 가지고서 일을 하는 이유가 이런 비정상적인 사람들이 비정상적인 삶을 사는 것이 정당한가를 찾아내는 일일지도 몰랐다.

물론 그가 전에 이야기했듯 그의 이런 성공은 열심히 노력한 결과일 것이었다. 그의 아버지가 어떤 사람이든 그건 이 집의 주인과는 관계없는 것이었다. 다만, 그 이론은 이 남자가 '타인' 일 때만 성립하는 게 문제일 뿐.

은수는 아무렇지도 않은 표정으로, 아니 거울 속의 울상이 된 여자는 우스꽝스럽게 히죽 웃더니 욕실을 나섰다.

"앉아요."

필요 이상의 많은 시간이 지났음에도 불구하고 그는 아무렇지도 않은 듯 말했다. 은수는 우아한 테이블 매트 위에 예쁘게 접혀 있는 냅킨과 그 위에 세팅돼 있는 반짝거리는 은색의 스푼과 포크 옆에 김이 모락모락 둥근 볼 속에 있는 하얀 국물을 가진 음식을 보고는 아무렇지도 않은 듯 웃으면서 말했다.

"크림스프 같은데 느끼하진 않겠죠?"

단 한 번도 받아 본 적 없는 질문에 그의 굳은 얼굴이 풀어졌다. 그래서 저는 이 여자를 좋아했나.

"김치를 준비할 걸 그랬군요. 원래 일에 대해서는 잊어버리는 게 없는 법인데…… 이은수 씨 얼굴을 보면 다 잊어버리는 거 같네요. 다음엔 꼭 잘 익은 김치를 옆에 놓을 테니 오늘은 이 렐리시들로 대신 용서해요. 비쥬 블랑쉐 수석 쉐프 레너드가 가장 자신 있어 하는 특제니까요."

"네?"

"아, 피클이라고 하죠? 서양식 초절임. 렐리시는 두어 가지 이상 피클을 섞어 놓은 걸 말하는 거니까."

금방이라도 뭔가 터질 듯 팽팽한 분위기의 다이닝 룸은 그나마 좀 편안해진 듯했다. 그러나 은수는 김이 모락모락 나는 하얀색의 음식 앞에서 또다시 할 말을 잊어버렸다. 방금 전에 들었던 말이 떠올라서.

'여기선 오직 이은수 씨 한 사람을 위해서만 음식을 만드니까요.'

그런 말을 들을 자격이 있나? 어쩌면 제가 터뜨리려는 게 저 사람 아버지에게 직격탄이 될 수도 있는 건데 나중에 그걸 알면 어떤 표정일까. 다정해 뵈는 부자 사이 같진 않더라도 친아버지 아닌가. 제 머릿속에 들어오려는 사념을 던지려는 듯 은수가 말했다.

"식사했어요? 식사 안 한 거 같은데…… 설마 저처럼 자신이 한 음식이 맛없어서 남한테만 주는 건 아닐 텐데 말이에요. 같이 먹어요."

그제야 승제는 저도 하루 종일 뭔가 제대로 먹지 못했다는 것을 기억해 냈다. 요리사라는 직업을 가지고 있지만, 솔직히 항상 음식을 다루면서도 제때 끼니를 해결하지 못한 적이 많았다. 그리고 그 덕에 위염 치료를 받은 적도 있었다. 너무 골몰하기에 식음을 전폐한 적이 많아서.

그런데 은수가 저를 보고 이야기했다. 같이 먹자고.

"그러죠. 조금만 기다려요."

"음. 보기엔 솔직히 느끼해 보였어요. 그런데 역시 맛있네요."

맛있는 음식을 먹으면 사람은 누구나 행복해진다. 그리고 긴장을 늦추게 된다. 그게 다행이었다. 음식을 만드는 요리사기에 그는 그런 경험이 더러 있었다.

껄끄럽고, 혹은 불안하거나 불편한 자리를 부드럽고 푸근하게 만드는 맛있는 먹거리의 힘을 눈앞에서 보면서 그토록 힘들게 일을 배우고 익혔던 것에 대해 보람을 느끼곤 했었다. 아마 지금도 그 순간들 중의 하나로 기억될 것이 분명했다.

"프랑스 가정식의 대표적인 음식이죠. 누구나 집에서 하는. 오늘 같은 날에는 따뜻한 국물이 먹고 싶을 거 같았으니까요. 맛있다니 다행이에요."

건너편에 앉은 남자의 표정이 부드러워 보였다.

"서양식 찌개 같은 건가 보네요. 고기가 잔뜩 든 김치찌개처럼 말이에요. 고기가 살살 녹아요."

"송아지 고기니까요. 그리고 오래 끓이기도 하고."

은수가 숟가락으로 큼직한 고기를 건져 올렸다.

"우리 아빠가 찌개를 해 줄 때는 옆에 앉아서 숟가락으로 식탁을 두드리면서 재촉하면 금방 나오던데. 이건 한 시간쯤 걸리나 봐요?"

은수가 오물거리면서 그것을 먹는 것을 보고 그가 피식 웃었다.

"끓이는 데만 한 시간 40분쯤 걸려요. 그전에 준비도 하고 가니쉬도 하고 하면 두 시간쯤?"

"에? 이거 한 그릇에요?"

은수가 눈을 동그랗게 뜨면서 말했다. 그는 기분이 좋아졌다. 제 앞에 있는 여자가 이런 표정을 지을 때 그는 마치 통증을 견디던 환자가 진통제를 맞은 것 같은 느낌이 드는 듯했다. 아니, 진통 효과만 있는 게 아니라 사람의 머릿속을 텅 비게 만드는 마약인지도 몰랐다.

"그래도 먹는 사람이 맛있게 먹으면 그 정도 시간쯤은 다 잊혀집니다."

그는 아무렇지도 않게 대답하고 있었지만, 은수의 숟가락은 멎어 있었다.

"프랑스식 요리라는 게 그 정도 시간은 다 기본이에요. 그렇게 놀라지 않아도 괜찮아요."

그가 부드러운 목소리로 대답했다. 그제야 은수는 다시 숟가락을 들 수 있었다.

"그냥 이렇게 먹으면 금방 없어지는데 이런 걸 만드는 사람은 몇 시간씩 음식 앞에 있어야 한다는 게 전 좀 불합리해 보여요. 그 시간이면 얼마든지 다른 일들을 할 수 있잖아요. 물론 맛은 있지만, 혀에서 몇 분 즐거움을 느끼려고 그렇게 오랜 시간을 들인다는 거 좀 낭비 같아요. 전 솔직히 배만 채우면 다라고 생각하는 주의예요. 아마 그래서 제가 인스턴트를 좋아하는지도 몰라요. 전 얼른 기술이 발달해서 알약 하나 먹으면 허기가 없어지는 세상이 오길 바라는 주의거든요."

은수는 적당히 잘 익어서 부드러운 버섯을 떠먹으면서 승제가 채 대답을 하기도 전에 말했다.

"나, 버섯도 원래 안 먹는데 이거 맛있네요."

"사람은 누구나 취향이 있는 법이죠. 누군가에게는 그 시간과 노력이 불합리해 보일 수 있다는 거 이해해요. 나도 처음에는 그랬으니까. 그러나 한 시간 만에 만든 육수와 하루 종일 정성을 들여 기름을 걷어 내고 졸이고 불 조절을 한 육수의 차이를 맛본다면, 그 수고가 헛되지 않았다는 걸 느낄 수 있을 거예요. 제가 요리에 대한 공부를 하면서 들은 바로는 그냥 평범한 고기 스톡에서 36가지의 맛이 난다고 하더군요. 물론 난 그 경지에까지 이르진 못했어요."

"36가지나요?"

은수의 눈이 또다시 동그랗게 변했다.

"그러나 그런 사람도 있으니 단순히 알약으로 배를 채운다면 그런 사람들은 세상사는 낙이 없어질지도 모르죠. 나름대로 자신이 좋아하는 것들이 다르니까. 은수 씨가 그렇게 생각한다면 그 생각을 강요할 필요는 없는 겁니다. 이건 내가 좋아하니까 하는 거고 그걸 맛있게 먹는 걸 보는 게 행복하면 그게 다니까 말이죠."

은수는 무언가 울컥하는 느낌이었다. 제가 여기 앉아 있는 이유는 뭘까. 간단했다. 내 자료를 찾아가는 거, 그리고 지훈이가 그렇게 강력하게 주장한 것처럼 이 남자와는 맞지 않으니까 깨끗하게 감정을 정리해야겠다는 것. 그거였다.

그녀는 많다면 많고, 적다면 적은 그런 나이였다. 대단한 엄마의 유전자를 물려받아 어디 가서 빠지지 않을 만큼의 외모를 가졌고, 성격에도 그리 이상이 있는 건 아니었다. 그래서 인기도 많았고 제 어린 치기에 제가 하고 싶은 것만큼 어울리고 싶고, 사랑하고 싶은 남자도 주변에 늘 꾸준히 있었다.

그러다 어느 순간에 사랑이란 감정에 빠지고, 또 금방 그 감정이 소모적이고 어리석었다는 걸 깨닫곤 했었다. 나이가 들면서 그 시간은 점점 짧아졌고, 본격적으로 기자라는 명칭을 달고 일을 시작하면서 그런 감정의 허비 따위가 얼마나 시간 낭비였는지 알게 된 뒤로는 그녀는 제 눈앞에 그 대단한 엄마의 눈을 멀게 한 아빠와 같은 사람이 나타나지 않는 한 저는 평생 혼자 일을 하면서 살아도 행복할 것이라고 단정하고 있었다.

그러나 세상의 모든 일이란 게 생각대로 되는 게 아니었다. 이렇게 전혀 상상도 못 한 엉뚱한 사람이 저를 눈멀게 하고 있으니까. 아니, 눈뿐만 아니라 혀도 멀게 했다.

그리고……. 마음은 더 아프겠지. 그럴 것 같았다. 지금도 제 명치 어딘가가 욱신거린달까. 그러나 사랑 때문에 죽는 사람은 드물었다. 그 어떤 희귀병보다 확률이 적었다. 평생 99.99%의 사람이 사랑이란 걸 하지만, 그것 때문에 잘못되는 사람은 지극히 적다. 누구나 다 살아간다.

무뚝뚝해 보이는 교장 선생님도 왕년에는 감성을 가진 청년이었기에 지나가는 양호 선생님을 사랑했었을 것이고, 난폭 운전을 일삼는 굳은 얼굴의 버스 기사도 말랑말랑한 심장을 가진 젊은 시절엔 극장 매표소 여직원을 짝사랑했었을지도 모른다.

지금 죽을 것같이 아파도, 결국은 다 잊혀질 것이다.

"와인 저장고에 잔뜩 든 와인 한 병 축내도 될까요?"

잊혀질 테니까. 은수가 아무렇지도 않은 듯 말했다.

"그럼요."

"이거만 있어도 안주는 충분하니까 그냥 아무거나 맛있는 걸로 한 병만 꺼내요. 고기를 먹으면 술을 먹어야죠."

은수는 히죽 웃으면서 말했다.

"그래요. 그러죠."

그가 순순히 대답했다. 은수는 그가 와인렉으로 가는 걸 물끄러미 쳐다보았다.

저 남자 잊을 수 있을까? 그냥 저 남자를 모르던 때로 돌아갈 수 있을까? 대답은 yes였다. 물론 그 과정이 아주 많이…… 지랄 맞겠지만.

다행이었다. 이럴 줄 알았더라면 스테이크를 준비할 걸 그랬나 싶었다. 물론 육류야 냉장고에 있긴 했지만 최상의 스테이크를 하기엔 부족했다. 그녀에겐 가장 좋은 것만 해 주고 싶었으니까.

그녀가 밖으로 나가면 위험했다. 차를 가져왔을까? 아래층의 경비실에 물어

보기라도 해야 하나. 술을 먹으면 운전을 못 할 테니까 자신이 데려다주면 오히려 안전할 것이다.

장 부장이 제 얼굴을 아니까 저랑 같이 있으면 어쩌지 못할 거라 생각했다. 아무리 탐탁지 않게 생각해도 자신이 모시는 사람의 아들이니까.

그는 와인렉에서 이리저리 뒤적거리면서 숫자들만 찾았다. 그리고는 제 눈에 차는 숫자가 쓰인 것을 찾아내고 와인잔을 들었다. 테이블 위에 어딘지 어울리지 않는 어두운 표정을 한 여자가 보였다.

아마…… 그녀도 알고 있을 것이다. 그녀의 메모지에 적힌 이름 중 하나가 제 아버지란 걸. 그러나 그는 아무렇지도 않은 듯 그녀에게 다가갔다.

"역시 스윗한 게 좋겠죠? 드라이 와인은 맛이 없을 테니."

그가 들고 온 와인을 와인잔에 따르는 것을 보고 은수는 괜히 서글퍼졌다. 사회 시간이나 교양 시간에 배운 평등사회란 건 제가 일을 하면서 보건대 이 세상에는 존재하지 않았다. 저 남자나 자신이나 같은 사람인데, 헌법에는 계급이 없다 해도 이 세상은 엄연하게 계급이 존재하는 사회였다. 일을 하면서 가장 많이 느낀 게 바로 그거였다.

분명히 안주 따위 필요 없다는데도 어느새 나무 도마 같은 것 위에는 얼룩무늬가 있는 햄과 치즈가 있었고, 가느다란 목이 있는 와인잔에는 달큰하면서 톡 쏘는 향이 피어오르는 새빨간 와인이 채워졌다. 술을 마시지 않았는데도 취하는 느낌이었다. 문득 이 남자랑 종로 뒷골목에 있는 꼼장어집에서 소주를 마시면 어떤 기분일까 하는 생각이 들었다.

"마셔요. 소주만큼 도수가 있을 테니 천천히 마시는 게 좋을 거예요."

그의 목소리가 더…… 독했다.

"맛있네요."

무슨 맛인지는 모르겠지만, 적어도 소주 같지는 않았다. 그가 내미는 햄에 싸인 치즈 같은 건 없어도 될 것 같은 맛이었지만 그녀는 순순히 고급스러운 안주를 받아 들었다.

"취재는 어떻게 돼 가고 있습니까?"

그냥 지나가는 투로 물었을 테니까 그녀도 그렇게 대답했다.

"잘 돼 가고 있어요."

잘 돼 가고 있다. 그는 제 얼굴이 굳어지지 않게 하려 애썼다. 어떻게든 이 여자를 지켜야 하는데 그는 장 부장이 어떤 사람인지 잘 알고 있었다. 얼마나 집요하고 얼마나 철두철미한지를. 그는 그녀의 빈 잔에 와인을 따랐다.

"음, 이건 좀 세긴 세네요."

"강화와인이라고 브랜딩해서 도수를 올린 겁니다. 천천히 마셔요."

그러나 보란 듯 그녀는 홀짝 원샷을 했다.

"달아서 안주도 필요 없네요. 승제 씨는 한잔 안 해요?"

그녀를 물끄러미 보던 그가 말했다.

"이따가 은수 씨 데려다주려면 마시지 말아야죠. 도수가 높으니까."

조용한 집 안이었지만, 순간적으로 더한 침묵이 내려앉았다.

아마 며칠 전 같으면 절대 보내지 않으려 했겠지. 은수는 아무렇지도 않은 듯 히죽 웃더니 말했다.

"음, 그렇군요. 그럼 이건 온전히 저 혼자 다 마셔도 된다는 거죠?"

커다란 병을 톡톡 쥐면서 말했다.

"너무 많아요. 잘 보관해 둘 테니까 적당히 마셔요."

제가 취할 순 없었다. 술을 잘하는 편도 아니었고 그녀가 여기에 있으면 좋으련만. 지금은 제가 데려다준다 해도 내일 아침은 어쩌지. 그는 고민스러웠다. 장 부장을 직접 만나야 하는 건가. 아니면…… 제가 마지막 카드로 쓰려 했던 걸 써야 하나.

"심심하네요. 술도 주거니 받거니 먹어야 하는 건데. 고만 먹고 가야겠어요."

"좀 더 있어도 되는데……."

생각에 빠져 있던 그가 급하게 말했다. 그러자 은수가 다시 웃으면서 말했다.

"그럼 심심한데 우리 키스나 할까요?"

미친 게 틀림없다. 심심한데 뽀뽀나 하자니. 아까 낮에만 해도 이 남자는 저를 삼켜 버릴 것 같았다. 놀라긴 했지만, 제 깊은 속마음은 그게 당연했는지도 몰랐다. 게다가 저녁이 아닌가. 모든 역사가 이뤄진다는 저녁, 거기에 맛난 음식, 독한 와인까지 모든 게 갖춰졌는데 왜 저 남자는 저러고만 있는 거지.

그 '동생' 이 문제였나?

은수는 마음 한구석이 어딘가 뻥 뚫려 바람이 다 새어 버린 것 같은 느낌이었다. 그러니까 제 이성 따위가 그리로 수챗구멍에 물 빠지듯 빠져 사라져 버린 것 같았다. 그 틈새에 걸린 본성이나, 혹은 제 속마음은 저 남자의 매끄럽고 부드러운 입술이나 저 빳빳한 하얀 셔츠 밑에 있는 탄탄한 속살을 원하고 있던 거였다.

에밀리 타일러도 그 유명한 칼럼에서 말하지 않았던가? 왜 여자가 먼저 동하면 안 되는가? 특히 동양에서는 그게 큰 흉이 된다는 게 우습다. 그곳에선 아직도 그런 생각이 보편화돼 있다는 게 놀랍지 않은가? 라고.

살짝 당황한 남자의 입술이 미안하다는 듯, 그리고 의무적으로 다가왔다. 부드러운 크림 맛이 도는 매끄럽고 따뜻한 입술이 제 입술에 닿았다. 가볍게 무는 남자의 팔 한쪽은 여전히 탁자를 지지하고 있었다. 다가오는 남자의 얼굴을 감당할 수 없어서 살짝 감은 눈꺼풀 사이로 남자의 하얀 셔츠가 보였다.

제 입술을 살짝 감쳐물던 입술은 금방 떨어졌다. 그 서운함 때문에 은수는 탁자를 지지하고 있던 한쪽 팔에 심하게 솟아오른 힘줄 따위를 보지 못했다.

"이젠 나를 용서한 겁니까?"

여자의 알코올이 묻어난 입술을 살짝 물었던 그가 조심스럽게 물었다.

미안했다. 내내…… 자신의 행동이, 자신의 아버지란 사람이 한 짓이. 그래서 그는 내내 기어 나오는 제 본능 따위를 꾹꾹 눌러 담아야만 했다. 그것은 지금도 마찬가지였다. 그녀가 용서한다 대답해도 그건 아주 작은 부분일 뿐이었다.

그때였다. 은수가 깔깔거리면서 웃기 시작했다.

"제가 용서하고 안 하고가 어디 있죠? 뭐 잘못했어요? 아, 잘못했네요. 미안하지만, 류승제 씨 입술보단 이 술이 더 맛있어요. 그러니 한 잔만 더 하고 가야겠네요."

이제 그만하자, 이은수. 제 엉성한 도발이 실패하자 은수는 커다란 와인 병을 들어 콸콸 잔에 따르기 시작했다. 그때였다. 그가 그녀의 손을 잡았다. 그리고 커다란 와인 병을 받아 내려놨다.

"미안해요."

"뭐가요?"

앉아 있던 은수가 그를 올려다보았다. 남자는 뭔가 알 수 없는 표정을 하고 있었다.

뭐가 미안할까? 아직 그 '동생'이 나보다 중요한 거? 아니면 뭐, 유태석 대표 아들인 거? 그게 왜 이 사람 잘못인데. 그냥 당신이 류승제 쉐프인 것과 내가 이은수 기자인 거. 이건 쌍방 과실인데 뭐가 미안하지…….

천천히 그가 손을 내밀었다. 그녀의 부드러운 두 뺨을 감싸고 그녀의 입술을 찾았다. 아주 천천히. 그랬다가 다시 입술을 떼고 그녀의 귓가에 속삭였다.

"이번엔 제대로 할 테니 가지 말아요."

그녀를 보내지 않기로 했다. 지켜 주고 싶었다. 그런 의구심에 가득 찬 눈빛 말고, 전적으로 당신을 믿는다는, 그런 눈빛을 보고 싶었다. 제가 성공이란 걸 하려고 그 죽을 고생을 했던 이유가 희수에게 미안했기 때문이라고 생각했었다. 그러나 성공이란 걸 해도 달라지는 건 없었다.

여전히 희수는 불행했고, 저도 행복하지 않았다. 그렇다고 둘 다 행복할 방법 따위도 없었다. 그 사실이 저를 옭죄고 있었다. 그러다가 갑자기 눈엣가시 같은 이 나쁜 기자가 제 단조로운 삶에 끼어들었다.

그런데 그게 나쁘지 않았다. 아니, 나중에는 오히려 좋았다. 그리고 더 좋아지고 싶었다. 아직 할 수 있지 않은가? 이제 저는 더 이상 아버지의 기세와 형의 이죽거림을 참아 내기만 해야 하는 사춘기 소년 따위가 아니니까.

천천히 그녀의, 독한 와인이 독약처럼 발라진 혀를 빨아들였다. 그러나 그 혀는 아까처럼 가만히 있지만은 않았다. 마치 살아 있는 뱀처럼 그를 옭아맸다. 그의 입맞춤이 격렬해지자 은수는 두 손을 내밀어 그의 목을 휘어 감았다.

그러자…… 그를 팽팽하게 붙잡고 있던 이성은 툭 하고 끊어져 버리고 말았다. 그리고 모든 걸 잊고 며칠 동안 제 속을 태우던 여자가 제 품 안에 들어왔다는 것만 느껴야 했다. 그의 격렬한 입맞춤이 은수가 아침에 곱게 하고 나왔던, 그리고 아까 기자실에서 정성껏 고쳤던 화장 따위를 지워 버리는 건 순식간이었다.

그는 그녀를 번쩍 안아 올렸다. 이럴 땐 집 안이 넓은 것도 그리 좋지만은 않았다.

그의 입술은 뜨거웠다. 온몸도 뜨거웠다. 제 몸속을 파고드는 그의 분신도……. 그러나 그녀는 추웠다. 온몸이 땀에 젖어 있고, 제 몸 위에 흠뻑 젖은 것 같은 남자의 무게를 싣고 있는데도 불구하고.

은수는 손을 내밀에 그의 목을 감싸 안았다. 그러자 그가 움직임을 멈추더니 몸을 지탱하고 있던 팔로 그녀를 꼭 안았다. 두 사람의 벗은 몸은 바늘 하나 들어갈 틈도 없이 꼭 포개어져, 미끌거리는 땀이 대체 누구 것인지도 알 수 없을 것 같았지만, 은수에겐 마치 절벽 끝에 손 하나를 맞잡은 채 매달린 것 같은 느낌이었다.

누가 절벽에 매달려 있는 건지는 구분할 수 없었다. 이 남자인지, 아니면 저인지.

그러나 알고 있었다. 결국 그 손을 놓아야 한다는 걸. 점점 힘이 빠져 손가락 하나하나가 미끄러져 빠져나가는 느낌이었다.

은수는 그의 젖은 머리카락사이에 손가락을 넣어 헤집었다. 그리고는 그의 얼굴을 당겨 다시 입을 맞추었다. 기다렸다는 듯 뜨거운 남자의 입술과 혀가 저를 맞아들이고 옭아맸다. 혀를 빨아들이던 남자는 곧 다시 천천히, 그리고 묵직하게 허리를 움직이기 시작했다. 그 몸짓이 점점 격해질수록…… 은수는 더욱 더 아득하게 벼랑으로 떨어져 내리는 기분이었다.

어둠 속에서 그가 막 일어나려는데 은수가 몸을 일으켰다. 그리고는 그의 땀에 젖은 등을 보더니 그의 허리를 껴안았다. 그러자 그가 돌아보았다.

"같이 씻을래요?"

"……."

은수는 대답 없이 그의 탄탄한 등에 얼굴을 대고 기대었다. 그녀의 가느다란 팔이 저를 둘러 안자 그는 저도 모르게 빙긋이 웃으면서 그녀의 촉촉하게 젖은 팔을 감쌌다. 그가 팔을 풀고 몸을 돌려 그녀를 다시 안으려 하자 은수가 말했다.

"그냥 잠깐만 이렇게 있어요."

"왜요?"

"그냥……."

다 부질없잖아. 은수는 저도 모르게 기운이 빠졌다. 그리곤 손을 풀었다. 그제야 자유로워진 그는 고개를 돌려 몸을 다시 눕히려는 그녀를 붙잡아 부드럽게 입을 맞췄다.

"왜 그래요?"

"아니에요. 씻고 와요."

그제야 그가 일어나 욕실로 향했다. 어둠 속에 매끈한 남자의 뒷모습을 보고 있던 은수는 저도 모르게 눈이 시큰해지는 게 느껴졌다.

"가려는 겁니까?"

분명히 빨리 씻고 나왔다고 생각했는데도 항상 여자는 더 빨랐다. 벌써 셔츠의 단추를 채우고 있는 그녀에게 허리춤에 타월만 두른 그가 재빨리 다가갔다. 등줄기에서 물이 뚝뚝 떨어져 내리고 있었다.

"오빠에게 전화해야 해요. 기다릴 거예요."

"여기서 자고 간다고 전화해요."

그는 부드럽게 그녀를 안으면서 말했다. 머리까지 감지는 못하고 샤워만 했는지 여자에게선 아직도 달큰한 체취가 느껴졌다. 그는 참지 못하고 그녀의 동그란 이마에 다시 부드럽게 입을 맞췄다.

"오빠한테…… 다리 부러질걸요."

아직 침실에 떨어져 있는 제 바지를 입지 못한 그녀는 그의 품을 빠져나가려 몸을 움찍거리면서 말하자 그가 더욱 힘을 주어 그녀를 안았다.

"같이 가서 내가 대신 빌 테니까, 오늘은 여기서 자요."

남자의 목소리가 아까 먹었던 그 부드러운 크림 향이 나는 육수처럼 부드럽고 진했다. 어차피 이번이 마지막이잖아. 제 귓가에 악마가 달콤하게 속삭였다.

"알았어요. 전화할 테니 침실에 가 있어요."

그제야 그가 피식 웃으면서 그녀를 풀어 주었다. 대신 은수가 들고 있던 그녀의 바지를 뺏어 들었다.

"그럼 얼른 와요."

그가 성큼성큼 침실이 있는 곳으로 사라졌다. 은수는 셔츠만 입은 채 그가 들어가길 기다렸다가 재빨리 부엌 쪽으로 갔다. 그리고는 힐끗 침실 쪽을 보고 있다가 냉장고를 열었다. 여기였나? 냉장고가 네 개나 되기 때문에 가장 바깥 쪽에…….

얼른 냉장고 안쪽에 손을 밀어 넣자 차가운 기운이 서린 비닐 뭉치가 닿았다. 서둘러 꺼내 펴 보니 제가 꼭꼭 싸 넣은 그대로였다. 눈치를 채지 못한 게 분명했다. 그나마 다행이라 여긴 은수는 얼른 안쪽에 있는 usb를 확인하고는 제 가방에 밀어 넣고 전화기를 꺼내 들었다. 전화를 해야 하는 건 사실이었다.

"……새언니? 아, 저 은수예요. 오늘 일이 있어서 못 들어갈 거 같아요. 오빠한테 전해 달라고요. 네, 네. 걱정하지 말아요. 친구 집에서 잘 테니까."

전화를 끊은 그녀는 잠시 멍하니 서 있다가 전화기를 가방에 넣고는 그가 사라진 침실로 향했다.

21.

## 쁘띠 데주네

## Petit Dejeuner

날이 어슴푸레 밝아 오고 있었다. 두툼한 커튼 사이로 밤이 사라지는 것을 은수는 계속 바라보고 있었다. 아니, 실은 제 몸에 닿은 남자의 체온과 정수리에 희미하게 느껴지는 숨결과 싸한 체향을 머릿속에 꼭꼭 담아 두었다가 지우기를 반복하고 있었다.

오늘이 지나면 잊어야 할 사람이니까 애써 지워 냈다가 가슴이 아파서 담아 두었다가 또 부질없는 짓이라 비워 냈다.

새벽녘까지 집요하게 그녀의 안을 파고들던 남자는 기절이라도 한 것처럼 깊이 잠이 들었다. 한 번도 체력이 모자란다고 생각한 적은 없었는데 그녀 또한 까무룩 잠이 들었다가 눈을 뜬 지 얼마 되지 않은 채였다.

은수는 몸을 돌려 승제를 바라보았다. 흐트러진 머리칼에도 남자의 단정한 얼굴은 여전했다. 아마도 이 남자를 잊는 건 아주 많이 힘들게 분명했다. 그리고 그럼에도 잊어야 하는 것 또한 분명했다.

은수는 그의 얼굴에 가볍게 손을 올렸다가 한숨을 내쉬었다. 이제는 가야 했다. 더 머뭇거리면 더 힘들어질 테니까. 그가 눈을 뜨기 전에 이 현실 같지 않은 집을, 그리고 이 현실 같지 않게 달달한 남자를 벗어나야 했다. 꿈은…… 깨기 위해 있는 거니까.

그녀는 제 몸을 끌어안고 있는 승제의 팔을 조심스럽게 내리고 조용히 몸을 일으켰다. 미련이 저를 붙잡을까 봐 그녀는 애써 그를 외면하며 셔츠를 입고 그가 침대 한쪽에 던져둔 바지까지 찾아 밤새 시달리느라 후들거리는 다리를 꿰어 넣었다.

하지만 숨소리도 죽여 가며 움직이는 그녀를 비웃듯 협탁 위에 그의 전화가 요란스럽게 울리기 시작했다.

놀라 숨을 채 들이켜기도 전에 눈을 뜬 남자가 어둠 속에 서 있는 그녀에게 시선을 옮기는 데는 많은 시간이 걸리지 않았다. 희미하게 새어 드는 새벽빛이 그녀가 무엇을 하고 있는지, 또 무엇을 하려고 하는지 다 알려 주고 있었다.

눅진했던 공기가 남자가 뿜어내는 냉기에 싸하게 변하자 은수는 등줄기에 식은땀이 흐르는 것 같았다.

"뭐 하는 거야?"

제 안에 몸을 묻고 격렬하게 움직이면서도 말을 놓지 않던 남자였다. 이대로 등을 돌리면 다시 그를 만나지 않으려 했던 그녀의 결심을 읽은 것처럼 남자는 차갑게 그녀를 추궁했다. 바짝 마르는 입안에 은수는 저도 모르게 입술을 축이며 변명 거리를 찾으려 애를 썼다.

"그게…… 전화 오는데요?"

은수의 말에도 시선을 고정한 남자가 몸을 일으켜 그녀에게 다가왔다. 성큼성큼 다가와 제 팔목을 잡은 남자와 그 남자의 서늘한 눈빛. 어느 영화의 배경음악이었는지 기억은 나지 않지만 평소에는 우아하기 짝이 없는 남자의 전화벨소리가 음산하게 느껴질 정도였다.

"어딜 가려고?"

은수는 어색한 웃음을 지으며 어깨를 으쓱였다.

"가긴 어딜 가요. 전화 받아요. 급한 전화인가 본데."

아무렇지도 않게 보이려 기를 쓰는 그녀의 고개를 잡은 그가 억지로 자신을 바라보게 만들었다.

"돌아온 거 아니었어?"

늘 싸늘한 냉기만 보이던 남자의 눈동자에 상처가 보였다. 그렇게 외면하고 싫었던 제 바람을 남자의 눈 속에서 발견하자 은수는 울고 싶어졌다.

"무슨 소린지 모르겠어요."

최대한 차분한 목소리를 내려고 노력했지만 말끝이 흐려지는 것을 어찌할 수는 없었다.

"가지 마."

남자의 애원이 그녀를 참을 수 없게 했다.

이 남자의 옆에 있으면 자신의 꿈도, 목적도 다 흐려지고 말 게 분명했다. 그건 제가 아니었다. 벗어나야 했다. 벗어나서 늘 그렇듯 아무렇지도 않게 MSG 가득한 인스턴트를 먹고 정치권의 비리를 파헤치고 그걸 기사에 올리니 마니 하며 데스크와 싸워야 했다.

그게 이은수였다. 그러니까, 그러니까 아무리 이 남자의 눈에 상처가 보이고, 그 눈에 비친 제 눈에 이 남자의 곁에 있고 싶다는 바람이 가득하다고 해도 이제 그만둬야 했다.

"승제 씨도 출근해야죠. 나도 출근하고. 집에 가서 옷도 좀 갈아입어야 해요."

달래듯 승제의 얼굴에 손을 올린 그녀가 하는 말이 그를 더 불안하게 만들었다. 알고 있었다. 그녀가 왜 이러는지. 하지만 그럼에도 그녀의 뜻대로 놔줄 수는 없었다. 대답 대신 승제는 그녀를 끌어안고 거칠게 입술을 삼켰다. 입술을 물어뜯고 혀를 잘근거리고 숨결 하나도 놓치지 않겠다는 듯 빨아들였다.

어깨를 내려치는 은수의 주먹질에도 승제는 아무렇지도 않게 그녀의 바지를 벗기고 셔츠를 끌어 내렸다.

"가지 마."

목덜미를 스치고 지나간 입술이 어깨에 내려앉는가 싶더니 남자의 이가 어깨에 박혔다.

"가지 마."

침대에 갈 시간도 없다는 듯 그녀를 안고 바닥에 누운 그가 그녀의 가슴 끝을 물고 다리 사이로 손을 넣어 만지작거리기 시작했다. 흐물흐물 녹기 시작하는 머릿속에 남아 있는 이성이 뿌리치고 일어나야 한다고 외치고 있었지만 은수는 그의 어깨를 끌어안았다.

"안 갈게요."

지금은…… 안 갈게요. 은수는 신음을 삼키듯 제 마음도 삼켰다.

마지막 한 번만, 그 정도는 욕심내도 괜찮잖아?

그를 속이듯 저 자신도 속이고 싶었다. 은수는 제 안을 파고드는 남자를 꼭 끌어안았다.

머리가 어질어질했다. 그녀를 놓아주면 떠나 버릴 것을 아는 듯 남자는 집요하게 굴었다. 멍해진 머리에 뜨거운 샤워까지 더해지자 그녀는 도무지 생각을 이어 나갈 수가 없었다.

"나 물 좀요."

머리를 말려 주던 남자가 어느새 드라이를 내려놓은 채 그녀의 목덜미에 입술을 묻고 있었다. 몇 시간 잠을 깊이 잔 것만으로도 남자는 충전이 완료된 건지 그녀와는 달리 도무지 지친 기색이 없었다.

몸을 덮은 커다란 샤워 타월이 흘러내리자 당연하다는 듯 그의 손이 그녀의 가슴을 차지했다. 은수는 사라지려는 이성을 겨우 끌어 모았다.

"승제 씨, 나 목말라요."

남자를 안심시키듯 그녀가 목을 움츠리며 작게 키득거리자 그가 겨우 고개를 들었다. 뭔가를 찾듯 제 얼굴을 유심히 들여다보는 그를 그녀는 최대한 담담히 바라보았다.

"기다려요."

평소처럼 차분히 대답한 남자가 수건을 허리에 두른 채 방을 나가자 은수는 바닥에 떨어져 있는 제 옷을 주워 들었다. 하지만 그걸 입을 생각은 들지 않았다. 그녀가 또 옷을 입는 모습을 보면 그가 어떻게 나올지 뻔했기 때문이다.

이제 어째야 하나.

그냥 이룰 수 없는 꿈을 꾼 것처럼 사라지고 잊히길 바랐지만 남자는 그녀를 놔줄 생각이 없어 보였다. 숨겨 둔 이야기를 다 파헤치고 상처를 주고 상처를 받고 그렇게 끝내고 싶지는 않았다. 그저 아무 일도 없었던 일처럼 그렇게 지워 버리고 싶었다.

"무슨 생각 합니까?"

물끄러미 제 발끝을 내려다보던 그녀가 걱정스럽게 바라보는 그에게 가볍게 웃으며 컵을 받아 들었다. 차가운 물이 목을 타고 넘어가 갈증이 사그라지자 흐릿하던 머릿속이 명쾌해지기 시작했다.

"우리 다음 촬영은 언제 할까요?"

화제가 일상으로 넘어가자 남자의 굳은 얼굴도 조금은 풀어진 듯했다.

"내일이라도 괜찮습니다."

그건 너무 빨랐다. 은수는 최대한 먼 시간을 잡아 보려 물을 마시는 척 머리를 굴렸다.

"내일은 안 돼요. 오빠가 조카들 좀 봐 달라고 부탁해서요. 다음 주 평일도 좀 바쁠 것 같은데 다음 주말은 어때요?"

발랄함을 가장한 그녀의 입술을 갑자기 남자가 물어 왔다. 차갑게 굳은 마음을 풀게 하려는 듯 입안의 찬 기운을 훑어 온도를 낮춘 그가 입술 위에 속삭였다.

"아무 때나 괜찮아요. 대신 약속해요. 쓸데없는 생각은 않겠다고."

어떤 것이 쓸데없는 생각인데? 당신을 떠나겠다는 것? 아니면 당신과 미래를 꿈꾸는 것?

남자는 전자를 말하고 있었지만 그녀에게는 후자를 의미했다. 은수는 아무렇지도 않은 척 화제를 돌렸다.

"무슨 말이에요? 아, 어제 촬영한 건 늦어도 월요일까지 정리해서 메일 보낼게요."

하지만 대답을 피하는 그녀의 속임수에 넘어갈 그가 아니었다.

"은수 씨, 우리 얘기를 좀……."

어떻게 하면 평소처럼 헤어질 수 있을지 고민하는 그녀를 구해 주듯 전화가 울렸다. 생각해 보면 저 전화 때문에 새벽에 몰래 빠져나가려던 순간을 들켜 놓고도 은수는 남자가 꺼낼 말을 피하고 싶었다.

모르는 게 아니니까. 저와 남자를 가로막고 있는 것들을 다 알고 있으니까. 굳이 그걸 서로 입으로 꺼내 된다 안 된다 확인할 마음 같은 건 없었다.

"받아 봐요. 급한 전화면 어떻게 해요. 아까도 계속 오는 것 같던데."

"그럼…… 잠깐이면 돼요."

눈을 떼면 그녀가 사라지기라도 할 것처럼 남자는 은수를 주시했다.

"여보세요."

하지만 전화를 받은 남자의 시선이 순간적으로 흐트러지더니 뭔가 복잡해진 듯 머리를 쓸어 올리며 이마를 찡그렸다.

"그래서? 음. 장소는? 그래, 알고 있어. 더 필요한 건? 돈은 상관없으니까 필요한 게 있으면 알아서 준비해 줘. 음."

그가 등을 돌리고 통화하는 사이 그녀는 셔츠의 단추를 채우며 옷을 입고 있었다.

"더는 안 돼요. 나 진짜 출근해야 한단 말이에요."

새쭉하게 말하는 여자의 말을 들어줄 생각은 애초에 없었다. 승제는 단추를 빠르게 잠그고 있는 여자의 손을 잡았다.

"갈 곳이 있어요."

"출근해야 한다니까요."

아이를 달래듯 말하는 여자에게 그는 고집스럽게 같은 말을 반복했다.

"갈 곳이 있어요. 그러니까 회사에 전화해요. 류승제 취재 때문에 늦겠다고."

황당하다는 듯 여자가 그를 올려다보았다. 하지만 그는 물러설 수 없었다. 모든 이야기는 거기서부터 시작했으니까. 이 여자에게 설명을 하려면 처음인 그곳부터 해야 했다.

"승제 씨."

저를 부르는 여자의 목소리는 달콤했지만 그는 무심하게 여자의 전화를 찾아 들었다.

"내가 전화할까요?"

이 남자 대체 왜 이러는 걸까?

"대체 왜 이러는 거예요?"

"내가 해요?"

은수는 절대 물러서지 않는 남자에게 고개를 저었다. 아침이라 말하기도 어려운 이른 시간에 그와 함께 있다는 것을 편집장에게 광고할 수는 없는 일이었다.

지난밤이 이 달짝지근한 남자와의 이별 전에 제게 주는 마지막 선물이라면 그가 원하는 것 한 가지 정도는 들어주는 게 맞았다. 그게 그녀가 마지막으로 그에게 주는 선물이었다. 은수는 한숨을 쉬며 입을 열었다.

"알았어요. 전화할게요."

기어이 그녀를 붙잡은 그는 전화를 몇 통 하더니 아침 식사를 차리기 시작했다. 부엌에서 움직이는 그를 바라보며 은수는 못마땅하게 팔짱을 꼈다.

"급한 거 아니었어요?"

"차 때문에요. 준비하려면 시간이 좀 걸리니까 그전에 뭐라도 먹고 가야죠. 나는 괜찮지만 은수 씨는 배가 고플 것 같으니까요."

하긴 고기가 듬뿍 들어간 스튜를 먹여 놓고 그보다 더한 칼로리를 소모하게 한 건 맞으니까. 먹고 기운을 내야 이 남자에게서 더 멀리 도망도 칠 수 있겠지.

은수는 어깨를 으쓱하며 식탁에 자리를 잡았다.

"저야 바쁠 것 없으니 좋을 대로 하세요."

턱을 괴고 주방에서 등을 돌리고 있는 그를 바라보며 은수는 잠깐 이대로 나가 버릴까라는 생각을 했다. 하지만 쓸데없이 큰 집은 그녀가 현관문까지 가는 것보다 남자가 사라진 그녀를 눈치채는 게 더 빠를 게 분명했다.

아니나 다를까 어느새 쟁반을 들고 남자가 그녀에게 다가오고 있었다. 이미 남자의 음식에 길들여진 위가 요동을 치고 있었지만 막상 식탁에 내려놓은 음식들은 그녀의 예상과는 달랐다.

"음…… 이게 다예요?"

"아, 주스를 커피로 바꿔 줄까요?"

"아니, 그게 아니라 승제 씨 음식치고는 꽤 간단하네요."

뭔가 거한 아침을 기대했건만 제 앞에 있는 음식은 오렌지 주스와 크루아상 샌드위치, 그리고 간단한 샐러드가 전부였다. 물론 제가 먹던 편의점 음식과는 비할 데가 없었지만 남자가 차려 준 음식치고는 많이, 아주 많이 소박했다.

"쁘띠 데주네, 간단한 프랑스식 아침 식사예요. 프랑스 사람들이라고 매 끼니 코스 요리를 먹지는 않으니까요."

"이름은 예쁜데 프랑스 요리하고 안 어울리긴 하네요."

그녀의 말에 그가 피식 웃고 말았다.

"은수 씨 말대로 시간이 많은 게 아니라서 간단히 차린 거니까 일단 먹어 둬요. 대신 오늘 저녁에는 기대에 부응할 만큼 근사한 걸 차려 줄게요."

용서를 구하듯 제 입술에 가볍게 입을 맞춘 그에게 은수는 억지로 입술을 끌어당겨 보였다. 상관없었다. 그가 오늘 저녁 뭘 만들든 그녀는 이곳에 없을 테니까.

"괜찮아요. 컵라면으로 때우는 경우도 많았는데 승제 씨가 차려 주는 아침 식사에 너무 호강하다 보니 잠깐 정신이 나갔나 봐요."

히죽 웃어 보인 은수가 반듯하게 자른 샌드위치 한쪽을 들고 한입 크게 베어 물었다.

"그런 게 호강이라면 매일 차려 줄 수도 있어요. 그러니까 집으로 다시 와요."

그는 꼭 이 집이 그녀의 집도 된다는 듯 말을 했다. 너무나…… 달콤한 말이었다. 하지만 은수는 남자의 어깨쯤에 시선을 고정한 채 샌드위치를 또 한입 크게 삼켰다.

"새언니가 애들 때문에 힘들어해서 당분간 같이 있기로 했어요. 그러니까 그만 졸라요."

농담처럼 들리길 바랐지만 남자는 팔을 뻗어 그녀의 손을 잡았다.

"우린 이야기를 좀 해야 할 것 같군요. 은수 씨가 무슨 생각을 하는지 어떤 고민을 하고 있는지 압니다. 그래도 날 믿어 주었으면 해요. 조금만 기다려 주면 내가 다 해결할 거니까 그러니까……."

남자의 말을 끊고 은수가 고개를 저었다.

"무슨 말을 하는지 모르겠어요. 혹시 동생 일 때문이라면 난 괜찮아요."

그녀는 더 이상 상관하고 싶지 않았다. 그저 제가 바라던 대로 마지막 밤을 보냈듯 그의 바람을 하나 들어주는 것뿐이었다.

"그거라면 아직도 미안하게 생각해요. 하지만 내가 말하는 건 그게 아니……."

이상한 일이었다. 같이 있는 동안 그다지 울리지 않던 그의 전화가 별스럽게도 새벽부터 계속 시끄럽게 울려 댔다. 그녀가 자꾸만 대화를 피하자 남자가 씁쓸하게 은수를 바라보더니 다시 전화를 받았다.

"아, 그렇습니까? 네…… 그럼 곧 내려가죠."

전화를 끊은 남자가 주스를 마시고 있는 은수를 돌아보았다.

"미안해요, 은수 씨. 지금 내려가야 할 것 같아요."

"괜찮아요. 다 먹었어요."

들고 있던 주스를 한 모금 더 마신 그녀가 자리에서 일어서자 당연하다는 듯 남자가 다가와 그녀의 어깨를 감싸 안았다.

"내가 은수 씨한테 믿음이나 신뢰를 줄 시간이 터무니없이 적었다는 거 알아요. 설명은…… 그래요. 가서 얘기할게요. 그래도 같이 가겠다고 해 줘서 고마워요."

은수는 희미하게 웃었다. 옳은 일이었지만 이 남자 때문에 마음이 흔들리고 있었다. 하지만 제 사랑 때문에 수십 수백 명이 다칠지도 모르는 일을 덮어 둘 수는 없는 일이었다. 은수는 마음을 다잡으며 그의 품에서 고개를 들었다.

"바쁘다면서요. 어서 가요."

과하게 밝은 얼굴로 돌아서는 은수를 보며 승제는 무거운 한숨을 내쉬었다.

주차장을 내려가자 그들을 반기는 것은 흔하디흔한 은회색에 국산 중형차였다.

"일단 차는 두 대 가져왔습니다."

"좋습니다. 그럼 운전 좀 부탁드립니다."

젊은 남자는 승제에게 고개를 끄덕이더니 뒷좌석 문을 열었다.

"타요."

뭐가 어떻게 돌아가는 건지 이해되지 않는 은수가 손을 들어 올리며 그에게 대답을 요구했다. 아니, 저렇게 좋은 차가 세 대나 있으면서 차를 두 대나 왜?

하지만 남자는 대답 없이 차 안을 향해 고갯짓을 했다.

"타요, 일단."

"그러죠, 뭐."

모르겠다. 이 남자가 자꾸 뭘 설명하려고 하는지 뭘 보여 준다는 건지 전부 신경 쓰고 싶지 않았다. 하지만 차가 주차장을 빠져나갈 즈음이 되자 그가 그녀를 끌어당겼다.

"머리 숙여요."

"네?"

그녀가 그의 말을 알아듣지 못하자 승제가 그녀의 뒷머리에 손을 대고 끌어당겼다. 그리고 그녀의 몸을 덮듯이 몸을 숙였다.

"선팅이 진하긴 하지만 혹시 모르니까 숙여요."

빌라 정문을 지나 한참을 달리고 나서 운전을 하고 있는 남자가 뒤를 돌아보았다.

"괜찮은 것 같습니다."

그녀의 몸을 누르고 있던 남자가 몸을 일으키고 은수를 일어나게 했다.

"미안해요."

그녀에게 먼저 사과를 한 그가 운전석의 남자에게 고개를 돌렸다.

"저 앞에서 세워 주고 가시면 됩니다."

그의 말대로 도로 한쪽에 차를 세운 남자가 내리자 그가 차에서 내려 운전석을 차지했다.

"혹시 모르니 은수 씨는 그냥 뒷자리에 있어요."

은수는 앞좌석 사이로 얼굴을 내밀고 승제를 올려다보았다.

"그 혹시가 대체 뭔데요?"

앞만 바라보며 운전하는 승제가 담담하게 대답했다.

"은수 씨 차를 들이받았던 차나 집을 엉망으로 만들었던 사람들 말입니다. 위험할 수 있다는 거 잊고 있었어요."

사실 그녀도 느슨해져 있는 게 사실이었다. 그래도 혹시 몰라 늘 제 동선에 신경을 쓰고 있었다. 복잡한 쇼핑센터를 지나 집으로 오거나 총알택시를 타고 거리를 빙글빙글 돌아 목적지를 향하는 그런 것들 말이다.

"조심하고 있으니까 걱정 마세요."

"조심 정도로는 부족해요."

"내 일은 내가 알아서 해요. 승제 씨가 이렇게까지 하지 않아도 된다구요."

그녀의 대답에 그는 입을 다물었다. 지금 가는 곳은 장 부장에게 노출되면 절대 안 되는 곳이었다. 장 부장은 그렇게 쉽게 볼 사람이 아니었다. 아버지가 좋은 정치인의 겉모습을 유지하게끔 뒷일을 봐주는 장 부장은 온갖 지저분한 일들을 깔끔하게 처리하기로 유명했다.

계획보다 일이 급작스럽게 흘러가기 시작했다. 그게 다 이 여자 때문이었지만 그는 오히려 다행이라고 생각했다.

조용한 여자가 이상해 룸미러를 힐끗 바라본 그녀는 팔짱을 끼고 눈을 감은 채였다. 아마도 그와 더는 말하고 싶지 않다는 뜻인 듯했다. 승제는 말없이 운전에 집중했다. 이렇게 주의를 했어도 누군가 따라붙었을지도 모른다.

뒤를 살펴보던 그는 급하게 차를 돌렸다. 출근하는 차들이 몰리기 시작하는 거리를 빙글거리며 돌던 차는 복잡한 복합 쇼핑몰 지하에 멈췄다.

"은수 씨?"

눈을 감고 있었지만 자고 있는 건 아니었기에 은수는 곧바로 눈을 떴다.

"여기예요?"

고개를 끄덕인 그가 차에서 내려 그녀에게 문을 열어 주었다.

"내려요."

커다란 주차장을 가로지른 그를 따라 엘리베이터에 오르자 함께 탄 몇몇 사람들 사이에서 그가 가장 늦게 버튼을 눌렀다. 23층.

거기에 대체 뭐가 있는 걸까? 그녀가 그를 힐끔 바라보았지만 그는 무표정하게 계속해 바뀌는 숫자판만 바라보고 있었다. 사람들이 오르고 내리고를 반복했고, 엘리베이터에 남은 사람은 그들 외에 젊은 남자 하나뿐이었다.

그리고 드디어 23층에서 문이 열리자 승제가 은수의 손을 잡고 엘리베이터에서 내려 걸음을 옮겼다. 하지만 엘리베이터의 문이 닫히고 나자 그가 몸을 돌려 계단으로 통하는 문을 열고 아래로 내려가기 시작했다.

이쯤 되자 상관없다고 생각하는 은수의 입에서도 질문이 튀어나오지 않을 수 없었다.

"대체 어디를 가는 거예요?"

"만날 사람이 있어요."

빠르게 내려가는 남자의 걸음은 21층에서 멈췄다.

"이리 와요."

오피스텔의 긴 복도를 걸어 끝 쪽에 이르자 그가 벨을 눌렀다. 한참을 기다려 안쪽에서 부스럭거리다 문이 열리자 덥수룩한 머리를 한 남자가 눈을 부비며 서 있었다.

"죄송합니다, 새벽에 겨우 잠들어서 정신이 없네요."

승제의 뒤에 서 있는 은수를 슬쩍 바라본 남자가 머리를 긁적이며 몸을 비켰다.

"들어오세요. 진정제 맞고 한 시간 전에야 잠들었습니다."

오피스텔이었지만 내부는 아파트와 구조가 크게 다르지는 않았다. 안쪽으로 걸어 들어가자 커다란 ㄱ 자 형태의 창이 있는 거실에는 푸근한 인상의 아주머니가 일어서서 고개를 숙여 인사를 했다. 어리둥절한 기분으로 은수도 마주 인사를 했다.

"입주 간호사입니다. 믿을 만한 분이니 안심하셔도 됩니다."

가볍게 목례로 인사한 승제가 닫힌 방문으로 고개를 돌렸다.

"들어가 봐도 됩니까?"

"네, 그런데 깨지 않도록 조심하셔야 해요. 장소가 바뀌어서 많이 불안해하는 중이에요."

간호사의 당부에 그가 고개를 끄덕이고 은수의 손을 잡아끌었다. 딸깍, 소리가 나고 문이 열리자 블라인드를 내려 어둑한 방 안 침대에 웅크린 형체가 보였다.

짧은 머리의 중년 여자는 핏기 없는 얼굴에 바싹 마른 몸을 하고 있었다. 뼈대가 도드라진 손을, 무릎을 굽힌 승제가 조심스럽게 감싸 쥐는 것을 은수는 물끄러미 바라보고 있었다.

"뭘 좀 드시게 해야 할 것 같은데."

그의 말에 문에 기대 있던 남자가 늘어지게 하품을 하다 급하게 입을 다물며 대답했다.

"아직은 불안한지 뭘 안 먹어서요. 저분이 음식도 잘하시는데 입에 안 대더라고요. 나쁜 놈들이 돈도 엄청 받아먹었을 건데 아주 굶어 죽지 않을 정도로만 먹게 했나 봐요."

"시간이 좀 지나야겠지."

다정한 손길로 흘러내린 이불을 어깨까지 끌어 올려 덮어 준 그가 몸을 돌려 은수를 바라보았다.

"나가요, 이제."

조심스럽게 방문을 닫은 그가 안주머니에서 봉투를 꺼내 남자에게 건넸다.

"넉넉하게 넣었으니 되도록이면 현금만 쓰는 게 좋을 거야."

"네."

봉투를 챙겨 든 남자에게서 시선을 돌려 다시 닫힌 방문을 바라보던 그가 고개를 돌려 다시 당부를 했다.

"부탁할게, 잘 돌봐 드려. 혹시 모르니까 당분간은 못 올 거야. 오늘은 알려 준 방법대로 왔지만 그게 매번 통하지는 않을 테니까."

"그렇겠죠. 그쪽에서 마음만 먹으면 뒤를 쫓는 거야 일도 아닐 테니."

"그리고 그 일은 계획했던 대로 진행시켜."

"벌써요?"

"일이 좀 급하게 됐어."

씁쓸한 표정으로 은수에게 잠시 시선을 둔 그가 다시 입을 열었다.

"희수한테 연락 좀 부탁해. 설명하면 알아들을 거야."

"네."

고개를 끄덕인 남자에게서 몸을 돌려 두 손을 모으고 서 있는 간호사에게 승제가 허리를 숙여 정중히 인사를 했다.

"잘 부탁드리겠습니다."

"아, 네. 별말씀을요."

고용인의 황송할 정도로 정중한 인사에 중년의 간호사가 당황스럽게 고개를 숙였다.

뭔가를 알려 준다던 남자는 그렇게 그녀의 손을 잡고 왔던 계단을 오르고 다시 엘리베이터를 타고, 출근길의 정체 구간을 돌고 돌아 어디인지 알 수 없는 곳으로 달려갔다.

"약속 지켰으니까 이제 어디 지하철 있는 아무 데나 내려 줘요."

뭐가 어떻게 되는지는 모르겠지만 은수는 상관하고 싶지 않았다. 희수라는 이름이 나오자 은수의 참을성은 바닥이 나 버렸다. 이대로 가서 기사를 쓰고 그 기사를 넘기고 그를 잊으면 그만이었다. 그러나 운전대를 잡고 있는 남자는 정면만 바라보며 말이 없었다.

"승제 씨."

"아직 말 못 한 게 있어요. 그러니까 그 이야기 듣고 가요."

"약속했잖아요!"

은수의 신경질적인 외침에도 그는 고개조차 돌리지 않았다.

"이대로 가면 돌아오지 않을 생각이라는 거 압니다. 아니라고 하지 말아요.

내가 그냥 그렇게 끝내 줄 거라고 생각했으면 착각입니다. 그럴 생각이었으면 그 병원에서 날 붙잡지 않았어야 해요."

"그래서 뭘 어떻게 하자는 건데요?"

"말했잖아요. 내가 다 해결한다고."

"뭘요!"

"뭐든지."

단호한 대답에 은수는 입을 벙긋거리다 그만 포기하고 말았다. 그가 아무리 우겨도 그녀를 계속 붙잡아 둘 수는 없는 일이었다. 이렇게 언성을 높이며 헤어지는 건 원치 않았지만 은수는 마음을 바꿀 생각 따위는 없었다. 차는 고급 주택가 입구 도로에 자리를 잡았다.

"여긴 또 어디예요?"

"희수가 올 거예요."

반갑지 않은 이름에 은수는 차 문에 손을 뻗었다.

"그럼 나는 가는 게 낫겠어요."

그녀의 팔을 잡은 그가 자신을 바라보게 만들었다.

"기어이 가겠다면 내 말 다 듣고 가요."

지친 듯 얼굴을 쓸어내린 그가 대답을 요구하듯 그녀를 재촉했다.

"제발."

"좋아요."

자신을 보호하듯 팔짱을 낀 은수가 정면을 바라보았다. 그런 그녀를 보며 한숨을 내쉰 그가 드디어 입을 열어 이야기를 시작했다.

"아까 그분은 희수 어머니예요."

은수는 그의 말에 고개를 돌리지 않을 수가 없었다.

"어머니가 살아 계셨어요?"

고개를 끄덕인 그가 말을 계속했다.

"이야기를 하려면 처음부터 시작하는 게 좋겠네요. 아버지가 희수를 데려온 건 내가 막 고등학교에 입학한 때였어요. 희수 엄마가 교통사고로 혼수 상태였거든요."

아직 쌀쌀한 날씨에 어깨를 움츠리던 초봄의 어느 날이었다. 그다지 공부에 흥미도 없던 그는 부모의 강요로 늦은 저녁까지 학원을 돌아야만 했다. 그렇게 들어온 집은 뒤숭숭했다.

고픈 배를 채우려 주방에 들어간 그는 식탁 모퉁이에 앉아 밥을 깨작이는 여자애를 보았다. 검은 머리카락을 질끈 묶은 채, 가느다란 손목이 눈에 띄는 그 애는 긴 속눈썹이 한눈에 들어오는 예쁜 옆모습을 가지고 있었다.

"뭐예요?"

그의 고갯짓에 도우미가 자긴 모르겠다는 듯 고개를 저었다. 냉장고에서 우유를 꺼낸 그는 제 눈치를 보는 여자애에게 고개를 갸웃거리며 소란스러운 안방으로 다가갔다.

"그래서 저 애를 이 집에 두겠다는 거예요?"

"그럼 어떻게 해! 애를 혼자 두나!"

"당신 솔직히 말해요. 저 애 당신 딸 아니에요?"

"무슨 소리야!"

"내가 모를 줄 알아요! 저 애 엄마가 누군지!"

"그게 무슨 상관이야!"

문가에 서서 그는 천천히 우유 한 팩을 마시며 부모가 떠드는 소리를 감상했다. 뭐, 새삼스러운 일도 아니었다.

엄마는 쉬쉬했지만, 돈을 주고 떼어 낸 여자들이나 직접 병원으로 끌고 가 임신 중절을 시킨 이야기까지 그는 다 알고 있었다. 집 밖으로 새어 나가지 않는 이야기래도 집 안에 고인 이야기는 그 구성원들에게는 비밀이랄 것도 없었으니까.

하지만 엄마의 그런 노력도 헛된 모양이었다. 그 결과물이 떡하니 집 안으로 쳐들어왔으니 말이다.

다 마신 우유 팩을 구기며 그는 주방으로 들어갔다. 눈만 커다란 창백한 여자애는 고개를 들어 그를 물끄러미 바라보았다. 눈가에 고인 눈물이, 자신의 처지를 잘 아는 것 같았다.

막상 자신이 집에 데려다 놓았으면서 아버지는 여자애에게 무심했고 어머니는 그 애를 투명인간 취급을 했으며 형은 대놓고 무시하고 경멸했다.

하지만 뭔가 자신과 어긋나 있는 다른 가족들 사이에서 늘 섬처럼 둥둥 떠다니던 승제는 비 맞은 새 같은 그 애가 신경이 쓰였다. 어머니의 말대로라면 반쪽이었지만 피가 섞인 그의 동생일 테니까.

"야, 그러니까 그냥 놀자는 거잖아. 내가 너한테 뭘 어떻게 하겠대?"

그래서 외면하지 못했다. 학원이 끝난 뒤 배가 고파 들른 패스트푸드점 근처에서 껄렁껄렁하게 구는 어느 녀석과 실랑이를 하는 희수를.

냅다 뒤에서 녀석의 엉덩이를 걷어찬 그는 희수의 손을 잡고 뛰었다.

"너 왜 밤에 돌아다녀?"

"아르바이트 때문에……."

말을 흐리는 희수에게 승제는 되물었다.

"김 비서 아저씨가 용돈 주잖아. 모자라?"

난처한 듯 볼을 문지르던 희수가 머뭇대며 대답을 끄집어냈다.

"그냥 그럴 일이 좀 있어서."

그럴 일이 무언지는 모르지만 한참 예민할 사춘기에 갑자기 생긴 배다른 동생에게 그는 멸시의 감정보다 안쓰러운 마음이 들었다. 대학 생활에 바쁘다 군대를 간 형에, 집에는 가끔 들어오는 아버지에, 집안일에는 관심도 없는 어머니 덕에 늘 집에는 두 사람뿐이었다.

"너 왜 오빠라고 안 불러?"

"오빠 아니잖아."

늘 머뭇대면서도 할 말은 기어이 하는 희수가 그는 귀여웠다. 학교에 친구들이라고는 반은 발정이 나 있었고 반은 멍청했으며, 몇몇은 공부만 파고드는 이기주의자들이었다.

"내가 너보다 6개월이나 먼저 태어났으니까 오빠라고 불러."

"시…… 싫어. 동갑인데 왜 오빠라고 부르라는 거야?"

그가 엄마의 배 속에 있을 때 아버지가 저지른 부정의 증거가 희수였지만 그 애를 탓할 수는 없었다. 태어난 것이 죄라는 건 너무 슬픈 일이니까.

"저녁은 먹은 거야?"

"무슨 상관인데?"

톡 쏘아붙이는 게 기분 나쁠 수도 있었다. 그러나 그는 아무렇지도 말했다.

"아줌마, 나 오늘 저녁 안 먹었어요. 뭐 있어요? 씻고 올 테니 차려 놓으세요. 아 참, 갈비 있어요?"

언제인지는 모르겠지만, 음식 솜씨가 좋은 도우미 아줌마의 갈비를 맛있게 먹던 모습이 기억났다. 고기반찬 따위를 별로 좋아하지 않았지만 그는 굳이 물었다.

친해지지 않을 수 없었다. 아버지에게 쏠려야 할 어머니의 화가 희수에게 쏠린 탓도 물론 큰 작용을 했다. 호적을 정리하지 않는 것도 그래서일 거라 승제는 단순하게 생각했다.

희수는 예뻤다. 그리고 수줍음이 많았지만 그렇다고 기가 죽어 있지는 않았다. 그는 그게 더 마음에 들었다. 딱히 학교에서도 친구도 없던 그에게 매일 학원이니 과외니 바쁘게 다니다 늦은 시간에 집에 들어가면 만나게 되는 희수는 점점 제 생활의 일부가 되어 가고 있었다.

집에 예쁜 여동생이 있다는 것은 무표정한 도우미의 얼굴을 보고 제 방으로 들어가야만 했던 그에게 뭔가 다른 생기를 주었다. 비록 그 여동생이 제게 살가운 적은 없었지만.

"왔니? 오늘 늦었네."

적막하고 커다란 집에 제가 말 붙일 사람이 없었듯, 희수도 그랬을 것이었다.

"모의고사 문제풀이 때문에……."

"오늘 모의고사 봤어? 나도 봤는데…… 너 문과니?"

"응. 사탐 때문에……."

"맞아. 오늘 사탐 문제 이상한 거 많더라."

"혹시 17번 때문에…… 말 많지 않았어?"

"니네도?"

또래가 집에 있다는 건 좋은 일이었다. 아니, 누군가 말을 할 상대가 있다는 것은 더 했다. 그 상대가 제가 돌봐 줘야 할 대상이라는 것도 괜찮았다.

그렇게 희수는 승제에게 진짜 동생이 되어 갔다. 남들처럼 투닥거리며 주먹을 날리고 가운뎃손가락을 날리는 짓 따위를 하는 오누이 사이는 아니지만, 어쨌든 나름 서로 익숙해져 갔다. 하지만 그날, 그게 전부 그의 착각이었음을 승제는 알게 되었다.

"희수야, 이거 엄청 재밌는 프로그램인데…… 너 알아?"

"저리 가! 너 따위 정말 싫어!"

울고 있는 희수가 던진 신문이 승제의 어깨를 맞고 바닥에 떨어졌다. 활개를 치고 바닥에 누운 신문에는 아버지의 얼굴이 커다랗게 박혀 있었다.

변절자, 우정의 가면을 쓰다. 유태석 의원.

기사대로라면 학생운동 시절, 친구를 밀고해 오랜 고문 후유증에 죽게 한 사람이 제 아버지였다. 그리고 그 부인이 교통사고를 당하자 그 딸을 데려다가 보살피면서 친구와의 신뢰와 우정을 지키는 것처럼 언론에 포장해 이용해 왔다. 게다가 제 아버지가 친구를 밀고한 이유가 고작 좋아하던 여자를 뺏긴 질투 때문이라고 했다.

"이게 뭐야?"

스스로도 당황스러운 그가 되물었다.

"뭐긴 뭐야? 네 잘난 아버지 얘기지."

울면서 웃는 희수는 반쯤 정신이 나가 있었다.

"희수야."

이게 정말일까. 한창 감수성 예민한 고등학생인 그가 저 예쁘고 제게만은 친절한 동생인 희수와 그의 아버지, 그리고 제 아버지 사이에 얽힌 일이라고 생각하기에는 충격적인 내용을 담은 신문을 내내 노려만 보고 있어야 했다.

그래서 그는 서재에서 밤늦게까지 아버지를 기다렸다. 하지만 그가 내민 신문을 본 아버지는 놀라지도, 당황하지도 않은 채 눈살을 조금 찌푸릴 뿐이었다.

"김 비서! 이 신문 다 폐기한 거 아니었어! 어떻게 이 애가 이걸 갖고 있나!"

뒤에 서 있다가 날벼락을 맞은 비서가 승제를 원망스럽게 쳐다보았다.

"아닙니다. 전부 다 폐기하는 것 확인했습니다. 저도 도련님이 대체 이걸 어디서 가져오신 건지 모르겠습니다."

굽실거리는 김 비서를 무표정하게 바라보며 승제는 다시 물었다.

"제가 이걸 어떻게 가져온 게 중요한 게 아니잖아요. 이거 사실이에요?"

넥타이를 풀며 그를 힐끔 내려다본 아버지가 혀를 차며 대답했다.

"그게 사실이면 신문사에서 알아서 기사를 내렸겠니? 쓸데없는 생각하지 말고 공부나 해."

자르듯 말하는 아버지의 말에 그는 서재를 나올 수밖에 없었다. 그는 고작 고등학생이었다. 희수에게 해 줄 수 있는 일은 많지 않았다. 그리고 그건 희수도 마찬가지였다.

교통사고의 상대방은 자신이 피해자라 우겼고 병원에 누운 희수의 엄마는 말이 없었다. 승제의 집에서 살면서 도움을 받고 있었지만 그것까지 기댈 수 없어 살고 있던 집을 팔아 보상금을 해결하고 남는 돈은 병원비로도 모자랐다.

기사를 읽고 난 한참 뒤에야 그 사실을 알고 승제는 당황할 수밖에 없었다. 제게 쌀쌀맞고 늘 피곤해했던 제 또래의 희수가 저는 생각지도 못하던 일들, 집을 판다거나 돈을 마련해 엄마의 병원비를 대고 있었다는 사실에 그는 놀랄 수밖에 없었다.

그래서 그녀는 피곤했고 머리가 아팠고, 제 쓸데없는 청들을 무시했던 거였다. 게다가 그건 모두 제 그 대단한 아버지 때문이 아니었던가?

그를 사로잡은 것은 목을 조이는 것 같은 죄책감이었다. 물론 제 잘못은 없었다. 그는 그냥 희수를 아버지의 혼외자식, 반쪽이나마 피가 이어진 동생이라고 생각했었다.

하지만 희수를 그렇게 만든 게 제 아버지라는 사실 그 하나만으로도 모든 것이 그를 짓눌렀다. 제가 희수에게 늘 가지고 있었던 안쓰러웠던 마음마저도 그녀의 입장에서는 악어의 눈물이나 마찬가지였다.

그래서 그는 언젠가 이 지긋지긋한 집을 떠나려 몰래 돈을 모으던 통장을 희수에게 건넸다. 그게 그때 그가 할 수 있는 전부였다. 하지만 희수는 그의 도움마저 거절했다.

그러다 결국 사달이 났다.

"이게 뭐야? 뭐? 조리사 자격증? 너 미친 거야? 너 공부 시키려고 부모가 애쓰는 거 보이지도 않는 거야? 겨우 이딴 요리사 자격증이라니. 너 모의고사 빼먹고 간 게 이거 따러 간 거야?"

늘 바쁘고 교양 있던 모친이 제게 처음이자 마지막으로 큰소리를 낸 건, 제가 모의고사와 과외를 빼먹고 시험 보러 갔던 양식 조리사 자격증이 집으로 배달된 걸 들킨 후였다.

"제가 하고 싶었던 거예요."

그는 또렷이 말했다.

"미쳤어? 집에 음식 하는 사람이 몇인데. 아주 가지가지 하는구나. 네 아버지 속 썩이는 걸로 부족했니? 아주 똑같아, 부자가 하는 짓이. 왜, 저 계집애가 바람이라도 넣던? 이걸 그냥……."

"희수하고는 상관없어요. 공부하는 것도 좋지만, 전 제가 좋아하는 걸 배우고 싶어요. 어머니……."

짝!

그의 목소리는 묻히고 말았다. 난생처음 제 부모에게 손찌검을 당해 본 그는 당황한 나머지 할 말을 잃어버리고 말았다.

"그 요물 같은 게 집에 들어오더니 제대로 되는 게 없어. 너 다시 한 번 말하는데, 넌 명문대에 들어가야 해. 이번 일은 내가 없던 걸로 할 테니, 알았어? 아, 정말이지. 김천댁! 이 계집애 어디 있어? 내 이걸 그냥……."

"희수가 그런 게 아니라니까요!"

그의 외침 따위는 필요 없었다. 이건 제 생각이고 계획이었지만 애꿎은 불똥은 모두 희수에게 떨어졌다.

"미안해, 희수야. 내가 말을 잘못해서 그래."

말을 잘못한 건 없었다. 그래도, 그래도 제 어머니였다. 늘 알고 있던 교양 있고 대단한 제 모친이 그 여린 희수한테 그런 짓까지 할 때는 참을 수 없었지만, 핏줄이란 게 뭔지 제 입에서 이런 입바른 말이 나오는 걸 스스로도 이해할 수 없었다.

"알아."

뭘 아는 걸까. 그는 그녀가 거절했던 통장을 다시 내밀었다.

미안했다. 희수의 눈에 든 멍과 시퍼런 팔다리가. 그래서 그는 그렇게 그녀가 던지면서 이런 건 날 더 비참하게 만든다고 했던 그의 통장을 다시 내밀었다. 어린 나이에 제가 할 수 있는 용서를 비는 방법이란 건 그런 것밖에 없었다.

"미안, 정말 미안……."

희수는 말없이 그 통장을 받아 들었다. 제 미안한 마음을 알아주는 것 같아서 그냥 마음이 놓였을 뿐이었다. 하지만 다음 날 텅 빈 그녀의 방 안을 보고 그는 망연해졌다. 제 미안함을 표시했을 뿐인데…… 희수는 그게 아니었던 모양이다.

그저 그게 있으면 희수가 엄마의 병원비 때문에 조금 덜 동동거릴 거라 생각했을 뿐이다. 그리고 제 아버지가, 제 어머니가 그리 군 것을 조금이라도 빌고 싶은 마음이었다.

그는 후회했지만, 학생이었고 아무런 힘도 없었다. 그냥 제가 할 수 있는 한 제 자전거를 타고 희수가 다녔던 책방이니 학교니 근처를 돌아보면서 그녀와 비슷한 사람이 있는지 찾아보는 것밖에는 다른 방법이 없었다.

그리고 그녀는…… 다시 제 눈앞에 나타나지 않았다.

그 뒤에 결국 그도 그녀와의 사이를 의심한 모친 덕에 유학을 가게 되었다. 그때쯤 그는 어쩌면 차라리 제가 잊어 주는 게 그녀의 인생을 편하게 하는 거라 생각했었다. 제가 희수에게 가졌던 감정이 무엇인지는 정확히 따져 볼 여력 따위는 그 당시의 그에게는 전혀 없었다.

그저 다시는 제 인생이나 제 곁에 있는 사람이 멋대로 휘두르는 힘에 당하지 않으려면 그가 부모의 그늘에서 벗어나는 수밖에 없다는 걸 깨달았을 뿐이었다. 그러기에 그는 성공하고 싶었다. 다만, 제 아버지나 어머니 같은 방법이 아닌…… 그저 제 실력으로 일인자가 되고 싶었다.

그런 생각이 없었다면 오히려 그의 삶은 삐끗거리고 어긋나 버렸을지도 몰랐다.

10년의 시간이 지나고 다른 삶을 찾고 성공이란 걸 해서 돌아온 뒤에 그는 바로 희수를 찾았고 연락을 하게 되었지만, 왜 희수가 그사이 그의 집에 입양이 되었고 그런 결혼을 한 건지는 다 알지 못했다. 그가 묻는다고 해서 가족들이 대답할 일도 아니었고 희수 또한 입을 다물고 있었다.

물론 그렇다고 해서 짐작조차 못 하는 건 아니었다. 모든 일은 다 아버지 유태석의 작품일 테니까. 그러니 그런 그녀를 지켜 줘야 하는 건 자신뿐이었다. 아버지의 죄를 대신해서라도. 그래서 승제는 아버지가 꽁꽁 숨겨 둔 희수의 어머니를 찾는 것부터 시작했다.

“희수에게 늘 미안했어요. 그 애의 인생을 그런 식으로 휘저어 놓은 게 내 아버지란 사람이었으니까. 그걸 갚아야 했어요. 어떤 식으로든.”

“그걸 왜 나한테 말하는 거예요?”

“모든 게 거기서부터 시작했으니까요. 아버지가 친구를 밀고하고 변절하기로 한 그때부터.”

그리고 당신이 좇고 있는 지금의 그 일까지.

그가 그 말을 하기 전에 은수의 어깨 너머로 희수가 길을 따라 걸어 내려오는 게 보였다.

“희수예요.”

그가 누군지 말을 해 주지 않아도 은수는 알고 있었다. 저 가녀리고 아름다운 여자가 누군지쯤은.

왜 그랬는지 충분히 이야기를 들었지만, 은수는 저도 모르게 그 호텔에서 그녀를 감싸 안아 가던 그를 생각해 냈다. 고개를 돌려 머플러로 얼굴을 반쯤 가린 채 걸어오는 여자의 모습을 본 은수가 승제에게 아무렇지도 않게 말했다.

"승제 씨가 희수 씨랑 어떤 사이고, 또 무엇을 해 주고 싶은지 관심 없어요. 나는 그냥 처음으로 돌아갔으면 해요. 기삿거리를 좇고, 또 기사를 쓰는 게 전부이던 시절로요. 갈게요."

그가 붙잡기 전에 차에서 내린 은수는 깜빡이는 횡단보도의 초록 불을 향해 달리기 시작했다. 어느새 횡단보도를 반이나 건너간 은수를 보고 그는 차에서 내려 그녀를 뒤쫓기보다 꺼 두었던 차의 시동을 다시 걸었다.

막 핸들을 돌려 좌회전 차선으로 가려는 순간, 희수를 붙잡는 정환이 보였다. 실랑이를 벌이는 두 사람과 막 횡단보도를 건너려는 은수 중에서 그는 그러면 안 된다는 걸 알면서도 은수를 쫓았다.

은수는 몇몇 사람이 이미 건넌 횡단보도를 정신없이 달렸다. 그가 계속 이런 식으로 그녀를 붙잡는다면 은수는 제 결심을 마냥 우길 자신이 없었다.

한가한 오전의 주택가 대로변의 횡단보도에는 지나는 사람은 별로 없었다. 도로는 넓었지만 오전의 거리는 오가는 차량도 드물었다.

그때, 커다란 굉음이 들려왔다. 한적한 도로에 초록 불이 켜진 횡단보도를 향해 요란하게 달려오는 트럭은 분명 이상했다. 분명 횡단보도를 건너는 사람이 있는데도 트럭은 그 사람을 노리는 것처럼 속도를 더 올리고 있었다.

더 당황스러운 것은 그게 자신을 향하고 있다는 점이었다. 자신이 달리는 방향을 향해 미친 듯이 다가오는 차를 보고 은수는 얼어붙고 말았다. 본능적으로 눈을 감으며 팔로 얼굴을 가리는 그녀의 곁을 세찬 바람을 일으키며 무언가 스쳐갔다.

귓가에 쾅 하는 엄청난 소리에 숨을 몰아쉬며 눈을 뜬 그녀의 눈앞에 매캐한 냄새와 함께 희뿌연 연기가 가득했다.

22.

## 김밥 천국 스페셜 세트

무슨 일이 일어난 거지? 시각이 보내는 정보를 머리가 받아들이지 않았다. 누군가 억지로 소음을 차단한 것처럼 귓가에 정적이 이어졌다.

무슨 일이 일어났더라? 뇌가 빠르게 시간을 되돌렸다. 은수는 쉴 새 없이 눈을 깜빡였다. 폭발음 같은 굉음이 들렸다. 바로 제 등 뒤에서……. 그전에, 그전에 무슨 일이 일어났더라?

텔레비전이나 영화를 볼 때 가장 바보 같은 장면이 경적을 울리면서 트럭이나 차가 달려들면-그것도 엄청 천천히-빨리 도망가지 않고 그 자리에서 서서 얼굴이나 가리는 걸 보고 저런 바보들 하고 비웃은 적이 있었다.

그러나 그건 사실에 기초한 연출이었을지도 모른다는 생각이 들었다. 미친 듯이 달려오는 트럭을 보고 은수는 저도 모르게 얼굴만을 가리고 말았다. 정말 순식간이었으니까. 다리가 얼어붙는다는 게 바로 이런 상황을 두고 하는 말 아닌가.

그 순간이었다. 차마 보지 못하고 고개를 돌리면서 제게 느껴질 고통을 입술에 피가 맺히도록 깨물면서 참으려 하는데, 그것보다 먼저 제 귓가에 폭발음이 들렸었다. 아니, 그전에 요란한 차의 소음도 들렸던 것 같았다. 어느 것이 먼저였지?

은수는 제가 살았다는 것을 깨닫고 겨우 한참 만에 고개를 돌렸다. 그러나 저도 모르게 비명을 지르고 말았다.

커다란 트럭은 번쩍 들려 있었고 그 앞을 파고들어 찌그러진 차에서는 시커먼 액체가 콸콸 흐르고 있었으며 충격으로 인해 연기가 자욱했다. 그리고 그 연기가 흩어진 뒤에 나타난 것은 트럭 밑에 깔린 승제의 차였다. 그제야 제가 본 것들을 뇌가 제대로 받아들이기 시작했다.

귓가에 여자의 비명이 들렸다. 차의 앞은 터진 에어백 때문에 속이 보이지 않았지만 유리는 박살 나 있었다.

온몸이 굳어 있던 은수가 저도 모르게 가방을 뒤진 건 순식간이었다. 요란한 차의 소리가 들리고 앞이 들려 있던 트럭의 문이 열리더니 누군가 뛰어내리듯 비틀거리며 내려섰다.

은수는 손에 집히는 것을 꺼내 들었다. 빨리…… 빨리 저 차 안에 있는 사람을 봐야 하는데…….

그런데 기다렸다는 듯 검은 차가 끼익 소리를 내면서 달려들었다. 주변에서 사람들이 뛰어오기 시작했다. 트럭에서 뛰어내린 사람의 머리 쪽에서도 피가 보였다. 그러나 그 사람은 그따위를 아랑곳하지 않고 옆에 선 검은 차에 올라탔고 검은 차는 쏜살같이 사라지고 말았다.

찰칵. 찰칵. 찰칵. 찰칵…….

그녀는 미친 듯이 셔터를 눌렀다. 차가 완전히 사라진 뒤까지도.

그리고 고개를 돌리자 끔찍하게 구겨진 차 앞에서 울고 있는 그의 '동생'과 그녀를 말리는 남자가 보였다. 은수는 그제야 떨리는 발걸음으로 차에 다가갔다. 어디선가 경찰인지 앰뷸런스인지 모를 차의 요란한 소리가 울렸다.

"승제야! 승제야! 안 돼! 안 돼!"

소리를 지르고 눈물범벅이 된 건 자신이어야 했다. 그러나 은수는 저도 모르게 굳은 얼굴로 뒤편에서 응급실로 실려 들어가는 그를 바라만 봐야 했다.

"사람 많은 데서 이게 무슨 짓이야! 괜찮다잖아!"

신경질적인 남자의 목소리가 들렸다.

"승제가 잘못되면…… 나도……."

"조용히 하라고!"

소리 지르고 주저앉아야 할 사람은 자신이었다. 그러나 은수는 멍하니 서 있을 뿐이었다. 곁에 다가가 얼굴이라도 봤어야 하는데 거의 실신한 듯 달려들어 결국은 주저앉은 그의 '동생' 때문에 그녀는 승제에게 다가갈 수도 없었다.

심하게 구겨진 차에서 한참이나 119 구급대원들이 사람을 꺼내려 애썼고, 꺼내진 그는 정신을 잃은 채 구급차에 실렸었다. 은수도 허겁지겁 겨우 그 뒤를 따라 병원으로 올 수 있었다.

분명히 그 트럭은 저를 향해 달려오고 있었다. 일부러……. 브레이크 파열 따위로 멈추지 못한 차라면 그 넓은 대로에서 얼마든지 방향을 바꿀 수 있었을 것이다.

그걸 반대편 차선에 있던 그가 일부러 달려와 들이받았다. 그의 차에서 나온 선명한 타이어 자국이 중앙선을 지나 직각으로 나 있었으니까.

결국, 이 남자는 자기 때문에 이렇게 된 거였다. 그냥 가 버릴 수도 있었을 텐데…….

"안 돼, 승제 씨……."

은수는 닫힌 응급실 문을 보면서 그제야 겨우 한마디 내뱉었다.

은수는 생각해야 했다. 분명히 제집을 뒤지거나 저를 다치게 하려던 사람들이었다. 단지 기사 발표까지 버티기만 하면 될 거라 생각했다. 전에 취재를 하면서도 여러 번 협박이니 회유를 당해 왔기 때문에 그것은 권력을 가진 자들의 뒤를 캐는 정치부 기자의 숙명이라고 생각하고 당연하게 여겼을 뿐이었다.

하지만 제집이 엉망이 되고 제 차가 박살이 났다. 그전의 협박은 이 정도까지는 아니었다. 감추고 싶은 게 많은 자들이 분명했다.

우리나라 같은 곳에서 마치 외국 영화 같은 일들이 벌어졌다는 것은, 그 정도를 무마할 수 있는 힘을 가진 자가 제 속이 드러나는 걸 막고 싶었기 때문일 것이다. 정신을 차려야 했다.

은수가 막 가방을 뒤지려는데 누군가 다가왔다.

"이봐요. 아까 류승제 씨랑 있었죠? 그렇죠?"

은수는 고개를 들었다. 제 앞에 지금 딱 제 심리적 상태와 같은, 눈물이 범벅이 되어 화장이 다 지워진 여자가 새빨간 얼굴을 하고 서 있었다. 그리고 그 옆에는 남편이 분명한, 저번에 리셉션장에서 보았던 남자가 화난 표정으로 서 있었다.

"승제가…… 당신 때문에……."

여자는 채 말을 잇지 못했다. 그리고 그 덕에 은수도 갑자기 눈가에 열이 확 오르는 게 느껴졌다. 사실이지만, 인정하고 싶지 않았었다. 그런데 타인의 입에서 나오자 그것은 사실이 되었다. 그는 저 때문에 지금 저 안에 있는 게 아닌가.

"저기……."

말을 해야 했다. 아까 그 피골이 상접한 여인이 이 여자의 엄마라는 걸. 그걸 알려 주려고 그는 이 여자를 오라고 한 것이었다. 잘 듣진 못했지만, 이 여자와 관계가 있는 일이었다. 그걸 알려 주려고 뒤를 쫓는 자들을 피하기 위해서 멀쩡한 차를 두고 렌트를 했고, 심지어 저를 혼자 가지 못하게 했던 거였다.

그 사실들을 이야기해야 하는 건가? 그렇다면 뒤에 있는 저 화난 남자는, 저 남자도 알아야 되는 사실인가?

"어떻게 된 거예요? 그 차는 뭐고! 또 당신은 누구고!"

뭐라고 해야 하지? 당신 오빠가 나 때문에 그랬다고? 당신 엄마를 찾아내서 그랬다고?

"스…… 승제 씨가 할 말이 있었다고. 저는 잘 모르겠어요."

"당신 대체 누구야! 뭣 때문에!"

"그만 좀 하라고!"

은수의 옷자락을 마저 흔들던 여자는 또다시 눈물을 터뜨렸고, 그 옆에 있던 남자는 또다시 고함을 쳤다. 그녀의 심정을 십분 이해할 수 있었다. 자신이라고 해도 저렇게 소리를 지르면서 쓰러졌을 테니까.

"여기서 이러시면 안 됩니다. 조용히 해 주세요."

간호사가 늘상 있는 일이라면서 사무적인 목소리로 그들 사이를 휘저어 놓고 지나갔다. 다시 쓰러지려는 여자를 남자는 받아 들더니 말했다.

"가, 안 죽는다고 했어. 그 집에서 온다고 했으니까 가자고. 무슨 할 말이 있다고."

"안 돼요. 나 여기 있어야 해요!"

"가자고!"

두 사람의 목소리가 멀어졌다. 그제야 은수는 저도 모르게 털썩 소리를 내며 복도에 있는 의자에 주저앉았다. 응급실의 복도 앞에는 그녀와 비슷한 표정의 사람들이 누군가는 울고, 누군가는 화를 내고, 누군가는 초조해 동동거렸다.

은수는 부들거리는 차가운 손을 맞잡고 있다가 제 가방을 보았다. 그리고는 벌떡 일어서서 나갔다.

"빨리! 알아내라고! 어떤 새끼인지! 조 반장. 조 반장이 이런 거 잘 찾지? 그렇지? 아니 그거 말고, 저번에 교통사고 뺑소니범 검거한 사람이 누구였지? 종로서의…… 그……."

〈진정해! 이은수! 대체 어떻게 된 거냐고! 자초지종을 알아야 알아내지. 뭐가 어떻게 된 건데? 그 주방장이 사고를 당했다고?〉

"사…… 사진 찍었어. 내가 보낼게. 아, 이거 카메라에 든 거 어떻게 보내지? 노트북…… 노트북이 없네."

늘 차에 싣고 다니던 노트북으로 전송을 했던 터였다. 차가 없어진 그녀는 달랑 카메라와 휴대폰만 있었다.

"야! 이거 어떻게 보내!"

저도 모르게 소리를 빽 지르는 그녀의 얼굴은 눈물투성이였다.

〈진정하라고! 넌? 넌 괜찮은 거야?〉

영문도 모르는 지훈도 전화기 저편에서 소리를 질렀다.

"그 트럭, 내가 목표였어. 날 치려고 했는데 승제 씨가 중간에…… 그 차 사진도 찍었어. 잠깐 기다려 봐. 차 번호 가르쳐 줄게."

은수는 미친 듯이 카메라를 켜서 뷰파인더의 버튼들을 눌렀다. 제 가방이 바닥에 떨어졌는데도 아랑곳 않고 그녀는 정신없이 뒤지더니 사진을 찾아냈다. 그러나 사진이 작아서 보이지 않았다. 뷰 파인더에서 확대를 할 수는 없었다.

"제기랄! 컴퓨터가 있어야 해!"

〈알았어. 진정해, 제발. 병원에 컴퓨터 많잖아. 들어가서 천천히 찾아보고. 주방장은? 많이 다쳤어? 아…… 지금 사고 난 거 뜬다. 어? 어? 이게 뭐야, 좀 이상해.〉

"뭐가! 뭐가 이상한데!"

그녀는 또다시 소리쳤다.

〈방금 떴었는데 사라졌네. 어? 이거 이상하다. 거기 무슨 동이랬지?〉

"○○동, 대동 오피스텔 앞 대로. 11시경이야. 빨리 확인해 봐."

〈내가 확인하고 전화 다시 할게. 그리고 너, 그 사진 보낼 수 있으면 보내 보고, 안 되면 확인해서 차 번호라도 불러 봐. 아마 대포차겠지. 나도 이쪽에서 확인할게.〉

"빨리! 빨리하라고!"

은수는 전화가 끊어진 것도 모르고 소리를 치다가 떨어진 가방을 들고 뛰어갔다.

"류승제 씨 보호자 되시는 분!"

"네?"

은수는 저도 모르게 일어났다. 동생이라는 여자는 남편한테 끌려간 게 분명했다. 지루하게 복도에 있는 나무의자에 앉아 있던 은수는 한달음에 호명한 곳으로 다가갔다.

"지금 환자 응급수술 끝나서 회복실에 있다가 중환자실에 옮길 예정입니다. 수술은 잘 끝났구요."

"네? 수술했다구요?"

"네, 아까 동생분이 동의서에 사인하셨는데……. 동생분 아니신가요?"

"아……."

그제야 은수는 아까 그 여자가 호적상 그의 동생이라는 걸 실감했다.

"수술은 잘됐나요? 어디가……."

"조금 이따 의사 선생님이 부르실 겁니다."

은수는 제 할 말만 하고 가 버린 간호사를 망연하게 보고 있을 뿐이었다.

대체 어디에 연락을 해야 하는 거지. 그…… 유태석 당대표?

혹시나 무언가 저 응급실 안의 상황에 대해 설명을 들을까 하고 시간째 기다리고만 있었다. 은수는 빨리 컴퓨터를 찾아야 했다. 그리고 이제 제가 할 수 있는 일들을 해야 했다. 저도 모르게 앞을 가리는 뿌연 것을 얼른 닦아 내고 그녀는 주변을 두리번거렸다.

"뺑소니 사고라고 하던데. 하여튼 119 구급대의 설명에 비하면 사고 상태로 봤을 때 환자가 굉장히 운이 좋았습니다. 좌측 다리 골절상이나 흉골 골절이 있는데 그건 경미하고 내장 파열 따위는 없네요. 천만다행입니다. 그렇지만 뇌출혈이 약간 있었습니다. 그 때문에 응급 수술했고 아직 의식은 돌아오지 않고 있습니다만, 지켜보고 있습니다."

"면회는 안 되나요?"

"오늘이나 내일은 힘들 겁니다. 내일쯤 중환자실 면회 시간 문의해 보십시오."

피곤함에 절은 의사는 할 말을 다 했다는 듯 돌아서려 했다. 은수는 저도 모르게 돌아서는 의사의 옷자락을 잡아 당겼다.

"저기요! 생명에는 지장 없는 거 맞나요?"

"지금 상태로는 그렇습니다만, 뇌출혈 때문에 경과는 지켜봐야 합니다. 그다지 심각한 상태는 아니니까 좋은 마음으로 기다리십시오. 저희도 최선을 다하겠습니다."

은수는 다리에 힘이 풀리는 것만 같았다. 그러자 의사는 다행이라는 듯 돌아서서 제 갈 길로 가 버렸다. 의식이 없다니…….

그러나 커다랗게 쓰여진 중환자실이라는 유리문은 절대 제 앞에서 열릴 것 같아 보이지 않았다. 은수는 다시 카메라를 꺼냈다.

"역시 그런 거야? 그래도 어떻게 방법이 없겠어?"

〈사고 접수 자체가 사라졌어. 아무래도 유 대표 측에서 손을 쓴 건지 사고신고 자체가 없어진 거야. 트럭도 사라졌고. 경찰들도 모르겠대. 그 주방장을 옮긴 응급 구조팀은 다른 출동이 있다고 하나도 연락이 안 돼. 그런데 연락이 되더라도 그쪽은 구조에만 신경 쓰기 때문에 사고 자체는 신경 안 쓴다고 하더라구. 네 사진 속의 그 차는 당연히 대포차고 추적 불가. 트럭조차도 도난 차야. 나 참, 대한민국에 이런 일이 있을 수가 있다는 게 다 신기하다니까. 이거 무슨 할리우드 영화도 아니고. 그런데 정말 널 노린 거 맞아?〉

"그런 거 같아……."

〈주방장은?〉

은수는 주머니에서 꺼낸 휴지 뭉치로 눈물을 닦고 겨우 대답했다.

"안 좋은가 봐. 아직 의식 없어."

〈…….〉

저쪽에서도 은수의 목소리를 듣고는 잠시 침묵을 이어 갔다.

〈은수야, 너 거기 있는 거 위험할 거 같아. 그게 공항 쪽인지 유 대표 쪽인지는 몰라도 하여튼 널 노린 거잖아. 그래서 대신 주방장이 다쳤는데 너 거기 있는 거 얼마든지 추측할 수 있는 거 아닐까? 게다가 나 이렇게 멀쩡하게 환자가 있는 교통사고가 전산에서 사라져 버리는 거 첨 봤다. 완전 등골이 오싹해. 그러니까 만약에…….〉

"그게 무슨 소리야? 승제 씨가 지금 의식 불명이라고!"

은수가 소리쳤다.

〈알아! 안다고! 하지만 입장 바꿔서 생각해 봐. 그 주방장이 트럭을 향해 차를 몰고 갔다면서! 그렇게 해서라도 널 지키고 싶었으면 그 주방장 깨어났을 때 네가 안전해야 할 거 아니야? 안 그래?〉

전화기 저편에서도 소리쳤다.

"……그럼 내가 어떻게 해야 해?"

〈정신 차리고. 우선 우리 집으로 와라.〉

"아니, 안 돼. 날 조사했으면 너도 바로 나올 거야."

〈그럼 어디로 가려고?〉

"내가 알아서 할게. 하여튼 연락할 테니까 혹시 그 사고에 대해서 뭔가 알아내면…… 연락 줘!"

〈야! 이은수!〉

은수는 전화를 끊었다. 따뜻한 병원, 중환자실의 모퉁이에 서 있었지만 왠지 춥기만 했다. 말은 그렇게 했지만 적어도 그의 얼굴이라도 보고 가야 했다. 그래야만 했다.

◈

"뭐야?"

"죄송합니다. 갑자기 끼어드시는 바람에……."

"그래서?"

"저기…… 트럭 사이에 끼여서."

"뭐? 대체 무슨 이야기야!"

"그 기자를 처리하려고 했는데 작은아드님이 차를 돌려서 대신 트럭과 부딪히셔서……."

"승제가?"

"그게 아직 의식이 없으시다는…… 윽!"

유태석이 던진 무언가에 얼굴을 맞은 남자는 말을 이을 수 없었다.

"몇 년째 내 밑에서 일을 하고 있는 게야? 승제 녀석 얼굴을 몰라서 그런 거야? 이 무슨……."

덩치가 큰 사내는 눈가 옆에 핏자국이 서렸지만 잠자코 일어나 다시 제 자세를 지켰다.

“제가 부른 녀석이 조선족이지만 그래도 일 처리는 확실한 놈인 데다 저도 지켜보고 있었는데 겨우 차에서 내렸기 때문에……. 제가 차 떠난 다음에 하라고 했는데 눈앞에서 사라질 것 같으니까 놈도 긴장한 모양입니다. 그래서…….”

노기 띤 백발의 사내가 소리치면서 그의 말을 막았다.

“닥쳐! 대체 내 밑에서 몇 년째 일하는 거야? 이게 무슨 소리냐고!”

“…….”

우락부락한 사내는 말이 없었다.

“차에 있던 게 승제가 확실한가?”

“네.”

“얼마나 다친 게야?”

“아직 확인이…….”

중년인의 입술이 굳어졌다.

“그럼 그 기자는?”

“그게…….”

“대체 몇 년째야? 이 일 한 게? 내가 일 처리가 확실하니까 맡긴 거잖아! 그 조선족 새끼인지 당장 내 앞에 잡아다 놔! 그리고 그런 기자 끄나풀 따위 제대로 처리도 못 하는 거야? 죽고 싶어!”

중년인의 막말이 쏟아져 내렸다.

“죄송합니다…….”

“다 죽을 줄 알아, 승제가 잘못되면. 하여튼 그 기자 나부랭이 처리 제대로 하라고!”

“외람된 말씀이지만.”

검은 옷을 입은 건장한 사내가 대답했다.

“두 사람이 같이 있었습니다. 집에서도 같이 있었고. 아마 병실에도 나타날 것입니다. 병실 앞을 잘 지키고 있으면…….”

“그거야 장 부장이 알아서 할 일이잖은가! 당장 처리하라고!”

노기 띤 유태석이 소리쳤다.

◈

검은 옷을 입은 남자들이 몇몇 나타나고, 화려한 옷차림의 중년 여자가 역시 화려한 옷차림의 여자와 함께 중환자실에 나타났다.

은수는 여전히 모퉁이 뒤에 숨어 있어야 했다. 제가 몇 번이나 면회를 신청했지만 퇴짜를 맞았었다. 그러나 그건 사람에 따라 다른 모양이었다.

두 여자는 굽실거리는 듯한 웬 낯선 의사의 안내를 받아 중환자실의 자동문 안으로 들어갔다. 적어도 한 번은 보고 가야 하는 거 아닐까. 할 수만 있다면 저 여자들 사이에 끼어들어 서고 싶었다.

'이대로 가면 돌아오지 않을 생각이라는 거 압니다. 아니라고 하지 말아요. 내가 그냥 그렇게 끝내줄 거라고 생각했으면 착각입니다. 그럴 생각이었으면 그 병원에서 날 붙잡지 않았어야 해요.'

그의 말이, 그의 목소리가 다시금 제 머릿속을 울렸다. 그냥 떠나 버릴 생각이었다. 더 이상 어쩔 수 없는 사이니까. 로미오와 줄리엣처럼 원수 집안이 아니더라도 절대 그런 온갖 비리와 욕망이 뒤엉킨 그런 집안의 일원이 될 생각은 전혀 없었다.

그가 아무리 매력적이고 괜찮은 남자라 할지라도 아직까진 우리나라는 결혼이란 제도는 가족 간의 결합이었다. 그가 집안과 담을 쌓고 있다고 하더라도 그건 불가능한 일이었다.

그냥 그 남자를 눈 질끈 감고 잊어버리면 그만이니까, 제 눈에서 피눈물이 철철 나더라도 그건 잠깐일 테니까, 그러면 되니까 그러려고 했다. 그런데…… 그가 몸을 던졌다. 그러면 안 되는 건데.

뒤가 어떻게 되든, 엔딩이 어떤 것이든 그건 지금 생각할 바가 아니었다. 그가 눈을 떠야 했다. 적어도 그가 살아는 있어야 하는 거 아닌가.

은수는 저도 모르게 또다시 눈에서 후두둑거리면서 뜨거운 것이 떨어져 내리는 것을 느꼈다. 아빠가 그렇게 어이없이 세상을 하직한 뒤로 처음이었다.

"젠장……."

아무리 내뱉어 보아도 그건 아무런 도움이 되지 않았다.

"저기 아까 면회하는 거 봤거든요. 사람 차별하시는 거예요?"

"그게요."

"지금 면회 시간이잖아요. 저 사진도 있어요. 자꾸 이러시면 사람 차별한다고 기사 내요? 저 기자거든요."

7시, 중환자실 저녁 면회 시간이었다. 사람들이 꾸역꾸역 몰려와서 멸균 가운으로 갈아입는 것을 보고 은수는 재빨리 끼어들어 물었지만, 유독 그만 면회 금지라는 말에 은수는 가방에 있던 카메라를 꺼내 들었다.

"중환자실 면회 시간이 오전 9시, 오후 3시, 7시인 거 알고 있거든요. 아까 그분들 5시쯤에 온 거 알고 있어요. 이 병원은 중환자실 면회도 사회적 명성치에 따른 거예요?"

"저기, 그게 아니라……."

"말씀하신 대로 감염의 위험 때문이라면, 아까 그분들은 뭐죠? 분명히 류승제 환자 모친인 거 알고 있거든요. 제가 사고 현장에 있던 류승제 씨 친구라고 했잖아요! 아까 응급실에서도 제가 접수했구요."

"가족이 아니면 안 된단 말이에요."

간호사가 성가시다는 듯 말했다.

"아, 그렇군요. 아까 같이 들어간 분도 가족이었나 보죠? 정식으로 제 소개하죠. 전 중아일보 기자 이은수라고 해요. 사회적 지휘가 높으면 면회 시간도 무시하고 그렇지 않으면 면회 시간인데도 다친 친구 얼굴도 못 보게 하는데, 이거 정식으로 따져 봐야 할 일이네요."

"아, 저기 잠시만. 선생님!"

울상이 된 간호사가 담당 의사를 애타게 불렀다.

차라리…… 보지 않는 게 나았을까…….

종이로 된 일회용 멸균복에 모자까지 쓴 은수는 저도 모르게 입술을 꼭 깨물었다. 더 이상 눈물 따위 흘리지 않으려고.

의사가 괜찮다고 했다. 병원에서는 의사 말을 듣는 게 백번 옳은 거니까. 그러나 그 의사가 보기에나 괜찮았던 걸까.

오늘 아침까지만 해도 이 남자는 마치 물을 잔뜩 머금은 난초처럼 싱싱했었다. 저를 밤새 안았고, 사라지려는 저를 잡았다. 매일 호강이란 걸 하게 해 주겠다고 제게 두 손으로 직접 만든 아침을 주었다.

그리고 저 하얀 얼굴과 새까만 머리카락이 드리워진 채로 저를 보고 협박하고 있었다. 제 곁을 떠나면 큰일 날 거라는 듯, 누군가 뒤를 쫓아오는 걸 신경써서 빠져나가고 있었고, 저를 감싸 안았었다. 그리고 결국엔…….

"스……."

차마 제 입에서 이름이 나오지 않았다. 남자의 얼굴은 덕지덕지 거즈가 붙은 채 커다란 산소 호흡기를 쓰고 있어 제대로 보이지 않았다. 부드럽게 제 손끝에서 물결치던 검은 머리카락은 칭칭 동여맨 붕대 사이로 삐져나와 있었다.

피인지, 혹은 소독약인지 모를 갈색으로 물든 붕대는 철로 된 고정핀으로 눌려 있었다. 저를 휘감던 긴 다리는 붕대가 감긴 채 석고로 된 깁스가 고정되어 있었고, 목에도 플라스틱 고정대가 흉하게 자리 잡고 있었다.

저를 쓰다듬던 부드러운 손이 달린 팔뚝에는 온통 거즈가 붙여져 얼룩져 있었고, 그 와중에 주렁주렁 연결된 관은 붉은색의 피가 수혈되고 있었고, 한쪽은 수액이 들어가고 있었다. 분명히 괜찮다고 했었지 않나? 그러나 이건 괜찮은 사람의 형상이 아니었다.

이대로…… 이대로 눈을 못 뜨는 거 아닌가.

"의식은 안 돌아왔나요?"

옆에 다가선 간호사를 보고 은수가 낮은 소리로 물었다.

"아직 돌아오지 않았습니다."

"괜……찮은 건가요?"

"네. 수술은 다 잘돼서 의식만 돌아오면 괜찮습니다."

아무렇지도 않다는 듯 삑삑거리는 기계의 숫자들을 적어 넣고 주렁주렁 매달린 폴리에틸렌 팩에 든 액체들을 확인한 간호사는 아무 일도 없다는 듯 돌아서서 가 버렸다.

"미안해요……."

뭔지 모르겠지만 모든 게 미안했다.

왜…… 왜 이 사람은 이러고 있는 걸까. 여기에 누워 있어야 하는 건 내가 아닐까? 아니, 이 사람이 아니었다면 저는 이런 침대에 눕지도 못하고 차가운 냉장고 안으로 바로 갔어야 했을지도 몰랐다.

은수는 저도 모르게 그의 드러난 한쪽 손을 잡았다. 매끄러웠던 그의 하얀 손은 손톱 사이에 갈색의 얼룩이 잔뜩 묻어 있었다. 그게 소독약인지 혹은 핏자국인지 모르겠지만 은수는 저도 모르게 마음 한구석이 무너져 내리는 걸 느껴야만 했다.

그러나 그의 손은 따뜻했다. 차갑게 식은 제 손 같지 않게…….

"내가 꼭……."

꼭……. 무얼 어떻게? 당신을 이렇게 만든 사람을 찾아내서 어쩔까? 그 사람이 당신 아버지이면 어쩌지…….

은수는 더 이상 말을 잇지 못하고 면회가 끝났다는 간호사의 말을 듣고 돌아서야만 했다.

"면회하려고 하는데요."

은수가 늘 하던 대로 말했다.

"류승제 씨 일반 병실로 옮기셨는데요."

"네?"

은수는 당황해서 물었다. 분명히 의식도 없었고 담당 간호사도 하루 이틀 더 있어야 한다고 했었다.

"어디로 가야 하죠?"

당황한 표정을 억누르면서 그녀가 말했다.

"12층요."

은수는 입으려고 집어 들었던 가운을 내려놓아야 했다.

엘리베이터에서 내리면서 그래도 일반 병실로 옮겼다면 내내 그의 곁에 있을 수 있을 거라 생각하고 다행이라 여겼다. 아무래도 상태가 좋아졌으니까 중환자실에서 옮긴 걸 거라고. 그러나 그건 제 짧은 생각이었다는 걸 엘리베이터가 열린 12층을 보고 깨달아야 했다.

"저기, 류승제 환자 병실이 몇 호실인가요?"

병원 안에서 마스크를 하고 있는 것은 눈길을 끌 만큼 드문 모습은 아니었다. 편의점에서 산 싸구려 머플러를 목에 둘둘 두르고 프론트에 호실을 물을 때까지만 해도 다행이었다. 하지만 막 간호사가 가르쳐 준 병실을 찾아 모퉁이를 돈 순간 그녀는 저도 모르게 몸을 숨길 수밖에 없었다.

쭉 일인실들만 있는 조용한 복도에 서 있는 검은 옷을 입은 남자들. 물론 그의 아버지를 생각하면 그런 광경은 당연할 수도 있었다. 그러나 은수는 기자였고, 그 덕에 날카로운 눈썰미를 가졌다. 그 검은 옷을 입은 남자들 중에 한 사람이 제 흐트러진 원룸에서 튀어나간 사람과 비슷한 실루엣을 가지고 있었다.

순식간이었지만 커다란 상체에 비해 형편없이 빈약한 하체가 기억에 또렷했다. 물론 저기 서 있는 서너 명의 남자들 중에 하나가 우스꽝스러울 정도로 빈약한 하체를 지녔다는 건 우연일지도 몰랐다.

하지만 우두머리인 듯한 남자가 그들을 모아 두고 지시를 내리는 말은 우연이 아니었다.

"사진 다 전송했으니까 그런 여자가 면회하러 오면 붙잡아 두도록 해."

"이게 누군데요?"

"몰라. 뭐, 기자라나. 어쨌거나 입단속 잘하고. 사진 잘 봐 둬."

은수는 잔뜩 긴장해 마른침을 삼켰다. 지금 제게 닥친 우연 따위가 제겐 불행한 결말을 예고할 수도 있는 거였다.

은수는 모퉁이를 돌지 못하고 급한 걸음걸이로 반대로 향해야 했다. 비상계단이 보였다. 거친 숨을 몰아쉬면서 계단으로 들어서 문을 닫은 은수는 생각해야만 했다.

이제 어떡하지? 어떻게 해야 그를 보러 저 문을 통과해 갈 수 있을까. 방법은 딱 한 가지밖에 없었다. 그 사람들이 잡고 싶어 하는 건 바로 자신이니까, 그렇지 않게 해야만 했다.

은수는 아까 급하게 가져온 노트북을 꺼내 들었다. 계단이 차가웠지만 어쩔 수 없었다. 제가 가진 단 하나의 무기는 이것뿐이니까. 비록 그 무기가 미숙하더라도 더 이상 기다릴 시간이 없었다.

그가 언제 깨어날지 알 수가 없었다. 혹여, 이게 마지막일 수도 있었다. 그냥 이대로 그를 보낼 수만은 없으니까.

"은수야……."

지훈은 그녀의 모습을 보고 말을 이을 수 없었다.

그냥 잘났으니까, 돈이 많으니까, 같은 남자가 보기에도 잘생겼으니까. 그러니까 절대 그런 것에 혹하지 않을 은수가 혹했을 거라 생각했다. 적어도 저와 십년지기인 이은수가 남자의 외모 따위에 혹할 거라 생각해 본 적이 없었다.

그러나 상대가 너무 과하니까 잠깐 은수의 눈이 멀 수도 있을 거라 생각했다. 게다가 제게 100배 유리하도록 그 나쁜 악당의 아들이니까, 은수는 돌아올 거라 생각했다. 방법이 어떻든 간에.

그런데 지훈은 그게 아닐지도 모른다는 생각이 들었다. 은수의 이런 모습은…… 은수를 처음 알았을 때, 그때 은수의 아버지가 돌아가셨을 때 그 장례식장에서 본 다음 처음이었다.

그 주방장인지 뭔지는 아직 죽은 것도 아니었는데.

"은수야, 너 아무것도 안 먹었지? 우선 좀 먹자. 응?"

평소에 은수가 좋아하던 떡볶이였다. 늘 시간에 쫓기느라 김밥이나 빵으로 허기를 때울 때가 많았다. 그런데도 아이처럼 은수는 라볶이를 제일 좋아했다. 아니, 무엇을 주든 복스럽게 잘 먹었다.

이제 번듯한 기자이니 여자 좀 만나 보라 해서 등 떠밀려 그 자리에 나가면, 여자들은 스테이크니 스파게티니 따위를 깨작거리다 말기 일쑤였다. 결국 예의상 연락처를 받긴 해도 그다음에 연락이라곤 해 본 적이 없었다.

백화점에서 산 새 옷이라고 자랑하다가도 국물이 튀든 말든 제 앞에 있는 맛난 먹거리를 보는 사람도 입맛이 돌 만큼 맛나게 먹는, 예쁜 은수는…… 어느새 제 마음을 휘어잡더니 결국 다른 여자 따위는 거들떠도 안 보게 만들고 말았었다. 그런 은수가 제 앞에서 아무것도 먹지 못한 채 망연한 표정을 하고 있었다.

"먹자. 산 사람은 살아야지, 은수야."

그때 멍하니 정신 나간 표정으로 앉아 있던 은수가 말했다.

"기사 내자."

"뭐라고?"

"내자고, 기사."

넋이 나간 것 같았다.

"은수야, 아직 유태석 대표 못 엮어 넣었다고. 꼬리 다 자르고 있어. 지금 내면……."

"내 줘, 지훈아. 내가 다 썼어. 바로 보내면 되도록."

그 차가운 병원의 복도에서 밤새 그의 소식을 기다리면서 그녀는 기사를 썼다.

"은수야……."

은수의 눈에는 제가 보이지 않았다. 그녀의 눈앞에 모락모락 연기를 내고 있는, 식어 가는 떡볶이 세트조차도.

"기사가 나가야 해. 그래야 병실 앞에 있는 그 남자들이 나를 붙잡아도 소용없지."

"뭐?"

"나 승제 씨 봐야 해. 봐야 한다고……."

창백한, 두 눈이 움푹하게 들어갔지만 여전히 아름다운 은수의 커다란 눈에서 뚝뚝 눈물이 떨어져 내리고 있었다. 새빨간 눈을 한 채 은수가 말했다.

"지훈아, 나 승제 씨 못 보면 죽을 거 같아. 봐야겠어. 기사가 나가면 날 찾을 필요 없을 거 아니야. 그 사람들이 날 잡아도 소용없잖아. 그렇지? 지훈아, 제발……."

"은수야, 지금 기사를 내면 유 대표 못 잡아. 분명히 도망갈 거란 말이야. 그 사고조차 없었던 걸로 만들어 낼 수 있는 사람이야. 조금만 참으면……."

"내가…… 죽을 거 같아, 지훈아."

제가 사랑했던 은수는, 그 좁은 분식집의 테이블 한구석에 머리를 묻고 흐느끼고 있었다. 제가 아닌 딴 남자 때문에. 10년 동안 저 하나만 바라보고 살아온 제 앞에서.

"이은수, 너 참 잔인하다."

눈앞에서 그녀가 좋아하던 떡볶이가 불어 터지고 있었다. 그리고 주변에서 끼니를 때우던 사람들이 흘끗거리고 있었다. 그러나 아무것도 느끼지 못하는 은수는 흐느껴 울고만 있었다.

지훈의 말을 은수는 듣지 못했다. 아니, 들렸지만 상관하지 않았다. 한참이나 울먹이던 은수가 겨우 입을 열었다.

"그래도 넌 살아 있잖아. 이렇게 내 앞에 앉아서 멀쩡하게 먹을 수 있잖아. 그런데 그 사람은 그렇게 못 해. 그게 나 때문이야. 니가 말했잖아. 그 사람이 나 때문에 그렇게 됐으니까. 내가 그 사람 눈 떴을 때 눈앞에 있어야 하는 거잖아. 지훈아, 기사 내 줘. 제발."

제 앞에서 다른 남자 때문에 우는 여자의 말을 거절할 수 없어서 지훈은 욕설을 내뱉었다.

"젠장! 알았으니까 이제 그만 좀 울어."

그의 말에도 은수는 떡볶이가 다 식어 가도록 눈물을 멈추지 못했다.

## 23.

## pot-au-feu 포토푸

뺨을 쓸고 가는 바람은 눈을 뜨지 않지 않고 이대로 잠을 자고 싶을 정도로 달콤했다. 풀잎이 스치는 소리에 승제는 천천히 눈을 떴다.

비스듬히 걸린 해가 쏟아 내는 햇살은 밝았지만 눈이 부실 정도는 아니었다. 낮은 언덕이 넓게 펼쳐진 초원에는 두툼한 융단처럼 펼쳐진 풀밭이 바람에 춤을 추고 있었다. 푸르게 빛나는 하늘은 드문드문 걸린 구름이 그림처럼 아름다웠다. 언제 본 건지 기억은 나지 않지만 익숙한 풍경이었다.

아무리 바라보아도 질리지 않는 광경이었다. 바람은 풀들 사이를 가르며 지나갔다가 핑그르르 돌았다가 높이 올라갔다 내려오곤 했다. 머리카락을 스치고 가는 바람에 흐트러진 머리를 쓸어 올리며 그는 몸을 일으켰다. 풀잎이 물결치는 소리 외에는 사방은 고요했으나 그것이 이상하지는 않았다.

그는 천천히 낮은 언덕을 걸었다. 무언가 잊은 게 있는 것 같았지만 고요한 풍경은 그것마저도 잊게 했다. 산책은 평화로웠고 그는 주변의 고요에 젖어들었다.

상처 줄 것도, 상처받을 것도 없는 세상은 평온했다.

누가 알려 준 것도 아닌데 그는 길도 없는 언덕을 걸어 내려가 작은 집을 찾았다. 조용한 풍경에 알맞은 작고 아담한 집이었다. 하얀 벽면에 나무로 된 덧문과 주황색 지붕이 주변의 초록빛에 대조되었지만 그래서 더 잘 어울리는 느낌이었다.

그는 길이 들어 반질반질한 문을 열고 안으로 들어섰다. 겉보기와는 달리 내부는 널찍했다. 침대와 그 곁의 윙체어, 작은 탁자, 그 반대편에는 일자형의 싱크대와 가스오븐과 냉장고가 있었고, ㄱ 자형의 구조의 끝에는 욕실도 있었다.

처음 온 곳이었지만 또 오래 알던 곳처럼 익숙했다. 그는 냉장고를 열고 소고기와 여러 가지 야채를 꺼내 들었다. 그리고 커다란 냄비에 고기를 넣고 삶는 동안 야채를 다듬기 시작했다. 거품을 걷어 내며 끓인 고기 국물에 통으로 손질한 야채와 향신료들을 넣고 그는 식탁에 앉았다.

창밖의 풍경은 여전히 평온했다. 그는 오래도록 그 풍경을 바라보았다.

며칠째 혼수상태인 아들을 바라보는 유태석 의원의 표정은 차갑기만 했다.

문을 열고 나와 자리를 비키는 간병인은 속으로 혀를 찼다. 아들이 다쳤는데도 어머니는 딱 한 번. 그리고 아버지는 이제야 아들을 보러 오다니. 돈 많은 집은 자식이 다쳐도 저렇게 냉정한 건가 싶을 정도였다.

하긴, 밑에서 일하는 사람들이 알아서 다 처리하니 신경 쓸 게 뭐가 있을까 싶었다. 자신을 고용한 것도 비서였으니 말이다. 어쨌거나 그런 게 다 무슨 상관인가? 자신이야 그저 돈만 많이 받고 환자만 돌보면 그만이었다. 남자 간병인이 드물어서 두둑하게 보너스도 챙겨 받을 예정이었으니까.

막 병실 안으로 들어서는 비서에게 서둘러 허리를 숙여 인사한 간병인은 검은 양복을 입은 남자들 사이를 지나 언제라도 부르면 달려갈 수 있도록 복도를 서성였다.

"뭐라던가?"

"수술도 잘됐고 다리 골절도 시간이 좀 걸리겠지만 크게 문제는 없을 거라 했습니다."

"그런데 왜 눈을 못 떠?"

"시간이 좀 걸리는 경우도 있다고 했습니다."

"그런 무책임한 말이 어디 있나?"

"……."

못마땅한 헛기침에 대답을 못 하고 고개를 숙이는 비서를 보며 태석은 얼굴을 찌푸렸다. 머리와 다리에 붕대를 감고 누운 아들은 그럼에도 훤칠했다.

자식이라고 해서 딱히 예뻐하며 키운 것도 아니었다. 아무래도 아들놈들은 딸들과 달라 늘 거리가 있었다. 그래도 남들은 아들이라고 해도 둘째는 살갑다던데 이상하게도 큰놈인 승수보다 둘째인 승제가 더 무뚝뚝하고 데면데면한 성격이었다.

게다가 요리를 배운다며 유학 중에 갑자기 진로를 바꾸고 소식을 끊어 저놈은 내 아들이 아니라고 버럭거린 적도 있었다. 요리라니, 어디 밖에 얘기도 못 할 만큼 체면 상할 일이었다.

하지만 늘 제 어머니의 치마폭에서 벗어나지 못하며 아비의 그늘에 기대 편하고 쉬운 길만 골라 가는 승수보다야 밑바닥부터 구르고 깨지며 결국은 성공해 돌아온 승제가 아까울 때가 많았다. 되도 않는 요리보다 정치에 뜻을 두었다면 뭔가를 해도 크게 해냈을 게 분명한 녀석인데.

그게 늘 아쉬워서 못마땅했다. 시간이 지나고 철이 더 들면 생각이 바뀌지 않을까란 기대가 없는 게 아니어서 싫다는 놈을 매번 가족 모임에 불러들였지만 싸늘한 태도는 바뀌지 않았다.

그런데 그 기자랑 진짜 무슨 사이라도 된단 말인가? 무슨 사이든 목숨 걸고 달리는 트럭을 들이받다니, 이놈은 정말 제정신이 아니었다.

못마땅했지만 그럼에도 자식이라고 이렇게 누워 있는 모습을 보는 게 편하지는 않았다.

"기사는 어때?"

"다행히 납품 업체와 공사 쪽 비리로 마무리될 것 같습니다."

비서의 대답에 태석의 찌푸린 얼굴이 조금 펴졌다.

"그 기자가 중아일보 구 편집장 밑에 있는 사람이랬나?"

"네, 그렇습니다."

입맛을 다시며 태석은 사진 속의 예쁘장한 얼굴을 떠올렸다. 승제와 깊은 사이여서 기사를 접은 건지 겁을 집어먹고 접은 건지, 그것도 아니면 대신 다친 승제에 대한 죄책감 때문인지 알 수는 없지만 이래저래 잘된 일이었다.

태석이 뒷짐을 지며 걸음을 옮겼다.

"전화 한번 해야 되겠군."

막 병실을 나서려던 그는 입구에 몰려 있는 경호원들을 보며 눈살을 찌푸렸다. 이미 기사는 처리되었으니 그 여기자를 잡으려고 늘어놓았던 사람들은 필요가 없었다. 해결은 됐으니까.

"이제 경호원들은 치워. 이런 때 기자들 눈길 끌어 봐야 좋을 것 없으니까."

"네."

고개를 숙여 대답한 비서가 경호원의 팀장에게 지시를 내리는 사이, 태석은 벌써 저만치 앞서 걸어가고 있었다.

매캐한 연기가 가득한 곱창집의 구석에 지훈이 테이블에 머리를 박을 듯이 숙이고 있었다.

"에이 씨, 나쁜 기집애. 에이 씨, 빌어먹을 세상."

반쯤 꼬인 혀로 중얼거리는 지훈의 술잔에 구정수는 소주를 가득 부어 주었다. 그리고 제 잔을 가득 채웠다.

오늘 따라 소주가 쓴 것은, 제 앞에 앉아 실연에 울고 비리의 꼬리만 쥐고 한탄하는 저 녀석이나 그나 마찬가지였다. 데스크에만 앉으면 권력과 돈의 논리에 휘둘리지 않는 진실을 관통하는 기사를 쓰고, 또 쓰게 할 거라고 장담하던 때도 있었다.

하지만 나이를 먹고 더 멀고 더 넓은 곳을 바라보게 되자 이 피 끓는 녀석들을 제가 나서서 막아야 할 때가 많았다. 권력이 휘두른 칼날에 다치기에는 너무나 젊고, 너무나 아까운 녀석들이었으니까.

차라리 잘된 일이었다. 검찰 쪽에서도 증거를 찾지 못해 지지부진한 상태인데다 위에서 압박이 내려오고 있었다.

이 녀석들이 증거를 찾아 기사를 써 온다 해도 그가 나서서 기사를 폐기했을지도 몰랐다. 예전에 자신이 열혈 기자였을 때 편집장이 인쇄기에서 나온 신문을 전량 폐기했을 때처럼.

지글거리는 불에 곱창이 타들어 가는데도 정수는 안주도 먹지 않고 소주만 들이켰다. 전에는 그렇게 쓰더니 맹물 같아진 소주는 안주 따위 필요가 없을 만큼 조미료 맛만 늘고 밍밍해졌다. 강산이 한 번하고도 반이 더 바뀌었을 시간이 지났는데도 소주 맛만 이 모양이 되고 이놈의 세상은 달라지지 않았다.

빈 잔을 다시 채우는데 주머니에 넣어 둔 전화가 울리기 시작했다. 어느 놈이 또 속 터지는 소리를 할 게 뻔해 정수는 불퉁한 목소리로 전화를 받았다.

"여보세요."

〈구 편집장, 오랜만이네.〉

능구렁이 같은 영감이었다.

"안녕하십니까?"

하지만 그런 속내를 감추고 인사를 건넬 만큼 세월은 좋은 약이 되기도 했다.

〈알잖나? 구 편집장 아래 기자들이 하도 들쑤시고 다녀서 내 한참 정신이 없던 거.〉

"죄송합니다. 아직 혈기만 왕성해서 천방지축들입니다. 아직 세상을 몰라 그런 것이니 의원님이 너그럽게 용서해 주십시오. 부탁드립니다."

〈부탁은 내가 해야지. 앞으로도 잘 부탁하네. 그 기자들도 시간이 지나면 철이 들겠지. 물론 그때까지 구 편집장이 잘 가르쳐야겠지만…….〉

"감사합니다."

〈일간 내 최 이사에게 들를 때나 한번 보세.〉

"네, 그때 뵙겠습니다."

그의 말이 끝나자마자 전화가 끊어졌다. 술 먹을 맛이 확 떨어져 버렸지만 정수는 24개월 할부로 산 제 전화를 테이블에 요란하게 내려놓으며 잔에 찰랑찰랑하게 부어져 있던 소주를 들이켰다.

"더런 놈의 세상!"

저절로 욕이 나왔다. 제 기사가 담긴 신문이 진짜 휴지조각이 되었을 때 제 후배들에게만은 그런 일을 겪지 않게 하겠다고 주먹을 쥐었던 게 어제 같은데,

바뀐 건 세상이 아니고 저 혼자였다. 그때 그를 말리던 편집장의 마음을 이해하게 된 제가, 정수는 소주보다도 더 쓰디썼다.

검은 양복을 입은 남자들이 우르르 어디론가 걸어가고 있었다. 12층은 일인실만 가득한 VIP층이었다. 병원의 출입구는 여러 개였지만 VIP 고객들을 위해 따로 배정한 엘리베이터 덕분에 은수가 그들을 관찰하기는 오히려 쉬웠다.

12층인 병실을 오가기 위해 계단을 이용할 사람은 엘리베이터를 기다리지 못할 정도로 바쁜 의사들 아니면 그녀뿐이었다. 경호원들은 3교대로 움직였다. 교대하는 시간도 이미 그녀의 수첩에 적혀 있었다. 사람들이 북적이는 병원 로비의 구석에 숨어 언제쯤 승제의 병실 앞을 지키는 사람들이 사라질지 기다리는 은수의 마음은 까맣게 타들어 가고 있었다.

저와 지훈이 그렇게 공을 들였던 기사는 가장 큰 알맹이는 빠진 채 반토막이 나 있었다. 병원 로비의 텔레비전에서는 종일 그 기사를 떠들어 대고 대기실 의자를 빼곡히 채운 사람들 또한 혀를 차며 관련된 공기업을 욕해댔지만 그런 말들이 귀에 들어오지도 않았다.

평소라면 제 실패와 제 실패를 원했던 부패한 위정자들에게 분개를 터뜨렸어야 맞았지만 은수는 그것조차도 무감각하게 느껴졌다. 분명 진실을 좇는 기자가 되고 싶다는 마음은 변하지 않았다.

하지만 저를 위해 목숨조차도 고민 없이 내어놓는 남자를 위해 거창한 신념이나 정의를 내세울 수만은 없었다. 그의 말을 진작에 들어 줬더라면, 그가 하는 약속을 진작 믿었더라면 이렇게 후회만 가득하지는 않았을 텐데.

"둘…… 셋, 넷…… 일곱, 여덟."

은수는 로비를 가로질러 밖으로 나가는 남자들의 숫자를 세었다. 승제의 병실 앞을 지켜야 할 경호원들이 우르르 밖으로 쏟아져 나왔다. 교대 시간도 아니었다. 그리고 교대 인원은 오지도 않았다. 그녀는 앉아 있던 로비의 의자에서 벌떡 일어섰다.

아침 일찍 그의 아버지, 유태석이 다녀간 탓인가? 아니면 기사가 나간 탓일까? 하긴 이유가 뭐든 상관없었다. 마음이 바빠진 그녀는 힘든지도 모르고 12층을 단숨에 뛰어 올라갔다. 하지만 무턱대고 승제의 병실로 쳐들어가기엔 위험했다.

12층 계단 모퉁이에서 은수는 초조하게 서성이다 조심스럽게 방화문을 열고 복도에 발을 디뎠다.

지나는 사람 하나 없는 복도는 고요하기만 했다.

"저기 류승제 환자 아직 그 병실에 있나요?"

"네, 그런데 아직 의식이 돌아오지는 않은 상태예요."

그럴 거라 생각했다. 혹시나 그가 눈을 떠서 제게 연락을 할까 봐 은수는 휴대전화의 충전을 계속하고 있었으니까. 연락이 없다는 건 그가 아직 의식이 없다는 이야기였다.

경호원들이 사라진 복도를 은수는 달리듯 걸어갔다. 노크와 동시에 연 문 안에 책을 보던 간병인이 그녀를 이상하다는 듯 바라보았지만 은수의 눈에는 핏기 없는 얼굴로 누운 제 남자만 보였다.

"승제 씨."

후드득 떨어지는 눈물도 느끼지 못한 채 은수는 하염없이 바라보았다.

"저기 누구신지……."

눈물 젖은 얼굴로 은수가 멍하니 대답했다.

"친구예요."

딱 봐도 그냥 친구로는 안 보였지만 책을 내려놓은 간병인은 조용히 병실을 빠져나왔다. 여자가 누구인지는 모르겠지만 아들이 저렇게 다친 걸 보고도 표정 하나 변하지 않는 아버지나 겨우 얼굴 한 번 비치고 오지 않는 어머니보다야 환자에게 더 필요한 사람인 게 분명했다.

허락 없이 손님을 들였다고 뭐라고 하면 둘러대면 그만이었다. 뭐, 이미 밤마다 찾아오는 그 덩치 큰 외국인에게 제 일을 슬쩍 떠넘기고 있는 상황이라 별다른 죄책감도 없었다.

"병원 밥도 지겨운데 해장국이나 하나 먹고 올까?"

태평하게 중얼거린 간병인이 엘리베이터 버튼을 눌렀다.

오피스텔 1층의 편의점에서 사 온 신문을 뒤적이던 철영은 신문사마다 1면을 장식한 기사를 보며 인상을 찌푸렸다. 납품 업체가 기준에 모자란 부품을 납품하고 그 남는 비용을 리베이트한 사건이었다. 공항공사, 철도공사까지 엮인 꽤 큰 비리여서 신문뿐만 아니라 뉴스도 아침부터 저녁까지 그 일로 시끌시끌했다.

일을 지시한 승제는 연락이 닿지 않았고 준비했던 자료는 이미 찾아온 뒤였다. 원래 계획대로라면 승제가 희수를 먼저 빼 온 뒤에 이혼 절차를 진행하며 일을 처리했어야 했지만 마냥 기다릴 수만은 없었다.

테이블에 올려 둔 그것을 노려보며 고민하던 그는 소파에 걸쳐 두었던 재킷을 집어 들었다.

"나가요?"

간호사가 방에서 나오며 묻자 철영은 가볍게 고개를 끄덕였다.

"어때요?"

"오늘은 어제보다는 잘 먹네."

"뭐 필요한 거 없으세요?"

그의 질문에 주방 식탁에 쟁반을 내려놓은 간호사가 몇 가지를 적어 철영에게 건넸다.

"과일 좀 넉넉히 사 와요. 밥보다 과일을 더 좋아하니까."

"요양원에서는 별로 못 먹어 봤을 테니까요. 다녀올게요. 문 열지 않는 거 아시죠?"

"걱정 마요."

친구 녀석의 이모를 부탁해 데려온 것은 이럴 때 믿을 만한 사람이 필요해서였다. 철영은 간호사의 장담에 고개를 끄덕이고 서류 봉투를 챙겨 오피스텔을 빠져나왔다. 모자와 두툼한 목도리에 얼굴을 묻고 그는 굳이 몇 정거장을 걸어 퀵을 불렀다.

"꼭 본인에게 전해 줘야 합니다."

팁까지 두둑하게 찔러준 그의 말에 기사는 함박웃음을 지으며 장담을 했다.

"아이구, 당연하죠. 걱정 마십시오!"

멀어지는 오토바이를 보며 그는 휴대전화를 들었다.

"중앙지검 지능범죄 2부 송하범 검사와 통화할 수 있을까요?"

〈어디신가요?〉

"제보할 게 있습니다."

그의 말에 전화 저쪽에서 무언가 부산스러운 소리가 들려왔다.

〈송하범입니다. 어디신가요?〉

"어딘지는 알 것 없으시고 퀵 하나 갈 겁니다. 원하시는 자료 있을 테니 잘 엮어 보세요. 아주 잘 엮으셔야 할 겁니다. 꽤 독한 놈이니까요."

〈저기 무슨 말씀입니까?〉

상대가 묻는 말에 대답 없이 철영은 전화를 끊고 배터리를 분리했다. 꽤 비싸게 산 전화였지만 이제 이 전화는 버려야 했다. 물론 어차피 그럴 용도로 구한 전화라 아쉬움은 없었다. 제법 쌀쌀한 날씨에 철영은 어깨를 움츠리며 간호사가 적어 준 것들을 사기 위해 걸음을 옮겼다.

물수건으로 승제의 얼굴과 손을 꼼꼼하게 닦으며 은수는 시간을 보냈다. 그가 거리낌 없이 저에게 손을 뻗는 것과는 달리 그녀는 그의 손을 잡는 것도 늘 쉽지 않았다.

그냥 주방장이라고 폄하하며 말하기 일쑤였지만 그냥 주방장이 아닌 건 누구보다 그녀가 잘 알았다. 왜 그렇게 편집장이 그의 목소리를 반복해 듣는지, 왜 그의 레스토랑이 회원제라는 이유에도 북적이는지, 또 왜 그렇게 그의 쿠킹 클래스에 들고 싶어 안달하는 여자들이 많은지 이미 한참 전부터 이해하고 있었다.

그냥 잘난 요리사라고 치부하기에는 그가 치열하게 쌓아 온 시간들이, 밑바닥부터 흘려 온 땀들이 그의 일부분이었기에 가능한 일이었다. 물론 그의 외모가 그런 열기에 한몫을 했겠지만 실력도, 노력도, 그리고 치열함도 어느 것 하나라도 부족하다면 불가능한 일이었다.

"너무 오래 자고 있는 거 알아요?"

말끔하게 자른 남자의 손톱을 만지작거리며 듣지 못하는 남자에게 은수는 말을 걸었다.

"근사한 저녁 차려 준다고 약속했잖아요. 늦어도 한참 늦었어요. 류승제 씨?"

시큰거리는 눈을 깜빡거리며 은수는 입술을 삐죽였다.

"있잖아요, 나 어제도, 오늘도 아침으로 컵라면 먹었는데? 일어나서 혼내 줘야 하는 거 아니에요? 나 저번에 술 먹고 라면으로 해장했다고 혼냈잖아요."

그가 그녀를 위해 만들었던 많은 음식들이 눈앞을 스쳐 갔다. 그가 그녀와 화해를 위해 준비한 디저트들을 먹지 않고 새언니에게 주었던 게 후회가 되었다. 그 새하얀 크램당쥬에 담긴 것은 그의 진심이었을 텐데.

"어제 레너드가 승제 씨가 없으니 새 메뉴 짜느라 힘들다고 엄청 투덜거렸어요. 레스토랑 망하기 전에 눈뜨는 게 좋을 거라고 협박한 거 들었죠? 그러니까 이제 그만 일어나요."

미동조차 없는 그를 보며 은수는 한숨을 내쉬었다.

"레너드가 아마도 당신은 15년 동안 못 쉬었던 걸 몰아서 쉬고 있을지도 모른다고 했어요. 같이 아파트를 쉐어해서 살 때도 늘 먼저 일어나고 늦게 자던 지독한 녀석이었다고. 이제 자리도 잡았고 편하게 레스토랑 운영하면서 지낼 일만 남았는데 다쳤다고 레너드가 한참을 속상해했어요."

그녀도 속상했다. 그녀가 아니었다면 평온했을 그의 인생을 엉망으로 뒤집어놓은 것은 아닐까 하는 자책감이 들었기 때문이다. 하지만 곧 그녀는 고개를 저었다. 그런 후회는 그가 보여 준 모든 것을 부정하는 일이었다. 그와 그녀의 끝이 어떤 방향으로 나아가든 그녀는 그가 손을 놓기 전에는 이 손을 놓지 않기로 결심했다.

"그리고 당신, 할 일도 남았잖아요. 잊었어요? 당신 동생. 동생 때문에 할 일이 있다고 했잖아요."

"그게 무슨 말이에요?"

등 뒤에서 들리는 말에 은수는 고개를 들었다. 류승제가 오랜 시간 동안 죄책감에 시달리고 미안하게 생각한 사람이 그곳에 있었다.

"안녕하세요?"

은수의 인사에도 희수는 같은 질문을 반복했다.

"그게 무슨 말이냐니까요?"

희수의 격한 반응에도 은수는 담담하니 일어서서 냉장고를 뒤적였다.

"뭐라도 마실래요?"

"당신, 당신 대체 누구예요? 누군데 승제가 왜 당신 때문에……."

허리를 숙여 냉장고 안을 살피던 은수가 음료수 하나를 꺼내 몸을 일으켰다.

"그러게요. 왜 이 남자가 그런 짓을 한 걸까요? 대체 내가 뭐라고."

은수는 침대에 누운 승제를 바라보며 쓰게 웃었다. 의아한 표정으로 그녀를 바라보던 희수가 뭔가 생각났다는 듯 다시 물었다.

"혹시 한불 경제인의 밤 행사에 승제랑 같이 왔던 여자가 당신이에요?"

물끄러미 승제만 바라보던 은수가 그제야 고개를 돌렸다.

"네."

우울한 표정을 애써 지운 은수가 자연스러운 태도로 희수에게 자리를 권했다.

"앉으세요."

승제가 혼자 있을 것이 뻔해서, 그렇게 수술실에 두고 정환에게 끌려갈 수밖에 없어서 희수는 괴로웠었다. 고작 할 수 있는 일이라고는 수술 동의서에 사인을 하고 병원에 전화를 걸어 상태를 확인하는 것뿐이었다. 갑작스레 산만해진 집안 분위기에 저를 감시하던 비서마저 자리를 비우자 급하게 병원으로 달려온 길이었는데, 제 걱정이 무색하게 승제의 곁에는 이미 누군가가 있었다.

'그래, 좋은 여자야.'

제 질문에 조심스럽게 대답하던 승제의 목소리가 떠올랐다. 파티에서의 모습이 한껏 꾸민 모습이었다고는 하지만 사고 당일 봤던 모습하고는 또 다르게 핼쑥해진 얼굴은 승제가 그녀에게 어떤 의미인지 여실히 보여 주고 있었다. 아마도 제 얼굴은 저 정도까지는 아니겠지.

자조의 웃음을 지으며 희수는 탁자를 사이에 두고 은수의 맞은편에 앉았다.

"류희수예요."

"이은수예요."

어색한 정적이 잠시 흐른 뒤 은수가 건네준 음료수를 만지작거리며 희수가 처음의 질문을 다시 물었다.

"그게 무슨 말이에요? 승제가 절 위해서 뭘 한다는 거죠?"

그걸 말해도 괜찮은 걸까? 은수는 계속 잠에서 깨지 않는 승제를 돌아보았다. 그녀가 알고 있는 건 많지 않았다. 저 남자가 무슨 계획을 가지고 있는지, 뭘 하려고 했는지.

은수는 잠시 고민 끝에 입을 열었다.

"희수 씨 어머니를 찾았다고 했어요."

"엄마를요?"

커진 눈으로 물은 희수가 다급하게 상체를 숙여 은수의 팔을 잡았다.

"그…… 그래서 엄마 지금 어디에 있는데요?"

"걱정하지 말아요. 어디 오피스텔 같은 곳이었어요. 아마 가셔도 만나지는 못할 거예요. 누군가에게 들키면 안 되는 곳인지 승제 씨도 다시 가지 않겠다고 했거든요. 그래도 지키는 사람도 있고 간호사도 있었어요."

은수의 말에 희수가 하얗게 질린 얼굴로 멍하니 승제를 돌아보았다.

"그래서 제게 그 집을 나오라고 연락한 거군요. 아주 급하다고 했거든요."

희수처럼 은수도 승제를 바라보았다.

"뭔가 더 계획이 있던 것 같은데 그건 잘 모르겠어요. 말하려고 했는데 제가 듣지 않았거든요."

"왜요?"

저를 기다리는 것이 분명한 차에서 내린 여자가 달려가는 것을, 그리고 그 차의 열린 창문으로 정환이 저를 붙잡는 순간 승제와 눈이 마주친 것을 희수는 기억하고 있었다. 그리고 그녀가 아닌 저 여자를 위해 그가 차를 돌리던 순간도.

"떠나려고 했어요. 어차피 안 될 게 뻔한 사이니까 그만두는 게 옳다고 생각했거든요. 그래서 자꾸 제게 설명하려고 했어요. 자신의 계획과 마음을. 그런데도 전 듣고 싶지 않아서 도망쳤고요. 물론 결국에는 이렇게 잡혀 버렸지만요."

은수의 말에 희수의 표정이 묘하게 변했다. 승제는 늘 희수를 떠나게 해 주고 싶어 했다. 그게 그의 집안이든 그 자신이든 모든 걸 벗어던지고 희수 자신을 위해 살라고 했었다.

그런데 이 여자에게는, 떠난다는 것을 그렇게 잡았다고?

갑자기 희수는 정신이 나간 사람처럼 웃고 싶어졌다.

"……내가 아직 윤희수였을 때 승제는 내가 자기 동생인지 알았어요. 아버지가 밖에서 낳아 온 숨겨 두었던 딸이라고요. 굳이 그 오해를 고쳐 주고 싶지는 않았어요."

허탈한 사람처럼 작게 웃던 희수가 묻지도 않은 예전 이야기를 꺼냈다. 은수는 말없이 그녀의 이야기에 귀를 기울였다.

"얼굴도 기억나지 않는 친아버지는 어릴 때 돌아가시고 엄마가 혼자 날 키우셨거든요. 친척도 없고 엄마랑 나랑 둘뿐이었어요. 그러다 교통사고가 났죠. 누가 가해자인지 분명치 않은 상황에서 엄마가 가해자가 되었어요. 상대방은 부상이 심하지 않았고 엄마는 혼수상태가 오래갔거든요."

창밖을 바라보며 희수가 말을 이었다. 정신없는 상태에서 그녀를 찾아온 사람이 유태석이었다. 엄마와 아빠의 친구라고 도와주고 싶다는 그 사람을 따라간 집에서 승제를 만났다.

그 싸늘한 집에서 유일하게 말을 걸어 주는 승제의 친절에 기대고 싶었다. 하지만 모든 걸 알려 주는 신문 기사를 본 뒤로 상황은 바뀌었다.

유태석은 그녀의 학비와 용돈을 도와주긴 했지만 합의금 문제는 그녀가 해결해야 했다. 집을 판 그녀는 갈 곳도 없었다.

그래도 승제의 통장을 받을 수는 없었다. 그걸 받으면 떠나야 했으니까.

하지만 평소에도 그녀를 못마땅해하던 그의 어머니가 그녀의 마음을 눈치채고 나서는 더 버틸 수는 없었다. 승제가 내민 통장을 받고 그녀는 엄마를 저렴한 요양원에 옮기고 작은 고시원 구석으로 숨어들었다.

하지만 오래 버틸 수는 없었다. 세상은 기댈 곳 없는 미성년자에게는 가혹한 곳이었다. 게다가 그녀는 아픈 엄마의 치료비도 감당해야 했다. 혼수상태에서 깨어난 엄마는 머리를 크게 다친 후유증과 불편한 몸 때문에 혼자 지낼 수 없었기 때문이다.

고시원비가 몇 달 밀리자 늘 그녀를 번들거리는 눈으로 훑어보던 주인아저씨가 굳이 돈으로 갚지 않아도 된다며 끔찍한 웃음을 지었을 때, 그녀에게 다른 선택은 존재하지 않았다.

'네가 선택하렴. 내 손을 잡을지 아니면…….'

그때 어떻게 안 건지 찾아온 유태석의 손을 잡을 수밖에 없었다. 그렇게 승제의 동생으로 호적에 이름을 올리고 대학을 가고 유태석의 계획대로 정략결혼의 도구로 쓰였다. 이미 그녀의 엄마는 희수가 자립할 나이가 되어 다른 마음을 먹을까 봐 유태석이 어디론가 빼돌린 뒤였다.

잠깐 꿈꾸었던 행복마저 정환이 변하고 망가져 버리자 희수는 모든 것을 그냥 포기해 버렸다. 전부 육신의 편안함을 위해 그녀의 아버지를 망친 인간에게 인생을 판 대가였다. 그리고 그 대가의 굴레를 희수는 역으로 승제에게 씌워 왔다.

"승제 말대로 이제 그만둘 때인가 봐요. 엄마를 찾는 건 승제가 해 줬으니, 그 정도는 내 스스로 해야겠죠. 찾아가진 않을게요. 그래도 엄마 있는 곳만 좀 알려 주세요."

"잠시만요."

은수가 기억을 더듬어 메모지에 주소를 적어 주자 희수는 그 종이가 엄마라도 되는 듯 소중하게 쓰다듬었다.

"집요한 애예요. 나조차도 포기한 일인데 2년이 넘게 찾아다니더니, 결국 해냈네요."

희수는 자리에서 일어나 승제의 침대 곁에 섰다. 이걸로 된 거였다. 19살 이후로 그녀는 늘 조롱과 비난의 눈빛 사이에서 살아왔다. 몸은 편했지만 정신은 계속 피폐해 갔다. 정환을 설득하는 게 쉽지 않겠지만 이제는 모든 것을 그만둘 때였다.

"고마워, 승제야. 나 이제 그 집에서 나올 거야. 그러니까 너도 이제 그만 일어나. 기다리고 있는 사람이 있잖아."

기운을 내라는 듯 승제의 손을 잡았다 놓은 희수가 은수를 바라보았다.

"오빠, 잘 부탁할게요."

"네."

왔던 것처럼 조용히 희수가 문을 닫고 사라지자 은수는 승제의 옆에 놓아둔 의자에 털썩 주저앉았다. 희수가 쏟아 놓은 이야기들이 남아 묵직하게 가슴을 눌렀다.

"당신 아버지…… 정말 나쁜 사람이에요."

그가 꼭 '나도 압니다.' 라고 대답할 것만 같았지만 병실에는 정적만 가득했다.

거품을 걷어 가며 오래오래 끓인 냄비 안에서 구수하면서 따스한 냄새가 풍겨 왔다. 소뼈까지 넣은 프랑스식 곰탕 포토푸의 고기가 부들부들하게 익은 것을 확인한 그는 접시에 담기 시작했다.

큼지막하게 통째로 넣은 당근과 양배추, 그리고 감자와 고기까지. 야채와 고기의 진한 육수의 향과 허브의 향이 뒤섞여 식욕을 불러일으켰다. 작은 식탁에 빵과 소스까지 차린 뒤에 냉장고에서 와인을 꺼낸 그는 그제야 제가 차린 식탁에서 이상한 점을 발견했다.

작은 식탁에는 2인분의 식사가 정갈하게 차려져 있었다.

누가 오기로 했던가? 갑자기 머리가 깨질 듯이 아파 왔다. 제가 기다리던 게 누군지 기억이 나지 않았다. 누군지 중요한 사람인데.

승제는 식탁에 와인을 내려두고 자리에 앉았다. 약속이 있었는데 잊었던 것 같았다. 그 사람을 꼭 기다려야 했다. 기억나지는 않지만 그래야만 할 것 같았다. 열린 창밖으로 펼쳐진 초록빛 언덕을 바라보며 승제는 떠오르지 않는 누군가를 기억해 내려고 계속 애를 썼다.

"비가 와요, 승제 씨."

창가에 서서 밖을 바라보던 은수가 유리창을 그으며 내려오는 빗줄기를 손으로 따라가며 중얼거렸다. 간병인은 저녁 식사를 하러 나가고 병실에는 그와 그녀 둘뿐이었다.

"이런 날에는 동동주와 파전이 딱인데 말이죠."

히죽 웃은 그녀가 승제의 옆에 자리를 잡고 앉았다.

"아마 류승제 씨는 와인에 음, 블랑켓 드 보 같은 걸 먹겠죠? 아니면 뭐 다른 걸까나?"

혼자 묻고 혼자 대답하며 은수는 승제의 손을 잡고 마사지를 계속했다.

"……으."

고개 숙여 종알거리던 그녀의 머리 위에서 나는 소리에 은수는 놀라 고개를 들었다. 뭔가 불편한지 눈가를 미세하게 찡그린 남자의 움직임을 그녀는 숨소리마저 죽이며 바라보았다.

"……기으."

가늘게 눈을 뜨다 감는 그의 모습에 벌떡 일어난 은수가 침대 머리맡의 호출 버튼을 정신없이 눌렀다.

"기다려요, 의사 불러올게요!"

다급하게 몸을 돌리는 그녀를 어느새 휘적휘적 팔을 뻗은 남자가 붙들었다. 밝은 빛이 불편한지 잔뜩 찌푸린 얼굴로 그녀에게 초점을 맞춘 그가 성대를 긁듯이 거친 목소리로 속삭였다.

"기다……렸……어요."

사람 속을 그렇게 태워 놓고 기다렸다니. 앞뒤가 맞지 않는 말에 은수는 눈물과 웃음을 동시에 터뜨렸다.

"늦은 건 그쪽이에요."

의사와 간호사가 달려오기 전까지 그녀는 승제가 내민 손에 제 뺨을 묻고 행복하게 웃고 있었다.

24.

## 김치 참치죽

“뭐? 아니 그게 왜 거기……. 어떤 새끼가 찌른 건데? 뭐? 누구?”

유태석은 순간적으로 전화기를 던져 버리려고 했으나 애써 노기를 참았다.

“알았어. 알았으니까. 저녁에, 송 검사? 하여튼 자리 마련해 봐. 밑에 있는 것들 모가지를 틀어서라도 끌고 오라고! 알았어?”

기어이 분에 못 이겨 전화기를 던져 버렸고, 내동댕이쳐진 전화기는 뚜뚜거리는 소리를 내면서 구르는 것을 멈췄다. 알아주는 유명한 비즈니스 스마일의 대가일지라도 제 페이스를 지킬 수 없을 만큼 그는 화가 머리끝까지 난 모양이었다.

“이 썩을 것 때문에! 내가 그러니까 제대로 처리하라고 했잖아!”

“죄송합니다, 의원님.”

당대표였지만 여전히 입에 붙은 호칭으로 대답하는 거구의 사내는 고개를 푹 숙인 채였다.

“내가 경찰 쪽 막느라 얼마나 힘들었는지 알아? 살다가 경찰 총장 따위한테 고개를 숙인 게 처음이라고! 내 참, 아랫것들 잘못 둬서 이런 봉변을 당해야겠어?”

거구의 사내는 입을 꾹 다물었다. 수백만 원을 호가하는 고급 양복에 명품 넥타이, 수많은 아랫것들이 들고 와 슬쩍 놓고 가는 수억 대의 명품 시계를 찬 피부마저 저보다 매끈해 보이는, 70대답지 않은 저 남자는 팔도의 온갖 좋다는 명약을 철철이 먹어 와서인지 담배와 술이 찌든 저보다 훨씬 젊어 보였다. 누구 때문인데…….

"이따위 일 처리 하나 못 하고. 당장 가서, 아니, 아니지. 그래서 될 일이 아니지."

분에 못 이긴 유태석은 다시 고급 소파에 앉았다. 그러다가 초조한 듯 다리를 떨다가 다시 손을 내밀었다.

"전화."

사내는 떨어져 모퉁이가 뭉개진 전화기 대신 다른 전화기를 집어 들었다.

"김 변 좀 연결해!"

여러 번 회의가 느껴지긴 했다. 그러나 보수가 좋으니까, 저 겉은 번지르르하지만 욕심이 덕지덕지 붙은 영감탱이한테는 제가 꼭 필요하니까, 그러니까 견딜 수 있었다. 그러나 그게 점점 힘들어지고 있었다.

"자넨 빠져."

"그게 무슨 소립니까?"

지훈이 저도 모르게 소리쳤다.

"자넨 여기 소속이 아니잖아. 은수 하나면 됐어. 뭐, 내가 정 부장한테 들은 바로는 자네 청와대 출입 기자 됐다면서?"

"그거야……."

지훈이 말꼬리를 내렸다.

"그거 자네 나이에 되기 힘들어. 자네들 동기애는 잘 알고 있어. 하지만 은수가 여기 남으려는 이유 알잖아?"

"네."

가장 유력지인 동하일보로 간 지훈은 잘 알고 있었다. 언론 고시라는 말도 있는 수많은 언론사 중에 은수가 아버지의 데스크를 위해서 이제 하향 일변도를 걷고 있는 중아일보로 온 것을.

다른 회사에 소속돼 있지만, 대부분 취재를 하는 특종은 같았다. 한 번은 네 쪽, 한 번은 내 쪽. 너 나 할 거 없이 서로 도와왔던 사이였다. 그러다 이번에 큰 건을 같이 취재한 건…… 물론 메인은 은수였다. 그걸 제가 도와준 것뿐이었다.

특종을 제 이름으로 차지하고 싶은 생각은 없었다. 은수가 제 기사를 아무 이유 없이 대신 써 주는 것만큼, 그도 아무런 대가 없이 은수가 필요한 일을 해 주는 거니까. 이 거대한 사건이 은수 이름으로 발표되는 것에 대해 눈곱만큼의 욕심이나 의의는 없었다.

그러나 이제는 후회가 되고 있었다. 같이 했더라면, 대놓고 같이 했더라면 은수를 향한 그 몹쓸 놈들의 몹쓸 짓 따위를 좀 같이 막아 냈을 텐데. 그런데 여기서 발을 빼라고?

"그러나 구 편집장님, 여기 이렇게 명확한 증거가 있습니다. 이거 위에서 힘 쓴다고 다 막아 버리면…… 좋아요, 좋다고요. 내 월급 잘 나올 거고 내 밥그릇 지켜질 겁니다. 그런데 선량한 사람들이 피해 입는 건 어떡합니까? 멀쩡하게 날던 비행기가 뚝 떨어져 아무런 상관 없는 사람들 다치는 건 어떡할 겁니까?"

묻고 있었지만 대답을 할 수는 없었다.

"늘 이것들은 뒤로 받아 처먹고 지 배때기만 불릴 겁니다. 그리고도 정치를 합네, 사회 지도층입네 하고 떵떵거리고 좋은 거 처먹고 잘살 겁니다. 벽에 똥칠 할 때까지. 우리들이 피똥 싸면서 낸 세금으로 말입니다. 기자가 왜 있는 겁니까? 우리는 왜 월급을 받고 삽니까? 연예인 애들 뭘 좋아하고, 그 집 애기들이 뭐하고 노나 보고는 머리가 멍해지라고 언론이고 TV고 신문이 있는 겁니까?"

뭐 하나 틀린 말이 없었다. 그러나 그걸 마냥 맞는 말이라고 맞장구칠 수 없는 게 제 무게였다.

"자네 말, 하나 틀린 거 없어. 그러나 현실이 뭔지 잘 알잖아. 누가 뭐라 했어? 그냥 자네 하던 일이나 하라는 거야!"

제발 니 일이나 하라고……. 구정수는 화가 났다. 제 앞에서 정의를 이야기하는 이놈에게 화가 나는 게 아니라, 제 자신에게, 이 나라의 언론에게.

"제 할 일은 열심히 할 테니 제발 은수 기사 내 주세요! 네? 은수가 뭐 때문에 그렇게 죽을 뻔했는데, 그 자식들 멀쩡한 사람 그렇게 못살게 구는데 그냥 두실 겁니까? 네?"

그도 절 잡아먹을 듯 덤비는 놈에게 말하고 싶었다. 나도 너만큼 은수를 구하고 싶은 거라고.

"으윽……."

"조금만 참으세요. 이제 됐습니다."

은수는 걱정스러운 표정이었지만 커튼 뒤에서 무슨 일이 벌어지는지는 알 수가 없었다.

"불편하시면 다시 호출하세요."

"네."

그의 목소리가 들리자 그녀는 고개를 갸웃거렸다. 커튼이 쳐지고 간호사가 잔뜩 빼낸 튜브를 들고 나섰다. 간호사가 나간 다음에야 은수는 그에게 다가섰다.

"괜찮아요?"

"뭐, 그럭저럭."

머리에는 커다란 거즈가 붙은 채였다. 수술 때문에 옆머리를 조금 밀어 버려서 눌린 머리카락은 어쩌지 못한 채였지만, 그래도 워낙에 바탕이 훌륭한지 잘난 건 감출 수 없는 남자였다. 그리고 아침에 은수가 사 온 전기면도기로 면도까지 해서인지 얼굴은 오히려 나아 보였다.

"아픈 데는요? 다리 저릴 거라 했는데 좀 주물러 줄까요? 너무 오래 누워 있으면 등도 아플 거라던데……."

저는 걱정스러운데 그가 피식 웃는 게 느껴졌다.

"왜요?"

"전에 하도 도망을 잘 가기에 다리라도 분질러서 옆에 놔둬야 하나 했는데, 내 다리를 분지르면 되는 거였군요. 이렇게 딱 붙여 있어 주니까."

깁스를 해서 칭칭 묶어 놓은 다리를 올려놓은 채 하는 농담이라니.

은수는 저도 모르게 따라 웃을 수밖에 없었다.

“좋은 생각이긴 한데, 여러 번 써먹을 생각은 하지 말아요.”

은수가 갑자기 울컥하는 느낌에 고개를 돌리는데 그가 그녀의 손을 잡았다.

“가지 말아요.”

“화…… 화장실 가려는 거예요.”

은수는 저도 모르게 더듬거려야 했다. 그가 무슨 말을 하는지는 잘 알고 있었다. 그러나 모르는 척해야 하는 제 자신이 원망스러웠다.

“더 보여 줘요?”

“뭘요.”

“은수 씨 잡고 싶은 내 마음을.”

누가 또 그렇게 할 수 있을까? 그 짧은 시간에 자기가 어찌 될지도 모른다는 생각도 하기 전에 그 커다란 트럭 앞으로 뛰어드는 것 같은 걸. 깨어나지 않는 남자를 향한 제 찢어지는 속 따위가 비교할 만할 대상이 아니라는 것쯤은 잘 알고 있었다.

오직 이 남자가 저 두 눈을 뜨지 못하고 어둠 속에 잠겨 있을 땐, 제발 돌아오기만을 바랐었다. 그러나 이제 돌아오고 나니 또다시 주변의 현실들에 고개를 돌려야 했다.

“이런 무모한 방법은 더 이상 사양이에요.”

은수가 입술을 깨물어 눈물을 삼킨 뒤에 히죽 웃으면서 말했다.

“뭐, 방법이 그리 좋은 건 아니었지만, 내 마음만큼은 지금도 변함없습니다. 은수 씨 위험해지는 거 그냥 두고 볼 수는 없어요. 쓰던 기사 어떻게 됐습니까?”

몇 시간 전에 눈을 뜬 남자에게 대답하기엔 복잡한 이야기였다.

“기사 나갔어요. 이제 이런 일 없을 거예요.”

그러자 그의 인상이 찌푸려졌다. 아마 그도 알고 있었을 것이었다.

“아직 중환자예요. 이런 거 신경 쓸 필요 없다구요. 오로지 회복만 신경 써요. 단 하나 자신 있게 말할 수 있는 건 이런 일 앞으로 다시는 안 생길 거라는 거죠. 그러니까 안심해요."

"정말입니까?"

"속고만 살았나!"

은수가 또다시 해맑게 웃었다. 화장기 없는 여자의 얼굴은 푸석해 보였지만 그는 왠지 나른한 게 다시 약기운이 올라오는 듯 눈이 감겨 왔다. 그래도 그는 그녀의 손은 놓지 않았다.

"어디 가지 말고 여기 있어요."

제 손을 굳게 잡은 남자의 말에 은수는 대답했다.

"그래요. 그러니까 좀 쉬어요."

그렇게 말했지만 은수는 멍하니 제 손만 내려다볼 뿐이었다.

"지훈이는 발 빼라고 했다."

"잘하셨어요."

무거운 침묵이 내려앉았다.

"할 말이……."

"편집장님……."

둘이 동시에 말을 꺼냈다가는 또다시 끊어졌다.

"말해!"

"아니요. 먼저 말씀하세요."

"검찰에서 연락이 왔어. 우리 쪽으로. 그런데 그게 공식적인 건 아니고 비공식적인 거지. 송하범 검사라고 알아?"

"글쎄요."

"음. 누가 자료를 보냈나 보더라구, 비밀리에. 뭐, 터지면 크게 될 민감한 것들인데 그게 자네가 이번에 낸 기사하고 연관이 좀 있는 거 같다고. 딱 보면 알잖아. 기사 반토막인 거. 그 친구도 젊은데 꽤 촉이 있어 보여. 우리한테 그쪽 기사 관련 자료 있냐고 묻기에 담당 기자가 자리에 없다고 좀 기다리라고 했거든."

은수의 얼굴이 굳어졌다.

"기사 왜 반토막 났는지 알지?"

"네."

그런데 왜 넌 가만히 있는 거냐? 라고 묻고 싶었는지도 몰랐다. 이 기가 하늘까지 뻗친 녀석이 그렇게 좌천되고 나서도 이런 걸 터뜨렸다는 게 어이없었지만, 지금 이렇게 반토막 났는데 가만히 있는 것이 오히려 걱정스러운 일이었다.

"유 대표 아들 때문이야?"

"그 녀석이 그러던가요?"

구 편집장이 거기까지 알 리는 만무했다. 아마 지훈이 녀석이겠지. 그 녀석 성격에 구 편집장 붙들고 대성통곡을 했을지도. 나쁜 녀석, 지네 편집장이 멀쩡하게 있는데 왜 여기 와서 난리래.

"그냥 더 이상 없다고 전화하려고."

"……."

은수의 침묵이 그는 왠지 마음이 아팠다. 제가 다그치지 않아도 돼서 다행이지만, 이제 이 녀석도 슬슬 세상과의 타협을 알아 간다는 게, 마치 제가 그렇게 만든 것 같아 속 한구석이 싸해졌다.

"제가 가서 자료 넘겨줄게요."

한참 만에 은수가 대답했다. 마음 한구석에 반짝 볕이 드는 기분이었지만, 그는 그런 제 기분을 눌러야 했다.

"필요 없어. 그러지 마. 여기서 끝내자."

"제가 여기서 끝내길 바라십니까?"

은수가 고개를 똑바로 들고는 구정수을 쳐다보았다. 가장 이은수다운 표정으로.

"지켜야 할 게 생기지 않았어? 나쁜 놈들은 많아. 나쁜 짓도 많아. 그걸 캐다가 어이없게 다칠 순 없어. 너 몇 번이나 큰 고비 넘겼다며? 아예 이 김에 리빙 파트로 넘어가. 유 대표 아들이 그렇게 특종이었다면서, 주 편집장이 아주 난리

났어. 다음 주주총회에 아주 작정을 하고 널 구명할 예정이라고 했거든."

은수는 말이 없었다. 청카라가 드러난 스웨터 차림에 후끈한 사무실의 열기 덕에 점퍼를 벗어 들고 서 있는 그녀는 화장기 하나 없이 머리를 질끈 묶은 채였다. 그러나 화려한 화장을 하고 아름다운 정장을 입고 쏟아져 내리는 조명 아래서 눈 하나 깜짝 안 하고 기사를 읽는 미모의 아나운서였던 그녀의 모친을 보는 것 같았다.

차라리 잘된 일이지. 저 녀석마저도 제 아버지처럼 허망하게 가서는 안 되는 거였다. 아마 그분도, 아들들은 그토록 기자 생활을 못 하게 막았으면서 저 귀한 딸내미를 막지 않았던 건 누군가 사랑하는 사람이 생기면 제 한 몸 아낄 줄 알 거라 생각했기 때문이리라.

"나쁜 놈들을 벌주는 건 검찰에 맡기자. 알았어?"

"제가 뭘 하면 됩니까?"

은수가 드디어 입을 열었다.

"뭐라니? 그냥 가면 돼. 리빙 파트로 가면 되는 거지, 뭐."

구정수가 제 책상 위의 서류들을 주섬주섬 모으면서 말했다.

"아뇨. 그 기사 마저 내려면, 제가 가진 자료 그 검사한테 넘기고 나서 제가 뭘 하면 됩니까? 파면인가요? 좌천은 이미 한 번 됐으니까."

"은수야! 네가 고생한 건 안다. 그거 취재하려고 몇 날 며칠 고생했을 거 알아. 하지만……."

"네, 고생했죠. 공항에서 몇 날 며칠 잠입하고, 장부 찾느라 몰래 가서 뒤지고, 쓰레기통 다 뒤지고, 인터뷰 따러 빗속에서 하루 종일 기다리고 죽을 뻔도 했죠. 그러나 그게 아까워서 그러는 거 아니에요."

"그럼!"

그가 소리쳤다.

"기자가 왜 있는 겁니까? 언론이란 게 왜 있는 겁니까? 정권의 시녀 노릇하느라 즐거운 사회, 밝고 명랑한 미담만 보여 주고 국민들 눈 가리고 아웅 하게 만들려고 있는 겁니까? 나쁜 놈들, 정치하는 놈들, 위에 있는 놈들이 세금 가지고 잔치하고 지 배 불리고, 국민들 발이 되는 기차, 비행기에 다 썩은 고철 부품 넣어 두고 죽든지 말든지 생각도 않는데 그런 것들 파헤쳐서 까발리라고 있는 거 아닙니까?"

은수의 말이 텅 빈 회의실에 울리고 있었다.

"경찰이 윗대가리 무서워서 못 하는 거, 검찰이 지 식구 감싸느라 안 하는 거, 그런 거 찾아내서 하라고 소리쳐야 하는 거 아니냐구요. 좌천을 보내든지 자르든지 맘대로 하십시오."

"은수야!"

그는 다시 소리쳤다. 그러나 제가 하고 싶은 말들을 하는 그녀를 막을 수는 없었다.

"은수야……."

"맘대로 하십시오."

짧은 시간이었다. 제가 굳이 선택하지 않는다 하더라도 구 편집장은 저를 안쓰러운 눈으로 볼 뿐, 저를 욕하지 않을 거라는 거 잘 알고 있었다. 게다가 제가 이렇게 덤비더라도 저 위에 있는 것들은 제 이 노력 따위를 말 한마디로 휴지로 만들 수도 있다는 것조차도 잘 알고 있었다.

그러나 시도는 해야 했다. 그리고 가장 중요한 건 사건을 엮어 줄 검사가 나타났다는 거였다. 아마 검사에게 연락이 왔다는 소리가 없었다면 은수도 이렇게까지 못 했을 것이다.

그때, 제 눈앞에 떠오른 건 뭐였을까. 제 안위? 다시는 기자 생활을 못 할 수도 있다는 거? 아니, 아버지의 데스크 따위 포기해야 한다는 거?

제 눈앞에 떠오른 건…… 그였다. '제 다리를 분질러서' 까지 곁에 있어 달라던 그.

아마 제가 이 기사를 접고, 리빙 파트에서 승승장구하면서 아름다운 그릇과 맛난 음식들의 향연을 쫓아다니면 그녀는 그의 곁에 있을 수 있을 것이었다. 그 남자가 주는 달콤함에 빠져 평생 그를 사랑하면서 그가 줄 '호강' 을 누리면서…….

그러나 그게 옳을까? 옳을 것이다. 그게 맞는 것일 것이다. 그러나 그럴 순 없지 않은가.

어떻게든 되겠지. 지금 중요한 건 여러 사람의 목숨이니까, 누구나 알아야 할 것을 감추려는 나쁜 자들을 찾아내야 하니까.

"너 그러면 여기 못 있을 수도 있다."

구정수가 단호한 은수에게 말했다. 그도 알고 있었다. 이 녀석이 절대 굴하지 않을 거란 걸. 혹 지훈이가 그토록 대성통곡을 하던 남자를 만났다면 마음이 변할지도 모른다고 한 귀퉁이를 접었지만, 제가 지켜보건대 그건 아니었다.

게다가 유 대표의 아들이라니. 그러니 그도 무언가를 마련해야 했다.

"그렇겠죠."

은수가 쓸쓸하게 답했다.

제 결정은 잘못된 것인지도 몰랐다. 아니, 잘못되었다.

그 사람 없이 살 수 있을까? 아니, 그가 이런 절 용서할까? 아무리 그래도 아버지인데. 아버지의 정치적 생명이 완전히 박살 날지도 모르는데. 그렇게 됐을 때 과연 두 사람의 관계는 지속될 수 있을까? 우리나라는 아직도 가족이 중요한 세상인데…….

은수는 그래도, 오늘이 마지막일지 내일이 마지막일지는 알 수 없지만 병원을 향했다. 아무리 세수를 못 하고 상처가 덕지덕지하더라도 뼛속까지 잘난 그 남자의 따뜻한 손길 한 번이면 제 이 심란하고 어지러운 마음이 사라질 테니까. 모든 걸 잊고 그의 향기에 취해 있을 수 있을 테니까.

"택시!"

은수는 힘차게 택시를 불렀다.

기척이 들렸다. 그는 아직까진 몽롱한 약기운이 돌았지만, 뭉긋한 통증을 참고 눈을 떴다.

"왔어……."

제가 듣기에도 반가운 목소리는 순식간에 사그라졌다. 쿵쿵거리는 조심성 없는 발소리에 분위기를 눈치챘어야 했다.

"정신은 차린 게냐?"

"네."

노기 띤 표정만 봐도 그는 무슨 이야기가 나올지 알 것만 같았다.

"정신이 있는 게냐, 없는 게냐."

"……."

혼수상태에서 사흘이나 있었다고 했다. 친자식이라면 사경을 헤매다 온 아들에게 할 소리일까 싶다가도, 제가 그렇게 된 이유를 생각하고는 쓴웃음을 지을 수밖에 없었다.

"신체발부 수지부모라는 말도 몰라? 어디 함부로!"

"죄송합니다."

달리 생각하면 화를 낼 수도 있겠다 싶어 그는 수긍했다. 그러다가 한참 굳은 표정을 하더니 유태석은 입을 열었다.

"너, 그 여기자와 어떤 사이냐?"

전에 그녀를 건드리면 가만히 안 있겠다며 덤비더니 기어이 몸을 던져 이 모양 이 꼴이 된 걸 보면 굳이 물을 필요가 없을지도 몰랐다. 승제는 피식 웃으면서 대답했다.

"보시는 대로입니다."

"못난 놈."

마치 드라마에나 나오는 완고한 아버지 역의 배우가 내뱉는 것과 똑같은 대사였다. 제가 저분의 눈에 잘난 놈으로 보일 만한 짓을 해 본 적 없다는 것을 잘 알고 있는 그는 가만히 있을 뿐이었다.

"절대 용서할 수 없다."

"……."

용서를 구할 생각조차 해 본 적 없었다. 그러니 묵묵히 있을 수밖에.

"행여……."

유창한 언변이 최고의 무기인 유태석 대표의 말이 끊어졌다. 승제는 잠자코 있었다.

"모든 걸 없었던 걸로 하겠다고 하면, 눈감아 줄 수도 있다. 흠, 흠."

병실에는 두 사람 외에 아무도 없었다. 가습기에서 뿜어져 나오는 연무 소리 외에는 병실은 고요했다. 수족같이, 화장실도 데리고 다니는 건 아닌지 의심스러운 비서조차 없다는 걸 그는 지금 깨달았다.

이건 거래인가? 그는 침묵 속에서 생각해야만 했다.

"네가 그 애 달래서, 유씨 집안 며느리가 되고 싶다면 모든 걸 없었던 걸로 하라고 해라. 물론 내가 두 눈 뜨고 그 꼴을 봐야 하는 게 어이가 없다. 하여튼 개뿔도 없는 천방지축 날뛰기나 하는 잔챙이 기자 주제에 이걸 노리고 널 물었는지는 모르겠지만, 네놈이 홀딱 반해 넘어가서 죽네 사네 하는 거 아니냐? 뭐, 둘 떼어 놓는다고 떨어질 것 같지도 않고!"

대체 이분이 무슨 말을 하려는 걸까. 그는 저도 모르게 상체를 일으켰다.

"모른 척해 줄 테니 장래 가족 될 사람들한테 칼 들이미는 어리석은 짓 하지 말라고 해. 그런 식으로 힘 있는 윗사람들 적으로 만들면 곱게 못 살아. 네가 좋아하는 여자 살리고 싶으면 잘 설득해서 아예 그런 거 그만두게 해. 보아하니 얼굴도 곱상한데 네 레스토랑인지 식당인지 같이 조용히 하면서 알콩달콩 재밌게 살란 말이다. 내가 승수가 있으니까 이런 말 하는 거야. 아들이 하나라면 이런 소리 꺼내지도 않았을 거다. 아예 시끄러우면 프랑스든 미국이든 나가서 살든지. 알았어?"

"……."

너무 기가 막혀 말이 나오지도 않았다.

또다시 은수는 비상계단으로 숨어야 했다. 매끈한 코트와 값비싼 머플러로 중후한 멋을 낸 유태석 태표의 훤한 실물을 보건대, 그의 뛰어난 외모는 어느 정도 저 잘난 아버지에게서 물려받은 것이라는 걸 인정해야 했다.

그가 살아 돌아오기만 한다면, 눈만 뜬다면 모든 일이 다 잘 풀릴 것만 같았다. 그가 눈을 뜬 게, 회복된 게 가장 큰 다행이었지만, 막상 그러고 나니 일은 더욱더 복잡하게 되었다.

제 연락을 기다리고 있을 검사의 전화번호를 내려다보다가 은수는 크게 숨을 들이쉬고는 비상계단의 문을 열었다. 그의 방에서 유태석과 비서가 나선 것은 한참 전이었다.

어떻게 해야 할까. 제가 그를 사랑하는 마음 하나로 모든 걸 해결할 수는 없는 거였다. 드라마나 소설에서 보면, 파워 오브 러브로 모든 게 다 잘되는 해피엔딩이던데. 대체 어떻게 실마리를 풀어야 할지 알 수가 없었다.

"왔어요?"

커다란 창이 두 개나 있는 병실에 나른한 늦가을의 햇살이 옅은 커피빛으로 내려앉고 있었다. 그리고 그 가운데 그가 저를 웃으면서 맞이했다.

"앉아 있어도 되는 거예요?"

"뒤에 기대 있는 거예요. 의사가 내일쯤이면 왔다 갔다 운동도 하라고 하던걸요."

"다행이에요."

그러나 은수는 그에게 다가가지 못하고 있었다. 왜일까. 다가가 저 손이 그녀를 잡으면, 저 온기에 두 눈이 멀어 아무것도 보지 못하게 될 것만 같아서일까.

"이리 와요. 밖에 안 추워요? 그렇게 입고 다니면 감기 걸립니다."

은수는 마치 최면에 걸린 것처럼 그에게 다가갔다. 마치 자식이 쇠붙이를 당기듯, 제 머릿속은 그냥 여기 서서 보기만 해야지 하고 있는 거 같은데 제 몸은 주춤주춤 그에게 다가갔다.

싸한 소독약 냄새들 사이에 익숙한 그의 체취가 느껴졌다. 향수도, 향 있는 화장품 따위도 쓰지 않는 남자인데도 불구하고 그에게는 뭔지 모를 향긋한 향이 났었다. 뭐라 말할 수는 없지만 그 향이 짙어졌다. 그가 손을 내밀었다.

"얼굴이 빨개요."

그리고는 제 손을 잡아 이끌었다.

"저기……."

은수가 당황하자 그가 조용히 말했다.

"오른쪽 6번하고 7번 늑골 골절 환자입니다. 조심해서 살살 안겨 봐요."

그녀는 저도 모르게 미소를 지을 수밖에 없었다. 딱딱한 보호대가 느껴졌지만, 그의 품은 따뜻했다.

"날라리 환자네요. 이러다 의사 선생님한테 걸리면 어쩌려고……."

"심리 치료 중이라고 하면 됩니다. 요즘 잘 안 먹고 다니는 겁니까? 전보다 더 마른 거 같은데."

그의 손이 부드럽게 저를 쓰다듬었다. 저도 모르게 눈물이 핑 도는 것 같았다.

분명히 구 편집장 앞에서는 제 할 말을 다 했었다. 나라를 구하려고 온몸을 바치는 구국의 열사는 아니어도, 적어도 제가 알고 있는 기자의 본분을 위해서 제가 애써 취재한 것을 발표하고, 부정을 행한 자에게 잘못의 대가를 치르게 하는 것은 당연한 일이고 정의였다.

그러나 이 면 환자복을 입은 남자의 부드러운 손길 하나에 모든 것들이 저와는 다른 먼 세상의 일같이 느껴졌다. 왜 이 사람을 만나게 됐을까. 그냥 구 편집장에게 자기는 죽어도 못 나간다고 할걸. 리빙 파트 따위 거들떠보지도 말걸. 아니, 그런 돼지 손잡이 달린 무쇠 냄비 사진이나 찍으러 다닐걸.

그래도, 해야 할 것은 해야 했다. 난, 이문용 기자의 딸 이은수 기자니까.

"승제 씨."

은수가 고개를 들어 그를 보았다. 그리곤 손을 내밀어 상처가 시커먼 멍으로 바뀐 관자놀이를 쓰다듬으면서 말했다. 그러자 그에 화답하듯 그가 손을 내밀어 은수의 흐트러진 앞머리를 쓸어 올리면서 대답했다.

"왜요?"

"사랑해요."

후회하긴 싫었다. 적어도 제 맘속에 있는 말을 못 털어놓은 걸 두고두고 후회하는 건 제 성격과 맞지 않으니까. 그가 피식 웃었다. 그리고는 그녀의 바싹 마른 입술을 만지작거리면서 대답했다.

"유언 남기듯 눈물까지 글썽거리면서 그렇게 말하면 내가 어떻게 대답해야 합니까?"

그는 분명히 웃고 있었다. 그러나 은수는 알 수 있었다. 이 남자도 제 마음을 알고 있구나.

"이럴 줄 알았으면 내 차를 가져올 걸 그랬어요."

"네?"

갑자기 딴소리를 하는 그 덕에 은수는 제 울적해진 마음을 추스르며 되물었다.

"무슨 소리예요?"

"유명한 축구선수의 차가 포르쉐인데, 큰 사고가 몇 번이나 났는데도 차는 박살 나도 사람은 멀쩡했다더군요, 아마 내 포르쉐였으면 적어도 내가 이렇게 꼼짝 못 하진 않았을 텐데 말입니다."

"그래서요?"

"그럼 은수 씨가 이렇게 결심을 하고 내게 고백과 작별을 동시에 하게 하지는 않았을 텐데 말이에요."

"네?"

은수가 저도 모르게 놀라 뒷걸음질 쳤다. 그러나 그가 더 빨랐다. 그가 그녀의 손을 잡아챘다. 그러나 곧 윽, 하는 짧은 소리를 내고 말았다.

"괜찮아요?"

"안 괜찮으니, 좀 더 가까이 와요."

"……."

인상을 찡그린 그를 보고 은수는 다가갈 수밖에 없었다.

"승제 씨."

"6개월 이상은 안 됩니다."

"무슨 소리예요?"

제 속을 찔린 듯한 은수는 저도 모르게 그의 말을 되물어야 했다.

"그 usb 속의 메모지, 아버지 필체라는 거 알잖습니까?"

"네?"

"미안해요. 난 내 냉장고에 다른 사람 물건이 들어 있는 걸 용납 못 하는 성격이라."

그제야 은수는 그의 냉장고에 넣어 두었던 제 usb를 생각해 냈다.

"은수 씨가 하는 일 옳은 거 맞습니다. 제 아버지지만 잘못한 건 바로잡아야죠."

"승제 씨."

"아마 무슨 방법이든 쓸 겁니다. 결사적이실 테니까요. 믿지는 않지만, 여기저기서 차기 대권주자라는 말도 나오는 정도라. 그러니까 그 기사 다 내고, 잠깐 피해 있어요. 그게 가장 좋은 방법일 겁니다. 미국이나 유럽 같은 곳으로 말이에요. 한두 달이면 될 겁니다. 생각해 보니 6개월은 너무 길어요. 나도 한두 달이면 회복할 수 있을 테니."

"승제 씨, 그게 뭘 뜻하는 줄은 알아요? 네?"

고맙다고 해야 하는 건가? 그런데…… 그렇게 되면 이 사람은 어떻게 되는 건데? 아들이니까 그러니까 괜찮을까?

사랑이란 건 어떤 걸까. 정체가 뭘까?

제가 정성을 들여 음식을 만드는 거? 정확한 레시피로 정성을 다해 완벽한 맛을 만들어 내는 거. 적어도 저는 그때의 기쁨 이상의 감정을 느껴 보지 못했다.

차가운 부모의 눈길 속에서 자란 그는 학창 시절 저를 좋아한다면서 초콜릿을 내미는 여학생을 보면서 대체 어떤 감정을 느껴야 하는 건지 혼란스러웠었다. 그나마 희수를 보면서 느꼈던 것도 동정이나 안쓰러움이었지 그 이상의 감정은 아니었다. 무언가 그 이상으로 발전하기에는 여동생으로 알던 희수를 여자로 바꿔 바라보기는 너무나 짧은 시간이었고, 게다가 제 아버지가 저지른 일에 대한 미안함이 더 컸었다.

그가 성공하고 그의 주변을 맴도는 여자들에게 던졌던 것도 오기였지 제 감정 따위가 섞여 있지 않았었다. 제 스승에 대한 동경과 존경, 제 스텝들에 대한 신뢰, 친구이자 동료인 레너드에게서 느끼는 우정. 그것 외에 어떤 다른 감정이 있을 거라 생각했었지만, 점점 나이 들어감에 따라 쳇바퀴 같은 일상에서, 변화 없는 생활을 하면서 그는 기껏 제 감정을 희귀한 테이블 웨어나 비싼 차에게 쏟는 게 다였다. 그리고 그게 편했다.

승수와 민아의 러닝메이트 같은 결혼 생활이나, 쇼윈도의 진한 메이크업을 한 마네킹 같은 제 부모의 부부 생활, 오로지 쌍방의 이익으로 인해 묶인된 폭력으로 점철된 희수의 결혼 생활과 제 쿠킹 클래스에 모여들어 앵무새처럼 지저귀는 사모님들의 대화를 보면서 삶이란 건 늘 이런 것이지, 영화나 드라마, 책에 나오는 목숨을 거는 사랑 따위는 그냥 심심한, 바쁜 삶 따위가 필요 없는 자들이 지어낸 동화일 거라 생각했었다.

그러나 그게 아니었다. 대체 정체가 뭔지, 성분이 뭔지는 알 수 없지만 그냥 제가 핸들을 꺾어 달려들게 만든 게 그것의 정체였다. 내 안위 따위는 생각하지도 않고.

그런 그녀를 받아들여 줄 테니 그녀의 손발을 자르라고 제게 명한 아버지란 사람에게 드는 감정은…… 동정이었다. 과연 저분도 그런 사랑이란 걸 해 보셨을까? 저분의 젊은 시절은 이렇지 않았을 텐데.

부모는 평생을 함께해야 하는 사람들이었다. 미우나 고우나 얼굴을 맞대고 살아야 했다. 그리고 그래 왔다. 증오하고 질색해도 또다시 가족이라는 이름으로 가식적인 웃음을 지으며 얼굴을 마주하고 밥을 먹고 대화를 나눠야 했다.

그러나 삶은 그게 다가 아니었다. 그리고 그걸 제게 알려 준 여자는 제 목숨을 걸고 정의라는 것을 향해 저 가녀린 몸을 던지고 있었다. 비록 그 상대가 제 아버지라 할지라도.

잘못을 했다면 대가를 받아야 했다. 엔딩이 어떻게 될지는 모르겠지만, 그녀의 뜻을 꺾을 수는 없었다. 이은수란 여자는 그럴 때 가장 찬란하게 빛나는 여자니까.

어떻게든 그녀에게 찾아가는 건 제가 할 일이었다. 그리고 그건 자신 있으니까.

"내 말대로 해요. 절대 당신의 뜻을 꺾지 말아요. 난 그런 이은수를 사랑하니까."

◈

"저녁 스케줄은…… 뭐? 이 장관이 바쁘다고 해? 아니, 이 새끼가 저 올려 줄 때 와서 살살거릴 땐 언제고. 강 차관은?"

평소 품위 있기로 유명한 양반의 입에서 욕이 튀어나오는 거 보면 다급한 상황이긴 했다.

"저기…… 중국 출장 준비 중이시라 퇴근이 늦으시다는 연락이……."

"아니, 지들이 언제 출장 준비를 하느라 퇴근을 늦게 해! 다 아랫것들이 알아서 하는 걸. 차관 주제에! 박 고검장은!"

"그것이……."

그때였다. 갑자기 소란스러워졌다. 실랑이하는 소리가 들리자 유태석의 얼굴이 굳어졌다.

"아니, 이것들이……."

펑 하는 소리와 함께 고급스러운 나무 문이 열리고 검은 양복을 입은 남자들이 들이닥쳤다. 그들의 손에는 법무부 마크가 선명하게 찍힌 플라스틱 재질의 접으면 박스가 되는 판자와 테이프가 잔뜩 들려 있었다.

"유태석 대표님, 서울 지검에서 나왔습니다. 압수수색 영장과 구속 영장입니다."

자랑이라도 하듯 하얀 종이를 코앞에 들이밀었다.

"아니, 무슨 오해라도…… 우선 좀 앉으시죠."

아까의 노발대발하던 모습은 어디 간 듯 없어졌고, 당황하는 수하들과 소식을 듣고 몰려든 기자들, 그리고 당 간부들까지 꾸역꾸역 밀려들고 있는 가운데 유태석은 미소를 잊지 않으면서 대답했다.

"저희는 공무 수행 중입니다. 이쪽으로 오십시오."

한참 새파란 검사가 화가 난 듯한 표정으로 말했다.

조만간 네 녀석의 버릇을 고쳐 주리라. 유태석은 얼굴에 경련이 이는 것 같았지만 노한 기색 없이 말했다.

"뭔가 오해가 있는 겁니다. 자, 자……."

그때였다. 누군가 그에게 다가왔다. 그리고는 귓가에서 속삭였다.

"장 부장이 모든 걸 실토했답니다."

"뭐?"

저도 모르게 그는 큰 소리를 내고 말았다.

◈

나른한 햇살이 반짝거리는 대리석 바닥에 쏟아져 내렸다. 반짝거리는 대리석 바닥에 반사된 햇볕의 색이 어제와는 달라 보였다. 아니, 하루하루가 다르게 변하고 있다는 건 맞는 말이었다. 제 초초해지는 마음을 다스리려 그는 창가에 다가가 블라인드를 쳤다.

40층 높이란 게 까마득하긴 했지만, 그래도 언뜻 보이는 바깥의 한강변은 하얗게 변해 있었다. 그 하얀색의 정체는 작년보다 훨씬 커진 조경수로 심어진 벚꽃들이었다. 이곳으로 올 때도 막 꽃이 날리고 있었다. 그러나 꽉꽉 막히는 차들 덕에 한가하게 그것들을 감상할 여유는 없었다.

"육수는 다 준비됐나?"

"네."

"그럼……."

이제 가 보라고 말하려는데 띠리링 하는 맑은 소리가 났다.

"아, 제가 나가 보겠습니다."

헌칠한 외모의 민우가 재빠르게 움직였다. 제가 나가 보려고 했지만 그가 더 빨랐다. 그러나 그도 문 쪽으로 향했다. 문이 열리고 낯선 여자의 목소리가 들렸다.

“어머, 안녕하세요! 류 쉐프님은…….”

가벼운 실망감에 그는 혼자 실소를 내뱉으며 문으로 다가갔다. 이곳으로 쿠킹 클래스를 들으러 오는 사람처럼 명품으로 치장한 중년의 여자가 화사하게 웃으면서 들어섰다.

“안녕하세요! 마 메종 편집장 차영선이라고 해요. 만나서 반갑습니다!”

“네, 안녕하십니까.”

“말로만 듣던 류 쉐프님을 직접 뵙게 돼서 영광이네요. 제가 복이 많아요. 정말 실물이 훨씬 더…….”

수다스러운 성격은 아닌가 본데 마구 말이 쏟아져 내리는가 보다 싶었다.

“들어가시죠. 이미 준비가 다 되어서 말입니다.”

그는 제 실망감을 감추기 위해서 잔뜩 기대에 찬 여자의 말을 끊어 버렸다. 혹시나 그녀가 올지도 모른다는 생각을 했었다. 은수와 계약된 기사는 여섯 개. 남은 기사를 다 채우지 못하고 그녀는 떠나야 했다. 그리고 그걸 종용한 것도 자신이었다.

그 늦가을, 온 나라가 떠들썩했던 공항공사 스캔들은 에어포트 게이트라는 별명까지 얻으면서 대대적인 비리의 고리를 드러내 세상을 경악하게 했었다. 온갖 권력자들이 모두 줄줄이 굴비처럼 엮여 있던 비리의 실체는 여기저기서 드러났고, 그것을 감추기 위한 우연을 가장한 사고도 여럿 났었다. 그만큼 대단한 사건이니까.

그리고 늘 그래 왔던 것처럼 그의 아버지 유태석 당대표는 빠져나가려고 했었다. 그러나 항상 적은 내부에 있는 법, 바로 모든 궂은 일 처리를 담당했던 장부장이 그닥지 않게 꼬리를 밟히더니 그동안 홀대받은 것에 앙갚음이라도 하려 했는지 모조리 실토를 한 것이었다. 그래서 일은 더 커지고 말았다.

그로 인해 연일 떠들썩해졌고, 그 중심에 있던 이은수 기자는 좌천도 모자라

해외 지사로 발령이 나 버리고 만 것이었다. 그건 아마도 그녀의 직속상관이 갖은 힘을 써서였고, 중환자인 그는 그런 그녀를 배웅조차 나갈 수도 없는 처지였다.

물론 그녀가 처음 뉴욕으로 간 뒤에는 하루에도 몇 번이나 전화가 왔었다. 물리치료를 받거나, 혹은 제 비즈니스 때문에 전화를 못 받거나 시차 때문에 몇 번 어긋나더니 차차 전화는 뜸해졌다.

게다가 제가 사람 구실을 못 한 한 달여 남짓한 기간 동안 비쥬 블랑쉐는 고전을 면치 못할 만큼 엉망이 되어 있었다. 물론 레너드는 훌륭한 쉐프였다. 하지만 그는 인정이 많은 데다 감성이 풍부한 전형적인 프랑스인이었다. 사업가는 냉정해야 했다. 그러나 불행하게도 제 동업자는 유일하게 그게 부족한 점이었다.

뒤죽박죽이 된 쿠킹 클래스, 마비되다시피 한 레스토랑, 떠들썩하게 진행된 아버지의 재판과 스캔들, 어이없게 이 집안의 위기에 대해 나 몰라라 손을 떼고 과감하게 이혼이라는 카드를 꺼내 든 형수 민아의 배신과 그로 인한 형 승수의 정신 나간 실수들까지.

과연 겨울이 어떻게 지나갔나 싶을 정도로 그는 채 회복되지 않은 몸을 가지고 혼을 빼도록 바쁜 나날을 보내야 했다. 그리고 고개를 돌리니 어느새 몸이 나른해질 만큼 날은 더워졌고, 사방에 봄꽃이 만개해 있었다. 그리고 전화가 왔다.

〈마 메종입니다. 기사를 다 못 받아서요. 계약이 된 걸로 알고 있습니다.〉

그녀를 잊었던 건 아니었다. 큰 사고를 당한 뒤라, 체력이 약해진 탓에 연일 과로를 하다시피 하니 집에 오면 옷도 못 갈아입고 쓰러져 잠들기 일쑤였다. 그러나 문득 잠에서 깬 짙은 어둠이 드리워진 새벽녘이면 새근새근 숨소리를 내며 잠들어 있던 매끈한 등을 가진 그녀의 따뜻한 체온이 떠올랐다.

급하게 출근을 하면서 다이닝 룸을 가로지르다 보면, 어깨가 훤히 드러난 줄도 모르고 목 늘어난 셔츠를 입고 머리를 틀어 올린 채 제 일에 골몰하던 그녀가 스쳐 가기도 했다.

무심한 여자. 가끔 오는 전화 속의 목소리도 밝았다. 너무 밝아서 신경질이 날 만큼.

저는 그녀와 굳게 묶여 있기 때문에 몸은 어디에 있든 상관이 없을 거라 여기며 그녀에게 멀리 가라고 했었다. 그러나 묶인 건 제 사지일 뿐, 그녀는 그렇지 않았던 모양이었다.

이은수는 매력적인 여자였다. 지적이기도 했고 사랑스럽기도 했고 엉뚱한 오기도 있었고, 게다가 매우 아름다웠다. 그런 그녀를 그 타향 멀리, 낯선 놈들이 우글우글한 곳으로 보내 놓다니.

이제 모든 게 좀 숨통이 트여 갔다. 레너드 밑으로 새로 뽑은 세컨 쉐프가 좀 자리를 잡으면 바로 뉴욕으로 날아갈 마음이었다. 도저히 더 이상은 이런 상태로 지낼 수가 없었다.

그런데 그녀의 취재를 마저 해야 한다니. 생각해 보니 사고 때문에 촬영을 약속해 놓고 하지 못한 게 그제야 떠올랐다. 그리고 그는 그 사실을 알고 저도 모르게 일이 손에 잡히지 않을 정도였다.

그녀에게 전화를 했지만, 그녀의 전화에서는 용무 중이어서 바쁘다는 자동 녹음이 나올 뿐이었다. 그래서 저도 모르게 혹시나 하는 기대를 하고 있었는지도 몰랐다.

깜짝 쇼처럼 그녀가 저 문을 열고 '취재하러 왔어요.' 하고 담담하게 말하면 놀란 마음을 가라앉히고 '왔어요?' 하고 아무렇지도 않게 말해 주려고 했었다.

그러나 이게 바로 떡 줄 놈은 생각도 않는데 김칫국 마시고 있다는 것이겠지.

그는 쓴웃음을 지으면서 돌아섰다. 그리고 주방으로 향하면서 딱딱하고 사무적인 목소리로 말했다.

"오늘의 요리는……."

"왔어? 잠시만."

한적한 오후의 브레이크 타임인데도 불구하고 꽤 사람이 많았다. 여기저기 유모차들이 포진하고 있었고, 주변에 젊은 아기 엄마들 한 무리가 앉아 수다스럽게 웃고 있었다. 그 옆에는 아장아장 걷는 아기들의 소리도 났다. 다른 한쪽에는 책을 펼쳐 놓은 채 컴퓨터 삼매경이나 휴대폰에 빠진 대학생들도 있었다. 그리 넓은 공간은 아니지만 아기자기하고 로맨틱한 공간에는 향긋한 차 향기가 가득했다.

열려 있는 커다란 창문으로는 쌀쌀해 보이는 날씨를 이기겠다는 듯 나른한 봄 햇살이 하늘거리는 레이스 재질의 커튼 사이로 쏟아져 내렸고, 창가에 걸린 유리 풍경들이 봄바람에 댕그랑거리는 소리가 낮게 깔린 올드 팝송의 소리보다 더 아름다운 노랫소리를 만들어 내고 있었다.

행복해 보였다. 그녀는 웃고 있었다. 그의 기억 속 책장에는 저렇게 웃는 그녀의 모습이 단 한 조각도 들어 있지 않았다. 그러나 그녀는 자연스럽게, 그리고 늘 그래 왔다는 듯 웃고 있었다.

"애프터 눈 티 세트 나왔어요. 이건 제가 이번에 시험 삼아 만들어 본 쿠키인데 버터 안 넣은 거라 좀 딱딱할 거예요. 한번 드셔 보세요. 어머, 예뻐라. 아기가 몇 개월이죠?"

"34개월요. 고마워요!"

실은 저를 방치한 데 대해서 조금 심술을 부릴 생각이었다. 이 여자에게도 저는 찬밥 신세인가 보다 하는. 그러나 그는 저도 모르게 빙그레 웃고 말았다. 그녀가 진심으로 행복해하는 게 보이니까.

"앓고 나더니 훨씬 멋져졌네. 몸은 괜찮은 거지?"

그제야 제 테이블의 건너편 의자에 앉는 희수는 질끈 묶은 끈에서 흘러내린 머리카락을 쓸어 올리면서 제 앞에 앉았다. 긴 머리를 싹둑 잘라 밝게 염색을 해서인지 훨씬 어려 보였다.

고등학생이었던 희수는 10년 만에 완벽한 사모님이 되어 제 앞에 나타나 진한 화장을 한 채 늘 술에 취해 있거나 아니면 마치 밀랍인형처럼 굳은 표정이었다. 이런 미소가 낯설었지만, 그래도 아름다웠다.

"바쁜가 봐?"

"뭐, 그럭저럭. 이 시간에 주변 아파트에 사는 애기 엄마들이 애들 유치원이나 학원 끝나기 전에 많이 들러. 좀 소란스럽지?"

아이들이 이리저리 뛰어다니기도 했고, 갓난아이가 울기도 했다.

"뭐, 북적거리고 괜찮네."

"한번 오라고 한 날이나 이야기했는데 오라고 할 때는 안 오고 이렇게 불쑥 오는 거야? 게다가 빈손으로?"

"그러게. 뭘 좀 들고 왔어야 했는데. 뭐, 화분이나 꽃바구니라도 보내 줄까?"

희수는 화사하게 웃었다.

"아니, 겨우 화분 따윌? 우리나라에서 최고로 돈 잘 버는 쉐프가?"

그 말에 그는 정색을 하고 물었다.

"그럼 뭐가 필요해?"

"음, 기가 막힌 디저트 레시피?"

희수의 화사한 웃음이 터졌다.

"나 손님으로 온 거야. 노력 봉사하려고 온 거 아니라니까."

"그거야 네 생각이고. 좀 고급스럽고 사랑스러운 디저트 없을까? 음. 브라우니 같은 건 너무 흔해서 말이지. 게다가 아주 맛있는 걸로."

"벌써 고급화 전략인 거야?"

막 아르바이트생이 가져온 향긋한 홍차 잔이 그의 앞에 놓여졌다. 그 옆의 작은 접시에는 마들렌과 쿠키가 몇 개 놓여 있었다.

"고급은 무슨. 그냥 마카롱이나 케이크 같은 건 흔해서. 내가 할 줄 아는 건 이런 것뿐이고."

"괜찮은데 뭘 그래? 벌써 떼돈 벌 생각하고 있는 거야? 아예 파티쉐를 하나 둬. 내가 그 정도는 해 줄게. 가게도 더 넓히고."

그의 집안이 엉망으로 무너져 내리자 오히려 그 덕에 희수는 수월하게 정환의 손에서 벗어났다. 정환은 애증을 놓지 못했지만, 그 집안에서야 그녀를 이용할 가치가 없어졌으니까.

희수가 이혼을 하고 나서 혼자 무엇이라도 하겠다고 할 때 그는 제가 도와준다고 했었다. 그러나 희수는 위자료로 받은, 그 집안에 비하면 형편없는 금액으로 이곳 외곽 근처에 작은 아파트를 하나 얻은 뒤에 가게를 차리겠다고 했었다.

그도 워낙에 바빴으므로 희수가 무얼 하는지는 요 근래에 들어서야 알 수 있었다. 그야말로 제 코가 석 자였으니까. 그런데 이렇게 번듯하게 잘 꾸려 나가는 게 기특했다. 그러니 제가 약간의 도움을 줘 가게를 더 키워도 괜찮을 듯했다.

"됐어. 혼자 하기엔 지금이 딱 좋아. 자꾸 옆으로 새지 말고. 음, 혹시 그거 할 줄 알아? 크램당쥬라고…… 저번 주에 베이킹 클래스에서 다른 것 배우면서 선생님이 먹어 보라고 주신 건데, 정말 살살 녹더라구. 모양도 예쁜 데다 맛도 홍차에 곁들이면 딱일 것 같아."

크램당쥬……. 그는 말없이 찻잔을 들었다. 향긋한 차향이 가득 퍼졌지만, 제 머릿속에는 다른 것이 퍼지고 있었다.

"그거 한 번만 만들어 줘 봐. 그럼 개업 선물로 생각할게."

한참 만에 그가 대답했다.

"그거 손이 많이 가고 번거로워. 다른 레시피 가르쳐 줄게."

해가 길어졌다. 전에는 이 시간이면 벌써 컴컴해졌던 거 같은데 아직도 높다란 마천루들의 유리벽에 부딪친 석양이 유리 조각처럼 눈에 박히고 있었다. 촬영 때문에 하루를 통째로 빼긴 했지만, 제 믿음직한 친구 레너드가 제발 하루 쉬라고 떠밀었기 때문이기도 했다.

그러나 무미건조한 촬영은 금세 끝났고, 무료함에 희수에게까지 다녀왔지만 하루는 길기만 했다.

길가에 가득가득 심어진, 하얀색의 꽃잎을 안고 있다 제 무게를 이기지 못하고 하나둘씩 떨구고 있는 나무들 때문에 하늘에서는 마치 눈이 오는 것 같은 느낌이었다. 길가에 퇴근을 하는 차들이 가득해서 매연은 여전하겠지만 차 문을 열고 있으면 하얀 꽃 이파리 향이 진동할 것 같은 착각이 들 것 같았다.

그녀가 떠난 뒤에 늘 타고 다닌 아우디 A7은 그 길고 긴 행렬에서 느릿느릿한 발, 한 발을 내밀고 있었다. 가득가득, 감정이 흐르지 못하도록 가둬만 놓고 살아서일까. 제 터져 버린 감정은 모조리 구멍 하나로 흘러 나가 버린 것 같은데 그걸 받아 든 사람은 저 같지 않은 듯해 그는 내심 서운했다.

뭘 하고 있을까. 흘끗 계기판을 보았다. 막 오후 여섯 시가 넘어가는 시간. 그쪽은 새벽이니, 아마 깊은 잠에 빠져 있을 것이다.

집에 가서 전화를 해 볼까 하다가 그는 제 생각을 접었다. 인연이 된다면, 운명이 이어 준 사람이라면 조바심 내지 않아도 될 거라고……. 스스로에게 말해 주고선 서운함을 달랬다.

너무 이른 시간에 집에 와서일까. 그는 아직 어둠에 묻히지 않은 제 넓은 집이 낯설었다. 나름 화사한 인테리어였지만, 점점 칙칙하고 어두워 보이는 건 아마 제가 심술이 나 있어서 그런 거라 생각됐다.

버릇처럼 주방으로 가니 탁자 위에 커다란 상자가 있었다. 며칠 전에 온 것이지만 미처 풀어 보지 못했던 물건이었다. 그는 무시무시하게 테이핑된 커다란 상자를 한참이나 애를 써 가면서 뜯어야 했다.

어마어마한 양의 에어 캡을 걷어 내고 나니 하나하나 예쁜 색의 한지에 싸인 물건들이 보였다. 곱게 매듭이 지어진 것들을 풀자 반짝이는 모습을 드러냈다. 항상 값비싸고 희귀한 테이블 웨어들만 수집하던 그였다.

그러나 제 손에 들린 것을 보고는 그는 참 새로운 느낌을 받았다. 유기였다. 공장에서 제작한 것이 아닌, 하나하나 손으로 만들어진 방짜유기. 반짝거리고 묵직한 그릇들은 그가 모으던 고급스럽고 아름다운 서양의 그릇들하고는 달랐다.

게다가 마지막 길쭉한 상자에는 반짝거리는 수저 한 쌍이 들어 있었다. 그는 한쪽의 수저를 들어 뒤로 돌렸다. 그리고는 혼자 피식 웃고 말았다. 언젠가 이 그릇들에 음식을 담을 날이 올까.

막 그 어마어마한 완충재들과 그릇들을 다 치우고 난 때였다. 낯선 음악 소리가 들리기 시작했다.

이게 무슨 소리일까 잠시 생각하던 그는 그게 이 집에 낯선 방문자를 위한 벨 소리임을 알고 의아한 마음을 가지면서 문 쪽으로 다가갔다. 택배 같은 것은 전부 다 아래서 알아서 할 텐데…… 레너드일까?

그는 발걸음을 빨리했다. 문 앞에 가서야 인터폰이 거실에 있음을 기억해 낸 그는 전자 도어록을 열면서 말했다.

"누구십니까?"

"류 쉐프님이신가요?"

그는 할 말을 잃고 말았다.

"언제 온 겁니까?"

한참 만에 내뱉은 목소리는 그답지 않게 끝이 갈라졌다.

"음…… 좀 들어가도 될까요? 아님 뭐, 샤워 중인 파트너라도 있으시다면, 다음에 오고요."

밝은 갈색의 머리카락을 멋스럽게 틀어 올리고 검은색 트렌치코트에 화사한 스카프로 봄을 알리는 듯한 여자의 얼굴은, 실은 오랜 비행 때문에 지쳐 있었지만 상대는 그것을 전혀 느끼지 못했다. 막 그녀가 한마디 더 하려는데 불쑥 튀어나온 두 팔 때문에 그러지 못했다.

"정말…… 이은수 씨 고약한 여자인 거 압니까?"

뭐라 한마디 하려 했지만, 은수는 아무 말도 할 수 없었다. 그가 마치 쑤셔 넣듯 그녀를 품에 콱 안아 버렸기 때문이었다.

"언제 온 겁니까?"

"음. 그러니까 세 시쯤요? 시간 보면 알잖아요. 떨어지자마자 바로 온 거. 오빠가 마중 나오겠다는 거 회사에 일 있다고 둘러대느라 얼마나 힘들었는데요."

어딘가 모르게 한층 더 세련된 것 같은 메이크업과 잘 적응되지 않는 밝은 갈색의 웨이브 머리카락, 화려한 옷차림 때문에 시각적으로는 낯설어 보였지만, 그녀는 6개월이 아니라 마치 아침에 나갔다 들어온 것같이 정말이지 아무렇지도 않은 모습이었다.

“어제, 아니 오늘이죠. 오늘 울 편집장님이 촬영하셨다고 하던데……. 분명히 제가 간다고 했거든요. 그런데 굳이 올 필요가 없다고…….”

그녀의 그녀답지 않은 수다를 끊은 건 그의 목소리였다.

“아주 온 겁니까?”

그의 목소리가 딱딱했다. 은수는 제 캐리어를 끌고 가는 그의 뒤를 졸졸 쫓아가면서 말했다.

“음, 그러니까 좌천은 끝난 거죠. 다시 본사 발령받았으니까. 월요일부터 바로 출근이에요. 음…… 내일 구 편집장님 뵈어야 하고…….”

“이은수 씨!”

그가 캐리어를 세워 놓더니 돌아섰다. 그의 표정의 굳어 있었다.

“네?”

아무렇지도 않게 떠들던 은수가 그제야 그의 눈치를 보면서 물었다.

“후…….”

그는 저도 모르게 한숨을 내쉬었다. 왜! 대체 왜! 연락도 없었는지, 그리고 오면 온다고 이야기를 하든지! 대체 그동안 뭘 했는지, 제 안부 따위는 중요하지도 않았는지 모조리 따져 묻고 싶은 심정이었다. 그러나 그게 휘리릭 뭉쳐 버려서 제 입 밖에 나오질 않고 있었다.

“화……났죠?”

“당연하죠.”

그가 쌀쌀맞게 말했다.

“아니, 거기 파견 기자가 갑자기 귀국해 버린 거예요. 개인 사정 때문에. 사건은 빵빵 터지는데 일손은 모자라지, 충원된 동료라고 영어를 어디서 배웠는지 뭘 하나도 모르지. 정말 내가 그 5개월 동안 한 일이 여기서 한 일의 열 배는 넘는…… 그래서 말이죠.”

“그래서?”

“음…….”

“그래서 뭡니까?”

"보고 싶었다구요."

이런…… 가증스러운 여자 같으니. 그의 어정쩡한 표정을 보고 은수가 배시시 웃으면서 말했다.

"그런데 미스터리한 건, 왜 여기만 오면 배가 고픈 거죠?"

바빴다. 그리고 마음은 안정이 되지 않았었다. 그런 상태의 그를 두고 제가 쫓겨나듯 가야 한다는 게 당혹스러웠다. 비행기가 이륙을 하고 나자 대체 내가 뭐 하는 짓인가 싶었다. 당장이라도 비행기 돌려! 라고 말을 해야 할 것만 같았다. 아니, 공항에 도착하면 바로 인천행 비행기를 타고 와 버리는 거야. 절대 그를 두고 갈 수 없어.

그러나 지루하도록 긴 비행시간을 견뎌 완전히 다른 곳에 왔을 때, 그녀는 이게 오히려 옳았나 싶었다. 전화를 하면 그가 받기도 했지만, 물리치료를 가거나 해서 통화가 안 되는 적도 많았다.

게다가 파견 근무라는 건 처음 해 보는지라 그녀는 눈코 뜰 새 없이 바빴다. 가끔 시간이 났지만 시차 때문에 자는 사람을 깨우는 것 같았고, 새벽에 깨어 있을 때도 그녀는 전화기를 들었다가 놓아야 했다.

아무리 뉴욕이라도 인터넷 덕에 실시간으로 이곳의 소식을 알 수 있는 그녀로서는 제 기사 때문에 그의 아버지인 유태석 대표가 벼랑 끝까지 몰렸다는 것도, 그의 집안이 풍비박산 나는 것도 눈앞에서 보는 것처럼 알 수 있었다. 물론 그가 저를 보호하기 위해서라지만, 그래도 부모인데……. 은수는 점점 전화를 할 수가 없었다.

그런 그녀의 마음을 확인할 수 있었던 건, 그녀의 엄마 때문이었다. 나이를 무색하리만큼 대단한 외모, 뉴욕 사교계에서도 유명 인사였고, 그녀의 톡톡 튀는 칼럼에 열광하는 팬들 덕에 라디오나 토크쇼에도 출연하는 그야말로 언론계의 스타다운 그녀의 엄마가 어느 날 그녀에게 물었다.

"그렇게 걱정되면 돌아가는 게 어때?"

단 한 마디도 그의 존재에 대해서 묻거나 혹은 이야기하지 않았었다. 괜히 찔리는 게 있는 은수가 놀라 되물었다.

"뭘 말이에요?"

"그 전화 속의 미지의 사람. 뭐, 그일 수도 있고 그녀일 수도 있겠지만."

역시 개방적인 분이셨다. 그녀라니…….

"음, 걱정은 되는데 오히려 내가 곁에 있는 게 더 나빠질 수도 있으니까. 그러니까 주저하는 것뿐이에요."

"그래?"

그러나 왜 그런지 더 묻지는 않았다. 매끈한 검은 머리를 빗어 올리면서 아무 대답 없는 엄마가 더 의아한 은수는 물었다.

"엄마는…… 재혼 안 할 거예요?"

"음. 안 해."

단 일 초의 망설임도 없이 말했다. 오히려 저보다 더 젊어 보이는 엄마였다. 그리고 만나는 사람이 있다는 것도 알고 있었다.

"지금 만나는…… 그 누구더라 그분 괜찮던데."

"데일런? 괜찮지. 좋은 사람이야."

"그럼 결혼하는 것도 괜찮잖아요. 앞으로 얼마나 더 오랜 시간을 살아야 할지 모르는데 혼자 이곳에서 사는 거 외롭지 않아요?"

"아니, 괜찮아. 그리고 데이트는 해도 절대 결혼은 안 해."

"왜요?"

"내 남편은 네 아빠 딱 한 명뿐이니까."

"……."

그게 왠지 더 슬펐다. 다 큰 딸은 엄마가 누군가와 행복해지길 원했으니까. 아빠와 산 삶이 엄마에게는 너무 짧았으니까. 그런데 문득 그런 엄마가 이해 갔다. 엄마에게 아빠의 무게는 그 정도일 거라 생각하니 왠지 모르게 안도감 같은 것까지 들었다.

그래서 그녀는 그런 엄마에게 물을 수 있었다.

"엄마……."

"왜?"

"그…… 사람이 날 위해 목숨을 걸었어요. 그런데 난 그 사람을 위해 해 줄 수 있는 게 없어. 내가 그 사람과 같이 있으면 난 좋을지 모르겠지만, 그 사람은 가족과 멀어지게 될 게 뻔해요. 사람 마음이란 게, 그 사랑이란 게 불처럼 확 타올랐다가 사라질 수도 있는 거잖아요. 그러니까 그냥 여기서 이렇게 서서히 잊어 가는 게 좋을까?"

"그 사람이 널 위해 무엇을 했는지는 중요하지 않아. 그건 그 사람 마음이니까. 대신 네가 그 사람을 위해 뭘 하고 싶은지 생각해 봐. 네가 목숨을 걸 만큼 그 사람이 좋다면 가서 목숨을 걸어야지. 안 그래?"

"그런가."

내가 그를 위해 무엇을 할 수 있을까. 은수는 내내 생각했다. 그는 저를 보내 주었다. 그래야 제가 무사할 수 있다는 걸 아니까.

저는 제 무사함 때문에 등 떠밀려 여기에 온 걸까? 그의 곁에 있으면 일이 더 힘들어질 걸 알기 때문이었을까? 은수는 결심해야 했다. 그리고 그렇게 했다.

"편집장님, 지금 난리 났을 거예요. 내가 분명히 비행기 이륙하기 전에 내가 한다고 했거든요. 와, 그새 왔다 갔단 말이지. 왜 했어요? 안 한다고 하지! 취재는 나랑만 한다고 계약서까지 써 놓고선!"

적반하장이 유분수라고 화를 내는 저 여자의 목소리를 듣고 있던 그는 오히려 기가 막혀 웃음만 났다. 제 실망감의 크기 따위를 저 여자가 알까?

"아, 진짜 너무하다니까. 그런데 이거 무슨 냄새죠?"

막 손을 씻고 옷을 갈아입은 은수가 코를 킁킁거리면서 그의 주방에 들어서며 말했다.

"이번 주에 안 왔으면 다 버릴 뻔했습니다. 앉아요. 다 됐으니까."

"어? 이거 숟가락이랑 젓가락이네요! 아니, 승제 씨 집에 젓가락이 다 있다니!"

"다행이에요. 이건 방금 도착한 물건이라서."

빨간 부리를 가진 나무 기러기 모양의 앙증맞은 수저 받침대 위에 얌전하게 괴어져 있는 놋으로 된 수저를 보고 은수는 신기한 듯 들었다가 소리쳤다.

"어머! 이거 제 이름 아니에요?"

숟가락 뒤편에 은수라는 음각이 선명하게 보였다.

"요즘은 이름도 새겨 주더군요."

물론 그건 그가 특별히 주문한 것이었다. 그렇게라도 하면 이것의 주인이 돌아와 이것을 사용할까 하고. 아까는 솔직히 좀 바보가 된 느낌이었다. 그러나 지금은 그 덕에 이 수저의 주인이 돌아왔을지도 모른다고 생각하고 혼자 흐뭇해하고 있었다.

돌아서는 그의 주방장갑을 낀 손에는 연기가 모락모락 피어오르는 반짝거리는 유기 대접이 들려 있었다.

"방짜유기라서 잘 안 식을 겁니다. 뜨거울 테니까 천천히 먹어요."

"……."

뭐라 한마디 하려고 했다. 그러나 은수는 말이 나오지 않았다.

"맛없을 거라 생각해서 그런 겁니까? 프렌치 쉐프지만 제일 먼저 딴 자격증이 한식요리사 자격증이에요."

"아……니. 그게 아니라 이거……."

아까까지만 해도 발랄하기만 했던 은수는 목이 메어서 말을 잇지 못하고 있었다.

"그냥 내 방식대로 만든 거라 아마 맛은 다르겠지만, 너무 실망하진 말아요."

"이거 김치 참치죽 맞죠?"

"재료만 말하는 거라면 맞죠. 그게 들어간 거니까. 안 먹을 거예요?"

은수는 말없이 김이 모락모락 나는, 깨와 김으로 위에 예쁘게 장식된 죽을 한 숟가락 떴다.

"음…… 맛있어요."

"다행이에요."

그가 눈물이 그렁그렁해진 은수의 눈가를 닦으면서 말했다.

"그런데 너무 고급스러워요."

은수가 한마디 하자 그가 이마를 찡그리며 말했다.

"당연한 거 아닙니까?"

"저기…… 너무……한 거 아니에요?"

숨이 찬 은수가 겨우 말을 내뱉었다.

"뭐가 말입니까?"

그 와중에도 숨소리 하나 변하지 않은 그가 얄밉게 대답했다.

"저기…… 나 비행기로 17시간이나…… 날아왔단 말이에요. 저기 지금……."

"뭐, 은수 씨가 날갯짓을 해서 날아온 것도 아니잖아요? 비행기에서 서 있으라고 하던가요?"

그가 땀에 젖은 그녀의 이마에 흐트러진 머리카락을 쓸어 올리면서 말했다.

"아니, 그게 아니라……."

"뭐 때문에 그러는 겁니까?"

그러나 대답을 들을 필요는 없다는 듯 그의 입술은 다시 그녀의 귓가를 잘근거렸다.

"아……악. 저기……."

은수는 아직도 찌릿거리는 것 같은 배 속 어딘가 때문에 숨이 찼지만 몸을 움찔거릴 뿐이었다.

"5개월 만인데 뭐 이 정도 가지고 그러는 거예요? 피곤하면 자요. 내가 알아서 할 테니까."

"아……."

은수는 부풀어 올라 예민해질 대로 예민해진 그녀의 젖가슴을 타는 것 같은 입술로 다시 머금고 빨아들이는 그의 머리카락을 잡았다.

"아, 제발……."

그녀의 숨넘어가는 듯한 소리에 그의 머리가 불쑥 올라왔다.

"제발 뭐요? 더 해 달라는 겁니까?"

그러나 그의 손은 다시 그녀의 아래를 헤집고 있었다. 저도 모르게 뒤틀리는 허리를 감싸 안는 손길에 은수가 항복한 듯 말했다.

"하…… 한 번만…… 이에요."

"좋아요."

그의 머리는 또다시 아래로 향했다.

"아. 아…… 맨날…… 맨날 죽만 먹이고…… 사람을. 이렇게……."

은수가 헉헉거리면서 중얼거리자 그는 제 몸을 그녀에게 밀어 넣으면서 말했다.

"죽에 참치 들어갔습니다. 고기도 먹었는데 이 정도쯤이야."

그가 그녀의 허리를 꽉 잡고 그녀의 귓가에 속삭였다.

"날 죽여요……."

체념한 듯 그녀가 대답하자 그가 씨익 웃으면서 대답했다.

"소원대로 해 주죠."

epilogue

# 카사바 라면

비포장도로를 달리는 차가 만든 먼지가 뿌옇게 창가를 덮으며 스쳐 갔다. 벌써 이틀째 사막으로 향하는 길은 길고 지루하기만 했다. 덜컹이는 차체의 불편한 승차감에도 제 어깨에 기대어 쌔근쌔근 잠든 여자는 깰 기미가 보이지 않았다.

하긴, 아비다비 경유 후에 수단 카르툼까지 오는 여정은 꽤 긴 편이었다. 게다가 첫날 카르툼 시내에서 묵게 된 호텔에서 그가 잠을 거의 재우지 않았기 때문인 까닭도 있었다.

땀에 젖은 여자의 이마를 쓸어 주며 그는 여자가 조금이라도 편히 잘 수 있게 자세를 고쳐 앉았다. 하지만 그의 그런 노력이 무색할 정도로 울퉁불퉁한 도로와 낡은 자동차의 시트는 전혀 도움이 되지 않았다.

북쪽 사막을 향해 달리는 길은 포장된 도로가 끝이 나자 날것의 거침을 드러냈다. 반나절을 넘게 그렇게 달리자 그조차도 진이 빠지는 기분이었다. 점심에 먹은 인제라(아프리카 전통빵)이 요동치는 차의 움직임에 도로 튀어나오지 않는 게 다행이었다.

승제는 뿌연 흙먼지가 가득한 창가를 바라보았다. 초록빛이 거의 보이지 않는 황토색 초원은 삭막하기만 했다. 드문드문 길을 걷는 사람들과 소와 염소 떼가 보였지만 드넓은 땅의 시야를 막는 건물은 애초에 존재하지도 않았다. 저 먼 지평선 끝까지 뻗은 땅은 그래서 원초적이고 거칠기만 했다.

제 엉덩이를 부서뜨릴 것처럼 덜덜거리는 차의 움직임에 한숨을 내쉰 그는 자신을 이 황량한 아프리카 수단까지 오게 만든 여자를 내려다보며 피식 웃고 말았다. 원래대로라면 신혼여행은 북유럽으로 떠날 생각이었다. 유명한 핀란드 라플란드의 칵슬라우타넨 리조트의 유리 이글루에 이은수를 안고 누워 오로라를 올려다보는 것은 상상만으로도 꽤 낭만적인 발상이었다.

하지만 그 계획을 깨 버린 것은 제 어깨에 기대어 잠든, 바로 그녀 이은수였다.

"오…… 우와. 이게 다 뭐예요?"

그녀가 기사 작성 때마다 애용하는 주방의 식탁에 가득 펼쳐진 것은 하얗고 나풀나풀한 레이스로 뒤범벅이 된 드레스 사진들이었다.

"뭐일 것 같습니까?"

은수의 눈이 삐뚜름하게 기울어졌다.

"내가 그걸 몰라서 묻는 거 같아요?"

"알면 골라 봐요. 샵은 가기 싫다니 디자인만 고르면 내일 직원이 와서 직접 치수를 잴 겁니다."

"그게 아니잖아요. 내가 분명히 저런 건 안 입을 거라고 말했잖아요."

은수의 손가락이 가리키고 있는 '저런' 것들을 바라보며 승제는 입매를 비틀었다. 유명 디자이너들이 공들여 만든 맞춤 웨딩드레스를 그렇게 부르다니. 수많은 예비 신부들이 들으면 기함하고 쓰러질 노릇이었다.

"웨딩샵 안 가고 싶다고 했지 웨딩드레스가 싫다고 한 건 아니잖아요."

"그게 그거잖아요."

잔뜩 심통 난 아이같이 그녀가 팔짱을 끼고 입술을 비죽였다.

"전혀 다른 얘깁니다. 그러니까 어서 골라 봐요."

"싫어요. 웨딩드레스도 싫고 결혼식도 싫어요. 대체 그런 귀찮은 일을 왜 하려는 거예요? 그냥 혼인신고만 해도 된다니까요."

은수의 투덜거림에 그가 눈을 가늘게 뜨며 매서운 표정을 지었다.

"그건 내가 싫습니다."

굳이 결혼식을 우기고 은수에게 웨딩드레스를 입혀야겠다고 우기는 이유는 따로 있었다. 이미 가족과 절연한 것과 다름없는 상황이었지만, 안 그래도 그의 집안에서 미운털이 박힐 대로 박힌 은수에게 결혼식조차 정식으로 올리지 못한 여자라는 이미지를 덧씌우고 싶지 않았다. 그리고 그럴 일은 절대 없겠지만 다시는 그녀에게 신체적 위협을 가하는 것을 용납하지 않겠다는, 이은수는 제 보호 아래에 있다는 것을 확실히 해 두고 싶은 마음도 있었다.

"봐요. 나 반지도 착실히 끼고 다니잖아요. 그러니까 제발요. 으, 저런 드레스를 입고 결혼 행진곡에 맞춰 걷는 건 정말 내 취향이 아니에요. 꼭 결혼식을 해야 할 거창한 이유도 없잖아요."

여자가 내민 손에 얌전히 끼워져 있는 반지를 보자 싸늘하게 굳었던 그의 마음이 말랑하게 풀어지기 시작했다. 하지만 어디로 튈지 모르는 이 망아지 같은 여자를 잡아 두기엔 반지만으로는 부족했다.

은수가 보란 듯이 그를 향해 내밀고 있는 손을 잡아당겨 승제는 품에 안았다.

"꼭 대단한 이유가 필요해요? 웨딩드레스를 입고 내게 걸어오는 이은수를 보고 싶다는 것만으로는 부족한 겁니까?"

은수는 그의 가슴에 턱을 기댄 채 얼굴을 찌푸렸다. 퍽 건조한 어조였지만 짧은 문장 사이사이에 담긴 씁쓸함이 그녀를 한숨짓게 했다. 그녀 때문에 가족과 거의 절연하다시피 한 남자였다. 승제는 괜찮다고 말했지만 그에게 가족도 없는 결혼식을 하게 하고 싶지 않았다.

하지만 차라리 싸우는 게 낫지 이 남자가 이런 식으로 나오면 언제나 두 손을 들어 항복하는 건 은수였다. 갈수록 그는 길게 다투지 않고도 그녀의 고집을 꺾는 재주가 늘어갔다.

"그냥 여기서 승제 씨한테 보여 주면 안 될까요?"

"안 됩니다."

"고집쟁이."

불퉁거리는 그녀의 말에 그가 비죽이 웃었다.

"내가 하고 싶은 말입니다."

생각에 잠긴 듯 그의 품 안에서 손가락을 꼼지락거리던 여자가 고개를 들었다.

"좋아요. 입어요, 입는다구요. 그 대신 결혼식은 진짜 가까운 사람들만 초대해서 요란하지 않게 한다고 약속해요."

백기를 든 여자에게 그 정도 요구는 들어줄 수 있었다. 너그러운 마음으로 승제는 고개를 끄덕였다.

"약속하죠."

"그리고 하나 더."

불길한 예감에 그의 눈매가 좁아졌다.

"신혼여행지는 내가 결정할래요."

꿍꿍이가 가득 담긴 얼굴로 사르르 웃는 얼굴이 더 불길했다.

"그것도 이미 정해 뒀습니다."

애써 단호하게 말해 봤지만 그게 먹힐 리 없었다.

"승제 씨가 결정해요. 웨딩드레스예요? 신혼여행이에요?"

능청스러운 표정으로 고개를 갸웃거리는 그녀에게 이번에는 그가 백기를 들 수밖에 없었다. 그리고 그래서 도착한 곳이 이곳 수단이었다. 카르툼에 호텔은 잡아 두었지만 은수가 바라는 여행은 그런 게 아니었기에 결국은 덜컹이는 차에 이렇게 몸을 싣고 달리는 중이었다.

호텔에 그녀를 종일 잡아 둘 방법이 없는 건 아니었지만 꼭 가야 할 곳이 있다는 은수를 막을 순 없었다.

"으그그……."

이제야 엉덩이의 통증이 잠을 이길 만큼 커졌는지 은수가 신음을 뱉으며 몸을 움찔거렸다. 아픈 엉덩이를 비비며 제 어깨에 얼굴을 꼼질꼼질 문지르던 그녀가 기우는 태양의 빛에 눈을 가늘게 뜨고 그를 올려다보았다.

"승제 씨, 내 오른쪽 엉덩이가 없어졌나 봐요."

졸음 가득한 얼굴로 툴툴대는 얼굴이 꽤 귀여웠지만 그는 팔짱을 낀 채 건조한 목소리로 대답했다.

"여길 오자고 한 건 은수 씨예요."

제법 냉정한 대답에 눈을 비비며 잠을 쫓던 은수가 얼굴을 찡그렸다.

"지금 화내는 거예요?"

"네, 화내는 겁니다."

무뚝뚝한 대답에 눈동자를 또르르 굴린 그녀가 승제의 턱 밑에 제 얼굴을 들이밀었다.

"음, 엉덩이…… 많이 아팠어요?"

묘하게 초점이 어긋난 물음에 그는 눈썹을 치켜 올리며 그녀를 빤히 내려다보았다. 하지만 나는 아무것도 몰라요, 라는 듯 천연덕스럽게 눈을 깜빡이는 여자의 얼굴을 이길 수는 없었다. 딱딱하게 굳힌 입가를 느슨하게 풀며 승제는 그녀의 헝클어진 머리카락을 만지작거렸다.

"내가 얼마나 힘들게 만든 일주일인지 은수 씨는 상상도 못 할 겁니다. 그 하루가 흙먼지와 함께 저물어 가고 있는 걸 보고 있자니 꽤 허무하네요."

눈가를 찌푸린 그가 한숨을 내쉬며 한마디를 덧붙였다.

"게다가 벌써 한 시간 전에 내 엉덩이는 양쪽 다 사라진 것 같습니다."

은수가 키득대며 그의 가슴에 얼굴을 기대었다.

"미안해요. 그렇지만 분명 여기까지 온 걸 후회하지 않을 거예요."

심술궂게 찡그린 얼굴에 의구심이 실렸으나 은수는 자신만만하게 큰소리를 쳤다. 그러나 차는 그녀의 자신만만한 표정이 사그라지고도 한참을 더 달려서야 목적지에 도착했다. 가이드인 압둘이 억센 억양의 영어로 도착을 알렸다.

"와와에 오신 것을 환영해요."

환하게 이를 드러내며 웃는 압둘의 모습과는 참 대조적으로 마을은 작고 허름하고 초라했다. 압둘이 숙소라고 데려간 곳도 비슷했다. 허름한 집에 딸린 방은 흙바닥에 낡은 매트리스 하나와 모기장이 전부였다. 하지만 숙소를 구하지 못해서 노숙을 하는 여행자도 있다고 하니, 그나마 벽과 천장이 있다는 걸 다행으로 여겨야 했다.

"우와, 평생 기억에 남을 것 같죠?"

"이런 추억은 더는 사양하고 싶습니다."

너스레를 떠는 은수의 코를 가볍게 쥐었다 놓으면서 승제는 들고 온 짐을 내려놓았다. 미리 챙겨 온 침낭을 매트리스 위에 펼치고 작은 랜턴으로 방을 밝혀 놓고서야 그는 찌푸린 얼굴을 펼 수 있었다.

"집주인 아밀이에요."

아밀과 악수를 하며 인사를 하자 그 뒤에 줄줄이 선 고만고만한 아이들이 키득대며 그들을 바라보았다.

"저녁 식사는 어떻게 할까요?"

압둘의 말에 은수가 승제를 올려다보았다.

"인제라는 그만 먹고 싶은데 다른 거 안 돼요?"

왜 안 되겠는가? 수단에 도착한 뒤로 계속 먹은 인제라는 그도 오늘 저녁에는 사양하고 싶었다. 한숨을 쉬며 고개를 끄덕이자 은수가 작게 만세를 부르며 그를 끌어안았다.

아밀의 부인에게 빌린 냄비를 가지고 그들의 부엌인 작은 아궁이에서 그는 물을 끓였다. 문가에 모인 아이들이 그가 꺼내 놓은 라면에 호기심 가득한 눈빛을 하고 있었다.

"먹고 싶니?"

통하지 않는 말에 손짓과 몸짓으로 묻자 아이들이 약속이라도 한 듯 일제히 머리를 끄덕였다.

"이 그리운 냄새는 뭘까요?"

압둘과 함께 어디론가 사라졌던 은수가 나타난 것은 막 냄비 안의 내용물이 보글보글 끓기 시작한 뒤였다. 하지만 신이 나서 냄비를 들여다본 그녀는 실망스러운 신음을 내뱉었다.

"아니, 내 라면은 어디 간 거예요?"

그녀가 원하는 꼬들꼬들한 면발을 자랑하는 라면 대신 잘게 부서진 면과 감자 같은 덩어리와 밥이 걸쭉하게 뒤섞여 있었다.

"여기 안에 다 있으니 실망 말아요."

담담히 대답한 그가 이가 나간 그릇에 그녀 몫의 음식을 담아 내밀었다.

"이게 뭔데요?"

"카사바를 넣은 라면 죽이요."

"아니, 왜 피 같은 라면으로 죽을 끓여요?"

울상을 한 은수의 말에 승제가 쪼그리고 앉은 아이들을 향해 고갯짓을 했다.

"그 피 같은 라면을 먹고 싶어 하는 입이 많아서요."

뒤를 돌아본 은수가 한숨을 내쉬더니 투덜거렸다.

"죽을 먹이고 또 얼마나 힘들게 하려고."

군데군데 우그러진 쟁반에 라면 죽이 담긴 그릇을 내려놓던 승제가 그녀의 불평에 무심히 대꾸했다.

"글쎄요. 뭐, 늘 힘들게 움직이던 쪽은 나였던 걸로 기억하는데요? 물론 은수 씨가 대신 하겠다면 사양은 않겠습니다."

표정 하나 바꾸지 않고 뱉는 야한 소리에 알아들을 리가 없는데도 은수가 압둘과 아밀 부부의 눈치를 봤다.

"미쳤어요?"

"그런 것 같습니다. 제정신이면 내가 이 수단 사막까지 와서 카사바 넣은 라면을 끓이고 있지는 않을 테니까요."

한탄 섞인 대답에 은수가 푸흡 하고 웃음을 터트렸다.

"그러니까 그만 투덜거리고 먹어 봐요."

따끈따끈한 라면 죽 그릇을 든 채로 은수는 승제의 앞에 쪼그리고 앉아 그의 볼에 입을 맞췄다.

"고마워요."

"조준이 틀렸어요."

은수의 목을 끌어당긴 승제가 그녀의 입술을 가볍게 물었다 놓자 아이들이 까르륵 웃음을 터뜨렸다. 이틀 내내 신혼부부의 애정 행각에 익숙해진 압둘과 자신들이 더 쑥스러워하는 아밀 부부와 함께 모두 카사바 라면 죽을 먹었다.

"이 사람들은 알까요? 이게 유명한 쉐프가 만든 음식이라는 걸?"

"기억은 하겠죠. 동양에서 온 부부랑 먹었던 맛있고 이상한 음식을요."

남은 죽을 먹겠다고 냄비 바닥을 긁고 있는 아이의 머리를 쓰다듬으며 승제는 웃음을 지었다. 지금까지 최고를 추구하며 살았고 앞으로도 그럴게 분명했다. 그러나 어떤 화려한 장식으로 요리에 덧칠을 하는 것보다 그저 맛있는 음식을 만들고 그걸 맛있게 먹는 것이 중요하다는 것을 잊지는 않을 것이었다.

식사를 마치자 아밀 부인이 설거지는 자기가 하겠다고 그릇을 거둬 갔다. 아이들이 수줍게 인사를 하고 돌아가자 압둘을 쿡쿡 찌른 은수가 승제를 잡아끌었다.

"갈 데가 있어요."

이미 어둠이 짙게 깔린 밖을 보며 그가 눈살을 찌푸렸다.

"이 밤에 어디를요?"

"보여 줄 게 있어요."

"내가 보고 싶은 건 다른 겁니다만?"

야릇하게 몸을 훑는 시선에 은수가 그의 팔을 찰싹 때렸다.

"안 일어나면 나 혼자 갈 거예요."

그럴 수는 없지. 끙 하고 신음을 뱉은 그가 일어서서 은수를 따라나섰다. 낡은 지프에 다시 올라타자 압둘이 어둠 속을 무작정 달리기 시작했다. 대체 길은 알고 달리는 건지 슬슬 걱정이 되었을 때쯤 차가 멈췄다.

"여기예요?"

고개를 끄덕인 압둘의 대답에 은수가 먼저 내려 하늘을 바라보며 빙글빙글 제자리를 돌았다.

"뭐 하는 거예요?"

자신에게 다가오는 그를 보며 은수가 두 팔을 벌렸다.

"여기예요."

"무슨 말이에요."

그에게 마주 다가간 은수가 승제의 품에 안겼다.

"엄마가 늘 얘기했어요. 아빠와 함께 본 수단의 밤하늘이 얼마나 아름다웠는지. 그래서 내내 궁금했어요. 사랑하는 사람과 함께 보는 수단의 밤하늘이 엄마의 말처럼 아름다운지 말이에요."

그녀를 품에 안은 채로 승제는 고개를 들어 올려 하늘을 바라보았다. 쏟아질 듯 별이 가득했다. 마치 손을 내밀면 그 빛나는 별 하나를 잡아챌 수 있을 듯이.

"그래서 어떤 것 같아요?"

"엄마가 말한 것보다 더 아름다운 것 같아요."

"나도 그래요."

나른하게 입술을 당겨 웃은 그가 은수를 끌어안고 깊게 입을 맞췄다.

"사랑해요, 류승제 씨."

"새삼스럽지만 나도 사랑합니다, 이은수 씨."

눈썹을 치켜 올리며 장난스럽게 대답하는 그에게 기대어 은수는 말을 이었다.

"이 별 아래에서 꼭 그 말을 하고 싶었어요. 그리고 우리 부모님처럼 그렇게 살고 싶어요. 내가 기억하는 것처럼 그렇게 눈꼴이 시게 사랑했다고. 우리 아이들이 우릴 보고 그랬으면 좋겠어요."

"그 아이가 또 이 사막의 별을 찾아오고 말입니까?"

걱정 섞인 그의 물음에 은수가 신나게 고개를 끄덕였다.

"그거 좋은데요?"

짧게 혀를 찬 그가 고개를 저으며 심각하게 중얼거렸다.

"글쎄, 집안에 그런 전통은 만들고 싶지 않습니다. 내 아이들에게 엉덩이가 부서지는 듯한 경험을 물려주고 싶지 않으니까요."

키득거리는 은수의 웃음이 그의 품에 고였다가 흩어졌다.

"사랑해요."

"내가 더 많이 사랑합니다."

무뚝뚝하지만 다정한 고백에 그녀가 그의 얼굴을 끌어당겨 다시 입을 맞췄다. 쏟아지는 별빛 아래 어둠 속에 숨어 두 사람의 키스는 한참을 이어졌다.

*— The end*

〈A의 후기〉

가끔 스티로폼 상자 가득 으리으리한 쿠키와 모양마저 아름다운 맛난 빵들을 보내 주시는 B 작가님을 마냥 부러워만 하는, 결혼 15년 차 할 줄 아는 요리라곤 다섯 손가락도 남는 불량주부 A는 어느 날 제안을 하나 합니다.

"저기요! 어쩜 이렇게 요리의 세계는 다양하고, 그놈의 비싼 접시와 커트러리, 냄비는 그렇게나 많은지. 난 좀 이상한가 봐요. 난 제로백 3초짜리 뭐 슈퍼카에만 기절하는데……. 그래서 만날 책에다 차 이야기를 썼더니 다들 킵하고 넘기대요. 그런 요리나 혹은 접시의 세계를 쓰면 참 좋아할 텐데. 좀 써 보세요."

"그럴까요?"

"아, 뭐 그런 전문 쉐프와 요리 문외한, 뭐 인스턴트에 쩔어 사는 여자 이야기 쓰면 잼나겠다. 그런데 제가 재주가 없어서……. 아, 우리 같이 써 볼래요? 제가 뭐 또 요리고자의 세계는 맘껏 쓸 수 있으니까!"

그러다가 나온 글이 바로 이 '달콤하지 않아도 괜찮아' 입니다.

실은 이 글은 참 사연이 많은 글입니다. 무엇보다 재미난 건, 서로 한편씩 릴레이를 해 가면서 쓰는데 저는 승제와 희수의 관계를 전혀 모르면서 썼다는 거고, B 작가님은 은수가 무슨 취재를 하고 있는지 모른 채 썼다는 겁니다. 물론 나중에 알게 됐지만요. 그리고 서로 완벽히 분리된 승제와 은수를 쓰면서 가끔 상대의 캐릭터를 써야 하면 그 심리를 어떻게 해야 할까 고민도 했었고요. 무엇보다 좋았던 건, 제가 전작들에서는 남주 위주로 글을 쓰다 보니 여주의 성격이 많이 죽었는데 전담을 하다 보니까 좀 더 생동감 있게 살아나서 다행이었다는 점입니다. 그리고 무엇보다 오타의 여왕으로 이름 높은 제가 이렇게 꼼꼼한 파트너를 만나서 교정을 날로 먹은 게 가장 복 받은 일 같아요.

하나의 글을 같이 쓴다는 건 재밌기도 하고 또 뭐 여러 가지 복잡한 일도 많았지만, 무엇보다 이렇게 잘 끝내게 돼서 다행입니다.

많이 재미있게 즐겨 주시기 바랍니다. 글 쓰는 내내 정말 행복했습니다.

〈B의 후기〉

2013년의 끝자락은 제게 참 힘든 시간이었어요. 그때 언재호야 님이 재미난 아이디어를 내주셨지요. 어쩌면 호야 님이 아니었다면 다시 글을 쓰지 못했을지도 모르겠어요. 작년 한 해도 제게는 힘든 시간의 연속이었으니까요.

그 시간을 수제 커플과 함께할 수 있어서 참 기쁘고 즐거웠습니다. 특히나 발랄발광한 은수 덕분에 많이 웃었답니다. 둘 다 치밀하게 스토리를 짜는 사람들이 아니라 맞지 않는 설정이나 상황을 고치느라 서로의 글을 뜯어고치는 재미(?)도 있었고요.

아, 혹시나 생소한 요리들의 생김새가 궁금하시다면 네이버 '달콤하지 않아도 괜찮아' (http://cafe.naver.com/haha0225) 카페에서 사진으로 보실 수 있답니다.

출간까지 햇수로 3년이 걸렸네요. 어느 때는 한 편 쓰는 데 한 달씩 걸리기도 했던 저를 재촉 없이 기다려 주시고 수정의 칼날을 사정없이 들이대는데도 참아주신 호야 님께 애정과 감사를 듬뿍 보냅니다. 또 엽서의 멋진 아티초크 샐러드의 주인공, 굼 님에게 감사드려요.

제 베프인 한 남자와 다른 두 남자에게도 사랑을 보내며 홀릭 식구들 그리고 달콤 카페분들에게도 감사를 드립니다.

쓰는 동안 저희가 즐거웠던 만큼 여러분도 즐거운 시간이길 바라며…….

늘 행복하세요~